吕思勉詩文叢稿 上

吕思勉文集

上海古籍出版社

圖書在版編目(CIP)數據

吕思勉詩文叢稿 / 吕思勉著. —上海：上海古籍出版社，2020.3
(吕思勉文集)
ISBN 978-7-5325-9471-9

Ⅰ.①吕… Ⅱ.①吕… Ⅲ.①中國文學—當代文學—作品綜合集 Ⅳ.①I217.2

中國版本圖書館 CIP 數據核字(2020)第 013804 號

吕思勉文集
吕思勉詩文叢稿
(全二册)
吕思勉 著
上海古籍出版社出版發行
(上海瑞金二路 272 號　郵政編碼 200020)
(1) 網址：www.guji.com.cn
(2) E-mail：guji1@guji.com.cn
(3) 易文網網址：www.ewen.co
江陰金馬印刷有限公司印刷
開本 890×1240　1/32　印張 26.5　插頁 10　字數 700,000
2020 年 3 月第 1 版　2020 年 3 月第 1 次印刷
ISBN 978-7-5325-9471-9
K·2754　定價：108.00 元
如有質量問題，請與承印公司聯繫

前　言

歷史學家吕思勉先生,字誠之,筆名駑牛、程芸、芸等。一八八四年二月二十七日(清光緒十年甲申二月初一)誕生於江蘇常州十子街的吕氏祖居,一九五七年十月九日(農曆八月十六日)病逝於上海華東醫院。吕先生童年受的是舊式教育,六歲起就跟隨私塾教師讀書,三年以後,因家道中落而無力延師教授,改由父母及姐姐指導教學。此後,在父母師友的幫助下,他開始系統地閱讀經學、史學、小學、文學等各種文史典籍。到二十三歲時,他已經把二十四史通讀了一遍,並立下了研究歷史的志向。他説自己"論政治利弊,好從發展上推求其所以然;亦且性好考證;故遂逐漸走入史學一路。自二十三歲以後,即專意治史矣"。吕先生夙抱大同思想,畢生關注國計民生,學習新文化,吸取新思想,與時俱進,至老彌篤。

吕先生一生從事文史教育和研究工作,一九〇五年起,先後在蘇州東吴大學(一九〇七年)、常州府中學堂(一九〇七年至一九〇九年)、南通國文專修科(一九一〇至一九一一年)、上海私立甲種商業學校(一九一一年至一九一四年)等學校任教。一九一四年至一九一九年,先後在上海中華書局、上海商務印書館任編輯。其後,又在瀋陽高等師範學校(一九二〇年至一九二二年)、蘇州省立第一師範學校(一九二三年至一九二五年)、上海滬江大學(一九二五年至一九二六年)、上海光華大學和華東師範大學任教。其中,在上海光華大學任教最久,從一九二六年至一九五一年,一直在該校任教授兼系主任。一九五一年,高等學校院系調整,光華大學併入華東師範大學,呂先生遂入華東師範大學歷史系任教,被評爲歷史學一級教授。呂先生是教學與研究相互推動的模範,終生學而不厭,誨而不倦。

呂先生是二十世紀著名的歷史學家,對中國古代史的研究,做出了巨大的貢獻,取得了多方面的成就。他在中國通史、斷代史、社會史、文化史、民族史、政治制度史、思想史、學術史、史學史、歷史研究法、史籍讀法、文學史、文字學等方面寫了大量的著述,其治學範圍之廣、規模之大、著述之豐富,在近現代學者中是罕見的。呂先生一生寫了兩部通史:《白話本國史》(一九二三)和《呂著中國通史》(上册一九四〇、下册一九四四)。五部斷代史:《先秦史》(一九四一)、《秦漢史》(一九四七)、《兩晉南北朝史》(一九四八)、《隋唐五代史》(一九五九)、《呂著中國近代史》(一九九七)。八部專著:《先秦學術概論》(一九三三)、《經子解題》(一九二六)、《理學綱要》(一九三一)、《宋代文學》(一九三一)、《中國制度史》(一九八五)、《中國民族史》(一九三四)、《呂著史學與史籍》(二〇〇二)和《文字學四種》(一九八五)。三部史學論文、札記及講稿的匯編:《論學集林》(一九八七)、《呂思勉讀史札記》(包括《燕石札記》、《燕石續札》,一九八二)、《呂思勉遺文集》(一九九七),以及十多種教材和文史通俗讀物,著述總量超過一千萬。晚年體衰多病,計劃中的六部斷代史的最後兩部《宋遼金元史》和《明清史》,已做了史料的摘録,可惜未能完稿,是爲史學界的一大遺憾。時至今日,他的這些著作,在港臺、國外仍有多種翻印本和重印本,流傳廣播,影響深遠。

本書收録的都是呂思勉先生的舊作遺稿,分舊體文稿、詩稿、小説和白話體文稿四部分。

舊體文稿共三十四篇,内容包括人物傳記、壽序、小史、序文等,有些原是未刊稿,有些刊登於報刊、雜誌及紀念册,現收集成一編,也可見先生文學造詣的一個方面。

詩稿部分收録先生所寫的詩、詞和聯語。先生自謂:"予於文學,天分頗佳。生平並無師承,皆讀書而自之。文初宗桐城,後頗思突破之,專學先秦兩漢,所作亦能偶至其境。少好宋詩,中年後亦好唐詩,但無功力,下筆仍是宋人境界耳。詞所造甚淺,亦宗常州而薄浙派。要之,予可謂古典文學之正統派。予於文學,未嘗用功,然嗜好頗篤。"(《三反及思想改造學習總結》)先生晚年曾自選生平所作之詩,就正於趙敬謀(元成)、陳研因(協恭)、汪叔良諸先生。詞則先生早年所作,向不示人。遺稿中有《夢秋詞》若干首,係先生親筆寫錄,下署陽湖吕思勉誠之學,明示習作。先生一生所撰的聯語甚多,均附記在日記中,然也隨日記的損失而丢失。一九五二年,先生整理殘存日記,從中輯出四十七則,後又發現若干草稿,共六十三則。

小説部分收錄先生作品《未來教育史》、《女俠客》和《中國女偵探》三種。《未來教育史》爲章回體小説,署名:悔學子(吕先生早年的筆名),刊於一九〇五年的《繡像小説》上(第四三、四四、四五、四六期),爲未完稿,現僅存四回。《女俠客》爲章回小説,原署名:俠(吕先生早年的筆名),刊於《新新小説》第二卷第八、第九期上,共四回,爲未完稿。《中國女偵探》,原署名:陽湖吕俠,商務印書館一九〇七年七月初版,一九一八年九月第二版,一九二三年再版。此書是吕先生早年創作的一部偵探小説,分《血帕》、《白玉環》、《枯井石》三篇。其中《血帕》一篇,曾收錄吴組湘等主編《中國近代文學大系·小説集七》(上海書店,一九九二年版)、于潤琦主編《清末民初小説書系·偵探卷》(中國文聯出版公司,一九九七年版),只是編者並不知道吕俠就是吕思勉。

白話體文稿部分共收錄吕先生的文章八十八篇,按内容大致分爲三類:一類是學術隨筆,一類是時論,另一類爲遊記或回憶性散文。其中少數文章曾收錄在《吕思勉先生編年事輯》(李永圻編,上海書店一九九二年版)裹;另有一部分是近年在舊報刊雜誌上的新發現,如《貨幣問題》、《民族英雄蓋吴》、《〈後漢書·襄楷傳〉正誤》、《西南對外交通之始》、《中國歷代之選舉制度》、《中國歷代兵制之變遷》、

《都會》、《新教育與舊教育》、《對於群衆運動的感想》、《國民自立藝文館議》、《鄉政改良芻議》、《所謂鐵路附屬地者》、《健康之身體基於静謐之精神》、《半部小說》、《活的史學研究法》、《漫談教育》、《老百姓對於國事的態度溯源》、《關於延安的兩種書》、《物價偶憶》、《堂吾頭》等，都是此前未找到的吕先生舊作。還有一部分是先生的未刊手稿，其中《本論》寫於一九一五和一九一六年間，完稿後曾送呈金松岑先生一閱，爲金先生所激賞，其《天放樓詩集》中有一首《海上七君子詩武進吕誠之思勉》云："吕子老彌謙，聲容和且柔。少壯氣逎崒，舌辯不肯休。著爲本論篇，符統斯匹儔。體道而用法，謂是賅九流。"《本論》原分十二篇，手稿現存《共和》（上、中、下）、《哀隋》、《察吏》、《砭宋》、《議兵》、《學校》、《宗教》、《原亂》、《政俗》，且各篇也有殘缺。此次補上的《教育》一篇，曾以《教育本論》爲題，刊於《中華教育界》（一九一六年第五卷第一期），爲手稿所無，疑爲《本論》十二篇之一，故編排於《本論》内。《歐戰簡覽》編於約一九一七年，是先生的一份未完成稿，原供自己研究時的參考，現按原稿校對，糾正了其中個别明顯的錯記和誤記，人名地名有與今日譯法不同的，在注釋中加以標出。《〈唯物史觀中國史〉校記》的校記部分，原附於《唯物史觀中國史》（費明君譯，永祥印書館出版）的訂正本，文末所附的《評〈唯物史觀中國史〉》爲吕先生校訂之後所寫的一篇書評，也是未刊稿。《小說叢話》刊於一九一四年的《中華小說界》，曾收入吕先生《論學集林》（上海教育出版社一九八七年版）和《吕思勉論學叢稿》（上海古籍出版社二〇〇六年版），但均爲該文的前半部分，全文曾收錄於《二十世紀中國小說理論資料（一八九七年至一九一六年）》（陳平原等編，北京大學出版社一九八九年版）、《中國文論選（近代卷下）》（鄔國平等編著，江蘇人民出版社一九九六年版），現按原刊印稿校對一遍，糾正了一些刊誤和錯字。《宦學篇》原刊於一九三八年《中國青年》第一卷第六期上，曾收入《吕思勉遺文集》（下）及《吕思勉讀史札記》，但均有删節，此次爲全文刊出。

《吕思勉诗文丛稿》是"吕思勉文集"的最後一部。"吕思勉文集"自二〇〇五年開始出版,至今已出版了十八種、二十五本,以下是"吕思勉文集"的總目以及其包含的大致内容:

1.《白話本國史》(上、下,二〇〇五年七月出版)

2.《先秦史》(二〇〇五年七月出版)

3.《秦漢史》(二〇〇五年七月出版)

4.《兩晉南北朝史》(上、下,二〇〇五年十一月出版)

5.《隋唐五代史》(上、下,增補總論一章,及删節部分,二〇〇五年十一月出版)

6.《吕思勉讀史札記》(上、中、下,包括《燕石札記》、《燕石續札》以及其他已刊、未刊的讀史札記共七百六十三篇,二〇〇五年十二月出版)

7.《吕思勉論學叢稿》(包括史學、哲學、社會經濟文化、文學文獻文字、書信序跋五組文章共一〇二篇,二〇〇六年十二月出版)

8.《中國社會史》(即原《中國制度史》,增補了約九萬餘字,二〇〇七年十一月出版)

9.《中國民族史兩種》(包括《中國民族史》、《中國民族演進史》,二〇〇八年五月出版)

10.《中國近代史八種》(包括《中國近代史講義》、《中國近世史前編》、《中國近百年史概説》、《中國近代文化史補編》、《日俄戰争》、《國耻小史》、《本國史補編》、《中國近代史表解》,二〇〇八年八月出版)

11.《中國通史》(即《吕著中國通史》,二〇〇九年四月出版)

12.《中國文化思想史九種》(上、下,包括《醫籍知津》、《群經概要》、《經子解題》、《中國文化史六講》、《理學綱要》、《先秦學術概論》、《大同釋義》、《中國社會變遷史》、《中國政治思想史十講》,二〇〇九年四月出版)

13.《文字學四種》(包括《章句論》、《中國文字變遷考》、《字例略説》、《説文解字文考》,增補了《字例略説》的最後一章"文字改革",

《說文解字文考》"序二"等,二〇〇九年八月出版)

14.《史學與史籍七種》(包括《歷史研究法》、《史籍與史學》、《中國史籍讀法》、《史通評》、《文史通義評》、《古史家傳記文選》、《史籍選文評述》及《新唐書選注》的序、選目和注釋,二〇〇九年十一月出版)

15.《呂著史地通俗讀物四種》(包括《蘇秦張儀》、《關岳合傳》、《中國地理大勢》、《三國史話》,二〇一〇年三月出版)

16.《文學與文選四種》(包括《宋代文學》、《論詩》、《中國文學史選文》、《國文選文》,二〇一〇年六月出版)

17.《呂著中小學教科書五種》(上、下)(包括《國文教科書》、《新學制高級中學本國史》、《復興高級中學本國史》、《高中復習叢書本國史》、《初中標準教本本國史》、《中國通史教學提綱六種》,①二〇一一年六月出版)

18.《呂思勉詩文叢稿》(包括舊體文稿、詩稿、小說和白話體文稿四部分,二〇一一年九月版)

"呂思勉文集"的出版始於二〇〇五年,但呂先生遺著遺稿的整理,實始於上世紀的六十年代,至八十年代中期,曾以"呂思勉史學論著編輯組"的名義整理出版或重印了十種呂先生的舊著遺稿,其中楊寬、呂翼仁先生傾注了大量的心血。尤其是呂翼仁先生,晚年放棄平生愛好的文學、書畫,傾全力整理父親的著作,成績卓著,深受學術界贊許。"呂思勉文集"總計約一千一百餘萬字,已匯集了呂先生一生絕大部分的著述,名之爲"文集"而非"全集",則因還有少許著述未能收入,或是尚未找到。呂先生早年編撰的《高等小學用新式地理教科書》(一至六册,中華書局一九一六年三月至十二月初版),此次未收錄。一九四二至一九四三年間,先生在常州青雲中學(抗戰時期蘇州

---

① 即《本國史提綱》(一九四四)、《擬編中國通史說略》(一九五二)、《擬中國通史教學大綱》(一九五二)、《中國通史分期》(一九五二)、《魏晉南北朝史綱要》(一九五三)、《中國通史晉朝部分綱要》(一九五三)。

中學的常州分校）高中的三部講義《本國史（元至清）》、《中國文化史》和《國學概論》，由黃永年先生記錄整理，現已收入黃永年先生編的《呂思勉文史四講》（中華書局，二〇〇八年版），此次也未收錄。另外，尚未找到的呂先生的舊著還有三部：一、《新編中華民國國文教科書》（一至十二冊，上海民國南洋圖書滬局一九一三年二月初版），二、《新編共和國修身教授書》（一至十二冊，上海民國南洋圖書滬局一九一三年三月初版），三、《本國史》（署名：呂誠之，上海商務印書館一九二四年二月初版，二一〇頁）。此三部書在北京圖書館等編的《民國時期總書目》（書目出版社，一九九五年版）上都有著錄，並有簡略的內容提要。前二種不知藏於哪個圖書館，無從找尋；後一種雖標明藏於北京圖書館，但至今還未能找到。呂先生早年發表的、至今尚未發現的文章還會有一些，但數量不會太多。至於呂先生的殘存日記、信函、隨筆、雜文、時論以及一些家屬、個人的傳記資料，現都已編入《呂思勉先生年譜長編》中，也將由上海古籍出版社出版。

李永圻　張耕華
二〇一一年七月

目　録

譽千府君行述 …………………………………… 1

記潘振聲先生 …………………………………… 5

先妣行述 ………………………………………… 7

鄭湘溪先生傳 …………………………………… 9

莊子宣先生傳 …………………………………… 11

陳君雨農家傳 …………………………………… 12

外王母行述初稿 ………………………………… 13

徐夫人吳氏傳 …………………………………… 14

劉君脊生傳 ……………………………………… 15

吳孺人傳 ………………………………………… 17

悼雲集序 ………………………………………… 18

楊君楚白傳 ……………………………………… 19

王啓茵女士傳 …………………………………… 20

王省三先生小傳 ………………………………… 21

記呂頌宜女士 …………………………………… 23

謝利恒先生傳 …………………………………… 25

潘君蕙蓀傳 ……………………………………… 28

鄞縣童亢聆詩聞先生五十壽辰徵求書畫啓事 … 29

鄞李夫人壽序 …………………………………… 31

先舅氏程君事述 ………………………………… 33
嚴大家頌 ………………………………………… 35
武進蔣君墓碣 …………………………………… 36
蔣竹莊先生七十壽序 …………………………… 38
姜克群君興學記 ………………………………… 40
朱君祠堂記 ……………………………………… 41
汪春餘先生壽序 ………………………………… 43
許君松如傳 ……………………………………… 45
潘正鐸文木天南旅稿序 ………………………… 47
張壽鏞先生傳略 ………………………………… 49
光華大學小史 …………………………………… 51
外王父程君傳 …………………………………… 55
先考妣事述 ……………………………………… 57
莊仲咸先生傳 …………………………………… 59
汪叔良茹荼室詩敘 ……………………………… 61

蒿廬詩稿 ………………………………………… 62
夢秋詞 …………………………………………… 89
聯語六十三則 …………………………………… 92

未來教育史 ……………………………………… 104
女俠客 …………………………………………… 133
中國女偵探 ……………………………………… 146

小說叢話 ………………………………………… 210
敬告中等以上學生 ……………………………… 254
記黃靭之先生考察美國教育演詞並志所感 …… 257

今後學術之趨勢及學生之責任	265
修習國文之簡易法	269
本論	272
新教育與舊教育	308
歐戰簡覽	316
瀋陽高師中國歷史講義緒論	329
國文教授祛蔽篇	336
滬江大學《丙寅年刊》序	345
大學雜談	347
貨幣問題	354
研究歷史的感想	356
民族英雄蓋吳的故事	360
宦學篇	365
史學雜論	371
《後漢書・襄楷傳》正誤	374
西南對外交通之始	377
關於中國字的一個提議	378
中國歷代之選舉制度	381
中國歷代兵制之變遷	388
論學術的進步	393
活的史學研究法	398
都會	405
略論佛學	409
民族交通	415
女真先世	419
《古文觀止》評講錄	423
論疑古考古釋古 爲徐永清作	479

發現新世界者爲誰 …………………………… 481
治水的三階段 ………………………………… 483
論中學國文教科書 …………………………… 485
《學風》發刊辭 ………………………………… 493
中國人爲什麽崇古 …………………………… 495
歷史上的抗戰夫人 …………………………… 500
《唯物史觀中國史》校記 ……………………… 504
評《唯物史觀中國史》 ………………………… 507
關於中國文字的問題 ………………………… 509
致葉聖陶周建人建議便利漢字部書 ………… 512

禁止遏糴以舒農困議 ………………………… 514
論國人讀書力減退之原因 …………………… 525
對於群衆運動的感想 ………………………… 528
士之階級 ……………………………………… 543
國民自立藝文館議 …………………………… 562
毀清宮遷重器議 ……………………………… 566
鄉政改良芻議 ………………………………… 568
所謂鐵路附屬地者 …………………………… 575
健康之身體基於靜謐之精神 ………………… 579
半部小說 ……………………………………… 583
禁奢議 ………………………………………… 589
吃飯的革命 …………………………………… 603
中國抗戰的真力量在那裏 …………………… 611
何謂封建勢力 ………………………………… 614
狗吠 …………………………………………… 617
婦女就業和持家的討論 ……………………… 620

上海風氣 …………………………………………… 631

中國現階段文化的特徵 …………………………… 634

塞翁與管仲 ………………………………………… 646

爲什麼成人的指導不爲青年所接受 ……………… 650

廣西女子 …………………………………………… 664

論青年的修養和教育問題 ………………………… 666

追論五十年來之報章雜誌 ………………………… 672

學校與考試 ………………………………………… 676

抗戰的總檢討和今後的方針 ……………………… 683

抗戰何以能勝建國如何可成 ……………………… 688

戰後中國經濟的出路 ……………………………… 691

戰後中國之民食問題 ……………………………… 696

怎樣將平均地權和改良農事同時解決 …………… 700

對於時局的誤解 …………………………………… 711

青年思想問題的根柢 ……………………………… 717

如何培養和使用人才 ……………………………… 720

漫談教育 …………………………………………… 724

五都 ………………………………………………… 727

老百姓對於國事的態度溯源 ……………………… 729

兩種關於延安的書籍 ……………………………… 738

忠貞 ………………………………………………… 745

如何培養廣大的群衆的讀書興趣 ………………… 749

還都紀念罪言 ……………………………………… 751

南歸雜記 …………………………………………… 756

青年時代的回憶 …………………………………… 767

新年與青年 ………………………………………… 773

窖藏與古物 …………………………………… 780
兩年詩話 ……………………………………… 786
蠹魚自訟 ……………………………………… 797
連丘病案 ……………………………………… 805
物價偶憶 ……………………………………… 827
堂吾頭 ………………………………………… 829

譽千府君行述

誥授奉政大夫晉授朝議大夫五品銜陞用知縣江浦縣教諭顯考譽千府君行述。

府君呂氏諱德驥，字譽千，一字展甫，晚自號志千。呂氏先世故居宜興，自明永樂間有諱成者，始自宜興徙居常州。及國朝遂爲陽湖人。曾祖諱子珊，嘉慶庚午順天鄉試舉人，河南偃師縣知縣。祖考諱佑遜，道光壬午順天鄉試舉人，安徽旌德縣教諭。考諱懋先，國學生，江西奉新縣知縣。府君少有至性，嚴重如成人，九歲發逆陷常州時，先大父知江西奉新縣事，道梗音問不通。府君隨先大母莊恭人奉先世神主避居武邑循理鄉之龔家村。方是時，江寧安慶既陷，長江上下游皆賊蹤。欲覓人之江北通音問於戚族，不可得。先大母體故羸弱，重以兵亂，倉皇出走，憂且勞，舊有肝疾劇作，以是歲六月轉徙豐北鄉之烏墩，遂棄養。府君哀慟擗踴如成人。雖在亂離之際，附身附棺之物，必周且備。既殮，遂葬先大母於依東鄉之芙蓉圩。既葬，聞賊兵至，時邑人避難芙蓉圩者數十家，聞難皆欲棄府君行，同邑金華亭先生獨異府君，謂同行者：是子非常人也。乃間關挈府君抵江西，達先大父任所，時府君與先大父不相見者既四年矣。比相見，父子相持泣，左右莫不感涕。華亭先生爲先大父述避難時事，道府君年少不苟，臨難如成人。先大父喜，延師課府君讀。府君奮勉力學，日初出而作，夜漏三鼓始息，於書無所不讀，而尤好治經史之學，嘗曰：通經可以致用也，讀書萬卷而無益於世，雖多，亦奚以爲。故爲學不屑屑治章句,亦不爲高遠之論,務在平易達民情可措諸當世而已,年二十遭先大父喪,奉先大母華恭人自贛歸。時亂甫平,瘡痍未復,戚族之返里者多不能自立。府君竭所有振恤之。先伯父朗山公於府君爲從父昆弟,少嘗同居,情好至篤,及是先伯父以府照磨候補江西。先伯父性慷慨好交遊,俸入常不給。府君傾資以濟之,無吝色。其篤族誼好施與類如此。免喪,補博士弟子員,聲譽藉甚。府君益勤苦自力於學,購求圖籍三萬餘卷,上自經史詞章之學,旁逮醫卜星相之屬,靡不淹貫,顧不自滿。暇嘗曰:學問之道無窮,期在人能自求之而已。年三十七補廩膳生。越四歲,選江浦縣教諭。府君既累試不第,亦不復求聞達,日以利物濟民爲念。既之官,即諏訪浦邑之民情風俗,思所以振興之。浦邑瀕江,南與江寧相對,北通安徽之滁州,自滁州西北出鳳潁,達陳許,固要衝也。髮匪之亂,三遭兵燹,遺黎子焉蕩盡,存者皆貧乏不自振,士循帖括之學,不知求所以致用。府君慨焉思以易其俗,乃敬刊卧碑訓詞,遍致之士流,以革浦邑士子放學健訟之弊。旋創月課,集邑之士子諭之以通經致用之學,日以道義問學與諸生相敦勉,俗乃大進,人知自勵焉。歲甲午,朝鮮亂,日本兵犯順,我海軍踣,遼東陷,府君憤國勢之不振,則集邑之士子而諭之曰:時事日棘,勉爲有用之學所以報國也。士聞之,益感奮自勵於學。歲丁酉,丁先大母憂,奉喪自浦返里。先五年,先伯父朗山公卒於饒州府照磨任所,舉室來相依,食指繁,生計益不給。府君處之泰然,曰:方今之世,憂國事恤民瘼之不暇,而暇言貧乎?既去官,橐筆游四方以自給。戊戌客江寧,己亥、庚子居於鄉,辛、壬、癸、甲客上海,乙巳客嘉興。府君既絕意仕進,日思出所學,培成後進,爲國家儲有用之才,遇年少子弟,必勖之以躬行實踐求經濟之學,冀學成備朝廷任使。庚子兩宮狩西安,道遠轉運不繼,有咨運餉之策於府君者,府君告之以沿江入漢,自漢口抵襄陽,然後察視水陸形便,運粟西上。問者以其議獻當道,當道用其策以運粟,不數月,餉果大集,民不煩而事無闕焉。府君之積學以致用皆此類也。歲甲辰,先姊逝世,姊幼承庭訓,能傳府君之學,工詩詞,善繪事,尤熟精掌故,擅女紅,咸黨有針神之目。在室善事父母,于歸後能宜其家。以邁瘵疾,中道徂謝,府君悼之甚,精力遂潛耗矣。丙午二月,客嘉興,偶游市廛,遇大風,右肢猝痺不能動。電喻不孝往迎,遂於是月買棹歸。府君天賦強固,夙鮮疾病,年五十猶能舉重數十鈞,及是患偏痺之疾,雖右肢運動不便,而寢食言笑皆如常,醫家皆以為無害。三月下旬,突患嘔吐,遍身出汗,遂動內風,終日沉睡不醒,急投參著峻補之劑,漸見痊可。四月中旬,脈數舌絳,兼以陰虧,更投滋陰補血之劑,不效,乃改延西醫,進平脈解熱健胃之品,證始漸平,右肢運動亦日便。六月中旬,忽患寒熱疾,幾動內風,復經西醫施以藥針,獲見平復,自此寢饋神識皆如恆時。方冀假以時日,可期漸次痊癒,不圖十一月初三日黎明時,呼吸忽漸粗,沉睡不醒,急延醫家施治,謂脈象尚平,復施以定風補血之劑,不復有效,漸至痰聲大作,脈洪氣促,中西醫家畢集,咸束手無策,延至初五日辰刻竟棄不孝而長逝矣。嗚呼痛哉。府君生平仁恕矜慎,飲人以和,人望而知為端人長者。事親孝,能先意承志,先大父母歿後,遇諱日,慘然無愉容。篤風誼,重然諾,人有急赴之,若己之私,雖當顛沛流離之際,必盡所能盡而後已。與人言溫溫若不克,未嘗面折人過,然人有失輒不敢府君知。性儉約,所以自奉養者至菲,然戚黨賴以舉火者恆數十家。常雞鳴而起,夜分始息。舟車之中,讀書未嘗一日閑。游蹤所至,必考求其地之民俗習尚,物產豐嗇,閭閻疾苦,數十年如一日。其踐履之惇篤,任道之弘毅,蓋若天授。於學無所不窺,晚尤好治史學,歷代史籍,未嘗一日釋手,雖病中猶流覽如恆時焉。著有《抱遺經室讀書隨記》若干卷,詩集若干卷,藏於家。嗚呼,若府君者,積學勵行,宜顯於時,顧名不副行,僅僅終於一學官,且止於中壽,天之所以報施善人者何其酷哉!府君生於咸豐二年七月二十五日寅時,卒於光緒三十二年十一月初五日辰時,享年五十有五。誥授奉政大夫覃恩晉授朝議大夫,配吾母武進程氏,咸豐戊午順天鄉試舉人兆緝公女,誥封宜人,覃恩晉封恭人。子一,即不孝士勉,娶武進虞氏分省通判樹蓀女。女一，適武進丁氏廣東候補知縣守銘。嗚呼，自府君捐棄館舍，忽忽涉旬月迫季冬矣。將以今歲十二月卜葬於武進依東鄉東荷花塘之新阡。志幽之文，礱石以待。伏念府君生平，政績在官，德望在里，宜有所稱以詔來者。不孝昏瞀無似，於府君嘉言懿行不克窺見於萬一，謹就所知，次第一二，伏惟當代立言君子，錫之銘誄，以光泉壤，不孝世世子孫感且不朽。不孝孤子呂士勉泣血謹述。誥授光祿大夫、頭品頂戴、賞戴花翎、太子少保、前工部右侍郎、會辦商約大臣、姻世愚弟盛宣懷頓首拜塡諱。

（寫於一九〇六年）

記潘振聲先生

潘民表，字振聲，先世自紹興徙常州，入陽湖籍。民表少孤，育於外家繆氏，同治癸酉，舉順天鄉試。光緒丙子丁丑間，河南山東西大饑，民表方聘佐東昌府幕，道見饑民滿野，即辭歸，募資赴振，布衣草履，往來窮簷間。遇水，則乘桴，或泛一小艇。時張勤果公曜撫東，深器之，一委以振事。嘗遷鄭州饑民於歷城之臥牛山，為立紡織局，設義塾，俾能自立。其民皆言：潘公活我。辛卯，以勞績保知州，需次山東；乙未，署恩縣，補平度州。德人據膠澳，許築鐵路達濟南，並開沿路礦山。民表以畫界事與德人相持，巡撫毓賢疏請遷民表知泰安府。義和團起，京師戒嚴，民表欲募兵入援，會李秉衡督師北上，民表請從軍，不許。固請，乃檄調至營，至則秉衡已戰死，收其屍敗壁間。謁兩宮於行在，得旨回泰安任。民表歷官折獄最平，教民有犯，必盡法懲治，教士以書請者，皆不發。泰安民多入教，義和團敗，教民益張。民表居恒鬱鬱，力請免，乃以道員分發陝西。民表竟世稱義和團曰義民。上官知其廉，委辦督銷局。民表臥病數月，其下盜公款至二萬金，民表自愧無狀，仰藥死，時光緒三十二年也。年六十六。民表生平堅苦刻厲，然與人語，呴呴如老嫗，好勸人惜紙穀物，放生，施濟乞丐。其居官，每行部，必載錢以貸貧民。外家繆氏中落，民表為立後，資以金。師林某，死無後，亦助以金，為立後。友人周同玨繫獄，歲必寄金周之，褐衣糲食，雖居官未嘗改。其於振事，靡役不與，大河南北，無不知潘善人者。嘗入都，遇盜於良鄉，擊之，傷要墜車，一盜識之曰：此潘善人，嘗活我者也。掖之登車，盜後爲有司所獲，民表請曲全之，不能得，終身以爲恨。在山東，遇盜，輿夫告之曰：此潘某也。盜大驚，叩頭謝罪去。居官，嘗捕得竊，矜其窮，與千錢，曰：自今爲小負販，勿復竊矣。理訟，多集鄰右干證，皆予以飯錢。盜賊感其誠，勿犯其境。亦頗練達政事，吳大澂之在吉林，嘗檄民表屯田愛琿。其在恩，修河隄，設閘以司啓閉，除錢漕糧米放盤之弊，民尤德之。初民表年三十餘，始娶妻，未十日，民表即以振事遠行，而其妻又以産難卒，遂終身不復娶。在泰安，買一妾，舉一子，常不令之官。民表死，喪羈於陝，妾與子亦留滯不果歸。

（寫於一九○六年）

先妣行述

先妣武進程氏，曾祖考諱鳳，陝西三原縣知縣，曾祖妣武進屠氏。祖考諱應樞，嘉慶癸酉順天鄉試舉人，祖妣吳蔣氏。考諱兆縉，咸豐戊午順天鄉試舉人，妣吳蔣氏。外曾王父早世，家貧有子四人，外曾王母撫之以立，嘗因葺屋掘地，得金一船，外曾王母祝而埋之曰：無勞之賜，義不敢受，天若不忘程氏，以是藐諸孤，不辱其先，所以賜也。故外王父兄弟四人，皆以文章經濟有名於時，及諸舅從母與其子孫，亦多聰明才智者。以至於思勉之生，故老猶咨述其事，以爲外家之所由昌焉。先妣年八歲，髮逆犯常州，一嫗走告，時外王父客京師，舉室皆婦稚，驚擾，先妣坐窗下讀書不動，嫗比去，以手撫其頂曰：是必有福，吾老，復直亂離，不獲見其成也。城陷，外王母率家人避難泰州，外王父聞難南旋，至山東，土寇起，縣令程公繩武留主軍事，提鄉兵數百人，日與賊數千戰，所殺傷過當。一日賊大至，戰不克，死之。耗聞，外王母乃復挈先妣及從母走山東，求外王父骨葬之。時外王父兄弟皆前歿，惟仲兄乃文知江西新淦縣事，間關往依焉。江西亦多土寇，環新淦數百里皆賊鋒，一日寇來，新淦君具舟，戒家人出避，而自督衆守城，先妣獨不肯去，曰：豈可使衆皆去，而伯父獨留新淦。新淦君爲詭詞以遣之，乃出。夜泊舟河步，有盜舟自遠至，列炬戈鋋耀波，舟子移舟匿叢葦中，戒舟中人勿聲。盜舟過，舉舟屏息，先妣獨大笑，一舟皆驚，已而賊退，復返新淦。數載，新淦君以忤上官意，棄官歸故里。先妣乃復返常州，年二十二，來歸我先府君。時寇初平，威族多無以自立,先妣承先大母華恭人意,傾所有振恤之,有肆譎觚之技者,亦與之無少吝。或勸先妣盍少爲後日計,先妣不可,曰:恐傷姑心也。已而吾家果貧。先妣則躬履儉素,率婢媼朝而作,夜分始休,自晨昏侍養,以至於冠昏喪祭之務,靡不躬自經紀,無失其宜。故先妣事先大母三十年,而先大母未嘗知有貧之憂,而府君讀書居官,亦未嘗以家爲累。寒宗近支寥落,亂後存者,惟府君及先從父朗山府君二人,居官皆貧,而朗山府君又早世,舉室來相依。方是時舉家食指以十數,男未婚,女未嫁者十人。府君常客游於外,家中事無大小,皆先妣一人主之,以至於今日,喪者得以葬,老者得所養,幼者有所撫育,以至於成人有室家,皆先妣有以保聚之也。先妣少長華腴,而其治家率先勤苦,飲食居處之菲,雖食貧居賤者有不逮。性至明察,有譸張爲幻者,一見輒能知之,以一言摘發之,莫敢不廠。然至慈祥,其接人常以恩,遇事常好爲其難。其視人世富貴貧賤,憂樂毀譽,皆屬無足介意者,而慮事至深遠。少未嘗讀書,長自苦習之,以至於經史詞章,皆能貫通,所著有逸秋詩鈔一卷,讀書隨筆一卷。戚族中女子年及髦齔,其父母輒使居吾家,受教於先妣,皆能通知書史,習女紅,勤於内則,而明於應事。以去,至其終身未嘗不思先妣云。先妣生於咸豐三年八月十八日,卒於光緒三十四年八月十一日,享年五十有六。誥封恭人覃恩晉封淑人,府君陽湖吕氏,諱德驥,字譽千,四品銜候選知縣,江浦縣學教諭,子女各一人,女適廣東候補知縣武進丁守銘,前卒。子思勉縣學生,娶武進虞氏,思勉謹述。

(寫於一九〇八年,係未刊單稿)

鄭湘溪先生傳

有清末造，常州有隱德君子曰鄭君湘溪，隱於醫，以其術活人，無慮千萬，遠近稱爲鄭半仙。君仁心愛人，而强毅自力，少遭咸豐庚申之難，祖及仲父皆死於兵，親老轉徙鄉間，出斷釘廢鐵易錢，率日不得一飽，而事親備甘旨。父卒，葬之以禮。稍長，習業於名醫惲仲山。夜苦蚊蚋，納足甕中。冬寒夜篝燈擁被讀，絮敗，取版壓之以取暖。數歲盡得其傳。返郡城，爲人施治，名大著，有力者爭延致之。然君爲貧病者診治則尤力，時或不取資，反給以藥，又爲糜粥食之，故貧病者爭就君。疾疫流行時，就診者室恒不能容，則假鄰近門首佇立以待，巷以内肩相摩也。黎明起，爲人治病，率日晡乃得食，食已則出診，夜分乃歸，又有請者則又往，雖寒暑霜露無難色。所治病，皆他醫所束手，君輒挽回之，或病實亟，至繞室旁皇不能寐，曰：吾求其生而不得也。初返郡城時，鄉人邀君月放診數次，以惠貧民，輒徒步往，雨則躡草履，足繭痛不以爲苦。後郡城亦設藥局，定期施診給藥，君贊成之力尤多。性孝友，以父早世，不逮終養，言則流涕，事母則曲盡順孝，被服飲食玩好之物，可以娛母者，力所能致，無弗致也。家有舊居，亂後頹廢，君順母意復之，鄰里之棲息其中者，皆給以資，使克遷徙，所費至數千金。有弟二人，仲亦死於兵，其季君教養之至成立，遂舉所賃廡畀之。叔父早世，事叔母如母，撫其子如弟，爲延名師課讀，戚族無力就學者，亦招使同學，一堂弦誦常十數人，如是者二十年。一妹適山陰劉氏，妹夫卒，無所歸，君曰於我殯，已復買地葬之，養其妹終身，嫁其孤女。凡戚族之貧不能自振者，君必爲之計久長，狡獪與處，必周必至；其窮老者，則定期分贍以錢米，或時就君食，食坐常滿。自君之祖及其昆弟多逋負，君壯皆償之，積債券盈寸，又好施與，州里養老恤孤之役靡不與，有以緩急告者，必得所求，故君以醫名於時二十年，及卒，顧負人千餘金。没之前一日，强起疏其數於册，以授其妻曰：吾不欲以財自累，且以累子孫，此負人者，多無券。我死，雖貨産質物必償之，他人負我者，不願兒曹知也。妻朱氏如其言。君以光緒十九年六月二十六日卒，年四十六。聞者知與不知，皆悲傷歎息，有哭失聲者。予先世與君至交，居又至近，晦明風雨，必相過從，家人有疾，亦輒詣君。君貌清臒以和，善談説，見病者尤呴呴以慈，有疾痛者，望見君，輒自減也。自君之卒二十年，而常州之人思之如一日，見其後猶竊竊然相與稱願，存問殷拳。且曰：以君之行，而貧且不壽，爲善者其懼矣。而其君子或論之曰：《周官》孝弟睦姻任恤之行，晚近以一身兼之者，惟君而已。聞者無閒言。君諱光澤，字沛霖，湘溪其號，曾祖諱蘭，祖諱琳，考諱錦，君出後伯父鈞，聘劉氏，殉庚申之難，旌表入祀貞烈祠。娶顧氏，生子寶樹，繼娶朱氏，生子寶楨、勁、劼、勉，寶樹、寶楨皆前卒。勁本名忠輔，縣學生。女子二人，長適張自協，次未字。

（寫於一九一三年）

莊子宣先生傳

嘗謂治始於鄉，而憾晚近之世，隱德君子何少也。久之，乃聞吾邑莊君子宣之行於其族子通百焉。君諱□□，世居昇東鄉之茅堰，茅堰多文儒，而莊氏尤盛，父老傳說有所謂茅堰八莊者。予生也晚，不獲盡知其名字也。而君考鑒泉先生，諱□□，世父鑒山先生，諱□□，咸以積學有聞於時。君之少也，爲學自成，光緒丁亥受知於督學使者長沙王益吾先生，補邑庠生，復以貢入國學而應鄉試，屢躓，遂絕意科第，研求有用之學，於史學輿地算術，所造尤深。嘗見舉鄉董，於平糶團練，咸有實績，鄉之人至今思之。而君居鄉，尤以培養人才爲急務，以爲善人多，則氣類不孤，欲有所爲，事皆易集。雖不必得位乘時，世事必有隱受其益者。君於學問，自視欿然，而遠近之士，聞風請益者踵至。君一一誘掖獎進，經師人師一身兼之，所成就甚衆。若君族子通百諱先識，邑人巢君肇覺諱楨，其尤表表者也。君子夢齡字與九，亦以學行惇篤，爲世稱道。君晚歲嘗就其鄉設立昇東小學，子弟之受栽成者尤多，惜君早世，不獲久主其事也。君卒於民國四年□月□日，年五十七。夫人王氏，考諱□□，字宜。

（寫於一九一五年）

陳君雨農家傳

君諱汝霖，庠名章，字雨農，江蘇武進縣人，世居城北之徐墅。十三世祖明善，工詩善書畫，構園林，名亦園，與諸名士燕集，世稱亦園先生。祖肇鏞，父金誥。君少出後世父金式。肇鏞知河南府，金式同知多倫諾爾廳，皆有政聲。君少隨宦□北，七歲，金式歿，歸里居亦園，從師讀，聲譽鵲起。年十六補邑庠生。二十後移居城市，邑中子弟慕其名，多問業者，所成就頗衆。三十歲主教江蘇省立第五中學，尤爲弟子所鄉慕，凡四年。遽以腹疾卒，時民國六年，年三十三耳。君資慷慨豪逸，重然諾，輕財物，好施與，於友朋氣誼尤篤。記誦博洽，文法六朝，詩宗晚唐，皆沉博絕麗。詞近夢窗，書效顏平原，挺勁中自含秀麗。三十後精研訓詁，於許書用力尤勤，惜未及有所述作。遺著存者，《雨農文稿》如干卷，《影亭詩草》如干卷，《搦紅詞稿》如干卷，皆未刊。子三：文梓、文泉、文傑。

（寫於一九一七年）

外王母行述初稿

程兆縉妻蔣氏，吳縣人，父兆鴻，安徽蒙城縣知縣。蔣氏年□□□歸兆縉，治家以賢能稱。粵匪陷常州，兆縉客京師，兄絨衡，弟繼臚皆死難。蔣氏挈全家幼穉避鄉間，聞□賊將至，悉埋簪珥於地，紉箴其上下褻衣，取兒輩姓名年籍各書於其衣之陰。賊至，蔣氏攜兩女沉於河，賊去，遇救得生。而鄉里有因避難死者，蔣氏出簪珥易資斂之。蔣氏有兄，爲學官靖江，繞道泰州往依焉。至青口鎮，遇賊，火及其廬，蔣氏堅不出，會風返火息，乃得間關挈幼稚抵江西，依兆縉仲兄乃文。蔣氏幼處華膴，工詩善書，曉音律。逮歸兆縉，食貧而安。亂離中，躬事勞作，十指皸裂。兆縉禦捻匪，戰死蘭山，蔣氏嫠居二十六年，杜門不出，人罕見其面，笑不見齒，櫛沐未嘗引鏡。每言及兆縉即泣下。疾，悉屛醫藥。曰：我未亡人也，又何求。乃文官江西新淦縣，既卒，家道中落。蔣氏復依其次女以居，光緒十一年十月卒，年六十七。蔣氏遇下有恩，終身不畜婢，然特明決。常州未被圍時，有抱布求貿者，蔣氏目之曰：此賊諜也。已而果然。其次女適陽湖呂德驥，亦以賢能著於鄉里，高年及見蔣氏者，皆謂其有母風云。

（寫於一九二三年）

徐夫人吴氏傳

夫人吳氏，先世安徽涇縣人，考景春始徙江蘇之武進。年二十二歸邑徐君觀瀾爲室，事姑以孝聞。善理煩劇，百務紛集，指撝立辦。戚族喪慶，必請主內事。臆成敗，尤多中。昆弟五人，伯兄最才而蚤世，吳氏有事亦必咨於夫人，然仁而愛人。其卒也，戚黨皆歔悼，有方食失匕箸而僵者。夫人卒於民國十二年夏曆九月，年五十有四。方夫人疾革時，齊燮元、盧永祥搆兵，江浙俶擾，家人咸憂皇。夫人曰：吾行無愧天地，豈其臨命而罹茲酷邪？處分後事，無憂怖之容，可謂知命者矣。生男子子三，女子子二，今惟長男震及一女存。予識震時，年二十餘耳，而能卓然有所樹立，行己有恥，博學於文，可以知夫人之教矣。

（寫於一九二三年）

劉君脊生傳[1]

君劉氏，諱巽權，字脊生，號味農，宋名儒屏山先生之裔也。少穎異，讀書多所領悟。戚黨中有好洛閩之學者，君從問業焉。因頗讀宋五子之書，而性尤好文辭。初爲文，法桐城。最服膺曾國藩比合訓詁詞章之説，遂進求之，經史諸子，靡弗貫通，小學及馬、班、范、陳、李延壽諸史，所造尤深。性誠篤狷介，見人有一善，譽之不容口；有過，亦面折之。遇事持正論，侃侃不阿，尤悒悒遠聲華。當代知名士，慕君問學，多願與之交，君輒自抑退，曰：吾懼虛名盛而實學荒也。君既不好名譽，又立身近古人，而素貧賤，恃教授以自活。初教於里中私立溪山小學、永詒小學、半園女學，後乃教於江蘇省立第二工業學校者十年。歷事既久，稍益知當世人物情僞，不能無所憤悒於心，顧持其介節如故。體素羸弱，又劬學過甚，不知攝衛。民國七年，得腸胃疾，後時時作。十一年，復得肺疾，腸胃疾亦益劇，遂不可療。十二年七月三日卒於蘇州，年四十有二。君治學最勤苦，小時讀書，晨起衣服，夜卧解帶，必默誦所識古人之文，能背諷不遺一字者，蓋千有餘篇。考證經史，及論文字音訓，皆周密，人所不經意細故，往往穿穴之，得神解。論學，亟稱崑山顧氏、嘉定錢氏、高郵王氏，其所發明，精到處亦庶幾焉。論文，自壯歲以後，更好班固、陳壽；於詩，最好陶潛、杜甫。所爲詩文，皆古澹而格律謹嚴，人以文字就正者，一過輒能指

---

[1] 一九二三年十二月，先生又撰《募捐啟事》一則，現附於傳後。

其疵累，爲點竄一二語，即妥帖，莫不歡悅。惜素懶，有所得，多未筆之於書，詩文亦隨手散佚。歿後，其弟子徐震搜輯爲六卷云。妻楊氏，有賢名，先君卒。繼娶陸氏。子三：充葆、同葆、開葆。同邑呂思勉撰。

敬啓者：劉君脊生持躬清正，承學辛勤，既不近名，尤恥言利，中道殂謝，行路傷嗟。重以老父在堂，寡妻在室，遺孤長者方在入塾，小者未逮扶床，更無尺縑斗粟之儲，若爲送往事居之計。廉等早同游處，久共切磋，當其綿綴之時，曾以藐孤爲託。庶終始經紀其家室，敢憚魚勞；期久要無負於平生，終虞蚊負。敢呼將伯，同助冲人。挹餘潤於廉泉，豈徒曰死者復生，生者不愧；感洪施於無既，尤足見仁者有勇，勇者有仁。敬布下誠，佇聞明教。譚廉、莊先識、呂思勉、陸繼讜謹啓。民國十二年癸亥。

（寫於一九二三年）

吳孺人傳

　　吳有篤行君子曰汪德厚，與思勉交十二年，未嘗有一言一行之失，考其所由，蓋多出其母吳孺人之教。孺人考諱茂，世居徽之休寧，以避粵匪亂轉徙常州之孟河，遂家焉。孺人年二十而歸汪君啓，其先世亦歙人也。汪、吳故皆富有，遭亂中落，孺人未笄，即佐其母張孺人治家事，衣食不給，則佐以女紅。洎歸於汪，其勤儉一如爲女時。汪君善繪事，客居揚州十餘年，借粥畫以自給，恒苦匱乏，然能保其清節者，孺人之善居貧有以成之也。孺人生四男七女，皆躬自鞠育，夜分猶篝燈治衣履，雞鳴即起，操井臼，食未嘗一日甘，居未嘗一日安也。汪君中歲後幕游四方，所入稍豐，家計漸裕，顧自奉至菲，見困乏者，必周恤之，雖稱貸以繼，無少吝，曰非敢要譽於鄉黨朋友，所身受者未忘也。吳之人皆稱之曰仁。民國二年，年七十二卒。孺人善繼其志，又十有三年而卒，年□□□。孺人性慈祥，終身無疾言遽色，接人以恩，多所顧念。所生四男，三皆前卒，惟季德厚存，女子子存者五，皆遠嫁。其晚境，實可念也。孺人於紛華無所好，惟頗喜文章，德厚自塾歸，必燈下課聽誦，熟乃已。嘗曰：人生世間，若駟之過隙，一朝溘逝，誰復知其艱難勞瘁，我死之後，得賢士大夫能文章者，記予之生平足矣。德厚以思勉爲能文而屬之，思勉之不文，則何足以傳孺人？抑聞之，天下惟有恒爲最難，孺人之德操，持之歷數十年而不渝，蓋幾於性之矣，可無以告後之人乎？故不辭而爲之傳。

（寫於一九二六年）

悼雲集序

亡友劉君脊生之繼室陸夫人既卒之明年，其弟某，裒戚黨追悼之辭爲一編，名之曰《悼雲集》，將授諸梓，以永其傳，而屬序於予。猶憶劉君先妃楊夫人之卒，劉君榜其喪次曰：無如命何。自楊夫人之卒五年，而劉君卒，劉君卒五年，而陸夫人又卒。楊夫人素壯健，劉君亦劬學，能勞苦，其疾皆可無死，而卒不免於死。陸夫人年尤盛，卒遘癘疫，自疾至歿才三日，醫不及施其技，則誠可謂命也已。太史公曰：人能弘道，無如命何。豈不信哉！雖然，貴富壽考，固非人之所欲也。人受性於天，受形於父母，父母全而生之。子全而歸之，則可以謂之無憾矣。貴富壽考，固非其所欲也。世衰俗敝，乃惟貴富壽考之願，願之而不得，則咨嗟太息而不足於命；且天之生人亦多矣，豈能人人予之貴富壽考？天地之所不能給，則非人性之所本欲審矣。非所願而願焉，不得而又以爲怨，豈非大冶不祥之物乎？君子之生也，求其無憾焉耳矣。無憾於其生，則亦無憾於其死，而壽夭爲不足計也。故曰：朝聞道，夕死可矣。故曰：人能弘道，非道弘人。能弘道者，固非命之所能厄，而又何憾焉？陸夫人在室，能守女儀，其父母嘉劉君之篤志於學，使嬪焉。既歸於劉，克盡婦職。未期而劉君病，未再期而寡。能持其家，撫其遺孤，身亦刻苦向學，底於有成，可謂能弘道矣。謂之非夭，不亦宜乎？敢述所見，以塞介弟之悲。

（寫於一九二八年）

楊君楚白傳

君楊氏諱以珞，字楚白，常熟三塘鄉□□鎮人，少孤，劬苦力學，而事母至孝，應試累前列。母以其弱尼之，君遂棄舉子業，流覽醫籍，明於養身之道，更以強健，母乃解憂。世父□，嘗董鎮事，卒。鎮人舉君繼之，時年十九耳。精心規畫，事以畢舉。民國三年，鄉人又舉君爲董，鄉有塘曰奚，灌溉所資，以近江多淤墊，君請於縣議會，得款浚治，不足斥私財成之，至今賴其利。君能勤細物，嘗經商，寸縷尺帛，無所廢棄，以是稍饒裕。自治廢，君亦辭鄉事，始營自宅以居，其先公後私如此。十四年，縣復立議會，邑人舉君爲議員，未再期又解散。十八年，年四十四遽卒，知與不知，罔不嗟惜。君貌岸然，即之溫如。聞人善，揄揚若弗及。利於人，靡不力，未嘗求知。於公益，尤自靖。教子姓，必以道。其所行，皆安於心，故無所憂懼。有子九人，殤者七，或誨之禱祀，君曰：不愧暗室，又何禱焉。既被疾，詣縣求醫，將歸，友送之，君曰：術者謂我歲在己當死，恐不復相見矣。相與勞苦而別。其於死生之際，卓然不惑如此。夫人閔氏，賢有儉德，君之能斥財以利物，夫人成之也。子定烺，敦行好學，能世其家。

論曰：今之鄉長，古之大夫也。孔子稱孟公綽爲趙魏老則優，不可以爲滕薛大夫。其重之如此，海宇俶擾，生民雕瘵，所以培其元氣者，厥在鄉亭，安得如君者千百人遍佈宇內哉？

（寫於一九二九年）

王啓茵女士傳

女士溧陽王氏，諱啓茵，父鴻文，官奉天錦西知縣。女士生於奉天，故字奉；九歲而父歿，歸葬鄰邑武進，遂家焉。母汪氏目不明，女士事之以孝聞。十歲入武進縣立女子師範學校之附屬小學，十三歲畢業，升入師範，十九歲畢業。教授於武進公立覓渡橋小學者六年。忠於其職，循循善啓牖，視學者咸稱之。年二十三適武進張宜，其外弟也。事舅姑又以孝聞，明年孿生二女，長曰開孫，次曰成孫，是歲攜成孫，從其夫移居上海。明年一月，倭寇作，避之租界，所居隘。二月五日中煤毒，與成孫俱死，亦可哀已。女士有儉德，嫁時衣皆自縫。近歲民俗稍侈，務美衣甘食，游觀娛嬉，雖賢者不免焉。女士獨無所好，都邑所謂遊戲場者，足未嘗履，娛嬉之事，亦一不省，烹飪浣濯，咸躬親之。其卒也，知者莫不歎息焉。

呂思勉曰：夫子稱閔子之孝曰，人不間於其父母昆弟之言，世惟庸行爲難能，惟鄉黨之論爲不可欺也。予雅知女士之舅沂，女士之歿也，沂哀之，常爲人稱道之，聞者無間然，即女士之行可知矣。

（寫於一九三二年）

王省三先生小傳

君諱豐鎬，字省山，初諱企曾，字省三，號木堂，上海法華鎮人。生於清咸豐八年戊午九月四日（按：即是西元一八五八年十月十日），卒於民國二十二年十一月二十三日，春秋七十有六。君少敏慧，肄業於上海道應寶時所設崇正北官塾，月試必列前茅。年二十三，補邑庠生，文名藉甚。顧君高瞻遠矚，知海通以還，文學政事，月異而歲不同，斷宜深究，乃從所知習西文，又入西教士慕維廉所設學校肄業。年三十，入京師同文館。越二歲，薛君福成使歐西，奏調同文館生隨行，君與焉，升翻譯兼隨員，甚為薛君所器。留歐洲凡六年，乃游美洲歸。君之在倫敦，嘗入丕立斯毛斯歇爾學校肄業，故所學益進。歸國後，佐武進盛君宣懷辦理交涉事務，收回漢陽大冶道士洑馬鞍山鐵礦廠，議訂京漢鐵路合同，咸與有勞。又嘗率英、美、德、日四國礦師勘煤礦於皖、贛，得宣城南鄉犬形山礦，因開採焉。會萍鄉煤礦開，當局者議專營，乃罷採，時為光緒二十五年。明年，蔡君鈞使日本，奏調君為參贊，改橫濱兼築地總領事。又明年，盛君以交涉事繁，詒書招君返國，乃假歸。是歲應鄉試中式，座師為戴君鴻慈，尤器君，明年清廷開經濟特科，以君薦。又明年，戴君等五人奉使考察各國政治，君以參贊從，專究心於鐵路。其後九國考察記所載鐵路一編，君筆也。三十二年歸國，戴君奏保以道員用，分發浙江，嘗總辦全省員警及洋務局，又兼農、工、商、礦、電話諸局職，咸有成績。宣統二年，署理浙江交涉使，三年即真。浙省收回西湖、寶石山、湖州海島、臺山、印山、拱宸橋、燕磯山各交涉，均君在任時辦結。日商違約在杭州城內設肆，令其遷出，在江山設樟腦公司，令其停閉，尤人所難能也。光復後，浙江巡按使屈君映光，力保才可大用。七年八月，起任浙江交涉員。後又一長湖北郵包稅局，以末疾歸。君夙慷慨，有志於用世，其才與學，又皆足以副之，亦嘗小有所試矣；而卒止於此，命也夫！民國十四年，五卅案起，上海聖約翰學校校長美人卜舫濟，毀我國旗，華人之爲教師者暨學生咸憤，去聖約翰，謀自立學校，而旁皇未有所適。君慨然謀於夫人費佩翠，捐所置法華鄉田數十畝畀之，校卒以成，今之光華大學是也。君夫人上海孫氏，早卒，費夫人其繼室也。子男七人：臨照、明照、德照、榮照、福照、恩照、華照，咸有學行，能世其家。臨照、明照、榮照早卒。

（原刊《光華大學半月刊》第二卷第四期，
一九三三年十一月二十五日出版）

記呂頌宜女士[①]

我邑呂頌宜女士，名永萱，丁蒲臣大令之元配也。女士自幼敏慧，工詩詞，善書畫，適丁才貌相當，唱酬甚樂，在閨房中，手不釋卷，博覽群書。不幸罹瘵疾，病榻呻吟中，猶日讀《太平廣記》，以資消遣，及卒，竟盡二百餘卷，其好學如此。惜年僅三十，所作詩詞，大半散佚耳。茲覓得其遺詞數首，清麗纏綿，急錄於下，以飽閱者。

《春陰　調寄高陽臺》云：

紙帳凝寒，熏篝夢冷，蕭條靜掩重門。一院迷離，描來淡月黃昏。東皇更自無情甚，又連宵、釀就陰雲。最無聊，天自懨懨，人自醺醺。

綠章不用通明奏，看梨酣棠醉，花正消魂。芳草芊綿，踏青絶少遊人。何時攜得東山屐，脫貂裘、換酒前村。乞天公、且放晴暉，且任禧春。

此首題下注代外子作四字，蓋為蒲臣大令代作也。

《念奴嬌　清明》云：

倚闌怊悵，怎匆匆，又是清明時節。既霽仍陰寒不減，花信廿番被勒。柳眼才舒，桃腮未展，孤負春風拂。蹉跎韻事，秋千又成虛設。　長記試茗停鍼，當時曾有好句題紅葉。太息年來渾不似，瘦損夢中詞筆。草草勞人，俗塵如許，往事休重說。凝眸立久，林梢又上新月。

[①] 編者按：此文系呂先生所擬，或先生草擬之後交送好友蔡鉞。蔡鉞字有虞，號焦桐，時在《武進商報》任職，故刊出時署名為焦桐。

《前調 春陰云》：

濕雲濃聚，正做晴弄暝，困人天氣。十丈遊絲飛宛轉，一縷春魂被繫。霧薄凝煙，寒輕似水，陌上花開未。笑他鄰女，踏青空繡絲履。

最是紙閣沈沈，蘆簾不卷，閑門長深閉。乍醒宿醒還倚枕，消盡詩情酒意。鳥喚提壺，鳩催布穀，明日陰還霽。韶華已半，莫辭荷鍤買醉。

《壺中天 詞寄外子湖北》云：

中秋過了，又雲濃霧薄，連宵風雨。釀就淒涼重九近，那管添人愁緒。玉枕啼多，錦衾寒重，況直人初去。房櫳靜掩，滿懷心事誰訴。

怊悵楚水吳山，離魂斷夢，可許迢遙度。料得今宵孤館夜，一樣擁衾無語。紙閣蘆簾，敲詩煮茗，何日長相敘。償錢牛女，此生總為貧誤。

（原刊一九三四年十月二日《武進商報》，題為《呂頌宜女士遺稿》）

謝利恒先生傳

君武進謝氏，名觀，字利恒，世居縣西北之羅墅灣。羅墅灣濱孟河，孟河號多名醫，君祖葆初先生其一也。父鍾英先生，精輿地之學，工古文辭，爲世名儒。君少承家學，性又穎悟，年十二，畢五經、四子書，於古今山川形勢，郡邑沿革，已瞭若指掌，又熟誦《内》、《難經》、《傷寒雜病論集》、《本草經方》。年十五，出就外傅，益肆力於史學輿地，精研《史》、《漢》諸子，爲文章不懈而及於古。時值甲午戰後，海内爭言維新，邑故有龍城書院，課應舉之文，及是，改爲致用精舍，肄經、史、輿地之學，君與焉，試輒冠其曹。年二十一，肄業蘇州東吳大學，以丁外艱廢。光緒乙巳，始以地理之學，教授於廣州中學，已而兩廣優級師範、遊學預備科、陸軍中學、廣東法政、初級師範、陸軍小學、隨宦學堂聞君名，爭相延致。君口講指畫，學生咸欣然，自以爲有所得，一時廣州地理教席，非君無以厭衆望。君以任課太繁，又母夫人不服嶺南水土，居三年，辭歸，爲上海商務印書館編纂地理書籍。時澄衷學堂經費充裕，爲海上私校冠，而辦理未善，風潮時起，歲戊申，董校事者延君主焉。君至則嚴管理，勤教課，澄衷學則，遂爲諸校首屈。國體既革，武進人推屠君寄主縣政，以君鄉里碩望，延掌本縣教育事，君悉心擘畫，嚴考績，圖擴充，居二年而去。其始至也，學校三十，學生四千，其去也，學校百五十有八，學生六萬數千人，教育部第全國二千縣成績，武進次二。袁總統召君入都，欲使長省教育廳，君預燭洪憲之變，不欲仕，辭焉。民國三年，仍入商務印書館，主纂地理書籍，先後成圖書三十餘種。君以爲一統志暨各省郡縣圖經，多詳於古跡風景若行事，而於地形、地質、氣候、風俗、物產，罕能道其詳，失地學真意，闕經世之用，銳意欲纂各省新志，未果。而治中國醫學者，謀編辭典，以諗商務印書館，商務印書館以屬君。君於醫，雖不以是爲業，顧自幼熟誦醫經、經方，長而流覽弗輟，親故有疾，或爲治療，遇儒醫、世醫若草澤鈴醫，有一技之長者，必殷勤詢訪討論，未嘗一日廢也。及受委託，即欣然自任，縱覽古今醫籍，旁及朝鮮、日本之書，汰其蕪，去其複，較其精英，歷時八年，成書三百五十萬言，而君鬚髮白矣。乃謝商務印書館，寓上海，名其室曰澄齋，以其技救人疾苦，又出其所心得，以詔後生，有志醫學者踵至。初，上海醫家設中醫專門學校於城中，延君長其校，君爲定課程，編講義，時在民國六年。實爲我國中醫學校之首創，海內繼起者，咸取則焉。十四年，神州醫學總會設中醫大學於閘北，又延君長其校，將以研究高深學理，爲全國醫學升階，凡數年，以時局不靖中輟。海上醫學團體多，而意見不一，君謀所以和會之。十八年，乃發起中醫協會。適中央衛生委員會通過廢止中醫案，中醫協會宣言否認，而召集全國醫藥團體代表大會。三月十七日開會，至者十有五省，醫藥團體百三十有二，出席代表二百六十有二人，提案百餘，成立全國醫藥團體聯合會，其後遂以三月十七爲國醫節焉。會既終，推君爲代表，入都請願，廢止中醫之案，由是得免施行。其秋，衛生署及教育部又頒《中醫學校名稱及管理藥商規則》，於本國醫藥業大爲不便。十二月，又召集第二次全國醫藥代表大會，至者十有七省，團體二百二十有三，出席代表四百五十有七人，君見推爲主席暨常務委員，始正中醫中藥之名爲國醫國藥。會既終，再推代表入都，蔣主席善之，命撤銷所布規則，中國醫藥始得無所束縛。二十年，中醫協會改組爲上海市國醫公會，歷次大會，君仍見推爲主席暨監察主席。是歲，中央國醫館成立，君見推爲常務董事。二十四年，中央醫館改選，君仍任理事，上海市衛生局試驗登記中醫者七，君五爲試驗委員。蓋自民國六年以來，君於國醫公務，靡役不從，亦云瘁矣。是歲，君年五十有六，國醫節後，乃謝世務，居澄齋不復出，但日爲弟子討論學術，而君弟子群謀輯君言論行事，以告當世，曰《中國醫學源流論》，曰《中國醫話》，曰《中國藥話》，曰《澄齋醫案》，曰《澄齋驗方》，曰《澄齋雜著》，曰《澄齋年譜》，附以《葆初先生醫集》、《鍾英先生文集》，凡如干卷，將次第刊行。而論者曰：君潛心醫學四十年，盡力醫事，餘二十年，問學弟子，無慮數千人，朝鮮、日本、臺灣、暹羅、南洋群島、坎拿大，凡華人足跡所至，無不耳君說，詒書與君相討論者，學說傳佈之廣，近古以來，未之有也。其嘗問業於君者，學輒有心得，取君說以治病者，輒有驗，蓋君於醫學理法，研之至精，而於新知融會貫通，無所隔閡，故能深探疾病之原，而參酌乎風土人情以爲變化，是以放之寒溫熱三帶而皆準也。聞者以爲信。

　　呂思勉曰：君真振奇人哉。予識君時，年未弱冠，今逾三十年矣。予頗讀古書，喜事考證，自度無以逾於君。於醫學則一無所知，顧君不以爲無所知，讀古醫書，或時下問，相與賞奇析疑，其以能問於不能，以多問於寡如此。泰山不讓土壤，故能成其高，河海不擇細流，故能成其大，君所就之遠，固有由矣。世之知君者，以輿地醫藥之學及古文辭，顧君之所長，初不止此。予嘗與君上下其議論，君於千載以前，湮沉晦塞之事，洞見其所由，若燭照而數計，其於當世之事，剖析其得失，而逆測其遷流之所屆，蓍蔡弗能違也。君真振奇人哉。而僅以輿地醫藥古文辭鳴，時爲之乎，而豈君之志哉。

（寫於一九三五年四月一日）

潘君蕙蓀傳

大江以南，連巨舶，航溟渤，營貿遷者，世稱之曰北商。其業即萃於甬江之濱，其往往有異人焉。以余所聞，則慈溪潘君蕙蓀其尤著者也。君諱廣九，生於清季英法聯軍入北京之歲，自是番舶益從衡海上，吾國商人營海運者，稍益苦其朘削矣。而君顧崛起於是時。君年十四始棄儒而賈，居寧波者數歲，其戚有孫竹橋者，業北商，知君才，招君往任以事。孫君謝事，蔣超廷者繼之，彌委任焉。其業綜南方所產爲北方所資者，運以北，復運北方之物以歸，萬貨填委，征貴征賤，旬日數變，而君居數千里外，發縱指示，若運諸掌，視物爲民用所急者，時時裁其賈以利人，世咸稱之曰廉賈，而獲利自倍。其才，蓋方佛古之范蠡，唐之劉晏焉。君性至孝，少失怙，母夫人鄭氏鞠之以長，侍膝下未嘗遠離。既丁内艱，乃北賈於青島，其後南歸，自設肆曰源潤，躬理其事者六年，年六十乃老。然地方公益，若敦宗收族，睦姻任卹之事，皇皇焉如恐不及，未嘗一日閑也。嘗葺宗祠，修譜牒，浚水道之淤塞者，董理育嬰堂、孤兒院，咸井井有條理。江之東，無不知爲善士者。儻所謂君子富好行其德者邪！君以民國二十四年十二月卒，享年七十有六。取於樓，有子男二人，皆先君卒。孫男五人。次二曰正鐸，與予同學於上海光華大學，予故知君事爲尤詳，樂傳其犖犖大者，以告後之人焉。武進呂思勉拜撰。

（寫於一九三五年）

鄞縣童亢聆詩聞先生五十壽辰徵求書畫啟事

昔齊有魯連子，爲人排難釋患，解紛亂而無所取，千載而下，讀史者猶仰其高風，而何意遇之並世乎？童君亢聆詩聞旅滬垂三十年，親知有危難之事，謀於君，罔弗解。有急，謀於君，罔弗得所欲，而未嘗有責於人。滬人知與不知，類能言之已，而不知君之所蘊積者，猶十百於此也。君先世本閩籍，明末始遷鄞。曾祖考諱□□，官通政使司，工詩文，善繪事，著有《過庭筆記》，以敦本業爲訓。考諱□，官□□勸業道，嘗設文源公司於淮北，欲以製鹽，又立同益公司，以運而致之於江南，事未大成而歿。君少穎悟好學，又嘗學德文、世界語、會計學、用器畫。辛亥革易，時君隨父居膠澳。民國三年，歐洲戰事起，膠澳亦被兵，乃奉父之上海，是爲君居上海之始。

未幾，丁外艱，君以時局否塞，無意仕進，乃從事於貨殖，與君考創同益公司者，以君英年有才，使襄理公司之事。時汽船之受鹽者，多泊口外，別以駁船運鹽致之，費既多，又船夫生命，時有危險。君測知灌河之口，足容汽船，爲設浮筒，立標杆，汽船始得入口受鹽。他公司之船繼之，灌河遂爲航行經途焉。東海徐公，總統國事，命路航郵電四業，各舉代表入京，君爲航業代表，請用華人爲船長及輪機長，後竟行之。銅山賈汪煤礦，負債數百萬，主其事者延君整理，君爲調和新舊意見，緩頰說喻職工，苦心擘畫者兩年，業以復振。鄾樂煤礦公司，累遭匪劫，破壞已甚，亦延君謀挽救，君爲改規制，延舊債償還之期，別籌新款，從事開採，亦得無輟。五卅案起，君方爲公共租界華人納稅會常務理事。議舉華人爲董事，以參市政，幾經折沖，僅獲設立華顧問，然其後舉華董之事卒成，亦君之力也。君以學識經驗首得會計師執照，行其業於滬。是業之規制程式，多君所創。復又合同業立公會，然所拳拳不忘者，尤在先世務本之訓。家故有田十五頃在皖江之濱，君乃遍加測量，疏理溝洫，廣購桑棉及他卉木，將以之立農場。經畫未就而日寇入犯，乃小試其技於上海，立安園畜植場，期年成效大著。嘗揭一聯於坐右，曰：□□終非□□，歸農乃是□□。可以知其所志矣。君性剛毅，有所作，必底於成，以鄉之所爲者觀之，他日者勻勻原隰，必見於皖江之濱，可豫決也。德妃林夫人，□□望族，佐君克理其家。君有丈夫子四。長書業，字丕繩，次書猷，字允嘉，皆能文章，並擅六法。次書德，佐君理安園，次書紹方幼。舊曆八月□□□日爲君五十生辰，書業等謀稱觴，以壽其親。君曰：五十知非之年耳，國難方殷，志業未成，安可稱慶？無已，吾家世擅書畫，雖無暇日事此，亦頗好觀覽，事收藏。汝輩又頗交當世風雅之士，其以尺楮，廣征名作，以資紀念，可乎？書業等不敢違，使其友人□□述之，以請於並世之君子。

（寫於一九三八年）

鄞李夫人壽序

《易》曰：家人利女貞。所謂貞者，非曰執中無權，守一不變也。天行有常，不爲堯存，不爲桀亡。人事之紛紜，其利鈍蓋不可以逆睹，而吾之所以應之者，其道常貞夫一。夫然後足以持人事之衰，而待天心之復，故曰大壯利貞，又曰動乎險中大亨貞。惟貞故壯，惟壯故動，惟動故亨，其於家國一也。世衰道微，所謂士君子者，往往縱於無等之慾，以致天災而召人禍，及災禍之既至，則又選愞不自振拔。遇小利害，輒爲所乘，以致亡國敗家者，相隨屬也。吾見亦多矣。其貞固足以干事者，亦寡矣，而吾乃往往於女子遇之焉。豈天地靈淑之氣不鍾於男子而鍾於女子邪？亦其教有以致之也。乙丑之歲，予講學海上，始識餘姚朱君公謹，公謹之爲人寡言笑，而士自好之，所謂桃李不言，下自成蹊者。予固灑然異之，知其必有所自來，已乃知其承先澤而得於母教者尤多，君母夫人李氏，鄞望族也。其父曰讓卿先生。夫人年二十而歸於公謹之考，曰燕生先生。燕生先生之祖曰久香先生，仕於朝爲光祿卿。考肯夫先生官詹事，兩世皆累掌文衡。肯夫先生有丈夫子三，長字伯鼎，次字仲立，燕生先生其季也。肯夫先生以辛巳之歲，督學四川，歿於官舍。其妃李夫人之姑也。方挈其家抵萬縣，間關以其喪歸，時燕生先生方十歲。肯夫先生爲性廉而好施，有田一頃粥之，以服官於京師如貢禹。而其歿也，無一瓦之覆、一壟之植以庇而爲生如歐陽觀。讓卿先生實經紀其家，而肯夫先生之妃，以勤儉持之於內，用克撫其諸子，以至於有成。燕生先生既冠，擇於諸俔端莊明慧,足以持其家者,而得李夫人爲委禽焉。夫人歸朱氏,四年而姑卒,伯鼎先生蚤世,其妃曰汪節母,秉家政數年而老,一以委李夫人。朱氏三世同居,食指甚繁,而閨門之內,秩然有序,諸娣姒咸率從李夫人無間言。夫人於事無所不躬親,克勤克儉,以持其家,一如其姑,是以燕生先生兄弟得以讀書譚藝,不以家事紛其心。燕生先生之曾祖曰□□先生,嘗欲創立義塾而未遂。久香先生之官於朝,直清咸、同之世,疾朝士大夫之泄遝,蚤棄官歸,始悉力成之。曰是實獲我心矣,乃名之曰實獲。及燕生先生,時世變益亟,先生曰:一年之計樹穀,十年之計樹木,百年之計樹人。樹人者,不可采春華而忘秋實。改爲小學,更其名曰實獲。朝而往,夕而歸,以訓迪其鄉之子弟,風雨寒暑無間,鄉之子弟承其教者,其爲文章及其立身行己,皆有可觀。辛亥之變,甲子之役,地方擾攘,得其一言而人心以安,其爲鄉里所孚如此。丁丑寇至,公謹迎養其父母於海上,而燕生先生,憂時感事,遽以疾卒。公謹兄公擇又蚤世,夫人雖迭遘家國之變,而其所以持其身,治其家者,其道初無改於平時,其可謂之貞固矣乎?鄞李氏之族,自明季以來,以衣冠氣節著聞鄉里者非一。而讓卿先生實以貨殖起其家,有才如計然、范蠡,吾有以知其非偶然也。剝極則復,貞下起元,天時人事之厄,於今亟矣。必有能大懲強暴,復我邦族者。七十稱觴,雖在羈旅之中,吾知不數年後,必當集今日之親朋於明越之間也。敢進卮觥,庶有孚於飲酒。

(寫於一九三九年)

先舅氏程君事述

予之外家，爲武進程氏。外曾王父知陝西省某縣，以廉潔名。與中朝某大臣有隙。一昔，夢白虎坐聽事。旦起，則聞此人已入軍機矣。懼罹禍，即告病歸，時年僅三十餘。居常州城內早科坊，旋卒。有丈夫子四人，外曾王母撫之，甚貧苦。一日，天雨，牆壞，躬自葺治，於牆根下得黃金一巨器，外曾王母祝曰："非分之財，非所敢取天而哀念廉吏，使其四子皆克有成，則所願也。"復掩之。外王父諱兆縉，字柚谷，次居三。昆弟俱以文名，而外王父與其伯兄尤著。太平軍入常州，伯舉室殉難，以仲之子兼祧。諱運皋，字少農，亦以文名。書法尤秀骨天成，獨絕儕輩，客湖北藩司幕中數十年，晚官雲南寧州知州。民國初返里，十七年卒。舅亦工醫，宦遊所至，治驗頗多。晚猶讀醫書不釋手。外王父無子，有二女，次即吾母。外王父八歲，即能日課一詩。十三入邑庠，後中式咸豐某科順天鄉試，客京師。聞江南大營潰，南歸，至蘭山，道阻弗得行。助縣令某御捻，戰歿於湯家池。外王父經學湛深，於三《禮》尤精熟。嘗以說郊禘義爲某山長所賞，由是知名。亦工醫，又多藝事，時用鐘錶者尚不多，能修理者亦少，外王父拆閱數具，即自能裝置修治，不假師授也。先母諱棖，字仲芬，號靜岩。小時被難山東，轉徙兵間，僅讀《論語》二十篇，又讀《孟子》，至齊桓晉文之事章即輟學。然其後於經史古籍，無不能讀，亦能爲詩文，天資之高，並世所罕見也。外王父季弟蚤卒，有一子，諱運達，字均甫，兼祧外王父。性孤介絕俗。詩文皆法魏晉，書法北魏，又善畫。亦知醫，光緒庚寅辛卯間，佐旅順戎幕，其地無良醫，治人尤多。以不善治生，終身貧窶，常客游四方以自給。歲癸卯，卒於江西之南安。予家舊藏有外王父鄉試硃卷，及先舅氏所爲墓銘一篇，今皆在遊擊區中，存亡不可知矣。惟先舅氏《南浦詞》一首，予猶能誦之。詞曰："萬樹玉玲瓏，擁癡雲如墨，瀰瀰旋繞。暖閣幾圍爐？十年事，落葉西風都杳。寒光萬里，畫樓深處人初悄。白戰應嫌天地窄，誰取灞橋詩料？那堪凍雀群飛，任研珠屑玉，暗迷昏曉。敲碎滿天，愁堆三徑，一霎難融殘照。冷凝風帽，舉頭歲月催人老。臨鏡試窺窗外影，贏得鬢絲多少？"乃丁酉歲客廣信時雪中作也。

（本文寫於一九四〇年，題目係編者所加）

嚴大家頌

大家浙鄞仇氏女,幼以孝聞。年二十一,歸同邑嚴君煥章。二十四而寡。煥章之疾,大家衣不解帶,及革,泣曰:君盛年無祿,而予無子,將從君於地下耳。煥章曰:予母老,諸弟皆幼,卿復從我,是一家蕭散也。若能爲我立後,則予無子而有子矣。大家泣而許之。煥章既歿,事其姑以誠敬,生養死葬,靡不盡禮。諸叔次第取婦,乃析居。年四十餘,撫族之子柏齡爲後,成立未及,又以瘵歿。遺孤名揚,甫受書,名播,財學步。大家撫之以長。民國二十九年,大家年九十,其勞於嚴氏者,既六十年矣。先是邑父老嘉其苦節,欲請於朝而褒揚之,大家以姑亦盛年守節,不肯先,有司以聞,大總統並褒其兩世焉。孔子曰:道二,仁與不仁而已矣。夫人立身行己,其道至多,而孔子獨以仁爲言者,禮義知信,因所施而異名,核其實,則不忍不肯相背負,凡事必先人後己而已,皆仁也。婦人以節孝稱者,其所裨益,雖若在一家,然推是心以行之,於群於國,何所不濟。今之言群治者,方以家之制爲不廣,而謀改弦更張之。然人之所以相人偶者,其制雖百變,所以善其事者,豈有二道乎?言女教及女子思靖獻於其群者,宜知所慕效矣。大家之初析居,屋僅數椽,以勤儉,家稍起。嘗出資助建宗祠,又斥田爲祭費。族不戒於火,喪其譜牒,又出貲助重修。里黨有以緩急告者,必助之無吝色。□年象山縣亢旱,盡所有以平糶,浙之人至今稱之。其所施不限於家,已可見矣。予嘗講學於上海,與名揚友,聞大家事頗稔,嘉其仁心爲質,義以達之,信以成之,作是頌云。

(寫於一九四〇年)

武進蔣君墓碣[①]

嗚呼！此吾鄉耆宿蔣君之墓也。君諱□□，字□□，江蘇武進縣人，生七歲而太平天國軍入常州，君考□□，與弟二人，咸以守城殉難。祖考□□聞之，一慟而卒。君有兄一人，弟二人，又皆夭折，一家三世，存者惟君一人。母□夫人，攜君依母家，力女紅，鞠君以長。君之少也，爲學自成，及長，客游以給甘旨。歷武昌、開封、臺灣、天津，當道爭相延攬，與問其政事，所匡贊，咸有裨於時。後佐聶忠節公戎幕，倚任尤篤。庚子變起，聶公以孤軍枝柱內外寇間，多用君謀計。事亟，遺書促君南歸，留此身以有待，而聶公遂戰死。君感念知己，又知事無可爲，用世之志稍淡。辛亥後，遂隱居不出，時遨遊吳越山水間，爲歌詩以自娛。民國二十六年，日寇逼，君避兵鄉間，輾轉走上海。二十八年六月十五日卒，享年八十有六。先世塋墓，在武進之鳳翥橋。妃□夫人，先君卒，亦葬焉。君初以考死義，妣苦節，常願依先人丘壟，而地淪爲日寇窟宅。不得已以二十九年□月□□日，葬君於上海之虹橋。君之子□□憾焉。予以爲何憾之有。昔楚爲吳敗，子期以秦師逐吳，將焚□，子西曰：父兄親暴骨焉，不能收，又焚之，不可。子期曰：死者若有知也，可以歆舊祀。豈憚焚之。焚之而又戰，吳師敗，楚國卒復。夫骨肉歸於土，命也，若魂氣，則無不之也。嬴博去吳，千有餘里，季子不歸葬。而況區區數百里之間哉？君先世忠

---

① 編者按，蔣君，即蔣頌孚先生。

義,身又耆年碩德,膺鄉里重望,使鄉之人過鳳壽橋之墓,思君所以不克歸葬之故,永無忘今日之仇恥,用係乂我邦家,俾邦之先民,咸獲享其禋祀,其庸多矣。魂而有靈,將含笑於九京,而豈以不克歸葬為憾乎。君有丈夫子三人,長□□,次□,次□□,咸有才行,能世其家。君雖未嘗用於世,而於吏治民生利弊,講之甚熟,有所得,皆著之日記,歷數十年。它日寇亂定,得而纂次之,將有以知君之志焉。

(原刊《文哲》第二卷第四期,一九四一年出版)

蔣竹莊先生七十壽序

莊子曰：吹呴呼吸，吐故納新，熊經鳥申，爲壽而已矣。壽固可以人力爲也。然道引之士，養形之人，率皆山林枯槁之徒，生無益於時，而道無傳於後，固未若孔子所云仁者壽，有大德者必得其壽之可貴也。世固有以宥密之功，致期頤之壽者，若衛武公之九十有五而猶命其臣以交戒者，其儔乎？書傳固數聞之矣。而予所親見者有一人焉，曰蔣竹莊先生。先生與予同里閈，予識先生時，先生年未及三十，今七十矣，而其筋力風采，猶與少日無大異，非有修爲之功，曷克臻此，固非徒恃稟賦者之所能逮也。程子曰："不學便老而衰。"豈不信哉！世運之隆窳，係於人心之敬肆。荀子言秦之士大夫，出於其門，入於公門，出於公門，歸於其家，無有私事，莫不明通而公，是以觀其朝廷，百事不留，恬然如無治者，用克四世有勝於天下。而晉之初，君臣荒嬉，不暇遠圖，卒致五胡之亂，非其明驗乎？近世士大夫，率多酣嬉怠惰，年未及五十，即頹然不自振，以致風俗苟偷，政事頹廢，國幾不國。孟子曰："生於其心，害於其事，發於其事，害於其政。"豈虛也哉？歐洲戰禍起，論者多咎英相張伯倫氏之選耎，然張伯倫氏年幾八十矣，猶日奔走於海陸之間，折衝於坫壇之上，此豈吾國士大夫所能逮乎？憤激之士，乃謂中西人勤惰之不同，由於種族之強弱，實非也。書傳言古士大夫一生之經歷者，莫備於《曲禮》。《曲禮》曰："五十曰艾，服官政。"官宮也。服官政者，謀謨乎寺舍之中，而不必驅馳於原野，猶蒐狩之禮，五十不爲乘徒耳。"六十曰耆，指使。"指使者，居銜將之地，而不必躬親細務，此爲政之體宜然，而非其力之不勝也。"七十曰老而傳。"傳者，大夫七十而致仕，使爲父師，士爲少師，十月事訖，教於校室，所以承先而啓後，亦非無所事事也。《學記》曰："學然後知不足，教然後知困。"惟自強不息者，然後可以立人，則雖屆從心所欲之年，不容頹然自放也審矣。衛武公之九十而猶抑戒，其以此歟？夫古之道五十不爲乘徒，而《周官》力役之征野，至於六十有五，明不爲乘徒者，亦非其力之不勝，特世和平而少爭，上恬淡而寡欲，故不必竭民之力，而老者得以早安，猶之十五足以受兵，必三十然後與於行陳，不忍並鬥人父子也。世衰道微，貴富者肆欲而無極，以其非禮，觀於天下，其貧困失職者，則窮老而不得息，疾病不得所養者比比也。語曰："滿堂而飲酒，一人向隅而飲泣，則四座爲之不樂。"君子之存心，蓋非徒欲其身之康強壽考，而必躋一世於仁壽，世運之轉移，視乎一二人之心之所向。先生壯而從政，老而教學，所以躬行仁義，轉移當世之風氣者亦多矣。董子曰："命者，天之令也；性者，生之質也；情者，人之欲也，或夭或壽，或仁或鄙，陶冶而成之，不能粹美，有治亂之所生，故不齊也。故堯舜行德，則民仁壽；桀紂行暴，則民鄙夭。"天下有達尊三，爵一、齒一、德一。先生嘗有位於朝，而德爲薄海之所欽，今齒又屬古稀之年，其陶冶斯民之功，被於斯世者，亦既廣矣。仁者壽，有大德者必得其壽，耄耋期頤之年，可以操券而致，又何疑乎？敢晉一觴，用介眉壽，亦以爲斯世慶人瑞也。中華民國三十一年舊曆壬午一月二日同里後學呂思勉拜撰，葉百豐拜書，□□□□同拜祝。

（寫於一九四二年一月二日）

姜克群君興學記

孟子曰："分人以財謂之惠，教人以善謂之忠。"有能兼是二行者乎？曰有。當陽九百六之會，周餘黎民，靡有孑遺，生人之道，幾盡矣。丁斯時也，見寒者則解衣衣之，見餓者則推食食之，日以救死扶傷爲務，可不謂惠乎？曰惠矣。然其爲惠也小矣。夫世之亂，不始於亂之日，必有其所由肇，何以爲召亂之媒，曰人之莫肯念亂而已。上説下教，日强聒不舍，可謂忠乎？曰可也。然而人不可以戶喻，雖忠也，其效幾何？孟子曰："得天下英才而教育之，三樂也。"天下之事，非一手一足之烈，是以知所務者，必陶冶人才，使之遍佈於天下，而千里之行，始於跬步。鄉校又教育之本也。孟子又曰："爲天下得人者，謂之仁。"至於仁，而惠與忠又不足言矣。故孔子亦曰："若聖與仁，則吾豈敢。"而其論人，亦不輕許之以仁也。然又曰："魯無君子，斯焉取斯。"魯與天下小大殊，其理一也。師道立，則善人多。善氣薰蒸，則人才日出，安知爲天下得人，不出於其中乎！然則興學於亂世者，不亦仁術矣乎！□□姜君克群，賢而有才，當亂世居於鄉，兼嗇夫游徼之職，以靖其民。又出私貲餘萬金，以立□□□學，於今□三載，成績斐然。然且夫樹木者，睹其有成，猶欣然樂之，而人之受其苄陰者，亦指而懷思之，而況於樹人乎？君其有以自樂，而人亦必懷思君於無窮矣。

（寫於一九四三年）

朱君祠堂記

少讀書，嘗怪三代而下，賢人君子，憔悴其身，愁思其心，欲以輔翼其世者甚衆，而治卒不古若，其故何也？既而深思之，乃知爲治者貴有其具，尤貴有其人。三代而上，治法纖悉，人材衆多，比閭族黨之間，事無不舉，是以家給人足，俗美而風淳，此皆其時賢士大夫之所爲。君者善群，不過立於其上，而總攝其綱維耳。後世一縣之地，侔於古之一國，令長既孤寄於上，僚屬曹掾，亦多羈旅之士。古所謂鄉大夫鄉先生，與君共膺治理教化之任者，非杜門不與世事，則自儕吏役，同謀魚肉其民，民日貧日愚日弱，以得免死溝壑爲幸，尚安望家給人足，俗美而風淳哉？三代而下，治之近古者，莫若西京。其時十里一亭，亭有長，十亭一鄉，鄉有三老，有秩、嗇夫、游徼，其能舉其職者，民至於知有嗇夫而不知有縣令，其治安得不近古？然則爲治之道可知矣。鄉與朝爭治，治之本也。此薵目於治具之廢墜，人材之寥落者，所由一發憤而至於欲復井田封建歟？吾鄉遭洪楊之難，於今幾百年，喪亂之際，鄉大夫鄉先生有德於地方者甚衆，鄉之人至今樂道之，而爲衆所謳思弗忘者，尤莫德澤鄉之朱君竹軒若。君少學行修飭，爲鄉人士所歸仰。喪亂時奉母出避，亂平而歸，井里丘墟，田卒汙萊，白骨如莽。縣中設清糧局，以清釐田畝，招集遺黎，君實董其事。諸鄉之主此者，或利田之無主，干沒入己，君則一一求其故主而還之。必不可求者，乃姑定爲公有，募人田之，而以其所入，共其鄉之公用。德澤鄉自治之基，於是立焉。司清糧者，縣中例給以舟車之費，君不之取,而以其貲募人檢拾枯骨。夫人袁氏,實主其事,久之,骷髏之暴露者略盡,葬諸鄉之南灣。又於大壩立祠堂,以祀遭亂之無後者。觀於君之所爲,然後知西伯澤及枯骨,古天子諸侯之祭,必及於因國無主之九皇六十四民,非遠人而不可追也。君故邑之名諸生,亂後以所學教於鄉,鄉之子弟,爲所裁成者甚衆。以世俗好祀文昌,乃放民間錢會之例,鳩錢三萬,權其子母,歸其母於與會者,而以其子錢,構屋孫墅,名之曰留耕堂。又以其餘貲置田,立文社以課後進。隆冬之日,常自斥米,以拯貧者。又鳩好善之士,施寒衣,必二百襲。夏則製藥,以濟病者。君有丈夫子三人,長曰湛恩,舉於鄉,北上應禮部試,買羊裘一領以奉君,君御之,色喜,既而曰:"吾有縕袍,足以卒歲。以此裘易吉貝,不亦分一人之溫,以溫衆人乎?"卒粥之,而以其貲增施寒衣。於戲!古之人所以大過人者,無他焉,善推其所爲而已矣。如君之所爲者,可不謂之善推乎?君於後進,雖所成就者衆,猶以未及設義塾爲憾。而以詔其次子溥恩,君歿數十年,溥恩卒成其志。於其鄉之小學,各設免費員,亦可謂善繼人之志,善述人之事者矣。君憔悴其身,愁思其心,以利其鄉之人者,殆無暇日。而性樂閑靜,嘗詔其子孫:"吾死之後,能別構屋於清曠之地,以棲吾神,則吾無憾矣。"君享年六十有六而歿。民國三十三年,君之歿既四十有八年矣。溥恩爲君營祠堂於北郊成,將集邑之人士,思君之遺澤者,共致祭焉。昔漢朱邑,爲桐鄉嗇夫,後致位列卿,將死,屬其子曰:"必葬我桐鄉,後世子孫烝嘗我不如桐鄉民。"及卒,民共爲起塚立祠,歲時祠祭不絕。君丁喪亂之後,教養其鄉之民者,凡數十年。其遺澤深入於人之心,豈讓古之循吏。祠堂雖成於其子孫之手,然思君之遺澤而欲奉其烝嘗者,豈特一姓之人而已哉!積善之家,必有餘慶。君有孫七人,曾孫十有一人,玄孫之在抱者已三人。使能循君之志,修君之遺教而益光大之,君子之澤,又豈僅五世而已。同邑呂思勉謹記。

(寫於一九四四年)

汪春餘先生壽序

孔子曰："仁者壽。"又曰："有大德者，必得其壽。"此非虛語也。仁者，天之所以生物之心也。秉是以爲心，行之而有得於己，天安得而不報之以壽？抑感應之道，物理自然，正不必侈語報施，高談天道也。管子曰："士農工商，國之四民。"夫能知禮義、循守矩矱者莫如士，而能爲豪舉、度越世俗者莫如商。若乃士也，而高掌遠蹠，不讓陶朱、猗頓之才，商也，而抗心希古，無愧季路、原憲之行，則非徒叔世所希逢，抑亦尚論所罕覯矣。有是才也，有是行也，克享遐齡，爲世矜式，謂非人瑞得歟？若吾鄉之汪春餘先生，其人哉。先生原籍徽州，大父□□君始遷常，皇考□□君，於兄弟次居七，而先生出後其第八叔父□□君。先生少業儒，與劉葆良、葆楨二先生同學，並有聲。以嗣父營布業，佐理乏人，棄儒而賈。端木貨殖，億則屢中，廉賈五之，坐致豐厚。先配卞夫人，佐之以勤儉，始於常州起居宅，又臨廛市立邸店，營田於邑西南之湟里。耳其名者，以爲陶朱、猗頓之流；而覯其人，則季路、原憲不翅也。已諾必誠，而恂恂如不能言者，趨時若鷙鳥猛獸之發，而謹慎周密，未嘗行險以僥一事之成。富而好行其德，戚黨鄉里有孤貧者，靡不振贍，有兄遭遇坎坷，所以奉養之者甚至。蓋嘗親炙先生者，皆謂讀《大戴記》、《曾子》十篇，則如見其人，而古人所豔稱三致千金而再分散之者，於先生特庸行耳。先生有丈夫子六人。長君紹泰，不幸蚤世。次子紹祖，繼爲家督，庀家事井井有條。陸子静當家，學問有進，於紹祖庶幾見之。三子紹先，明於法律，長輔華中學幾二十年,近又爲建華銀行經理。儒而善賈,繼先生之志者,紹先其人歟?四子紹庭,工計度如許商,久處黌序,亦能樂育英才。五子紹訓,學醫於美利堅,居北平協和醫院有年,活人甚衆。六子紹年,甫入仕途,方展駿足。一門之內,蜚聲競爽。非先生義方之教,曷克致此。先生高齡矍鑠,客歲之春,疽發於背,見者皆爲之危。而先生精神完固,施治未久,即復其常,康強且更勝於昔。然後知祥和感召之理爲不虛,執德體仁,必臻上壽。固有莫知其然而然,不可必而可必者也。舊曆十月二十七日,爲先生七旬晉九(八十)壽辰,思勉辱與紹先、紹庭游處,知先生較深。邦人君子,謀爲歌詩,以介眉壽,謹述所知,敍其緣起焉。

(寫於一九四六年)

許君松如傳

民國之初，有以儒而隱於醫者許君，諱保詩，中歲後以字行曰松如。浙江海寧人。家世科第，君年二十二入邑庠。縣府院試十三場皆第一。是歲科舉廢，或以未及與鄉會試爲君惜，君視之蔑如也。君少慧，又能自勤苦，故學宿成，於經史諸子靡不窮究。精於考據，小之訓詁名物，大之典章經制，咸詳收博證。手自鈔校迻錄者數百千條。欲繼《日知錄》、《十駕齋養新錄》而有作焉。文法六朝，至淵懿，爲散行，亦樸茂。詩出入唐宋，隱寓時事，婉麗類西崑，而沖夷雅淡，又於王、孟爲近。詞取南宋，最服膺白石。善八法，於篆尤工，斟酌於玉筯、鐵綫之間，自爲法，起落肥瘦如一，見者或疑其非毛筆所爲焉。母朱夫人晚歲多病，君以是留心方藥，遂工於醫。辛亥革易，君始自吳移居上海。民國三年，主講同濟大學，日以國學與諸生相砥礪。時校中名宿甚多，皆深服君。而以疾求治者又日至，有自遠道以舟車來迎者，又有急卒招要於途者。課餘施治，往往夜分乃得歸。君慈祥豈弟，又治事縝密，熟於法制因革得失、中外同異。知君者咸勸君出仕，而君睹時局擾攘，知無可爲，乃曰："吾以學教人，以醫活人，不亦有益於人乎，奚必爲政。"在同濟數載，以求醫者日衆，乃設診所。專以濟世爲務，迄其歿幾三十年焉。君治病至慎，遇疑難之證，必博考深思，及其得之，則發之至果，以是所治輒愈。初疑君所投劑者，繼乃歎其穿穴膏肓，若神施鬼設焉。嘗以所心得，著《診餘脞談》，論列諸家得失，深於此道者，無不稱爲得未曾有也。君天性和厚，而行履至謹，辨是非至嚴。未弱冠,讀宋儒書,即喜其踐履篤實,躬行焉。然不立崖岸,未嘗爲危言激論,有所不然,但析其理,不斥其事,而人自悔悟。平生無疾言厲色,雖遇臧獲亦然。貴賤老少,無不樂與之交者。然遇大事,發揚蹈厲,義形於色者不翅也。君有丈夫子一,曰聞淵;女子子五,曰蘋南,曰樂,曰時,曰韻蕖,曰芳度,皆畢業於大學專門學校,以學與行有聞於時,皆君之教也。倭寇陷東北,君居恒憤悒。及二十六年戰事起,聞淵北走冀察,南上浙東,從事抗敵,以困瘁致疾。君與夫人冒險難迎之至上海,療治獲愈。聞淵復請行,戚友多尼之。君慨然曰:"吾止此一子,寧不惜之。"已而曰:"行矣,毋以家爲念。"可謂國而忘其家者矣。三十六年八月五日,以胃疾卒于上海。春秋六十有四。聞者無不流涕,有至失聲者,曰:"君在,吾病無所懼,疑有所析,而患難有所歸,今已矣。"非所謂桃李不言而下自成蹊者邪。

(寫於一九四七年)

潘正鐸文木天南旅稿序

丁亥歲暮，索居窮廬，老友潘君文木見訪，出示所爲《天南旅稿》，讀之竟夕，相與感喟。明日，文木行，獨坐雪窗，讀王深寧《困學紀聞》，感喟彌深。深寧述宋事曰："富文忠使虜，還，遷翰林學士樞密副使，皆力辭，願思夷狄輕侮之恥，坐薪嘗膽，不忘修政。嘉定初，講解使還，中書議表賀；又有以和戎爲二府功，欲差次遷秩。倪文節曰：'澶淵之役，捷而班師，天子下詔罪己，中書樞密待罪。今屈己盟戎，奈何君相反以爲慶？'乃止。"記曰："物恥足以振之，國恥足以興之。"孟子曰："無恥之恥，無恥矣！"趙宋國勢於前世爲最弱，其發憤愧厲猶如此！然猶不免五國之遷、崖山之辱。況於俯首貼耳，以就載書，崇朝之間，失地萬里，舉前世雖喪其實猶不敢遺棄其名者，悍然棄之；而朝野上下，曾不聞一引咎之辭、責難之語，尸其事者，始則巧言以自文，繼且肆然自詡，以爲功莫己若者也。是非之心，人皆有之，黑豈真可以爲白哉？孟子又曰："久假而不歸，惡知其非有也。"夫人東面而立，則不見西墻，此勢之無可如何者也。古之哲人知其然也，是以樂聞異己之論，亟徠諫諍之辭；今也徒以急求權位之故，率其徒黨，詐稱功績，以營衆聽。始猶知爲詐諼之辭也。久之，日習爲是言也，習聞是言也，則忘其假而遂以爲真。爲之魁者，遂謂己真有功德，天下可若己意以治。雖其黨徒之愚者，亦從而信之；其黠者，則益肆爲詐諼之辭，而無所愧怍矣。嗚乎！今世所謂法西斯之徒，孰非以此敗者邪？文木舊與予同學於上海光華大學，既卒業，操計然術，欲有所爲，未遂其志，浮海而南，而倭寇作。文木教於學校，從事於報館，日瘏口曉音，以儆國内外之人。倭陷新嘉坡，求文木甚嚴。文木遯居山林，隱於農牧，更百苦而不屈其志。倭敗降，文木又執筆報館，瘏口曉音，以責難當世者益切。嗚乎！今之士所見不同於當路，而不閉口無言，或操戈相向者益寡矣！文木有位於朝，非疾當路以爲不足與言者，而其言如是，所謂直諫之士者，非邪？然而舉朝曾莫之省，然後知載胥及溺之有由；而古之哲人，務明四目，達四聰，而不敢面墻以自蔽者，爲知當務之急矣。文木居海南時作，以遭兵燹，散佚殆盡。茲編乃其僅存者。然其諤諤和而不同、群而不黨之槪，猶可見焉。其詩若詩餘，亦皆撫時感事，隱有所指。知其事者，固可知其所爲言；不知者，亦可因其言以知其世。詩也，而實史也。文木將梓是稿，以念故舊若世之有心人。予知其所爲言者頗深，敢敍其端，以爲讀者之一助。武進呂思勉序。

(本文寫於一九四七年，初刊於潘文木《文木詩詞》
一九八五年油印本)

張壽鏞先生傳略

張壽鏞（一八七六至一九四五），字伯頌，一字詠霓，號約園，浙江鄞縣人，生於清光緒二年（一八七六）。尊翁張嘉祿，於光緒三年登丁丑科進士，授翰林院編修，兵科掌印給事中。壽鏞先生光緒二十九年登癸卯科舉人，任江蘇淞滬捐釐總局提調。宣統二年，江蘇整理財政，改任度支公所科長。旋返鄞，就寧波法政學堂監督，轉任杭州關監督。民國後，歷任浙江、湖北、江蘇、山東四省財政廳長。十三年，任江蘇滬海道尹。

民十六年，國民政府奠都南京。四月，先生與鈕永健等十六人被任為江蘇省政府委員。五月，兼財政廳長及上海中央銀行副行長，並於財政部長及次長到任前代理部務。九月，國民政府改組，孫科長財政，以鄭洪年及先生分任次長。先生辭之再三，不可，十月中甫就職，並兼江蘇省財政廳長。十七年，宋子文接長財政，先生於十月晉政務次長，仍兼江蘇省財政廳長。十九年三月免兼職。二十一年一月，行政院改組，先生辭職，同月底，復任原職，七月再辭。

先生理財自地方歷練出身，深洞其中利弊。歷經古應芬、孫科、宋子文三任財長，均獲信畀。尤以北伐持續，軍費浩繁，先生身兼中央及地方兩職。中央則籌畫發行海關二五附稅、捲煙稅等國庫券八千六百萬元於先，以其與上海金融界淵源之深，故又負勸銷認購之責於後。地方則當時東南初定，各省經費自顧不暇，而中央經費幾全賴江、浙兩省籌措。先生整頓江蘇財政，清償舊有省債，並每月解款七十萬元協助中央,爲各省之冠。

　　民十四年,上海發生"五卅慘案",聖約翰大學師生五百餘人憤慨離校。家長王豐鎬及先生等奔走自建大學,定名光華大學,推先生爲校長。當年九月先行開學,相繼設文、理、商、工、法等科。十八年,教育部核准立案,正式設文、理、商三學院及附屬中學。抗戰中,光華校舍被焚,乃在上海租界中賃屋上課,並在四川成都建立分校。太平洋戰事後,上海部分停辦,改爲誠正文學社及格致理商學社,繼續上課;附中亦托名爲壬午補習社。數年中,先生親自授課不輟,講稿輯成《約園演講集》(一九四一年)、《經學大綱》(一九四三年)、《史學大綱》(一九四三年)等書。先生擔任光華校長垂二十年,三十四年七月因病逝世,年七十。

　　先生素好藏書,收羅近十萬册,民國二十一年手編《約園善本藏書志》一六卷,以其寧波鄉賢著述爲多。除據以輯成《四明經籍志》外,自二十年起,復就所藏刊刻《四明叢書》以廣流傳。至二十九年刊成七集,凡一六〇種,一〇八一卷。第八集未成而卒。其子繼志續刻,於三十九年發行,計十八種,九十六卷。先生於抗戰中與鄭振鐸、何炳松等接受政府委託,藉文獻保存同志會名義,在滬秘密蒐購古籍,先後收得善本四八六〇部,普通本一萬一千餘部。除前述各書外,先生於光緒二十八年輯刻《皇朝掌故彙編》一百卷。二十五年及三十一年,分別刊行《約國雜著》及續編。三十一年撰刊《詩史初稿》十七卷等。

(寫於一九四九年)

光華大學小史

光華大學，創辦於民國十四年六月。先是，日本在上海所設紗廠曰內外棉織會社者，無故停工，工人求復工，日人遽開槍擊之，死一人，傷三十有七。各校學生聞之，大憤，募捐以事弔唁。遊行演說，以警告民眾，公共租界捕房拘之，群眾集捕房求釋，捕房又開槍擊之，死十一人，傷者無算。時五月三十日，世所稱"五卅慘案"者也。於是民憤益甚，學校罷課，商店罷市，外人所僱華人罷工。起自上海，延及全國，所至慘案亦隨之起。美教會在上海所設大學曰聖約翰者，校長卜舫濟氏，禁學生參與其事，且毀棄我國旗。六月三日，學生五百五十三人，本國教員十九人偕去校。即設善後委員會，自謀立學。王省三先生聞之，捐大西路地六十餘畝，以為校址。張詠霓、朱經農先生等咸為籌募經費，規劃教科，乃定校名為光華。公推詠霓先生主其事，先賃屋於法租界之霞飛路，以立大學；新西區之豐林橋，以立附屬中學。九月七日開學，舊約翰學生皆來歸，新生亦聞風而至，凡九百七十餘人，逾於約翰之舊焉。明年（民國十五年）春，校舍興工，費用由校董校長仞捐，學生籌募，不足，則發行建築公債以補之。秋，大學先遷入。又明年（民國十六年）春，北伐軍興，孫傳芳軍負隅上海，豐林橋迫兵燹，三月，中學亦遷入焉。屋少不足以容，乃以教室權充宿舍，而別構茆屋，以為教室。秋冬之際，風雪漸瀝，然教者學者，精神奮發，曾不以是而少損也。十七年，秋，又從事捐募，再發建築公債，以成中學及教職員宿舍，時尚未能招收女生。十八年，又建女生宿舍，及冬而成。十九年二月,以走電毀於火。幸校舍保有火險,詠霓先生又多方籌畫,未幾即復舊觀,自是女生來學者亦濟濟矣。本校開學之初,即由詠霓先生為之長,朱經農先生副之。經農先生去,張歆海先生繼其任。歆海先生去,設兩副校長,由容啓兆、廖茂如先生任之。附屬中學,初由陸士寅先生為立,期而去,廖茂如先生繼其任。十九年,以中學事繁,辭副校長,容啓兆先生亦以事歸廣東,乃以朱公謹先生為副校長。十六年六月,江蘇教育廳許本校附屬中學立案,十八年六月,教育部許本校立案。立校之始,嘗設文、理、商、工四科,旋以工科設備不易充實,不欲徒有其名,併入理科。既立案,遵章改為文、理、商三院。歷年所延院長、系主任、教師,皆熱心飽學之士,學生亦能潛心奮勉。以是雖立校日淺,而其成績,視先進諸校,曾無多讓焉。二十年,東北變起,本校學生從事救國者甚衆,然仍不忘讀書,且益留意時事。明年,一月二十八日,十九路軍與日人戰於上海,至四月,戰事始停。而大西路一帶,仍不可居,乃賃屋於愚園路,於四月十日開學,而延緩暑假之期以補之,至六七月間,大、中學乃相繼遷回原址。二十三年,中學建健身房及小工場。二十四年,為立校十周紀念,始籌建大禮堂。既成,詢謀僉同,偏取王省三、張詠霓先生之諱,名之曰豐壽,示不忘也。大西路本外人越界所築,用其水電,即須納捐於租界工部局。本校不仞外人越界侵佔,乃自置電機以取明,鑿自流井而飲。至是,政府築路曰中山,經本校之側,乃改建大門以臨之。是年,直詠霓先生六十壽辰,本校師生校友暨詠霓先生親故、社會熱心教育人士,咸謀所以為壽。先生曰:"若舉所以貺吾者,以俾益於光華,則吾不飲而已醉矣。"同人乃相與鳩貲勸募,科學館、體育館、療養院相繼設立。是時校基亦增闢至百十餘畝,規模益式廓矣。越二歲,日人大舉入寇,八月十三日,戰事延及上海,我校又遷於愚園路之歧山村,以其地仍為越界築路之區。後大學又遷至愛文義路,三遷至白克路,中學則遷至成都路。而大西路校舍,於十一月十二、十三兩日,為敵寇所焚,廣廈千間,存者不及百一也。時雖暫託於租界,詠霓先生知其不可以久,適商學院長謝霖甫先生入川,乃屬其在川籌備分校。二十七年春,在成都開學,川紳張仲銘先生慨捐校址四十餘畝,省政府又頗助以建築之費。康心如先生又捐建圖書館一座,規制亦有可觀。五月,詠霓先生至香港,自港乘飛機歷重慶至成都,策畫分校之事,並勉其學子焉。是夏,本校大中學皆遷至三馬路之證券大樓,廖茂如先生奉教育部令,入湘籌辦國立師範學院。中學主任,由詠霓先生兼領。是時國步艱難,教員學生咸含悲奮勵,來學人數,反有增加。二十九年,合大、中學至二千四百餘人,昔時所未有也。三十年冬,太平洋戰作,上海租界亦爲日人所佔。詠霓先生知本校必不爲其所容,乃將學校停辦,而屬文學院同人設誠正文學社,理商學院同人設格致理商學社,中學同人設壬午補習社,爲學生繼續課業,皆向教育部備案,雖不居學校之名,其實則無以異也。三十四年,詠霓先生嬰疾,浸尋益劇,是歲,爲本校二十周紀念,亦先生懸車之年。七月八日,爲先生初度,舉謝賀客,獨延本校師生校友代表,殷殷以復興中華、復興光華相屬,聞者感涕。越七日而先生辭世。又二十有七日而抗戰克捷,敵寇降服矣,先生竟不及見,傷哉!國土既光復,本校同人集議,公推朱公謹先生代理校長,在證券大樓復校。旋改組校董會,公推朱經農先生長大學,廖茂如先生長中學,成都分校以川人之助而成立者,舉以還諸川人,改名成華大學。是冬,教育部撥歐陽路二百二十一號敵產爲本校校舍,時軍醫署尚設第五戰俘病院於其中,一時不克遷讓,乃又增撥二十二號,於三十五年七月遷入。至三十七年,此兩號房屋,遂由本校承購焉。復校之初,經農先生尚任教育部次長,茂如先生亦以師範學院事,一時未克東歸,仍由朱公謹先生代長大學,張芝聯先生代長中學。芝聯先生遊歷歐美,又有倪若水先生代之。三十五年,經農、茂如先生相繼到校。明年六三校慶,校友之集者,分任募捐,以建宿舍。於是校友榮爾仁先生,爲紀念其尊人德生先生,捐建中學宿舍一座,名之曰德生堂。校董李祖永先生,亦以紀念其尊人屑清先生,捐建圖書館一座,名之曰清永圖書館,於是秋及明年春,相繼落成。校中亦籌建生物實驗室,及夏而成。冬,經農先生出國,參加聯合國文教會議,遂赴美利堅。三十八年三月,由校董會聘茂如先生代理校長職務。本校今日,一切設備,尚未能遽復戰前之舊,然繼起程功,亦庶幾相距不遠矣。創業難,中興不易,譬如爲山,方覆一簣,敢不勉乎。

(本文寫於一九四九年)

外王父程君傳

外王父程氏，諱兆縉，字元生，號柚谷，江蘇常州府武進縣人。祖鳳，陝西三原縣知縣，有廉名，與中朝某大臣有隙。一昔夢白虎坐堂上，晨起，則聞此大臣者入軍機矣，遂告病歸，時年未及四十也。旋卒。子應樞亦早世，有四子：長紱衡；次乃文，字繡農；次即外王父；季繼臚。外曾王母吳縣蔣夫人撫之以長，居常州早科坊。貧甚，牆壞，外曾王母自葺之，發土，得黃金一器，夫人祝曰："天而不忘廉吏之後，使是四子皆克有成，則所願也。不勞之獲，匪所敢承。"復掩之。外王父兄弟四人，皆以文名，而外王父與其伯兄尤著。外王父年八歲，即能日課一詩，十三補縣學生，爲學喜博綜，於經尤邃。嘗以說郊禘義，爲某先輩所賞，欲使出門下，而外王父不可，其高介類如此。咸豐八年中式順天鄉試，以覺羅官學教習留京師。十年，太平軍入常州時，乃文祖舅官江西，繼臚前卒，而紱衡鄉居死難，家死者甚多。外王父聞難南歸，至山東爲土寇所阻。蘭山令繩武，族子也。走依之，助之禦寇，戰屢捷而寇益多。一日戰縣屬之湯池頭，傷脅卒，事聞，照知府例賜卹，入祀昭忠祠，蓋特典也。故老言外王父雖文人，而臨戰甚有謀勇，蓋其戰績甚多，故有此特典，然莫能舉其詳矣。外王母亦吳縣蔣氏，蓋外曾王母之姪也。無子，有二女，長諱綺，字少霞；次諱棆，字仲芬，吾母也。常州之陷，外王母挈幼稺存者避鄉間，復聞兵至，乃悉埋簪珥於地，而自紉其上下褻衣，取兒輩姓名年籍，各書於其衣之陰。兵至，攜二女投於水，兵去獲救。而鄉里同避難有死者，出簪珥易貨斂之。有兄爲學官於靖江,繞道泰州,將往依焉。至青口鎮,復遇寇,火及廬,夫人堅不出,會風反火息,乃得免。聞外王父及難,又攜二女至山東,求外王父骨改葬之。久之乃得間關至江西,依乃文祖舅。祖舅歿家落,又依次女以居。光緒十一年卒,年六十七。外王母少處華臙,工詩善書,曉音律。逮歸程氏食貧而安,性慈祥而特明察。常州之將被兵也,有抱布求貿者,外王母目送之,曰:"此殆敵諜歟?"已而果然。外王父與紱衡祖舅皆無子,乃文祖舅子運皋兼嗣紱衡,繼臚子運達兼嗣外王父。運皋字少農,少亦以文名,楷書尤工。以家中落,客游於外,居湖北布政司署數十年,晚乃知雲南寧州,民國初棄官歸,十七年卒。太平軍之入常州,運皋年八歲,舅氏乳母羅氏攜之避難,與家人相失。見兵至,則伏稻田中,兵去則出,如是者三日,乃得入破屋中。而寇復以之爲廄,羅氏攜舅氏蛇行歷數十馬腹下乃得出。後人見羅氏者,莫不稱爲有大功於程氏焉。運達字均甫,性孤介而有奇氣,弱冠游陝西,於廢寺中得鐵如意,因自號曰鐵如意生,取有剛德而能善用之之意。或曰鐵如意者兵器,北方大俠所用,嫻此者足敵五百人云。蓋好事者所造無稽之談,傳者因或傅會,謂舅氏嫻武事,非也。光緒十六七年間,舅氏佐旅順戎幕時,守旅順者爲黃仕林,淮軍宿將也。以敢戰起家,而晚嗜酒,紀律廢弛,舅氏佐之以嚴,誅尤不法者二人,軍紀稍肅。嘗寒夜軍驚,單衣怒馬獨出,撫之乃定。然仕林卒不可輔,遂去之。客臺灣,又客湖北,晚乃客江西,家屢空,恒以安命爲言,宴如也。三十年將自廣信如南安,自筮之,不吉,涕下。已而曰:"命也。"就道如平時,抵南安卒,年五十有一。舅氏少嗜酒,稠人廣坐間,議論風發。四十後絕不復飲,有與論當世之務者,輒退然如不能言云。

(寫於一九五七年)

先考妣事述

先考陽湖呂氏，諱德驥，字譽千，一字展甫，晚自號志千。先考幼而岐嶷，年九歲，太平軍逼常州，時先祖考晉廷君，諱懋先，知江西奉新縣事。先祖妣同邑莊夫人挈先考避難鄉間，遽卒。甫渴葬而兵至，同避難者數十家，皆欲棄府君行，金君華亭獨不可，乃攜先考渡江，依僧寺，又浮海入閩浙，久之乃偕至江西，送先考歸先祖考任所，時先考年已成童矣。劬學倍常兒，弱冠遂以文名，補縣學生，食廩餼。十應鄉試不儲，晚乃選授江浦縣學教諭，丁繼祖妣無錫華夫人憂歸，遂不復仕。光緒丙午十一月五日以腦溢血卒，年五十有五。先考爲學惇篤，少服膺經訓，號所居曰抱遺經室，於《易》尤邃。晚好言經世，喜讀史，考近代掌故，其言治務平易近民情，不爲高遠難行之論也。性寬厚而遇事極持正，尤好周恤。再從父朗山君，諱德峻，少遭寇難，依先祖考以居。先祖考歿任所，先考奉喪歸里。朗山君留宦江西，先祖考財產之隨身者，先考悉以與之。後朗山君早世，又迎養其家七口，爲婚嫁其男女云。配先妣程夫人，諱棖，字仲芬，號靜岩，武進名士柚谷君諱兆緝次女。太平軍之入常州，先妣年八歲，一嫗聞警入告，先妣坐窗下讀書不動。嫗歎曰："非常兒也，是必有福。惜吾老，又直離亂，不及見其成也。"外王父時客京師，仲兄繡農君，諱乃文，知江西新淦縣事。季弟諱繼臚前卒，而長兄諱黻衡家居死難，家中死者甚多。外王母吳縣蔣夫人挈兩女走靖江，依其族兄。外王父聞難南歸，至山東，爲土寇所阻。蘭山令繩武，其族子也，走依之，助之禦寇，戰死於縣屬之湯池頭。外王母聞之,又攜兩女之山東,求外王父骨,改葬之。久之乃得,之新淦依其仲兄乃文,時先妣年已逾笄矣。前此僅讀《論語》二十篇,又讀《孟子》至齊桓晉文之事章而輟,至此乃復讀,亦不能專攻。然其後閱經史,無不能曉,亦能爲詩文,其天資蓋不可及。年二十三歸先考,時喪亂甫平,戚族之來求助者衆,繼祖妣華夫人性長厚,於譎觚者亦咸如其意與之。家稍落,或勸先妣:盍少靳之,爲異日計。先妣恐傷姑心,不可。已而繼祖妣悉以家事委先妣,先妣則躬履儉素,而於婚喪賓祭諸事,咸躬自經紀,井井有條。事繼祖妣三十年,繼祖妣未嘗以貧爲憂,而先考讀書居官,亦未嘗以家事爲累,皆先妣之力也。先妣性明察而善教誨,戚族女子及笄,其父母使居吾家,受教於先妣者數人,皆能讀書,善女紅,終身念先妣不諼云。光緒戊申八月十一日以腹疾卒,年五十有六,與先考合葬城東之東荷花塘。子男一人,思勉。女一人,諱永萱,字頌宜,思勉姊也。少受教於先考妣,又與思勉同受學於武進薛念辛先生,亦能誦經史,工詩詞。適武進丁蒲臣,諱守銘。光緒甲辰以療疾先先考妣卒,年三十。

(寫於一九五七年)

莊仲咸先生傳

君陽湖莊氏，諱清華，字仲咸，號曉澂。民國廢陽湖入武進，遂爲武進人。莊氏先世多名儒顯宦，君亦力學務致用。弱冠補縣學生，食廩餼，應鄉試久不售，至光緒甲午乃中式順天舉人，而君年四十矣。盛宣懷以道員居上海，辦理鐵路電報等事，君入其幕，多所襄贊。而嘗一歸常州，四至鎮江，又歷清河及湘潭、衡陽、祁陽、零陵、常寧等縣主平糶，散義振，多履艱險。而丁未五月資遣清江浦饑民千餘，陵晨出門，歸或破曉，劬勞尤甚，因此得腹疾，後中寒輒發，終身不能愈焉。君於名利至澹，鄉舉後睹時事日非，無意仕進，一應禮部試不中，遂不復上，以國史館漢謄錄議敍知縣，兩江總督端方深器君，保以同知直隸州用。宣統己酉，分發山西，歷長電報、電話、鐵路、貨捐等局，勤且廉，待人以誠，下皆樂爲盡力。民國肇建，乞假南歸，後又長南京、鎮江、煙臺、蘇州諸電報局，在煙臺最久，凡九年，僚屬懷之尤深。君少工文辭，善書法，以家貧，年十八即授徒自給，歷三十年，慕從之者前後七十餘人。盛宣懷父康嘗延名士輯《經世文續編》，君與其列。所著有《慈蔭堂日記》六十卷，《家訓》十卷，《八十四歲自述》一卷，《雜著》一卷。民國三十七年八月十日即舊曆辛巳閏六月十八日卒，年八十有七。君未嘗治釋典，而晨興必誦《金剛經》三遍，數十年不輟，及臨命甚安詳，信釋氏者以爲福報焉。君既歿，後進之士咸曰：君孝弟忠信，仁心爲質，義以行之，不逆詐，不億不信，犯而不校，遇善舉必盡其力，與財窮乏，或待以舉火,而終身坦蕩無憂戚,儻晚近之完人歟?相與諡之曰靖惠。子男二人:先識,陽湖縣學附貢生,日本弘文學院師範科畢業;文亞,英國倫敦大學土木工程科畢業。皆以學行世其家。

(寫於一九五七年)

汪叔良茹荼室詩敘

予始識叔良,在民國乙卯,時予年三十有二,而叔良少予三歲。嗣後或離或合,合則欣然道故,相視而笑,莫逆於心;離則千里詒書相問候,亦或困於行役,曠絕逾時月,然相憶未嘗或忘,越四十年如一日也。予少好爲詩,有所作皆書日記中。倭寇入犯,所居成瓦礫,日記存者無幾,詩亦所失過半矣。癸巳年七十,乃搜葺寫定之,凡得百一首,寄示叔良,叔良爲工書一冊還之。叔良之詩,一刪訂於戊子,再刪訂於壬辰,至今歲乃寫以相示,僅百首。其寫定之早晚及存錄之多少,亦相若也。四十年來風塵澒洞,陵谷變遷殆盡,區區文辭復何足道。抑叔良之爲人,持躬甚謹,而天倪甚和,與人交無城府,於是非黑白甚辨,而不爲危言急論,庸克以默,自全於世。家貧而好買書,晨夕讀誦弗輟,匪爲好名,祇以自娛。而間有考論,老生斂手。豈屑以文辭見,尤不僅以詩見。然詩者志之所之也,在心爲志,發言爲詩。人雖欲自晦,及其發之於言,終有不能自閟者。此百世以下之人,所由誦百世以上之言,而如見其人歟?空山之叟聞人之足音而喜,鳥獸不可與同群,吾非斯人之徒與而誰與?此又逃名之士所以自珍惜其所爲歟?叔良之詩曰:"覽鏡深知無媚骨,哦詩偏喜索枯腸。"予雖不工詩,誦此二言,亦欲欣然把臂入林矣。丁酉七月弟呂思勉謹識。

(寫於一九五七年)

蒿廬詩稿

是年予二十，元旦作詩數首[1] 癸卯

欲倡東方民約論，廿年落拓一盧梭。關山蕭瑟悲秋氣，風日蒼涼感逝波。不爲恩仇始流血，盡多新舊費調和。聞雞起舞中原意，我亦年年夜枕戈。

十二萬年中有我，修羅海上是前身。以何因果墮歷劫，杖佛慈悲轉法輪。下缺

二十初度[2]

憂時淚比桃花豔，獨立心如梅子酸。下缺

讀《儒林外史》成絶句[3] 癸卯

蕭瑟湖山氣可憐，惹儂讀罷淚潸然。意根無著還無住，拭淚重觀

---

[1] 題目爲編者所加。第二首有殘缺。先生日記云：癸卯，是年予二十，元旦作詩數首，今尚記其一首，……其下半首則忘之矣。予是時思想極駁雜，爲文喜學龔定庵，又讀梁任公先生之文，慕效之。詩文皆喜用新名，史朗人姑丈嘗謂予曰：君之詩文，非龔則東，相與一笑而已。

[2] 題目爲編者所加，原首有殘缺。先生日記云：是歲（一九〇三年）二月二十初度，曾成絶句十首，今僅記……二語矣。

[3] 按，先生日記云：癸卯二月始讀《儒林外史》，成一絶云："蕭瑟湖山氣可憐，惹儂讀罷淚潸然。意根無著還無住，拭淚重觀器世間。"當時甚自得，實似通非通也。是月達如之福建，送以五律四首，今尚記"似冰一心白，飛蓬兩鬢青"二語。

器世間。

除夕書感 丁未

畫虎迎神卒歲初,又看桃梗換新符。一年將盡猶堪守,兩歲平分倏已除。爆竹聲喧人意懶,屠蘇春暖酒杯疏。問君賣盡癡呆未,如願如何總不如。

冷炙殘杯戀舊氈,迎新且祭舊詩篇。愁添甲子還書悶,待買聰明要著鞭。竹抱冬心盟歲晚,梅含雪意競春妍。紙窗竹屋搜新句,如此生涯又幾年。

此詩出,冠時、脊生、大姑均有和章,猶記冠時次疏韻云:"祝富有心求博濟,祭詩無稿笑空疏。"頗可見其抱負。末二句云:"賣癡卻老方多少,絕少奇方可駐年。"則竟成詩讖矣。

次文甫韻 戊申

流連詩酒又兼旬,結習依然漫笑人。射虎可憐猿臂健,畫龍未許葉公真。愁中歲月誰能遣,客裏生涯不當春。臣朔自饑人自飽,臨流渾欲換儒巾。

詩凡兩首,其又一首已忘之矣。文甫是時成詩頗多,名《皖水秋聲集》。予最賞其"鶴淚風聲銷賭墅"句,餘亦不能舉其辭矣。滌雲是時方篤志讀書,贈文甫四絕,末一首有云:"立身各有千秋業,君上征鞍我閉門。"亦為同人所賞。

戊申除夕

百年已過九千日,行樂誰盈十萬場。為學吟詩不辭瘦,儻教被酒

亦能狂。下缺

闌　影　戊申

半院殘暉照眼紅，簾前亞字刋朦朧。將花映水痕猶濕，待月籠煙望轉空。漫笑橫斜能礙日，居然淡定不驚風。沈香亭北知誰倚，併入驚鴻一顧中。

此亦社作，題亦雨農所命也。

風　箏　戊申

漫說春風似虎狂，一絲搖曳盡翱翔。隄防風勁收難轉，落去人家隔短牆。

寄人簷宇渾無那，高處昂頭試一鳴。蝴蝶也知春意盡，隨風化作杜鵑聲。

此亦社作，頗爲達如所賞。

踏　青　戊申

□□□□□□，一事無成鎮月忙。偷得浮生閑半日，也來郊外看春光。

蜂蝶依依解送迎，因花相引出春城。閑來愛聽流鶯囀，更向遊人少處行。

春雪次叔陵韻　己酉

連日輕寒雨意纖，東風轉作朔風嚴。堆殘庭院猶疑月，望裏樓臺已布鹽。爲款陽和重掃徑,遺遲花信尚巡簷。一作"風信"。冰肌玉骨原堪冷,盡壓南枝到小尖。

彤雲凍合數歸鴉,誤卻清游七寶車。綺陌尚遲蘇小草,園林先遣暑空花。暖隨池水融無跡,遮任簾旌已滿家。漁父不知年曆改,寒江猶自守空叉。

予與友朋嘗兩結詩社,第一次在己酉,立之者雨農,附之者予與冠時、雨農、脊生、叔陵五人而已。半月一集,社友各命一題,以探籌之法取之。此第一集題,雨農所命也。予與雨農各成七律四章,予詩有云:"苦隨池水吹同皺,遮斷遙山笑不成。"同人頗賞其工。又有句云:"柳條未綠先飛絮,梅萼迎人別有花。"亦有賞之者。脊生斥其太纖,將入惡道,其言是也。雨農詩第二章,爲同人所賞,曰:"敲寒賒酒問鄰家,雙屐鴻泥一逕斜。草潤半蘇前夜雨,梅殘猶沁隔年花。南枝香已催初蝶,北郭陰仍覆凍鴉。指點灞橋驢背客,詩情爭奈改韶華。"亦不過輕倩而已。然雨農詩,予能誦者,僅此一章而已。叔陵以尖叉韻賦二律,予復和之,此其第一章也。第二章已忘,惟記末二語云:"漁父不知年曆改,寒江猶自守空叉。"

贈朝鮮金滄江　辛亥

有兒兩眼如秋水,一老胸中絕點塵。道契虛舟能辟世,家藏野史未全貧。不言已備四時氣,佳句況如三侯醇。三侯,朝鮮名酒。儻許江南狎鷗鷺,浮家便與結比鄰。

滄江名澤榮,字於霖,朝鮮花開人。邃於學,詩文皆精妙,仕於其國,嘗貴顯矣。國亡後來奔,依張季直,居南通。辛亥予與屠敬山先生俱客南通,敬山先生撰《蒙兀兒史》,知滄江嘗修其國之史,欲觀其高麗一篇,相偕訪之。滄江不能華言,一子尚幼,不能作翻譯,然筆談娓娓不倦也。

送叔陵之關東並簡青屏營口　辛亥

孔公雖醉不廢事，差勝吾徒醒亦狂。慎莫隨波輕出入，相煩傳語到鰓魴。

歸　裝　辛亥

收拾歸裝去，無衣但有書。幾年違社燕，半世困鱣魚。竹馬塵生日，奔牛釀熟初。相憐椎髻婦，病髮不盈梳。是年余連失二子，婦亦大病。

呈屠敬山先生　辛亥

昔者乃蠻太陽罕，曾將辛苦惜男兒。公游萬里絕沙漠，今日歸來好著書。遼海風吹壯懷闊，長江月照道心虛。下缺。

偕詩舲達如游某氏園　壬子

軒軒松柏千尋舉，宛宛櫻桃一樹垂。池滿盡容魚跋扈，林深應有鳥棲遲。間經矮屋低頭過，偶遇閑花著意窺。難得傾杯同寫意，無妨騎馬夜深歸。

三十初度與達如千頃捷臣飲滬上酒家　癸丑

悲歡漸入中年境，憂患方知學道難。河上枯魚餘涕淚，山頭凍雀惜飛翰。偶抒狂論疑河漢，各有新詩共肺肝。差喜新來風景好，兩行垂柳拂雕鞍。

後三日復集 癸丑

豈以知音少,而疑吾道非。相逢四三子,亦足解憂唏。滬瀆花初發,松江鱖漸肥。宅心惟所擇,不復苦思歸。

詩舲招叔遠同飲兼懷文甫 癸丑

今日悔昨非,未必今皆是。金君縞紵交,十載結神契。憶昔識君時,我年纔廿四。意氣各豪雄,顧盼輕一世。勳業詎足論,浮雲太虛耳。忽忽三十年,乃無立錐地。蒲柳驚變衰,芷蘭亦憔悴。生事日累人,皇云物外意。因憶短髯生,少年善奇字。出語坐客驚,成文宿儒避。貌如朝霞妍,欷若秋鷹鷙。同舟赴金陵,莫逆笑相視。流落七閩中,翩翩一書記。幕府累十年,旌麾自可致。更有史公子,澄清志攬轡。躍馬矢丹青,雕龍薄餘事。鵬翼待垂天,牛刀已小試。乃亦卻青冥,來此覓沉醉。此意詎可言,功名有時會。敝帚雖自珍,前魚世所棄。隱約常畏人,酌酒聊相慰。

題　畫

片片飛花欲上天,風前無計可留仙。誰知飛到層霄路,依舊沾泥伴絮眠。

次脊生韻

靜思世事與棋同,負局支持苦到終。一著偶差千劫定,輸贏畢竟太匆匆。

詠　史 甲寅

阿蒙十五六，奮志事戎車。豈不念阿母，貧賤難可居。善哉元龍論，御將若養鷹。饑乃爲我用，飽則將飛騰。不見蜀二主，養士三十年。豐衣復美食，臨戰誰張弮。賀弼熊虎士，口語竟亡身。載思臨命言，寧不慚其親。口禍非不知，骨鯁吐乃快。己快人必怨，終當與禍會。所以金人銘，特懍三緘戒。

　　甲寅春夏間，達如、千頃、敬謀、捷臣俱客海上，共結詩社，亦半月一集。敬謀旋北行，里中諸友之與者，通百、雨農、潄雲及周君啓賢、張君芷亭也，社名心社，其名爲通百所擬。凡二十七集而輟，此其第一集也，當時凡十首，今存其二。

紙　幣 四首存二　甲寅

錢神有論太詥癡，南朔陰陽各異宜。載道輻車充賞賜，連檣海舶致珍奇。最愁薄宦分微俸，況復征緡異昔時。一炬可憐成底事，關津指點到今疑。

黃牛白腹太無端，誰念中原物力殫。盡有飛錢來異域，何勞白撰造三官。界分新舊依稀認，字合華夷仔細看。差勝告身能易醉，朝來買餅薦春盤。

　　此心社第三集也。詩凡四首，今記其後二首，前二首則忘之矣。第一首有"幾見飛鳧勞手數，一般跨鶴壯要纏"二句，爲捷臣所賞，然實纖仄不足道也。

春江花月曲[①] 甲寅

春江花月繁華地，歌管年年沸如水。爲解吳儂厭舊觀，遂教菊部翻新技。何郎生小最温存，嬌小由來似采雲。澧沅蘭芷多愁思，原隰榛苓解效顰。仙風吹向蓬萊住，慣抱琵琶作胡語。鵑健常教碧眼愁，鶯嬌每被纖腰妒。遊戲文章最擅長，歸來粉墨且登場。軒渠學作齊東語，結束能爲時世妝。泠泠指上冰弦誤，爭奈周郎不相顧。七尺誰憐臣朔饑，三年枉學邯鄲步。忽然聲價重遼西，卷上重來整鼓旗。欣看勞燕翩翩集，悵望青鸞寄語遲。京華琵琶多名士，功狗功人愁鉅子。隨陽且作稻粱謀，巢林合避金丸伺。刺繡何如倚市門，雪泥鴻爪且留痕。天涯淪落同爲客，海角棲遲最斷魂。深情曲曲傳眉嫵，從此梨園罷歌舞。攜得名花北里來，相將春柳門前駐。二十年來撲面塵，綠衣且現宰官身。屠門大嚼原豪舉，破甕尋思漫悵神。雲翻雨覆多遷變，一一能教肺肝見。今日應知靦蔑心，當年未革然明面。凌波仙子最嬋娟，顧影翩翩我亦憐。甘陵月旦俟馮賈，歇浦春申被管弦。曾經百戰何辭酒，南八男兒好身手。潘郎雖美子南夫，坐上玉人曾見否。丁君三爵慣徵歌，白板紅牙奈汝何。爲憐法曲知音少，每撫瑤琴感慨多。我言此意何須悵，世事而今空我相。衣冠但使肖侏離，規矩寧勞問宗匠。爭隨野鶩棄前魚，種樹還愁五石瓠。桑田滄海遷流盡，豈獨伶官泣路隅。

社作，題爲丁捷臣所擬。

懷　　人 甲寅

人生如燕雁，蹤跡每相違。接席情如昨，聯床事已非。邐思花後

[①] 編者按：文稿原句如此。

發，吟興酒邊希。多少懷人意，泠泠寄玉徽。

亦社作。

高漸離筑 甲寅

君不見荆卿匕首久寂寞，繼起乃有漸離筑。君恩友誼不可忘變服。何辭□□□秦廷①，盛兵□□□□□。遂令暴祖龍，心怯一士嗔。散棄新聲屏曲宴，終身不近諸侯人。吁嗟乎！召公遺澤信悠哉，荆高比踵藏蒿萊。君不見秦中豈乏慷慨士，望夷軹道誰相哀。

亦社作，題爲千頃所擬。

消夏雜詠 甲寅

翠篠娟娟映碧渠，蕭閒頗類野人居。清聲自愛風來後，幽韻還宜雨過餘。解笑何緣知味苦，消炎原祇要心虛。渭川千畝非吾願，三益相期共此廬。竹徑。

老幹虯枝欲化龍，階前猶自鬱青蔥。支離莫笑年來甚，觸熱何曾與世同。碎影每疑雲在地，濤聲不辨雨當空。清涼已足教吾健，豈待嚴寒識此公。松寮。

綠天深處影橫斜，卻暑何勞翠幕遮。幾日清陰屏戶牖，十分涼意到窗紗。閒臨懷素書應健，臥學陶潛意亦嘉。雪藕調冰都厭俗，待餐甘露當丹砂。蕉窗。

百尺孤標小院西，孫枝入夏長初齊。爲憐勁節闌頻倚，更愛清陰酒自攜。夜靜渾疑琴有韻，秋來應許葉重題。飛蟬曲蚓爭鳴噪，誰識高寒有鳳棲。桐院。

---

① 編者按：文稿原句如此。

月 夜 聞 笛 甲寅

梅花零落盡,此曲豈堪聽。留得關山月,送人長短亭。

亦社作,題爲芷亭所擬。

殘 荷 甲寅

舊日橫塘路,重來有幾人。同根憐並命,墜粉亦成塵。越吹相思苦,江謳景物新。畫船空四壁,長夜孰爲鄰。
太液池邊路,曾陪解語人。繁華一回首,零落對蕭辰。無復花嬌豔,空餘子苦辛。紫河仙種在,猶得伴霜筠。
十萬花爭發,風流在鑒湖。淩波原似玉,擎雨亦翻珠。色豔歌人面,香飄舞女裾。涉江風露冷,採擷意何如。
由來君子意,豈屑效張郎。縱乏遊人顧,還堪屈子裳。江蘺原自秀,籬菊亦能芳。祇愁青蓋盡,何以覆鴛鴦。

亦社作,題爲通百所擬。

水 煙 甲寅

誰切黃金作細絲,由來此物最相思。清芬絕勝含雞舌,酪酊何勞舉鶴卮。並世幾人留醒眼,吾徒頗藉療朝饑。當年欲笑窮邊叟,醉倒田間不自持。
深閨長日鎮相憐,笑殺如蘭總自煎。星火更資杯水力,斜風疑嫋瑑爐煙。微波喜與櫻唇近,錦字重勞玉腕鐫。試共從頭追往事,遏方荒塚倍纏綿。

亦社作,題爲捷臣所擬。

蟲聲 甲寅

誰遣商聲入短檠，寒螿四壁最淒清。自隨節序鳴秋氣，敢爲炎涼怨不平。響和嚴飆剛九月，愁添霖雨又三更。是誰入耳偏親切，思婦樓頭客戍程。

螢火 甲寅

熠耀宵飛腐草魂，當年曾是近長門。漢宮恩怨原難盡，隋苑興亡且莫論。乍見繁星來隔院，又隨明月過低垣。更無績女餘光藉，多謝深宵照耀恩。

亦社作，題爲雨農所擬。

扇 四首存一 甲寅

吳中近事費論評，巧製家家重遠瀛。尺幅更增千里勢，重規羞說一輪明。翩翩恰稱侏儒手，搖曳還縈浪子情。輕薄祇今逾魯縞，明年知否伴婆娑。

此亦社作凡四律，此其末章也。稿久亡而此章人有以之書扇者，乃錄存之。

山居限六言 甲寅

臨水游魚自樂，開門野鳥爭喧。是處網羅不及，忘機予亦何言。當門一峰千仞，壁立愈覺清奇。得此俗塵可障，愚公焉用移之。

亦社作，題爲通百所擬。

蝸　　廬 乙卯

新來海上寄蝸廬，局促真如轅下駒。未必長身容鶴立，更堪短鬢效鳧趨。飄零有劍空長鋏，出入無車況八騶。差喜尚存容膝地，本來此外復何須。

寄餘之婁河①二首存一　乙卯

寒蛩孤唱孰相酬，群鳥高飛自養羞。身向三江作孤旅，家徒四壁過中秋。勞勞世事終牽尾，颯颯西風漸打頭。吾已新來知所止，虛舟渾不繫中流。

辛亥登文筆塔遊人或見飛鳥而曰人是天邊之鳥鳥爲當地之人信然二語蓋諺而其人誦之也頻年作客追憶是言悵然有賦　乙卯

人是天邊鳥，鳥爲當地人。異鄉懷此語，回首一沾巾。擾擾煙塵暮，堂堂歲月新。頭銜堪自署，十載作流民。滬人謂無賴子曰流氓，或以之刻印曰吾流落不得歸，則流氓也。

呂博山招同屠歸父童伯章莊通百李滌雲夜飲

毗陵勝事夢多年，□此來遊十月天。玉局先生煙雨際，荆川古宅菊花邊。閶風玄圃知何處，玉珮瓊琚響四筵。老境笑人無分在，黃昏

---

① 編者按：餘之，朗山公之子，先生之再從堂弟。

猶自越寒阡。

代外舅題程青佩畫像羸而執麈 丙辰

昔聞子桑簡,今見禰衡狂。豈以居夷想,而爲適越裝。庶幾無長物,所適任倘佯。揮麈手如玉,清談或未忘。

題人畫册

間過吳市思梅福,偶上嚴灘憶子陵。終是江南風景好,未妨頭白尚爲丞。

脊生過滬相訪賦詩見示次韻答之

野性由來不入時,孤行更欲語伊誰。偶過夕市謀微醉,卻遇良朋慰夢思。邃密商量惟爾獨,人天悲憫幾心知。興亡理亂疇能管,得少閑時且奕棋。

偕研蘅鍾英志堅游徐園

三年不到徐園路,今日重來意罔然。劫後園林猶晼晚,春寒草木自鮮妍。相期濁酒千杯醉,難得浮生半日閑。至竟江南多倦客,未聞急管已高眠。志堅擊節而歌,研蘅高臥,故云。

詩舲爲予畫扇就所畫物成一詩題之 戊午

江鄉饒芡藕,況有杖頭錢。壺觴時獨醉,看劍引書眠。

庚申端午客瀋陽得敬謀寄詩次韻奉答

浮海雄心在，摩天健羽摧。饑驅長作客，多病一登臺。話雨懷前事，鏤雲減昔才。山榴少顏色，倦眼向誰開。

幾人間田舍，吾亦稍懷安。歲月催人老，風雲袖手看。科頭思野服，負腹爲儒冠。薄酒酬佳節，狂歌白日寒。

附趙敬謀先生原作

飄忽十年別，相思鬢漸摧。高歌仍出塞，多難況登臺。市駿誰奇士，呼鷹失霸才。煙塵紛滿眼，懷抱鬱難開。

遼海藜床在，吾思管幼安。才憐並世少，名當古人看。載酒欣奇字，談經陋小冠。何時重剪燭，風雨夜窗寒。

偕伯商西農遊朝鮮渡鴨綠　庚申八月二十八日

亥子明夷事可思，深衣白帽見殷遺。何當一舸丸都去，更訪當年永樂碑。

自車站出乘人力車過鴨綠江橋長二千九百五十餘尺工事二年乃成云在橋上口占一詩[①]
庚申八月二十八日

衣帶盈盈鴨綠江，當年曾此賭興亡。中原龍戰玄黃血，海外夫餘更可王。

遊義州公園口占一絕　庚申八月二十九日

營丘高聳馬訾橫，對岸群山列似屏。誰使邪摩來應識，春風坐領

---

① 編者按：此詩摘錄於先生的《義州遊記》。

統軍亭。

義　　州　庚申八月二十九日

簷低時礙帽,巷小劣容車。茅舍對殘郭,官衙依廢墟。山夷平野闊,江近稻田腴。雄關題署在,重閉意何如。關門題曰"海東第一關"。

安 奉 車 中　庚申八月二十九日

兩山被紅葉,車行一徑間。下有細河流,並轂鳴潺湲。自橋頭站而東南六十里弱,皆如此,土人稱之曰"細河"。十里見一邑,五里見一村。婦稚各自得,雞犬靜不喧。每懷避世意,竊愛山景閑。所恨漁人多,破此秦桃源。

歸瀋陽與伯商西農飲於酒家而後入　庚申八月三十日

不耐懸車後,何人霸此州。山川銷王氣,風雨入邊愁。放虎知誰咎,嗷鴻且未休。殷憂那向好,同上酒家樓。

贈 小 蘭 外 妹　庚申

吾家不好貴,兀兀窮讀書。亦不羨富厚,饘粥守故廬。人家有女子,刺文炫羅襦。吾家有女子,經訓勤菑畬。朝曦夕燈檠,儼若老宿儒。憶我幼小日,勝衣才能趨。扶床依伯姊,入室問皇姑。負劍辟咡詔,古訓常相於。以茲遠流俗,篤志懷邃初。人事固已拙,□□□□□。毗陵古大邦,繼武多名姝。詠絮抗謝庭,習禮分韋櫥。祇今日凋敝,繼起疇握瑜。飽食日娛嬉,盛飾徒襟裾。小蘭我自出,鄉學頗勤劬。六經與三史,心口時追摹。有姊曰小蕊,亦復惜居諸。櫛風沐甚雨，負笈海之隅。飛飛每依人，宛宛憐兩雛。我姑貧且老，得此良足娛。豈但曰有女，慰情聊勝無。努力慕賢孝，毋爲末俗渝。昔賢賤文繡，所貴在令譽。尹姞行君子，詩人懷彼都。故國有喬木，長係人謳歈。

吳春父椒父母夫人儲七十　壬戌

有親舉酒世上稀，古人此言良可思。吾鄉孝子吳春椒，真能以孝答親慈。春椒孤露直早歲，大父遠宦淮之西。卅年作郡鮮旨畜，始知廉吏不可爲。母兼父職教且養，機聲燈影宵遲遲。亭亭玉樹俄挺立，和聲況協壎與篪。大郎蜚聲在藝苑，十年出幕遲旌麾。小郎政績留忽汗，遺黎有口皆豐碑。邇來營田東海濱，疆理溝洫蘇民疲。人師之師棠母母，頌聲早遍江之湄。修德獲報豈顧晚，羲馭拂若方朝曦。良辰八月二十六，攬揆喜見開金卮。北堂萱草老愈茂，中庭蘭竹紛葳蕤。酃泉千歲釀爲酒，萊衣舞綵相娛嬉。親慈子孝世所罕，即此足愧末俗漓。擇居我幸近仁里，願與國人矜式之。

奉化有三鳥

三鳥者，越東野人之言也。予既聞之，哀其意約而辭微，其稱名小而其指極大，爲之作詩云爾。

奉化有三鳥，夜夜長哀鳴。一鳥名怨鳥，本是貧傢生。上有老大母，下有八弟兄。年饑不得食，十口莫能興。有人哀其饑，饋以八湯稞。食少人實多，均分理則那。一兒幼病癩，早失大母歡。舉杖敲其頭，殞身塵埃端。飲食必有訟，此理固所知。何意直凶歲，戈矛起階墀。死者長已矣，生者猶苦饑。一名負負落，負讀如背，本是貧家女。不識綺和羅，生小在蓬戶。偶然遊綺陌，顧見東家姝。熒煌炫珠翠，容色何敷腴。凝睇顧其華,歸來事蠶織。蠶眠要吐絲,向父索桑葉。父聞阿女言,淚落便如雨。去年賣居宅,今年賣田土。寘椎地且無,種桑向何許。阿女聞父言,掩面便嬌啼。父聞阿女啼,泠泠心骨悲。奮身出門去,偷上東家樹。東家有主人,持刀便出圍。兩臂猶抱桑,頭顱倏委土。將頭寘小筐,持示西家女。凡物各有主,汝父何不良。我今斷其頭,掛屍在青桑。女聞鄰家言,神魂忽騰迸。高飛向九霄,大呼負負落。精誠通帝座,世人終不聞。父屍不得收,哀鳴欲何云。一鳥名斷亢,亦是寒家娘。行年十六七,嫁與田舍郎。上堂拜阿母,阿母雙目盲。朝朝思肉食,家貧安可得。躞蹀階除下,忽見蚯蚓跡。掘蚓臊作羹,持以奉阿母。終勝藜藿鮮,阿母大歡喜。槁砧從外來,見之便大怒。揮刀逐新婦,宛轉入廚下。霜鋒試一斫,頭顱落水缸。妯娌來見之,便澆以熱湯。精靈不得泯,化爲小鳥翔。小姑入廚下,喜鳥何玲瓏。戴頭思捕捉,舉手先關窗。生爲君家婦,命若螻蟻微。苦落形氣中,無翅不能飛。祇今有雙翼,豈復戀庭闈。奮翮專窗出,四顧將何依。本家久零落,自托枯桑枝。朝朝不得食,夜夜長哀嘶。哀嘶亦何云,新婦信難爲。殷勤告行路,行人慎念之。

惠　　山　乙丑

少日登臨處,重來已卅年。回欄仍曲折,檻水自清漣。帆鳥湖邊影,鶯花劫後天。滄桑門內感,回首一潸然。

予八歲時,侍先繼祖母、先父母、二姑游惠山,今三十五年矣。當時景物,惟尊賢祠回欄曲折,猶能記之,餘皆不省記矣。

黿　頭　渚　乙丑

荒洲客至希,桃李正芳菲。獨立磯頭久,落花時上衣。

萬頃堂 乙丑

管社山前湖水平，斜陽天際照空明。若非內熱憂黎庶，便合漁樵了此生。

贈藕齡 乙丑

男兒不能躍馬馳天山，又不能閉門靜坐參枯禪。牛刀何處試一割，便合歸營東海田。劉生飽讀詩與書，襏襫亦復知勤劬。荒江斥鹵少煙火，肨胵疏泄爲溝渠。流民自占三百戶，十年期可成大都。相疑劉生老農圃，英氣時時見眉宇。運籌已謝韓張良，解紛猶擬齊贅婿。有田不歸如江水，何事江南久留滯。嗟予無田歸未得，天涯奔走空皮骨。幾時並子結茅廬，同坐荒江看落日。

贈通百 乙丑

人生不入時，齟齬固所甘。莊生年四十，入世情猶憨。伊予有同調，相見彌忻然。興亡何足問，閉戶參枯禪。

贈子修 乙丑

草木誰多識，蟲魚各有情。每因研物理，轉得契無生。桑下同三宿，絺衣已再更。別離應念汝，杯酒氣縱橫。

忍菴出扇屬書賦詩贈之 乙丑

追風蹶逸足，摩天鍛健羽。時俗習囂競，疇知養生主。迷陽任天機,獨有陸繩父。秉燭事春遊,暴書忘夏雨。窮巷日往來,藤杖行懊懊。畏約雖自甘,忘世知君詎。酒酣燭見跋,往往露肺腑。彊抑濟時心,清談日揮麈。諧雅妙解頤,聞之欲起舞。蟲書逼斯籀,蒼勁含媚嫵。故園不可居,十年長賃廡。下帷坐呫嗶,循墻走傴僂。古人時與稽,今人或予侮。人海波淺深,猶得容魴鱮。嗟予少狷毅,私智矜瓶甄。視天時欲仰,畫地日復俯。跨馬鄉里違,擊鼓丞卿怒。好古復幾人,如魚自相呴。知己一以足,漫嗟獨行踽。淪棄固所甘,況乃傷貧窶。庶幾卜南村,與子同構宇。筋力雖云勞,晨夕聊可數。機事謝桔槔,抱甕日灌圃。

肖雲畫扇見詒詩以答之　丁卯

裙屐翩翩致足多,奇書萬卷況胸羅。南宮潑墨饒佳趣,容管高文賤舊科。幾輩黨人思戊戌,一生心事在煙波。逃名便是沽名者,塵海潛藏意若何？肖雲為梁任公先生弟子,好讀元次山文。逃名便是沽名,君語也。

送伯洪教授金陵　丁卯

龍蟠虎踞說昇州,破浪乘風作壯遊。冠帶乍圓新璧水,車書待整舊金甌。消除氛霧寧無策,奮跡功名會有秋。樹木祇今嗤計短,莫將詞筆換兜鍪。

贈周子彥　丁卯

心所不欲為,勉強而為之。心之所欲為,乃復不得為。滬濱作客逾十年,邂來始識周子彥。屏人絮絮如老嫗,宵深燭跋不知倦。有時憤世亦大呼,高談使我心目眩。嗟嚱末俗□□□,捷徑窘步數善變。

如君質厚雖少文，□□合使登高顯。如何淪落風塵下，長爲凡才作曹掾。伊余樗散甘淪棄，樂處荒寒謝郊甸。夙聞廟橋風景好，一灣流水環三面。幾時積得買山錢，卜鄰晨夕長相見。圍棋曲藝雖未工，坐對亦足忘貧賤。

贈聯玉 丁卯

牢落高陽舊酒徒，胸藏大智貌如愚。罵斯敢怨殷元子，龜策難知楚大夫。無慮並時皆逸足，有孚與爾惜微軀。誰憐近市浮橋堍，萬衆塵囂一士臞。

孫厚父八十壽 庚午

步出東郭門，行行及西蠡。一水自南來，高橋翼然峙。昔年病徒涉，今日可方軌。誰歟爲此橋，孫氏厚父字。孫翁少孤寒，節嗇到餅餌。膏肢不自滋，攸懷在博濟。徐總統贈匾曰博濟爲懷。仁漿沾族黨，義粟逮鄰里。相莊賢孟光，於義有同嗜。憐貧時拔釵，見餓或推食。齊心六十年，抑戒尚交勵。安行古所難，況乃在叔季。皇天惟德親，晚有商瞿子。萊綵被孫枝，蘭玉鬱蔥翠。攬揆逢孟陬，霞觴喜同醉。永壽比南山，嘉徵可券致。翁又嘗建石橋於里北，命名曰永壽，又建石橋於洛社，命名曰南山。

偕鏡天肖雲正則游迎江寺 壬申

江外青山似有無，江頭西去片帆孤。哀絲豪竹年年感，贏得浮生似夢徂。當筵有奏樂者。誰遣南邦作繭絲，關津指點到今疑。江干竹木由來富，便向茅簷樹絳旗。

題嶠若斷齋課孫圖 壬申

伶仃哀百藥,辛苦斷殘齏。遺澤懷繩武,思賢合與齊。虛堂隱深竹,衡箄對前溪。此景堪追憶,荒村動午雞。

蔣頌孚先生八十 癸酉

津沽戰雲黑如墨,外抗強鄰內妖賊。投戈棄甲何紛紛,蹀血孤軍衛京國。當年誰佐聶侯軍,幕客名高天下聞。前筵借箸留侯策,據鞍磨盾枚皋文。堂堂歲月難維繫,昔日翩翩今八十。舉頭猶是九州陰,拱手如聞寇仇揖。老子銜杯感慨多,風塵潢洞奈民何。我言貞下起元運,浩歌合與人殊科。君家子弟多才俊,會見扶輪挽頹運。婆娑風月九齡年,重泛霞觴進良醞。

王冶梅畫譜予四歲既耽玩之中有一幅題曰一江風雨送歸舟畫一人坐蓬口一人蓑笠搖艫而行心頗好之癸酉臘月病中夢身坐蓬口而蓑笠者爲予搖艫翌日夜夢中復作一詩以詠此事當時知昨夢之爲夢而不自知其仍在夢中也依夢境以成夢不亦異乎 癸壬

夢中人坐畫中舟,夢裏還從畫裏遊。安得浮生如夢境,物惟意造更何求。人不能無欲,不能無物,世間之物,各有其形,各居其處,不能皆如人意之所欲,此人之所以不樂也。使物皆無質,惟人意之所造,又何不樂之有,夢中之意如此。

許冠群四十 己卯

蒿目看創痍,危身滯檻樊。萬金愈壯士,一發睇中原。歲月方強事,煙波憶故園。幾時聞捷報,重與共清尊。

志義來出近作見示 己卯

稍覺離群氣類孤,相逢劫後一驚呼。兔株猶是人貧賤,蕉鹿寧知事有無。詩以窮愁時握管,客貧過從漫提壺。更煩今日江淹筆,爲寫當年鄭俠圖。

予少時行文最捷應鄉舉時嘗一日作文十四篇爲同輩所稱道今則沈吟如在飯顆山頭矣及門中陳生楚祥文思最敏而思理周澹詩以張之 己卯

萬言倚馬亦豪哉,垂老何圖見此才。覒覭名場三十載,又隨影事上心來。

題　　畫 己卯

水落露危石,雲開見遠山。空亭無客到,倦鳥自飛還。

倭寇入犯遁跡滬濱辛巳冬租界淪陷翼年秋微服返里舊居盡毀葺小屋以居卧室隔墻即以種菜 壬午

卅年華屋處,零落倚茅廬。猶是傷離亂,皇云賦遂初。衰來思學圃,非種合先鋤。荷棘心方壯,秋風病欲蘇。

周君畏容嘗見其子年未二十而英氣勃發旋去從軍隸三十五師日寇至戰死婁河劫後返里過舊時談讌處愴然隕涕 壬午

延客新秋一味涼,披襟猶記悵虛堂。一作"敝虛堂"。羹葵飯葉知誰饷，欲向城南吊國殤。

書　所　見　壬午

短褌赤足漫提壺，察察應譏楚大夫。差勝車轍垂足坐，當筵使酒氣豪粗。

稍　覺　壬午

稍覺朱顏改，相逢白眼多。觀書今嬾甚，縱酒奈愁何。節物驚蕭艾，生涯翳薜蘿。五湖妖霧遍，未許辦漁蓑。時倭人方寇太湖。

檢書毀損過半　壬午

讀書益邪損，此事殊難計。少年寡思慮，謂書益神智。信哉六籍中，所言有倫紀。其如世異變，陳數非其義。庸夫墨守之，名實乃眩異。紛然喪所守，舉武輒顛躓。生心害於政，必或承其敝。信哉自擾之，天下本無事。安得祖龍焚，蕩然返古始。萬蔽一時除，勿復寶糠秕。失馬庸非福，塞翁達玄旨。

見　獵　壬午

見獵心猶喜，從鯖意未平。野人不爭席，何處托吾生。

亂後還里教授鄉校寓湖塘橋顧姓顧姓父母皆年逾七十矣寇至走湖北遭轟炸走湖南其父又走貴州而其母還里其父至貴陽十餘日病死至今不敢告其母顧君亦不敢服喪也　壬午

干戈滿天地，垂老惜分飛。腸斷猶縈夢，眼穿終不歸。椎心縈野祭,忍淚著萊衣。多少蟲沙化,何心爲爾悲。

榮女三十 癸未

汝大知吾老,家貧長苦饑。心應隨鵠舉,跡笑似犧縻。播越漸江海,稱名愧斗筲。西風方大起,畏約豈無涯。

井里全墟日,衰遲欲逮年。經營吾愧拙,枝柱汝惟賢。寄意丹青外,娛情沼沚邊。丰容應善惜,休遣換華顛。

再示榮女 癸未

束髮受詩書,頗聞大同義。膝前惟汝存,喜能繼吾志。人生貴壯烈,齦齦安足齒。壯烈亦殊途,輕俠非所幾。嗟嗞天生民,阨窮亦久矣。蒿目豈無人,百慮難一致。聖哉馬克思,觀變識終始。臧往以知來,遠矚若數計。鳥飛足準繩,周道俯如砥。愚夫執偏端,諍詰若夢寐。庶幾竭吾才,靖獻思利濟。太平爲世開,絕業爲聖繼。人何以爲人,曰相人偶耳。行吾心所安,屋漏庶無愧。任重道復遠,成功安可冀。毋忘子輿言,強爲善而已。

春甫七十 癸未

四世一堂皆四世,康疆況直古稀年。沖和自是傳家寶,任恤猶聞續命田。少有高名留楚越,老餘豪氣壯幽燕。尊生妙諦君知否?平淡真堪養性天。

張欽奇唐秀儀晶昏 丙戌

世事年來歷滄桑,于飛猶記舊時光。高門江左推王謝,雅範中原見孟梁。三徑何堪問松菊，一杯且喜靖欃槍。市朝卜築容偕隱，蘭玉庭前又幾行。欽奇舊居，日寇入犯時，盡毀於火。

贈先之 丙戌

孑遺相見還疑夢，身世離憂欲問天。江右烽煙接淮左，胼胝何處可營田。有田在東臺，盡棄之矣。

贈文木 丙戌

曾作大船窮瘴海，鄉關北望悵烽煙。生還且喜於今遂，又見吟情到酒邊。

孝萱先生流徙南閩猶不忘母氏苦節詒書徵詩可謂難矣率爾成章錄欽錫類

苦節能貞幾十年，機聲鐙影記依然。瞻烏爰心於誰屋，回首平山憶逝川。

女弟子楊麗天至北京入軍事學校書來索詩賦此卻寄 辛卯

萬里遄征日，三年畜艾心。金城成衆忘，漆室動哀吟。北海秋濤壯，西山夕照深。何時同奏凱，杯酒共江潯。

題傅鈍安遺墨

鈍安，醴陵人，清末入南社，南社衰，約其友於湘中相唱和，爲湘集。與姚大慈、大願、謝晉、李洞庭,稱湘五子。鈍安於辛亥革命、癸丑討袁,皆與其謀,屢參戎幕。又嘗一長沅江。時局擾攘,屢奔亡,後死於安慶。此册乃其游杭越時手寫,所作詩寄其同邑友人劉約真,而約真爲之裝池者也。　壬辰

運際貞元思五子,獨留間氣在湖湘。卧龍躍馬當年意,轉眼浮雲夢一場。

茫茫禹跡記探奇,俊逸清新百首詩。尺楮流傳誰護惜,獨於劫後見襟期。

歸少時舊居　癸未

五十年餘始復歸,鄉關寥落悵何依。雲飛佇看西風起,扶杖猶思駐夕暉。

乘風破浪今何冀,合笑當年志事衰。差喜青燈黃卷在,尚應有味似兒時。

東南中學校歌二章

　　常州東南有地名阪上,地有大泖橋、小泖橋,泖讀如柳。今小泖已埋,橋亦無存,惟大泖橋猶在,而音訛爲大劉。有佛寺,亦名大劉。日寇入犯時,板上爲遊擊區,常州私立輔華中學遷居大劉寺中。民國三十一年秋,予嘗往教授,歷一年,三十二年秋冬又至其校者三次。日寇降,輔華遷入城,鄉人於大劉寺立東南中學,由何君在庠主其事。何君嘗屬予撰東南中學校歌二章,友朋中頗有善其詞者。後何君以非罪見流放,校亦不知如何矣。

大泖橋接小泖橋,風景正妖嬈,同堂學子喜相招。翩翩阪上初飛鳥,會見扶搖入九宵。

頻年抗戰意何堅,勝利喜今年,掃除氛霧再開天。舊邦新命還重建,爭取長途憖仔肩。

題王芝九及其夫人毛佩箴風雨同舟圖　乙酉

劫火流離中,幾人驚有我。左對復右顧,忽焉涕爲破。憶昔圖南時,汪洋浮大舸。歸燕近人飛,遊魚繞船唼。椰葉並離垂,藤花蔽簷彈。火耕厭稻粱,山蔬足果蓏。碧眼舊恣睢,黑齒半袒臝。莫笑蠻荒蠻,殷勤翼負臝。回首望中原,連天黯烽火。豈不念邦家,津梁奈遮邐。稍聞黨禁解,歸裝自尬尪。小築在吳城,春光正淡沱。菁廬試誅茅,比窗許高臥。菁廬芝九室名。勞止冀小康,哀此癉人癉。鼙鼓動地來,衝破蒼煙鎖。京雒塵汙人,幾輩緇衣涴。鴻飛向冥冥,海隅忍寒餓。前耕後或鉏,汝唱予則和。亥子矢艱貞,豈慮罡風簸。耐此歲寒時,取次韶光過。

癸巳重九約真期集滬上公園嘯篁詩最先成即次其韻

稍覺逢時興不同,吾鄉諺語謂節日曰逢時。衰顏猶映酒杯中。春秋易逝原非我,書劍無成竟作翁。莫向東山怨零雨,欣瞻北闕曜朝瞳。卻慚無補絲毫事,懶逐車塵踏軟紅。

文木過滬出箋屬書口占相贈　丁酉

策馬何心向秀容,蹲鴟空願致臨邛。高丘回首頻沾臆,且入秋山采晚菘。

夢秋詞①

阮郎歸　大姊惠蘭花賦此謝之②

幾時清夢到瀟湘，風前瘦影雙。寒暉時復擁蓬窗，傳來王者香。佩璲解，素心長，予情自信芳。美人不效世時妝，臨風舉十觴。

壺中天慢③

鶯啼燕語，又匆匆一月，好春過矣。冷到熏篝無夢在，種種惱人滋味。草綠如茵，花開似錦，庭院清於水。呼童掃徑，更看舊雨來未。惆悵幾日登臨，危樓小坐，看蒼煙莫起，十二欄干閑倚遍，消受風斜雨細，濁酒添愁，新詞帶恨，判取酴醾醉，維摩善病，傷時長灑清淚。

臨江仙　壬寅舟泊丹陽次詩舲韻

霧淨煙沉波似練，一作"露重煙澄"。蘭橈遙指空江。晚涼吟盡聽寒

---

① 編者按：《夢秋詞》爲先生早年之習作，原稿題有"陽湖呂思勉誠之學"數字。

② 先生殘存日記有云：予學填詞，始於庚子春間，所填第一闋，係阮郎歸調，因先姊賜蘭花而作，今已不復憶，惟記其中有"傳來王者香"之句，姊病其粗獷，戒之。

③ 先生殘存日記又云：是年（庚子）二月初四日作《壺中天漫》……此時填詞頗知綿密深細，然學力不充，語多似是而非也。

蜇。歸鴉零落處,雲樹亂千行。　閑倚孤篷思往事,月明照我衣裳。江天獨立影蒼茫。臨波還弄影,微覺野花香。

和達如木香詞　壬寅三月二十二日

清明過了,看亭亭架畔,素蛾青女。爲愛春寒偏耐冷,栽向簷前幾樹。嬌額曾塗,檀心未謝,香雪閑飛舞。歸來燕子,錦棚卻愛低護。容我十日清狂,慎家庭院,記年時豪素。日暖風和三月盡,開也便傷遲暮。梅蕊分香,薔薇作伴,卻惹封姨妒。金錢千萬,玉英買向何處。

此詞用典太多,頗傷堆砌也。[1]

阮　郎　歸　壬寅三月二十五日

夢回金鼎篆煙微,春深半掩扉。一年花事是耶非(一作"是和非"),斜陽燕子飛。　芳草遍,落紅稀(一作"落紅肥"),湘簾一桁垂。簾前坐待燕歸來,燕歸春不歸。

蝶　戀　花　壬寅三月二十五日

日暮園林花似霰,皓齒明眸,何處閑相見。枝上流鶯千百囀,新聲似怨韶光換。　樓上有人雙淚眼,望斷天涯,人比天猶遠。蝶亂蜂狂渾不管,飛飛還向深深院。

菩　薩　蠻　壬寅三月二十九日

一雙蝴蝶花間去,花迷蝴蝶疑無路。蝴蝶逐花飛,花迷蝶不迷。

---

[1]　是爲呂先生後來的自評。

愁來心似繭,眉黛渾難展。門外雨如絲,憶君君未知。

卜算子 鶯 壬寅六月

接葉暗營巢,耐盡風和雨。十日園林不見鶯,忽聽新聲度。　生怕落花知,還向花深處。驚起遼西夢不成,一枕無情緒。

慢卷袖 壬寅六月十四日

欄干閑倚,春光欲暮,看花開花落。何處是春歸,尋遍水邊竹外,望遍池臺樓閣。待得歸來,春光已去,春去更無跡,祇儂也難禁,蝶亂蜂狂,還抱花宿。　翠幃簾幕,夜寒羅袖應嫌薄。算祇有殷勤蛛網(一作"多情蛛網"),還留飛絮,盡日添絲屋角。並蒂花前,裴回月影,自淺斟細酌。驀酒上心來,記起年時,贏得蕭索。

浣溪紗

乍歸復出,過詩舲,話曩者徐園共遊之樂,不勝悵然。詩舲以小詞相送,率然和之。

載酒閑過舊草堂,冷煙絲雨別愁長,乍歸又復整行裝。　長記名園遊賞日,斑騅曾共繫垂楊,只今回首惱人腸。

吕思勉诗文丛稿

聯語六十三則①

絶 對 一 聯②

月半月不半
天方天一方

菊鐘分詠六聯　庚子③

籬畔露華前夜白
樓頭月色五更斜

三徑無言彭澤醉
一聲長嘯海山秋

---

① 編者按，壬辰(一九五二年)七月，吕思勉先生從殘存日記中輯出聯語四十七則，後又發現先生所撰聯語草稿若干，現按年份先後一併鈔録刊出。
② 按，先生日記云：唐耘夫先生，名堯民，杭州人，精於醫，先君嘗患温熱病甚重，先生力言無礙，服其藥果愈。予小時嘗侍先生坐，先生告予有絶對二。一曰："客上天然居，居然天上客。"天然居者，杭州茶肆名也。予細思之，誠不得其對。一曰"月半月不半"，予以"天方天一方"對之，當時同座者，皆不甚以爲然。然予細思之，似尚妥帖也。
③ 先生殘存日記云：予作詩鐘，始於庚子九月二十八日，作人隱社詩鐘六聯，題爲菊鐘分詠，……母親作一聯云："瘦影每借秋共淡，清聲常共月飛來。"大姑作一聯云："黄金色嫩雲鋪地，碧玉聲洪月在天。"桂徵姨丈作兩聯云："延壽南陽山下客，紀功大極殿前銘。""相國幾人香晚節，大常自古勒奇勳。"

陶令門前秋九月
姑蘇城外夜三更

秋從彭澤籬邊見
人在寒山寺裏聞

摩挲栗裏歸來種
怊悵闍黎飯後聲

階前瘦損楊妃影
寺裏疏慵老衲聲

大　　門 甲辰

龢歡安福《東京賦》
忠信慈祥《禮經》

五湖三畝宅
上古葛天民 集句

書　　房 甲辰

月圓人壽
酒國書城

大道不器《樂記》
良玉在攻《齊書》

學萬人敵
著等身書

努力加餐飯古詩
奮翅起高飛又

春芳役雙眼孟郊
秋月耿高懷馮時行

賀人遷居 代保東 辛丑

小築幽樓容大隱
半藏圖史植名花

農民銀行 代錫昌 己巳

欲立而立人公則說
天助自助者均無貧

財幣欲其行如流水
粟米可使積若邱山

制輕重斂散
奉耕耘收藏

一夫罔不獲
三登曰泰平

省斂省耕徂隰徂畛
我疆我理多黍多稌

挽冠時

肝膽照人無愧燕趙慷慨悲歌之士
橫流舉世誰拔王郎抑塞磊落奇材

挽雨農 丁巳

同甘苦十年豈獨結交稱最厚
困風塵半世可憐齎志竟長終

挽孟潤生庸生母夫人張

雁行軾轍舊齊名，懸知午夜丸熊，慷慨許爲范滂母
鴻案郝鍾留懿範，願與涼秋吊鶴，清芬共表女宗閭

挽劉葆良 戊午

日下舊聞多，方期野史亭成，重爲先朝存掌故
江南歸計早，何意茂陵園在，未容老去賦閒居

代胡敦復挽某夫人

畫荻仰詒謀，使鄉里皆曰願哉有子
采蘭期食報，乃昊天不吊遽奪之年

挽君特

我實以公而聞正法
今離此土庶歸極樂

代人挽陳毓真

不爲良相則爲良醫，平生起廢鍼膏，人言猶在
既阨其身復阨其後，此日家貧孫幼，天道何知

挽大姑 辛酉民國十年二月初六（舊正月廿七）卒

九族痛凋瘵，踽踽誰親，回憶音容疑夢寐
卅年悲落拓，溫溫何試，每懷期望倍酸辛

挽脊生 癸亥

隘雖君子不由，聞其風可使貪廉懦立
文於古人無愧，繼自今誰與權馬揚班

挽志毅 癸亥

荷鍤劉伶狂痛飲高歌直到死
畫餅向平願癡男嬌女若爲情

代人挽孫中山 乙丑

發弘願誓救衆生，中道而殂，壯志未酬千萬一
合六洲同悲大哲，東海有聖，此心無間朔南西

代元白挽周劍虎　乙丑

天年共惜夭龔勝
絕學何人紹許商

挽　外　姑

十年甥館相依，櫜筆饑驅，青眼我慚楊簿貴
卅載高門著德，遺簪痛悼，白頭誰塞樂翁悲

又代肇覺挽

□□□□□痛明珠掌上弢輝營奠，幾回悲溘露
□□□□□正藍玉階前挺秀遄歸，何意痛奔星

挽　外　舅　辛未　民國二十年四月十五（舊二月二十八）卒

適館記因依，痛頻年羽鍛，山頭凍雀只今慚畫荻
登臺悲望思，願此日神歸，天上驂鸞有子導靈旗

代族人挽幼舲兄

紹中原文獻之傳，有蘊未施，以文學稱豈其本志
負江左夷吾雅望，難進易退，就名節論無愧完人[①]

[①] 上聯中的兩個"文"字上，呂思勉先生用紅筆加有"Δ"記號。

與妻共挽其三姑 以孝女襃揚

泉水繫懷思，言告言歸，佩蛻諸姑更誰問
高山同仰景，盡哀盡敬，撤環有女未云多

挽 苟 八

是干城選，有保障功，憾長才未竟厥施，康濟爲懷，幸有孤星輝曙後
以戴笠交，結回車誓，痛一別遽成終古，飛揚跋扈，共誰話雨到宵分

挽 椒 甫

久別喜重逢，更兩月分攜，何意往歌來哭
長才資遠馭，乃一官落拓，空聞所去民思

挽寶臣叔母李夫人

三十年辛苦持家，賢孝可風，陟屺不憂華黍缺
七千里殷勤隨宦，清貧似水，炎州同寫荔枝圖

挽吳俊民 春甫次子 癸酉

浩蕩風雲，絶世才猷終未展
支離東北，撫膺家國有餘悲

代意臣挽其夫人 _{癸酉}

命也欲呼天，枉勞卿辛苦枝梧，到頭若此
神傷其可久，更無復賤貧相守，今後何如

挽　蒲　臣　_{民國二十二年七月十三（舊二月廿八）卒　癸酉}

貧病交攻到死，竟無休息日
親知有幾回頭，忍憶少年時

代玉珂挽裴庚芳 _{癸酉}

不諧其須至竟長才孤遠到
無幾相見又驚訪舊熱中腸

挽　保　東

房謀杜斷一身兼，況經猷澤以詩書，共許長才資作揖
雨橫風狂三月暮，正塵露神傷羸博，更堪宿誓慟回車

　　叔知三兄相交卅載，無不盡之言，君神采英毅，高談抵掌，四坐為傾。庚午之冬相遇海上，忽默默若不欲語，驚其意氣之消沉，而未知其病也。辛未三月予歸為亡兒營葬，聞君以項疽入醫院，葬事竟，赴院省視，君已沈綿不甚能語。翼晨欲復往，君又以困篤舁歸第，俄頃遂以惡耗聞矣。追念舊交，能無長慟。

挽陸坤一 甲戌

絕域喜生還,看九州龍戰猶疑,最憐海內風塵、天涯涕淚_{其弟入共產黨遁亡。}
精廬權寄跡,正萬里鵬飛待起,何意蘭摧玉露、桂折金風

代公瑾挽劉半農 甲戌

夢繞黃山,尊酒幾回縈寤寐
魂銷青塚,方言一卷重輶軒

代光華同學會挽麗川 甲戌

脫屣視浮名,黽勉同心,回首伶俜十年事_{約翰諸生離校,共建光華時,麗川適值畢業,毅然棄文憑去}
青燈懷共硯,淒涼訪舊,驚呼儔侶幾人存

挽瑞之從妹 辛巳

畢生情若同胞,百有五日重逢,詎意撫膺成一慟
入世備嘗諸苦,四十九年中事,於今回首復何言

挽百俞 庚辰

干戈衰謝兩相摧,華屋山丘,□□□忍回首
時難年荒同作客,九京風雨,素車何處送歸魂

挽蔣頌孚丈 庚辰

夏屋近枌榆，記隨末坐談心，玉盌同傾，池北朋簪欣屢盍
春城深草木，忍復故鄉回首，金甌重整，渭南家祭慎毋忘

代利恒挽頌孚丈 庚辰

斷夢憶榆關，收拾雄心，止水惟盟鷗浩蕩
劫灰悲梓里，流離瑣尾，故園空望鶴歸來

又代錫昌挽蔣頌孚丈

避地憶追隨，寥落田園，出餞竟成終古別
肯堂資繼述，飛騰戰伐，前籌克慰九原心

代閎叔挽□□□

垂老痛流離，問幾年火熱水深，桃梗重逢，一昔竟成終古別
中興勞想望，正萬里雲飛風起，竹枝先萎，他年誰告九州同

代佑申族叔挽某君 某人好善，在上海租界爲外人足踏車仆傷而卒。

誰相如樂善好施，風義想平生，卓有謳思留衆口
何處是燕南趙北，險峨悲世路，哀哉邂逅竟捐生

送研因之廣西

壯志欲尋三戶楚
橫流誰是九方皋

無題

什一不辭窮鬼笑
萬千其奈客愁多

無題

強移鷦借愁棲息
猶自冥鴻畏網羅

菊

攜鋤三徑晚
對影一身孤

無題

立定腳跟撐起脊
展開眼界放平心

無題

同爲稻粱謀北轍

敢因杼柚怨東人

挽　正　民

三世單傳自玆而斬
將衰二老何以爲情

挽餘之生母包夫人　戊辰

苦節三十六年，厚望後昆，痛樹靜風催，終未甘回蔗境
沉屙千五百日，備嘗諸厄_{下缺}

未來教育史

第一回　寄一緘寓意寫牢騷　分兩部熱心論教育

萬樹蒼煙，夕陽欲下。忽有人手持信包，走進一家門裏道："有人麽？"裏面聞聲，走出一個人來問道："什麼事？"那人道："有一封信在這裏。"此人接過來一看，見信面上寫著"蘇州閶門外黃率夫君手啟，萍生緘"。便拿著信進去了。送信的人自去。你道這接信的是什麼人？原來就是黃率夫。當時走進書房裏，把信拆開一看，却是一首七言律詩，道：

　　教館原來是下流，傍人門戶過春秋。半飢半飽清閒客，無鎖無枷自在囚。課少父兄嫌懶惰，功多子弟結冤讎。他年便作青雲客，難掩今朝一半羞。

率夫看了，沈吟了一會道："這是我上次寫信給他，問他今年教書，館中功課如何？勸他在這教育上頭，盡一點國民的義務。所以他如今發起牢騷來了。且慢，待我寫封信給他。"便拂紙磨墨，寫了一封信道：

　　萍生足下：得來函，不著一字，知君胸有塊壘矣！敬疊原韻一章奉寄，弟不日將之鎮江一行。良晤在即，統竢面談，不盡欲語。弟英頓首。

又寫了一首詩道：

探索三墳挹九流，名山著述自春秋。且隨鹿洞斿齊偶，漫向鷥朋泣楚囚。猿鶴前塵懷國恥，豺狼當道悉民讎。黑頭自趁年華好，莫待菱花兩鬢羞。

寫完了，又寫好了信面，把信和詩都封好，喚僕人送到郵局裏去了。又過了幾天，率夫收拾行李，附了小火輪到鎮江。此時正是十二月初旬，積雪初融，寒風刺骨。率夫把行李都搬到一個姑母家裏，消停了一天。次日順便望了幾處親戚，到傍晚時候便一個人走到萍生家裏來。才進門，祇見三間破舊的大廳，橫七豎八，坐了十幾個小孩子，一陣讀書嬉笑之聲，直鑽入耳鼓內。祇見那些小孩子，也有在地下打滾的，也有相罵的，也有手裏弄玩具口裏讀書的，也有望著他們笑的。率夫祇道萍生不在家。走進廳上去，一望，祇見廳西面一間屋子裏，靠窗子放著一張桌子，萍生正坐在那裏看書。率夫走進來，他也沒看見。率夫一步步躡到房裏，立在他身後，把他肩上一拍道："萍生！"萍生吃了一驚，猛回頭見是率夫，站了起來，旋轉身握著率夫的手道："你幾時來的？我望你多時了。"率夫道："昨兒才來的，你一晌好？"萍生道："多謝你！還好。"便道："我們出去吃茶罷，這裏不是你坐的地方。"率夫道："也好！"萍生踱到門口，說一聲："回去罷！"眾學生聽了這一句，猶如皇恩大赦，各人抱了一本書便走，一陣的亂躁，搶出中門。一個小孩子又絆跌了，在地下哭。萍生攜著率夫的手，走了出來，倒像不看見一般。率夫忙去扶了起來。萍生道："隨他去，便是一天到晚打交的，那裏扶得盡許多。"率夫聽了，很覺得詫異，一時說不出什麼話，便問他道："你館中課程完了麼？"萍生道："沒有什麼完不完的，到這時候，便放學。"率夫聽著，覺得更詫異了。一路走到茶館子裏，兩人進去，揀了一張桌子坐下。率夫先問他道："你今年怎麼樣？"萍生："還不是這個樣子，有什麼好處？"率夫道："我上次寄你一封信，還有一首詩，你接到了麼。"萍生道："接到了，你這首詩，真是與我大異其趣了。"率夫道:"怎麽大異其趣?"萍生道:"你還不看見我的詩!"說著,兩個人都笑起來。率夫道:"你今年館穀有多少?"萍生道:"説他則甚?"率夫道:"你明年還在這裏麽?"萍生道:"也沒有什麽在這裏,不在這裏的,沒有什麽事情,也祇得如此。有什麽事情做,要走就走,倒很自由呢。"率夫道:"你一年的約,都没有同人家訂定麽?"萍生道:"有什麽約不約? 這幾個錢,還要買人家的身子麽?"率夫道:"你現在館中用什麽教法?"萍生道:"也沒有什麽教法,總不過胡纏纏罷了。"率夫道:"你近來看什麽新書没有?"萍生道:"倒也看得好幾部。初時我原没錢買,後來有人在這裏開了一個圖書館,無論什麽人,都可以去借看的。因此我也看得許多。"率夫道:"你看過什麽教育書没有?"萍生道:"也畧看過幾部。"率夫道:"你看西洋人的教法好不好?"萍生道:"那自然是好的,不是如此,歐美的國民,如何能在世界上稱雄呢?"率夫道:"你既知道新教法好,爲什麽還把這些陳腐的法子去教人?"萍生笑一笑,不言語。率夫也笑道:"你這就未免言行相背了。"萍生笑道:"你難道還不知道我的心?"率夫道:"你的心,我祇知道你是光明正大的,若是言行相背的心,我就不知道了。"説著兩人都笑。萍生道:"你不知道我有多少難處。"率夫道:"有什麽難處?"萍生道:"你不是個中人,説也不知道的。"率夫道:"一會子又説我知道,一會子又説我不知道,這就真奇怪了! 到底我知道不知道?"萍生道:"這也問你罷了。"率夫道:"都是你説的,如何問我呢?"萍生一笑,率夫道:"真的有什麽難處,同我説,你我的交情,還有什麽隱諱麽? 不同我説,我今兒便和你絶交了!"萍生道:"別慌,我和你説。我原不是教書的人,你看現在一班的教書先生,都是些什麽人呢? 他們大概是從小讀了幾句四書五經,其實一字也没有讀得懂。到大了,下筆寫一張條子,寫寫不通呢! 這些人,要他肩挑貿易,是不能了;要他做別的勞心的事業,又是不能。若説中舉人、中進士、點翰林,吃那俗話所説的空心飯呢,額子祇有這個數,像買彩票一般,總是不著的人多,著的人少。一般人受了天演中的淘汰,自然而然,都以此爲窟穴了。老兄,你看我是那一種人,難道淮陰還與噲等為伍麼?近年來,我所以如此,祇為有一個娘在,若說賸我一個人,我也天涯地角斷梗飄蓬任意去了。祇還有老母在,不能聽他凍餒。若說找事情做呢?社會上不是有了才具,可以謀生的。所以我也祇得落在這陷阱裏。其實,我豈是這一般人?所以我亦不過借他做個過渡時代。至於各人的盛德大業,各人自有目的,難道就這般溷了一世麼?老兄你道這話是不是?"率夫道:"什麼叫借他做個過渡時代?"萍生道:"我現在不過借此趁幾個錢養活了老母。再過幾年,我就自己圖自己的事業去了,難道還向此中討生活不成?"率夫道:"祇有一句話,你現在借此趁錢,又不同人家盡些心,這不也是你所說的空心飯麼?"萍生道:"誰高興終年子忙了,得他們這幾個錢?還有呢,把一個學生送在書房裏,就像自己是資本家,你是做工的一般,件件事情,不敢不遵他的命令了,件件事來指派你,件件事來憎嫌你,倒像你該做他的奴隸牛馬一般。老兄,我現在手裏雖沒有錢,我也是世家子弟,難道這幾個錢,我都沒有看見麼?有了這幾個錢,就要擺出這主人樣子,叫人做他的奴隸牛馬,這種人,真是心死盡了,真正是奴隸性質達於極點了。奴隸的錢,不騙他幾個使用做什麼?我待他們的法子,還算是懲一警百。我自己的納污含垢,還算是能屈能伸呢?"率夫道:"依我看,我們所處的境況,無論何時何地,總沒有不可以做事的。若說拋開了現在的境界,倒希望將來做事業,怕的將來的事業沒有做成,現在的事業先已拋掉。到後來不免要追悔呢!況且你說現在境界不能做事,要希望著將來,這希望原是個個人都有。但依我的意思,現在緊要的事務,正在這教育上頭,怎麼講呢?你看現在世界上的強國,那一個不是他社會先強,若說民氣柔靡时,這國也萬萬不能強立。不說別的,祇說英國。英國不是世界上第一強國嗎?推本窮原,不是英國的國民個個人能自立,如何能夠這樣呢?這還說英國的教育,是近年來再整頓,教育制度,不算是西洋極整齊的。至於德國呢,從前破碎華離的國度,如今竟算歐洲牛耳之國,這不是教育的功勞麼?

所以到師丹①大克以來,毛奇將軍不說是戰士的功勞,反說是小學校生徒的力量。這真是知本之言了。至於俄國疆域之大,算做世界第一。有些人比他是六國時候的強秦,到如今,竟被日本人幾仗就打敗了。這不是他教育不普及的效驗麼?我以為,不獨德國的整頓學校,就做了歐洲的強國,算做這教育強國上的明效大驗;就是日本人,有些人雖議論他的教育,還沒有算十分進步。其實,他立國以來,幾千年的武士道、大和魂,那強毅尚武的氣概,就算是固有的教育了,這不是今日戰勝的根本麼?至於英國那一種自治保守富於實行的性質,幾千年來深入國民的骨髓,成了風俗,也就算他教育的本來面目了。今日作《萬國教育志》的人,你看他論到英國的教育,還不是把這一件算他們教育的特色麼?所以我說教育不必泥定有形無形,至於沒有教育,國總不能強,這就是一定不移之論了!老兄你看今日中國的教育,是怎麼樣?據此看來,我們該做的事業,是那一件。你還說這現在的境界,不能夠做事情,要想等將來麼?"萍生道:"這原是但依我的意思,你的話大致如此,還差了些分寸兒呢?"率夫道:"怎麼樣?"萍生道:"凡事最怕的是一盤散沙,像中國今日的教育,就有一二個人講究,其餘都是在暗裏走路的。就使有一兩個人才,正是俗話說的,獨木不成林,單絲不成綫。況且外國的教育的好處,全在乎通國一律,所以在學校的時候,已是一個軍隊的精神,出了學校,個個人學問相同,自然而然情投意合,民氣就團結起來了。像現在的中國,別說是沒有講求教育的人,就是有講求教育的人,你是這樣,他是那樣,非但不能叫國民的心志從此齊一,怕的還要生了黨同伐異之見呢?你看歷代的黨禍那一個人不是從學術上生出來的?雖然有君子與小人爭,君子與君子爭的不同,究竟是私意未除,不能自克。洞明時勢的人少,固執成見的人多;熱心國事的人少,沽名釣譽的人多。這就是

---

① 編者按:師丹,即 Sedan,今譯色當。師丹大克即 1870 年 9 月法國與普魯士間的色當戰役,此役導致法蘭西第二帝國的覆滅。

我們讀史的人的絕大隱痛了。所以我說現在中國，要講教育，除非把全國合做一氣不成功。若要把全國聯做一氣，我們現在，就萬萬無此力量。祇有一法，合些同志的人講學，個個都是同心同學問的，一到任事的時候，一呼百集，到處都是我們的同志，這就天下事易於措手了。若說不然，一個人握了事權，到處都是不知名姓的人，相信他又不好，不相信他又不好，這說難於見功了。所以我說現在的亟務，是教育成才的人，不是教育小孩子，若但教育小孩子，就河清人壽了，就使我們握不到事權，同志的人多了，散在天下，也總有作為的。莫說別的，就說講求教育，也容易齊一了。但是照此做法，非得自己的智識道德，都有把握做不到的。我現在自己揣度自己，還沒有這般本領。所以還遲遲不發呢！老兄，我若要講教育，就是這樣做去。若照你的話，這人用心教一個蒙館，那人出力辦一個學堂，自然，天下那有多幾個人講求，反而不好的。但是這些人，面也不見，信也不通，學問宗旨，又自各人各法，各廟各菩薩，就見了面也不會投契共事的。這種人散在天下，就如一盤散沙，有了事變，依然同沒有這幾個人一樣，這就是論理上的比校的好處，不是事實上的絕對的好處。老兄，你看現在的時勢，照這樣的法子去做，怕等你不及了。所以我說你的話，分寸兒還有些不對。"率夫道："天不早了，我們去吃酒罷。"萍生躊躇道："論理，你今兒初到，該我請你，今兒身邊沒有錢。"率夫搶著道："誰來同你講這些女人講的話，快些走！不走，我要氣悶了。"於是兩個人會了茶錢，一同走出茶館。祇走過去幾家，就是酒店了。兩人走進去，坐定了。酒保來問，吩咐定了酒菜。率夫道："你說我的話有些分寸兒不對，我說你的話，也有些兒分寸不對。"萍生道："怎麼講？"率夫道："你說要國強，一定要國民的心志齊一，氣脈團結，這話是一絲一毫不差的。但說是教育專主於成材，不主於青年，這就自相矛盾了。若是如此，民心如何會齊一？民氣如何會團結呢？所以，你說的話，充其量不過組織了一個政黨。若說教育，是去題萬里的。你想，國民都沒有教育，倒添了一班政黨。又是在專制國裏，沒有憲法，這不是愈加危險麼？況且依你説的話,要聯合了一班同志,到天下去辦事,好齊力並舉,這也是萬萬做不到的。不過是理想上的話。你想,孔子三千弟子,四科不過十人,至於以講學仕事的人呢,近世最著的是羅澤南,也不能像你的話。那些歷代講學的大儒,那一個不是抱著你的思想,却有那一個是做得到的？所以,我説你不過是理想上的話。"萍生道："依你講怎麽樣呢？"率夫道："依我説,要講教育,自然要從普通教育國民教育入手,才好在這世界上競争。至於你説的話,何嘗不是,但祇能同我講的話,兼行並進,萬不能抛了我的話,單做你的話的。果然如此,就是有政黨没有國民了,還想强國麽？"萍生沈思一會道："也不錯。依你的話,又是怎樣子叫通國的教育齊一呢？依我看,若是教育不齊一,終究是國不能强的。"正説著,酒保已燙酒上來了,兩人吃著。率夫道："我也有個説法。現在依我的意思,想開一個大大的中國教育會,却分爲兩支：一是中國南部教育會,一是中國北部教育會,合成了便是一個中國的教育會。至於邊省或者言語風俗有些異同,應得另設一分會,那就要臨時斟酌了。這樣説,外面看不過是一個中國教育會,其實從内部講,確是一個文部省的責任呢。一切教育制度,都是會裏擬定了,請命於學務大臣,他批準了,就好實行。一切事務,原是我們辦的,中國的官,原是像木偶一般。有人這樣子幫他的忙,還有什麽不情願的麽？這件事,又不觸時忌。依我説來,行之二十年,必然有效。比那天天談革命,天天談立憲的人,强得多呢！但是空手不能做事,要是辦這件事,總得先有些實驗。所以我想明年,先在蘇州設一個小學堂,做了基本,以後再商量這件事呢。我這回子來,一者是到姑母家裏,有些事情。二者也爲這件事,找你商議。若是學堂開了,還要借重你呢！"萍生聽了,不覺喜得手舞足蹈道："這樣説,我的學問也有個試驗場了！"率夫笑道："照你現在的行徑,是不與阿。"萍生道："老兄,你當我真是這般的人？ 我也有個道理。"率夫笑道："有什麽道理？"萍生笑道："我不過借此賺幾個錢。"率夫笑道："講來講去,還是這一句話。你就使組織成了一個政黨,也無非是賺錢的政黨了。"萍生笑道："那有這話？老兄，你聽我講：大凡一個人不能不吃飯，便做事的，有了勞力，就該有報酬，却現在沒有這個塾場來養成我這個人物。所以我說我現得了人家的錢，不同人家盡力，不過是暫時借一借，將來原是會還的。比如盧梭，也偷人的表，他的《民約論》出版，難道還算逋負其群麼？我的事業，將來若做成了，他們得的好處還多呢！何在乎現時借貸一借貸？這不過是經濟上一個複雜算題罷了。"率夫道："這話何嘗不是。但依我說，凡人在社會上，總要負幾分困難的。比如，你現在又要企圖將來的事業，又要謀現在的經濟，這就是你負的困難了。但是要辦事業，先要負得起困難，負不起困難，是一定辦不成事業的。古人說：'行一不義，殺一不辜，而得天下，有所不爲。'難道這正負的差數，還抵上你所說複雜經濟算題？不過，古人總不肯做一件虧心事罷了。比如，你現在掛著將來的事業，便把現在的行誼抛掉了，這不是'行一不義，殺一不辜，而得天下'之類麼？我道：這不算我們能赴其目的真憑，却是我們負不起困難的實據。平心而論，便不能無愧了。"萍生聽了，也爽然自失道："哥哥的話，真沒一句不是，我的話，都是胡言亂道了。"當時酒終而散。正是：

　　酒逢知己千杯少，話不投機半句多。

未知後事如何，且待下回分解。

第二回　訓蒙童塾師誇閟訣　訪奇女良夜話平生

且說萍生當夜回去了，把率夫的話，思前想後，覺得句句打入心坎裏，說著自己的毛病。自己細想自己從前的行徑，倒像一杯冷水，澆在背上，直覺的不可以爲人。一時間翻來覆去，幾乎一夜睡不著，直到天明了，方才略睡一睡。到七點多鐘時分，便起來了。一想今年晚了，做不出事，便想抖擻起精神，明年大加振作一番。一吃過早飯，馬上就去望率夫。跑到率夫的姑母家，已是出去了。沒奈何跑了回來,路上一想,現在要整頓教育,第一件是改良教師。現在雖説開學堂,但以我看來,至少十年以内,教育的大權,一半總還在這些塾師手裏,總得叫他們革新面目,這才與學堂相輔而行,中國的教育焕然改觀了。何不趁此年底,空了没事,去運動他們幾個。若得他們聽我的話,也算我盡了一分心力了。想著,便信步走到一個陳由章家。這陳由章原是一個教書先生,他却從二十歲,到五十多歲,足有三十多年,都是坐的蒙館,專在家裏收些小學生,從没有教過年紀大的。爲什麼呢?也有個原故。這陳先生從小讀書,原没有讀得成功,所以教幾句四子五經,還可以教得,若説要教人作文,這就有些束手了。所以他書房裏,專教些小學生,却也是個度德量力的道理。但他教學生,也有個法子。一天到晚,功課雖然不很認真,他却拿出那獄吏待囚徒的手段,動一動身就是罵,説一句話就是打。一個不好,還要跪錢板,罰了不許吃飯,磨幾個夜深,陪了學生讀書。所以在他書房裏出來的學生,雖然一物不知,但他認真教育的大名,早已有在外頭。所以人家不怪他的教育不好,祇説是自己的子弟笨,却還羨慕他的教法認真。所以年又一年,從他的人倒很多,他也靠着這自行以上,著實積聚著幾文了。這天看見萍生來,便擺出老世伯的面孔,在櫈子上略站一站起來道:"你來了麼?"萍生答應了一聲是,兩人坐下。由章問道:"你幾時放學了?"萍生道:"總在這幾天。"由章道:"究竟你是幾時放學?"萍生道:"大約是十一二。"由章道:"這樣早麼?"萍生道:"坐了一年,氣悶的很,早些放了學散散。"由章道:"我倒同你講,這坐書房阿,放學是萬萬不能早的,爲什麼呢?我同你説……"説著,把鬍子一抹,又把戒尺在桌子上一拍,道:"還不念麼?"這些學生正在静悄悄的聽説話,聽見戒尺一拍的聲音,嚇的魂都飛掉了,連忙直了喉嚨,一個個都喊起來。這萍生雖然也教書,他却又是一種,是一年四季把學生的事在腦後不管的,所以有客人來了,都是隨學生去鬧,自己却同朋友講話。如今給由章的學生直了喉嚨一喊,喊的話都聽不見了,很覺得不便。況且還有一層,他向來教書是同學生坐在兩間屋子裏的,又把窗子開了,空氣倒也覺得很流通。如今給由章的學生一齊塞滿了屋子，覺得氣都透不轉了。又很不舒服，便向由章道："我們到個空處去說話罷。"由章道："也好，我伴你吃茶去。"於是兩個人一直走出來，由章在路上又把鬍子抹了一抹道："我同你說，這放學為什麼不能早呢？大凡我們教書的人，最緊要的是得人家相信，得人家相信的法子，倒也不很難。除非是叫人看得我們認真罷了。哼，就這一點子，說來容易，做到倒也很難。所以我初教書的時候，立下一句話，是叫做'做一行，像一行'。我既吃這碗教書的飯，別的事都不管了，人家坐書房，總說是借此用功，想要攷什麼翰林、進士、秀才、舉人，我却不作這個妄想。祗要年年給我有館地，溷了過去，我的衣食也就彀了。所以我一教書之後，我書是立定志氣一句也不念，一句也不看的。橫豎教這幾句四書五經，還怕的不會教麼？一天到晚，眼睛總在學生的身上。這樣子，自然他們走板不到那裏去了。再者是……"說到此，已到茶館門口了，兩人走進去坐定了，堂倌便來泡茶。由章又說道："還有一件呢，是不看朋友。朋友來望我，我總請他在書房裏坐，從不同他出去，喝茶喝酒的錢，又花掉了，給東家撞見了，又說我們不認真。"說著笑道："我今兒請你，還算是破格的事呢！"萍生道："承情之極！"由章笑道："一者，我也是牌子老了，不怕人家說什麼。二者呢，將要近年了，散淡些也不妨。三者呢，我同你們老人家是極有交情的，從前多承他照顧，我沒的時候，總借給我用，有時候還送給我。所以，我如今這幾句話，才肯告訴你，若是別人呢，還要算做獨得之秘呢！那一個肯同你說這個話。"萍生道："承世伯念及先人的情誼，格外垂青，小姪就萬分感激了。"正說間，堂倌送上手巾來，由章抹著臉道："這倒也不值什麼，我不過齒牙餘惠罷咧。"萍生道："什麼話，老伯的一句好話，小姪終身受用，千金萬金，還抵不來呢。"由章道："我同你講，我這教館，就是正月十一日開學，月半再放一天，十六就開學，自餘逢時遇節，我一概總是放假一天，到了送竈日子，再放學，這是一定不得走板的。三十幾年來，總是這個樣子。所以我坐了幾十年館，倒也很有些名譽呢。我從前的朋友有些人很想上進，天天自己用功讀文章，到了後來，運命不濟，功名仍舊沒有上去,館況倒還都不及我呢。"説著,拍著萍生的肩道:"老姪阿,這是我知己的話,同你講,千萬別等閒聽過了。"萍生道:"承老伯厚意,銘感極了。但是小姪的意思……"正説著,由章又靠近了萍生低聲道:"還有一層呢,我同你講這晚一點放學的奧妙。我們一年到頭在書房裏,學生的功課,那裏能個個人都認真。我也説句良心話,我近來幾年在書房裏,除是我自己兩個小孩子功課認真一點子,其餘的學生,也無非胡纏纏罷了。你想一天到晚,要教二十幾個學生,那裏能夠一個個都認真。這句話,無非欺他們不識字的人罷了。設或早放了學,或者他們回去了,有什麼在行的親戚,或是自己略讀過幾句書的人,考查起功課來,背背書,又是背不出,講講書,又是講不出,這不是未完了麼。所以我一定要到送竈日子才放學,那時候大家年事匆忙,也未必去查考到學生的功課了,就是十分認真的人家,看了孩子已是認真了一年,也不肯再去叫他念書了。這不是很好的法子麼。所以我三十年來,總是用這個法子,你看怎麼樣?"説著,用手撚著鬍子,很有得意的樣子。萍生道:"老伯的話是極了,但依小姪的意思,現在的時勢,不是從前了,倒也要變些法子才好。"由章道:"依你的意思怎樣講呢?"萍生道:"剛才老伯不是説教書全靠人家相信麼?比如,老伯現在一年沒有館怎麼樣呢?"由章道:"那總該還可以支持罷。"萍生道:"兩年呢?"由章道:"那可要把我的老本挖盡了!"萍生道:"三年呢?"由章道:"那可要餓死我了!"萍生道:"這樣説,老伯現在坐館,全靠人家相信。照老伯現在的教法,再過幾年,怕再認真也没人相信了。"由章道:"你這話怎麼講?"萍生道:"依我看,現在的時勢,凡事總要講究些實在。"由章道:"你這話怎麼知道的?"萍生的話還没有説出,由章仰著臉把鬍子一抹道:"哦!我知道你的話,又是什麼新書上看來的。"萍生道:"正是。"由章道:"你莫非又是什麼圖書館裏去領來看的麼?怪道我從前一個女學生,就住在我隔壁,近來也看了幾句圖書館裏的教育書,昨兒我去望他,他還説是舊時的教法不好,要勸我換些新教法呢!我當他是小孩子的説話,没有去理他。如今你又説這話,敢是有些道理了。你且説是怎麼樣?"萍生道:"凡事總要求個實在。所以小孩子要人教訓,也不是別的,不過是教他一個做人的道理,教他將來在世界上,可以做一個人。比如現在人家書房裏,無非教小孩子念些大學中庸,這些話小孩子懂他麼?不要説別的,就是'在明明德'一句,兩個明字,撞在一處,怕的小孩子就纏不清。再説,文法容易講些的呢。'大學之道'四個字,自然是容易講的了,却這'大學'兩個字,古人有多少典章文物在裏頭,這個一時講得清麼?況且就使講清了,小孩子出了書房門,依舊是個没用。老伯,你想讀了古書,要想書上的話,可以體貼到身心,這是要有學問的人,中年以後,才知道呢?難道這些人中年以後,忽然聰明麼?無非是書上的道理太高,叫人家不容易領悟罷了。所以教小孩子的法子,没有別樣,無非是用些淺近的課本,書就眼前的事物指點,叫他明白事情,明白道理。將來出了書房門,不説是做大英雄、大豪傑,總是一個明白事理的人。況且又教些算學寫信,如此讀一年書,就受一年之益,讀兩年書,就受兩年之益。在書房裏一兩年的工夫,終身受用不盡了。若照現在的教法,我們那一個是靠着書房裏的功課受用的呢?莫説別的,就寫封把信,也是我們自己留心學習的呢?"由章道:"這話原不錯。但一天到晚,倒有二十來個人要講書,我一個人來得及麼?況且讀書可以隨他們自己讀,講書總得要我一個人替他講,講到這個,那個倒没有事了。"萍生道:"不是這樣説。依我的話,老伯不但不會忙,而且還好空些呢!這講書不要一個個人講,可以合在一處講的。這樣説,向來要教二十幾個人的書,如今祇要一次了,不是很省力麼?"由章道:"這樣説,一天到晚,不讀書麼?人家倒要説你是個洋學堂了,還那個敢來請教你?"萍生道:"也不是不讀書,書是終歸於要讀的。但小孩子總不相宜讀經書,是萬萬不能懂的。無非讀些國文教科書之類。老伯一定要讀經,揀些淺近容易懂的,同班教讀。這是欽定章程上也有的,那就不須拘定了。"由章道:"這多年的教法,忽然一天的改變了,對人家却如何講呢?"萍生道:"這有什麼難講?老伯祇請他們的家裏人來,對他説,現在皇上家變法了,科舉要廢,從前的秀才、舉人、翰林、進士,教要從學堂考出來,我也要變個法子,照學堂裏的規矩教了。這有誰有願意呢？況且像老伯教了多年書，人家個個都信了，說出話來就更靈。不比初出來的人，說話沒人信呢！不是這樣，再隔幾年，學堂一定多的，就是教書的人也漸漸的把法子變了。那時候人家書房裏出來的學生，個個都能寫信了，能看書了，能算帳了，老伯書房裏出來的學生，還是一物不知的，這還有人來請教老伯麼？到那時方想改變，人家也要笑老伯是學人的樣子了。不如現在就變在前頭，叫人家學老伯的樣子，那相信老伯的人，還很多呢！況且聯絡學生的父兄，教育學上原是有的，老伯明年的學生，現在總也定規了，趁這年假的時候，請他們來吃碗茶，同他們談談，改了明年的課程，既出了名，又省了力，到出名之後，或者還有人來請老伯去當學堂的教習呢！這不是俗話說的，綫長好放遠風箏，一綫乘風萬里行麼！老伯聽小姪的話，是不是？"由章聽他一席的話，也點頭道："真是你們年輕人有見識，我倒要請教你了。"說著，已是十點多鐘，兩人便各自散了。不說由章回去了怎麼樣，且說萍生到了家，學生都知道他放學了，一個也沒有來。萍生在家裏，看了半本書，吃過了飯，在廳上閒步片刻。忽然送報人送了一張日報來，萍生接過來看了，才看過半張，忽然想起率夫昨夜談的教育會來。按下報，一想，覺的這件事不妥的地方很多，仔細想一想，覺真的行不過去了。便回到書房裏，把報看完了，一路走來，想率夫的話，有些行不通。要再想什麼法子，整頓中國的教育，一時也想不出。又想了一會，已到率夫的門口了，進去一問，又不在家，却有個家人遞出一封信來，上寫著"送呈周萍生君鑒"，知道他留在家裏，叫家人送來的，便抽出信來一看：

> 早歸知承極顧，失迓爲罪。今日有事，明早奉訪，請稍待，爲感。萍生兄鑒。
>
> 　　　　　　　　　　　　　弟黃英頓首

萍生看了，也沒奈何，把信藏在身邊。一路走出去，猛然想道：有了！有了！率夫的教育會，有些不能行，我這主意，是一定行得的了。於是又望了兩個朋友，把告訴由章的話，去告訴他們，都疑信參半的。萍生信步回來，天短早已夕陽西下了。萍生走過一條街，便進一家門裏。你道這一家是誰呢？原來是常州府城裏一個布衣姓王名師後，這人從小有些僻性，是從沒有做過時文，也從沒有應過試，祇是在家裏閉戶讀書。娶妻盛氏名華，也是個貫串經史的女豪傑。兩人倒合著了許多書，祇是天不佑人，說是己亥年鄰家失火，把他家的屋子，延燒盡了。歷年的藏書著述，都付之一炬。次年師後便身死了，再過一年，盛華又死。無子，只遺下一個女兒，小名阿辛的，已是十五歲了，無以過活，便到鎮江來投靠盛華一個義姊，姓夏名恢的。夏恢嫁在宋家，丈夫已死，兒子已娶了媳婦，又死了。阿辛住了半年，夏恢又一病而死，一家裏就賸了他一個媳婦，和一個寄居的阿辛。這阿辛年紀雖小，他倒是能文能武的一個俊才呢！而且具有一種憐才的熱腸。他原與萍生熟識，嘗說生平遇見的奇男子，祇有一個周萍生。萍生也說生平遇見的奇女子，祇有一個王阿辛。這天跑到阿辛家裏來，時已傍晚，阿辛聽見門響，迎了出來，見是萍生，便走近前來道："哥哥來了麼？"萍生道："來了。"二人同到書房裏坐下。阿辛道："昨兒叫個人來望你，你不在家，到那裏去的？"萍生道："同一個朋友去吃酒的。"阿辛道："是什麼朋友？"萍生道："蘇州來的朋友。"阿辛道："就是你前說的那黃率夫麼？"萍生道："正是。"阿辛道："像這朋友，就算是難得的了。現今世界，得了人家的好處，轉眼不相識的人很多，難得他一點兒亦沒有得過你的力，却還時常照應你。"此時萍生本是盛氣而來，被阿辛的柔情密意，把他牽住，一種英雄氣概，救家救國的念頭，也消掉一半了。祇見案頭攤著一張紙，順手取過來一看，却是天晚，已看不清了。正好丫環送了燈來，就燈下一看，原來是自己做的一首滿江紅詞。萍生便念道：

　　悵望塵寰，空孤負，十年淚眼。君不見，九回腸斷，還縈愁綫。健骨渾疑霜宇隼，無巢却似秋來燕。歎人生，哀樂路偏長，情何限。匝地草，寒應顫。長空鳥，飛應勌。借黑甜夢境，酒紅人面。俗士何知簫史貴，無財長使英雄賤。莫等閒，負了好韶華，空淒戀。

看了,却又想到率夫的話,覺得自己悲時感遇的一副衷曲,算不得個真豪傑,便不免懷慚。要待決意立行呢? 見了阿辛的一縷柔情,又被他牽住。此中情況,真是近人詩中所說"公情私愛玄黃搆,寸寸靈臺總戰場了"。正吟哦間,阿辛問道:"你那朋友,到這裏來,有什麼事找你麼,還是順便來望望你的?"萍生道:"也沒有什麼事,他到他姑母家裏去,順便望望我的。他倒說明年開學堂,打算請我幫他的忙呢!"阿辛道:"哦,那麼你明年的景況,倒該比今年好些了。我且問你,他的話作準不作準?"萍生道:"我這朋友講話,該是不得錯的,他從不會講假話。"阿辛道:"這種好朋友,真是難得了,却你的才具也好,所以人家要請教你。"萍生道:"那有什麼才具呢?"阿辛道:"祇你待人太直了,處處總當人家是好人,其實不然的,就要吃虧。明年,你若是出去,這上頭倒要留心些。現今的世界,比不得三代時候了。我就不然,遇見好的人,我就真心待他;遇見壞的人,我就把些權術駕馭他。這才好辦事呢。這些人,吃了他們的虧,壞了我們的事,他們還笑我們是呆子呢! 犯不著把他們當好人看。"待萍生聽了,覺得他的才具處處比自己高,却又處處回顧自己,又是感激,又是歎服。一時也說不出甚麼話。立起來,在桌子上拿一本書看,衣服在阿辛身畔一拂,阿辛低頭一看,見他的衣裳綻裂了。一手撩起他皮袍子的一角,道:"你的皮袍子都破了,我同你縫一針罷。"萍生覺得對不住他,一時間答不出話。半晌道:"什麼道理要費你的手?"阿辛道:"那有什麼要緊,你還同我客氣麼?"便翻轉身來,開了抽屜,穿好一枝針,道:"來,我同你做一針。"萍生覺得實在對他不起,却又無可推辭,祇得勉強立起來,解了扣鈕。阿辛一手牽住他的皮袍子,道:"來,不要脫,怕的冷,我就身上和你做一針罷。"萍生不由自主,被他牽了去縫了幾針,把袍子縫好了。此時,萍生坐在椅子上,心如槁木死灰,想到自己平時的高自期許,又不甘一無作爲,泯然沒世。想到阿辛愛我的情致,處處回顧我。何苦把自己一個人的身子去衝鋒冒陣,滿天下睡著的人還沒有知道呢! 但阿辛也是個英雄豪傑,要望我在世界上做事的,儻若一無作爲，不但對不住自己，對不住天下的人，並且連阿辛都對不住。想到此真如槁木死灰，坐在椅子上，一聲兒也不言語。一會猛聽見鐘鳴七下了，想到娘在家裏，要望我，便起身告辭阿辛而別，正是：

　　　　青萍欲作男兒氣，紅粉能牽志士心。

未知後事如何，且聽下回分解。

第三回　黄率夫騁辯寓良箴　范善遷授經窮教術

話說萍生回去，想到率夫的話，覺得人生在世，總須有一番作爲，才不負此數十年的韶華。又想到阿辛的話，覺得凡人總不過求一個快樂，我如今犧牲一身，去利群救國，也無非行吾心之所安罷了，這也是個求快樂。同是一個求快樂，便專求一身的快樂，又何害於理呢？況且天下大矣，古今遠矣，就使救好了今日的天下，也救不好來日的天下；就使救好了來日的天下，也追不轉已往的天下。這樣的人天界裏，要想得完全圓滿的日子，總是沒有的了。就使熱心任事，救國利群，確有效驗，那世界進化原是沒有止境的，進了一級，就見得再上一級的苦處。譬如上梯子一般，踏在第一級，祇見得有第二級；踏在第二級，又見得有第三級。這還不是一樣？就說踏到最高的一級，自然是以上再沒有梯子的了，但進了一級，以下即多了一級，人窮則反本，在上觀下與在下觀上，又有何區別呢？所以，世界生來就是缺陷，再無圓滿的法子。委心任運，與奮起圖功，從至人的眼裏看起來，正是一樣。這真是古人說的，"人有悲歡離合，月有陰晴圓缺，此事古難全"。近人所說的"誰知義仲寅賓日，已是共工缺陷天"了。春非我春，夏非我夏，秋非我秋，冬非我冬，又何如委心任運，到那裏是那裏，過一日算一日呢？這樣子一想，又不知不覺流入於厭世主義了。一夜又是睡不著。次日起來，依舊是兩端委決不下，覺得心裏好苦。學生來了，便回說病了，不能開學。這些學生，都不勝歡喜，一個個去了。到了九句鐘，率夫來了，萍生去陪他，依舊是無精打彩的。率夫見了，不勝詫異，暗想道：我前天看見他一席話，說的他好不起勁。怎麼如今又變這個樣子了。況且如此式樣，不但不是前天的周萍生，並且我從來也沒有看見他這個樣子，一定是著了什麼魔道了。一想猛然想起來，便忻然一笑問道："萍生，我聽見有個人說你，今年在一個女人家裏走動，有這話麼？"萍生一聽見駭然道："那裏來這話？你聽見那一個說的？"率夫道："你不要管，祇問你有這事，沒這事？"萍生道："那裏來這事？嫖呢？我是向來沒有問過津的。況且別說我的人是不會嫖，就是我的經濟，也不該會在外面走動。"率夫道："這樣說你是一定沒有這事的了，但對我說的人，却不是造你話的呢？"萍生道："是那一個講的還說他不会造話。"率夫道："你且猜一猜着。"萍生道："這那裏猜的著。"率夫道："不問你有這事，沒這事。說你這個話，總一定有個原因的。你且依此尋個綫索，想一想，就有些著落了。"萍生道："這可真難了，我肚子裏簡直一點兒門路也沒有。"率夫道："我還聽說，這女人是個姓王的，他肚子裏倒很通博，天文、地理，沒一件不通貫呢。況且武藝也很好。所以你上他的彀了，一天到晚，一件事也不要做，得了空，就到他家裏去談天。却這女人也難得，不招待別人，專一愛你。我想你不是有錢交給人家的，這人却會專愛你，也就有些道理了。所以我倒想去運動了他，好辦事呢。"萍生哈哈大笑道："這真笑話了，人家好好的一個女友，如何把他當作個賣淫婦。我告訴你罷。"便把阿辛的歷史，從頭背了一遍，並說這人還是我疏房的表妹呢，你如何把他當做賣淫婦。率夫也笑道："得罪你了，却不干我事，我也是聽見人家說的。"萍生道："究竟是那個說的？"率夫道："是董亦明說的。"萍生笑道："這人真是以耳爲目的。"率夫道："也別說他。他說你從結交了王女士之後，一事也不要做，這才確切不移呢。"萍生駭然道："這話從那裏來的？"率夫道："可不是？前兒聽了我一席話，起勁到那樣子。昨兒聽了王女士的話，便這般懶散了。"萍生愈駭道："你這話從何而來？"率夫道："若要人不知，除非己莫爲。你心上有這思想，我望你面孔就早知道了。"萍生駭然，暗想：率夫的才具真比我高十倍，我心上纔有這思想，他便知道了。可見我的才具有限,平時的思想,算不得真理,未可任意而行呢。率夫道:"這王女士,你可以同我去見見他麼?"萍生道:"有什麼不可?你見了他,一定傾服他;他見了你,也一定傾服你呢。"率夫道:"那自然,原是傾服他,所以要去見他。"說著,兩人便同走到阿辛家裏。阿辛正在讀書。萍生先進去告訴了他,阿辛聽說率夫要見他,也甚驚異,便同萍生出來見了率夫。先說了一番通常的應酬話。率夫道:"現在的世界,最緊要的是教育。像女士的學問,若肯提倡女學,這就四萬萬國民,咸受其賜了。"阿辛道:"過獎有愧,我有什麼學問呢?"率夫道:"我們知己人相見,別說客氣話。女士的學問,我是知道的。真爲二萬萬女同胞,望女士出來提倡呢?"阿辛道:"不敢,我真的沒有學問。"率夫道:"別過謙了,我們知己人相見,難道還有什麼俗套?女士儻果有心提倡,這出資一層,總有黃某在這裏承當。"阿辛道:"既蒙不棄,我雖沒學問,也不敢不竭盡所知了。依我看來,現在中國人所最缺乏的是道德。現在人人口頭禪都說是新道德没有成立,怕的舊道德先要破壞。依我看來這是妄話。既然有道德,斷不會破壞的,這舊道德斷換到新道德不過是道德的變換,其實就是道德的進化。若說新道德未成立,舊道德先破壞,這不是無道德麼?黃先生你想,既然有道德,那裏會變到無道德,若說從有道德變到無道德,那本來的道德也就有限了。黃先生,我說這新道德未成立,舊道德先破壞,這句話,祇好說學問,不能說人。若說學問,或者新道德學還沒有出現完全,舊道德學倒已被人棄置了。這也或者有之。就使說人,也祇好說他口頭的學問,或者向來慣說的舊道德拋棄了,新道德還沒有說得完全。若說躬行實踐的學問,新道德成立一分,舊道德便破壞一分,此中還有一息之間麼?但這道德不是空言能彀補救的。中國人道德腐敗的原因,雖然很多,但以我看來,第一件最重要的便是生計的憔悴。如今的教育,要望他影響到國民的生計,是不能彀的。無非與從前的讀書,同一毫無實濟。天下多了幾千所學校,就多了幾十萬無業游民,這樣子,我國民的生計要更憔悴了。生計更憔悴,那就道德更腐敗。道德腐敗了,就有了學問智識,還有用麽? 何況現在學堂,還連智識都教育不出呢! 黄先生,我看中國從通商以來到如今幾十年的歷史,第一件可痛可慘的,就在這道德的腐敗。我又看遍中國各種社會,道德腐敗的原因,第一件難逃難避的,就是這生計的憔悴。所以現在有人提倡實業,我是不辭勞瘁,不顧死活,總贊成他的。若說普通教育呢,不是我小孩子說一句膽大話,都是我所說的沽名教育、浮面教育,有了還同没有一般,或者還不如没有的。黄先生你以爲何如?"率夫聽他辯若懸河,暗想真一個好女子、奇女子,無怪萍生傾倒他了,便説道:"女士說的話,真是洞中癥結,我也深爲佩服。但説這實業不要從普通入手,這句話我就不敢贊成。試想天下的利源有多少,我們幾個人那裏提倡得盡,全靠國民都有殖産的思想,才毂去開發他。請問這殖産的思想,不從教育中來,從那裏來呢? 就說提倡,我們幾個人,到處去同人家説實業,没有殖産。若是偏於殖産,其餘立國的要素,一概没有,這就難免於劣敗之數了。別的不説,就説猶太。猶太的殖産,又何嘗不是世界上著名的呢。至於説多了幾千所學堂,就多了幾十萬無業游民,這話也很沈著痛快。但依我看來,現在官辦的學堂,雖然如此,民辦的學堂,也未必一定如此。就說現在民辦的學堂,都是如此,難道將來我們辦的學堂都是如此麽? 這就看各人的自爲了。若説教育能妨害殖産,我想別的都没有,祇有這教育的年限,不能兼務著營生,卻是有的。但以一個人的淺近時間看起來,固然如此,若把一國的遠大的統計合算,没有教育的人民,一定祇能營低等的生活。天地自然之利,委棄的多了,不但委棄,而且還一定要到外國人手裏。這正負的差數,還能毂算麽? 女士但見現的教育,不脱科舉的思想,就要把教育都丟掉不講,這就是賢知之過。可知吃飯噎了,原是有的事,祇能因此改良吃飯的方法,不能把飯丢了吃呢。"阿辛默然了一會道:"依黄先生的意思,卻要怎樣呢?"率夫道:"依我的愚見,現在救中國的方法,第一件便是教育。教育不興盛,是萬事不能辦的,教育便是萬事的根本。但教育不統一,也一定不能完美的,所以總得把中國的教育,聯成一氣才好。"便把前天子對萍生說的中國教育會,又演説了一遍。話猶未畢,萍生道:"你的事情,我想起來,還有許多不妥處。"率夫道:"怎麽樣呢?"萍生道:"這教育原是國家的事業,須得强迫才能殼普及。如今我們變作民辦,已輸一著了。請問你款子能籌得到多少,權力能有多大,中國十八省,真能殼聯絡一氣麼?你的命令能叫人家遵依麼?若説政府全然不辦,又好了,却他又要戀着一個教育的名頭。這樣説,我們辦的事,他們能不掣肘麼?況且現在政府最忌的是學生,我們的事業辦得擴充了,不是正中他的心病麼?有什麽不好,不但教育不要想統一,反而把現在民間不統一的教育,都一網打盡了。"率夫道:"這話何嘗不是,依我的意思,現在要辦這教育會,最緊要的是三件事:第一件是聯絡政府。無論什麽事,精神就同他兩樣,那形式是一定不和他違背的。初辦的時候,尤其翼翼小心,件件依他的命令,根基牢固了,再和他有些出入,也没甚妨礙了。第二件是聯絡辦事的人。不論他是官辦黨裏的,民辦黨裏的,一定要拉他入會,叫他的名譽攸關,自然不敢和我們反對了。第三件是要運動資本家。這事最難,要把風氣養成了,叫他們確信我們辦的事是有用的。又要叫他們不贊成學務便爲輿論所不容。這三件事的關鍵,全靠同志的人多,同志的人多,全靠我們創辦的人,實心實力,能殼去運動人家才好。兄弟阿,我們辦事,全祇靠一點熱力能殼吸人,像地心的攝力一般。熱力愈大,自然吸人的力量也更大。至於你所慮的幾件事,原何嘗不是,但凡事是慮不盡的,也看我們辦事的手段罷了。"阿辛道:"聽先生的話,真是五體投地了,不但先生的知識,是我們萬萬及不上,就是先生的熱力,我們也是萬萬不能及的。"率夫道:"這就過譽了。大凡在社會上辦事,最緊要的是三件:第一是吃得苦,第二是耐得勞,第三是任得怨。有了第一件,才不爲貧賤所困。有了第二件,才不容易灰心。有了第三件,才不至於輕易變動。若是差了一點兒,怕的境遇稍壞了一點,就要生出了一副悲時感遇的念頭,相與的一班人,就要把些懷才不遇的話相標榜。這不是社會對不住我們,我們自己先對不住社會了。平心而論,一種浮囂之氣,能彀理明無媿麽?天下事口裏誇張自己、辯護自己是容易的,確要無媿寸心便難了。"萍生、阿辛聽了這話,倒像把他們的心肝五臟提出來一般,一身冷汗。阿辛便說道:"聽了先生的話,句句正中我們的毛病。我們從前的行逕,自想起來,都是一種客氣,直見不得人。從今以後,先要投拜黃先生爲師,受先生的教育了。"萍生也覺得毛骨悚然,把從前一種牢騷抑鬱的心,不知提在那裏去,從今以後,便永不是遇見了阿辛的萍生,是遇見了率夫的萍生了,便阿辛也不是從前的阿辛了。看官,大凡天下最容易迷人的是財色二字,所以,古人說人生惟酒色關頭,須百鍊此身成鐵漢。但是,上等思想人爲財與酒所迷者少,爲色所迷者多。何則?財與酒是無情之物,所以惟有下等的人愛他。至於色,則飲食男女,人之大欲存焉。陰陽兩性,先天相愛,一點感情,原是有生以來便有的。這一點愛情,便是凡百愛情的根本,一切愛情,便是世界的根本。這一點便是以太①,這一點便是煙士披里純②,原是最高尚最純潔的。但是仁義兩性,相輔而行,先天是仁,後天便是義。仁貴博愛,義貴斷制。有仁而無義,便是有體而無用;有義而無仁,便是有用而無體,都是萬不能行的。所以君子要自強不息,又要厚德載物。上等人物,總是富於愛情的,富於愛情,便往往缺於斷制,所以往往從轟轟烈烈的社會主義、國家主義,變做了極冷落的厭世主義、極狹小的個人主義。此中消息,所謂物極則反,道體循環了。即如萍生,論起來便是本書三大教育家之一,他的人格,難道還算得低微麽?却不逢著率夫指點以前,幾乎走入了個人厭世的一路。可見這"色"字,不是指著肉慾說,正是說這愛情不可沒有裁制,爲上等人說法了。閑話休題。如今要說到江寧府屬的江浦縣,雖然與南京祇隔著一水,却是個僻陋的地方,從沒有開化過的,所以人文物力,都

---

① 編者按:Ether,原意爲上層的空氣。此處受譚嗣同《仁學》的影響,視"以太"爲宇宙物質的本源。

② 編者按:inspiration,現譯爲"靈感"。

是有限。不但真有學問的人，縣志上尋不出，就是科甲，也是碩果晨星。適會朝廷變法，科舉改章，廢八股，試策論。縣中有一個童生，姓范名善遷，從小以神童著名，不到十六歲，便把八股試帖，做的精通。這一年偏又改章，把他氣的了不得，却喜他生性聰明，便去買了幾部古文，又買了好些新科闈墨，近今考卷，揣摩了幾年。到了壬寅①那一案，居然以第一名進學。小地方的人眼孔淺，雖在城裏，就如蘇常的鄉下一般。見他皇皇然是秀才的領袖，便居然有人去請教他了。便是甲辰②那一年，地方上一個富戶姓錢的，便請他去教兒子。這姓錢的，原祇有一個獨子，是五十多歲纔生的，鍾愛的了不得。偏偏這小孩子，又笨的了不得。這年范善遷去了，開了學，東家出來再四說學生笨，又祇有這一個小孩子，先生教時，要寬嚴並施，不可時常打他的這些話。到了次日，善遷一查，見他已念過兩本書了，一本是《三字經》，一本是《千字文》。現在拿出來，打算念的，也是兩本書，一本是《百家姓》，一本是《千家詩》。善遷說這兩本書，是沒有用的，要是念詩，祇好空閒的時候，念《唐詩三百首》，便問東家要了錢去買書。買了一本《大學》，又買了一部《唐詩三百首》。回來了，查一查學生去年念的書。初時是念兩句《三字經》，後來是念四句《千字文》，一想《大學》不能念十六個字，便點定了"子程子曰大學，孔氏之遺書，而初學入德之門也"十九個字，先把筆管指定了，叫學生一個個字認起來。却把"程"字、"學"字、"遺"字、"德"字都忘掉了，"書"字又認做了"畫"字，"人"字又認做了"人"字，十九個字倒忘了七個，除去重複，倒祇認得了十個字。范先生也祇得嘆一口氣。正是：

　　陽春一曲先生語，海上三山四子書。

　　未知後事如何，且待下回分解。

---

① 壬寅，即1902年。
② 甲辰，即1906年。

第四回　試夏楚跌破學生頭　申禁令擲去易知錄

且說善遷叫學生認字,十九個字,倒忘記了七個。善遷氣極了,衹得把筆一個個字指著他重認。誰知道認到這個,那個倒先忘掉,認到那個,這個又忘掉了。認了半天,七個字還是不認得。善遷氣極了,把戒尺在桌子上一拍道,"還不用心認麼!"誰知學生還沒有懂用心是句什麼話,一見他正顏厲色的面孔,又聽見他聲音高了,倒嚇的早哭起來了。善遷一想,這小孩子這種頑皮,不用些威嚴,是再不能教的了,便把戒尺在他頭上去試一試。話還沒有說出,其實也沒有打到他,誰知他正哭之間,見先生的戒尺來了,把身子一側,一個坐不住,跌下去了。這一跌非同小可,直跌的頭破血流,在地下拚命大哭。善遷也嚇極了,罵他的話,還在喉嚨裏沒有說出來,也衹得連忙收住了。從椅子上立起來扶他,禍事禍事,額角已撞破了,血流不止。范先生沒法,衹得一手扶住了他,一手扯起自己竹布袍子的衣襟,替他按住了,口裏高喊值書房的家人。這家人原是個鄉裏人,就在城裏,也見不到什麼場面,何況他活到四十多歲,還從沒有在城裏住過一天。衹因是錢家的佃戶,家裏人都死掉了,不情願住在家裏,却到城裏來。又沒處棲身,所以錢家認著舊時的情面,出二百個大錢一個月,用他做個當雜差的。范先生開了學,就派他去值書房。他却那裏知道值書房的規矩,見沒有事,已高飛遠走,跑來,聽得書房裏少爺的哭聲,師爺的喊聲,不知是什麼事了,連忙走進書房來。見先生一手扶著小孩子的頭,一面狂叫,衹道先生把學生的頭打破了,嚇的一句話也說不出。善遷見有人來了,真是喜從天降,像獲了至寶一般,才把一個心從九霄雲外收在腔子裏,却一時也說不出話,吱吱了半日,才說一句"不好了,頭都撞破了,你快同他進去罷"。此時學生已哭的氣竭聲嘶了,衹是在那裏號。這老媽媽連忙上來,抱了他,看傷處還是血流不止,忙一手替他掩住了。誰知小地方的人,總是粗魯的,這也無可如何。當時他一手掩住了少爺的傷處,用力過猛了,把他掩的痛的了不得,又高著喉嚨哭起來。一陣子在身上亂動,幾乎抱不住,好容易抱到裏面。這天子老爺不在家,太太聽見小孩子哭,幾乎把魂都飛掉了,一身大汗,連忙從房裏飛走出來。祇見老媽子抱了小孩子哭的天愁地慘,頭上還血流不止,一陣心痛,幾乎要哭出來。忙接過小孩子來道:"怎的?怎的?"此時學生還哭個不住。太太忙問僕婦道:"這到底爲什麼事?"僕婦道:"我也不知道,先生說是跌破的。"太太把小孩子抱住了,騙來騙去,好容易才住了,便去盤問他道:"到底爲什麼事?頭上弄破的。"學生道:"先生打我。"太太一聽見這話,幾乎氣的發昏,一疊連聲喊人來,人來。丫鬟、僕婦都到了,太太便指定一個少爺的乳母何媽道:"你去同先生說,昨兒是如何交代他的,我的小孩子不能打他。今兒原把他打到這個樣子,還說是學生自己跌的。同他講,要在我這裏教書,可不能這個樣子。要是這樣子,請他別要來。"何媽要奉承太太,聽了吩咐,諾諾連聲,就要到書房裏去。幸喜一個小姐,是有見識的,忙拉住他,暗地裏吩咐道:"先生面前,是不能去瞎說的。有話等老爺回來了,自己去講。你現在去瞎說,老爺回來了,祇問你。"何媽這才不敢去了。少爺也住了哭,太太給些糖他吃著,玩去了。恰好錢老爺回來,遇見一個丫鬟,同著小孩子在廳上玩,便罵道:"爲什麼不送他書房裏去?又同他到這兒來玩?"丫鬟道:"跌破頭了,太太叫我同他到這裏來玩的。"老爺一聽見跌破了頭,嚇的慌,忙問道:"破在那裏?破在那裏?"丫鬟遠遠的指著道:"這個不是。"老爺一看,知不要緊,才放了心。一步步走進來,把門簾揭開,太太見老爺回來了,正要開言,老爺便問道:"怎麼小孩子的頭又打破了?"太太道:"原是我正要同你講。我原說是孩子還小,讀書可以緩幾年。你一定不聽,要把他送在書房裏。又不肯好好的去交代先生,今天才開一天學,就把頭都打破了。還說是我們小孩子自己打破的呢。這不是我出了錢買人家來打我的小孩子麼?照這樣子,我的小孩子不給他打死,也要成殘疾了。你今兒怎麼講?"錢老爺原是個一無主張的人,聽了這話,也覺得有些不放心,便道:"再去同先生講一聲,請他以後,別打學生就是了。"太太道:"罷了,罷了,我昨兒三番五次怎麼交代你的,你不知同先生説些什麼話,今兒就弄到這樣子,我看没有同先生説別打他,還同先生講多打他幾下呢。罷了,與我什麼相干,橫豎是你錢家門裏的血肉,打死了,我自到菴裏去做尼姑,隨你們去娶妾生子,也未必想到我了。"説到此,不覺弔下淚來。老爺聽著這話,也覺得又是心灰,又是心酸,便道:"罷了,我也不要這小孩子讀書了,橫豎前生注定了,我錢家門裏是没有書香的,這是祖宗手裏没有栽培下來,我又有什麼法子想。"太太道:"你別説這話嘔我,將來小孩子長大了没成用,還説是我就誤了他呢。隨你們去交代先生打死了他,也不干我事。我自出家修行去了,倒別誤了你錢家門裏的富貴榮華。依我説要什麼,有了這孩子没有用,隨他安分守己些,橫豎總有一碗苦飯吃就是了。"老爺道:"我嘔你做什麼?小孩子總是兩個人的,命好命苦,總我兩個人去承當就是了。"正説間,勞寡婦來了。看官,你道這勞寡婦是什麼人?原來江浦縣裏有一個勞秀才,是十五歲便進學的,十六歲便娶親。此時他的老婆,還衹有十五歲。誰知娶了親一個月,勞秀才便死了。他的老婆,生了一個遺腹子,千辛萬苦,才領到他上學讀書。十年來自己常喫的糟糠,衣的敗絮,因此合縣的人,没一個不欽敬他,便都叫他做勞寡婦。這年他兒子十歲了,已念了四年書,因為本年的束脩,實在的湊不出了。此時正月中旬,還閒在家裏頭。勞寡婦没奈何,到錢家來求他想個法子。論起勞家和錢家來,還關一點子親戚呢,不過不大親。錢老爺和錢太太見他來了,忙站起來招呼,坐定了。錢太太道:"你們小少爺,這幾天子,總又在學堂裏讀書了。可羨你家這小少爺,一天到晚衹是想讀書,一點兒亦不愛玩。像我們這小孩子,八歲了,還一句書也不肯讀呢。你老人家真是好福氣!"勞寡婦道:"那裏及你太太的福氣,像你太太家裏的積德,將來少爺大了,還怕不做官做府中舉入學,太太的福,還有的享呢!像我們苦人,衹想把這小孩子領大就是了,那裏還望什麼好處。"

太太歎道:"你老人家別説客氣話,我去年看見你們少爺字寫的很好,什麼《三國志》都會看了,再過幾年,怕的連文章都要做上了。你老人家還怕没有福享麼?像我們這小孩子一天到晚,一句書亦不肯讀。又祇有他一個,不好十分去管他。真正枉生在詩禮之家,將來我還不知要怎麼樣呢?你們現在説我好,我將來的境遇一定不如你們。到那時候,還要你高擡貴手,照應我些子。"勞寡婦道:"什麼話?太太折死人,我們都靠太太的福氣,有口子苦飯喫,不至於餓死,就是一輩子天大的福氣了。"太太道:"什麼話!真是我看你們少爺好,羨慕的很呢。"勞寡婦道:"有什麼好處,便我也爲這事來求太太的情。"説著,倒含了一眼眶子的淚道:"想起這小孩子的老子,他當初原是個讀書人,合江浦縣城裏,誰不知道他的名字。儻使他活到如今,我們娘兒兩個人,也不至於這般無依無靠了。"説到此,不覺弔下淚來,忙掩住道:"誰料他早就去了,到如今賸著我們兩個人,倒不如死了也罷。説不給他讀書呢,可憐他老子一世的苦心,想掙扎功名的,連大場的屋子都没有看見。説給他讀書呢,我這幾年來,也算筋疲力盡了,到這時候,實在的没有法子想了。"説著,那淚珠兒又不知不覺的直滾出眼眶子來。錢太太聽他的話,知道他是來告幫的。一想,自己的小孩子,這種没用,儻若幫助人家,或者天保佑自己的孩子,長大了,會好些。便説道:"這件事,你老人家别擔心,要是早同我商量,現在先生都有了。我别的雖没有,這幾個錢是出得起的。要你們少爺到我家裏的書房來讀書呢,我的小孩子頑皮,怕的一個先生費不來心,若説在别處找個先生呢,這束脩不説一年,就是兩年三年我也有,祇要你們少爺到好時候,别忘記我就是了。"勞寡婦本不想兒子到他家裏去讀書,一聽,不但幫助他束脩,而且還三年兩年都肯,喜的出於所望了,從櫈子上跳將下來,望錢太太便拜道:"太太的恩典,我娘兒兩個,來世做牛做馬報答太太罷!"錢太太還禮不迭道:"你這要折死我了。"勞寡婦磕了頭起來,又要尋老爺拜謝,丫鬟回説已出去了。勞寡婦千恩萬謝而去,就替他兒子覓師,却覓到了城裏一個廩生,姓胡名硜甫的,因他也曾讀熟了墨卷，又買了一部《萬國政治藝學全書》，看了一分《政藝通報》，所以八股時代、策論時代，書院都考得很高標，不但負笈如雲，而且從他批改的人，也日多一日了。勞寡婦因爲慕他的名，一年出二十塊錢的束脩，開學的日子，還是錢老爺親自去送。硜甫見縣裏的財主都來，也把這學生當做好主顧了，便也來的。這勞寡婦的兒子，小名明保，原是個神經質的小孩子，從小讀書，總是過目不忘的。此時已會看書了，而且性質純良，最聽先生的話。這天子聽見硜甫交代他，明兒果然六點鐘就起來，趕早吃了些飯，七點鐘已到書房了。硜甫見他果然來了，歡喜道："真個聽説話的小孩子，明兒還可以晚一點來。今兒你第一天讀書，所以我叫你早些來的。"説完了，便叫明保在書房裏坐一坐，自己洗過了臉，先來查一查明保的書，定了一張課程單子，吩咐他道："這功課，人家是讀不了的，因爲你聰明，我纔定給你，你須要用心些。"説完，便去了。明保果然用心讀起來，不到一早上，書房裏的學生功課，都還沒有完，他的理書這些，都早已完了。硜甫大爲歡喜，便著實獎勵他一番，替他上了生書。才吃過飯，一會子，已讀完了。硜甫便放他回去，説今兒早些放你，明兒再認真讀書，以後還要獎勵你呢。這明保得了先生的獎勵，不勝歡喜，回去告訴他母親，勞寡婦也著實獎勵他一番。次日，明保便帶了一本《易知錄》，一本《古詩源》，到書房裏去，趁空閲看。原來明保是最喜歡看書的，他覺得一天到晚，把書苦口呆讀，很是沒意味。因此放學回家，總到舊書箱裏尋些書看，倒也尋到許多。署翻一翻，見祇有一部《易知錄》，是從世界開闢起，直到本朝以前的，把他喜的了不得，有空便看。此時已看到唐朝了。又歡喜看《古詩源》，看看正文，又看看批語，倒也很有心領神會之處。此時見書房裏功課，還有餘閒，便把二書各帶了一本去趁閒閲看。原來硜甫的學生又多了，一間屋子裏坐不下，所以他把些年紀大的、性質純良的，坐在他對面一間，自己時常來察看察看，然而總有監督不到的地方。所以明保帶了書去，倒也很有工夫閲看。初時硜甫見他功課完的早，原想再加上些。後來見他也沒有空閒了,祇道他以下的理書不熟,也不去再管他了。明保也覺得看書有趣,怕的先生加他讀書的課程,所以總趁讀理書的時候,把書來偷看。相安無事,已一個多月了。有天明保看了《易知錄》,有兩句不懂的。初時他原不敢問先生。這時候見先生十分喜歡,他以為也不至於把他責備,便大著膽拿了書去問先生。硜甫正在替學生點書,見他拿了書來問,忙取了過來一看,不對,為什麼不是我時常教他的書,便問道:"這書是誰教你看的啊?"這句話在於尋常的學生,是極容易對答的,卻這明保異常純良,恪守先生的規矩,被硜甫問了這一句,一時答不出話來。硜甫又再四盤詰,他才答道:"是我自己帶來看看的。"硜甫道:"看他做什麼?"明保又答不出了,立在書案旁,邊低著頭。硜甫道:"你到底看他什麼事? 這書是那裏來的?"明保道:"是家裏的。我喜歡看他,所以帶來看看。"硜甫聽了冷笑道:"這倒好了,書房裏的功課,不要我定,要你定了,虧你還膽大來問我,我倒要先問你……"說到此,把明保一手拉過來,道:"還是我定的功課不好,還是怎麼樣啊?"明保被他牽住了,一時說不出話,兩眼裏的淚直弔下來,倚在硜甫的身畔。硜甫見他不回話,舉起戒尺在桌上一拍,道:"說不說? 不說,我打了!"明保雖然也讀過好幾年書,卻他生性明敏,歷年的先生,都喜歡他的,祇見先生打世兄,罵世兄,是有的,從沒見先生對他這個樣子。一嚇幾乎哭出來。硜甫拿戒尺指定他道:"是不是? 到底是我的功課定的不好麼?"明保低著頭,垂著淚道:"不是。"硜甫道:"不是為什麼看這個書?"明保道:"我一時無心之過,下次不敢了。"硜甫把他一推,一手把一本《易知錄》擲在天井裏,道:"哼! 好了,總是一時無心之過,連我的命令都不要遵了,去看罷,天下的書很多,還有看不得的呢,你也去看吧。"這一推把明保推的直跌出門外。這本《易知錄》原是勞秀才手點過的。明保為人最孝,因為是父親的手澤,所以看的時候異常珍愛,從沒有弄壞過一葉,如今見先生把他擲到天井裏,此時正是雨後,天井裏全是爛泥,知道一本書,是沒有用的了。又是惜,又是恨,又是痛,不覺在地下大哭起來。硜甫見他哭,舉起一塊戒尺趕來道：＂這還了得，這種順手一推，就要詐跌在地下哭，我以後還能管你麼？＂便把他按在地下打了一頓，把他提起來，明保哭著回房去了。硜甫把學生的功課，整頓了一番，都上生書。聽見他還是哽咽著，知道他是吃軟不吃硬的，便叫個小學生去喚了他來，把他拉在身畔道：＂你到底怎麼樣？我倒管壞你了，我同你講，你不能同別人比，你看這一書房的人，那一個不是有爹娘的⋯⋯＂才説到此句，明保倒又哭起來了。硜甫把他的手一拉道：＂不要哭阿，聽我説，祇你是出了娘肚皮就沒有見過你老子的面，這一縣城裏的人誰不知道你娘的苦節，眼睜睜地從小把你帶到大，祇指望你成一個人。你如今倒使著性氣來拗我，管好了你亦不是我的好處，你娘這些年苦節，該有個好兒子的，我不過替你娘管你，你拗我，與我有什麼相干？我壞點子心，吃了飯，不管你的事，還不快活些。＂明保聽到此處，覺得全是自己的不是，又悔又恨，直覺無地自容，伏在硜甫的身上哭道：＂先生，這一次總是我的不是，我以後再不敢了。＂硜甫道：＂你這話可真不真？＂明保道：＂不真，我便不是個人。先生以後再別同我講這些好話。＂硜甫道：＂這樣説，你以後原是個好孩子，我也不打你，你可以後再不許這樣子。＂明保哭著答應了，回房坐了一會，便把書趕快念完了。硜甫便放他回去。又託一個人去對勞寡婦説，這小孩子在書房裏，有時要看課外的書，不聽先生的話，我已同他説過了，以後家中要少給些書他看，怕的有什麼看不得的書，壞了小孩子的心術。勞寡婦也著實感激先生，又把明保責罰了一頓。正是：

　　學舍如囹圄之苦，師長若獄吏之尊。

　　未知後事如何，且待下回分解。

　　　　　　　　（原署名：悔學子，刊於一九〇五《繡像小説》
　　　　　　　　第四十三、四十四、四十五、四十六期）

女俠客

第一回　虔婆設謀棄孤兒　嬌娃賣藝養假父

話說江蘇揚州府高郵縣，有一小村落，名爲八十村。因爲這村中，祇有八十戶人家，所以起了這個村名。村中有一人，名叫黃大，世以務農爲業。娶妻朱氏，生一子，喚作明兒。過了兩年，又生一女，喚作芳兒。黃大夫婦二人，左抱男，右抱女，秋種麥，夏栽秧，頗得天倫之樂。光陰迅速，日月難留，轉瞬明兒已十一歲，芳兒已八歲了。那年夏天，疫癘流行，死人無數。黃大夫婦二人，素來不曉得什麼叫衛生，什麼叫體育，因此沾了疫氣，雙赴黃泉。可憐明兒兄妹二人，孤苦伶仃，無依無靠。幸虧村中有一張老兒，將他兄妹二人，收留在家。明兒年歲畧大，稍知人事，種田放牛等事，都還在行，張老兒十分寵愛。芳兒却與乃兄不同，終日好打架，許多十二歲的男孩子，沒有一個是他對手。每天總有五六起孩子吵到張老兒跟前，説芳兒打破了他的頭，或是扯破了他的衣服，張老兒無可如何，祇得一面敷衍這些孩子，一面管束芳兒。那知芳兒天性生成，非人力所能改變，依舊在外撞禍招災，使張老兒嘔氣。一日張老兒正坐在門口曬太陽，村中有一個持齋誦佛的王婆，適從他門口經過，見了張老兒，便道："張老爹，今天好天氣呀！"張老兒道："是的。王老太，你到那裏去呀？"王婆道："九月十九，是揚州觀音山的香市，我明天要去進香。現在想到村中各家問問，有什麼人同去。"張老兒道："天氣還早，何不在我家吃杯茶再去呢?"王婆道:"也好,但是打擾你了。"張老兒道:"我們多年的老鄰居,還講什麼客氣話。"於是二人到了堂屋内坐下,張老兒就喊芳兒來倒茶,芳兒却已出去了,張老兒祇得自己倒了一杯茶,送給王婆。王婆道:"聽説芳兒這孩子,甚爲頑皮,常使你受氣,你要想個法子擺佈他纔好,不然將來他打死了人,還得連累你,打人命官司。"張老兒歎了一口氣道:"有什麼法子擺佈他呢? 王婆道:"我却有一個好法子,恐怕你不肯做。"張老兒道:"你有什麼法子,不妨説出來聽聽。"王婆道:"揚州乃是人烟繁盛的地方,我想帶他到那裏,棄了去,豈不乾淨?"張老兒道:"這小小的孩子,把他棄了,豈不會餓死嗎?"王婆道:"有棄的人,就有拾的人,若是被一個好人家拾了去,他還可以得好處呢!"張老兒本是一個心無定見的人,聽得王婆一派話,信以爲真便道也好,這樁事就拜託你了。正説時,芳兒忽從外面跳跳舞舞的跑進來,王婆便叫道:"芳姑娘,到此地來。"芳兒走近王婆身邊道:"王老太,你叫我做什麼?"王婆道:"我明天到最有趣、最熱鬧的揚州去,你願意同去麼?"芳兒究竟是小孩子,祇知愛熱鬧,那知他們別有陰謀,因道:"王老太,你能帶我同去,是最好的了。"張老兒心中不覺惨然,然他畏禍心切,也不管別的事了。王婆見日已偏西,便起身走出,囑咐芳兒明早在家裏等他。到了次日大早,王婆背了一個包袱,來到張老兒家,令張老兒僱了一輛小車,帶著芳兒,出了八十村,來到東門船碼頭,開發了車錢,却好有一個到揚州去的邵伯划子船,二人便上了船,在艙後坐下。逾時,鑼聲響動,船已開行。芳兒從窗間向外看時,祇見湖水蒼茫,波濤亂湧,不覺有些害怕,因問王婆道:"王老太,這船上好怕人呀!"王婆道:"不要害怕,明天就可以到揚州了。"那時水流風順。次日清晨,船已靠了碼頭,王婆付了船錢,領著芳兒上岸。進了東關,特意走到最熱鬧的一條大街,向芳兒道:"我肚裏狠餓了,你站在此地,不要走動,讓我去買餅來與你同吃。"芳兒道:"你快去快來,我在此地等你。"王婆道:"我立刻就來!"説罷去如黄鶴。可憐芳兒站在一家店門口,專盼王婆轉來,那知左等不來,右等不來,直到天黑,還不見王婆蹤跡。芳兒此時大恐,不由得哭道:"王老太,到那裏去了?我今晚沒有睡覺的地方,怎麼好呢?"其時,有一個開妓院的老板名叫蔡善藏,路過見芳兒啼哭,因問他道:"你這孩子,爲什麽在這裏啼哭呢?"芳兒道:"我乃高郵縣八十村的人,同一個老婆子來到此地,老婆子去買餅去了,叫我在此地等他,那曉得他到這時候還不來,我今晚在什麼地方睡呢?"説罷又嗚嗚的哭起來。善藏道:"可憐!可憐!你的父母現在何處呢?"芳兒道:"俱已死了。"善藏已知是無父母的孩兒,爲人所棄,因更動惻隱,乃道:"我名蔡善藏,住在倉巷,你今可同到我家,當有地方給你睡,有飯給你吃。"原來善藏無兒無女,今見芳兒容貌姣好,口齒伶利,便想作爲養女。芳兒一聞此言,已如轍鮒得水,久旱逢雨,大樂道:"能夠如此,我實在是感激你了!"善藏道:"好孩子,你跟我來罷。"善藏便領著芳兒來到倉巷自己屋裏,其妻詹氏,一見芳兒便問道:"這孩子從那裏來的?"善藏述了情由,且道:"我們膝下沒有一個孩子,我想將他收爲義女,你道好不好呢?"詹氏細看了芳兒一遍道:"好一個可愛的孩子,你問他肯做我們的女兒麼?"善藏乃問芳兒道:"你名叫甚麼?"芳兒答道:"我名叫芳兒。"善藏道:"好名字。"又問道:"你幾歲了?"芳兒答道:"八歲。"善藏道:"我想認你爲義女,你願意麽?"芳兒年雖祇有八歲,但是後來成俠客的人物,聰明究高人一等。聽了善藏所説,即立刻跪下道:"父親、母親肯收留我,以後我定不敢違拗。"善藏夫婦二人大喜。詹氏忙將他扶起,摟在懷裏,溫存不休。善藏忙叫裁縫做衣裳,到銀匠店裏買首飾,把芳兒裝扮得如花似玉。又請了一個曲師,教芳兒唱曲,以及絲竹管弦。芳兒天分過人,一教便會。到了十六歲時,已學會了許多西皮、二簧、崑腔、小曲、笙簫、管笛、琵琶、月琴,且學得一手好針綫。他曾繡了一軸八仙上壽圖,若拿到博覽會裏去,定可以得優等褒賞。所以揚州城裏的豪商大賈公子王孫,都不惜重價,想娶芳兒作妾,善藏却概不應承。但是善藏本是作門戶生涯的人,豈有不想靠芳兒發財的道理?不過給人作妾,一入侯門,難得會面,心中有所不忍。一日,善藏向芳兒道："芳兒，我待你何如？"芳兒道："父母的深恩，女兒一刻不敢忘却。"善藏道："自古道，養兒防老，積穀防飢。我年紀已老，時有病痛，你應該替我打打主意纔好！"芳兒已知其意，自思受義父母的深恩，雖殺身相報，亦不爲過。到此時，不得不犧牲名節了。況且名節不過是俗人之談，其實遊戲三昧，何嘗損失本真呢？因道："女兒承父母的教導，學會了各般技藝，現在惟有暫入青樓賣技，積蓄些金錢，以供父母的晚年。"善藏道："能如此亦好，不過是委屈你了。"於是芳兒遂墮入青樓馬櫻花下。車馬無空，無陣歌場，推稱巨擘，從此芳兒想爲女俠客之心，也就漸漸發生了。正是：

未施助弱鋤强手，先作迎歡賣笑人。

欲知後事，請看下文：

俠民曰：俠之狹意，即報復是也。恩怨分明，推己及人，是所報復者，不時之恩怨，充類包義，又常本其不平之心，爲他人報復恩怨焉，不忍負人養育之恩，盗犧牲名節以報之，正是異日成俠客之原。世之忘恩負義而侈口說英雄者，是俠之賊也，夫豈知俠之真意？

第二回　舌可生花幕賓作合　情能致禍弱女投江

前回所説芳兒已墮青樓，名艷大噪，遠近爭傳。那時驚動了一個紈綺子弟，其人姓權名遠大，排行第十，人都呼他爲權十郎。他的父親是現任揚州府知府，他的妻子同他不合，長住在娘家。這權十郎生在富貴叢中，不曾受過絲毫教育，加之父母放縱，戚友恭維，豈有不胡行亂爲的道理。他聽得芳兒的艷名，便同了幾個幕友去訪艷，一見之下，正是眼含秋水，眉聳春山，不脂而紅，不粉而白，起居動作，無不宜人。權十郎不由自主，陷入迷魂陣中，一心一意，祇想娶芳兒作妾。但是善藏視芳兒同拱璧一般，不肯輕易應允。權十郎大爲失望，終日茶飯不思，四肢無力，竟害起相思病來了。幕友中有一人，名爲葉松，已揣知權十郎之意，便走到權十郎房中道："十兄，貴恙現在好些麼？"權十郎望了他一眼，也不言語。葉松又道："十兄，莫非爲了蔡家的事麼？"權十郎歎了一口氣道："你雖知道，不能爲我設法，也是枉然。"葉松道："我雖比不得蘇秦、張儀，諒一個蔡善藏，也不難說動。"權十郎便站起來，向葉松作了一個揖道："你能將此事做到，真同我再生父母一般。"葉松忙還禮道："言重！言重！我即刻去，你且寬心等候喜信罷！"說罷便笑嘻嘻的走出去了。且講蔡善藏自從芳兒墮入青樓之後，大發財源，身體也胖了，病也好了。一天正同他的妻子詹氏躺在床上，對燈吃鴉片煙。忽有一個小丫鬟進來道："府衙門裏的葉師爺來了。"善藏急忙丟下烟槍，跑出堂屋。那葉松正背著手，看壁上字畫，見善藏出來，忙道："恭喜！恭喜！"善藏道："葉師爺不必拿我開心，我們這種人還有什麼喜呢？"葉松道："並非說頑話，我們坐下再講罷。"於是善藏叫人泡了茶來，讓葉松在祖宗面前的上首椅子上坐下，自己却垂手站着。葉松再三叫他坐，善藏推讓不過，祇得斜著半邊身子，坐在榻子口的凳上。葉松道："府裏的大少爺，那天到了你家之後，一心慕令媛的才能，曾託人來說過媒，你什麼拒絕呢？"善藏道："芳兒這孩子，並不是我親生的女兒，我雖撫養了他幾年，但是他現在也賺了不少的錢，足夠我夫婦半生的使用，我欲擇一個好好的生意人家，將他嫁去，實在不忍心再將他賣給人家做妾。"葉松冷笑道："你的心却好，但是不該生在中國。"善藏道："難道我們中國人都不應該有好心麼？"葉松道："我不是說中國人不該有好心，是祇說在中國地方，好心是行不去的。"善藏道："爲什麼呢？"葉松道："比方像你待你令媛的這種好心，凡是有心肝的人，總當以你爲忠厚了，但是中國人能有幾個有心肝呢？我所說的權十少爺，就是一個沒有心肝的人。他平日仗著老子的威勢，在外欺壓良善，無惡不作。他的老子更爲混漲，眼睛裏，祇有黃的、白的，那裏曉得什麼叫做道理。你此次若一定拒絕他，他必定老羞成怒，在他老子面前搬弄是非，加你一個罪名。到那時候,恐怕不但令媛不能保全你的性命,財產也有些靠不住呢!"善藏聽罷,半晌不語。葉松知他心裏有些活動了,便趁勢道:"你若應允了他,三千五千,不怕弄不到手。而且權十少爺的少奶奶,一天到頭住在娘家,令媛過門之後,豈不同少奶奶一樣麼?"善藏道:"叫我應允却也不難,不過要權十少爺許我三件事情。若是能夠依我,我就將芳兒給他。若是不能,我就拿這老命同他拚一拚。"葉松帶笑道:"祇要你肯應允,莫説三件事情,就是三十件、三百件,權十少爺也可以答應。"善藏道:"我要求的三件事情,也不是容易做得到的呢?"葉松道:"到底是幾椿什麼事,你且説給我聽聽。"善藏道:"第一要他出五千銀子身價。第二要他在外另租房子給芳兒居住,我夫婦二人方可以常去看望。第三要他用花轎迎娶。"葉松心中暗想,這幾件事還不難辦,便道:"你的要求也不算奢,權十少爺定可以照辦,我就替他答應了。你且代令媛預備嫁事罷,我也回衙門去了。"説罷,得意揚揚的回去。那權十郎聽了葉松所説,滿口應承,便託葉松在南河下租了一所兩進的房子,又向他老子要了五千銀子,交葉松過付。葉松打了一個九扣,付給善藏。藏善又謝了他二百銀子,他做了這媒,倒一共得了七百銀子,他心滿意足了。且講權十郎擇了吉日,娶了芳兒過門,十分得意,自以爲漢成帝的温柔鄉,亦不過如此。但是芳兒終日少言寡笑,任權十郎如何温存,總不輕易啓齒。權十郎也無可如何。過了一個多月,權十郎的老子,忽然得了重病,揚州城裏的醫生請徧了,没有一個能醫得好。後來有一個醫生保薦孟河汪仲謙,可以醫治。但是這位汪太醫,架子極大,不肯出孟河一步。若要他到揚州來,非權十郎親身到孟河去懇求不可。權十郎雖是天性涼薄,然恐怕他老子死了,無人賺錢給他揮霍,因此也不得已,帶了一個僕人,逕往孟河。那知這位汪太醫已經得急病死了,權十郎空走一趟,怏怏而歸。幸他老子病勢已有轉機,心裏略爲寬暢,便趕緊跑到南河下小公館去看芳兒。到了門首時,見大門未關,便直走進樓下,却没有一人。權十郎也不爲異,急走上樓。哈!哈!權十郎上得樓來,祇見芳兒同一個年約二十多歲身材俊俏的人，對面飲酒。權十郎不由心中大怒，上前抓住那人的辮子，舉拳便打。那人急忙招架，芳兒趁勢逃出。權十郎見芳兒已逃，便捨了那人，躍出追趕。那人也就溜之云乎哉。且講芳兒逃出之後，急奔出鈔關門，跑到寶塔灣，聽得後面似有人追趕，回頭看時，祇見權十郎已漸漸追及。芳兒心中大慌，一時手足無措，便拚著性命，向河一跳。正是：

婚姻不自由，雖生不如死。

欲知芳兒性命如何，請看下回。

俠民曰：權十郎倚財仗勢，芳兒明知非偶，其忍辱含垢以就之者，雖恐貽禍蔡氏，借此報其晚年，亦欲捉弄十郎，仍不出遊戲三昧政策也。彼硜硜者徒以節義責芳兒過矣，況不自由之婚姻，原非芳兒所承認乎？雖然，吾知淫婦蕩子，又將群起借芳兒以自解嘲。芳兒有知，當以利劍截其頭。

第三回　遇救星重出深潭　試胠篋別尋佳境

話說芳兒落水之後，隨著流水，送到三叉河。也是他命不該絕，適逢著一條大紅船泊在那裏。這隻船本是揚州富商尹氏的家船，裝了些貨物，欲赴南京販賣。因三叉河尚有貨裝，所以暫泊。其時船長正立在船頭，指揮水手運貨，忽見水中一物，約略像人。載沉載浮，從上流飄來。船長連忙叫水手放小划子去打撈，不一刻撈了上來。船長仔細一看，原來是一個如花似玉的佳人，已經半死。船長急令水手取了薑湯開水灌他，半晌方微微呼吸了幾口氣。船長纔放了心，當時便問道："你這位姑娘，年氣輕輕，為什麼要跳河呢？"芳兒細聲答道："我乃揚州倉巷蔡善藏的養女，因家計艱難，不得已作賣笑生涯。此次我的義父，見揚州生意蕭條，乃命我到南京釣魚巷去做生意，不幸在寶塔灣遇著惡棍，將我路費簪環，一齊搶去，還將我拋入水中。幸虧遇著恩人,救了性命,真不啻我的重生父母了。"船長道:"言重!言重!但是你現在想到那裏去呢?"芳兒道:"我仍想到南京,還求恩人,始終救我,以後定朝夕不忘大恩。"船長道:"這船是尹家的,我不過在這船上當一名船長,一切事情,須同我們小東家商量。"芳兒道:"你們小東家,現在什麼地方?"船長道:"他到岸上棧房去了,大約不久就回,你且擰乾衣服,在艄後歇息,等他回來再商量。"於是芳兒走到艄後窗傍坐下,一面擰衣,一面從窗間望岸上的景緻。停了一刻,祗見一個滿身華麗的少年,押着兩擔貨,向船上來,上船之後,逕至中艙坐下。那船長安置貨物已畢,來到中艙向那少年道:"有一名妓女,名叫芳兒,因遇著棍徒,搶去了川資簪環,還將他拋入水中,浮到船邊,是我救起。但是他欲到南京,我們可否順便將他帶去,要求主人發付。"那少年略沉吟道:"那女子的相貌何如?"船長道:"他的嫖緻,我真形容不出。古時的西施、太真,我沒有見過,不敢妄比。至於現在通揚州城,大約找不出第二個來。"那少年道:"既然如此,你且叫他來給我看看。"船長答應著,便到後艙,叫芳兒到中艙來。芳兒見了那少年,便福了一福。那船長道:"這位是我們小東家尹子芸尹少爺,你求求他老人家,帶你到南京去罷。"芳兒偷看那尹子芸,眉眼不正,舉動輕佻,一雙鷹眼,祗在他身上打旋,心中早已明白。但是日暮途窮,無可如何之際,祗有將計就計。那時,便巧轉秋波,微含笑態,向尹子芸道:"尹少爺,務必施恩,帶我到南京,將來定竭力報效你老人家的大恩。"尹子芸本是登徒子一流人物,那有不動心之理,不禁笑道:"狠好!狠好!到了南京之後,你若是沒有住處,我們店裏也不妨暫住。"芳兒道:"那更好了。"船長向尹子芸道:"這位姑娘,衣裳潮濕,未免有害身體。待我去到艄上,向我妻子要幾件衣服,給他換了。"子芸忙道:"好極、好極,你快去拿罷。"芳兒道:"此地不便換衣,不如到艄後換了衣服,再進艙來罷。"於是芳兒同船長到艄後,在船長妻子的房裏,換了一套乾淨衣服,重進中艙。尹子芸正捧著一根白銅水煙袋,在那裏吸煙,見芳兒進來連忙放了煙袋,笑臉相迎。那時芳兒雖是布裙布襖，倒別有一種丰韵，弄得尹子芸同熱鍋上螞蟻一般。芳兒却是似即似離，若真若假。不多時貨物已經上完，起錨開船。水流風利，轉瞬已到瓜州。其時天已黃昏，尹子芸便命在江邊停泊。芳兒立在船頭，眺望江景，祇見金山寶塔上的玻璃返射日光，同一盞大紅燈一般。又有許多外國船來往上下游，氣筒嗚嗚，車輪軋軋，倒也心頭爽快。祇可惜輪船上的旗子，有紅、有白、有花、有點，不僅是黃龍一種。芳兒雖是煙花賤質，但是閱人既多，見識自廣。什麼學生、新黨、志士、英雄，倒也常見。所以還略知大勢。今見滾滾長江，一任他人游行，不知不覺，也有些慨歎之意。正出神時，忽有一人在他肩上拍了一下道："姑娘請進艙吃酒罷。"芳兒回頭一看，原來是尹子芸，不得已隨他進艙。見桌上擺著四隻大碗、四隻大盤、兩隻杯箸：一碗盛的是火腿炖黃芽菜，一碗盛的是清燉羊羔，一碗盛的是五香白鴿，一碗盛的是紅燒鯽魚，一盤盛的是福橘，一盤盛的是雞肝，一盤盛的是牛脯，一盤盛的是梨子。杯中滿貯著竹葉青。尹子芸在上首椅子上坐下，讓芳兒坐在下首。芳兒佯作笑容，不住的把尹子芸灌酒，尹子芸酒量素狹，加以芳兒甜言蜜語，飲未數杯，早已酩酊大醉，不覺强着舌頭說道："芳姑娘，我勸你不必到別處去了，我家中金銀滿庫，奴僕成群。你若肯同我回到家中，包你受用不盡。"說罷，從懷裏取出一個小皮夾，從中取出一把小鑰匙，將坑邊的一隻大皮箱開了，隨手拿出一隻黃澄澄的金鐲，遞給芳兒道："這點東西，我送給你罷，以後你跟了我，這種東西，要一千也不難。"芳兒接過金鐲，暗思尹子芸俗氣薰人，決不能與之常處。不如將他灌得大醉，趁勢取他些不義之財，另尋生路，諒不能算是違背公理。主意既定，便取一隻大杯，滿滿的斟上酒，送到尹子芸面前，笑道："尹少爺，你老人家若是真心同我要好，請飲這杯酒。"尹子芸已是昏昏沉沉，便不推辭，一口飲盡。芳兒又斟了一杯道："你老人家如真能容我在府上吃一碗飯，請再飲這一杯。"尹子芸接過來方欲飲時，忽覺得酒氣上沖，栽倒在地，一杯酒潑在滿身，杯子也打碎了。芳兒便叫那船長進來，扶子芸上床睡下，又道："你們東家吃醉了酒,恐他夜裏要茶要水,無人照應,我就坐在此地,守他一夜罷。"船長以爲芳兒是真心殷勤,所以不疑,他自去後艙安歇。芳兒等到人皆睡熟的時候,便從未關的那隻皮箱裏,取了一包銀子,約略有三四百兩,並那隻金鐲摠計值五六百金。芳兒也不多貪,走出船頭,搭起跳板,上岸別尋生路去了。正是:

竊去黃金,逝如紅綫。

欲知後事,請看下文。

笑曰:此一回足爲登徒子炯戒。囊中五百金,祇算爲芳兒侑酒之費。世安得有億兆芳兒,一破此財虜之慳囊。

第四回　詐錢財贓官受苦打　刦牢獄豪傑走長途

話說尹子芸到了半夜酒氣漸消,醒轉來呼人取茶。船長同水手,早已深入黑甜鄉,任他如何喊叫,摠不答應。尹子芸無法,祇得掙扎起來,剔亮了燈,方欲斟茶,忽見皮箱大開,尹子芸吃驚非小,急忙查點,已少了一包銀子。乃扯開嗓子,大聲喊醒船長水手,四處搜尋,獨不見了芳兒。衆人大爲詫異,有的水手說,大約是強盜將芳兒刦去了。有的水手說,決計不是,若是他被強盜刦去,豈有不喊叫的道理。那船長最信鬼神,却説道:"這芳兒定準是水母娘娘的化身,特意來指點我們的,我們還須焚香禱告纔是。"尹子芸平日虧心事極多,聽船長所說,信以爲實,不但不敢追究,還買了三牲香燭,敬謹祀神,也真算是倒霉了。如今且講芳兒上岸之後,見前途洞黑如漆,迴首四望,也沒一星燈火。惟聞水聲淙淙怪鴞亂啼,觸於耳目者,無非淒慘之境。芳兒思往悲今,情不由主,大哭起來。其時適有一大俠客,從此經過。這個大俠客是何人呢?原來他姓宋名雄,江蘇徐州府碭山縣人,家資豪富,當時有宋百萬之稱。這宋雄性情豪爽,常作仗義疏財之事,凡江湖上的人物,無一不認識他。後來因有一個贓官作碭山縣,涎羨宋雄的家財,屢次藉端敲詐,宋雄也曾容忍數次。那知這贓官,貪心無厭,得步進步。一天忽發了請帖,邀宋雄飲酒,宋雄雖知其不懷好意,但亦不得不去。於是坐了一肩轎子,帶了兩個隨身家人,來到縣署。那贓官極其殷勤歉待,談了幾句應酬話,便請宋雄入席,宋雄見席中除自己而外,皆係署中幕友,無一外客,心中十分狐疑,然不便追問。等到上了幾樣菜後,那贓官開口向宋雄道:"今年淮徐一帶,收成大壞,凍餓死的人,不計其數。小弟忝膺民社,無法週恤,真是可恥可愧。然而這事也不是我一人的責任,老兄務必解囊相助,撥五萬銀子交給小弟以便賑濟難民。"宋雄已有了幾分酒意,乃冷笑道:"淮徐乃是淮徐人的淮徐,晚生自然會去放賑,莫說五萬,便是五十萬,晚生也不吝惜,此事可不必老公祖費心。"贓官道:"老兄的話雖然不錯,但是現在人心大壞,若沒有官力壓制,便種種強橫,恐怕老兄私自放賑的結果,不特不能得好處,還要大大的受害呢。"宋雄道:"晚生素來作事皆一秉至公,鬼神可鑒,雖是受害,亦所不辭。至於撥銀交老公祖的事,決計不能從命。"贓官本來心虛,聽宋雄語帶譏刺,不覺老羞成怒,拍桌大聲道:"你說你是一秉至公,難道本縣還存什麼私心不成?"宋雄本是一個血性人,那裏受得贓官的呼叱,便也拍桌道:"你講你不存私心,祇好騙騙三歲的孩子。在我跟前,少要擺臉。"贓官更怒道:"你一介小民,居然敢挺撞父母官,真是目無法紀,若不將你懲辦,以後何以懲戒刁頑。"宋雄聽得忿火上熘,不待贓官說完,便走到贓官面前,一手抓住了他的辮子,一手打他的嘴巴。那些幕友家人,欲要捆宋雄,又恐怕傷了贓官;欲要不捆,見贓官的嘴巴,已經被他打得同猴子屁股一樣了。一時全衙門人聲鼎沸,上房裏太太、姨太太、小姐都不顧羞恥,跑出外面來。後來幸虧有一個伺候簽押房的家人,略有見識膽量,見贓官被宋雄打得不堪,乃冒著險走到宋雄後,抱住了他的腰。其餘的家人,也就壯着膽,一哄而上。宋雄此際雖有氣力,究不能敵多數的人,所以被那些家人已經捆住。宋雄的兩個家人,見主人被捆,便飛奔回家報信去了。贓官見宋雄已經被捆,便不顧嘴巴痛即刻傳伺候坐堂，將宋雄打了五百大板，釘鐐收禁，自回上房養傷。祇可憐宋雄平白遭冤，無從申訴，祇有怨不該生在中國這種慘社會罷了。宋雄進獄之後，獄吏知他是個財翁，故意爲難，將他鎖在屎坑傍邊的一根柱子上，無茶無飯，所謂地獄的苦處也不過如此了。且說跟宋雄的兩個家人，奔到家中報了信，把宋雄的妻子，直嚇死過去，一面著人到宋雄的朋友處報信，一面拿些銀錢着人到獄中打點，宋雄方免受尿屎的臭氣。其時，宋雄的各友聽得這個凶耗，莫不忿氣填胸，恨不得將贓官碎屍萬段。其中有一人姓龍名藏，沛縣人氏，乃是綠林中的豪傑，與宋雄交同膠漆。聽此凶耗，便欲去刼牢，但是獨力不成，祇得悶在心裏。一天閑暇無事，隨步走到一家小酒樓中，要了兩樣菜、兩壺酒，一人坐在那裏，以酒澆愁。忽聽樓梯響處，上來了一個雄偉大漢，身上穿著一件黑布大襖，鬆著紐扣，腰間繫了一條白布腰帶，手中捏了兩個小鉄球，碰得叮叮噹噹的響。龍藏見他形狀，好像綠林中人，便操著綠林秘密話，問訊了幾句。那大漢也操著綠林秘密話，回答了幾句。於是龍藏招呼他在一桌上坐下，又要了幾樣菜，幾壺酒。方問那大漢的姓名，大漢答道："我名叫張五，是山東鉅野人。"又問了龍藏的姓名，龍藏回答了。他又隨便談了幾句江湖上的話。那大漢却是愁眉苦眼，悶悶不樂的神氣，龍藏乃問道："張五哥，你有什麼心思麼？"張五嘆了一口氣道："宋雄宋大哥，這個人你可知道麼？"龍藏道："他是我的好友，你在何處認得他的？"張五道："雖然沒有見過，却是久聞其名。現在聽說他被贓官誣害，下了獄了。"說著眼淚已簌簌落了下來。龍藏道："張五哥，且不必哭，我們大家爲好朋友起見，總須將宋大哥救出來纔好。"張五道："極是，極是。你却有什麼好法子呢？"龍藏便附著張五的耳，說了幾句。張五聽罷，心花大放，淚也止了，精神也活潑了。二人重新痛飲了幾杯酒。到了夜間，二人在一個土地廟裏扎束停妥，越進獄中，將宋雄負出。回到宋雄家中，收拾了些細軟，便帶著宋雄的妻子，連夜逃走。那日路過瓜洲，適遇芳兒落難。正是：

流淚眼觀流淚眼,難中人求難中人。

欲知後事,且待下回。

　　笑曰:宋雄之吃官司,財爲之也;設宋雄無財,贓官必不敲其竹槓。及至身入獄中,而獄吏之處置有財者,亦較尋常爲尤酷。嗚呼!處是等黑闇世界中,固亦不能有財。

[原署名:俠,刊於《新新小説》第八期(一九〇五年五月)、第九期(一九〇六年六月)]

中國女偵探

血　帕

黎采芙女士曰：余世居毘陵郡中之局前街，是處名流薈萃，爲合城之中心點。第宅宏敞，規模整潔。予故居而樂之。古人云：千萬買鄰。予之居宅，實不啻有此勝概也。予年才十八，予父母年皆五十矣。有一姊，他無兄弟，故父母皆奇愛予。予少有僻性，凡女紅酒食之屬，皆予所不好，所好者惟讀書耳。生長閨中十八年，常藉吾姊之教。姊性沈默，尤明慧多才，於學無所不窺，頗以學業名於時。予年雖少，亦追隨吾姊，與郡中諸名流相角逐，於學多獲裨益，下筆成文章，每爲朋儕所歎賞。去年春，予姊嬰肺疾以卒，此實予生平最不幸之悲運也。今春爲予姊掃墓，有詩二句云："覆載深恩知己感，不堪并到寸心時。"可以見其梗概矣。

自姊徂謝後，予益復無聊，覺茫茫六合，此身遂孤，幸與從妹鋤芝相處，略解岑寂。鋤芝者，先從父之第三女也。從父生一子四女，先從兄亦早世。從姊妹中，惟鋤芝與予年相若，少予僅一歲耳，故自幼共嬉戲最久，相得甚。

鋤芝名小元，其性質與予頗異。雖亦讀書，而不甚好，惟好習武事，馳馬試劍無弗能。予友李薇園女士，實予妹之導師也。今歲八月十五夜，予與鋤芝置酒，招李薇園、凌絳英、秦捷真、慧真四女士飲。而予此一卷新奇之偵探譚，遂不得不託始於中秋一杯酒，豈不異哉！

是時，予抱病新愈，驟出戶外，吸新鮮之空氣，對明月飲美酒，與良朋共談笑，樂何如之。

座間各縱談諸種新小說以爲快。予曰："中國小說之美，不讓西人，且有過之者。獨偵探小說一種，殆讓西人以獨步。此何耶？豈中國偵探之能力，固不西人若歟？"薇園曰："否，否。以吾所聞覩，則中國人於偵探之能力，固有足與西人頡頏。盍者請爲子述之。"於是，衆乃肅然靜聽。

薇園曰："予之歸鄉園也，今纔五年耳。五年以前，予固猶在吾父祥符縣任所也。吾父之爲祥符縣尹也，視事甫三日，而出一奇案。然吾父之所以得能吏名者，實亦以此。開封有南北土街者，繁盛之區也。街前有一煙館，名長壽室，爲安徽之祁門縣人吳飛保所設。飛保，年五十四矣，有一妻符氏，年四十三。二女，一名阿莊，年十五；一名珊保，年十四。此距今九年前事也。是年二月初六夜，二女忽同時自戕。

初七日，早九點鐘，吾父往驗屍，見二女以一繩之兩端，同時自行勒斃。此繩計長六尺七寸八分有奇，乃一極粗之麻繩也。最可異者，死者各著一青布之夾衣袴，其裏係白色，表裏皆極整潔，宛然新製。詢之飛保夫婦，則云此青布係居相國寺前，爲人傭工之米有才之母所贈。彼二人自行製成者，以其新，向不甚服也。今夜不知何故，忽易此衣而死。則其爲蓄意自戕之證一。且室中諸物，布置亦極整齊。鏡奩筆墨，無一物離其位置者，即几案亦淨無點塵。據此可知死者臨命以前，必曾將各物整齊一次。不然安能位次精整若是。此其蓄意自戕之證二。合此二者以觀之，則知此二女之死，必有萬不得已之苦衷，蓄之已久而決然自戕於此一旦者。若謂有人焉實謀斃之，而故爲是以眩其跡，則二女喉間之軟骨，初不盡碎，其爲自勒而非被勒，又明明與我以佐證也。

據理以度之，以此二青年之女子而至於自戕，其姿色又殊不惡，則爲常情所易疑者，必有一字焉，曰：色。夫既據此一字以爲推度，則必有二途焉,曰:男女相慕,事不獲成而死者。曰:爲人所逼迫,非其所願,不得已而死者。由前之一問題歟,則可以一人死而不必以兩人死。何則,此等事非兩人所能共爲。故既非兩人所能共爲,則必無兩人同死之理。由此觀之,毋寧謂爲出於後一問題爲近。

既出於後一問題矣,則又有一至重要之疑問,隨之而生。曰:此二女子果爲何人所逼迫而死也。據鄰近各戶之報告,咸謂以耳目所聞睹,實無逼迫此二女子之人。然其言殊不足信。或迫之者而出於密謀,或鄰近各戶之畏事,雖有所知而不肯言,俱未可知。然謂其出於鄰近各戶之畏事歟,則禁其不宣諸官長或吏役之前可也,禁其不宣諸親朋之間不可也。以如此奇異之事,而謂舉鄰近數十家之人,能悉爲一人守祕密焉,無是理也。謂出於迫之者之密謀歟,則此二女子又何從知之?而其謀又爲何等謀?其人又爲何等人?此亦一亟當研究之問題也。

於是有疑及飛保者,曰:飛保夫婦之口供,雖云此二女實爲其所親生,然其言亦殊不足信。彼南北土街上之衆口,其誰不知之,僉云飛保實非善類,其不見有何劣跡者,實自近六七年以來耳。方十年前,彼曾流寓山東,時值齊地饑荒,飛保乃出資購貧家女,轉售之以獲利。即彼之開設煙館於此也,亦僅八年。八年以前之事,固非豫省人所能熟知。則此二女爲其所親生與否,尚未可定。而以飛保之滅天理而窮人欲也,或翼而長之而豔其色焉,未可知也。果如是,則其間委曲,外人又焉得而知之?此其說亦頗近理。

雖然,踵此說之後者,則又有一疑問起焉。曰:長壽室之煙館,僅兩大間,而劃爲四小間。其前二間較大,則煙客之所橫陳也,其後二間較小,則一爲飛保夫婦之所居,一即二女之所居也。其左鄰,則一成衣店,爲崔姓者之所設。其右鄰,則一寡婦王氏者,挈一子之所居也。其居之湫隘如此,使飛保而苟有强暴之行焉,則雖甚祕密而必非一朝一夕之所能爲,其所由來者漸矣。觀二女之蓄意自戕,則情殊不類,彼固非世家巨族深閨密院,又安能爲所欲爲,而使人莫之知也。

今舉一河南省城中茶寮酒肆議論是事之紛紛，而未嘗有一語疑及於飛保者，則其説之遠於情實，亦可知已。

夫如是，則此案情乃益入於疑難之域。雖舉世界唯一之大偵探家當此，吾知其不無少躊躇而呼曰：難！難！

雖然難矣，然天下到底無不可辦之事。於是據最近偵探之所得，可爲是案之佐證者，有四事焉。

一距此案出現之前四日，即去年之十月，曾有一少年飲於吳飛保家。飛保使其長女阿莊爲之斟酒。斯時少年已薄醉，因摟其腕，欲使之近己。女駭極，哭叫，飛保竭力排解。少年因遷怒飛保，與之鬭毆，然弗勝，少年遂痛罵而去，去後迄今不復來。

一今年正月十八夜，飛保夫婦，因事外出，囑二女謹守門戶，善伺來客。然珊保出外遊戲，迄晚始歸。阿莊因祇一人，照料未及，而飛保房中，失去銀首飾三事，爲符氏之物。其一爲銀如意，一手鐲，一壓髮針也。飛保歸，疑其友胡某所爲。蓋惟胡某爲飛保之熟人，來吸煙時，嘗入飛保之室閒談，使是時睹室中之無人，而入其室焉，即遇人，人亦未必疑其爲行竊也。是役也，飛保嘗撻其二女，二女忿，不食竟夕，然明日即亦如常。

一初六夜，飛保之妻哭其女，飛保呵之曰：汝癡邪？彼豈汝所親生邪？此語聲雖甚微，然已爲隔牆之崔成衣所聞。

一阿莊、珊保，初不甚向人家往來，惟與米有才之母，往來頗切。有才之母，已於二月初四日死。有才因殯資無著，即一棺亦出賒借，遂於初五日下鄉，告貸於戚串。

薇園述至此，而慧真忽叫絶曰："得之矣，得之矣。"薇園停箸而問曰："得之矣，將若何？"慧真曰："此二女子者，必非飛保夫婦之所生。故其家庭之間情不甚相浹。然其二女亦必自知之。何以知其自知之，即於其情之不甚相浹知之。且飛保之二女，必與米有才有私情，故平素無甚往來之人，而獨於米有才之母，往來頗切。與米有才之母往來頗切者,即不啻與米有才之往來頗切也。至米有才之母死而米有才即去,米有才去而二女即死,則此中必有一大變故。其變故如何,非予今日所能度知。然據其情節以相測,其必爲如是無疑。故至其家飲酒之少年,一搜其腕,而遂至於哭叫,彼蓋深信米有才之有情於彼。故彼蓋深信米有才之有情於彼,而後肯爲之死。彼蓋深信米有才之有情於彼,而後肯爲之同死。不然,必不至於爲之死,必不至於爲之同死。"

語畢舉杯痛飲,顧謂一座曰:"諸姊妹,予爲偵探何如?"又舉目謂薇園曰:"予爲偵探何如?"又舉箸大嚼意頗自得。

絳英曰:"是,是。姊姊偵探之才誠佳。"

予亦曰:"是,是。然則飛保房中所失之銀飾,或即爲二女所竊,以遺有才者,亦未可知。"

慧真曰:"然哉,然哉。誠如妹。"

鋤芟獨微笑曰:"非是也,不類不類。"

慧真曰:"何以知其不類。"

鋤芟笑曰:"天下恐無如是武斷疎漏之偵探。"

慧真曰:"何以知其武斷疎漏?"

鋤芟笑曰:"請聽薇姊言之,案情恐必不如是。"

慧真曰:"何以?"

語未畢,捷真曰:"勿爭勿爭,且聽薇姊言之。"

舉座曰:"可。"

於是薇園乃復言,於是舉座復靜聽。

薇園曰:"唯吾父之所揣度,則亦如慧妹之所云也,請言其卒。予適所舉之數端,乃祥符縣一幹捕名金富者之所探得也。以初七夜呈吾父,吾父躊躇移時,乃引金富而密語之曰:如是,如是。

言畢,又從身畔出一物以示之曰:此證據尤不可少。

金富領命去。

越一日。傍晚,有才自鄉間歸。念離家已三日,母靈前,更無人具一盂麥飯,爲享幽魂,不覺痛哭。蓋家惟母子二人也,乃急出囊中錢百餘，出門，市酒脯歸，焚香燃燭，設食於靈前，向其母再拜，哭盡哀。

既祭。念鄰右有來助理母喪者，理當往謝。下鄉時悤悤未能徧，乃今宜往謝，然晚矣，恐亂人意，不如俟明日。

於是略食而寢。時奔走數日，又迫哀痛，疲勞已甚，甫偃卧，即朦朧，旋熟睡。比醒，已日上三竿矣。

既醒而檢點囊中所餘錢，欲市早食供母。噫，奇事，奇事！昨置於床頭之一小布囊，果何往？果何往？

方窘迫間，一縣差已至門，手持差票，怒目而視有才曰：'速起身，速起身，往縣裏去，往縣裏去。'

有才駭極曰：'我犯何罪？我犯何罪？'

縣差怒曰：'汝殺人尚不知耶？'

有才愈駭曰：'我安得殺人？'

縣差愈怒曰：'汝殺人不自知反問我。'不問黑白，拘之行。

斯時，鄰右聞聲畢集。有才仰天哭曰：'天乎，予之無罪也。'

然縣差竟不顧，拘之行。即鄰右亦徒咨嗟太息於苛政之猛於虎而已，無策救之也。有才既至縣署，問公差曰：'我竟何罪？'公差曰：'汝欲知汝罪乎？'探諸懷取一物以示有才。

有才視之駭極曰：'此何物？予何罪？'

公差怒曰：'汝覩此，尚不承罪，此何物？殺人之證物。汝何罪？殺人之罪。'

有才仰天哭曰：'天乎，予之無罪也，予安所殺人？'

縣差曰：'少刻便知。'

有才哭曰：'冤哉！天乎，此何物歟？此吾母之押髮針也。予新有喪，予以貧不足以具棺槨，故求助於親戚。求助於親戚，故下鄉。下鄉，故將予母生平所遺略貴重之物，悉攜以行，此押髮針亦其一也。且尚不止此，吾昨宵枕畔一布囊，汝之所竊歟，汝竊我布囊，誣我殺人，天乎有靈，夫豈佑汝！'

縣差曰：'然，布囊實我之所竊，然殺人罪實汝之所犯，汝不承歟？'

曰：'不承。'

縣差曰：'不承，亦宜。雖然，汝雖不殺斯人，斯人由汝而死，汝其未之知歟？'

曰：'予何知？'

言未畢，而官傳有才質訊。

此縣差爲誰？即金富是也。金富奉予父命往拘有才，而予父之所度，即如慧姊之所度也。"

慧真聞此言，曰："何如，汝以爲然否？"言畢目鋤芰。

鋤芰曰："且緩。聽薇姊言，予終不信此案之以如是而獲破。"

薇園乃復言曰："方金富之奉予父命往拘有才也，在是月初七之夜。金富遣人僞爲一遞信者，訪諸其近鄰，則知其往東鄉，尚未歸。知其尚未歸，且知其不一二日當歸，於是金富乃遣一人尾諸東鄉，而己乃潛伺其門首。潛伺其門首，而一無所見。蓋有才家無人，有才之母死而有才出，故有才之門閉而加之以鍵。蓋有才之室，內有一門，與其鄰之室通，故有才鍵其門而自其鄰之門出。

既而金富生一計，乃自屋上入，而遍搜其室中。遍搜其室中而一無所獲，於是金富乃大失望。然此敏腕銳心之金富，決不因此而失望，決不因此失望而退步。於是金富乃仍伺其門首。

仍伺其門首，而果也。初八日傍晚，有才歸。有才歸而金富實親見其置一小布囊於枕畔而寢，而有才身畔之物，足以供偵探之竊取者，實惟此一小布囊。蓋除此小布囊外，而金富實未見其身畔更有他物。此眼光銳敏之金富，其所見必不失誤。

於是金富乃竟取其小布囊以行。竟取其小布囊以行，而案中之證據物果在。

此案中之證據物果何物？實惟此一押髮針。

此押髮針何足爲證據物？蓋此押髮針非他，實飛保之妻符氏之押髮針也。飛保之妻符氏之押髮針，而何以在有才之小布囊中，則其爲飛保之二女所竊以遺有才者可知。然此押髮針，何以知其爲符氏之物？蓋金富甫探得符氏之失此三銀首飾，而即親往飛保家問之，而知其所失之三首飾：一爲銀如意，一爲銀鐲，一爲銀押髮針。而又悉知此三銀器之鏤刻文理，及其店號，而又知此押髮針上蓋有三小孔，於是而此押髮針決然爲符氏所有無疑，於是而有才之罪定，於是而吾父之明察見，於是而金富之以干才名也不虛。"

薇園言至此，慧眞復擧杯一吸而盡曰："何如？"

鋤芰曰："且更聽薇姊言之，予言亦誠不能保其無誤。"

於是衆乃復且飲且聽。

薇園復言曰："於是金富乃急懷此以見吾父。時已三更矣，吾父坐簽押房，問之曰：'吾所示汝之證據物果何如？果有之歟？'

金富曰：'此則無有，所有者惟此物耳。'乃以押髮針呈。

予父沈吟曰：'此其果足以爲證據歟？'

金富曰：'足矣，不然，天下恐無此湊巧事。'

予父曰：'是誠然，雖然，……'

語至此，金富急曰：'願老爺速拘之。不然，彼將逸，彼將逸。拘之一訊問，當可水落石出。'

於是予父亦曰：'誠如汝言。'乃以提票付之，此實金富拘得米有才之始末也。

雖然，審問數次，迄不得結果。有才惟堅執是物爲其母所遺，己不知其所自來。雖以飛保符氏爲之證，所言之押髮針，與有才囊中所有者，一一吻合，然有才堅不承，訊之以二女子之死，堅言不知。惟承認其母生時，曾與此二女子往來而已。

至是月十二夜，予父獨坐簽押房中，深思其故，乃忽然曰：'誤矣！誤矣！此證據不得，此案終無可定之理。'

於是予父乃更召金富而問之。"

語至此，絳英曰："然則，此所謂不得之證據，果何證據歟？予實急欲聞之。"

薇園曰："妹其毋躁，姑待予言之。"

於是衆復且飲酒且聽，樂甚，不復知此時之爲何時也。然薇園探懷出時表一視，則已八點二刻。

於是薇園乃復言曰："余父於此役也，署中雖有幕友，若熟於刑事之親戚，其所言概不足以當吾父之意也，故不得不引一金富爲參謀。然金富之所爲，又時有出於魯莽者。故此案之所以獲水落石出者，殆吾父一人之力也。吾父之心，亦良苦矣哉。方吾父始聞金富之言也，其所籌度，殆一如慧姊之所言。然吾父斯時尚獲有一證據，爲慧妹所未知者，則吾父驗屍時之所得也。方吾父驗屍時，見兩屍左臂，皆微有血痕，知爲以針自刺而得者。斯時仵作等皆未及留心。吾父遂微以帕拭其傷處，帕上遂留有微血痕，於是留心推校，以爲從此可得一光綫。然苦思之，而終不得其故。迨聞金富之言，始恍然曰：'此必爲二女子刺血作一絕命書，寄與有才者。吾前見其案頭有筆墨書籍，則此二女子固略解文義也。'"

衆聞之，咸恍然。

鋤芟曰："誤矣，誤矣。"

薇園曰："於是金富來禀時，予父乃告以所揣度之言，而示以血帕，命其取此絕命書，以爲證據。蓋吾父度米有才之爲人，雖極無情，此一二日中必不忍棄擲此絕命書也。且其慮患之深，亦不能如是。然卒不可得，此吾父所以謂終不足以定此案也。"

鋤芟曰："苟如是，予請發三難。"

薇園曰："固也，待吾言之。

於是吾父乃召金富問之曰：'汝以爲現在所有之證據，果足以定此案歟？'

金富猝不知所對，曰：'老爺以爲若何？'

予父曰：'予以爲不足以定此案。'

金富曰：'若何？'

予父曰：'夫以爲此二女子之通於有才者固也，有其可疑者在也。

雖然，予前不既言之歟。苟其如是，則可以一人死，而決不可以兩人死；可以兩人先後爲之死，而決不可以兩人同時爲之死。夫愛情至於死生而不渝，則其爲愛情也摯矣，安有知其同時更有所愛之一人，而猶爲之死者？而況乎血書之終不可得也。夫愛情惟一，夫愛情惟一。'

且又不但此，汝以爲有才之母死，而有才亡，有才亡而二女死，三事之適相承，爲有才與二女有牽涉之證。雖然，有才之母，其死也固出於中風，中風固非可以僞爲，有才之母死而有才下鄉，此亦情理所應有，而必謂其中有互相關係之故焉，此亦失之鹵莽也。

且也汝以此押髮針之適相符合，而謂有才與二女有關涉之證歟，則押髮針之出於同一店鋪所製，固理或有之，既出於一店鋪所製，又奚怪其文理之適相符合。汝不見婦人之首飾歟？苟一式樣而爲當時所風行，則無一店鋪之所製不如是矣，而又奚怪其一店鋪之所製者，若謂其上有三小孔，則亦不足爲證據。此真所謂偶中也。若謂飛保夫婦之所證，則尤不足憑。汝固聞崔成衣言，彼飛保親謂此二女非其所生，然則彼於二女之名譽，又何所惜。彼且幸其有此偶合之證，可蔽罪於有才。而吾不復究彼也，又何惜而不證明之，則子之所謂押髮針，又何足爲證據也。"

言至此，鋤奻目慧真曰："此即吾所謂姊之武斷疎漏者也，夫惟疎漏，故武斷，武斷斯疎漏矣。"

慧真亦服曰："然則果何如？請更言之。"

薇園曰："然金富尚不服，曰：'吾以爲天下終無如此湊巧事。'"

鋤奻曰："執一端之偶合，而謂天下決無如此湊巧事，而必欲執是以強斷案情，天下之最誤者也。吾請更發一難。夫謂此二女子之刺血，爲作一絕命書以與有才者，似也。雖然，有才之母，既於初四日死矣。有才既於初五日下鄉矣，則二女之血書，其何時所寄歟？若謂在有才未下鄉以前，則其創痕必不應猶新；在有才既下鄉以後，則此絕命書交與誰者？且此絕命書固誰爲之傳遞歟？若相見歟，可以言，何待書？若傳遞歟，此豈可交人之物邪？雖然，此固不必有絕命書，此之所重者，獨以其血爲情之表證而已。則或染一血帕以遺之，或更有存留此血之法，亦概未可知。然在有才未下鄉以前，則其創痕必不應猶新；在有才既下鄉以後，則誰爲之傳遞者。此固可以理度之，而信其必然者也。"

衆皆驚服曰："妙才，妙才。偵探之妙才，偵探之妙才。"

薇園亦舉酒相屬曰："妹真偵探才也，其將爲東方之女歇洛克歟，未可知也。"

於是酒既酣，衆乃食。

薇園且食且言曰："惟吾母之所云，則亦如鋤妹之所度也。方是時，吾父推度此案，既不得端緒，乃入而述之於吾母。吾母曰：'誤矣，君其誤矣。夫謂此二女子之刺血爲貽有才書者，其貽之當在於何時歟？若謂在有才未下鄉以前，則其創痕不應猶新，若謂在有才既下鄉以後，則又誰爲之傳遞者？夫此固非可託人之物也。然則此案與有才殆將無涉，無涉。'

於是予父乃恍然大悟曰：'然則何如？'

予母曰：'當如是，如是。'

予父又恍然大悟。

十三日，忽有以離城七里東鄉之范爲生，於昨夜被戕報者。予父乃又出城驗屍，既畢乃歸。

十四日，予父忽出票，命役提南門外之周隱深。

衆役皆駭，莫名其故。然不敢不往，惟金富略明其故。然仍不深知其所以然之故。周隱深既至，吾父乃鞫之曰：'汝殺牛老三，何故歟？'

隱深駭不能語，面如死灰。

予父曰：'汝尚欲賴歟？汝遇我，雖狡勿圖賴。'

隱深神稍定，乃頓首曰：'大老爺明鑒，青天大老爺明鑒，隱深實未嘗殺人。'

予父笑曰：'汝尚不承歟？吾爲汝言之，汝豈周隱深？汝名卜老狼。'

隱深益駭不敢語。

予父又曰：'汝非周隱深，卜老狼也。昨夜東門外之命案，被殺者非范爲生，牛老三也。'

隱深氣奪神癡，不敢語，面色如死灰。

予父曰：'汝不承歟，吾爲汝言之。汝固非周隱深，乃銅山縣之巨棍卜老狼，在該處犯案纍纍，不能更處，乃遁至此，易今名。然銅山縣又有一名巨棍牛老三，與汝固宿讎也，嘗蓄志殺汝。既聞汝至此，不捨隨汝來，而改名范爲生。然汝二人皆未有黨，乃復各鉤結本地之無賴子，以自樹黨。黨既成，乃各謀相殺。然以黨羽多，一時各不獲逞。既而長壽室煙館主吳飛保，與牛老三相往還，欲以二女售之。既因議價不合，事卒不就。畏牛老三之逼也，乃更謀以女售與汝，以冀保護。然二女不願，卒自殺。方吳飛保之擬以女售與牛老三也，牛老三曾往吳飛保家相其二女，因醉後頗行強暴，故至決裂如是之速。汝忿牛老三之鹵莽於前，而汝亦至失望於後也，因大憤，殺機於是益促，遂黃夜往刺殺牛老三，斯言信有之歟。'

斯時卜老狼面色如土，但叩頭曰：'大老爺明鑒，大老爺明鑒。我實死罪，死罪。乞大老爺開恩原宥，乞大老爺開恩原宥。'

於是吾父乃更使人拘吳飛保至，曰：'汝殺汝女，何歟？'

飛保駭曰：'吾安敢殺吾女，彼二女實吾所親生，吾安忍殺之。'

吾父曰：'非特此也，汝且竊木廠街賈公館之物，汝知之歟？'

飛保駭極，氣奪神沮，猝不能對。已乃曰：'吾安分良民，吾安敢竊物。'

吾父曰：'汝不承歟，吾爲汝言之，勝於汝之自言也。汝固安徽、山東、河南之積匪也。汝昔嘗販賣女子於山東。彼二女者，非汝之所生，亦汝昔之所買也。既長成，頗有姿色，汝乃思以重價售之以獲利。適有山東積年巨棍牛老三至，即今所謂被殺之范爲生也。汝昔在山東時，固與之熟識，於是乃欲以女售。然因議價不合，卒齟齬。往返數次，無成議，事遂寢。然汝恐牛老三之以此而讎汝也，乃復與此山東之巨棍卜老狼結，欲以敵牛老三'，因手指卜老狼曰：'即此所謂周隱深者是也。然汝二女固不願因死,卜老狼怨牛老三之以輕率而並敗己事也,因遂殺牛老三。雖然,卜老狼之怒牛老三,而欲殺之也,固已久矣,非特因此一事也,汝特利用之也。'

吾父言至此,吳飛保頓首曰:'事誠有之,有之。死罪,死罪。惟大老爺原宥。'

予父頷之曰:'不但此也,汝更有未知者,吾爲汝訊之。'乃復使人提米有才來訊。"

言至此,衆人食已畢,乃各起盥洗。視時表已九點三刻五分矣。

薇園略散步,吸紙卷煙一支,乃徐言曰:"斯時米有才既至,吾父乃謂飛保曰:'汝竊賈公館物何意,吾爲汝訊之,汝孰意更有人竊汝之物者,汝孰意更有人竊汝竊諸人之物者。'

斯時飛保氣奪神癡,不復能語,面色如死灰,更旁睨卜老狼面色亦如之。即各差役等,亦莫不意駭神眩。

吾父乃謂米有才曰:'汝今尚不承歟?汝與吳飛保之二女何如?汝速承,佐證已在此。'

米有才駭不能語,但極口呼冤,求吾父爲之昭雪。

吾父乃以捕得卜老狼、吳飛保之説告之,且促其速承。

米有才且聽且叩首,面色如土。

稍定,乃徐言曰:'求大老爺昭雪,此吾母之罪也,而非吾之罪也。'

予父聽至此,亦駭,蓋出不意也。乃問曰:'汝母之罪何如?'

有才叩首曰:'此實吾母之罪也。吾初以吾母之故,不忍言,然吾今不敢不言矣。吳飛保之二女,固非吳飛保所生,乃以四千錢自山東購得者。然二女漸長,亦頗自知之。蓋聞人言吳飛保昔以販賣女子爲業,且亦有以微窺飛保夫婦待之之意也。然飛保二女,其貌固極相似,故二人確自信其爲姊妹。此二女者,頗與吾母往來,吾母視之如己女,故二女頗親吾母。吾母因貧故,遂略生貪財之心。時適有一女子,自山東流徙而來,僦居於旗纛街之一小屋中。吾母利其可以詿二女資也,乃與之通謀,使之僞爲二女母也者。阿莊左肩下固有兩黑痣，雖未告吾母，吾母固已微窺之，乃以告此山東之婦人。既使以此爲認識其二女之證，又潛以告二女，且詆之曰：'今汝父偕汝母來，然御汝母嚴，不復許汝母與汝相見也。苟欲相會，請於我處。'二女聞之，哀其母之窮而無告也，乃以飛保妻之三銀首飾遺之。雖然，二女固非取人之物者，使此爲飛保所應有之財，則二女之貧，雖極之於無可復加，而必不取人之物以遺其母，其道德之高尚，言之猶令人敬服也。惟吳飛保之三物，適爲竊自木廠街之賈公館中。於是二女子乃取之以遺其母，亦託吾母轉交，吾母實留其二：一銀鐲，一即此押髮針。其交彼者爲何物，則吾不能記矣。後吾母又與彼婦人通謀，使以青布二匹遺二女，曰：'此吾之所手織也，歷年深藏未嘗爲汝父知，今以遺汝，見此如見我矣。'因泣，二女亦泣，即吾及吾母覩之，亦未嘗不惻然傷於心也。然吾嘗力諫吾母，而吾母罝之。吾見吾母者，恐其以怒致疾，吾因不敢復諫也。吾母之所以以此二匹布遺二女者，恐二女悟其爲詆己之財，而不復爲之繼也。已而二女果以所私蓄之銀二塊遺其母，吾母亦乾沒之，今皆已無存矣。所存者，此押髮針而已，而不圖以此獲戾也。抑亦天之所使，留之以爲設局詆騙者戒歟！後吾母卒前數日，此山東之婦人死，死而竟爲此二女子所知，以彼亦嘗於人前微探聽此山東婦人也，特不敢明言其爲己之母而己。後數日，而二女即死其以殉母歟，嗚呼！此則非吾母之所及料也，抑亦非吾之所能與知也。'"

衆聽至此，咸駭然曰："案情之奇幻至此哉，宜乎非大偵探家莫能破也。"

薇園乃吹去其管中殘餘之紙煙，更取一支吸之，而言曰："猶未已也。斯時吾父乃更問飛保暨卜老狼曰：'汝二人交涉之事何如？'

飛保乃叩首曰：'吾不敢隱，吾不敢隱。此二女實非吾所生，乃吾買自山東者也。雖然，二女之死，非獨殉母也，抑吾亦有罪焉。方吾之見牛老三也，吾欣然與道故，且期與之理舊業，共圖行竊計。然牛老三嘗一至吾宅相吾女，而挼吾女之腕，吾女弗善也，因哭。吾固知吾女性執拗,苟失其歡心,則將不可以金錢歆威武屈也,乃急排解之。而牛老三乃遷怒於吾,因與吾鬭毆。吾固亦習拳棒者,牛老三雖武,不吾能勝也,乃益忿。後吾數往,與之謝罪,而彼意終弗釋。吾不得已,乃與卜老狼交,以敵牛老三,而二人固深讎,其相殺無與吾事,特因此而速其機耳。吾既與卜老狼爲同黨,乃共竊賈公館物,此今年正月初八夜事。吾既與卜老狼友,而敵牛老三,勢不得不有以結卜老狼之歡心,乃謀以一女賤價售與之。因吾棄此等爲匪之業已十年,舊時黨羽悉離散,非結卜老狼,不足爲牛老三敵也。然始吾與牛老三交,牛老三固僅欲吾長女,而卜老狼則必欲二女兼得之,始允爲吾助。吾不得已,乃欲以二女易其五百金,議未就,而爲二女所聞,遂至於死。吾以爲其死之出於是也,而初不知尚有米有才所云殉母之一事。'

於是吾父乃言曰:'賢哉二女!惓惓於其母,孝也;寧死不辱,義也;苟非其所有而不取,廉也。孝且廉且義賢哉二女也。'"

衆聞之俱欷歔切齒,而哀二女之不辰也。

於是薇園復言曰:"今以吾父之所以探得此案者,請更言之。吾父初聞吾母言,此二女子之刺血必非以寄米有才書,而必爲欲留其一生之事跡於後世以告天下,則其血書必不在米有才處,而在其臨死時所著之夾衣袴中。然此夾衣袴固無從得,若訊之吳飛保家,則彼必疑而毀之,是此案之證據,永不可得矣。乃使人詗諸各典肆中。蓋豫俗,人死時所著之衣,必不以之入棺,以爲將不利於生者,又必不以之自服,惡其不祥也,又必不以之焚化,蓋以爲如是,則仍與死者衣之以入棺同,將憑之以爲厲也,則多付諸質肆。故吾父使人詗之,冀有所得,乃未幾而果得之,吾母則親爲拆之,見有一紙血書曰:

　　天愁地慘,無可容身。苟潔吾身,雖死不悔。吾二人固同此志也。

字跡韶秀而端嚴,惟略帶支稚,決爲二女自書無疑。於是知此二女子之貞潔矣。然益致疑於吳飛保,而頗釋疑於有才,以爲此押髮針之真爲偶合也。乃未幾而牛老三之事起。牛老三與卜老狼者，固東省積年之巨匪，而近來潛蹤於豫省者也。吾父未到任，即聞其名，甫到任，即因金富探知其居處，欲設法禽之。特以此案起，布置未及精密耳。乃未幾而牛老三被殺，吾父驗其屍，而忽觸其貌之與所謂飲酒於吳飛保家之少年人，乃使金富更往訪之，已而衆口皆言其似，而密探諸牛老三家左右，又知有一精神壯健頎而長有黑鬚之人，於去冬數來牛老三家，其狀與吳飛保又極相似也。於是吾父知此案之必與牛老三、吳飛保有關係矣。已又思卜老狼、牛老三二人，自至豫省後，竊案纍纍，莫能破獲。吳飛保苟與卜老狼爲黨，則必與竊案亦有關涉也。適賈公館以前時被竊，求吾父追失贓甚急，乃一查賈公館被竊之首飾，其三正與吳飛保家之物同。於是吾父之所度，乃益信之不疑，而斷然拘二人以質之，而不意其果以是獲破案也。然方吾父查得賈公館失竊物時，以爲二女子實歸心於米有才，而不願嫁牛老三、卜老狼耳，而孰知其更有所謂殉母之一原因在也，此則並吾父之所不及料者也。故曰：偵探者，能十得七八，或五六，得其辦案之端緒而已，必謂舉全案而燭照數計之，無是理也。"

於是衆咸拍案叫絕曰："神奇哉此案，神奇哉此案。賢能哉是官，賢能哉是官。是直居堂皇而爲偵探者也，又豈西方之歇洛克所可方哉。"

薇園曰："且未已也，尚有一端緒，可爲諸姊妹益神智者。方此案破時，金富謂吾父曰：'吾輩若早思及其尚有父母一層，則探案更有一端緒，不至誤以米有才爲罪人已。'予父曰：'何故？'金富曰：'即二女子周身自頂至踵，無一非素色之物是也。不然，豈有處女而挽髻，固不用紅色之繩繫之也哉？'吾父憮然曰：'使當時若得此，亦徒以爲是爲米有才之母帶孝而已，其誤且益甚，而又安見其爲無誤也。故證據之不可以誤用也，如是。'"

捷真乃太息曰："異哉是案，吾因此而彌憶西方大偵探家之言也，曰：凡奇案必與婦人有關係。"

慧真曰："斯固然也。雖然，此案固猶婦人爲搆成之材料，而未嘗以婦人爲主動力也。吾請更述一案之以婦人爲主動力者，則真可以當中國之女歇洛克之名矣。"

白 玉 環

薇園述畢，時已十一句鐘。捷真起而言曰："時晏矣，可以歸矣，更有清談，請俟明日。"衆不可。予曰："今夜盍宿此，爲長夜之樂乎？"衆起而決議，以投票決多數，可者二人，不可者亦二人。乃更起而拈鬮，以二紙書一"留"字，一"去"字，公擧予拈之，得"留"字。衆然後留。於是予更命婢瀹佳茗，備鮮果，移几置庭中，衆共啜茗坐。時一輪皓月，高懸太空，擧頭相對，塵襟盡滌矣。

予既得良朋相共，驟出戶外，吸新鮮之空氣，不覺心神爲之一爽，乃復傾耳以聽慧真所述。

慧真乃言曰："距吾鄉百里之無錫，有商人黃姓者，名幼侯，鄉人也。初甚貧，娶妻某氏，生一女，鬻於常熟盧氏爲側室。妻卒，無力續娶，乃隻身投布店爲夥。以性善貯蓄，漸富，乃亦自設一布肆，盡力經營，頗獲盈餘，更娶妻齊氏，年僅二十有七耳。逾年，生一子，名長夫。越二年而幼侯卒，年五十有七。臨終時，託孤於其友某，曰：'以吾子之幼也，吾妻之少也，吾與子相處二十年，知子之心，今其以是累子矣。'因泣。友亦泣曰：'有我在，君其勿憂門戶也。'幼侯卒，友爲之經紀其喪，且綜覈其財產，知其布肆不能更設，乃盡貨其肆中所有，而獲五千金焉。以三千金爲購宅一區，賃與一烏姓者，設一米肆，月得賃金二十圓，而以二千金爲儲銀肆生息焉。忽忽七年，而其友又逝。

於時此煢煢之孤嫠，益無所依恃，然而厄運之來，正未已也。越五年，而幼侯之妻又逝。

方是時，幼侯之子，年十有五矣，頑而好弄，讀書不成。其姊盧姨娘，特自常熟歸，爲之料理，且商諸其舅齊隱夫曰：'若之何而可以安是子也。'其舅乃爲之謀,欲爲幼侯子覓一童養媳,使之同居,竢免喪而後成禮焉。盧姨娘許之。

已而盧姨娘歸常熟,其舅寄以一書曰:'吾自別後,已爲吾甥訪得一佳耦,曰汪遙保,有殊色,且最貞淑,其父已死十餘年,其母何氏,予表姊也,以貧故,願以其女爲童養媳,但求女嫁後給饘粥而已,盍試圖之。'

盧姨娘復書曰:'此事吾一無所知,無從遙制,惟吾舅圖之。'

議既成,遙保遂歸於黃氏,時年十有七,長幼侯之子二歲。"

薇園曰:"聆汝所述,直一人家家常事耳,安足爲異?"慧真曰:"固也,待吾言之。"

慧真續言曰:"遙保既歸黃氏,越三日,而幼侯之子晨起,忽得一匿名書,書中所言,極可駭異,其書曰:

長夫君乎,君其速去君所居之宅,君所居之宅甚兇。吾曾見一黑衣女子,仿佛甚巨,身亦黑,衣亦黑,袴亦黑,履亦黑,其所繫之帶亦黑,其頸項亦黑,面亦黑,手亦黑,目炯炯有黑光,耳與鼻中有黑氣出,手攜一黑色大鋤,掘地埋一屍,屍色甚白,仿佛見其亦甚巨,與此女子略相等,而眼脣微蹙,若重有憂者。吾見之毛髮森豎,方知此宅之甚兇也。長夫君乎,汝其知之,汝其知汝所居之宅甚兇,汝其速遷居以避之,不然,禍且至,汝父之所以入此宅而不久即死者,亦此故也,汝其志之。

長夫得書大駭,私念:'吾此宅豈果兇邪?吾父入此室而不久即死,事誠有之,然何以吾母絶不爲吾一言,豈吾宅之兇,吾家中人不之知,而外人反知之耶?抑誰爲此書以戲我邪?惑我邪?究之作此書者何意?殊不可解也。'躊躇之際,心鬱鬱不自得,乃急以原函寄其姊,而録一通置篋中,悶悶而出。越三日,臨晚,遙保自母家歸,長夫急以書示之,曰:'卿以此書爲何?'遙保讀之,亦駭然,已而曰:'若家上世會有仇人乎?'曰:'無之。'曰:'得毋有之,而爲君所不及知者乎？'曰：'若然，則吾母亦當言之矣，然卿以爲此書固仇人所詐邪？'曰：'是亦僅臆度之詞耳。'曰：'果係仇人，致我此書何益？'曰：'是未可測，或就其所最淺者言之……'言至此，忽面發頳，若自悔其失言者。長夫固問之，乃不得已而言曰：'吾就吾之所臆度者言之，君勿怪也。仇人之爲此書，或欲使君宣佈此情節於外，而僞爲鬼魅狀以殺君耳。'遙保言時，盈盈欲淚，若不勝悲者。長夫竊訝之，以爲此書誠可怪，然遙保視之，亦何至竟以爲仇家欲謀殺我之證據，而悲愴如是邪？方欲啟口慰藉之，遙保忽又定神問曰：'然則翁死時固何疾邪？'曰：'內傷證也'。'君知其得病以至棄養之始末乎？'曰：'吾不之詳也，但聞其係內傷證耳。'遙保曰：'昔姑豈未嘗爲君言之乎？'曰：'未曾。'曰：'竟絕未提及乎？'曰：'未也，吾父之事，吾母素不樂言之，吾問及，輒含淚不語，或傷之甚而致斯也'。遙保曰：'君屢以翁之病狀問姑乎'？曰：'不然，此吾僅問過一二次，惟吾父生平之事，吾當屢問之，吾母輒不欲詳道，蓋傷之甚也，吾後恐傷其意，遂弗復問。'遙保聞言，儼然若有所思曰：'君之父執，亦有知翁之病狀者否？'曰：'自某伯亡後（即指幼侯臨終託孤之友），亦無復知之者矣。'"

述至此，鋤芟若有所思，起步，吸紙煙，衆亦共嚼鮮果。鋤芟促慧真曰："若何？姊速言之。"

慧真曰："遙保又言曰：'然則翁體素壯健乎？'曰：吾父體固強壯，特聞其內傷證則得之已久耳。'曰：'何人知之。'曰：'亦吾母言之。'二人言至此，忽聞窗外窸窣有聲，俄而漸厲，不禁毛髮森竪。遙保膽稍壯，急持燈呼長夫出戶外燭之，長夫瑟縮相從。甫出門，火忽遭風滅，長夫大呼倒地，遙保亦失驚呼人，且行且呼，無應者。乃返入房中，取燈，方至門前，爲長夫所絆，失足墜地。小婢聞呼聲，秉燭至，扶之起。長夫驚稍定，遙保急問之曰：'君何所見而至此耶？'長夫曰：'吾固無所見，吾自得書以來，每一懸念，輒見一黑衣婦人立於吾前，仿佛甚巨，夜間每不敢獨處，卿不知吾宿於友朋家者已三夜矣。'遙保大驚曰：'若已三夜不歸乎？然則家中惟此一婢乎？'曰：'然。'曰：

'以後慎勿爲是,然君適問究何所見而致驚仆?'長夫曰:'吾仿佛見一黑衣婦人,在對面房中出,身形甚巨,又見一黑衣婦人立於庭前松樹下。'遙保默然,少頃,曰:'黑衣婦人乎? 君果見之乎?'曰:'吾亦不能自信,吾近來眼中,每至夜間輒如是,皆吾疑懼之心所致也。'遙保曰:'君燈滅後見之乎? 抑燈未滅前見之?'曰:'燈滅後吾方見之,燈未滅時,吾固不至此。'遙保默然久之,呼婢持燭,三人共出燭之。至庭中,絕無所異,燭松樹下,亦無所見,惟窗前見一塊土,稍墳起,若爲人所發掘者。遙保疑之,覓一梃撥其土,稍深,若有物礙梃,乃竭力起之。既起,不禁大驚,則此物非他,乃一畫軸也。展視之,甫及半,長夫一見失聲呼曰:'異哉! 此吾父之像也。何至是? 何至是? 抑何來? 何來?'更展之,圖中絕無他物,惟畫一黃幼侯赤身不著一縷而已。長夫面色如土,幾又驚倒,遙保及婢扶之歸房,即大呼曰:'吾不敢居此宅矣! 此宅之兇如是,安得不累及吾生命?'遙保亦相視失色,久之,曰:'今夜必無害,君姑宿此可也。'於是呼婢入臥室,三人相伴而寢。"

衆聽此怪異之事,不禁駭然,曰:"異哉! 天下事竟有若此其可怪者哉? 是不特可以作偵探案,並可以作續《齊諧》新《聊齋》矣。"慧眞曰:"以如是奇異之事,而卒不越於人事之範圍,亦可見天下無怪異之事,而向之所共驚爲神怪者,特由眞理之尚未發見耳。"時夜已子正,薄寒中人,乃相將更入室。

婢淪新茗至,衆啜之,慧眞復言曰:"明日晨起,而烏姓之米商名致生者,忽遣人來召長夫。此米肆後門,與黃氏居宅固相望,兩家有纖悉之事,無不互相知。致生年六十餘,以踐履篤實聞,幼侯故後,黃氏之事,往往藉其力,故往來尤諗。長夫是日聞召即往,入其門,則虛無人焉,門者不在也,乃直入其中堂,微聞致生與其妻語,其妻曰:'君果知其爲何事乎?'致生曰:'此何難知,以吾意度之,則黃家阿嫂事也,汝以爲何如。'妻漫應曰:'容或有之。'長夫聞之大疑,方屏息竊聽,忽聞致生起立,將出外,乃僞爲甫至也者,呼曰:'致丈在家乎?'致生應曰:'在家。'遽出外慰之,曰:'汝家近有怪異事乎?'曰:'誠有之。'致生曰:'吾已知之,君輩少年不更事,故以爲怪,若吾則見之熟矣,不足怪也。吾聞君欲遷居,切勿如是妄動,果如是,則正中奸人計矣。見怪不怪,其怪自敗,且宜靜以鎮之。'長夫唯唯。"

衆聞之,益駭愕,捷真急問曰:"果何故邪?"慧真曰:"待予言之。

長夫歸,急以告遙保,曰:'豈吾父之死,有他故邪?'遙保俯首熟思,少頃曰:'此等事可不必窮究,即究之亦復何益,致丈言宜靜以鎮之,當有所見,君姑從其言可也。'長夫信且疑,漫應之。

越三日,忽得盧姨娘書,屬長夫斷不可遷居,亦不可徑來我處,宜靜以鎮之。於是,長夫益疑其父死之有他故,而姊與致生皆微有所知矣,然遷居之念反自此而少息。是日午後,致生忽來訪長夫。言次,勸其何不圖一職業,既可以習勞,又藉以避怪異,且能少博薪金也。長夫如其言,即以託之。更四日,致生來訪,告以某錢肆現缺一學徒,可謀充其缺,乃請致生爲之紹介,而成其事焉。既成,致生謂長夫曰:'是實吾小兒之謀也。'長夫乃詣致生之子名子彥者,謝之。

子彥與長夫年相若,幼小共嬉戲,既十年矣,故交誼最密。長夫既供職錢肆,將近旬日,夜歸,入門,時已昏黑,不能辨步履,冥行而入,甫及廳事,突見一人自暗中奔出,一人尾其後大呼曰:'汝賊邪?'前者飛奔而出,後者尾之,是聲甚厲。長夫癡立不能語,少頃,見一人然火柴自外入,見長夫,急問曰:'君在此耶?'長夫固熟識其人,倉猝不能語,但曰:'誰?誰?'其人亦大驚。少頃,長夫乃悟曰:'子彥君邪?吾一時驚極不能語矣,勿見責也。'子彥曰:'怪極!怪極!吾爲君言之。吾向者來訪君,甫入門,即似有人尾我後者,吾潛察之,及廳事,覺果有人,乃返身伺之,其人轉身匿室隅,甚輕捷,吾竭目力諦辨,以洋傘柄刺之,其人遽奔出,吾追之不能及。君何時歸耶?'長夫曰:'吾即適間入門,君見此人之形狀邪?'子彥曰:'吾亦不能辨,但見其徧身皆黑衣耳。'長夫聞黑衣二字,毛骨竦然。

子彥去,長夫借其一火柴自外入,急以語遙保,遙保亦大驚,曰:'此宅真不可居矣。'二人相對無語,少時,忽一婢自外入,傳致生命,召二人往語。

長夫即偕遙保,急往致生家,在客座待刻許鐘,致生及其妻始出曰:'夤夜相過,有何見教?'遙保駭曰:'適長者遣使召我,故來,長者豈未嘗相召邪?'致生亦駭曰:'吾何嘗召汝?吾何嘗召汝?汝見誰來邪?汝見誰來耶?'遙保至此,始大悟曰:'吾中計矣!吾中計矣!速歸,速歸。'致生曰:'且止,吾問汝,汝究見誰來?'遙保曰:'吾適見一婢傳長者命召我,我一時怱促,不復審其爲誰何也,迄今思之,長者家乃無此人,且今日……'言未畢,適子彥自外入,備述向者之事,致生亦大駭曰:'遙姑娘且請留此,吾與長夫同往視之。'乃與長夫偕行,並呼米行中二夥往。至則徧處搜檢,未失一物。致生謂長夫曰:'篋中之物,君能悉知其數歟?'長夫曰:'不能。'致生曰:'然則速請遙姑娘來。'既至,徧啓篋笥,亦一無所失,最後檢至一箱中,大驚曰:'此箱中尚有畫一軸今何往矣。'致生曰:'此何畫?'遙保曰:'即前夕掘得之畫,吾閉置此箱中者也。'致生大驚。"

述至此,衆咸驚異不置。

薇園曰:"是有兩途而已,非賊人垂涎於黃氏之貴重物,將以竊之;則是有人將謀害長夫,而故爲是以眩人耳目也。"鋤芟曰:"何以知其將竊黃氏之貴重物?"薇園曰:"觀其費盡種種手段,終乃不過竊一軸畫而去,其目的豈僅在此一畫哉?特徧啓篋笥而無一可竊之物,遂以此掩其形跡耳。"鋤芟曰:"然則姊以是爲尋常之竊盜歟?抑非也。"薇園猝不能答。絳英曰:"是可決其非尋常之竊盜也,果爲尋常之竊盜,焉有徧啓篋笥,而無物可取者。"鋤芟曰:"然則不能以竊盜視之也,若僅僅以竊盜論,則必不能並此怪異之事,亦指爲是人所爲,然則以前之種種怪異,又誰爲之歟?"

予曰:"此事之關節皆當在此一軸畫上研究之,試思一小像,何以作裸形,而遙保又何以絮絮致詰於幼侯之病狀也,然則是中殆大費猜尋矣。"

鋤芟曰:"試一研究之,此畫何以埋之地中,而既自地中出,何以又竊之去也,此問題若解決,則於此案思過半矣。"

慧真起,啜茶拈海棠花嗅之。微笑曰:"吾且緩述,聽君輩評論之。"

衆沈思半晌,不能對。

慧真曰:"或如薇姊言,將剚刃於長夫之說較近之。"

鋤芰曰:"此中有一最緊要之關鍵,萬不可捨卻者,吾且不言,聽慧姊更述之。"

於是衆大譁曰:"此子胸中必無所有,特妄言以欺人耳,不然,何故不言?"

鋤芰曰:"我非妄語者,苟欲爲偵探,則謹言其首務也,寧當恃喋喋利口以自炫其所長邪!"

薇園曰:"今日誰使汝爲偵探者?即使今日爲偵探,此時言之,亦誰則聞之。"

鋤芰曰:"自來秘密黨人之所以失敗者,皆以誰則聞之一語自誤,而爲偵探之所弋獲者也,君輩烏知之。"

衆復欲有言,慧真即爲之解紛曰:"吾亦知鋤妹非妄言者,不如姑聽我述之。"於是衆乃息靜。

慧真曰:"當時衆人覩此怪異,議論不一,或謂賊人之志在財產,或謂所欲不止此,或且以歸諸神怪,勸長夫致力於祈禳。惟致生斷言其志在盜竊,決無他慮,蓋亦姑慰長夫等之心而已,卒乃使米行中二夥,伴長夫宿。"

絳英曰:"是所謂賊出關門者也,焉有賊人於一夜間去而復來者?"

鋤芰笑曰:"是也。"

慧真曰:"明日,長夫悶甚,遂至錢肆中請假三日,午後獨坐書室中,閱《西廂記》,不覺心蕩,忘其身在憂患中矣。適一婢送茶至,立書案旁,不去,風致嫣然。"

長夫遽以手招之,曰:'來,予與汝言。'婢不知其故,遽前,長夫遽摟之入懷。

婢大駭，將呼，長夫以手掩其口。

婢窘甚，格長夫之手，期期而言曰：'主人請聽我一言，我有一言，急欲告主人，特來。'長夫不釋。

忽聞簾鈎戞然有聲，遙保已搴簾翩然入矣。

長夫大驚，急釋婢，婢雙頰赤如火，垂首立片時，遂奔去。

長夫愧甚，俯首不敢視遙保，少頃，乃遊目一矚之。

則見遙保默然，含淚不一語。

長夫且愧且悔，且憐遙保，亦垂涕曰：'卿將自此棄我乎？'

遙保強止其淚，曰：'是何敢然，雖然，君若不能聽我言，則不如聽我以此時去。'

長夫益覺愧悔曰：'自吾之身，絲髮寸膚，亦惟卿所命。'

遙保含涕曰：'若然，則此婢不可使復留此。'

長夫聞此言，一驚，心臟血行忽為之一疾，然不能如何，乃曰：'惟命。'

遙保乃挽長夫入內，召婢。

婢已悉裹其所有衣物至，頓首謝。

遙保見之，惻然，乃謂婢曰：'吾固知非汝罪，雖然汝不可復留此。'因啓篋出二金予之，曰：'綈袍戀戀，我固不忘故人，汝勿我怨也。'婢泣，拜謝曰：'婢子萬罪，當死，蒙主人矜而全之，再生之恩，豈敢忘德，雖然，向者固非我之罪也，惟主人鑒之。'長夫赧然，遙保曰：'吾亦知非汝罪，然勢不能復留汝。'因脫一約指賜之，曰：'此吾所常御，見此如見我也。'

婢泣謝去。遙保復召其母告之曰：'此小女子不可更使處城市中。'

鋤芟聞言，以掌相擊，曰："吾向者之所度，更得一佐證矣，姊速更述之。"時時計已二句鐘。

鋤芟因出告婢，使具小食，更入座，聽慧真述。

慧真曰："是日傍晚，長夫往訪隱夫。隱夫處室中，召之入，則見其以帕裹首，坐胡床上，曰：'昨余從北郊來，墮馬傷首，今尚未愈也。

聞甥家迭遭怪異，有諸？'曰：'有之。'因備述之。隱夫曰：'是或有人仇甥，甥意奚若？'長夫曰：'吾將移常熟，往依吾姊，姊先雖有書止我，我弗聽也。'隱夫熟思半晌，曰：'亦非長策。在家鄉有親戚故舊之可依，賊且猖狂如是，今盡室而行，我能往，寇亦能往。吾實告甥，甥女一女子耳，且爲人侍，是安足庇甥也？吾謂甥不行，猶示賊以不可測，行則殆矣！甥以爲何如？'長夫曰：'久居此，且不得一宵高枕寢！'隱夫曰：'是誠然，設更有怪，甥何不移居我家？我當助甥偵探之，否則我移就甥處，亦可耳。'長夫雀躍曰：'如是大善！'

歸告遙保，遙保不可，曰：'舅之居，湫隘不足以容我，就使真有賊，舅豈足以禦之邪？是徒大言耳。'"

言次，婢持食至，衆共噉之。既飽，慧真起，盥漱畢，坐而復言曰："時則有一魏媼者，故江北人，僑居錫城北門外，年六十餘矣，家赤貧，以附近居民之紹介，服役於烏氏，性粗魯，不解事，每有命令，未嘗不誤也，以是致生家頗厭之。甫三日，即遣之去，魏媼不肯，曰：'主人若遣我去，是使我餒死也。'堅不行，致生不得已，乃轉薦諸長夫家。時長夫家正無人服役，乃姑用之。魏媼性愚戇，且年老，耳不聰，目不明，行時常傴僂，一舉足，則咳兩三聲。然性勤苦耐勞，服役不辭劬瘁，遂留之。越日，遙保晨起，使汲水灌花，有牡丹一盆，最珍愛，常躬自檢點，魏媼遽失手碎之，遙保失色，躬自料檢其殘土，仍植之盆中。

是時距遣婢之時，已七日矣，長夫自錢肆假歸，適子彥來訪，以長日無事，將同遊惠山。時正上巳日也，天朗氣清，惠風和暢，披襟當之，聯步出郭，意至樂也。無何，見一人短小精悍，長僅三尺餘，潛自後尾之。子彥眼疾，見之頗疑，乃挈長夫席地坐，則見其人已遠去，遂以爲或同遊惠山者也。坐刻許，前行，則見其人仍憩前面林中，見二人過，亦不行，長夫、子彥行半里許，回首潛伺之，則見是人又逐人群中來，見二人，旋轉身西北去，長夫、子彥乃更前行。至惠山，品茶於雲起樓，遇一老者，談片刻而返，此老者與同行半里許，明日，長夫又往訪子彥。值子彥赴鄉初歸，一車夫御之，至門首，子彥給以三百錢而去，遂與長夫同飲於酒樓，二鼓始歸。

長夫歸，魏媼遞一書至，啓視之，則盧姨娘書也，書云：

> 弟可速來，此間居址，已一切爲弟布置定妥。姊不日尚有湖南之行，弟若來，須盡十五日以前。

長夫得書大喜，以示遙保，曰：'姊爲我先事預籌如此，吾安可逆其意？請卿檢點行李，明日當走別親友，偕卿買棹作虞山遊耳。'遙保接書視之，不樂，擲書於案，作嬌憨態曰：'吾不欲往。'

長夫者，實懦而無能之人也，覩家中種種怪現象，久已心死魂消，聞盧姨娘邀其避難虞山，儼如死囚遇赦，及聞遙保泥其行，又若出之生地而置之死也。心忿甚，且見遙保嬌憨之態，不禁回憶小婢之堪憐，又益怒，於是嚴切而問之曰：'卿不願去，何意？'遙保曰：'我不願去則不去矣，有何故？'

長夫益怒曰：'死生亦大矣，兒女子何知？明日汝敢不行！'

遙保聞言，面壁大哭，曰：'吾入黃氏門，未一月，何負於汝？而反顏相向若此，請去！'

長夫聞言，含怒而出。

此紛擾殆達一夜。

明日猶不止。

魏媼乃進言於遙保曰：'盍取決於汝母乎？'魏媼性質直，遇人輒爾汝之，長夫等弗之怪也。

於是使魏媼告何氏，何氏方臥疾，曰：'請汝主或遙姑娘來，吾當面告之。'魏媼曰：'吾新至，主人頗疑吾惰，或將謂我未嘗來也，請以一字付我。'何氏乃椅枕作一書與之魏媼歸，以呈長夫，其書曰：

> 使來傳語已悉，請面臨一談。

書法極嫵媚,絕不似老年人書也。

下午長夫詣何氏,至中庭,則隱隱聞訽諿聲。

長夫頗異之,乃隱身潛聽之,但聞一男子曰:

汝竟負我至此乎?請試吾刀!

聲疾而顫似甚怒,且似甚習聞其聲者,但倉猝不能辨。

旋又聞一女子曰:

吾豈敢負汝,然此豈倉猝可得者?

其聲嚦嚦,可確辨其爲何氏聲。

長夫駭甚。

但聞此男子又曰:

吾亦非狂愚者,此事豈能欺我?

其聲猶怒,且極似隱夫。

長夫愈駭,乃潛步出門,及門首,又聞何氏長吁聲。

長夫值此怪異,乃立對門一樹陰下潛伺之。久之,見隱夫昂然而出,面色猶怒。長夫駭異已極,乃姑入見何氏。

時何氏方臥疾,見長夫至,強起坐,曰:'聞汝近有遷居之意,信乎?'長夫曰:'有之。'何氏曰:'何爲也?'長夫備述其故。何氏曰:'以吾觀之,怪異之事,何時蔑有,今汝至遷居以避之,亦太輕躁乎?吾衹此一女,今老且病,諒不復送我死也。'因大哭。

長夫一時無可置對,且覩向者之怪異,心志忐不寧,乃姑敷衍之曰:'吾亦第有其説耳,未必果行也。'何氏大喜,遂堅其約。

長夫出,乃飛奔子彥家,途遇之,偕至僻靜處,告以向者之所見。子彥曰:'汝舅吾固知其非善類也。'盍偕往伺之。

於是二人同行,赴隱夫家,將及門忽見一頎然而長者,忽忽入。子彥曳長夫躡其後,伏簷下伺之。

但聞此頋而長者曰：

　　汝物竟何如矣？

隱夫默然，良久曰：

　　猶未可得也。

其人曰：

　　再三日不得，吾決使汝上山矣！

隱夫曰：

　　歷年久……今何往邪？

其人大聲曰：

　　汝歷年之財帛何往？

隱夫曰：

　　吾安所得財帛而……

言未畢，子彥忽曳長夫，令速出外。長夫怪問其故，子彥掩其口。長夫大駭，子彥指梁上示之，長夫仰觀，則見有物漆黑，狙伏如一貓，而大十倍。諦視之，人也。

長夫毛骨森豎，急急出門，面色如土。子彥乃約其至附近茶肆中一談。

時則天色已漸昏黑，行行益入於南郊，長夫心怯，曰：'此去得毋荒僻邪？'子彥曰：'無妨，此去四十里，皆吾熟遊地也。'

於是兩人至一茶肆中小坐。適天雨，雷聲殷殷，兩人遂促膝密談。

長夫曰：'今日之事，果何故邪？'

子彥曰：'汝舅，吾固知其非善類也，今日之事殆爲分臟不均而起者。'

長夫駭曰：'盜邪？'

子彥曰：'非盜而何？今日之語，非盜而何？'

長夫曰：'吾家之事，得非彼所爲邪？'

子彥曰：'是則不然，君非有家，奚足竊者，且君家固未失物，僅此一軸畫，彼豈竊之。'

長夫曰：'然則，吾妻其可恃乎？'

子彥矙然曰：'是何多疑之甚也。'

長夫曰：'然則，隱夫何爲而入其母之室邪？是必有故。'

子彥聞此言，乃謂長夫曰：'是則君之明鑒矣，不然，吾固不便言之。吾以爲今日前後左右，殆有協以謀君者，雖不能確知其爲何許人，何如事，而以事理度之，則殆有必然之勢矣，君以爲何如？'

長夫大懼曰：'然則何如？'

子彥曰：'吾以爲君不如暫出避之，雖然，君不可明言其所往。君盍如常熟依君姊，而謬言君之父執，有書招君將他往者，萬勿言其謀之出自我。不然，賊將不利於我，我縱不懼，獨不慮賊之因此而知君之蹤跡乎。君今者謬言以父執之招，而潛如常熟依君姊。檢家中略貴重之物，悉攜以行，而後以一紙書歸，賃君宅於人，而送君夫人於其母家暫居，隨後再探聽消息，知此事爲誰之所發也，則何如？'

長夫聞計，雀躍稱善，曰：'此計宜何時行？'子彥曰：'宜速，宜秘密，捨我二人外，勿更使人知。'"

慧眞述至此，忽聞鳥鳴聲，庭樹亦蕭槭震響，蓋風起驚棲鴉也。視時計，已三句半，聽擊柝，則四更矣。

時予雖新病起，亦毫不覺疲，乃稍起散步，聽慧眞更述。

慧眞曰："二人既定計，乃給茶資出茶肆。時雖僅八句餘鐘，然以道僻，幾無行人，回顧茶肆中，亦僅一老而耄者，擁一壺茶坐室隅耳。

孰意長夫既歸，則又有一怪事：

則見遙保面色如土，獨坐燈下啜泣。

長夫怪問之，遙保曰：'又得一怪異之事矣，此宅吾一日亦不願居。'因擲一書與觀。

長夫展讀之，書曰：

遙保讀悉，天地人丁有直心，五口之家，今雖賤，已無屋可居矣。吾昨見鬼，權之計重一百斤，汝勿謂汪氏之竟無女子也。

長夫讀之，大駭，曰：'此書較前書，益不可解，卿以爲何如？'

遙保曰：'吾不敢更居是宅矣，請與子明日即行。'

長夫聞言，躊躇言曰：'明日即行，不虞恩促邪？'

遙保怒曰：'性命且不可保，尚虞恩促邪？'

長夫懷疑而寢。

明日往訪子彥，告之，子彥囁嚅久之，曰：'吾與君至交，不敢不告，即尊夫人亦非善類也。吾實告君，君舅固盜，君夫人亦盜，君岳母亦盜，至與君舅相訐訐者之爲盜，則不待言矣。是四人者，必協謀以殺君，而竊君之財，其中細情不可知，而大致則不外此矣。君自度能與此諸賊戰乎？'曰：'不能。'

子彥曰：'此其設謀必極巧，所以留君而不即使君行者，彼輩之布置尚未周密也。今則勸君駕，其機既張，省則釋矣，君果行也，必危。'

長夫曰：'然則何如？'

子彥曰：'三十六計，走爲上計。'

長夫曰：'走何以免？'

子彥曰：'君今日僞爲與君夫人偕行者，歸而檢點行李，悉具。迨午後，我自使人至君宅，傳何氏暴病，君夫人必歸，君則覷彼行李中，最輕便而最重要者一二事，攜以行，直赴南郊外十里，於路有一茅亭，吾將於彼待子，設法送子行也。君所遺之財物，吾必商諸家父，設法爲君守之。蓋君既潛行，則君家必相訝以失君，而君夫人亦不能起行矣，君以爲何如？'

長夫拊掌曰：'周密哉，子之計也！其敢不從命。'

子彥曰：'君此時速歸，吾爲君覓一妥僕，送子至常熟。'

長夫諾之，乃遽歸，與遙保共檢點器物，爲行計。

飯後，忽有人來報曰：'何氏患重疾矣。'遙保驚問何疾，魏媼曰：'聞諸傳命，謂爲隱夫之所傷也。'遙保失色，乃置手中所攜一小篋於箱而鎖之，昇輿遽去。

遙保既去，長夫乃檢衣物數事，並遙保所檢之物，略貴重者，悉攜以行。逕赴南郊外十里，至則果有一茅亭，乃解裝暫憩其中，靜待子彥之至。少頃，見一人頎而黑，有微髭，年約四十許，貿貿然來曰：'君其黃長夫乎？'曰：'然。'曰：'我烏公子所使送主人赴常熟之僕也。烏公子尚在前面林中相待，請同往。'

於是此僕代長夫攜衣物前行，導長夫行半里許，僕忽大呼，長夫趨視之，僕出不意，猛擠之，遽墮眢井中。"

慧真述至此，眾大駭曰："此豈非盜之所爲邪？其詭譎之手段，一至於是，非有絕代之大偵探家，不足以破之，何所云之東方女福而摩斯，尚未出見耶？"

慧真起，整襟而坐，曰："請爲子別起一波。斯時長夫既墮眢井中，水没過腰際，深黑不見一物，心悲憤，自分必死而已。已而覺有手自暗中曳其體者，大驚遽昏絕。

是時益南五里許，林中有少年男女二人立，矯首遐觀。

忽又見一鄉人負衣物來，憩於叢林中，一少女自遠來會之，二人相聚於林中，喁喁私語，面色灰敗，作不勝驚訝狀。約一刻鐘許，此少女曰：'無可奈何，行矣，事至此，尚何言。'二人正欲起行，忽一老者自後起，狙擊之，中少女之脊，大呼踣地。此鄉人大驚，急反身敵之，相持刻許，力不勝，亦爲老者所仆。正在此時，最先立於林中之少年男女，遽一躍而前，疾以梃自後擊老者，老者亦仆。"

述至此，薇園不復能忍，問曰："此五人者，果何人邪？於此案又有何等之關係邪？"慧真笑不答。

曰："長夫絕而復蘇，舉目則所見皆異，非復在眢井中，亦非在其家,但見竹籬茅舍,宛然邨居風景而已,回顧向所遣之婢低鬟含笑,侍立於旁。

長夫至此,忽覺千萬縷情絲縈繞腦中,紊不可理。倉猝不能語,但曰:'何德再生我。'移時,聞門外笑語雜沓,履聲迤邐而來。長夫欲出窺之,婢禁不可,曰:'君生命尚未保全,又欲作閑雲野鶴邪?'長夫乃止。"

薇園曰:"此婢豈偵探邪?"鋤芰曰:"非是。"

薇園曰:"何以知之?"

鋤芰曰:"請聽慧姊述之。"

慧真曰:"婢轉身去,移時更至,曰:'請主人少飲以壓驚。'長夫從之,入一室,則不覺大驚。蓋此時環而坐者非他,一盧姨娘,一不相識之男子,又有負傷席地坐者三人,一汪遙保,一齊隱夫,一烏子彥也。

長夫駭愕,不知所語,轉疑身在夢中,盧姨娘招之並肩坐,曰:'弟生命幾不保,今幸無恙矣。且飲此杯酒,爲弟慶更生。'酌杯酒飲長夫,長夫立而盡之。

盧姨娘招長夫及婢坐,並子彥、遙保、隱夫等,亦招使同飲,曰:'諸君請各自述,吾亦當具以蹤跡相告。'

隱夫乃首自述曰:'予吳中之大盜也。吾黨之規則,有指臂相使,大小相維者。黨中立大首領一人,由衆公舉,終身任之。而大首領以其權力,支配各黨員,各黨員又有紹介新黨員之權利。凡首領必有一暗爲標識之物,分佈各黨員,各黨員恃此爲符,則有以證明其爲本黨之黨員矣。凡黨員又得以此信物轉給新黨員,新黨員恃此爲符,則有以證明其爲願入本黨之新黨員矣。迨新黨員立功後,則由轉給信物之舊黨員,報告於大首領,而大首領給之信物,由是確認爲本黨之黨員,權利義務,與舊黨員一律平等。否則縱有黨員轉給之信物,其黨員之資格,猶未可謂確定也。凡吾黨所圖之事,皆非如明火執杖者流,操蚤弧以殺人。往往處心積慮,圖之若干年,而後破其家,殺其人,取其財。而黨中規則,又極嚴密,故吾黨成立數十年,鴻飛冥冥,卒非弌人之所能篡也。然積久而弊亦漸生，何以故？則黨員漸衆，其人不皆能以沈密處之。於是大首領復創一新法，凡黨員之受有信物者，五年必一驗，雖現在轉給新黨員者，亦必取回受驗，而後可更給新黨員。此五年之期，大首領因以查核黨員之行爲，而施其賞罰，於是黨勢又藉以維持於不敝者十餘年。後黨員滋益多，蔓延數省，大首領居中央部，難於徧驗信物，乃更設符信員二人，專司檢驗信物之事。久之，則又有其弊焉，非符信員恃勢以凌衆黨員則黨員行賄於符信員，而檢驗幾成虛設。此吾黨之黨勢，近來所以日岌岌有解散之憂也。吾少好色嗜酒，落魄無以爲生，乃入本黨謀自活。時有流寓女子路氏者，母亡兄死，孑然一身，吾劫而私焉。迨後聞幼侯致富，乃隱圖之。幼侯之富，亦非以勤力致也。渠前傭於布肆，肆主死，因通其妻，而乘機竊其金珠一匣，自此絕不復往，故肆主之妻深恨之。幼侯既得財，小出其資以營運，而其餘悉埋之地中。予知幼侯之有藏金，而不知其處也，乃飾路氏爲吾妹以嫁之。後幼侯悉以藏金之處告路氏，路氏乃潛掘之，以遺余。余得金後，又別眷遙保之母，而與路氏疎，故路氏恨予特甚。始予之受信物於黨也，乃一小白玉環。路氏嫁幼侯，特以遺之，而路氏竊幼侯之裸形畫像一軸以遺予，所以示相要，不相背也。後幼侯事布業益富，將益資本以營運，迨掘地，則藏金俱失，大恚恨，遂抑鬱以死，然終不疑其妻也。幼侯以始擬益資營運故，入貨已定，而掘資不得，遂至虧累，以是歿後布肆不能更設。後得其友人爲經營之，棄其布肆，而使路氏仰給於遺產。時路氏以我相棄故，乃靳白玉環不予我，我百計求之，終弗得。迨今年而路氏死矣。路氏既死，予益窘，乃告何氏，使其女遙保爲長夫婦，而謬言何氏爲吾表姊也。初予與何氏私，既復以何氏年漸長，更涎其女。遙保不願從我，我數強挑之，故何氏及遙保咸怨我。及是我哀懇之，許以若獲白玉環，則言於大首領，以遙保爲新女黨員，有如不信者，請獲新女黨員之籍，而後以白玉環予我。吾黨中極重女權，凡獲女黨員籍者，其權利視尋常女子爲優。遙保豓之，乃許我。我乘幼侯之初死，思因此可以生波，乃作一匿名書投長夫，即長夫第一次所得也。後更以幼侯畫像畀遙保，使埋之地中，而更掘得之。凡此皆作種種怪異之事，以眩人耳目也。後微聞遙保私於子彥，予心甚憤，乃潛往察之，爲所覺，以洋傘擊我，我走免，適長夫亦歸。時值符信員至，將驗吾信物，而吾信物不可得，許賄之。符信員少其數，毆我傷首。我屢迫何氏及遙保索之，卒不可得。吾乃致第二次決絕書於遙保，限以二日不得，必致之死地。所謂天地人丁有直心者天地人言三，丁言不，以不字四畫，而自甲乙丙順數至丁亦四數，此吾黨中常用之隱語也。直心者，惪字也，以惪與得同音。五口之家，言吾。今雖賤，已無屋可居者，以宓不齊字子賤。宀，古訓云，交覆深屋也，宓而無屋，寧非必字乎？吾昨見鬼，權之計重百斤者，易言載鬼一車，車與斤合成斬字也。勿謂汪氏竟無女子者，汪從水，水與女合成汝，合而讀之，則三日不得，吾必斬汝八字也。後偵得遙保及子彥將啓行，吾度其必使我上山。上山者，以黨員之罪，告之大首領，俾獲懲罰，亦吾黨之隱語也。吾爲之大懼，乃思乘其出行也，截而奪之，否則有死耳。而不圖轉爲君輩之所禽也。則其謀吾不知已。"

述至上，此衆共駭歎，閱時計已四句鐘矣。

衆飲茶，復聽述。

慧真曰："隱夫述既畢，子彥慙赧不能發一言，遙保乃代爲之述，其言曰：'吾所以歸黃氏者，俱如隱夫所述，至兩次匿名書，則均係吾母所爲，吾故熟識之。前云翁之病狀，有足致疑者，亦以疑長夫也。至畫像埋之地中，而故又掘得之，暨掘得之後，更爲人所竊，則均係吾與隱夫所爲。然吾夙恨隱夫，所以暫從其謀者，以覬女黨員之資格也。已乃與子彥定謀，將首隱夫於其大首領。凡黨中規則，苟非深知其人足以爲新黨員者，不能以黨中事告之。而新黨員之立功者，亦不能不爲之報告。由大首領給與信物。故隱夫之以黨中之事，洩之吾母，暨既獲幼侯之財，而私用之，並不爲路氏紹介，皆違背黨中規則。苟使上聞，隱夫且獲重罰，而吾與吾母及子彥，皆將獲有新黨員之資格,此操券可致者也。故白玉環,吾嘗謹藏之,然以隱夫亦時謀竊取,置之篋笥,皆非善地,故藏之花盆中,以此出人所不意,且可隨時察視也。吾與子彥往來,交情頗密,此婢頗窺見之,吾恐其告長夫,因時尾之。一日適見其入書室而不出,乃潛入以伺,則見長夫摟而與之語,遂藉詞遣之去,自是而吾與子彥益往來無忌矣。蓋子彥先嘗告其父致生,爲長夫謀錢肆之職,亦以此也。不謂隱夫以不獲白玉環故,恨甚,遽致我決絕書,限我以三日不得,則將以白刃從事。吾不得已,乃與子彥謀,促長夫行,將殺長夫於途,而吾與子彥乃以白玉環首隱夫於其黨也。何圖布置已定,忽傳吾母爲隱夫所傷,吾大驚,乃置白玉環於一小匣中,而歸視吾母。迨歸,吾母故無恙,及再赴黃氏,而白玉環已失矣。不得已蹤跡子彥,而告之於林中,爲隱夫所襲,以及於此。"

衆聞此言,咸驚愕曰:"異哉!此案也,請更述所以探得之者。"

慧真曰:"是時盧姨娘乃出一白玉環,示衆人曰:'此黨中信物邪!'衆咸駭然,曰:'其何以得之'?盧姨娘曰:'毋譁,請聆我言。'

因面長夫曰:'弟自以爲黃氏子耶?非也,弟姓陳。'因指不相識之男子曰:'此汝兄。'指婢曰:'此汝妹也。'長夫大駭曰:'此言何來?'盧姨娘曰:'固也,待吾言之。昔先父以無子故,養弟爲子,此事人皆不之知,惟吾父及路氏及吾知之。吾父之死也,吾固疑其有他故,特徧訪不可得。如致生等,則皆致疑於路氏之毒之,然吾父病已久,又閱醫家爲吾父診疾之脈案,則確係憂勞成疾,並非中毒,事亦遂寢。迨近聞有種種怪異,吾知其事之必不妥,乃託汝兄偵察之,汝兄乃使汝妹僞爲婢,以偵汝家事。汝妹既廉得隱夫、子彥等之隱謀,以子彥常邀汝飲食,慮彼之或中汝以毒也,乃乘間入書室,將告汝,汝遽摟而調之,汝妹大窘,已而爲遙保所見,遂遣之歸。吾聞之大懼,以隱夫等之爲勝利黨員,吾初不之知,而勝利黨之爲害,則吾微聞之也。乃親赴無錫偵其事。汝尚憶耳聾目眊之魏媼乎?此即我也。'長夫大驚曰:'此姊耶?何以作如許老耄狀!'遙保等亦大驚。

盧姨娘曰:'吾既偵探此事,第一當查得者,即隱夫之符信果爲何物,及藏於何處是也。吾細察遙保,見其他物皆不甚注意,惟牡丹一盆,時眷顧焉,若萬金之重,吾知此泥中之必有物矣。顧遙保伺察嚴密,欲發而視之,殊不獲間,乃僞失手碎之,而遙保驚愕,殆無人色,吾於是益知其中之必有物也。追上巳日,汝與子彥同遊惠山,吾頗疑其將殺汝,汝與子彥不嘗遇一短小精悍之人,暨一老者乎?此皆汝妹也。'衆聞之又大驚。

盧姨娘曰:'吾斯時已料子彥、遙保之必將殺汝,然不知其何道之從,乃使汝兄潛尾之。一日,汝兄僞爲車夫,御子彥赴鄉,見其留心察視一眢井,又熟視途遙,知其必屍汝於是,特不知其何時發也,乃僞爲吾一書,自常熟來者,促弟遷居以覘之。'袖中因出二木章,曰:'此吾僞刻之郵局木章也。已而遙保不肯行,吾乃知其事之尚緩,因思更覘何氏之意以決之。值汝與遙保爭辯不休,乃託爲取決於何氏,而得其親筆書以歸。以較汝所寄第一次匿名信,筆跡雖如出兩人,然其實筆意相同,爲一人故作兩種書,而非兩人所書可知。於是知匿名書等,皆隱夫、何氏之所爲矣。已而汝兄伏隱夫家樑上,聞一符信員及隱夫之爭辯,知事機又急,乃潛以告吾。而是日適得第二次匿名書,遙保遂促弟行,吾始知事機之間不容髮矣。方汝兄之伏隱夫家樑上也,實親見汝與子彥來,潛聽隱夫之言,已瞥眼見汝兄,又相將遁,乃僞爲白髮老者,隨汝於茶肆中,備聞子彥促汝速行之謀。吾乃使汝兄暗隨子彥,頃刻不離,實親見其喬裝爲四十許人,而擠汝於眢井。是時非不能禽子彥,特以如是則遙保難獲矣。乃使汝妹拯汝,而吾與汝兄仍潛隨子彥而行,不圖並隱夫而亦獲之也,此則又出於意計之外者也。方僞信之至也,子彥之所謀,吾知遙保亦必知之,乃僞言何氏爲隱夫所傷,使稍異其詞。遙保乃不敢不歸,並不敢攜白玉環以往,慮或爲隱夫所遇而奪之也。吾乃得乘間竊之,而此白玉環儼然在我掌中矣。'"

予歎曰:"此等深奧曲折之案,雖使福而摩斯遇之,亦當束手。顧乃以一僑居異地,暫歸故鄉之女子探得之,誰謂華人之智力不西人若哉!"

鋤芰曰："此等案情，貌似艱深，實夾有可尋之端緒。試思一裸形畫象也，既埋之地中，又啓箱竊之以去，此等事非家賊與外賊勾結，其誰爲之？迨小婢送茶給長夫，而遙保遽搴簾而入，則其中有所不足久矣，又何難窺其隱情哉！"

枯　井　石

話既畢，天已黎明。予輩方擬小睡，忽聞叩門聲甚厲，急使婢往視之，已而門者入報曰：縣學場郭宅被盜矣，所失甚鉅，計數千金云。衆大驚。

予與慧眞、絳英等雀躍曰："此豈非一偵探之好資料耶？予輩盍同往視之？"乃六人相將往。

郭宅者，先從兄之岳家也。先從兄之岳父曰悠文，年七十四矣，體肥，善飲啖，以肥人聞於常州。生二女一子，長女即從嫂，次名荷官，以六月生也，年十九。子最幼，名梅官，九歲耳，側室所生子也。悠文少宦於湖北，年五十八，始解組歸，六十五而生子，今其側室亦已云亡矣。其居宅凡四進，第一進爲廳事，第二進爲悠文長兄之子所居，第三進爲悠文次兄之子所居，第四進即悠文居也。宅之後有一大園，縱橫各三丈許，四圍遶以土墻，卑而不堅。墻外又多流寓之江北人，築草屋以居，性好盜竊。故郭氏合宅，咸有戒心，恃第四進中堂之後門，通於園者，肩鍵極固而已。

悠文所居之宅，凡五間。南向，其最東，則荷官、梅官之書室也，荷官督弟讀於是。次東爲悠文書室，中爲堂，次西則悠文所居，最西則荷官及梅官所居也，凡重要物件，咸藏於是。旁有東西向之室。則雜物所貯，及婢僕所居也。悠文家傭婢僕三人：一庖人，司炊爨；一女僕，姓殷氏；一婢，名鏡花。

是日，予輩六人往，入其室，則悠文嗷唔曰："噫！予死矣。"予驚曰："何至是？"悠文曰："有如是奇異之事，生命尚可保耶？恐藏頭於頸,夜半有力者將竊之去矣。"衆大笑。

悠文曰:"予昨夜睡至四更時,忽聞自中堂通後園之門震響,聲甚厲,急呼僕人往燭之,殷媽及鏡花同秉燭往。甫及門,燭為風滅,鏡花大呼倒地。荷官亦聞聲驚起,往燭之,則鏡花面無人色,云見一黑影來相撲,故致驚倒。門故以巨木關之,加鎖鑰焉,及是無故自開,關及鎖均不知何往。急虛掩之,徧燭室中,未失一物。時庖人亦起,使燭後園,則關與鎖鑰,均拋棄焉。以為是穿窬之盜潛伏家中,圖竊未遂,拔關而逃者也。乃閉門復寢。及今晨醒,則予枕畔銀幣二百元,已不翼而飛矣。先是予以應用故,自西門久安錢肆取銀二百元歸,嘗置枕畔,已三日矣。昨夜門響時,予檢視之猶在,及今早竟不翼而飛,豈非一大怪事耶?竊物者之手段,高尚如是,雖妙手空空兒不啻矣!縱藏頭於頸,又何難竊之而去耶?"

衆大駭。

絳英曰:"聞門響以後,丈熟睡凡幾許時?"悠文曰:"僅二十五分鐘耳,昨夜聞門響時為四更,門響後查驗紛擾,凡二刻餘鐘。予乃復睡,睡一刻十分鐘而醒,醒則銀蚨已杳矣。"鋤芝曰:"丈臨睡前曾飲食乎?"曰:"食蓮子湯一碗。"曰:"誰則熟之?"曰:"當時查驗畢後,庖人、鏡花俱歸寢,梅官故未起,荷官暨女僕在此,熱蓮子湯使予飲也。此蓮子湯故昨夜所熟,備予今早食者,因予夜醒故,熱之,使予食而復睡也。"捷真曰:"當丈醒而復睡時,此房門曾加閉乎?"曰:"閉之,予今早醒後,知銀幣已失,披衣起呼人,猶拔關而出也。"曰:"曾開窗乎?"曰:"亦未,今早起時,窗閉如故也。"

衆大驚愕。

慧真繞行室中一周,亦絕不見有他異。

悠文又邀予等入荷官之室而告之曰:"予所失且不止此,此室箱中,有銀二千兩,並極要之信一封,今亦俱失之矣。"衆大驚。捷真曰:"丈儲二千兩現銀於此箱中,何用?"悠文曰:"此予經濟上之積習,家中必儲有現銀,以待不時之需,以常州錢肆,猝移巨款,頗屬為難也。

其實置母財於無用之地，猶木石耳。至此信之由來，則其源甚遠，請爲諸君略述之：敝族之聚居城北徐墅鎮者甚多，皆貧無賴，以予年老無子，而薄有財產，頗生覬覦之心。距今九年前，亡妾懷孕將產，族姪一才，因在鄉間訛言予將以他族子爲螟蛉，而託言側室所出。予頗惡之。諸君當知予性，於阿堵物素不甚重視。然苟躬不事生產，而惟覬覦他人之所有者，則予性最疾之，遇此等人，必不周以一錢。時敝族在鄉間有勢力者，惟一才及族從祖偉千。以昭穆言，一才與予爲近親，而偉千頗遠。故一才有覬覦鄙人財產之心，而偉千則無之。偉千曾青一衿，且輩行最尊，故在鄉間，其勢力視一才爲尤大。是年九秋，亡妾孕將彌月，予乃以舟迎偉千夫婦至，厚贈之。及十月，梅官生，乃送之歸鄉，聲言將責一才以訛言之罪。一才懼，求解於偉千，偉千乃使一才以一書致我，其書曰：

　　悠文三叔大人尊鑒：偉千太叔祖下鄉，知吾叔近生一弟，不勝欣賀。太叔祖母並云吾叔以長姊已嫁，次妹尚幼，家中乏人，故迎彼至城，以資照料。彼見庶叔母臨產時，極其平安，雖有醫生二人，預延在府，亦不必施其技，服其藥，此皆吾叔修德之報也，姪聞之，不勝歡喜。敬備雞子一百個，以爲賀儀云云。

此信係鄉間一學究，爲彼起稿，而彼親筆書之者也。予自得此書後，珍藏之，以爲後日之憑證。及前年，偉千叔祖暨叔祖母，相繼下世。昨夜遂失此書，由此觀之，則鄉人覬覦予財產之心，不且日甚一日耶？將何策以處之？"

時予見室中一箱尚開，因指而問之曰："銀及信即貯此箱中耶？"悠文曰："然。此今早失去銀幣後，查驗始知之，在昨夜則絲毫未離原處，鎖閉如故，故猶未之知也。"鋤芰乃查驗箱中，見有一小匣藏函件多封，並田宅契據等。因問："一才信夾置此匣中耶？"曰："然。"又檢視他物，則有貂狐裘及名人字畫等。

鋤芰因問："後園曾往一勘乎？"悠文曰："昨夜已勘之，絕無所得，惟門關及鎖鑰，拋棄在近門處耳。今晨更勘之，則所得尚多，諸君同荷官往一檢視可也。"

予輩乃出尋荷官，七人同往園中，至則見井旁污泥中，有足印三四，趾著地重而跟輕。園北有桂樹二株，高俱丈許，西一株攀折一大枝，若人踰牆入時，攀之履地者。近牆並有一草履，泥污殆徧，知爲賊人踰牆出時所遺落者。其污泥，則踐井旁所致也。又觀荷官所居室外，見牆上固有一窗，穴牆爲之，外隔以木，兩端嵌牆中，及是悉爲斧斷，刀痕猶新。鋤芟問荷官曰："姊能確知此木爲昨夜所斷與？"曰："不知，以此窗常閉不開也。"

勘視既畢，相將入室，婢具朝食至，七人同食。鋤芟問荷官曰："姊前兩夜曾熟睡乎？"曰："未曾。予睡向不熟，小有聲，輒驚醒。前兩夜通夜靜謐，故予亦未醒也。且梅官睡亦易醒，家大人睡亦不熟，苟有聲，三人中必有一人醒者矣。"曰："昨夜何如？"曰："始亦未醒，及聞門震動聲，始驚醒也。"鋤芟且食且思，曰："予輩盍更至牆外一勘之？"衆稍善。

於是恩恩食畢，七人復相將至園牆外，至則絕無所見，惟八九家茅屋歷落分佈而已。

衆復入室，見悠文。悠文勞之曰："君輩亦有所得乎？"予搖首曰："亦無甚端緒。"鋤芟曰："然則丈現亦有所疑乎？"曰："有之。"鋤芟曰："請密以告我。"

衆復同入荷官室，悠文鍵戶語予曰："最可疑者，爲新遷來之江北人曹三。此人固居予宅之東，以其與宅後諸江北人不甚浹洽，故姪輩家每有事，輒召之來。予亦嘗備之，使給勞役，及今早以失竊故，將遍告各親友，使庖人往召之，則已杳矣。檢其室絕無長物，惟敝衣數襲，及日用舊器耳。且是人之蹤跡，尤有可異者。家無眷屬，惟攜一子居。子年十二，其父以勞力活，而子業讀書，亦不解何人教之。過其室，則書聲朗然，每召之來，使作事，入室必狼顧。初以爲其相如是也，迄今乃知爲有心，稍奇異之物，必僞爲不識者，問之，既以告，俄頃則又忘。稍相似之物,則相訛,今晨則父子俱爲黃鶴矣。不令人大可疑乎?"

鋤芰曰:"然則是人何時遷來乎?"曰:"去年九月。"曰:"來自何方?"悠文沈思曰:"吾不憶也,大約自江北來。"梅官曰:"然,此人故居江北,以妻死故,售田宅營葬,在江北無立足地,乃攜子而來也。"曰:"其所居,即吾輩前日所見之茅屋乎?"曰:"然。當時裸裎而立於門首者,即此人也。"

鋤芰凝思半晌,起立,遽行,曰:"此案似艱深而實淺近,予必爲丈破獲之,萬勿妄疑人。"言已,遽出室外,予亦相隨出,竟歸。

於路,吾問之,曰:"妹於此案,已有端倪乎?"鋤芰曰:"稍見之。"予曰:"何如?"鋤芰曰:"向固言之,似艱深而實淺近也。"予知鋤芰心有所得,必不肯先以語人,乃亦不復問。

是日午後,鋤芰出一行而歸,且又至郭宅一行。予問之曰:"其更有所得乎?"鋤芰亦不答。

明日黎明,悠文忽又來速予及鋤芰往,門者入報,問以何事,不能答。時尚早,途間絕無行人,予與予妹,樂其空曠,乃各乘飛馬一頭,不朝食而馳之。

至則繫馬庭樹,相將而入。薇園、捷真已先在矣,方訝其早,回顧,則絳英亦至,曰:"今日之事何如矣?"予曰:"不知,適有使來速我耳。"乃共入。

悠文見予等而大笑,予訝之,悠文笑曰:"予枉生七十四年矣,此等怪事,竟生平未嘗見也。"

鋤芰啈曰:"得毋謂城隍廟中物乎?"衆不解所謂,鋤芰指牆隅曰:"噫!非此物耶?"衆視之,則一泥塑小神也,高二尺餘。大驚曰:"此物何來?"鋤芰曰:"此城隍廟中物也。"悠文曰:"子何以識之?"鋤芰曰:"同處一城,安得不識?"悠文曰:"抑且不止此。昨夜睡中絕無他異。及今晨起汲水灌花,則此物在牆隅叢草際矣。大異之,急徧燭室中,絕無他異,啟篋笥檢之,亦未失一物,而予枕畔有小棺,即此物是也。"言畢,手出一物示予輩,衆視之,則一木製小棺也,長四寸許,中藏一面人,猶新。

衆大駭異。

鋤芟曰:"然則昨夜此室窗門曾閉乎?"悠文曰:"如何勿閉,予向不開窗睡也。"曰:"今早何如?"曰:"關閉如故。"

鋤芟起曰:"予輩盍至城隍廟一觀之?"捷真曰:"請稍待予姊即至。"鋤芟曰:"遲恐證據失。"捷真曰:"然則姊請先行,予稍待予姊可也。"於是予與鋤芟同行,而捷真、薇園、絳英,留待慧真至。

至則見廟中方以失神大譁,蓋失去第十閻王殿中小卒也。審視,則殿柵已毀,無賴子七八人,群聚而噪,曰:"此必僧人售神以爲酒食計耳。"僧曰:"神可售錢邪?"無賴子曰:"天下何物不可售錢?"僧曰:"神誰則欲買之。"無賴子曰:"此則當問汝。"僧大窘。

予乃爲之解圍曰:"神已尋得矣。"衆問焉在,余備述其異,衆益譁曰:"然則郭宅之物,亦必此輩僧人所竊耳。"予怒曰:"此何預若事。"衆益譁曰:"汝輩青年女子,庇僧何爲?"予大怒,喚侍者曰:"速請董錫奎來!"衆聞請董錫奎,乃漸散。董錫奎者,廟中經董也,性嚴厲,最惡遊子棍徒,嘗助官懲辦之,此輩最畏之云。

予乃問僧人曰:"此神之失,汝輩略知其影響乎?"僧人曰:"安知之,行年六十餘,聞人家失物,不聞廟中失神,真千古奇事也。"予曰:"汝輩昨夜豈未閉廟門乎?"僧曰:"小姐真不知世事之言,安有廟門而不閉者?"予一笑。

時適有一梯,鋤芟階之,上陞屋際而窺之,指示予及僧人曰:"賊必自此間下。"予亦陞梯觀之,見自屋之西北來,一路頗有碎瓦,自此而下,則爲廟中柴房,屋頗卑,與殿屋如階級然。僧人曰:"自柴屋而下,適爲堆積木材處,爲廟中造屋用者,蓋由此歷級而陞也。"

鋤芟謂僧曰:"汝欲知竊此物者之人乎?"僧曰:"此等奇事,生平未見,安所得其人乎?"鋤芟曰:"一月以內,予必能使汝知盜竊此物之人。"僧笑曰:"小姐柔弱如花枝,能緝盜乎?"鋤芟曰:"我是玉樹堅牢不病身,如上人,乃真槁如枯樹耳。"僧大笑。

予又問僧曰:"汝知此神爲何人所塑乎?"僧曰:"爲東門外一米姓者所塑,年亦六十餘矣。有二子,一女已嫁,尚有一老妻,其子皆遊蕩無行,故尚未娶也。"予領之,作別而返。途間,予謂鋤芰曰:"頗憶拿破侖像案乎?"鋤芰曰:"如何勿憶?"予曰:"此案得毋類是?"鋤芰曰:"然則何爲置之郭宅?"予曰:"或聞郭宅有怪異事,特以此掩其形跡耳。"鋤芰笑曰:"遠矣。"

比至郭宅,見衆皆忻忻然有喜色,予頗怪之,絳英招予等入室而告之,曰:"罪人已得矣!"予驚問何人?捷真曰:"即曹三也。"鋤芰曰:"其人焉在?"捷真曰:"人尚未獲。"鋤芰曰:"然則何以知之?"絳英曰:"姊等行後,予與捷真私議,以此案惟曹三爲可疑,何不往偵之。捷妹頗贊其議,乃同訪曹三之居。至則門尚鍵,乃踰垣入窺之。見室無長物,惟破衣數襲,及日用敝器耳,果如悠文所云。乃悉心搜檢之,見近門一舊案,其抽屜有鎖,予身畔固有百靈鑰,乃即啓之,見中有舊書數册,一爲《綱鑑易知録》殘本,一《唐詩三百首》上册,一《古文觀止》中所選《左傳》及《國語》、《國策》,一《時務報》第三册,又有小兒所習之字多張,及筆硯等。翻至《古文觀止》中,則見有信一封,上書悠文姻伯大人惠啓嶠生緘上云云。大駭,急持歸,則果與一才信及銀兩同貯一箱中者也。昨早失物後,檢點偶未及覺耳。此人今尚在逋,宜設何法捕獲之,或謂當跡之於徐墅,姊以爲然否?"

鋤芰曰:"此案之終不能離徐墅而獲結,夫何待言。蓋舍郭氏族人外,雖獲一才書,如木石也,若以曹三爲盜,則予終弗之信。"

薇園曰:"始則予輩亦不甚疑之,今則贓證確鑿,安得不信?"

鋤芰曰:"雖然,予終不信此案之以如是而獲解決。"

正辯論間,予亦興發,密招薇園語之曰:"吾輩盍往東門外一探之乎?"薇園恍然曰:"即塑神之米福泉乎?此人予固識之,非善類也。"

於是予與薇園不謀於衆,逕赴東郊。將至,薇園詣一友人處易裝爲婢,並使予易服,亦僞爲婢也者。又同行半里許,至一陋室,叩門入,曰:"福泉在家乎?"內一嫗出應曰:"適出矣。"問歸將以何時,曰:"少待即歸,有客來,去市酒耳。"予聞有客,心動問之曰:"客從何處來?"嫗曰:"阿姊從何處來?"薇園曰:"自許家來,吾家主人喚福泉耳。"嫗聞言,怡聲曰:"上覆主人,俄頃即來也。"予又問曰:"福泉現有何客?"嫗曰:"自縣學場來者,姓曹。"予大驚,問曰:"彼令郎會攜來乎?"嫗曰:"亦在此。"予色大變。

乃曳薇園行丈許,坐一樹陰下,曰:"此曹非曹三乎?"薇園曰:"妹何不更問之?"予曰:"更問之,恐使之生疑,將遁。"薇園曰:"此亦誠是。但現在當何策以處之?"予曰:"頃姊何以託名於許家?"薇園曰:"此人固在許子邁家服役,子邁念其貧且老,所以資助之者甚厚,予故託言許家。"此老嫗即福泉妻,所以聞吾言而肅然起敬者,以彼恃子邁為生活也。予曰:"此二人現在必更有一助力者,乃可捕之。"薇園曰:"此却不難,但現在亦不知其果為盜與否? 設非盜則捕之易,遣之難耳。"予亦大然之,躊躇無計。

少頃,薇園乃謂予曰:"予在此,守此兩人,勿俾遁。君疾往郭宅呼人來,視福泉家客,果曹三否? 如不謬,然後設計擒之。何如?"予曰:"如此則彼或適以此時遁,且即係曹三,亦不能指為福泉通謀之證據。予意何不如此以覘之。"即附耳語薇園,薇園拊掌曰:"此計大妙!"

予與薇園,乃更喬裝為兩少女,向福泉家行。及門,予忽仆首觸門有聲,薇園驚哭,內一男子聞聲出啟門曰:"咄,何事?"薇園哭不顧,男子怒曰:"誰家召債鬼,在此聒噪人,阿翁門首豈容汝哭死人邪? 咄,速去;不去,我將蹴汝出。"旁一男子過,停趾問何事,薇園惟恫哭而已。

啟門之男子,呵叱不絕於口,薇園益恫哭。道旁之男子見予臥地下,曰:"此必暴死者也。"以手探予額,覺溫,又聽予呼吸,甚粗厲,乃告此啟門之男子曰:"此必驟患氣厥者也,救之可活,汝且勿促之。"於是問薇園曰:"咄,何事? 勿哭。"薇園哭不止,其人怒曰:"癡丫頭,性命不保,哭何爲?"薇園乃收淚謝之曰:"此予表妹也,予昨自無錫來,宿姨母家,姨母使予同之入城,今若此,姨母聞之謂予殺妹也。"後來之男子曰:"彼實病死,於汝何與,且是人未嘗死,救之可活也。"因問曰:"汝無錫人欤,奈何操常州語?"薇園曰:"予常州人,嫁無錫,以父病歸寧,順道往省姨母。姨母使予與表妹偕入城,不圖邁此橫禍。"其人曰:"勿憂,汝表妹非死疾也,救之可活。予爲汝代喚一人,負汝表妹與汝偕至姨母家,可乎?"薇園躊躇曰:"秋陽暴人,償表妹疾不愈,姨母必咎我。"曰:"然則覓一人家舍之,汝速歸報汝姨母,與醫偕來,可乎?"薇園撫予泣謝曰:"誠如是,再生不敢忘德。"

其人又躊躇曰:"然則現在何處可暫舍邪?"薇園曰:"果有仁人,肯捐一席地以捨表妹者,當出二金酬之。"啟門之男子聞言心動曰:"寒家雖局促,顧聊以相捨,亦省遠行。予當入告父也。"俄頃與一老人偕出,老人曰:"病者欲舍於是乎?亦可恃二金之約不可負也。"薇園矢之以日。乃許之。薇園負予行,是人道之入,卧予一竹牀上。薇園喚予曰:"表妹,予行矣,少頃同姨母來也。"予瞑目不應。

薇園去,予覺左右無人,乃張目微窺見室僅五間,其三間東向,二爲卧室,一爲客座。又兩間西向,一爲竈,一則二男子對坐飲焉。其一鬚髮皓然,一則髭長而黑。予身處東向之卧室中,恰與此室相對。時天氣尚熱,而室中穢氣薰蒸,身又逼近日光,幾不可耐。

已而此黑鬚之男子起,入室爲予診脈,大詫曰:"凡氣厥者四支必冷,呼吸必逆,而是人四支獨溫暖,脈來亦與常人無異,真可怪也。"白鬚者曰:"得毋其氣將復乎?"曰:"誠然,某之當易愈耳。"

兩人復入坐痛飲,但聞其切切密語,殊不易了,乃竭耳力諦聽之,聞白鬚者曰:"此事究應如何處置?"黑鬚者附其耳語,甚微細不可辨。移時白鬚者高聲曰:"可乎?勿惹橫禍。"黑鬚者曰:"有如此天緣湊合之事而不爲,後更從何處求之。夫時機難得而易失者也。現正值此有爲之時機,所關者我兩人之決心耳。"予默念兩人中必有一曹三無疑,彼輩現必有一機會,安置其所竊之財物也。入虎穴而果得虎子,不禁大樂。

正自思間，但聞白鬚者又與黑鬚者竊竊私語，久之曰："如此可乎？"黑鬚者曰："此即吾向者之所云也。"白鬚者復舉杯痛飲，曰："得者樂矣。"以下語益微且疾，不可辨。黑鬚者亦與之附耳疾語，似相爭辯。久之，白鬚者高聲曰："網羅四布，奈何？"黑鬚者曰："但達吾所云之目的，則萬事皆銷矣。"予念曰："兇哉此人，但不知其所籌畫者，果何計耳。"

已而聞一老嫗哭而至，入門，白鬚者呼之曰："汝來尋汝女者乎？"嫗曰："然。"手出二金置案上，曰："區區者聊以助翁酒資，非敢云報也。"白鬚者曰："急難之義，分所當然，又何緣煩費阿姥。令媛在此室，可速入視之。"嫗揮涕入室，予心知爲薇園，方欲與語，黑鬚者突至室外，鍵戶而去。

予大驚，私念中計矣。入虎穴而反爲虎所吞噬，可奈何？嫗大呼曰："闔戶何爲？"白鬚者曰："少頃便知。"更叫號，皆置不理。

嫗無奈何，行近余榻，余曳其手曰："薇姊來邪？"嫗低應曰："然。"予耳語以向者之所見，薇園大驚曰："吾輩之行踪，已爲彼等所窺破，奈何？"已而曰："既入圍城，惟有死戰求出耳。"於是叩窗大呼曰："閉我何爲？我女病將負之出就醫，閉我何爲？"

外不應，自窗隙窺之，已寂然無一人。

薇園大驚曰："予輩中計矣！此二賊之財物，必已有安置處，明知予輩爲偵探，故誘入此室而鍵之，而彼輩則以此時遁也。"

予曰："然則何從蹤跡之。"

薇園曰："身且無計出此室，尚何言跡賊爲？"

於是曳開門，堅不可動。自窗隙窺之，則其外橫抵以巨木，而加鎖焉。又視窗，窗與荷官室中之窗相同，穴牆爲之，而從隔以木，兩端悉嵌牆中。手無斧柯，倉卒不得斷。

予與薇園徬徨無計，傾耳靜聽，寂無人聲，欲大聲呼號，則地甚荒僻，一二里外，始有人煙，縱疾呼，必無應者。

正躊躇間,薇園忽問予曰:"先時啟門之男子,暨福泉之妻,均何往乎?"予曰:"予自入室,即未見此二人。"薇園恍然曰:"彼輩之定行計矣。福泉、曹三之所以暫留,特以封禁予輩故也。"

予等二人伏處一污穢不堪之室中,空氣惡劣,口鼻幾爲之塞,束手無策而已。越一時許,忽聞履聲橐橐自外至。

予與薇園自窗隙微窺之,則見黑鬚者與白鬚者,相踵入。

正不解所謂,則見黑鬚者忽來啟門。薇園急肘予,予乃復卧竹牀上。

戶闢,二人入手持一繩一刀,並一紙裹來,給嫗曰:"請即死。"

嫗大哭曰:"青天白日,汝何爲,予何罪死?"

黑鬚者曰:"予輩之意,汝亦知之。哭亦死,不哭亦死,同一死也,也不如慷慨。"

嫗哭曰:"涎吾女邪?殺其母,焉用其女。"

黑鬚者曰:"正惟用其女,是以殺其母。"

嫗哭不止,二人逼之。嫗乃斂聲曰:"君輩之意,予亦知之。雖然,此女殊難馴,若殺我,是並殺此女也。不如留我在,生死從二君,但獲小兒女勿虞凍餒,老身獲終天年以就木,則戴德罔既矣。殺二人而陷陷刑辟,豈如生之以獲利。"

黑鬚者曰:"如汝言亦大佳,但能從我言乎?"

嫗近予榻撫予,二人亦相隨近榻,嫗突起鍵戶,當門立曰:"我有一言欲奉訊,可乎?"

二人大驚曰:"汝有言,速相示。"

嫗曰:"既欲吾女,汝輩近日所發之財亦可分潤否?"

二人大驚曰:"吾輩發何財?"

嫗曰:"昨前兩夜所發之財,今何往邪?"

黑鬚者曰:"汝勿得誕語,今欲發財,將仗汝,昨前兩夜不遇汝,安所可發財?"

嫗笑曰:"汝輩所爲之事,勿欺我。"

黑鬚者曰:"今欲生則生,欲死則死,生死惟嫗所取耳,何多言爲?"

薇園默念是人頗有膽,予道破其隱事,尚敢如此。既默念彼既作是語,必已萌殺機,不可不謹備之。

乃從容向二人言曰:"汝輩欲殺我乎,欲死則同死。"

黑鬚者聞言頗駭,以目視白鬚者,白鬚者不語。

黑鬚者遽走近室戶,以手曳嫗,欲開門。

甫近嫗,嫗乘勢,推以肘仆地上。

白鬚者大驚,手提一椅,欲起鬬,嫗略一閃身,驟躍起,接其椅力送之,亦仆。

黑鬚者復起,嫗以左足觸之,又仆。

皆倒地不能起。

嫗坐椅上,呼曰:"孩兒,可速起取繩索縛賊。"予應聲蹶然起,二人益駭絕。

予起四顧無繩索。入廚中見有巨綆二,急取之至。

時久臥,目久瞑,久不言,甚疲。忽起躍,快甚,力百倍。

薇園曰:"縛之。"

予應聲繫二人手足。時二人皆已傷,雖有力,不能動。

薇園曰:"速往許家喚人來,予已爲彼言之矣。"

予乃疾奔至許子邁家,即向者易服之處也。主人出,問事何如?予答曰:"賊已就禽,但乞助力。"主人笑曰:"老嫗成功邪!"乃命健僕二人隨予往。

予牽僕復奔米氏宅,至則二人方乞哀,薇園不理,見予至,笑曰:"來邪!"乃去假面具,謂白鬚者曰:"米福泉,汝識我否?"福泉驚絕,手足皆顫,曰:"天乎!我夢邪?小姐何以至此?"

薇園指黑鬚者謂予曰:"此曹三也。"黑鬚者亦驚絕,曰:"小姐何以知我名?"

薇園指謂僕曰:"汝可釋此二人縛,各押一人赴縣學旁郭宅。"二人既至此,不得不行。既至郭宅,命將二人暫羈門房。予與薇園先入，見荷官與捷真、慧真、絳英等方共坐，論議是事，群研究曹三何往之問題。予與薇園突入，曰："勿勞議論，曹三已在是矣。"荷官目予曰："汝二人何往？使人苦尋不得。"予曰："往禽曹三也。"

荷官曰："勿妄言，飯未？"予曰："飯却不曾，曹三已在是矣。"荷官曰："勿妄言，速飯。"予曰："何謂妄言，其人在此，可目覩也。"絳英曰："信耶？且召之來。"薇園反身出，召曹三入立庭下，曰："此何人？"荷官等視之，果然，大駭異，曰："自何處禽來？"

時悠文、梅官亦聞聲至，見曹三，皆大驚曰："汝輩從何處禽至？"予笑曰："少待即相告。"

於是使許氏之僕歸謝其主，而使郭氏之僕守曹三及福泉，予與薇園乃屏僕從，爲家人詳述其所遇。

時慧眞、捷眞、絳英俱在，獨不見鋤芟，訊其何往，絳英曰："午飯後即出，今尚未歸也。"

時天已昏黑，乃秉燭坐，予與薇園各述所經歷畢，悠文舌橋不得下，曰："幸哉！薇姑娘之有體力耳，不然何堪設想哉！"

衆以巨寇既獲，咸勇氣百倍，如克大敵，乃命拘曹三、福泉入訊之。

至則面色如土，叩首無算，但乞宥死罪。

悠文曰："今且勿罪汝，汝第自述其所爲，則宥汝。"

於是曹三起而自言曰："予江北之鄙人也。去年以妻死故，鬻田宅爲葬具，在江北無以自立，乃攜一子奔常州。惟予少有一惡德，好盜竊。此由予自幼竊物時，予母常獎勵予使然也。故予入尊府服役時，每見物，必僞爲不識，實已懷盜竊之心矣。以無隙可乘，故終未遂其願。昨日攜子至東門米福泉表兄家暫住。今日旁午，忽有一過路女子，氣厥仆地，福泉之次子，適開門出見之。其同行之一女子，自稱病者爲其表妹，出二金，求暫舍其表妹，而己則歸告姨母。福泉之次子，見利心動，入告福泉，福泉許之。乃使女子入居其卧室中，而同行之女子遽去。已而予及福泉，視此病女，殊色也，議掠而賣之，以獲利。福泉初不敢,予慾愚之,乃乘其母之至也,而閉之。而不圖病者之即芸姑娘,老嫗之即薇姑娘也。小人實萬罪當死,乞矜宥。"

予乃問福泉曰:"汝子汝妻,今日果何往乎?"曰:"吾子故好遊蕩,常不歸。吾妻則如母家也。"予又問曹三曰:"汝云攜子在福泉家,何以不見?"曰:"鄉間有人招其看戲,已下鄉矣。"

悠文促福泉曰:"速自供其所爲。"

福泉自述曰:予故遊蕩無業者,少年時好博嗜飲,以故家赤貧,娶妻後投茶肆爲夥者三年,後亦不常所業,近更以年老不任力作,而子又好遊蕩,家益貧。今日適有過路病女來,予視之,絕美,戲謂曹三曰:"盍刲而賣之乎?"曹三大贊之,勸予乘其母來時,殺而埋之,而刲其女如蘇州或上海,鬻之妓院,可獲厚利。予恐累妻子,曹三曰:"是不妨,可給以資,使歸江北。"予又念蘇、滬去常咫尺耳,焉有殺其母刲其女,而獲逃法網者。曹三力持之,且曰:"汝不可,我將獨行之,獲利則獨享,獲罪則誣汝,汝視我殺人於汝家,能自脫與?"予懼乃從之。時成敗未知,必先備一去路,乃往訊自常州往常熟之航船,包一艙,將使曹三僞爲病女父,攜之行。而予遣妻子回江北,身則星夜赴常熟,與曹三會,更定進止。計畫已定,女母適至,乃鍵之而出問航船,既定。歸遂欲殺嫗而取其女,以女時尚昏睡,不能知吾輩之殺其母也。已嫗言苟殺我,女必不馴,吾輩乃思更生之,意未定,嫗忽擊予輩踣地,遂就縶。姑娘之蹤跡用意,實小人所不解也,尚請明以示我。"

絳英擲一書下,給曹三曰:"汝視此何物。"

曹三曰:"小人不識字。"

絳英怒曰:"汝尚言不識字,誰教汝子讀書者?"

曹三曰:"吾子昔在江北會讀書,今不過將舊書溫習耳,我焉能教之?"

慧真曰:"然則汝此書自何處得之,速實言,宥汝罪。"

曹三諦視之,少頃曰:"是予在此門首所拾也,奈何以此獲罪邪?"

慧真冷笑曰:"真好口才!"

捷真曰："吾爲汝言之，汝此信實自郭老爺家所竊也，尚有信一封銀二千兩，速交出，則免汝罪。"

曹三聞言，氣奪神癡，曰："吾實未嘗竊物。"

薇園曰："不竊物，則郭老爺之信，何以在汝家中？"

曹三曰："吾以實告，此信我實在門首拾得者，以吾子好誦讀，而又無力買書，故以此畀之。姑娘既收予室，豈不知此信與各書卷同置一處乎？"

薇園曰："然。然則尚有信一封，何不並留以貽汝子？"

曹三聞言，驚曰："吾安得更有信，此一封實在門首拾得者。"

捷真笑曰："此人真可謂善於堅持矣，若外交官如是，豈不蒼生咸被其福耶？"

言次，悠文謂予輩曰："此人今日必不肯承，不如姑麾之去，明日再作區畫可也。"於是使僕押二人去。

悠文置酒與予輩共飲，適鋤芟自外至，共起迎之。鋤芟手持一照片，予取視之，問何人？鋤芟曰："適自街上拾得者。"視之，一妙齡女子也，亦不甚美。

予與薇園又以捕獲曹三、福泉之事語鋤芟，鋤芟笑曰："明日予當親鞫之，鼠輩雖狡，必不能逃我之手。"

是日歡飲至二鼓始散，及明日而怪異之事又起矣。

翌晨十點鐘，郭宅又使人來速予及鋤芟。時八月十八日也，予本擬早膳後，與鋤芟同赴郭宅，以家中言有一自京師歸之女友，預約於九點鐘來訪予，乃留待之。及十點鐘，尚不至，正擬與鋤芟偕行，而郭氏之使適至，乃即行。

至則郭氏又失物矣。荷官謂予曰："予今日擬至戚串家道賀，梳洗畢，將事束，及啟篋，則所有珠寶金飾，已不翼而飛矣。不禁大驚，急以稟家父，家父沈思曰：'昨日醉中似有一女子，身短而貌寢，問我以小姐各首飾之貯處，予當時聞之，頗驚異，然醉中亦不記如何處置矣。'"予聞言大駭。

鋤茇起立曰："此賊有人奈何膽大妄爲至是，予誓必破獲之。"言已，起身即行。

予與荷官方研究失竊之問題，忽鏡花大聲疾呼，人報曰："不好矣，老爺跌倒矣。"

予與荷官大驚，急趨出視之，見梅官與鏡花扶悠文卧牀上，齁聲大作，人事不知，手足搐動。予大驚曰："此中風也，速延醫視之。"而倉猝之間，女僕及庖人均不知所往。

荷官頓足大罵，無計可施。幸悠文之姪籌甫、純甫聞聲入，乃使之各延一醫。已而荷官忽憶及鋤茇解醫理，欲令診脈，使予尋之。予不知其何往，乃出問門者，則云見其東向而行。予忽憶鋤茇必至米福泉家檢勘也，乃追蹤以往。

出東門，至天寧寺左側，忽見鋤茇坐一石上。予急呼之，告以悠文之病，鋤茇大驚，急偕予奔歸。

比至郭宅，則一繆姓之醫已至，診脈後開一方云：

年高氣虛，猝然中風，脈來洪大而無根，痰塞上焦，手足搐動，此之謂內真寒而外假熱，宜固本原以防虛脫。

吉林參、五錢。上桂心、二錢。棗仁、五錢。烏藥、五錢。生縣耆、二兩。陳皮、五錢。遠志、五錢。膽星、六錢。製香附、三錢。半夏、五錢。杜仲、三錢。竹茹姜汁炒二錢。爲引。

繆醫開方畢，見予及鋤茇至，略一起立，撚鬚而言曰："此病甚劇，宜謹防之。此藥且服一劑，更覘其後。"荷官曰："先生病無妨否？"繆醫撚髭沈吟，半晌曰："亦所謂盡人事，以待天命耳。"言畢，見鋤茇爲悠文診脈，略一起立，曰："亦解醫理耶？"鋤茇起立致敬曰："不敢，略解一二耳。"繆醫曰："脈甚洪大。"鋤茇曰："此皆熱脈也，數亦甚，一分鐘至一百十餘至，病者身上溫度，必已高昇至百餘度矣。"繆醫曰："是也。此所謂內真寒而外假熱也。脈之洪數雖如此，苟投以涼劑，則立殆矣。"鋤茇曰："此則鄙意稍有異同。"繆醫曰："如何？"鋤茇曰："中風之證，鮮有不由於大熱者，非用寒涼清瀉之劑，必不足以清其營分之熱。營分之熱不清則不堪設想矣。"繆醫曰："然則尊見可用何藥？"鋤芟曰："西人遇此等病，率用巴豆油瀉之，今即不敢用，亦宜用大黃五錢，以瀉其熱。"繆醫大笑曰："此真殺人不用刀矣！大黃、巴豆，平人尚且忌之，何況病夫？少年且虞刻削，何況垂暮？"鋤芟曰："此則不然。凡瀉潤之藥，必有清補之力。西人治中風，大率如此，百不一誤。"繆醫曰："西人之體質，安能與華人比？且西人亦無真中風病。"鋤芟曰："何以知之？"繆醫身畔出旱煙吸之，曰："吾聞自上海回常之人言之。"鋤芟亦笑曰："自上海回常之人，豈盡知醫理者？"繆醫曰："汝説西人也，彼輩豈非親見西人者？"鋤芟曰："親見西人，豈能盡知西人之體質？"繆醫曰："親見者不知，豈我輩耳食者反知之？"鋤芟見其不足置辨，乃謂之曰："此姑勿論。但現在病者係大熱之證，而先生以參蓍補之，桂附温之，系屬何意？"繆醫曰："此五行之精理也。"鋤芟不禁失笑，曰："病理與五行，有何干涉？"繆醫曰："猝難遍舉，請即就中風論之。腎生肝，肝其在天爲風，其變動爲握中。中風之症手足搖動，是爲握。故以温劑補其腎，即所以裕肝臟之生機，若更以涼藥投之，則抱薪救火矣。"鋤芟曰："五行之説，本不足憑，以入醫理，更爲無據。即如腎屬水，水性潤下，何以腎能藏精？心屬火，火主炎上，何以血能循環，不直自口鼻而出？"聽者皆不禁大笑。繆醫曰："此則當起黃帝、歧伯於九原而問之，非吾之所知已。"言畢竟出籌甫送之，亦不顧。至門首，忽遇一顧姓之醫入，繆醫指天書地曰："亦大可笑！悠翁患極虛之症，不知何處來一小姐，想係郭府戚串，妄欲以極涼之劑投之，真是前古所未聞。如此治病，弟實不敢參預。以愚見觀之，老兄亦以不參預爲是。"顧醫曰："且診脈再議。"於是繆醫仍與顧醫同入。顧醫診脈畢，繆醫曰："兄診此脈如何？虛弱否？"顧醫曰："其本原誠虛，但現在攻伐之劑，有病則病受之，鄙意亦當參用急則治標之法。"繆醫曰："然則尊見以爲可用何藥？"顧醫曰："鄙意當用羚羊、珠粉、石決、明竹瀝等。"繆醫曰："然則大黃可用否？"顧醫曰："五錢或太多，三錢亦無妨。"繆醫聞言，勃然而起曰："既尊意如是，即請斟酌用藥，一力主持，鄙人實不敢參贊。"言畢遽行，顧醫急挽之，不顧而去。於是鋤芟及顧醫參酌進藥，迄晚遂見清醒，荷官等心始稍安。

明日十一句鐘，忽郭氏之族人名財生者，自徐墅入城，云一才於今早爲人殺死矣。衆聞大驚。

是日捷真適有事，予乃約慧真、絳英、薇園、鋤芟同適徐墅，二句鐘而至。時官尚未往相驗也。

予輩往察一才屍，則見屍橫地上，適當往來道，過者皆越畔繞行焉。屍當胸有刃傷，長二寸許，最深處一寸有餘，漸近胃漸淺，血痕漸漬，左股上亦有刃傷。圍觀者如堵牆。其餘證據，渺不可得已。

正驗視間，適縣令至，予輩乃避於一旁。

縣令驗視畢後，有一幕賓姓吳，名次克者，瞥見予輩，突來問訊，蓋是人常至予家及薇園家也。談次，次克云："若輩今日來何事？"予笑云："專爲看屍來者。"次克亦笑曰："君輩頗有別趣。"予曰："亦未必然，死者郭氏，與寒宗稍有瓜葛耳。"次克曰："驗視之餘，亦有心得否？"鋤芟曰："有數端可決定。"次克曰："若何？"鋤芟曰："其一兇手謀害死者之心，蓄之已久。"次克曰："何以知之？"鋤芟曰："狹路相逢，未必身畔攜有兇器，今清晨相遇，而遽殺人以兵，是所謂鑐不及兵者也。"次克曰："果其蓄謀已久，當尋而殺之於其家，何以在道旁爭鬪？"鋤芟曰："此更有一證。若出於猝然相遇，相爭相殺者，必先之以詈罵繼之以鬪毆。今死者身上，除刀傷外，絕無他傷痕，可知非猝然相殺也。"次克曰："如係積鑐，猝然相逢，必相爭鬪，吾觀死者形狀，非絕無膂力者，豈束手待斃乎？"鋤芟曰："以吾意觀之，二人內相蓄鑐，表面則甚爲和好，故兇手之猝然行兇，實非死者所意料也。"次克曰："尚有他證據否？"鋤芟曰："兇手所用之刀，非尋常樵採及烹調所用之刀也，其刀必甚長，且極鋒銳，但刃形亦不甚尖。"次克曰："何以知之？"鋤芟曰："觀死者傷痕可知也，如係尋常樵採烹調所用之刀，其刀必甚短，傷痕安能深至一寸有餘？如刃形甚尖，則傷痕深而必不能闊。故知凶手所用之刀，其形式與近人所佩之腰刀畧相似，非預存殺人之心，攜之何爲？"次克擊掌曰："是矣！今晨報請相驗者，本尚有潘墅來氏一寡婦，於清晨自縊死。傅聞死者與郭一才頗有往來，一才死處，適當潘墅與徐墅往來之孔道，是必因妬奸相殺也。"鋤芟曰："然則來氏又何爲自縊也？"次克曰："是必凶手逼之。"鋤芟曰："不然。"次克曰："何以言之？"鋤芟曰："迫人自縊，頗需時刻，凶手即已殺人，尚焉能從容爲此等事？故以凶手與死者爲妬奸相殺，則凶手既殺死者，乘怒并殺寡婦，於情最近。若謂勒殺寡婦，已稍遠之。何則？殺人者必手溜，未必更捨刀而用繩也，若謂逼令自縊，則於情益遠矣。"

次克聞言，大驚歎曰："君探案真精細哉！吾輩盍同至潘墅一行。"鋤芟許之。

於是予與鋤芟、慧真、薇園、絳英，更偕次克至潘墅。

至則見屍已解下，惟尚未斂，手臂及背上，皆有青色傷痕，項上爪痕深入血出。兩眼合，口閉，牙關緊，齒致咬舌，喉間縊痕甚深。知其自縊之繩，必甚細緊，且自縊時作十字死結者。其所繫之繩在梁上，死者足踏案上，恰能及之，其縊痕甚紫赤。次克曰："觀此景象，得毋毆殺之而冒爲自縊乎？"鋤芟曰："不然。若被人毆死冒爲自縊者，其縊痕必不能如是之深，且亦無紫赤色。"

於是研問死者之家屬。來寡婦惟有一女，纔十餘齡，盤詰之曰："予母必以昨日五更後死，五更時，吾猶見其起烹茶也。"曰："汝母即爲人毆傷，汝豈絕未聞聲響乎？"曰："不聞也。""然則汝以何時起？"曰："太陽初出。"曰："斯時汝母已縊死乎？"曰："然。吾見吾母縊，急奔鄰家呼救，已無及矣。"於是搜檢其家屋，見其室僅兩間，內間爲竈及其女所居，外間則來寡婦寢室也。來寡婦寢室中，有案二張，椅四張，及妝具鍼綫衣箱等。又牀後有米斗餘。細檢室中，絕無他異，亦不見有爭鬬形迹，惟案上尚有龍牌紙煙一支。鋤芟問死者吸此物否，答不吸。

鋤芟乃盤詰其女曰："汝果聞汝母與人爭鬬否？致汝母自縊之人，汝果略知之否？如知之，不妨直告我輩，今能爲汝母伸冤者，惟我輩耳。汝勿緘口而自誤也。"女云："我實不知,若知之,何諱焉?"鋤芟曰："吾不信,汝必略知之。"女曰："果其知之,豈願諱飾?君輩既能爲吾母雪不白之冤,吾何爲而不言?但實不知耳。"鋤芟曰："焉有相隔一室,汝母爲人毆擊,以致於死,而汝猶毫無知覺者?此實虛飾之言,予不願聞也。"女怒曰："既云不知,何苦詰爲?"

於是次克召鄉人而問之曰："謀殺來寡婦之人,汝輩亦略知之乎?"鄉人曰："惟余墅鎭之郭一才,與此婦素有往來。但今早一才亦爲人所殺矣,奸夫奸婦,同時畢命,真奇案也。"鋤芟曰："此殺郭一才之人,汝輩意中,亦有所疑擬否?"鄉人曰："絕無,徐墅與潘墅甚相近,向亦未聞一才與誰有冤。惟聞此處益北五里許,荒田中遺有一刀,刀上染有血痕,頗類殺人者,疑爲凶手所遺。據此度之,則凶手必已北行,或將入靖江界矣。"鋤芟曰："此刀現在何處?"鄉人曰："聞尚在鄉董處。"鋤芟曰："可往一視之否?"鄉人曰："此甚易耳,鄉董即居此村之徐夢痕者,亦一稟膳生也。"予輩乃謝鄉人,至鄉董家。

鄉董聞吳次克至,大驚,急整衣冠出迎。談次,詢以刀何在,鄉董曰："今尚在此。"乃出以示次克,衆共觀之,則果如常佩之腰刀,血痕猶新。問以得自何處,答言自此益北五里許,一鄉人行道時拾得之也。次克遂攜其刀以行。

予等回城時,已五句鐘,忽聞鳥衣橋畔之尤嫗,亦於今早自縊死。

鋤芟聞言,駭絕,曳余及薇園更至鳥衣橋探之。至則死者絕非自縊,乃系爲人所殺。左肩下有傷痕,計深二寸餘,而不甚長闊,刀出時略帶旋形,自胸及腹,有長七寸餘之傷痕。最深處當胸,計一寸六七分,愈下愈淺,僅五分餘。死者倒於門首,頭在外,足在內。知凶手必自內出,而死者自外入。問以何時被殺,則無人知之,以死者家無他人也。據鄰右王廣榮云："死者今早門閉不開,以其無事時嘗晏起,亦不爲意。及午後,門猶不開,衆皆以爲異。予恐其抱病,創議排闥入視之,則已被殺矣。時值官赴鄉驗屍,故報官後,迄今猶未來驗視也。"鋤芟曰："此室中之物,亦未嘗移置乎?"廣榮曰："皆與吾輩初見时同，丝毫未敢移易。"鋤芰喜，謂予曰："此案較前兩案爲易於措手矣。蓋一才死於路旁，經多人圍觀。來氏則室中之物，已經移易位置，被伐及自盡時情事，已毫無可得也。"

死者居宅頗爲宏敞，雖家無僕婢，亦無子女，而居宅凡有四楹。其最東一間，爲死者誦經處，中懸佛像，陳設經卷，布置極其精潔。次東爲客坐，陳設亦清雅。西二間，則死者臥室也，兩室内皆有牀，外一間之牀上，衾枕尤華美，死者即橫倒於客坐與臥室之間，其身皆在客坐，而足則尚在臥室以内。檢視外一間臥室，則見除妝具香爐花瓶等陳設齊整外，瓜子殼拋棄滿地，茗碗四五，散置案上，碗中尚有殘茶，極其清洌，紙煙數匣，亦經吸殘，尚有茶食等殘遺盤中。兩間之衾裯皆展散，未經摺疊。時長鐘一具，懸掛壁上，已停不行。據王廣榮云：死者平時，尚有錶一隻，常置身畔，今已不見矣。又啟視篋笥，絕無他異，衣服首飾等皆藏置完好，箱中並有洋四十元，惟死者平時有一手提之小籐籃，今不可見耳。

鋤芰勘視既畢，乃謂予曰："煩姊往西門一行，問昨日自蘇州鎮江來之輪船，何時始到埠。予輩在郭宅相會。"予聞言不解所謂，乃姑往。已而歸報曰："自蘇州來之輪船，抵埠甚晚，三句半鐘始到。"

時薇園、絳英、慧真亦咸在郭宅。鋤芰曰："此間失物案情，已洞如觀火矣，能助我往探之手。"衆聞言大欣躍曰："吾妹果已洞燭其底蘊邪？"鋤芰曰："然。"曰："不誤否？"鋤芰曰："如誤，請抉我雙眸。"

衆大喜曰："若然，請立刻同往。"鋤芰曰："今日出兵，須分兩路，能聽我號令否？"衆曰："謹如命。"鋤芰曰："煩慧姊、絳姊、薇姊爲一路，出西門外，察視今日有無上流社會女子，附輪赴蘇州及鎮江。如有之，察視其所攜之僕，係此人否？如不謬，並其主僕擒以來。"言畢，手出一照片授薇園等，曰："如有僧衣帽之人，面目與此片相同者，亦擒以來。"衆審視之，則即鋤芰昨夜拾得之照片也。皆大怪。

薇園、慧真、絳英三人，即在郭宅晚膳後同往。鋤芰與予偕歸，將行，又謂薇園曰："此人頗有體力，且超越之技，一時無兩，姊宜以全力敵之。"言畢遂歸。

既晚膳，鋤芰與予易服如小家女者，同行至周綫巷中段，見一門外有柳樹二株。鋤芰謂予曰："我入此宅，約二三分鐘，姊叩門。內有一老嫗出應，問姊何來？姊但答言自烏衣橋許家來。彼問何事？姊但言許家阿姥使我來，告汝尤老太婆之事，將株連及汝，宜速爲計。彼必苦相研詰，姊可云事甚冗長，請入室詳述顚末。入室後，但略與支吾，予自至也。"予如其敎。

鋤芰一躍登樹杪，約二分鐘，予遂叩門。久之，果有一老嫗出應，問何人？予答自烏衣橋許家來。嫗開門問何事？予見其嫗甚短小，而步履頗輕健，低聲云："許家阿姥遣我來，以今日尤嫗之事，株連將及阿姥，宜速爲計。"嫗喑曰："許大姊乎？予適自彼處來，彼抱病甚篤，口且不能語，何緣使汝來告我？"予大窘，乃曰："彼雖病今已稍間矣。"嫗曰："尤婆之事，何與於我，而云株連？"予云："其原因甚複雜，請與姥入室一談。"嫗不可，曰："此等詭言，予夙不信，不必來惑我。請轉謝大姊盛意可也，去休，我欲關門矣。"予此時進退維谷，乃徘徊曰："此間桂花頗香。"嫗不應，已而推予出曰："去矣，去矣，予亦欲關門矣。"予不得已，乃出，則鋤芰已立門外矣。

予以與嫗問答之語告之，鋤芰曰："予已聞之，此間事不諧矣，可他往探之。"遂與予復歸郭宅。

二更後，薇園等亦歸，云西門亦無所得。

鋤芰聞言，躊躇曰："此人必在鄉間矣。"正擬議間，忽聞自中堂通後園之門又響，駭甚。急往視之，則月明如水，雙扉洞開，遍燭園中，絕無所見。荷官等搜檢內室，予與鋤芰、薇園、慧眞、絳英等，遂踰土牆出。

郭氏園後，計有空地數畝，除茅屋及土邱外，絕無他物。予輩乃鼓其勇氣，四散奔走以偵察之。

予行約四五百步，忽聞有哭聲，大驚，急尋聲而往。

則哭者非他，鏡花也，踣於地，形甚委頓。

予駭甚,急研詰之,衆亦聞聲畢集,鏡花哭曰:"予見一縊鬼。"衆大驚,詰以何在？鏡花西指曰:"在彼。"於是衆悉西奔。

鏡花不敢獨坐,予招與同行。時西奔歧路甚多,衆分投之。予與鋤芟隨鏡花行,轉過一土牆,見牆西有大木一章,果有一人縊於樹。

鏡花瑟縮不敢前,予見其驚懼,抱持之,順風大呼,衆聞聲復集。

薇園等上樹解之下,則見其人猶未死,從月光中諦辨之,不禁大驚,蓋此人非他,即悠文家所役之女僕也。昨日悠文中風時,尋庖人及女僕俱不見,後庖人旋歸,而女僕則直至此時始見之。

鋤芟大笑曰:"所失物咸在是矣。"衆問安在,鋤芟指樹下一枯井曰:"在此中。"

絳英曰:"刻薄鬼又誑人入井矣。前從汝言,我輩夤夜奔西門,絕無所得。今又誑人入井,偵探固如是乎？"

鋤芟大怒曰:"若入井無所得,予頭可斷！"

薇園笑曰:"亦何至斷頭。"

鋤芟返身奔去曰:"取繩索來,予將入井。"

予急呼之曰:"且勿爭,井中物終在,且救人。"

鋤芟不顧而去。

於是薇園與予共救殷氏,移時鋤芟已取繩索至,慧真奮身願入井,乃縋而入之。

片時,復縋之上,慧真大驚異曰:"井中有一死人,果鋤妹所給照上之人也,特改爲男裝耳。"

鋤芟曰:"何如？"

慧真曰:"郭氏所失之物,果咸在。"

鋤芟又曰:"何如。"顧謂絳英曰:"田舍翁,我豈妄哉！"

時郭氏之庖人已至,予與薇園縋慧真入井,盡出諸物。庖人與鏡花共負殷氏,鋤芟、絳英復助予等,分攜銀二千兩及金珠十七事入於郭氏,而奏中國女偵探之凱旋。方是時,悠文病已大減,能起坐稍談話,聞失物咸得,亦大驚。荷官檢視首飾,薇園檢點其銀悉如原數。

惟少一才信一封,暨洋三百元而已。鋤芰曰:"是問來氏女當知之。"黎明時,殷氏已更生,乃啜以薄粥而訊之。

殷氏曰:"予貪極微之利,馴至今日釀成大憂,有一死而已,予亦不必自諱。予自服役郭宅,已八年矣,主人頗信任予。去年夏,有一馬勝財者來,亦徐墅人,其父主人舊僕也,故主人止而舍之。予窺之而美,遂通焉。然苦無棲息處,適烏衣橋尤嫗家有精舍,常止癡男怨女宿,遂私會焉。嗣後習為常,每半月或旬日,輒一敘。今年七月,郭氏一才,忽告勝財以將竊主人書一封,屬勝財苟為之盡力者,當以四十金為酬。勝財利之,以告我。我曰:'此信既關繫重要,主人必深藏之,是安可竊也?'勝財曰:'是不難。但先察其在何處耳?'予曰:'深藏之物,安從察其所在?'勝財曰:'嘻!其愚也。汝但察視主人藏物之處,以何所為最重要,則得之矣。'予聞言,頗韙之,乃細察主人藏物之處,惟荷小姐室中有一箱,常不見其開,以為是必最重要者矣。然此室中伺察最密,迄無隙可乘。及本月上旬,主人與荷小姐、梅少爺皆患小恙服藥,予乘此機,乃買安眠藥水一瓶,暗和入藥中,三人服之,悉安睡。予乃乘機入室啟箱,則見一才信固在焉。喜甚,取之而行。既念是箱既如是慎重,其中必更有貴重之物,何不更一搜檢之?乃加意翻檢,則果見有現銀二千兩,大喜,並取之,仍為鎖閉如故。時喜極而狂,不復念及贓藏何處也。隔一句鐘,始計及之,不覺手足無措,汗發背沾衣。忽憶宅後有一枯井,何不且投之,徐圖長策。規畫已定,乃乘天甫明時,啟門出投之,而一才信則藏身畔。當時鬼神莫測也,已又念家中無故而失如許重要之物,主人必將執傭工而問之,是此事究未妥也。予之竊物也,為八月十四夜,於是十五日晚餐後,又以安眠藥水和入三人藥中,皆飲訖熟睡。自中堂通後園之門,其鎖鑰固予司之,是夜予乃折桂樹之枝,斷後窗之木,以草履一隻,偽造足跡於污泥中,而拋棄之於牆邊,並後門之關鑰,亦均拋棄焉,以為是可以眩人耳目矣。及四更時,有微風,後園門以未關故,遽震響。主人聞聲驚醒,呼予及鏡花往燭之,是時鏡花膽寒心怯,遂謂見一黑影,其實並無一人也。查驗既未失物,遂閉門復寢,予熱蓮子湯一碗飲主人,瞥見牀頭有銀二百元,又遽袖之。已乃大悔,蓋如是則主人必明知竊物者之爲我也。然因此而逃,則更不妥。乃姑靜以俟之,而心殊忐忑。及明早,主人查驗失物,初未疑及於予,心乃稍安,然終恐此案之以此事而敗露也。十六日午後,覺勝財商之。勝財沈吟曰:'盍爲怪異之事,以惑其心乎?'乃夜入城隍廟,竊一泥塑神,負置後園中。予早起開門,又置之庭隅草際,並於隔夜取幼時遊戲之一小棺,實以一豿人,置之主人枕畔以惑之,冀主人之或不我疑也。不謂十七日,竟有一極佳之機會至。初予取一才信時,誤竊嶠生致主人信一封。嶠生者姓閔,先時與主人同宦湖北者也。既出,始知之,不敢更入,欲焚之以滅迹,而未暇也。十五日黎明時,自大門出,投銀於枯井返,則一才信尚在身畔,而嶠生信遽失之。大疑,更出尋之,沿路亦無所得,心惴惴亦惟有任之而已。不圖是信適爲曹三所竊,遂以此成罪案,爲薇小姐所禽。予心乃大安,膽乃益肆,竊自疑天之佑我也。既得曹三及米福泉,主人大悅,置酒與諸位姑娘共飲,不覺大醉。始勝財嘗與予言,主人有一異性,每醉後,問以極機密之語,無不盡舉以告人者。因謂予如欲竊一才之信,何妨以此術一試之,予以其冒險而未敢爲。及是夜,荷小姐不以醉先睡,梅官寢故甚早。主人醉後,予遂以此術試之,主人果告我以小姐首飾之所在。二更後小姐醒,及梅官俱服藥,予又和以安眠藥水,睡既熟,又竊其首飾,投諸枯井中。小姐首飾,計值銀六七千圓,予與勝財自此坐擁厚資,儼然作富家翁、富家媼之想矣。明日小姐將至戚串家賀喜,啓篋,首飾悉亡,急告主人。主人一沈思,忽言昨夜似有一女子,問我以首飾之所在。予聞之,大懼,急奔告勝財。勝財曰:'擁如許厚資,尚不足耶?又何傭工爲,不如相偕遁。'予心知其不妥,而又無計以自免也,遂從之。是日匿青果巷張氏表姊家,迨夜,與勝財仍宿尤嫗處。以是時有現銀二百元,頗足以奔廣東。議未定,爲尤嫗所聞,遽自內室出,求分贓。予等始則諱飾,繼則口角,尤嫗絕不退讓。時一佩刀懸壁上,勝財見之,遽萌殺心,潛拔刀置身後,方及門,尤嫗曰:'汝欲遁邪?'遽當門立,兩手據門以拒。勝才怒刺之,中脅而踣,又刺之殪。予覩此慘狀,心折骨驚,曳勝財曰:'今殺人矣,奈何?'勝財曰:'勿憂,會偕汝作行計耳。'計畫片時,予遂啟戶出,勝財入圜戶,復踰牆出,送予至張表姊家。勝財故青幫也。家中有秘密函件多封,棄之不可,乃夜歸取之。是夜輪船抵埠甚晏,勝財乘來客入城時,混迹而出。天明已抵徐墅矣,至家中取書悉焚之。復出,適與一才遇。初一才使勝財竊書時,許以四十金。及得書,僅以四金相酬,勝財恨甚。是時與一才遇,忿火陡熾,直前索之。一才言甚游移,勝財一顧視,則佩刀尚在腰間,陰念今已殺人矣,予之行蹤,惟一才備知之,留之,是自求禍也。出不意又刺殺之。乃北行五里許,棄其刀,而逆行入城,告予。予大驚,事既已無可如何,乃相與定行計,約昨夜取物,今日啟行。及二更許,勝財來與予偕至井上,一路同行時,目動而言肆,予大疑之。既忽心動,念勝財既已殺人,於路挈一女子行,必大不便,是必棄我而取財以行也。心大忿,念與人負我,甯我負人。至井上,予以巨縆縋之下,及半遽斷之,恐其不死,又下石焉。當時寸心無主,遽然爲之。既下石,乃念我自此將如何?以我一人而死者三焉,既殺人矣,財亦不可得,身更無所歸。陽誅陰譴,兩不可逭,可若何?念至此,覺百脈震動,萬念皆灰,頃刻無以自主,遂至結帶自縊。嗟乎!予以一念之貪,釀成如是之大禍,迄今日而種種恐怖憂懼之念,交迫寸心,除速死外,無他途矣,尚何言哉!"

衆聞言,咸駭歎不置,乃問鋤茇曰:"此案妹何以探得之?"

鋤茇曰:"此所謂似艱深而實淺近也。當十六日早,悠文告予時,予即疑係家賊所爲。何則?枕畔二百元,頃刻不翼而飛,篋笥之位置如故,而銀信遽然失去,又絕無賊人入室之形迹,此非家賊,其誰爲之?然家賊之範圍頗廣,不獨現居此宅者,蓋人人可爲家賊也。迨履勘後園而益信,則以污泥中之足迹,雖與草履相符合,然足跡至如是之深,而履不陷落於污泥之中,其繫履之帶必甚緊,踰牆時又焉能墮落乎?窗木雖斷,而室中絕無生人自窗而下之形跡。且既能踰牆者,其身必輕健，必不藉桂枝爲攀援之具，即使偶一著手，亦決無斷折之理。凡此諸端，其出於僞爲者，形迹顯然。予初尚疑竊洋與竊銀信者爲二人，以竊銀幣之事，智慮太淺也。然捨此之外，亦絕無可疑之人。即外賊入室竊物，亦決無僞造自外而入之證據之理，於是知殷氏外無他人。殷氏與勝財之有往來，勝財之爲青幫，予夙知之，固已疑其通謀矣。是日午後，予出門一行，即往蹤跡彼等者也，然未能確知其寄迹處。迨明日有小棺泥神之異，予於是益知此事爲家賊所爲。及至城隍廟一行，則造後園中種種僞證據者之爲殷氏，而殷氏之與勝財内外通謀，亦於是乎益顯。蓋荷姊後窗之木，與城隍廟之殿栅，俱係斧斷。而荷姊後窗之木，斷之者會屢劈之，而後遂其願。城隍廟之殿栅則一斧而斷，極其爽利，以是知斷城隍廟之殿栅者，其力大。斷荷姊後窗之木者，其力微。一爲勝財所爲，一爲殷氏所爲，灼然可見。因思更探勝財棲止何處，念尤嫗家最靜僻，作奸犯科者，多以是爲逋逃藪。乃於傍晚時，僞爲一郵局之送信者，入其室覘之，見尤嫗手持一照片，宛似勝財，心大疑。乃至各照相館遍覓之，果得一女裝之男子，面目宛然勝財也，予於是知勝財、殷氏之必以尤嫗家爲棲止處。及傍晚，薇姊及予姊捕獲曹三及福泉，予乃疑此二人，與此案並有關係。然曹三既竊嶠生信，何以尚留之家中，露一破綻，實令人增疑，思之不能得。明日乃思自往福泉家一探之，至天寧寺傍，坐石上暫憩，一沈思而予姊適至，以悠文之病告矣。是日遂沈滯於醫藥中，未獲更從事偵探。及明日聞一才死，予臆測必爲殷氏等殺之以滅口者，觀其行凶之出於猝然可知也。及聞北方五里外有一刀，驗之，與行凶之刀符合，予乃決知此賊之尚在城中。蓋既已殺人，安有自遺其刀而示人以追襲之途者，其必遺刀於北，而南行入城可知也。迨尤嫗被殺，而頭緒益紛繁矣。是時所最宜注意者，凡有二端：一則殺尤嫗與殺一才者，果爲一人與否？一則此殺人之賊，果從何處遁逃。欲決定第一問題，則殺尤嫗之刀，即殺一才之刀，爲兩血案係一人所犯之確證。然此兩血案，一在城内，一在城外，使俟開城而後出，則自城至徐墅，須行三十里，爲時已非早，必不能於隴畔殺人。故予親至東南北三門，探聽有無夤夜出城之人，而西門尤宜注意。因託予姊問之，輪船到埠果甚遲，則知勝財必溷迹船客中出城可知矣。因此而第一問題，可暫假定。至第二問題，則殊難措手，因即第一問題偵探之結果，爲假定之前題，研究勝財之所以殺尤嫗者，將爲滅口計與，抑別有他故與。如謂爲滅口計，則於情太遠。尤嫗以其家爲奸夫淫婦藪，亦屬非義之事，安能更訐發人？則無寧謂爲有他故。既曰有他故，則又有一問題，相緣而生焉。即勝財與殷氏所竊之物，果藏何處是也。王廣榮謂死者曾失一表及一籐籃。予因疑贓物即藏尤嫗家籐籃中，特不知勝財殺尤嫗後，取其籐籃以行與，抑尤嫗未殺以前，將籐籃藏之他所，以致爭鬭而相殺也。如謂尤嫗之籐籃早藏他所，則以萬金之巨財，勝財等決不肯捨，必尚思踪跡之，是尚可從此著手也。因請薇姊、絳姊、慧姊等，出西門覘勝財，而身至與尤嫗交情最密之時嫗家探之，不圖兩處皆無所得。予以爲是必取財而去，伏匿鄉間矣，而不意其喪身於一枯井也。頃余遇此，見斷繩一截，遺井欄上，心竊異。因乘月光微窺之，則井故不深，見隱約中，其下有物纍然。而縋其上者之殷氏，適同時發見，於是恍然於物之在是中矣。"語畢，殷氏亦太息曰："小姐之心思如此周密，我輩縱不自投羅網，亦終難逃法網矣，惡之不可爲也如此。"

於是釋曹三、福泉，送殷氏於官。翌日，扼吭自殺。官更研訊來寡婦之女，乃得其實情。蓋寡婦久與一才通，十八夜，一才宿寡婦處，示以竊得之書曰："吾將自此富矣。"寡婦因向索財，一才曰："今尚未富，何財之有？"寡婦乃乘其睡竊之，一才醒索之，寡婦不與，曰："欲得此書者，必以千金餉我，不然，我送此書於悠文，獲厚賞耳。"一才怒毆之，寡婦忿而自縊。其女初以讎人已被殺，恥母失節，故不言其實情也。官嗟歎，問以一才信之所在，則曰："吾母被毆後，已焚之矣。"

及重陽日，悠文病愈，城隍廟僧及吳次克等，相約攜酒來餉予等云。

（原署名：陽湖呂俠，商務印書館，一九〇七年七月初版）

小説叢話

今試游五都之市、十室之邑，觀其書肆，其所陳列者，十之六七，皆小説矣。又試接負耒之農、運斤之工、操奇計贏之商，聆其言論，觀其行事，十之八九，皆小説思想所充塞矣。不獨農工商也，即號爲知識最高之士人，其思想，其行事，亦未嘗不受小説之感化。若是乎，小説之勢力，彌漫漸漬於社會之中。吾國今日之社會，其強半，直可謂小説所造成也。小説之勢力亦大矣！

小説之勢力，所以能若是其盛者，其故何歟？曰：小説者，近世的文學，而非古代的文學也。此小説所以有勢力之總原因，而其他皆其分原因也。何謂近世文學？近世文學者，近世人之美術思想，而又以近世之語言達之者也。凡人類莫不有愛美之思想，即莫不有愛文學之思想。然古今人之好尚不同，古人所以爲美者，未必今人皆以爲美也；即以爲美矣，而因所操之言語不同，古人所懷抱之美感，無由傳之今人，則不得不以今文學承其乏。今文學則小説其代表也，且其位置之全部，幾爲小説所獨占。吾國向以白話著書者，小説外，殆無之。即有之，亦非美術，性質不得稱爲文學。全國之中，有能通小説而不能讀他種書籍者，無能讀他種書籍而不能讀小説者。其大多數不識字不能讀書之人，則其性質亦與近世文學爲近，語之以小説則易入，語之以他種書籍則難明，此小説勢力彌漫社會之所由也。

近世文學之特質有三：一曰切近。古代文學之所述，多古人之感想，與今人之感想，或格格不相入。近世文學，則所述者多今人之感想,切近而易明。傳所謂法后王,爲其近古而俗變相類,論卑而易行也。一曰詳悉。凡言語愈進化則愈詳明,故古文必簡,今文必繁。小説者,極端之近世文學也,故其敘事之精詳,議論之明爽,迥非他種書籍所及。一曰皆事實而非空言。此非謂近世文學不可以載理想也,特習慣上,凡空漠之理想,均以古文達之耳。以今文載理想,誠有不如古文之處。此由古文爲思想高尚之人所使用,今文則爲一般普通人所使用也。此其理甚長,當別論。凡讀書者,求事實則易明,論空理則難曉,此又盡人之所同矣。凡此三者,皆近世文學之特質,而惟小説實備具之。此其所以風行社會,其勢力殆如水銀瀉地,無孔不入也。

小説勢力之盛大,既如此矣。其與社會之關係果若何?近今論之者多,吾以爲亦皆枝葉之談,而非根本之論也。欲知小説與社會之關係,必先審小説之性質。明於小説之性質,然後其所謂與社會之關係,乃真爲小説之所獨,而非小説與他種文學之所同也。

小説之性質,果何如邪?爲之說者曰:"小説者,社會現象之反映也。"曰:"人間生活狀態之描寫也。"此其説固未嘗不含一面之真理;然一考諸文學之性質,而有以知其説之不完也。何則?凡號稱美術者,決無專以摹擬爲能事者也。專以摹擬爲能事者,極其技,不過能與實物等耳。世界上亦既有實物矣,而何取乎更造爲?即真能肖之,尚不足取,況摹造者之決不能果肖原物乎?如蠟人之於人是已。亦有一種美術專以摹擬肖物爲能者,如宋人之刻楮葉是也。此別是一理。夫美術者,人類之美的性質之表現於實際者也。美的性質之表現於實際者,謂之美的製作。凡一美的製作,必經四種階級而後成。所謂四種階級者,一曰模仿。模仿者,見物之美而思效其美之謂也。凡人皆能有辨美惡之性。物接於我,而以吾之感情辨其妍媸。其所謂美者,則思效之;其所謂不美者,則思去之。美不美爲相對之現象,效其美即所以去其不美也。醜若無鹽,亦欲效西施之顰笑;生居僻陋,偏好襲上國之衣冠,其適例也。二曰選擇。選擇者,去物之不美之點而存其美點之謂也。接於目者不止一色,接於耳者不止一音。色與色相較而優劣見焉,音與音相較而高下殊焉。美者存之,惡者去之,此選擇之說也。能模仿矣,能選擇矣,則能進而爲想化。想化者不必與實物相觸接。而吾腦海中自能浮現一美的現象之謂也。豔質云遙,閉目猶存遐想;八音既歇,傾耳若有餘音:皆離乎實物之想象也。人既能離乎實物而爲想象,則亦能綜錯增刪實物而爲想象。姝麗當前,四支百體,盡態極妍。惟稍嫌其長,則吾能減之一分;稍病其短,則吾能增之一寸。凡此既經增減之美人,浮現於腦海之際者,已非復原有之美人,而爲吾所綜錯增刪之美人矣。此所謂想化也。能想化矣,麗又能以吾腦海中之所想象者,表現之於實際,則所謂創造也。合是四者,而美的製作乃成。故美的製作者,非摹擬外物之謂,而表現吾人所想象之美之謂也。吾人所想象之美的現象之表現,則吾人之美的性質之表現也。蓋人之欲無窮,而又生而有能辨別妍媸之性。惟生而有能辨別妍媸之性也,故遇物輒有一美不美之觀念存乎其間;惟其欲無窮也,故遇一美的現象,輒思求其更美者,而想化之力生焉。想化既極,而創造之能出焉。如徒以摹擬而已,則是人類能想象物之美,而不能離乎物而爲想象也,非人之性也。

美術之性質既明,則小說之性質,亦於焉可識已。小說者,第二人間之創造也。第二人間之創造者,人類能離乎現社會之外而爲想象,因能以想化之力,造出第二之社會之謂也。明乎此,而小說與社會之關係,亦從可知矣。

凡人類之所爲營營逐逐者,其果以現社會爲滿足邪?抑將於現社會之外,別求一更上之境邪?此不待言而可知也。夫人類既不能以現社會爲滿足,而將別求一更上之境,則其所作爲,必有超出乎現社會之外而爲活動者,此社會變動不居之所由也。此等作爲,必非無意識之舉動,必有其所蘄向之目的。而其所蘄向之目的,必有爲之左右者,則感情是。能左右感情者,則文學是。夫人類之所謂善惡者,果以何標準而定之?曰:感情而已矣。感情之好者善也,感情之所惡者惡也。雖或有時指感情之所惡者爲善,好者爲惡,此特一時之所好,有害將來之所好,或個體之所好,有害於群體之所好,因而名之。究其極,仍不外以好惡爲善惡之標準也。然則人類之活動,亦就其所好、違其所惡而已矣。人類之好惡,不能一成而不變。其變也,導之以情易,喻之以理難。能感人之情者,文學也。小說者,文學之一種,以其具備近世文學之特質,故在中國社會中,最爲廣行者也。則其有誘導社會,使之改變之力,使中國今日之社會,幾若爲小說所鑄造也,不亦宜乎!

小說之分類,可自種種方面觀察之。第一從文學上觀察,可分爲如左之區分:

小說 { 散文 { 文言 / 俗語 } 韻文 { 傳奇 / 彈詞 } }

凡文學,有以目治者,有以耳治者,有界乎二者之間者。以耳治者,如歌謠是。徒歌曰謠,謂不必與樂器相聯合也。必聆其聲,然後能領略其美者也。如近世所歌之崑曲,詞句已多鄙俚,京調無論矣,近人所撰俚俗無味之風琴歌,更無論矣。然而人好聽之者,其所謂美,固在耳而不在目也。設使此等歌詞,均不能播之弦管,而徒使人讀之,恐除一二著名之曲本外,人皆棄之如土苴矣。此所謂文之美以耳治者也。以目治者,凡無韻之文皆屬之,不論其爲文言與俗語也。小說中如《聊齋志異》,如《閱微草堂筆記》,則文言;如《水滸》,如《紅樓夢》,則俗語也;而皆屬於文學中散文之一類,即皆屬於目治之一類。蓋不必領略其文字之聲音,但目存而心識之,即可以領略其美者也。兼以耳目治之者,則爲有韻之文,如詩歌,如詞曲,如小說中之彈詞,皆是也。此等文字之美,兼在其意義及聲音。故必目觀之,心識之,以知其意義之美;亦必口誦之,耳聽之,而後能知文字相次之間,有音調協和之義存焉。二者缺其一,必不能窺其美之全也。此所謂兼以耳目治之者也。此種文學，所以異於純以耳治之文學者：彼則以聲音爲主，文詞爲附，所謂按譜填詞，必求協律，雖去其詞，其律固在，而徒誦其詞，必不能知其聲音之美；此則聲調之美，即存乎文字之中，誦其詞，即可得其音，去其詞，而其聲音之妙，亦無復存焉者矣。蓋一則先有聲音之美，而後附益之以文詞；一則爲文詞之中之一種爾。凡文，必別有律以歌之而後能見其美者，在西文謂之 Declamation，日本人譯曰朗讀。但如其文字之音誦之，而即可見其美者，在西文曰 Recitation，日本人譯爲吟誦。其不需歌誦，但目識而心會之，即可知其美者，在西文曰 Reading，日本人譯曰讀解。

小説之美，在於意義，而不在於聲音，故以有韵、無韵二體較之，寧以無韵爲正格。而小説者，近世的文學也。蓋小説之主旨，爲第二人生之創造。人之意造一世界也，必不能無所據而云然，必先有物焉以供其想化。而吾人之所能想化者，則皆近世之事物也。近世之事物，惟近世之言語，乃能建之，古代之言語，必不足用矣。文字之所以歷世漸變，今必不能與古同者，理亦同此。故以文言、俗語二體比較之，又無寧以俗語爲正格。吾國小説之勢力，所以彌漫於社會者，皆此種小説之爲之也。若去此體，則小説殆無勢力可言矣。

小説自其所叙事實之繁簡觀察之，可分爲：

複雜小説

單獨小説

二者。複雜小説，即西文之 Novel。單獨小説，即西文之 Romance 也。

單獨小説，以描寫一人一事爲主；複雜小説則反之。單獨小説，可用自叙式；複雜小説，多用他叙式。蓋一則祇須述一方面之感情理想，一則須兼包多方面之感情理想也。複雜小説，篇幅多長；單獨小説，篇幅多短。複雜小説，同時叙述多方面之情形，而又須設法，使此各個獨立之事實，互相聯結，成一大事，故材料須弘富，組織須精密，撰著較難；單獨小説，祇述一人一事，偶有所觸，便可振筆疾書。其措語，祇一方面之情形須詳，若他方面，則多以簡括出之。即於實際之情形，不甚瞭瞭，亦不至不能成篇。二者撰述之難易，實有天淵之隔也。

單獨小說，宜於文言。複雜小說，宜於俗語。蓋文言之性質爲簡括的，俗語之性質爲繁複的也。觀複雜小說與單獨小說撰述之難易，而文言與俗語，在小說中位置之高下可知矣。

今更舉複雜小說與單獨小說明切之區別如下：

單獨小說者，書中惟有一主人翁，其餘之人物，皆副人物也。副人物之情形，其有關於主人翁者，則敍述之，其無關於主人翁者，則不敍也。故副人物者，爲主人翁而設焉者也。雖有此人物，而其意並不在描寫此人物，仍在於描寫主人翁也。故單獨小說者，以描寫一人一事爲主義者也。凡西洋小說，多爲單獨小說，若《茶花女》、《魯濱孫漂流記》等，其適例也。中國之短篇小說，亦多屬此類，如《聊齋志異》，其適例也。

複雜小說者，自結構上言之，雖亦有一主人翁，然特因作者欲組織許多獨立之事實，使合成一事，故借此人以爲之綫索耳。其立意，則不在單描寫此一人也。故其主人翁，一書中可有許多。如《紅樓夢》十二金釵，皆主人翁也。柳三郎、尤小妹，亦主人翁也。即劉老老、焦大，亦爲主人翁。斷不能指寶玉或黛玉爲主人翁，而其餘之人，皆爲副人物也。何也？以著書者於此等人物，固皆各各獨立加以描寫，而未嘗單描寫其關於主人翁之一方面也。欲明此例，以《儒林外史》證之，最爲適切。讀此書者，雖或強指虞博士或杜少卿爲主人翁，然其非顯而易見矣。蓋作者之意，固在於一書中描寫多種人物也。

要之單獨小說，主人翁祇有一個；複雜小說，則同時可有許多。而欲判別書中之人物，孰爲主人翁，孰非主人翁，則以著書者於其人物，曾否加以獨立之描寫爲斷。蓋一則爲撰述主義上之主要人物，一則爲其結構綫索上之主要人物也。

然則複雜小說之不得不用俗語，單獨小說之不得不用文言，其故可不煩言而解矣。蓋複雜小說，同時須描寫多方面之情形，其主義在詳,詳則非俗語不能達。單獨小說,其主義祇在描寫一個人物,端緒既簡,文體自易簡潔,於文言較爲相宜也。而複雜小說之多爲長篇,單獨小說之多爲短篇,其故又可知矣。蓋一則內容之繁簡使然,一則文體之繁簡使然也。

複雜小說,感人之深,百倍於單獨小說,蓋凡事愈複雜則愈妙,美的方面類然,固不獨文學,亦不獨小說也。即以知的方面論,人亦恒爲求知之心所左右,如遇奇異之事,常好探究其底蘊是也。所以好探究其底蘊者,以欲窺見此事物之全面,而不欲囿於一部分耳。應於人類此兩種欲望,而求所以滿足之,則複雜小說,實較單獨小說爲適當。何者? 複雜小說,自知的方面論之,則能描寫一事實之全體,複雜小說其主意雖在描寫各個獨立之事實,於一書中備載各方面之情形,然於文字組織上,必將各種事實,聯結穿貫,恰如合衆小事成一大事者然。故自其目的上言之,可謂爲同時描寫各方面之情形;自其文字組織上言之,又可謂備寫一事之全體也。使人類如觀一事而備見其裏面、側面者然。如寫一惡人,多方設計,以陷害善人,在複雜小說,則可自善人、惡人兩面兼寫之,使此二人之性情行爲,歷歷如繪。單獨小說,則祇能寫惡人陷害善人時之行爲,而其背後種種圖謀設計之情形,不能備舉矣。如兼寫之,便成複雜小說。是不啻觀一事,但見其正面,而未見其反面、側面也。其不足饜人求知之心,無俟言矣。至情的方面,則愈複雜而愈見其美,單獨之不如複雜,更無待論也。

歐美小說,較之中國小說,多爲單獨的,此其所以不如中國小說之受人歡迎也。

小說之敘事,有主、客觀之殊。主觀的者,書中所敘之事,均作爲主人翁所述,著書者即書中之主人翁;或雖係旁觀,而特爲此書中之主人翁作記錄者也。西洋小說,多屬此種。近年譯出之小說,亦大半屬於此種。客觀的者,主人翁置身書外,從旁觀察書中人之行爲,而加之以記述者也。中國小說,多屬此種。要之主觀的,著書之人,恒在書中;客觀的,則著書之人,恒在書外,故亦可謂之自敘式(Auto — biographic)及他敘式(Biograpbic)也。

自叙式小説，宜於抒情，宜於説理。他叙式小説，則宜於叙事。小説以創造一境界爲目的，以叙事爲主，故他叙式勝於自叙式。又他叙式小説，多爲複雜的，自叙式多爲單獨的，其理由前文已詳，茲不贅。

小説自其所載事迹之虚實言之，可別爲寫實主義及理想主義二者。寫實主義者，事本實有，不借虚構，筆之於書，以傳其真，或略加以潤飾考訂，遂成絶妙之小説者也。小説爲美的製作，義主創造，不尚傳述。然所謂製作云者，不過以天然之美的現象，未能盡符吾人之美的欲望，因而選擇之，變化之，去其不美之部分，而增益之以他之美點，以成一純美之物耳。夫天然之物，盡合乎吾人之美感者，固屬甚鮮，然亦不能謂爲絶無，且有時轉爲意造之境所不能到者。苟有此等現象，則吾人但能記述鈔録之，而亦足成其爲美的製作矣。此寫實主義之由來也。此種著録，以其事出天然，竟可作歷史讀，較之意造之小説，實更爲可貴。但必實有其事而後可作，不能強爲耳。如近人所作短篇記事小説甚多，往往隨手拈來，絶無小説的之文學組織，讀之亦絶無趣味，此直是一篇記事文耳，何小説之云！此即無此材料而妄欲作記實小説之弊也。又有事出臆造，或十之八九，出於緣飾者，亦妄稱實事小説以欺人，此則造作事實，以亂歷史也。要之，小説者，文學也。天然事實，在文學上，有小説之價值者，即可記述之而成小説。此種雖非正宗，恰如周鼎商彝，殊堪寶貴。若無此材料，即不必妄作也。

小説發達之次序，本寫實先而理想後，此文學進化之序也。大抵理想小説始於唐，自唐以前，無純結撰事實爲小説者。古之所謂小説者，若《穆天子傳》，若《吴越春秋》，正取其事之恢奇，而爲史氏記録之所不及者耳。若寓言，則反不以之爲小説也。吾謂今之小説，實即古之寓言；今所謂野史雜史者，乃古小説耳。然則今有記實小説，竟以之作野史讀可矣。其可寶貴爲何如！然此非純文學也。自文學上論之，終以理想小説爲正格。

記實小説，多爲短篇，以天然事實，有可爲小説之價值者，從文學上論。往往限於一部分故也。即其事不限於一部分，而已非著者觀察之力所及，祇得以概括出之矣，此實事之無可如何者也。

　　又有一種小説，合乎理想與寫實之間者，如《儒林外史》是。《儒林外史》中之人物，皆實有其人，但作者不便揭出其姓名，則別撰一姓名以代之；書中所載之事實，不必悉與其人之行事相符，然實足以代表其人之性行者也。要之此種小説，不徒以叙述我理想中所創造之境界爲目的，而兼以描寫一時代社會上之情狀爲目的，不啻爲某時代之社會作寫真。然其人物之名，皆出於虛造；其事實，亦不必與原有之實事相符。正如畫工繪物，遺貌取神，欲謂爲某物而不得，欲謂非某物而又不得也。此種小説，既可藉以考見某時代社會上之情狀，有記實小説之長，而其文學上之價值，亦較記實小説爲優，實最可寶貴者也。今之所謂社會小説者，多屬此種。但作者須有道德心，且須有識力。必有道德心，有識力，然後其所指爲社會上之污點者，方確爲社會上之污點，足資讀者之鑒戒，而貽後人以考鏡之資。非如世之妄作社會小説者，絶無悲天憫人之衷，亦無憂深慮遠之識，隨意拈着社會上一種現象，輒以嬉笑怒駡施之，貽社會以惡名，博一己之名利，所言皆無責任之言，無病之呻，絶未知社會之病根何在，既不能使聞者有戒警恐懼之益，復不能貽來者以研求考鏡之資也。

　　《儒林外史》，篇幅雖長，其中所包含之事實雖多，然其事實，殆於個個獨立，並無結構之可言。非合衆小事成一大事。與向來通行之長篇小説，體例不合，實仍短篇小説之體裁耳。此亦足以證吾記事小説多爲短篇之説矣。

　　凡小説，必有其所根據之材料。其材料，必非能臆造者，特取天然之事實，而加之以選擇變化耳。取天然之事物，而加之以選擇變化，而別造成一新物，斯謂之創造矣。然其所謂選擇變化者，又非如以鹽投水，一經化合，遂泯然盡亡其迹象也。往往有一部分，仍與原來之形質狀態，絲毫無異者，特去其他部分，而別取他一體之他部分，或臆造一部分以配之耳。質而言之,則混合物,而非化合物也。夫如是,故無論何種小說,皆有幾分寫實之主義存。特其宗旨,不在描寫當時之社會現狀,而在發表自己所創造之境界者,皆當認之爲理想小說。由此界說觀之,則見今所有之小說中,百分之九十九,皆理想小說也。此無足怪,蓋自文學上論之,此體本小說中之正格也。

西人論戲劇,分喜劇與悲劇二種。吾謂小說亦可作此分類。而二者之中,又各可分爲純粹的與不純粹的二者。試分論之如下:

絕對的悲情小說,書中所述之事實,以缺撼終者也。"缺憾"二字,爲悲情小說之特質。凡事之絕無缺憾者,皆無哀情小說之價值者也。特事之缺憾,有絕對的與非絕對的之分。何謂絕對的?其事不能於其本人之生前解決之者是也。如《三國演義》所寫之"隕大星漢丞相歸天",《紅樓夢》所寫之"焚遺稿黛玉斷痴情",其適例也。此等事實,其特質,在其人所遭之缺憾,不能彌補之於生前,而徒以訴之於後世之人。要而言之,則屈於勢,伸於理,阨於當日之命運,而伸於後日之人心而已。直不啻告人以強權之不可恃,公理之不可蔑棄,從舉世滔滔,競尚爭鬥之際,而引起其反省之良心也。故其感人爲最深,而於世道人心,爲最有益也。

相對的悲情小說,絕對的悲情小說,善矣。然讀此等小說太多,易使人之氣鬱而不舒,其心怫逆而不平,故亦有害。論戲劇者,謂絕對的悲壯之劇,不宜多演,職是故也。欲調劑於是而使適其宜,則莫如相對的悲情小說矣。相對的悲情小說者,雖亦有多少之缺憾,而其結果,大抵以圓滿終者也。此等戲劇,西人謂之 Reconeiliation(譯言和解)。我中國之《西廂記》,若但觀其原文,則爲絕對的悲情小說。若合《續西廂》觀之,則相對的悲情小說也。《紅樓夢》與《後紅樓夢》亦此例。彈詞中之《來生福》,尤其顯焉者也。人生世界中,奮微力以與運命抵抗,與惡社會宣戰,果其無所爲而爲之者,能有幾人?其大多數,皆希望今世之成功者也。若一國中之小說,而皆爲絕對的悲情小說。是不啻詔人以成功之終不可期,現世之終無可望也,其不因而灰頹失望者寡矣。故必有相對的悲情小說以救之，告以現世非不可期，而必先冒險犯難，而後可期目的之達，成功非無可望，亦必先歷盡艱苦，而後知成功之樂，則其所以鼓勵人之勇氣，而堅其自信之力者，其功大矣。"十年窗下無人問，一舉成名天下知。"此窮儒之所以蹭蹬場屋，歷數十年，而終不肯棄其青氈也。"但教心似金鈿堅，天上人間會相見。"此痴兒怨女，所以明知所望之必無成理，而海枯石爛，矢志不渝也。然則此種小說，其於詔人以純守公理不計利害，固不如絕對的悲情小說之優，而於激人勇往之氣，開人希望之途，則其功之偉，亦不可沒矣。

絕對的喜情小說，悲情小說與喜情小說之最大區別，則悲情小說，訴之於情的方面，而喜情小說，則訴之於知的方面也。何謂訴之於知的方面？則其事自感情一方面言之，本無所謂滿足與缺憾，毫不足以動喜怒哀樂之情；特自知的方面觀之，則其事甚爲可笑而有趣，因以引動其愉快之情耳。如《齊諧》志怪之書，本於人生無何等之關係，讀之殊不足以動人喜怒哀樂之情；但其事自知的方面言之，甚爲恢奇，故足以厭人好奇之心，而人亦喜讀之。如《封神傳》、《西遊記》等，皆此類也。《封神傳》、《西遊記》，或謂作者別有用意，然讀此二書之人，其所以激賞之者，皆在知的方面也。又有其事自知的方面論之，甚爲可笑者，亦足以引起人之興味，如近譯之《啞旅行》，其適例也。此種小說，專以供人娛樂爲目的，無甚深意，然其通行頗廣，而其爲事亦不可廢。蓋自社會之活動論之，娛樂固亦其一方面也。

凡小說，無純屬於情的方面者，亦無純屬於知的方面者。蓋純屬於知的方面，則其書太淺薄而不足觀，故亦必有所以激刺人感情之處。如《封神傳》，人之激賞之，以其事之恢奇也，知的方面也；而其寫"費仲計廢姜皇后"一段，極寫皇后之忠貞英烈，費仲、褒姒等設計之慘毒，讀之使人泪涔涔下，則爲悲情，而屬於情的方面矣。又如《西遊記》，人之好之，亦以其事之恢奇也，知的方面也；然其寫"聖僧恨逐美猴王"一段，極寫孫行者之惓惓忠愛，豬八戒之進讒，唐僧之固執偏聽，讀之使人感慨欷歔，不能自已，則爲哀情，而屬於情的方面矣。若純屬於情的方面，則其事實之全體，固足以哀頑感艷，而其情節，絕不能離奇變幻，引人入勝，則缺文學上之組織，而不成其爲小說矣。故凡悲情小說，其宗旨雖在感人之情，而其事實，亦無有曲折入妙，使人讀之而不能已者。此則凡小說皆如此，欲舉其例，實不勝枚舉也。然則悲情小說與喜情小說，孰從而判別之乎？曰：此則當觀其全書之宗旨。全書之宗旨，在動人之感情者，悲情小說也；以供人娛樂爲目的者，則喜情小說也。

相對的喜情小說，此種小說，在知的方面，見爲可笑；而在情的方面，又見爲可哀。如《水滸傳》中之武大，其絕無所知，一任潘金蓮之播弄，則可笑；及觀其爲潘金蓮、西門慶所謀斃，則可哀。又如《紅樓夢》中之迎春，其漫無分曉時可笑；及觀其爲孫紹祖所凌虐，則可哀。賈政，其漫無分曉時可笑；及觀其查抄家產後，幾乎家破人亡，束手無可爲計，亦可哀。又如近今戲劇中之《戲迷傳》、《算學迷》等，亦此例也。此種小說，恰與相對的悲情小說相對。蓋一則於悲苦已極，無可發泄之時，而忽與之以滿足之境，使之破涕爲笑；一則於言笑方酣之際，微動之以可悲之情，不啻詔人以樂不可極、極之而哀之理，實熱鬧場中一服清涼散也，故其有益於人亦頗大。

今試更舉此四種小說，對於心理上之作用如次：

一、使人苦者：絕對的悲情小說。

二、使人樂者：絕對的喜情小說。

三、使人先苦而後樂者：相對的悲情小說。

四、使人先樂而後苦者：相對的喜情小說。

大抵樂極則苦，苦極則樂，苦樂之情，相爲循環。故讀悲情小說者，其愉快之情，恒在終卷之後；讀喜情小說者，其厭倦之情亦然。觀悲劇者，能存留胸中數日；而觀喜劇者，往往過目即忘，亦此故也。而悲劇及悲情小說，感人較深，喜劇及喜情小說，感人較淺，亦由此。

小說有有主義與無主義之殊。有主義之小說，或欲借此以牖啓人之道德，或欲借此以輸入智識，除美的方面外，又有特殊之目的者也，故亦可謂之雜文學的小說。無主義之小說，專以表現著者之美的意象爲宗旨，爲美的製作物，而除此以外，別無目的者也，故亦可謂之純文學的小說。純文學的小說，專感人以情；雜文學的小說，則兼訴之知一方面。中國舊時之小說，大抵爲純文學的小說。如《鏡花緣》之廣搜異聞，如《西遊記》之暗譚醫理，似可謂之雜文學的小說矣。然其宗旨以供人娛樂爲目的，則仍純文學的小說也。近頃競言通俗教育，始有欲藉小說、戲劇等，爲開通風氣、輸入智識之資者。於是雜文學的小說，要求之聲大高，社會上亦幾視此種小說，爲貴於純文學小說矣。夫文學與智識，自心理上言之，各別其途；即其爲物也，亦各殊其用。開通風氣，貫輸知識，誠要務矣，何必牽入於文學之問題？必欲以二者相牽混，是於知識一方面未收其功，而於文學一方面，先被破壞也。近今有一等人，於文學及智識之本質，全未明曉，而專好創開通風氣、輸入智識等空論。於是論小說，則必主張科學小說、家庭小說，而排斥神怪小說、寫情小說等；言戲劇，則必崇尚新劇，而排斥舊時之歌劇。而一考其所著之小說，所編之戲劇，則支離滅裂，乾燥無味，毫無文學上之價值，非唯不美，惡又甚焉。此等戲劇，此等小說，即使著者自觀之，亦必如魏文侯之聽古樂，爲睡魔所纏擾也。而必竭力提倡之，吾無以名之，名之曰頭巾氣，曰煞風景而已矣。而猶有人從而附和之，吾無以名之，名之曰好惡拂人之性而已矣。

有主義與無主義小說之優劣，吾請舉一適切之例爲證：《蕩寇志》，有主義之小說也；《水滸》，無主義之小說也。請問讀者，一書之優劣若何？對於社會上，勢力孰大？是亦足以見好惡之同矣。

吾請更舉一事，以資讀者諸君之一笑。吾嘗於一日間並觀新舊二劇。其舊劇，則《牡丹亭》中之《游園》也。夫《游園》，以道德主義論之，則淫劇也。開場時，旦脚所誦者爲："夢回鶯囀，亂煞年光遍，人立小庭深院。炷盡沈烟，抛殘綉綫，怎令春關情似去年！"撫時序之遷流，念芳春之不再，而因以動摽梅迨吉之思，正與下文之"可知我一生兒愛好是天然,恰三春好處無人見"同意,爲"没亂裏春情難遣,蒡地裏懷人幽怨。祇爲俺生小娟嬋,揀名門一例一例的神仙眷,甚良緣,把青春拋的遠"作引子,《紅樓夢》所謂意淫者也。從智識一方面論之,則此等戲劇,徒使青年男女觀之,誘起其卑劣之感情耳。然吾觀是劇竟,祇覺有高尚優美之感情,而絶無劣情發生焉。及觀新劇,係以一家庭小説編成者。劇中之主要人物,爲一小旦,至高尚純潔之女道德家也。而其出場也,高領,濃妝,墮馬髻,窄袖短衣,口操蘇白錫眉倦眼而言曰:"今朝天氣熱來西。""來西",甚之之詞,猶北語言"熱得狠"。反使吾覺其人格不甚高尚純潔,而劣情幾乎發生也。夫小説、戲劇,皆欲以動人也,使人觀之而其胸中之感情,適與作者所期望者相反,又何取乎其爲之? 而其功效又何在也?

純文學的小説,與不純文學的小説,其優劣之原,果何自判乎? 曰:一訴之於情的方面,而一訴之於知的方面也。子曰:"法語之言,能無入乎! 巽語之言,能無説乎!"法語之言,智的方面之事也,非文學的也;巽語之言,情的方面之事也,文學的也。夫孰謂智的方面之不當牗啓者? 然徑以法語之言牗啓之可矣。必於情的方面之中,行智的方面之教育,牽文學的與非文學的爲一問題,是俳優而忽欲效大臣之直諫也,其不見疏於其君,鮮矣! 夫欲牗啓人之道德者,與告以事之不可爲,寧使之自羞惡焉而不肯爲。知其不可爲而不爲,是猶利害問題也,一旦利勝於害,則悍然爲之矣。自羞惡焉而不肯爲,則雖動之以千駟之利,怵之以殺身之禍,而或不肯爲也。然則即以道德論,不純文學小説與純文學小説之功,其相去亦不知其道裏也!

如上所述,皆自理論上爲抽象的分類者也。而今人所錫小説種種名目,則皆按其書所述之事實,而一一爲之定名者。質而言之,則因材料之異同,而爲具體的分類也。此種分類,名目甚多,而其界説甚難確定,往往有一種小説,所包含之材料甚多,歸入此類既可,歸入他種,亦無不可者。自理論上言之,實不完全之分類法也。然人之愛讀小説者,其嗜好亦往往因其材料而殊。是則按其所載之事實,而錫之以特殊之名稱，於理論上雖無足取，而於實際亦殊不容已也。今試更就通俗習見之名，一論列之如下。此種名目，既無理論上一定之根樣，刪並增設，無所不可，不侒不過就通俗習見之名，陳述意見而已。掛一漏萬之譏，知所不免，亦非謂此等名目，必能成立也。讀者諒之。

一、武事小說　此種小說，可稱爲英雄的。"英雄"二字，固爲不詞，然欲代表中國小說之舊思想，則惟此二字較確。除此之外，幾欲求一較切之名詞而不得矣。"武事"二字，亦殊不安也。兒女英雄，爲小說之二大原素，實亦人類天生性質之正負二面也。此種小說，其最著者爲《水滸傳》。此外則《七俠五義》等，亦當屬之，然無宗旨，無條理，自鄶不足論矣。凡歷史小說，如《三國演義》、《東周列國志》等，其大部分亦帶此種性質。蓋歷史上之事實，自文學一方面言之，有小說的價值者頗少，欲求動目，不得不偏重於此也。

此種小說，可以振起國人強健尚武之風。中國今日之風氣，柔靡已極。一部分人尚武之性質，尚未盡銷亡者，未始非此等小說維持之也。然其缺點亦有二：一曰蠻橫不講理，而專恃武力。下流社會之人，遇任何事，皆有一前打後商量之氣概，其明證也。一曰不適切於時勢。如持槍刀弓箭，而欲以禦槍砲；談奇門遁甲，則群詫爲兵謀；其明證也。此由誤以《水滸傳》之魯智深、李逵，《三國演義》之諸葛孔明等爲模範而失之者也。

凡英雄的小說，雖不必盡符合乎公理，而其性質，必有幾分與正義相連。盜亦有道，其明證也。此等處暗中維持人心風俗之功，亦不可没。但此後之作小說者，當存其質而變其形，移而用之於有益之方面耳。如改忠君爲愛國，移獎勵私門者以激勸公戰者是也。但此等思想，爲社會所本無，冀其相投合甚難，故欲作此等小說者，其文字不可不極高尚也。質而言之，則目的雖在致用，而仍不失其文學上之價值而已。

二、寫情小說　此種小說，亦可謂之兒女的，與英雄的小說，同占小說中最大多數。人類正負兩面性質之代表，固應如是也。此種小說，其劣者足以傷風敗俗，導人沉溺於肉慾，而無復高尚之感情，害莫大焉；然其佳者，却有涵養人德性之功，能使之日入於高尚，日趨於敦厚，其功亦決不可没。此非吾之䏁言也。養成人之德性者，不在教而在感。教者利害的關係也。而人之德性，實與利害的關係不相容，利害愈明，德性愈薄。惟善感之以情，則使讀者如身入書中，而躬歷其悲愉欣戚之境。睹其事之善者，則歡喜欣慕而效爲之；睹其事之不善者，則深惡痛絕，雖劫之以威，誘之以利，而不肯爲焉。讀此等小説愈多，則此等觀念，養之愈深厚，而其人格遂日入於高尚，所謂讀書變化氣質也。今試問此等作用，有過於寫情小説者乎？又善與美常相一致，愛美即愛善也。以善誘人，恒不如以美誘人之易。及其歡喜欣愛於美，則亦固結不解於善矣。而以美誘人者，亦莫寫情小説若也。

一孔之士，每病寫情小説爲誨淫，謂青年子弟，不宜閲看，此真拘墟之論也。予謂青年子弟，不惟不必禁閲寫情小説，並宜有高尚之寫情小説以牖之。何也？男女之愛，人性自然。及其年，則自知之，奚待於誨知？慕少艾矣，而無高尚純潔之寫情小説以牖之，則易流爲卑陋之肉慾之奴隷耳。高尚之寫情小説，正可以救正此弊，其力非父詔兄勉之所能及也。深明心理之士，或不以予言爲河漢乎！

中國舊有之寫情小説，卑劣者十居八九，無益有損，亟宜改良。其卑劣之點云何？曰寫男女之愛慕，往往與世俗富貴利達聲色貨利等卑陋之嗜好相聯帶也；曰一夫多妻也。凡此皆其最大之劣點也。蓋寫情小説，非欲詔人以男女相戀愛之事也，以欲作人温柔敦厚之性。而使之日進於慈良，則不可不有以牖啓其仁愛篤厚之性。而欲牖人仁愛篤厚之性，則藉資於男女之相戀愛，爲最易矣。故以是爲達其目的之一手段也。惟其然也，故其感情不可以不高尚。純潔斯高尚矣。男女純潔之愛情，中間決不容雜以他物。一夫多妻，富貴利禄，皆有害於純潔之甚者也。

三、神怪小説　英雄兒女之外，當推神怪爲小説之第三原素。蓋人莫不有好奇之性，他種奇異之事，其奇異皆爲限界的，惟神怪則爲超絕的；而屬人好奇之性，則超絕的恒勝於限界的故也。此等小説，似與人事不相近，並無涵養性情之功，祇有增益迷信之害。然能引人之心思，使入於恢奇之域。恢奇亦一種之美也。美即善也。人之心思，苦其日囿於卑近耳。苟能高瞻千古，遠矚八方，許多卑劣凡近之行爲，亦必消滅於無形矣。則此種小説，亦不能謂其絕無功效也。

此種小説之美惡，與他種小説，恰成一反比例。他種小説，愈近情理愈妙；此種小説，則愈遠於情理愈妙。蓋愈遠於情理，則愈恢奇，愈恢奇則愈善，且不致道人以迷信也。

中國社會之迷信，强半與小説相關，人遂謂迷信爲此種小説所造，此亦過苛之論也。小説者，社會之產物也。謂有此種小説，而社會上此種勢力，乃愈深厚，則有之矣；徑謂社會爲此種小説所造，則不可也。張角、孫恩，徒黨半天下，其時小説安在？最近如洪、楊，亦藉迷信以惑人，然中國小説中，亦豈嘗有天父天兄之説乎？

四、傳奇小説　此種小説，亦以饜人好奇之心爲主。所以異於神怪小説者，彼所述奇異之事，爲超絕的，而此則限界的也。此等小説，不必紀實。凡杜撰之事，屬於恢奇，而其事又爲情理中所可有者，皆屬之。如寫武人則極其武，寫美人則極其美是也。其大多數常以傳一特別有趣味之事爲主，如《西廂記》其適例也。

五、社會小説　此種小説，以描寫社會上腐敗情形爲主，使人讀之而知所警戒，於趣味之中，兼具教訓之目的。如《儒林外史》及近出之《官場現形記》等，其適例也。近出之小説，屬於此類者頗多。此種小説，自其主義上論之，誠爲有利無弊。但其佳否，當以（一）作者道德心及觀察力之高低；（二）有無文學上之價値爲斷。説俱見前，兹不贅。

六、歷史小説　如《東周列國志》、《三國演義》等，全部皆根據於歷史者是也。此種小説，謂可當歷史讀，增益智識耶？則語多荒誕，不惟不足以增長智識，反足以疑誤下等社會之人，使誤認小説爲歷史也。謂足饜人好奇之心，感動人情耶？則其文學上之價値，何如經想化而後創作者。實兩無足取也。質而言之，作此等小説者，直是無主義而已矣。

此種小説中，惟有一種爲可貴，則吾前所舉之寫實主義是也。作歷史小説者，若能廣搜某時代之遺聞軼事，而以小説之體裁組織之，寓考訂論議之意，於怡情適性之中，雖不能稱爲純文學，在雜文學中，自不失爲杰構也。然殊不易爲矣。

七、科學小説　此爲近年之新産物，借小説以輸進科學智識，亦雜文學也。較之純文學，趣味誠少；然較之讀科學書，則趣味濃深多矣。亦未始非輸入智識之一種趣味教育也。惜國人科學程度太低，自著者甚少。

八、冒險小説　此種小説，中國向來無之，西人則甚好讀之。如《魯濱孫飄流記》等，其適例也。此種小説，所以西有而中無者，自緣西人注意於航海，而中國人則否。故一則感其趣味，一則不感其趣味也。今既出現於譯界，可藉以鼓勵國民勇往之性質，而引起其世界之觀念，自雜文學之目的上論之，未爲無益。而此等小説，所載事實，大都恢奇，頗足饜人好奇之念，自純文學上論之，亦頗合於傳奇主義也。

九、偵探小説　此種小説，亦中國所無，近年始出現於譯界者也。中國人之著述，有一大病焉，曰：凡事皆凌虛，而不能征實。如《水滸傳》，寫武松打虎，乃按虎於地而打之。夫虎爲軟骨動物，如猫同，豈有按之於地，爪足遂不能動，祇能掘地成坎之理？諸如此類，不合情理之事，殆於無書不然，欲舉之，亦不勝枚舉也。夫文學之美，誠在創造而不在描寫，然天然之美，足供吾人之記述者亦多矣，不能細心觀察，則眼前所失之好資料已多，況於事物之本體尚不能明，又烏足以言想化乎！此真中國小説之大病也。欲藥此病，莫如進之以偵察小説。蓋偵察小説，事事須着實，處處須周密，斷不容向壁虛造也。如述暗殺案，兇手如何殺人，屍體情形如何，皆須合乎情理，不能向壁虛造。偵探後來破獲此案，亦須專恃人事，不能如《西遊記》到無可如何時，即請出如來觀音來解難也。此等小説，事多恢奇，亦以饜人好奇之性爲目的。

如上所述，不過舉見今最流行之名目，略一評論之而已。若欲悉舉之，則誠有所不暇，且亦可以不必也。昔有人謂小說可分爲英雄、兒女、鬼神三大類，此說吾極贊成之。蓋從心理上具體的分之，不過如此。英雄一類，所以描寫人之壯志；兒女一類，所以描寫人之柔情，屬於情的方面；鬼神一類，所以饜人好奇之性，屬於智的方面。其餘子目雖多，皆可隸屬於此三類中也。

小說之篇幅，有長短之殊，人因分之爲長篇小說、短篇小說。然究竟滿若干字，則可爲長篇？在若干字以下，則當爲短篇乎？苦難得其標準也。但此種形式的分類，殊非必要，竟從俗稱之可矣。自實際言之，則長篇小說，趣味較深，感人之力亦較大，短篇小說則反是，由一爲單純小說，一爲複雜小說故也。

小說所描寫之社會，校之實際之社會，其差有二：一曰小，一曰深。何爲小？謂凡描寫一種人物，必取其淺而易見者爲代表；描寫一種事實，必取其小而易明者爲代表也。如寫壯健俠烈之氣，則寫三軍之帥可也，寫匹夫之勇亦可也。而在小說，則寧取匹夫之勇。寫纏綿悱惻之情，則寫忠臣義士、憂國愛君如屈靈均、賈長沙之徒可也；寫兒女生死相愛戀，如賈寶玉、林黛玉亦可也。而在小說，則寧寫一賈寶玉或林黛玉。何者？前者事大而難見，後者事小而易明；前者或令人難於想象，後者則多屬於直觀的故也。何謂深？凡寫一事實，描一人物，必較實際加重數層是也。如寫善人，則必極其善；寫惡人，則必極其惡；寫壯健俠烈之英雄，則必一於壯健俠烈，而無復絲毫之柔情焉；寫纏綿悱惻之兒女，則必極其纏綿悱惻，而無復他念以爲之雜焉。要之小說所寫之人物恒單純，實際社會之人物恒複雜。惟單純也，對於他種事項皆一不錯意，然後對於其特所注意之事項，其力量乃宏。如釀酒然，水分愈少，則力愈厚。此則社會上之人物，本來如是，而小說特其尤甚焉者也，特能使此種人物現於實焉者也。嘗謂天下事惟不平可以描寫，平者必不能寫。英雄、兒女，皆情有所偏至者也，不平者也，故可描寫之而成妙文。聖人，情之至中正者也，最平者也，故無論如何善作小說之人，必不能以小說體裁，爲聖人作傳記，亦必不能於小說中臆撰一聖人也。此猶山川可畫，而絕無草木之平原不可畫；日月雲雨皆可畫，而單繪一幅無片雲之青天，必不成其爲畫也。夫何以不平者可爲文，而平者不能成文？此則人之心理使然。蓋至平則純爲一物，與他物無以爲別，而人之心思，亦無從想象矣。古人云：錯畫謂之文。夫必交錯而後成文，不交錯則不成文，此即不平者成文，平者即不成文之說也。不平者成文，而平者不成文，此即複雜者成文，單純者不成文之說也。益有無生於同異，人之能知天下之物也，以其異也。若盈天下之物而皆同，則其所以爲別者亡，而人亦無從知其有矣。此則凡事皆如此，而文學亦不能外也。小說亦文學之一，故亦不能外此公例也。

小說所描寫之人物，有以複雜而愈見其單純者。如寫一赤心愛國之人，彼其心惟知有國耳，固不必雜以兒女之情也。然設此人因愛國故，備嘗艱苦，而忽有一女子，憐而撫之，則此人之柔情，必爲所牽引矣。終之則此兩人者，或相將盡力國事，國事既定，此二人亦結婚爲夫婦焉；或遭運迍蹇，國終不可得救，而此二人者，亦憔悴困阨以死焉；或國雖遇救，而此二人者，竟喪其一，公私不能兩盡，爲人世間留一缺憾焉。凡此皆小說中所數見不鮮之事實也。又如寫情小說，寫一纏綿悱惻之兒女，則一於纏綿悱惻可矣，似無所用其武健俠烈之風矣。然或有勇俠少年，慷慨仗義，冒萬苦，排萬難，拯救一弱女子，而出之於險焉。或貞姬烈女，矢節不移，百死不顧，卒全其貞，其慷慨俠烈，雖烈丈夫視之，猶有愧色焉。此又小說中所數見不鮮之事實也。夫此似與單純之主義相背矣，然惟其複雜，正所以成其爲單純也。蓋男女因互相敬爲愛國之人故而相愛，則其愛國之深可知。貞姬烈女，以抗强暴佛逆故而寧殺其身，則其於所親愛者，其情之深可知。事以反觀而益明。無培塿，不知太山之高；無溝澮，不知江河之廣，寫燈之明，愈見夜之黑；寫虹之見，即知雨之霽。凡此皆畫家所謂烘託法也。若專從正面寫之，則天下尚有何事可寫者乎？

凡文學，必經選擇及想化二階段。小説所舉之代表人物，必縮小其範圍者，以小則便於想象，大則不便於想象，作者讀者，皆如此也。所以必加重幾層者，則基於選擇之作用。蓋有所加重於此，必有所割棄於彼，正所謂去其不美之點，而存其美點也。觀此益知吾前説之確矣。

小説所描寫之事實在小，非小也，欲人之即小以見大也。小説之描寫之事實貴深，非故甚其詞也，以深則易入，欲人之觀念先明確於一事，而因以例其餘也。然則小説所假設之事實，所描寫之人物，可謂之代表主義而已，其本意固不徒在此也。欲證吾説之確實，請舉《紅樓夢》以明之。

《紅樓夢》之爲書，可謂爲消極主義之小説，可謂爲厭世主義之小説，而亦可謂爲積極的樂觀的之小説。蓋天下無純粹之積極主義，亦無純粹之消極主義。積極之甚者，表十分之滿足於此，必有所深惡痛絶於彼；消極之甚者，表極端之厭惡於此，即有所欣喜歡愛於彼。自一端言之，主義固有積極、消極之分；合全局而觀之，猶此好惡，猶此欣厭，祇有於此於彼之别，斷無忽消忽長之事也。明乎此，乃可以讀《紅樓夢》。

《紅樓夢》中之人物，爲十二金釵。所謂十二金釵者，乃作者取以代表世界上十二種人物者也；十二金釵所受之苦痛，則此十二種人物在世界上所受之苦痛也。此其旨，具於第五回之《紅樓夢曲》。此曲之第一節，爲總合諸種之苦痛而釋其原因；其末一節，述其解免之方法；其中十二節則歷述諸種人物所受之苦痛，亦即吾人生於世界上所受之種種苦痛也。今試釋其旨如下：

> 開闢鴻濛，誰爲情種？都祇爲風月情濃。奈何天，傷懷日，寂寥時，試遣愚衷：因此上演出這悲金悼玉的《紅樓夢》。

此第一節，述種種苦痛之原因也。《紅樓夢》一書，以歷舉人世種種苦痛，研究其原因，而求其解免之方法爲宗旨。而全書大意，悉包括於此十四折《紅樓夢曲》之中，實不啻全書之概論也。此折又爲十四折曲之總冒，述人世總總苦痛之總原因，兼自述作書之意也。

人生世上，總總苦痛，其總原因果何在乎？作《紅樓夢》者，以爲此原於人有知苦樂之性故也。蓋境無苦樂，固有甲所處之境，甲以爲苦，易一人以處之，則覺其樂者矣。又有今日所處之境，在今日視之以爲苦，而明日視之則以爲樂者矣。同一事也，在此遇之則爲苦，而在彼遇之則爲樂矣。足見苦樂非實境，所謂苦樂者，實人心所自造也。然則所謂種種苦痛者，吾人身受之，不能視爲四周環境之罪，而當自歸咎於其心矣。此折曲爲本書開宗明義第一章，爲下十三折曲之總冒，實不啻全書之總冒，故特揭明其義也。曰"情種"，"缺憾"二字之代表也；曰"風月情濃"之"情"字，人心之代表也。言自有世界以來，人生在世，何以有此種種之苦痛乎？皆由人有知苦樂之性故也。"奈何天，傷懷日，寂寥時"九字，代表作者所處之境界。言作者身處此世界，亦有其所遭遇種種之缺憾，亦有其求免缺憾之情，並欲求凡具此缺憾者，同免其缺憾，因作此書也。自"奈何天"以下凡二十七字，爲作者自述著書本旨之言。

《紅樓夢》第一回云："女媧氏煉石補天之時，於大荒山無稽崖煉成高十二丈，方二十四丈頑石三萬六千五百零一塊，祇用了三萬六千五百塊，剩下一塊未用，棄之青埂山下。誰知此石，自經鍛煉，靈性已通，因見衆石具得補天，獨己無材，不堪入選，遂自怨自嘆，日夜悲啼慚愧。一日，正當嗟悼之際，有一僧一道，遠遠而來，至石下，席地而坐。見一塊鮮明瑩潔美玉，且又縮成扇墜大小，可佩可拿。那僧托於掌上，笑道：'形體到也是個寶物了，還祇沒有實在好處。須得再鐫上數字，使人一見，便知是奇物方妙。然後好携你到隆盛昌明之邦，詩禮簪纓之族，花柳繁華之地，溫柔富貴之鄕，去安身樂業。'石頭聽了，喜之不盡，問道：'不知賜了弟子那幾件奇處，又不知携了弟子到何地方，望乞明示。'那僧笑道：'你且莫問，日後自然明白的。說着，便袖籠了這石,同那道人飄然而去。"又云:"西方靈河岸上,三生石畔,有絳珠草一株,赤瑕宮神瑛使者,日以甘露灌溉,始得久延歲月。後來既受天地精華,復得雨露滋養,遂脱草胎木質,得換人形,僅成女體,終日游於離恨天外,饑則食蜜青果爲膳,渴則飲灌愁海水爲湯。祇因尚未酬報灌溉之德,故其五内,便鬱結成一段纏綿不舒之意,常説我無此水還他,他若下世爲人,我也同去走一遭,但把我一生所有的眼淚還他,也償還的過了。"此兩段文字,與此折曲同意。女媧氏,乃開闢以來之代表,曰女媧氏所造石,言人性原於自然,與有生以俱來也。曰"自怨自嘆,日夜悲啼慚愧",言人之生,係自願入世使然,設不願入世,本無人得而强之也。一僧一道,父母之喻。佛説人之生也,由本身業力,與父母業力,相合而成。靈石之自怨自嘆,日夜悲啼慚愧,則自造之業力也;僧與道忽欲鐫以數字,携之入世,則父母所造之業力也。自造之業力與父母所造之業力相合而後成人,二者缺一,即不能成其爲人。如此石不自怨自艾,人孰得而携之?抑此僧道,不忽動其携之之心,此石雖日日自怨自嘆,亦焉得而入世哉?此爲推究吾人之所自來,實不啻讀一則精妙之原人論也。絳珠草,喻人,絳紅色。珠爲泪之代名詞,絳珠,猶言紅泪也。神瑛使者,喻地,亦即以爲世界之代表。絳珠草藉神瑛使者之灌溉而後長成,言人藉世界而後能生存,無世界則無人也。還泪,言人既居於此世界之上,則有種種之情慾,種種之苦痛,不能漠然無情。夫絳珠草之泪,何自來乎?即神瑛使者所灌溉之水也。水也,泪也,一而二、二而一者也。人之情何自來乎?世界之培養使之也。設無世界,則無人;無人則亦無情矣。猶之無神瑛使者之培養,則無絳珠草;無絳珠草,則無泪也。然而泪也,即甘露也;人情,即苦痛也。欲去泪,除非去甘露而後可;欲去苦痛,亦除非除去其愛戀之情而後可。設絳珠能以所受於神瑛之甘露反還之,則亦無泪;人能視世界上種種之快樂如無物,則亦無所謂苦痛矣。此言苦樂同原,欲去苦當先去樂也,所謂大解脱,於後十四折再説之。

都道是金玉良緣,俺祇念木石前盟。空對着山中高士晶瑩雪,終不忘世外仙姝寂寞林。嘆人間,美中不足今方信:雖然是,齊眉舉案,到底意難平。

此節言入世之苦,終不如出世之樂也。金玉良緣,喻入世;木石前盟,喻出世。山中世外。幾於顯言其意;嘆人間美中不足,情見乎詞矣。

此節言人與人群之苦也。人生於世,不能離群而獨立,近之則有父母兄弟妻子朋友,遠之則有社會上直接間接與接爲構之人。要而言之,人生於世,無論何人,皆不能與人無關係,而世界之上又無論何人皆與我有關係者也。然而此等與我有關係之人,必不能盡如吾意可知也。豈但不能盡如我意,必一一皆有不如我意之處可知也。然則吾人與之並處,復何法以解免苦痛哉?夫使人之相處也,祇有彼此相順悅之情,而絕無互相拂逆之意,豈不大樂?世界又豈不大善?而無知其不能也。而其所以不能然者,又非出於人爲,而實出於天然,與人之有生以俱來,欲解除之而不得者也。然則不能解脫,復何法以免除苦痛乎?夫人與人相處之不能純然相願欲也,此實世界上一切苦之總根原也,故此章首言之。夫婦爲人倫之始,故藉以爲喻。"嘆人間美中不足今方信,縱然是,齊眉舉案,到底意難平",言人既入世,則其與人相處也,必不能純乎彼此相願樂,實無可如何之事也。

一個是閬苑仙葩,一個是美玉無瑕。若説沒奇緣,今生偏又遇着他;若説有奇緣,如何心事終虛話?一個枉自嗟呀,一個空勞牽掛。一個是水中月,一個是鏡中花。想眼中能有多少泪珠兒,怎禁得秋流到冬,春流到夏。

此言人生世界,所處之境,不能滿足,亦出於天然,而無可如何也。人生環境,可分爲二:一爲有情的,彼亦有知識情感如吾者也;一爲無情的,我有知而彼無知,我有情而彼無情,如草木土石,風雲雨露是也。有情的之環境，不能盡如吾意，上節既言之；此節則言無情的之環境，亦不能盡如吾意也。

閬苑仙葩，即絳珠草，喻人；美玉，即神瑛使者，喻地，亦以喻一切無情之環境也。人生世上，四圍無情之物，若天地，若日月，若風雲雨露，若土石草木，與我相遇，不爲無緣，其如終不能盡如吾意何！所謂天地之大，人猶有所憾也，故曰，"若說沒奇緣，今生偏又遇着他；若說有奇緣，如何心事終虛話"也。"枉自嗟呀"，"空勞牽掛"，言徒感苦痛，終無補於事。"水中月，鏡中花"，言無論如何，吾所希望於四周之環境者，其目的必不能達也。"眼中能有多少泪珠兒，怎禁得秋流到冬，春流到夏"，言人生在世，受此種種之苦痛，其何以堪乎？此即言人生在世，對於四周之無情物，必不能盡如吾意之苦痛。男女爲愛情中之最綿密者，故藉以爲喻也。本書寫寶玉、黛玉，處處難合易離，亦即此意。

本折下云："寶玉聽了此曲，散漫無稽，不見得好處。"言此二折爲指人生在世，對於一般之苦楚而言之，非專指一人一事也。

喜榮華正好，恨無常又到。眼睜睜把萬事全抛，蕩悠悠芳魂消耗。望家鄉路遠山高，故此向爺娘夢裏相尋告：兒命已入黃泉，天倫呵，須要退步抽身早。

第四折，悼人命之不常也。人生在世，有生必有死，人人好生而惡死，而人人不得不死，此實事之無可如何者也。人生在世，有種種樂事，死則隨之以俱盡矣。本書寫榮國府一切繁華富貴，及元妃死，則一敗塗地，澌滅以盡，喻此意也。榮國府一切繁華富貴，即人生在世種種樂事之代表，此曲之所謂"天倫"也，凡人生在世，一切樂境，不能久長之苦，亦俱包括於内。

一帆風雨路三千，把骨肉家園，齊來抛閃。恐哭損殘年，告爺娘休把兒懸念：自古窮通皆有命，離合豈無緣？從今分兩地，各自保平安。奴去也，莫牽連。

第五折,悼生離之苦也。人生在世,莫不有愛戀之情。爲愛戀之情之反對者,則分離也。分離有二種:一爲生離,一爲死別。生離之苦,去死別一間耳。上章言死別之苦,此章則言生離之苦也。"窮通皆有命,離合豈無緣",言其事出於自然而無如何。曰"命",曰"緣",皆事之本體之代表也。

愛戀之情,不獨對於有情物有之,即對於無情物亦有之。曰"骨肉",有情物之代表也。曰"家園",無情物之代表也。

襁褓中父母嘆雙亡,縱居那綺羅中,誰知嬌養?幸生來英豪闊大寬宏量,從來將兒女私情,略縈心上。好一似霽月光風耀玉堂,厮配得才貌仙郎,博得個地久天長,準折得幼年時坎坷情狀。終久是雲散高唐,水涸湘江;這是塵寰中消長數應當,何必枉悲傷!

第六折,言人生在世,自然與苦痛以俱來,除大解脱,決無解免之方,破養生達觀之論也。人之持達觀養生之論者,謂人生在世,一切境界,惟吾所名,吾名之爲苦則苦,名之爲樂則樂,彼憔悴憂傷以自殘其生者,實不善尋樂耳。信如是,則人之生也,不必與憂患以俱來,而除大解脱外,亦可有解除憂患之法矣。然實不然也。故本書特寫一湘雲,與黛玉境遇相同,而其所以自處者不同,然其結果,亦卒無不同,以曉之。夫黛玉之所以自殘其生者,以其無"英豪闊大寬宏量"也,以其"兒女私情縈於心上"也。設其所以自處者,一如湘雲,則雖處逆境,固亦可以求福而免禍矣。謂黛玉所處之境遇,不如湘雲,因而不能自解免耶?則湘雲所處之境,固亦與黛玉同也,所謂"襁褓中父母嘆雙亡,縱居那綺羅中,誰知嬌養"也,而一則憔悴憂傷以死,一則"厮配得才貌仙郎,博得個地久天長,準折得幼年時坎坷情狀",寧非一則有"英豪闊大寬宏量",而一則無之之故乎!然則若湘雲者,可謂自求多福;若黛玉,是自求禍也。此持達觀養生之論者之説也。然其説果然乎?使湘雲而果得福,黛玉而果得禍,則其説誠然矣。今觀湘雲，雖"厮配得才貌仙郎"，而終久是"雲散高唐，水涸湘江"，"地久天長"，仍未"博"得，"幼年時坎坷"，亦未必"折"得也。然則若黛玉者，亦未必為求禍之道，而若湘雲者，亦未必為求福之道也。要之人生在世，一切憂患，實與有生而俱來，欲解免之，除大解脫外，決無他法。若恃一切彌縫補苴之術以救之，則除却此方面之憂患，而他方面之憂患又來矣，所謂"塵寰中銷長數應當"也。蓋既在塵寰之中，則必不能免於此禍也。

氣質美如蘭，才華馥比仙。天生成孤僻人皆罕。你道是啖肉食腥羶，視綺羅俗厭；却不知太高人愈妒，過潔世同嫌。堪嘆那青燈古殿人將老，孤負了紅粉朱樓春色闌。到頭來依舊是風塵骯髒違心願，好一似無瑕白璧遭泥陷，又何須王孫公子嘆無緣。

第七節，嘆正直之不容也。民生而有欲；欲者，亂之源也。然使人人共知縱慾為致亂之源，而特立一法以預防之；法既立，則謹守而莫之違，則雖不能去亂之源，而亦未始不可以弭亂之迹。而無如人之性，往往好逞一己之欲，雖因此而召大亂，貽害於人，貽害於天下後世，勿恤也。盈天下之人皆如此，而忽有一人焉，知縱慾為致亂之道，特倡一救亂之法，躬行之，而欲率天下之人以共由焉，豈惟不為人所歡迎，反將以為此人之所為，於我之縱慾之行，實大不便，舉天下而皆如是人之所為，則我之欲，將無復可以縱慾之機會也，必排斥之，毀謗之，戮辱之，使之無地自容而後已。此從古以來，聖賢豪杰，所以苦心救世，而世卒莫之諒也。孔子之伐檀削迹，耶穌之釘死於十字架，摩訶末之遁逃奔走，不得安其居，皆是道也。"盜憎主人，民怨其上"，其謂此矣。此開闢以來，賢聖雖多，迄於今日，天下卒不治也。然而此等賢聖之人，則真可悲矣，立妙玉為之寫照也。

肉食綺羅，縱慾之代表也。盈天下之人皆好縱慾，然亦有秉性獨厚，知此等事為致亂之道，而深惡之者。男女居室，人之大欲存焉，而佛說視橫陳時味同嚼蠟，蓋爲此也。使天下此等人日多，人人慕而效之，天下寧不大治？而無如其不能。豈惟不能，又必排斥之，毀謗之，戮辱之，使之無地自容而後已。夫人生於世，但使無害於人，其好與人從同，抑好與人立異，此本屬於各人之自由。雖使其所好者果爲誤謬焉，而彼亦一是非，此亦一是非，尚不便以我之所謂是者，強彼以爲是，我之所謂非者，強彼以爲非也。況明知彼之所爲者爲善，我之所爲者爲惡，特以其不便於我故，必欲強彼與我從同，否則排斥之，毀謗之，戮辱之，使之不能自立，此真豺虎之所不爲，而人獨爲之者也。然茫茫世界，此等人實居多數，賢人君子，復何地以自處哉？"太高人愈妒，過潔世同嫌"十字，蓋深悲之也。

仁人君子，既不能行其道以救世，並欲獨善其身而亦不可得，其可悲爲何如！而以前之修己立行，備嘗諸苦，果何爲也哉？寧非徒勞，徒自苦乎？說到此，不免聯想而及於厭世主義，故曰："堪嘆那青燈古殿人將老，孤負了紅粉朱樓春色闌。到頭來依舊是風塵骯髒違心願，好一似無瑕白璧遭泥陷，又何須王孫公子嘆無緣。"言早知在此等惡濁社會中，終無賢人君子獨善其身之地步，則前此之立名砥行，備嘗諸苦，割棄諸樂，又何爲乎？尚不如及時行樂之爲得計也，所謂早知如此何必如此也。其意悲矣！

此節言凡修入世之法者，欲率其道以救天下，而卒無補於事，徒苦其身，以見欲救天下者，非修出世法，盡除衆苦之根源不可也。由此意觀之，則堯舜湯武與盜跖同耳，莊周所由有《齊物》之論也。

中山狼，無情獸，全不念當日根由。一味的驕奢淫逸貪歡媾，覷着那侯門艷質同蒲柳，作踐的公府千金似下流。嘆芳魂艷魄，一載蕩悠悠。

第八節，傷弱肉強食也。欲爲亂源，然徒有欲而無力以濟之，天下猶未至於亂也。而無如天之生人也，既賦之以好亂之性，復畀之以濟亂之力，而又不能使人人所有之力皆相等，於是強者可凌暴弱者，以逞其欲,弱者則哀號宛轉而無可如何,此實天下最不平之事也。本書的寫一迎春,以爲之代表也。

"驕奢淫逸貪歡媾",言強者之縱慾也。其下二句,言強者之蹂躪弱者也;末二句,嘆弱者之無所依恃也。"中山狼,無情獸",痛詆強者之詞。蓋此等人,實爲召亂之罪魁。夫人之所以異於禽獸者,以其知有禮義也。徒縱慾而殺人,試問與禽獸何異?則雖稱之爲獸,亦不爲過也。"全不念當日根由"者,從舉世昏蒙無識之中,而特提醒其本性之詞。蓋恃強凌弱,實爲致亂之道。天下亂,強者亦有不利焉,而苦於其徒縱目前之欲,莫肯念亂也。使知深觀治亂之源,稍計遠大之利,則必知吾之所爲者爲召亂之道,害人即所以自害,而戢其欲矣。而苦於其莫肯遠觀深計也,此則本性之昧使之然也,故特提醒之。

將那三春看破,桃紅柳綠待如何?把這韶華打滅,覓那清淡天和。說甚麼天上夭桃盛,雲中杏蕊多?到頭來誰見把秋捱過?衹見那白楊樹里人嗚咽,青楓林下鬼吟哦。更兼的連天衰草遮墳墓,這的是昨貧今富人勞碌,春榮秋謝花折磨。似這般生關死劫誰能躲?聞說道西方寶樹喚婆娑,上結着長生果。

第九折,傷有知識者之苦,而破自謂深識者之謬也。一切現象,皆由心造,無所謂有,亦無所謂無,無所謂苦,亦無所謂樂。自執著者言之,以無爲有,然後有所謂苦樂矣,其執著不同者,其所謂苦樂亦不同,而其不離苦樂之見,則一也。夫既不離苦樂之見,而又不能以衆人之所苦者爲苦,所樂者爲樂,則他人之處世也,爲一甘苦哀樂更起迭陳之境,而是人則無所往而不苦耳。何則?是人之知識,既高出於衆人,則衆所見爲樂者,彼未必能見爲樂。然既未能跳出於苦樂之境,則人之見爲苦者,彼仍不能不以爲苦也。是有苦而無樂也。古今來憂深慮遠之賢君相,傷時感遇之文人,多血多泪之畸士,多愁多怨之少女,皆屬此類。本書特寫一惜春,以爲之代表也。

此等人之誤謬,在誤認世界一切現象爲實有,與衆人同;而其觀察此現象也,則衆人所見在此面者,彼之所見,必適在彼面。如見一花也,人方賞其春榮,彼則預傷其秋謝;見一人也,人方欣其昨貧今富,而彼則但傷其勞碌。夫見爲春榮,而秋謝在即,則春榮固非真;然凡世間秋謝之物,無一不經春榮而來,春榮既非真,秋謝又安知非假?昨貧今富誠爲可欣。勞碌亦誠可傷,與勞碌以求富,毋寧不富也,是富無可欣也;然富無可欣,勞碌又何可傷乎?凡此皆所謂以子之矛陷子之盾者也。要之此等人之所見,實亦與衆不同,不過一在此面,一在彼面耳。以此而笑衆人,真所謂以五十步笑百步也。

此曲全文,皆比較此等人所見與衆人之異同,末二句則指出此等人之誤謬。蓋衆人惟誤認世界爲實有,故有所謂苦樂,此等人亦誤認世界爲實有,故亦有所謂苦樂;特衆人所謂苦樂者,皆在世界之中,而此等人則認世界爲苦,而欲求樂於世界之外耳。猶之一則厭昨貧而求今富,惡秋謝而樂春榮;一則視貧富榮謝,皆爲苦境,而別歆西方之長生寶樹也。

機關算盡太聰明,反算了卿卿性命!生前心已碎,死後性空靈。家富人寧,終有個家亡人散各奔騰。枉費了意懸懸半世心,好一似蕩悠悠三更夢。忽喇喇似大廈傾,昏慘慘似燈將燼。一場歡喜忽悲辛,嘆人世終難定。

第十折,嘆權力執著之苦也。人之執著,有種種之不同,而權力亦爲執著之一,質而言之,則好勝而已矣。《史記·律書》:"自含血戴角之獸,見犯則校,而況於人。懷好惡喜怒之氣,喜則愛心生,怒則毒螫加,情性之理也。"實能道出權力執著之起原。蓋人之好爭鬥好勝,樂爲優強者,實亦出於天性也。此等性質,所以與爭奪相攘有別者,彼則因有其所欲之物,不與人爭奪,則不能得,故與人爭。爭奪其手段也,所爭奪之物,則其目的也。此則並無所求之目的物,不過欲顯我之權力,優強於人,使人服從於我而已。蓋一爲物質上之欲望,一爲精神上之欲望也。此等欲望,不徒對於人有之,對於物亦有焉;不徒對於有知之物有之，對於無知之物亦有焉。如吾人對於自然之花木竹石，輒好移易其位置，變更其形狀是也。質而言之，則欲使吾身以外之物，服從於吾之意思而已，所謂權力執著也。此等執著，人人有之，而其大小，則相去不可以道裏計。欲爲聖賢豪杰，傳其名於後世，爲萬人所欽仰，權力執著之最大者也；次之則欲爲帝王將相，伸權力於一時，使天下之事，事事皆如吾意以處置之，若亞力山大、成吉思、拿破侖，其最著也；又次之，則凡欲炫榮名於一時，張權勢於一方，睚眦殺人，蓄謀報怨，亦皆是也；下至匹夫匹婦，無才無德，猶欲閉門自豪，雄長婢僕焉。嗟乎！權力執著之害大矣。人而無此執著，則苟有菽粟如水火，含哺而嬉，鼓腹而游，未始不可致極隆盛之治也。而無如人於物質的欲望之外，又有其精神的權力之欲望，既遂生存，又求發達，而其所謂發達者，即包含一"我爲優強者，欲使人服從於我之條件"於其中。夫我欲爲優強者，誰甘爲劣弱者？我欲使人服從於我，人亦欲使我服從於彼，而爭奪起矣。雖有聖人，能給人之求，養人之欲，使人人物質上之欲望，無不滿足，而天下亦無太平之望矣。此真無可如何之事也。然此等人，日執著於權力，終其身唯權力之趨，而究其歸宿，何所得乎？試問權力加於人，使我身外之物，無不服從於我之意思，究亦何所得乎？試一反詰之，未有不啞然自笑者也。此等人，於己一無所得，而徒放任其性，以蘊釀天下之亂源，不亦愚乎！本書特寫一王熙鳳，以爲之代表也。曰"機關算盡太聰明，反算了卿卿性命"，深閔其愚，而反復戒警之也。

　　權力執著之人，不徒欲伸張自己之權力也，亦有時執著於事，謂此事必如此則可，如彼則否，因出全力以爭之，必欲使之如此。而夷考其實，則此事如此本與如彼同，或反不及如彼之善，又或如此雖善於如彼，而因吾出強力以使之如此故，如此即變爲不善，而如彼反變爲善者有之矣，而當其執著於事，不暇計及也。此等性質，其最小而易見者，即吾人好移花木竹石等之位置，而變更其形狀，足以代表之矣；其大者，若聖賢豪杰之必欲治國平天下，亦此執著之性之誤之也。

本文云："家富人寧,終有個家亡人散各奔騰。枉費了意懸懸半世心,好一似蕩悠悠三更夢。"言事之如彼如此,初無所別,執著焉而必欲使之如此者,其目的必不能達也。

執著於事之人,其人格不可謂之不高尚。設使天下之人,皆漫無主張,事如此則聽之,如彼則聽之,則凡事皆無改良進步之希望,而人生之痛苦,將永不能除矣。惟有此等人,强指事實之此面爲善,彼面爲不善,硬將此一面之不善,移之於彼一面,其究也,雖於其不善之本體,毫無所損,而人類究亦因之以抒一時之苦痛焉,或避大害而趨小害焉。如醫者睹人痛苦至極時,則以麻醉劑施之。麻醉劑於病之本體,毫無所損也,然而人類因此而得以輕減其痛苦之負擔,以徐俟病之恢復,亦不啻增長其對於病之抵抗力也。但此等療法,視爲對證療法則可,徑視爲原因療法則誤矣。彼執著於事者,睹國政之苛暴,則欲易之以和平,傷風俗之頹靡,則欲矯之以廉隅,其所圖亦何嘗不是!然以是爲一時之計則可,以是爲永久之圖則誤也。蓋苛暴有苛暴之弊,和平有和平之弊,頹靡有頹靡之弊,廉隅亦有廉隅之弊。以和平與廉隅爲矯正苛暴頹靡之手段可也;必謂和平與廉隅爲絕對之善,苛暴與頹靡爲絕對之惡,不可也。此所謂執著也。有此執著,故凡能治國安民之人,同時亦必有其所及於社會之惡影響,猶藥物之能治病者,同時亦必有其對於身體之惡影響也。其故由執著於事,不知事實之本相,而誤以其一端爲至善,一端爲至惡故也。此由未知大道故也。故本文結筆,特爲之明揭其旨以曉之,曰"嘆人世終難定"者,言人世無絕對之善,亦無絕對之惡。既言世法,則祇有補偏救弊之方,決無止於至善之道。執著於一端,而傾全力以赴之者,其目的必不能達;即達之,亦必有意外之惡結果,爲吾人所不及料者,來相侵襲也。

留餘慶,留餘慶,忽遇恩人;幸娘親,幸娘親,積得陰功。勸人生濟困扶窮,休似俺那愛銀錢忘骨肉的狠舅奸兄。真是乘除加減,上有蒼穹。

第十一支,嘆福善禍淫之說之不足恃也。因果之理,最爲精深,顧其說與世俗福善禍淫之說,絶不相同。福善禍淫之說,謂人之善不善,天必報之於其身,或於其子孫,或於其來生,顧其事不能與人以共見也。夫造善因,得善果,造惡因,得惡果,毫髪不爽,如響應聲,其理豈容或忒!顧其理太深,非人人所能共喻。仁人君子,欲藉是以防民之爲非,而苦於其理之深而難曉也,則稍變其說,以期人人之共曉,是即世俗所傳福善禍淫之說也。顧其說既變,即其理實非真,而其事遂不能盡驗。世之桀黠者,以其無有左證,知其說之出於僞託也,遂悍然決破其藩籬,而仁人君子恃以防民爲非之術又窮矣。夫使天然因果之理,能如世俗所造福善禍淫之說,一一實見於眼前,使人有所畏而不敢爲非,其事豈不甚善!而無如天然因果之理,又不能如此。使仁人君子,欲利用之而且窮於術也,此又事之無可如何者也。本節即慨嘆世俗福善禍淫之說之不驗,而仁人君子防民之術之窮,通篇皆反言以明之。曰"乘除加減,上有蒼穹",正是嘆實際之世界,不能有一蒼穹,監臨其上,爲之乘除加減耳!故巧姐之名曰"巧",言此等事可偶一遇之而不能視爲常然,欲以是爲救世之術,冀免除人生之苦痛,終不能也。

鏡裏恩情,更那堪夢裏功名!那美韶華去之何迅,再休提綉帳鴛衾。祇這戴珠冠,披鳳襖,也抵不了無常性命。雖說是人生莫受老來貧,也須要陰騭積兒孫。氣昂昂頭戴簪纓,光燦燦胸懸金印,威赫赫爵禄高登,昏慘慘黃泉路近。問古來將相可還存?也祇是虛名兒,與後人欽敬。

第十二支,嘆執著於富貴利禄者之苦也。人之執著不一端,而執著於富貴利禄,凡人世之所謂快樂者,爲最多數。夫富貴利禄,則何快樂之有?然而耳好淫聲,目迷美色,身體樂放佚,而心思即惱淫,凡世俗之所謂快樂者,非富貴利達,則不能得之也,此人之所以惟富貴利祿之求也。且求富貴利祿者,豈特謂是爲快樂之所在,吾欲快樂,故求之云耳,甚且視爲人生之本務焉。如彼讀書之人,窮年矻矻,以應科舉,豈特歆其"食前方丈,侍妾數百,堂高數仞,榱題數尺"之樂,亦謂苟因科舉,博得一官,則可以耀祖榮宗,封妻蔭子,爲宗族交遊光寵,人生之本務,固當如是也。此則欲望的執著,與道德的執著,合而爲一,執著之上,又加執著矣。其執著愈深,其迷而不復,乃愈甚也,若李紈則其人也。夫人之所以有此執著者何也?究其原,亦曰以心靈爲肉體之殉而已矣。夫使舉心靈以徇肉體,而其結果,果可以得快樂焉,亦復何惜?而無如其終不能也。其不能若之何,則此曲之本文言之矣。曰"祇這戴珠冠,披鳳襖,也抵不了無常性命",言肉體之所謂快樂者多端,舉心靈以徇之,竭全力以赴之,終不能盡得也。夫使得其一端,而其餘之苦痛,即可以因之而銷弭焉,則亦何嘗非計?而無如其不能也。得其一端,則又有他種之快樂,誘吾於前焉,吾更竭全力以赴之,而未能必得也;即得之,而他種快樂之誘吾於前者又如故,則是竭吾生之力以求快樂,而終無盡得之日也。快樂終無盡得之日,即苦痛終無盡免之時,而罄吾之全力以求之,反忘當下可得之快樂,不亦愚乎!曰"氣昂昂頭戴簪纓,光燦燦胸懸金印,威赫赫爵祿高登,昏慘慘黃泉路近",言無論何種快樂,皆有苦痛乘乎其後也。夫有苦痛乘乎其後,則非真快樂也,而傾全力以求之,不尤愚乎!曰"問古來將相可還存?也祇是虛名兒,與後人欽敬",言此等快樂,絕非實體,罄全力以求之,到頭來必一無所得,勸其不知來,視諸往也。曰"雖說是人生莫受老來貧,也須要陰騭積兒孫",言吾人之靈魂爲永久之體,軀殼特暫時寄頓之所,舉靈魂以徇軀殼,實爲不值也。曰"老來貧",軀殼之所謂苦痛之代表也;曰"兒孫",永久之靈魂之代表也。本節憫世人沉溺於肉體之所謂快樂,而舉靈魂以徇之,久之且忘靈魂與俗體之別,大聲疾呼,以警醒之也。

畫梁春盡落香塵。擅風情,秉月貌,便是敗家的根本。箕裘頽墮皆從敬,家事銷亡首罪寧。宿孽總因情。

第十三折,破世俗是非之論,齊物之意也。人世上之事,無所謂善,亦無所謂惡。如殺人,惡也,殺殺人之人,則謂之善矣;淫,惡也,淫而施之於夫婦,則爲善矣。然殺人與殺殺人之人,不得不同謂之殺也;淫於外與淫於夫婦之間,不得不同謂之淫也。今禁殺人,而特設士師以殺殺人之人,則殺人之本性猶未去也;禁人淫,特防遏之,使但行於夫婦之間耳,則淫之本性亦未除也。殺人之本性未去,則亦可移之以殺法律所保護之人,淫之本性未除,則亦可移而行之於夫婦之外。謂殺殺人之人,較善於殺非殺人之人,則可矣,徑謂殺人爲善,則不可也;謂淫於夫婦之間,較善於淫於夫婦之外,則可矣,徑謂淫於夫婦之間爲善,則不可也。且殺殺人之人之性,與殺人之性同原,則殺人惡,殺殺人之人亦惡也;淫於夫婦之間之性,與淫於夫婦之外之性同原,則淫於夫婦之外惡,淫於夫婦之間亦惡也。而世俗必指其一爲善,其一爲惡,則執著焉,而其性之本體彌不去矣。其性之本體不去,則有時用之於此一端,有時必用之於彼一端矣。故殺人之禍,士師召之也;淫風之盛,婚姻之制爲之也。果有一邦焉,無殺人之禍,則其邦亦必無士師矣;孩提之童,不知淫於夫婦之外,又寧知淫於夫婦之間乎?及其既知淫於夫婦之間,又寧能禁之,使不知淫於夫婦之外乎?故曰"聖人不死,大盜不止","剖斗執衡,而民不爭"也。世俗必指其一端爲善,一端爲惡,而不知兩端之同因中心而得名,是猶謂刀爲善,而謂其殺人爲惡也,是保存其物之體,而欲其作用之不顯也,是置水於日光之下,而欲其毋化汽也,其可得乎?故本節深曉之也。曰"畫梁春盡落香塵",喻自然;"春風香塵落",物理之自然,非人之所能爲也。曰"風情",曰"月貌",曰"情",皆人性之代表也。曰"敗家",曰"箕裘頽墮",曰"家事銷亡",皆世俗所指爲罪惡之代表也。曰"宿孽",人之所以爲惡之原因也。言人之所以爲惡者,其原因亦出於本性。欲拔除爲惡之根原,非空諸所有,得大解脫不可;否則爲惡之本體尚存，雖能移而用之於他一端，於其本體實無絲毫之損，不得謂之真善也。

爲官的家業凋零，富貴的金銀散盡，有恩的死裏逃生，無情的分明報應，欠命的命已還，欠淚的淚已盡，冤冤相報豈非輕。分離聚合皆前定。欲知命短問前生，老來富貴也真僥幸。看破的遁入空門，痴迷的枉送了性命。好一似食盡鳥投林，落了片白茫茫大地真乾淨。

第十四節，總結，教人以免除苦痛之法也。因果之理，如響應聲，毫髮不爽，故本節極言之。"爲官的家業凋零，富貴的金銀散盡"，言人與軀殼，關係甚暫，終有脫離之時。"有恩的死裏逃生，無情的分明報應"，"冤冤相報豈非輕，分離聚合皆前定。欲知命短問前生，老來富貴也真僥幸"，極言因果之不爽。"老來富貴也真僥幸"，言人有以因果之理論之，應得惡果，而忽得善果者，此非真果，尚有惡果在其後。蓋因果之來，恒爲曲綫而非直綫，故人不能覺其驗，而因果之毫髮不爽，亦正於此見之。蓋世人所謂某人應得善果，某人應得惡果者，往往非精確之論；使因果而悉如人意以予之，則不足以昭其正當矣。曰"欠命的命已還，欠淚的淚已盡"，言以前所造之因，終有歷盡其果之日，但當慎造今後之因也。曰"看破的遁入空門，痴迷的枉送了性命"，言能大解脫者，即能免除一切苦痛；而不然者，徒造惡因，自受其惡果爾。曰"好一似食盡鳥投林，落了片白茫茫大地真乾淨"，言萬法皆空，勸人之勿有所執著也。

《紅樓夢》一書，幾於無人不讀，亦幾於無人不知其美者，顧特知其美耳，未必能知其所以美也。不知其所以美，而必強爲之說，此謬論之所由日出也。以前評《紅樓夢》者甚多，予認爲無一能解《紅樓夢》者，而又自信爲深知《紅樓夢》之人，故借論小說所撰之人物爲代表主義，一詮釋之。深明哲理之君子，必不以予言爲穿鑿也。

或謂："子之說《紅樓夢》則然矣。然《紅樓夢》，爲最高尚之書，書中自無一無謂之語,其所撰之人物,皆有所代表,宜也;彼庸惡陋劣之小説,安能與《紅樓夢》相提並論,即安得謂其所撰之人物皆有所代表乎?"曰:"否。其所代表之人物有善惡,其主義有高低,則有之矣;謂其非代表主義則不可也。如戲劇然,飾一最高尚之人,固爲代表主義,飾一最卑陋之人,亦爲代表主義也。"

然則必欲考《紅樓夢》所隱者爲何事,其書中之人物爲何人,寧非笨伯乎! 豈惟《紅樓夢》,一切小説皆如此矣。

或問曰:"小説所描寫之人物,爲代表主義,而其妙處,則在小在深,既聞命矣。然盈天下皆事實也,任何一種事實,皆足以爲一種理想之代表者也。吾人苟懷抱一種理想,將從何處捉一事實來,以爲之代表,且焉知此種事實,實爲此種理想最適之代表乎? 得毋選擇事實,亦自有法,而其適否,即爲小説之良否所由判乎?"應之曰:"凡人之悟道,恒從小處入,恒從深處入。如吾前言,《紅樓夢》之寫一林黛玉、一賈寶玉,所以代表人生世間,無論何事,不能滿意也。故其言曰,'嘆人間美中不足今方信',情見乎詞矣。夫人生世上,不能滿足,實凡事皆然,不獨男女之際也。然終不若男女之際,其情爲人人所共喻,且沉摯足以感人。故選擇一賈寶玉、一林黛玉以爲之代表,實此種理想最適之代表也。然必謂作《紅樓夢》者,遊心四表,縱目八荒,於諸種現象,博觀而審取之,然後得此一現象以爲之代表,則亦斷非事實。夫人之情,不甚相遠也。大抵讀書者以爲易明之事,著書者亦以爲易明;讀書者對之易受感觸之事,著書者對之亦易受感觸。所異者,情感有厚薄,智力有淺深。常人知其一不知其二,賢知之人,則能因此而推之彼,合衆現象而觀其會通耳,此所謂悟道也。然其後,雖於各種現象,無所不通,而其初固亦自事之小而易見者、感人最深者悟入,則欲舉此種理想以詔人,而求一事實焉以爲之代表,固無待於他求,即舉吾向所從悟入之事實,以爲之材料可矣。此其理並通於詩。作詩者因物生感,即咏物以志其感,初不聞於所感之物之外,又別求一物焉,以代表其感想也。故吾嘗謂善讀小説者,初不必如今之人，屑屑效考據家之所爲，探索書中之某人即爲某人，某事即隱某事，以其所重者本不在此也。即如《紅樓夢》，今之考據之者亦多矣，其探索書中之某人即爲某人，某事即爲某事，亦云勤矣。究之其所說者，仍在若明若昧之間。予於此書，僅讀一過，亦絕未嘗加以考據，然敢斷言："所謂十二金釵者，必實有其人；且其人，必與書中所描寫者，不甚相遠。"何也？使十二金釵而無其人，則是無事實也。無事實，雖文學家，何所資以生其想象？無想象，則選擇變化，皆無所施，而美的製作，又曷由成哉？使其真人物而與書中所述之人物大相遠也，則是著者於所從悟入之事實之外，又別求一事實，以爲其理想之代表也，此亦決無之事也。然則小說所載之事實，謂爲真亦可，謂爲僞亦可。何也？以其雖爲事實，而無一不經作者之想象變化；雖經作者之想象變化，而仍無一不以事實爲之基也。然則屑屑考據某人之爲某人、某事之爲某事何爲？彼未經作者選擇變化以前之某人某事，皆世間一事實而已矣。世間一事實，何處不可逢之，而必於小說中求之乎？是見雀炙而求彈、聞鷄之時夜而求卵也，可謂智乎？

孔子曰："我欲託之空言，不如見之行事之深切著明也。"斯言也，可爲小說作一佳贊。何也？小說固不離乎事實者也。夫文學有主客觀之分。主觀主抒情，客觀主敘事。抒情者，抒發我胸中所有之感情也。敘事者，敘述我所從感觸之事物也。以二者比較之，則客觀的文學，較主觀的文學爲高尚。何也？主觀的文學，易流於直率；而客觀的則多婉曲。如睹物思人，對月思家，直述其思人及思家之情，主觀的文學也；但叙述其物及吾所睹月下之形狀景色，客觀的文學也。二者一直一曲。曲者婉而直者彰。而感人之情，直率恒不如婉曲。文學爲情的方面之物，故以婉曲爲貴也。主觀的文學，每失之簡單；而客觀的則多複雜也。前論複雜小說、簡單小說之說，可以參觀。複雜者美於簡單。文學者，美的製作也，故貴複雜。然偏於客觀，亦易流於乾燥無味之弊，使人讀之，一若天然之事實，未經作者之想象變化者然。故其最妙者，莫如合主、客觀而一之，使人讀之，既有以知自然繁複之事實，而又有以知著者對之之感情，且著者對此事物之感情，恰可爲此等事物天然之綫索,而免於散無條理之誚,真文學中之最精妙者矣。然他種文學,僅能於客觀一方面之事物,詳加叙述,而於主觀一方面,則不能不發爲空言,惟小説與戲劇,則以其體例之特殊故,乃能將主觀一方面之理想,亦化之爲事實。凡小説與戲劇,必有主人翁。此主人翁所以代表著者之感想者也,主觀的也。其餘之人物,皆謂之副人物,所以代表此主人翁四周之事物者也,客觀的也。夫如是,故小説與戲劇,可謂客觀其形式,而主客觀其精神。持是以與他種文學較,則他種文學,可謂爲主觀的形式之主客觀文學;而小説與戲劇,則可謂爲客觀的形式之主客觀之學也。此真複雜之中又複雜,婉曲之中又婉曲者也。小説戲劇之勢力,駕他種文學而上之,誰曰不宜? 小説戲劇之特質,在以事實發表理想,故凡大發議論以及非自叙式之小説,而著者忽跳入書中,又或當演劇之時忽作置身劇外之語,均非所宜。

或問曰:"小説但能使事實表現於精神界耳,而戲劇,則兼能使之表現於空間。如是,則戲劇不更優於小説乎?"應之曰:"人之樂與美的現象相接觸也。其接觸之途本有二:一爲訴之於官能者,一爲訴之於空想者。物之但表現於時間者,其訴之空想者也;其兼表現於空間者,其訴之官能者也。人之官能與空想,各有其美的欲望,即各思所以滿足之。二者本不可偏廢,即無從軒輊也。且戲劇能使美的現象實現於空間,固非小説所能逮,然戲劇正以受此制限故,而其盡善盡美之處,遂有不能盡如小説者。此戲劇與小説,所以並行不悖也。"試陳其事如下。

一、爲場所所限制。小説不占空間的位置,故其書中所叙述之事實,所占之地位,可以大至無限。戲劇則爲劇場所限制,劇場之幅員,爲人之視力所限制,能同時活動於舞臺上者,至多不過三四十人而已。如數十萬人大戰於廣野,小説能叙述之,戲劇不能演之也。此戲劇之不如小説者一也。

一、爲時間所限制。小説但訴之於空想,故其經過也速;戲劇兼訴之於官能,故其經過也遲。惟經過速也,故能於僅少之時間,叙述多數之事實，經過遲者不能也。今設有小說一册，三時間之內，可以讀畢。試以此小說中之所載者，一一搬演之而成戲劇，恐非三十時間不能畢事矣。然則是讀小說者，於同一時間之內，所感觸之美的現象，十倍於戲劇也。是小說複雜，而戲劇單純也。複雜則美矣。此戲劇之不如小說者二也。

一、爲實物所限制。客觀的文學之特質，在其能敘述事物，使一切美的現象，浮現於人之腦際，使人接觸之而若以爲眞也。此等作用，時曰象眞。象眞之作用，訴之於人之精神較易，而訴之於人之官能則難，蓋空想之轉換速，官能之移易遲也。如敘述一地方之風景也，忽而嚴冬，忽而盛夏；敘述一人之形貌也，忽而翩翩年少，忽而衰老龍鍾；在小說隨筆轉移，讀者初不覺其痕迹，在戲劇則無論布景如何美妙，藝員表情之術如何高尚，尚不能令人泯然無疑也。如《紅樓夢》中巧姐暴長，讀者初不覺爲疵累，若演之戲劇，則觀者必大駭矣。此戲劇之不如小說者三也。

然則戲劇其可廢乎？曰：不可。夫戲劇與小說，固各有所長者也。何以謂之各有所長也？曰：吾固言之矣，小說者，專訴之於人之空想；而戲劇者，兼訴之於人之官能者也。今試列表以明之：

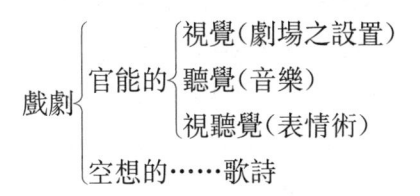

$$\text{戲劇}\begin{cases}\text{官能的}\begin{cases}\text{視覺（劇場之設置）}\\ \text{聽覺（音樂）}\\ \text{視聽覺（表情術）}\end{cases}\\ \text{空想的……歌詩}\end{cases}$$

夫人之欲望無窮，空想與官能，既各有其欲，往往同時並思所以滿之。瞑想江南之佳麗，輒思選色於花叢；遐思燕趙之悲歌，便欲聽音於酒後，其實例也。惟其如是也，故其事苟可以官能與空想，同時觸接之者，則必不肯以想象其美爲已足，而更欲觸接之以官能，此演劇之所由昉也。不寧惟是，人有所感於中，必有以發表之於外。其所以發表之者，則一爲動作，而一爲音聲。發之於音聲則爲歌，動之於形體則爲舞,故曰"喜斯陶,陶斯咏;咏斯猶,猶斯舞;慍斯戚,戚斯嘆;嘆斯擗,擗斯踊"矣。

　　戲劇者,不惟能以角本造出第二之人間,而同時又能以歌、舞二技,刺激人之感官,以發揮其感情,而消耗其有餘勢力者也。惟其然也,故戲劇於象真之點,不及小説,於同一時間之内,所能演之事實,不若小説之多,其所演之事實,範圍亦不及小説之廣,然其刺激人感情之力,却較小説爲强;蓋一專訴之於空想,而一兼訴之於感官也。惟其然也,故戲劇可謂有小説及歌舞兩元素。其以劇本造出第二之人間,則小説的元素也;其歌詞、表白、做工,别成爲一種語言動作,與人類實際之語言動作,終不能無多少之差殊,則歌舞的元素也。此不徒舊劇然,即新劇亦然。如戲中説白,較通常之語言發聲不得不較高,音調不得不較緩是也。惟其然也,故歌劇在戲劇中爲本支,而演劇則反在測生旁挺之列。今人之彼此易置者,實未知戲劇之性質者也。歌詩,以言乎音節,則足以刺戟人之聽官,而滿足其美感,以言乎所載之事實,則能以作者之理想,造出第二之人生,其作用與小説同。而其訴諸人之理想界者,又有一種偉力,爲小説之所不能及,則文詞之美是也。蓋歌詞實語言中之至美者也,如"欲乘秦風共翱翔,又恐巫山還是夢鄉",翻成白話祇可云:"我狠想同你結婚,不知能否如願?"成何語言乎？又如京調,人孰不知其鄙俚,然如"走青山望白雲家鄉何在",其意義,亦豈能以表白代之乎？吾嘗謂中國人本有兩種語言,同時並行於國中:一爲高等人所使用,文言是也;一爲普通人所使用,俗語是也。文言多沿襲古代,有不能曲達今世人之感想之憾,故白話乘之而興。小説利用之,能曲達今世人之感想,以饜足社會上愛美之欲望,遂於著述界中蔚爲大國焉。然以其爲普通人所用之語言,故較之高等人所用之語言,思想恒覺其簡單,意義亦嫌於淺薄。吾人所懷高等之感想,往往有能以文言達之,而不能以俗語達之者,如右所舉二例是也。職是故,戲劇遂能於小説之外,别樹一幟。蓋以其所叙之事實,雖較小説爲簡單,其於描寫現今社會之情狀,亦不如小説之適切,然其所用之語言，却較小説爲高尚，故能叙述比較的高等之感想，以饜人愛美之心也。即戲劇於同一時間之内，與人以刺激之分量較少，而其刺激之力却强也。然則戲劇所以能獨立於小説之外者，其故可知，而歌舞劇之當爲正宗，純粹科白之劇之實爲旁支，亦可見矣。

吾論小説至此，已累三萬言，可以休矣。今請略論作小説之法。以結此小説叢話之局。

第一理想要高尚。小説者，以理想造出第二之人間者也。惟其然也，故作者之理想，必不可以不高尚。使作者之理想而不高尚，則其所造出之第二人間，必無足觀，而人亦不樂觀之矣。《蕩寇志》組織之精密，材料之豐富，何遽遜於《水滸》？或且過之；然其價直終不逮者，理想之高尚不逮也。中國舊小説，汗牛充棟，然除著名之十數種外，率無足觀者，缺於此條件故也，理想者，小説之質也。質不立，猶人而無骨干，全體皆無所附麗矣。然則理想如何而能高尚乎？曰是則視人之道德爲進退。凡人之道德心富者，理想亦必高；道德心缺乏者，理想亦必低。所謂善與美相一致也。稽古説《詩》，曰"不得已"，豈必雅頌，皆由窮愁。不得已者，有其悲天閔人之衷，自有其移易天下之志；有其移易天下之志，自有其芳芬悱惻不能自言之情；發之咏歌，遂能獨絕千古。惟其真也，惟其善也，惟其美也，作小説亦猶是也。無悲天閔人之衷，決不能作《紅樓夢》；無憤世嫉俗之心，決不能作《水滸傳》。胸無所有，而漫然爲之，無論形式如何佳妙，而精神不存焉，猶泥塑之神，決不足以威人；木雕之美女，終不能以動人之情也。此作小説之根本條件也。

第二材料要豐富。理想高尚矣，然無材料以敷佐之，猶無益也。蓋小説者，以其體例之特殊故，凡理想皆須以事實達之，故不能作一空語。又以其爲近世的文學故，其書中所述之事物，皆須爲現社會之所有。而非如作古文者，以嚴潔不用三代兩漢以後語爲貴；又非如作駢文者，但臚列典故，以爲證佐，可求之於類書而已足。故作者於現社會之情形必不可以不知，而其知之又不可不極廣。蓋小説爲美的製作，貴乎複雜，而不貴乎簡單；既貴乎複雜，則其所描寫之事實，當兼賅乎各方面，而決不能偏乎一方面故也。如作《紅樓夢》者，但能描寫賈母、賈政而不能描寫劉老老、焦大，即無味矣。然則他種文學，其材料皆可於紙上求之，獨小說則其材料，當於空間求之。如《水滸》爲元人所作，其時社會之情形即多與今日不同，設作一小說以描寫今日之社會，而其所述之情形多與《水滸》相類，即成笑柄矣。此作者之閱歷，所以不可不極廣也。此亦作小說最要之條件也。

第三組織要精密。所謂組織精密者有二義：第一事實要聯貫。組織許多複雜之事實而成一大事實，其中須有一綫索，不能有互相衝突之處。如兩人在書中初見時爲同年，至後文決不能其一尚在中年，其一已迫暮景也。此等處看似極易，然其實極難，作長篇複雜小說者，往往有束溼不及之處，遂爲全體之累。如《蕩寇志》與《水滸》相銜接者也，書中之事實，即不能有與《水滸》相衝突之處。然扈三娘在《水滸傳》中，僅與林冲戰二十合，即爲冲所擒，至《蕩寇志》中，陳麗卿之武藝，與林冲相等，而扈三娘忽能與之大戰至數百合無勝負。又如《三國演義》，關公斬顏良時，徐晃與顏良戰二十合，即敗回本陣，及關公敗走麥城之時，徐晃忽能與關公戰八十合，無勝負。諸如此類，雖云小節，究之自相矛盾，未免有欠精密矣。一主從要分明。書中之人物，孰爲主人翁，代表作者之理想，孰爲副人物，代表四周之境遇，不可不極爲明確，使人一望而知，然後讀者知作者主意之所在，乃能讀之，而有所感動。若模糊影響，無當也。《儒林外史》所描寫之人物，極爲複雜，而組織上不能指出孰爲主人翁，事實亦首尾不完具，不能合衆小事爲一大事，究屬欠點。

如上所述，寥寥三項，然小說之佳否，自理論上判決之，不過此三者而已。三者兼具，未有不爲良小說者；具其一二項，則美猶有憾；若三者皆不具，未有不爲惡小說者也。中國向者視小說爲無足重輕之業，皆毫無學識之人爲之，於此三條件，往往皆付闕如，故小說雖多，而惡者殆居百分之九十九。今風氣一變，知小說爲文學上最高等之製作,且爲輔世長民之利器,文人學士,皆將殫精竭慮而爲之,自茲以往,良小說或日出不窮,惡小說將居於天然淘汰之列乎?予日望之已。

或問譯述之小說與自著之小說孰良,曰:"小說者,美的製作也。美之觀念,因民俗而有殊。異國人所感其美者,未必我國人亦感其美也。以言乎感人,譯本小說之力,自不若著者之偉大。然文學貴取精用宏,吸收異己者之所長,益足以增加其固有之美,則譯本小說,亦不可偏廢也。"

(原署名:成、成之。刊於一九一四年《中華小說界》第三至第八期)

敬告中等以上學生

凡一社會，必有其中堅焉，若人體之有心君，若三軍之有將帥。全社會之方針，悉其所指導；全社會之動作，悉其所統率。此一部分人而良也，則全社會蒙其庥；此一部分人而不良也，則全社會受其禍。若是乎，此一部分人之善惡之隱現，其關係於社會者，若此其大也。

負此指導統率之責任者誰乎？則英人之所謂 Gentleman，而吾國人之所謂士君子也。吾國社會，向以士農工商四種人組織而成。農與工商，皆僅自安其生，不與國家社會事。所恃為全社會之中堅者，則士耳。所謂士者，三代以前，出於世卿；兩漢而下，出於選舉；隋唐以降，則大都由於科目。今科舉之制既廢，學校之制代興。自今以後，代向者八股八韻之士，而負指導統率全社會之責任者，當然屬於今日中等程度以上之學生，無可疑也。

夫吾國之言興學，亦既二十年矣。學校之數，校諸今日文明各國，誠十不及一。中等以上之教育，尤為闕乏，此誠無可諱言。然以校諸向者科舉時代，則其所培植之人才，初未見其少也。顧今日社會舉事，乃彌有乏才之歎。何也？豈今之肆業於學校者，俱不足為人才耶？然其能刻苦自律學有所成者，固亦不乏；而抱千金屠龍之歎者，尤往往而有。則非無才也，有才而不能用之之為患也。

凡一社會，當其蒸蒸向上之時，必有凡事皆有一定之秩序。其用人也，亦若有一定之規則。此不必有法律之規定，資格之限制也。而有才有能、有功有勞者，自獲循序而進用。其無才無能、無功無勞者，自不容濫竽於其間。士之生斯時者，苟有所長，固可以平流而進，不必汲汲乎求自用其才也。獨至社會之空氣，既已腐敗，其用人也，非由賄賂，即由情面。其進身也，非藉結納，即藉攀援。方其未進用也，既以夤緣奔走，為倖進之門。及其既進用也，又以傾軋排擠為固位之具。此等事，有才者不徒校諸無才者而不見其長也，且適形其短。則士之生於斯世，有所挾持，而欲自效於社會國家者，舍奮起焉以自用其才，無他道矣。我國今日之學生，所以抱千金屠龍之歎者，得無于自用其才之道，猶有所未盡乎！

自用其才之道，奈何？曰奮鬥而已矣。天下之事業，與夫吾人之命運，本惟不斷之奮鬥為能開拓之。而在社會風氣腐敗時，實為猶亟。質而言之，則學有所就者，不當望人之用我之學，而當思所以自用其學也。如習法政者，不空望國家之用我為官吏，而當自思所以灌輸其法政智識于平民；習教育者，不必望學校之延我為教師，而當思自設一學校以振興教育；習實業者，不必望他人之延我為工程師或總理，而當思自組織一公司以振興實業是也。此其為事，誠不能謂非甚難，然必誠求之，亦不能謂為必不可致，畏其難而苟安焉，則是不能自用其才之證據也。不能自用其才，而又生當此不能用才之社會，則其所以自處者，不出二途。非懷寶而迷邦，則入焉而與之俱化而已。入而與之俱化，固非為學者所忍言，即懷寶迷邦，亦豈學人之初意耶！

吾國學生其大多數，均有刻苦向學，不厭不倦之美風，頗為異邦人士所稱道。即吾觀諸今日中等以上之學校，而亦不容妄自菲薄也。顧其與自用其才，則實為太短，此其故。全由於社會之習尚養成之。蓋當專制時代，視天下為一人所私有。士之效力於國家者，人之視之，不以為效力於國家也，而以為盡忠於一人；不以為熱心於公務也，而以為縈情於爵祿。此等思想，自政治上波及於社會上，有好言興作者，率目為自私自利之徒，而仕事者之氣短矣，此其一也。科舉時代士之為學，非果志於學也，志於科弟而已矣。而科弟之為物也，非可以必得。其得之，特由於僥倖，又不幸其為技也。除弋取科弟外，一無所用。不幸而不得科弟,遂至無一技可以自活。故人而一應科舉,則其終身之命運,遂悉墜入於茫昧之中。今科舉雖廢,而科舉時代之積習猶存,父兄之使其子弟入學校肄業也,非望其自此遂可以自立也,姑使之肄業焉而已。子弟之承其父兄之命入學校肄業也,亦非謂自此遂可以自立也,承父兄之命姑肄業焉而已。學堂有獎勵之時,其所望者為獎勵,此與望弋取科弟等耳。今獎勵既廢,求學者當以自立為鵠矣。然大多數人於此觀念終屬茫昧也。蓋猶歧學問與自立為二事也。夫當其求學之時,既未望其所學之必有用,則當其學成之後,又安望其能自用其學乎?此其二也。社會習俗如此,則學生之不能自用其才,良亦不能盡為學生咎。然正惟社會習俗如此,而學生之不可不自用其才乃愈亟也。

程子曰:"一命之士,苟心存於利物,於物必有所濟。"斯言也,不獨為吾人所以自效於社會之道,實亦為吾人求所以自立之方。今之學生頗有慮所學之無用,而自甘頹廢者,今之社會,又有以學問為不足自立,而欲別求他途者,吾為此懼,故敢進此忠告。

(原署名:輕根。刊于《中華學生界》第一卷第九期,一九一五年九月二十五日出版)

記黃韌之先生考察美國教育演詞並志所感

十月初二日,黃韌之先生開演講會於江蘇教育總會,演述考察美國教育情形,語語皆足為我國教育界之針砭、之借鑒。不佞學識譾陋,對於教育實證尤淺,其安能復贊一詞。顧先生攝謙為懷,尚殷殷以共同研究詔聽眾。不揣檮昧,輒述所聞,並志所感,以質當世之君子焉。

美國教育,最重實用。其制度,以省自為政,故殊不一律。有用普通式,小學八年,中學四年者;亦有用舊式,小學九年,中學四年者。其教育家所主張,且駸駸為各邦所採用者,則為小學、中學各六年,或小學六年,中學四年,而於其間別設二年之一級以調和之。問其理由,則主張小學六年者,以修學年限太長,于急須謀生之人不便也。其反對之者,則以欲謀生,必有相當之智識技能,修業時間太淺,恐不足於用也。其主張別設二年一級者,則以八年之時限,誠或太長,六年之時限,亦恐太短,故別設此一級,專授以謀生時種種實用之事項也。今各邦已有實行之者,其所授之課程,切於實用無論矣。即仍沿舊制者,至小學末二年,所授者亦無一非謀生應用之事。試舉一事,可以以證。歐美人最好潔,故其家中所用水管最多,而裝設水管,遂為社會上一種普通之職業。美國小學校,往往於末二年授之。其所授,絕非但講理論,或口說方法而已,必一一教之為實際之裝置。故其學生,一出學校,於裝設水管之事,即與曾任其職者無異。其他各事,罔不類此。故卒業於美國小學校者,出而謀生,謂其尚有待於學習,決無之理也。至其中學,則無不分科者。其分科,又非如清季所行之制,但分文、實二科而已,必酌度地方情形,分設為三四科。有分設農工科者,有分設農工商科者,亦有並設文科者。學生之入校也,必詳察其自己之志願,與其父兄之所希望,而後使入何科。各科中之科目,增損詳略,各有不同,絕非如吾國中學,一入其中,即十數門功課同時並進,問以何者最為注重,則教者學者皆茫然不能置對也。其在校時,所製作之物,無一不售之於市。其定價,恒較市上所售者為低廉,故銷售極廣,學校不徒出校後可以謀生,即在校時,往往有已能賺錢者。增學生之興味,利一也;堅父兄之信用,利二也。惟如是,故學校所製作,決無與社會之所用相背馳之理,且能時出其理想,以改良固有之物品,則其利之尤大者矣。

教授方法,純主自動。吾國今日,專恃講演,偏於注入之教程,殆美人所未嘗□□也。一入其教室,往往四周皆黑板,問其何用,則其學生之製作,如繪圖、演算等,往往不用紙筆,而俱就黑板發表之也。其所授事項,能令其自修者,必令其自修,甚有全令其自修,而教員但為之輔助訂正者。如作文,必以眼前事物命題,且一教室中,所命必不止一題。有一校,畜鳥甚多,皆置教室中,作文時,教員即以鳥命題,然非使之泛論天空中之飛鳥,亦非使之渾說一教室中所養之鳥也,使各就其觀察所及之鳥,而說明其形體、構造、特點、美點,及我對之之感想焉。其教授歷史,往往用實演之法,又非教員一一為之支配,使某生扮何人,作何語也。於未授課前,先使自行研究本課所授之事實,一一了然於胸中,及授課時,乃隨其才性之所長而支配之,其聲音笑貌,酣暢淋漓,雖老於演劇者,亦無此天機活潑也。又各女學校,必有房屋數間,備學生練習家政之用,謂之模範家庭。每一星期,輪學生四人值之,使各以己意佈置,臥室陳列,宜用何品,客堂裝飾,宜作何式,一一悉出學生之意,教員但為之指示改正,批評其優劣而已。其習烹調也,所烹調之物,必即可供食,時或教師自為賓客,而使學生為主人,又或教師為主人,而使學生為賓客,以習享燕之禮焉。一言以蔽之,可以實驗之,無不實驗,可使學生自為之事,教員決不起而代之。彼其教員非不勞也,然其所以勞其心力者,正自有在,而決非操刀代斫,越俎代庖之為也。

學問本存於空間,不存於紙上,教育亦然。吾國學問之發達,蓋自周之衰,王官之學散在四方始,下距戰國,不過數百年耳。而諸子百家,旁午蠭起,如崇山峻嶺,各具高深。自秦以降訖於今,二千餘年,歲月既深,復得昔人之所發明者,以為之憑藉。其進步宜益不可思議,顧反日有退步者,一求之空間,一求之紙上也。歐美學問之所以日新月異者,即由於此。他勿具論,舉其所謂寫生圖案畫者,足以為徵。夫寫生畫與圖案畫,皆吾人所熟知也。今乃合二者而一之,先用寫生法,寫取天然物之形態,但求其畢肖而已。既成,乃加以種種之變化,使成為規則的圖案畫焉。黃君指示畫圖一幅,其文理奇妙,不可思議,而溯其原,則從龜背之文理變化而出者也。其既成也,但見其組織之精妙,幾不審人之心思,何以至此?及一觀其逐次變化之跡,則文理采色,無一不有蛛絲馬跡之可尋。針痕線跡分明在,請把鴛鴦仔細看。至奇也,實至庸耳。此法初發明於德國,三年前,美人赴德觀博覽會,始知之,即派人赴德國學習。今既成,自施之於學校中矣。其轉相倣效,力求進步,亦誠可驚歎也。

美國學校,費用最為節省。今試游美,驟觀其學校之外表,無不驚其費用之大者。何則?吾國學校,出於特建者甚鮮。即有之,亦多以費用不足,因陋就簡,求其建築得如交通部工業專門學校者,亦足以自豪矣。然在美國,特學校建築之最簡單者耳。夫美國學校建築之壯麗如此,以吾人度之,其他種費用亦必比例而加增矣。夷考其實,乃殊不然。即以儀器一項論,非必不可闕者,未嘗購置,既購置,則必時使用之。如吾國學校,以數百千元購儀器,而終年閣置,未嘗一用,即用之,亦年僅一二次者,決無之事也。又如縫紉所用之材料,率由學生自攜,其所裁制亦多為有用之品。如吾國女學,由校中購備材料,以資試用者,又所未聞也。舉此二事,其餘可以類推。

以上皆黃先生演詞。以下乃進述吾之所感想:

凡事必先正其根本,根本既正,則枝葉不期而自理。本實先拔,而日培養其枝葉,無當也。如上所述,吾國教育界之情形,較之美國,能無自愧?試問其致弊之原,果何在乎?亦曰不切於實用而已。惟其不切於實用也,故其所授,不必求合于天然,而但須取材於紙上。亦惟其不切於實用也,故其教授,不必求學生之有得,而但恃教師之講演。而區區經費之耗省,又其末焉者矣。然則吾國之教育界,不求致用之弊,其原又何在乎?謂全國之教育者,皆只自為衣食計,甘心誤人子弟耶?此絕無之理。今即讓一步,謂全國之教育家,皆甘心誤人子弟之流矣。彼無數學生之父兄,豈其皆甘令自己之子弟,為人所誤,而亦絕不聞有責難之聲,則何也?然則其不求實用者,非不求實用也,特不知教育之當求實用耳。夫人之于學,莫不欲其有用,所謂幼而學之,壯而欲行之者也。今乃至舉國之教育家,暨被教育者之父兄,無一知求實用之人,寧不可駭?曰:此其所由來者遠矣。蓋吾國向者,以學問為士之所專有事,而其所謂學問者,則止於讀書,惟其所謂學問止於讀書也,故其所謂教育者,亦專以求其能讀書為的,而其他皆非所問。亦惟其以讀書為士之所專有事也,故全國中,絕無教育士以外人之法。他種人之送其子弟入學者,不過望其略識數字,聊勝於目不識丁,而初未嘗期其於本人之生活有益。此全國之教育家所以皆不知求實用,而學生之父兄亦不聞有非難之聲也。蓋教育之與生活,歧而為二久矣。

夫士以外人所受之教育,則既如此矣。而士所受之教育,則又無用之教育也。蓋向者之所謂教育,期以應科舉而已,而科舉之所試,皆無用之學也。幸而得科舉,則可以安富尊榮,殊絕於儕輩;不幸而不得科舉,則其人已無復一技可以自活。在理本當入於淘汰之列,所以猶不至此者,則以國家懸科舉以取士,天下希望應科舉之人甚多,其人雖不得科舉,而于應科舉之術,固研之有素,猶可出其所學以傳授他人也。然此在科舉未廢之時則可耳,科舉既廢,則其人所懷抱之學,因科舉而始見為有用者,又已變為無用之物,在理又不得不入於寒餓之途,於是潰溢橫決而四出焉。今日一入京師,則見求官者之多;一入於都會,則見待豢于人之讀書人之多;一行於鄉曲,則見寒餓而無以自存之老師宿儒之多,其原皆以此也。然吾國人受此等弊害雖深,而其習焉者則已久,故相安而不知其非。在今日送其子弟入學肄業者,不復敢希望其於本人之生活有益,坐擁皋比者,亦不復知其教育當於他人之生活有所裨益矣。此非吾之譾言也,可舉實事以為證。

吾嘗執教鞭於師範學校矣。夫既曰師範,則來學者,必人人求備有師範之資格也。乃夷考其實,則殊不然。其大多數,皆屬態度不明,不自知其宗旨之何在;其少數,則有思專研一二種科目者;亦有以學校中科目完備,來此肄習,可望於各種科學,得有門徑者。其真思委身於教育事業者,乃百不得一也。又嘗承乏於某實業學校矣。夫既曰實業,則來學者,必皆思委身于此項實業者也。乃夷考其實,又殊不然。其大多數,仍屬宗旨不明;其少數,則有思鑽研科學,於學校中謀充教員者;有思修習國文,出外承辦筆墨之事者;亦有專攻英文,於學校中謀充教員,或出外充當翻譯者。求其真有志于此項實業者,又百無一二也。故在今日,不徒學者,欲求一實施實用主義之學校而入之之難也,即教者欲求一學校,以實施其實用主義之教育亦難。蓋有在師範學校中,講授教育學,而學生以為多事,欲減少之,而增加歷史地理科之鐘點。在商業學校中,講授商業算術簿記,而學生嫌其無用，欲停止之，而代以英文讀本者矣。何則？彼之所欲學，與學校之所授，其宗旨本不相同也。往者某縣某業商人，嘗集資設一乙種商業學校，問於予，予曰："可不必辦也。"其人曰："何故？"予曰："辦之必無成效。"故其人謂予輕彼，怫然而去。已而辦理三年，果絕無成績，學生則時來時去。教員極其熱心，于國文則教以商業應用文字，于算術則授以商業應用算術，而學生意殊不屬。學生之父兄亦不謂然，謂不如普通高等小學之有益。某君乃更問於予，予曰："凡事必先謀其基礎，今子辦商業學校，而其基礎先未建於商業之上，此其所以無成效也。"彼曰："何謂也？"予曰："設立商業學校，有一先決問題焉，曰：來學者必皆有志於商業。今試問子所設立之商業學校，能如是乎？有志於商業者，皆循向者之習慣，送其子弟，入商店作學徒矣。其來入校者，皆願入普通高等小學之流也。安望其專心致志，以肄習商業學校之功課？即能專心致志焉，於其人亦奚益哉？使當設立商業學校之初，不循普通學校招生之手續，逕集已入商店之學徒而教之，吾知其辦理即或不善，猶必於其人將來之生活上有所裨益也。夫豈徒商校，即農校工校，亦可以此類推矣。"其人乃恍然而去。

如上所述，可見今日實施生活教育之難，其咎初不盡在教育家，然吾終不能為教育家寬其責。蓋普通人民不知教育之目的，猶可說也；教育家而不知教育之目的，不可說也。且正惟普通人民皆不知教育之目的為何物，而教育家所以啟發而誘掖之者，乃愈不容已耳。然以吾國社會，受科舉之毒如是之深，其積習如是之久，欲改變之，正非易事也。

以上皆述鄙人之感想也。末後黃先生又舉二語，謂此為吾國人與美國人思想之異點，當與國人研究其從違。其一則吾國人凡事皆好整齊，而美國人則否；其一則吾國人以耐苦為尚，求樂為戒，而美國人則亦否是也。今試一入美國人之室，則見其室中所有之器物，及其陳列之方法，各各不同，決無千家一律者。入吾國人之室，則自廳室以至卧室，所有之器物，陳列之方法，必皆略同。又試觀吾國人之冠，在夏日，習用一種草帽，則彼此皆此種草帽也；在冬日，習用六合帽（即瓜皮小帽），則大多數人，所用皆六合帽也。而美國則殊不然。此吾國人貴整齊，而美國人則否之明證也。在吾國，如昌言以求樂為主義，如吾今日力致若干金錢，以為後日行樂之預備焉，則人皆笑之，必曰："吾乃迫於衣食，不得已而出此者也。"若在美國，則謂人以求富而勞勤，初非不當之動機，而既富而求行樂，亦屬正常之享用，決無以此為諱者。此吾國人戒行樂，而美國人則否之明徵也。以上皆黃先生語。吾謂此二者，不徒為中國人與美國人之異點，實亦東洋與西洋，黃人與白人思想上根本之異點矣。以吾觀之，中國人重刻苦而戒行樂，較之西人，自有一日之長。蓋人性本求行樂，猶經濟最終之目的，必在消費，不待勸勉而能，日以刻苦屬行為戒，猶慮不逮，況昌言行樂乎？此孟子所謂苟為後義而先利，不奪不饜。太史公所謂夫子罕言利、常防其漸者也。西洋今日現世主義之流行，個人主義之發展，未必不由於此。引為殷鑒之不暇，而況可效之乎？論者每謂中國之貧，由其習俗之賤貧而貴富，不如西人之甚，此皮相之論也，暇當正之。至其崇尚整齊，則初無可取，此直是不進步耳，別無他種思想也。在淺者論之，必目此中國人統一數千年使然也，必曰："此中國地形平衍，為一大平原，而歐洲則華離破碎使然也。"殊不知天下之事有貴整齊者，有不貴整齊者；有必劃一形式，而後謂之整齊者，有不必劃一形式，而始成為整齊者。車同軌，書同文，行同倫，此貴於整齊者也，此必劃一其形式，而後成其為整齊者也。若夫器用之末，居處之安，萬有不齊，正所以各適其適，安得強而一之乎？即以桌椅論，一入美洲之肆，則其所陳列者，必有種種之大小，種種之式樣，雜然並陳，而其工人，猶日以研究改良為事。此亦黃先生所述。入中國之肆，則無有也。所謂桌椅者，其式樣，其大小高低，必恒相等，房屋之廣狹，人體之長短，不問也，此而可以謂之整齊乎？則一天下之履，而削人足以適之，亦何責焉？此直當製造桌椅時，並未一念及房屋之廣狹，人體之長短與桌椅有何等之關係?且未知桌椅之欲求適用,當有種種之式樣耳。此非吾過激之譚,試一考察今日工人之思想便知。吾故曰此直是不進步,並非有何等之思想也。

(原署名:輕根。刊于《中華教育界》第四卷第十二期,一九一五年十二月二十五日出版)

今後學術之趨勢及學生之責任

　　殘冬既去，陽春又來，萬物熙熙，皆有向榮之象。吾其何以為學生諸君祝乎？曰：吾曠觀歷史，而知今後強國救民之責，在於諸君。敢以是為諸君祝，亦以是為諸君勉。

　　夫學術無用之物也，懷鉛握槧，坐談一室，曾不能致絲粟之利，責以有形之效，其不如曲藝微長遠矣。然伊古以來，言利國福民者，終必以學術為首務。何也？曰：學術者，外觀雖若無用，然語其極，則足以開物成務，闢百年之大利。且足以陶鑄人心，轉移風俗，於社會之精神物質兩方面，所關皆至巨焉。夫國家之盛衰強弱，恆必視社會之良否以為衡。而社會之良否，則固合精神物質兩方面而後定者也。曠觀中外學術興盛之國必富且強，學術衰落之國必貧且弱，而或且隨以亡，豈偶然哉！管子曰："十年之計樹木，百年之計樹人。"其謂是乎！

　　吾國自周以前，其強盛蓋橫絕東亞。方是時，與我並立於赤縣神州者，蓋亦十數，而無一不為我所征服所同化。秦漢時代，席其餘烈，以成外攘之業，遂巍然為一大國，立於世界。魏晉以降，土宇猶是也，人民猶是也，而國勢之強弱，遂乃翩其反而。一亂於五胡，再敗於遼金，而終且見盜於元清。此何故哉？曰：其原因雖多，吾則謂學術之升降，必其大者矣。

　　夫學術之用，非有他也，宇宙至廣，品匯至繁，吾人以藐焉之躬，寄居其間，其為力蓋至微耳，四周天然之力，其足以迫害吾人者何限？吾人既欲求保其生存，克遂其發達，則必求所以制伏之，且利用之。

而欲有以制伏或利用天然之力,則非深察其現象、洞明其原理者不能。此學術之所為可貴也。吾國自周以前,承學之士,勞心焦思,以考察宇宙之現象,而探索其原理者,蓋亦二三千年,至於戰國之際,而其術大備,使後之人能承其餘緒,更加探討焉。事物之經驗既宏,原理之鉤求愈審,吾國學術之發達,早已五光十色,不可思議矣。而無如自漢以降,遂日入於晦盲否塞之域也。

自漢而降,學術之遷變,略可分為四期。兩漢之初,諸子百家之學初替,而一於儒。朝野經師,皆硜硜焉惟抱殘守闕是務。此一時期也。典午之際,老學盛行,佛學承而入之。士騖清談,家傳玄學。此又一時期也。自魏之三祖,崇尚文詞,社會向風,扇而成習。及隋煬帝,復以詩賦取士,於是詞章之學大盛,文學一科幾盡奪他科之席。此又一時期也。清譚詩賦之習既窮,思一變而為有用。於是上之取士者,易而以經義論策設科,下之講肄者,群騖於性與天道之學。此又一時期也。綜其變化,蓋亦多端,然可一言以蔽之,曰:無用。夫學術之職,非有他求。求以深察宇宙之現象,洞明其原理而已。今試問自漢以後,承學之士,所兀兀致力者,果能若是乎?漢儒治經,曰以致用,然考其所謂致用者,不過曰《禹貢》治河,《洪範》察變,《春秋》折獄,《詩》三百篇當諫書而已。夫今古異時,斯措施異尚,執三代之成法,而欲施之於後世,已非所聞矣。況學以參稽互證而益明,不知矛之所以攻,焉知盾之所以禦?此不易之理也。今姝姝焉,暖暖焉,惟儒家之學是尊,而置諸子百家之學於不問,則諸子百家之學廢,而儒家之學亦因之而晦矣。此兩漢儒者,所以雖自號為通經致用,而其說卒迂疏不可行也。佛學非真寂滅之譚,老學亦非真以虛無為尚。稍治二氏之學者,類能言之,然魏晉南北朝之際,人之所以競趨於是者,則以兩漢諸儒日言制禮作樂,迂濶而不周於務,煩苛而無益於時,人心有所厭棄。且其時禮教之說,束縛人太甚,激而思變使然。以束縛操切之餘,為裂冠毀冕之舉,自不得不入於寂滅,流於虛無矣。袞袞臺省,誰執鄙吝之人;悠悠江河,空下新亭之淚。虜騎已陵城下,猶忍死以待君；匕鬯將薦新朝，乃委心而任運。神州陸沈，王夷甫輩誠不得不任其責矣。詩賦詞章之無用，人所共知，宋儒性理之學，非不精微也，然以之淑身則有餘，以之濟世則不足。故顏習齋譏其著述講論之功多，實學實習之力少，兵農錢穀之不曉，工虞水火之不知。君相不得其用，天下不被其澤，則其無用，亦與佛老之學等矣。至經義策論之與詩賦帖拓，名異而實同，尤不竢論也。綜觀二千年來，只有古代已發明之學術，至是而放失者，諸子百家之學至漢而亡，儒家之學，實亦不能全曉，至魏晉乃並亡之矣。絕無古代未發明之學術，至是而發明者。中間雖一采取他國之學術，終以孤行無助，偏而不全，未能見諸實用，以利烝民，豈不哀哉！事物之原理，既已不明，自不能更求所以制服之、利用之之術。社會之齷齪，國勢之積弱，亦無怪其然矣。

剝極則復，貞下起元，於是清代復古之學出焉。清代之學，所以勝於唐以後人者，以其能與古人直接，而不為漢以後之成說所囿。所以並勝於漢儒者，以其能以己意推求其所以然，而非如漢儒之專作留聲機器及寫字機器。蓋學問本存於空間，不存於紙上。周以前之學術，皆求之空間，故實而有用；漢以後之學術，則求之紙上，故虛而無用也。自惠、戴、王、段之學盛，而東京之遺籍始復明。自莊、劉、龔、魏之說興，而西京墜緒亦可覩，中間復有出其餘力，以治百家諸子者，而九流之遺教，亦略可觀矣。故吾國古代有用之學，實湮晦二千載，至清代而復明者也。然終有憾焉者，一則時異勢殊，縱能盡明古代之學術，亦必不周於用；一則古今社會，相去太遠。社會之相去既遠，斯民之思想自殊，學者用力雖勤，於古人之學說終亦不能盡曉也。自歐西之學輸入，而學術界之情形，乃又一大變。

今日之為學，所以異於往昔者，其犖犖大端蓋有三事。昔時崇古之念太深，凡一學說，為古人所創者，不獨以為不當輕議也，且以為不當置議。夫至以古人之學說為不容置議，則其耳目心思皆有所窒，而不能盡其用，而真理晦矣。今則畏神服教之念除，自由研究之風盛，知古人之學說，所為江河不廢者，正以研究焉而彌見其可貴，而非不研究焉遂出於盲從。一也。發明學術，雖藉靈明，而探索推求，必資事物。神州大陸，統一既二千年，盛衰治亂，常若循環，事變鮮更，承學者之心思，亦為所錮蔽。今則瀛海大通，學術為一，有異國數千年之歷史，以資參證；有環球億萬里之事物，以廣見聞。耳目既恢，靈明亦因之日出，且歐非美澳，進化皆後於神州。彼其事實，頗有足與吾國古籍相證明者，則不獨新義環生，而舊說亦因之復活矣。二也。陰陽剛柔，相互為用，形上形下，本如鳥之雙翼、車之兩輪，自漢以降，儒者多薄為曲藝而弗為，考工遺規，漸歸廢墜；制器尚象，日以呰窳；強國富民，皆慮其弗周於用。今得遠西之學，引其耑緒，備物致用，復當方駕古初，不特有利烝民，亦且小道微言，因物質之闡明而愈顯。三也。綜是三者，則今人之聰明才力，雖未必遠過古人，而其所遭逢，則實為古人所不逮，其所成就，亦必突過古人矣。英雄造時勢，時勢亦造英雄，我學生諸君，其勉之哉。

　　抑吾猶有一言，欲為學生諸君告者：則為學之事與利祿之念最不相容是也。今試問吾國，自漢以後，何以諸子百家之學盡廢，而一於儒？曰：利祿為之也。儒家之學，何以不旋踵，復為異說所竄亂？曰：利祿為之也。隋唐而後，何以士於凡百有用之學一無所知，而惟詩賦帖拓經義論策之知？曰：利祿為之也。其間豈無一二瓌偉絕特之士，思欲探求事物而揚真理者？然舉世滔滔，方沈溺於利祿，而競趨於俗學，欲以一人之力，獨挽狂瀾，夫固知其難矣。故雖偶有發明，卒不能發輝光大，且不旋踵而廢墜也。今者科舉之制既廢，在上者不復懸利祿之途，驅誘學子，叔孫勝人之誚，桓公稽古之榮，吾知免矣。然舉世滔滔，方顛倒於拜金主義，其為學問害固與科舉等，或且甚焉也。吾為此懼，敢又以是為學生諸君告。吾從事教育十餘年，凡及門之士，克自樹立者，必其以學問為目的，不以之為手段者也。否則始雖以為手段，終且以為目的者也。其惟作官謀館是務者，終必不能有成。閱人者多矣，非虛言也。

（原署名：輕根。刊于《中華學生界》第二卷第一期，
一九一六年一月二十五日出版）

修習國文之簡易法

　　近數年來，學校學生，國文之成績，日益退步。此非誹毀學校者之私言，凡從事學校事業者，咸莫能為之諱也。夫國文成績之不善，其弊有三：

　　一不能高尚其感情，無以為進德之助也。近人有言：宋儒之言道德，校之漢儒純粹，奚翅倍蓰。然漢世，所在猶多至行，而學宋儒者，多不免為鄉愿，是何也？曰：進德以情不以智，漢世所傳經籍，多文章爾雅，便於諷誦，學者日尋省焉，則身入其中，與之俱化而不自知。宋儒理學之書，則無此效力也。此其言深有契于善美合一之旨，實為言進德者所不能外。然則欲高尚其感情，以純潔其道德者，舍厭飫乎詩書之林，游心乎仁義之源，復何道之從哉？然國文程度不足者，則無從達此目的也。

　　二不能通知國粹，無以為中國之人。國必有其國性，則為國民者，亦必有其國民性焉。必如何而後可稱為中國之士君子，此其道不一端，而通知國粹，其最要者矣。吾非謂通知國粹，遂可排斥世界之新學問也。不通知世界之新學問者，其於國粹，亦必不能瞭解，此何待言。然既為中國之人，則必不可不通知中國之國粹；苟不通知中國之國粹，則於世界之新學問，亦必不能深造。即能深造焉，而亦必不能成其為中國之士君子，此則有識者所同認矣。而欲通知國粹，則又非國文程度不足者，所能有事也。

　　三無以磨練智力，各種學問，皆不能深造也。聞之訓練兵士者言，識字之兵，校之不識字之兵成績之善必倍，管理工廠者之於工人亦云然。夫兵士及工人，其所讀之書，亦至有限耳，豈真隨時隨地皆能得其用哉？非也。吾人之言語，本有普通及高等之殊，通常所使用之言語，普通言語也，文字則高等言語也。僅通口語之人，猶之僅通普通語，僅克與農夫野老相周旋，能通文字之人，則猶之能通高等語，日與學士大夫相晉接，其識解論議不期其進步而自然進步矣。學校學生，國文成績優長者，他種科學之成績亦必較優長，職此之由。

國文一科，關係之重大如此。然今之學生，其國文之成績，顧日見退步，此豈良現象哉。然則其原因果何在乎？曰：亦未得其修習之法而已。

夫文字猶語言也。心有感想，發之於口，則為語言；筆之於書，則成文字。是文字之與語言，本一而二，二而一者也。若是，則能通語言者，宜即為能通文字之人。但多一識字之勞耳。然今顧不能然者，則以語言文字遷變殊途，迄今日已不能合一也。然二者其流雖異，其源則同。故修習文字之法，究與修習語言無異。今試問修習語言，舍多聽多試譚外，尚有他策否？則修習文字，舍多讀多看多作外，亦決無他策，審矣。而三者之中，多讀多看，實為尤要，讀與看，所以代聽也。作，所以代試談也。人於言語，苟能多聽，自不患其不能談話。而不然者，雖日事試談，無益也。今之學生，或汲汲於研究文法，或孜孜焉擇題試作，而於多讀多看二者，卒莫肯措意。此其所以肄習雖勤，進步卒尠也。

或曰：今茲學校，科目繁多，安能如昔日之私塾，捨棄科學，日夕呫嗶，以從事於國文？是誠然也。雖然，欲求國文之進步，果須如昔日之私塾，捨棄各種科學，以日夕從事於呫嗶乎？不能無疑。吾則謂今日學生，誠未能於多讀多看二者加之意。苟其能之，亦進銳退速，未能持之以恒耳。不然，其國文未有不進步者也。今試就高等小學及中學，為之料簡其程如下：

	高等小學			中學				
	第一年	第二年	第三年	第一年	第二年	第三年	第四年	
每星期熟讀字數	150	200	300	300	300	400	500	合計 86000
全年合計(四十星期)	600	800	1200	12000	12000	16000	20000	
每日閱看字數	1000	2000	3000	4000	4000	5000	5000	合計 36000000
全年合計(同上)	240000	480000	720000	960000	960000	1200000	1200000	

如上所定，每星期熟誦及每日閱看之字數，無論功課若何繁冗，決非不能辦到。然日計不足，月計有餘，合七年之光陰計之，所熟讀者，固已八萬餘言，所寓目者，則三千餘萬言矣。能如是，而國文猶不進步，有是理乎？試問今之學生，能如是者，有幾人乎？不自咎其修習之不力，而顧歸咎於吾國文字之難通，不亦傎乎？

往嘗恨我國文字選本雖多，然適合於中小學生自修之用者絕鮮。嘗欲發憤評選一編，其體例，取其(一) 按年遞進，適合於中小學生之程度，而其分量亦適合；(二) 其文字，不病其艱深，然足以指示我國文學之源流及門徑，而不嫌其陋；(三) 評注精詳，俾讀者得了然于文字之義法，且無於實質方面不能索解之苦。以卒卒寡暇，未為也。若深通文字而又洞明教育原理之士，有能就此一編者，於學生文學之進步，所關必非淺鮮，可預決也。然天下事貴乎力行，賴人之指導尚在其次。今之學生，苟能如吾向者所述之法以修習國文，則任何選本取而讀之，固均無不可耳。

(原署名：輕根。刊于《中華學生界》第二卷第二期，一九一六年二月二十五日出版)

本　論

一、共　和　上

　　天下事蓄之久者，其發之也必烈；而發之烈者，其成之也又必甚迂。若大河然，千里一曲，方其伏流，人莫知其爲四瀆之長也。及其逾積石，包龍門，下九州，乃沛乎莫之能禦矣。中國之於共和也，行之雖未及五稔，而蓄之則既二千年；其蹶起而圖之也，雖若傚法他邦，而實則行吾之所固有。此非吾之漫言也，請徵諸古。蓋聞古者稱有天下者之號曰天子，亦曰帝皇。帝，諦也。天神去下土遠，必審諦然後知之。皇，大也，惟天爲大。又始也，物之所自始也。記曰：物本乎天，人本乎祖，則此義也。然則帝與皇皆天神之稱，而人主以之自號。

　　……（缺，下同）

　　然天神之統治下民，初非必褻其尊焉，而躬降監之也。於是有感生之説。五帝之德，既不能獨成萬物，則一姓之後，自亦不能終有天下，於是有五德終始之説。然則古之所謂天子者，豈徒曰事天如父，而天亦視之如子云乎哉！此等説，自今日視之，誠不過讖緯之習、杳渺之談，然在古昔，蓋深入於人人之心。故漢高起義，可以殺白帝子愚其民，雖張角，猶僞言"蒼天已死，黄天當立"。而一姓受命之初，必斤斤於改正朔，易服色，亦以此也。古有天下者，既皆上帝之苗裔，則其等級自與庶民殊絶。篳門圭竇之徒，自無覬覦非分之想。故三代以上，有叛國而無叛民，而自黄帝以降，迄於秦，有天下者，皆一姓之子孫也。然此等説，自魏晉而後，遂以式微，而"撫我則后，虐我則讎"之義，顧日以昌大，何哉？曰：此則出於孔門之教義。蓋君主世襲之制，實政治壞亂之原，我孔子知其制之不可行，而又苦於小康之世之終無術以去之也，於是創一説以救之，曰：治國者不妨立君，而立君者必求有德。然以受命於天之主，而謂可由人民自推擇有德者爲之，又非當時之民所能信也。則又得一説以爲之調停焉，曰：立君之權出於天，而天之所以廢興之者，則由於民。故曰：天生民而立之君，所以爲民也。又曰：天之愛民也甚矣，豈其使一人肆於民上。又曰：天視自我民視，天聽自我民聽。又曰：得乎恤民爲天子，得乎天子爲諸侯，慮其無徵不信也。則又文致堯舜禪讓之事以實之。曰：古之人既有如此者矣，此其救世之苦衷至委曲也，而其立説又至周密。有詰之者曰：堯舜禹皆聖人也，聖人之所傳者，必爲聖人，既文致堯舜爲聖人，即不得謂禹非聖人矣。何以禹不傳賢而傳子？則曰：舜禹益相去久近，其子之賢不肖異也，其在啓固然矣。自啓以後，有夏繼世之主，不必皆如啓之賢也，何以天不之廢？則曰：繼世而有天下者，天之所廢，必若桀紂者也。夫民之心，終不能無望於其君，而於其並世之人，亦終不能無所忻慕。此等虛譽隆洽之人，未必可以治國，聽其養望林泉，亦足以振式末俗，必欲舉便當路，則有折足覆餗之譏矣。所謂誤天下蒼生者，亦蒼生誤之也。使東晉時推擇國務總理，有不舉殷浩者乎？東漢末選舉總統，有不舉袁紹劉表者乎？魏武奄宦養子，豈足與比，率之戡亂之才，果誰屬也？天而果甚愛我也，何以我之所欲替者，不爲我替之，我之所欲立者，不爲我立之，於此而無以爲解。則教義又將爲民所疑，而無以自立，則又釋之曰：匹夫而有天下者，德必若舜禹，而又有天子薦之也。不必顯與舊説立異，而古代"時日曷喪"，"我生不有命在天"之説，已一舉而拔其本根。亦會春秋戰國之際，民智日開，篤信感生受命，諸説之心日以益澹。而自漢以降，孔教又盛行，其説遂深入於人人之心，而有以爲舊説之代。自是以後，君主世襲猶是也。而人民之視其君，則其意既已大變，常以爲是爲我而立。其有德也，則奉戴之；其無德也，則可以鋤而去之。一朝鼎革之際起於草野者，其初率蒙叛逆之名，及其遷舊朝，平羣寇，而行事有當於民心，則亦相率而安之，以此也。其不然者，終亦不能安於其位，秦、隋是也。夫一姓之子孫，本無奕世皆賢之理，而爲君主者，其所處之地位，又易以使之不賢。試觀歷代開國之主，必賢於繼世之君，自外入繼之宗藩，必賢於生長深宮之太子可知。非必其資性昏愚，所處之地位則然也。故曰：君主世襲之制，實政治壞亂之原也。立君而知以有德爲歸，則選君之義已立，其未能躤起而行之者，以勢未可耳。吾故曰：共和爲我所固有，非由外鑠我也。

（附說）孔門教義，異於現行民主之制者，不過總統任期，一爲終身，一有年限耳。二制孰善，今猶未能遽定，未可遂執今以非古也。

二、共　和　下

……（上缺）秦以後，兵力之盛，莫如漢唐，然漢唐之威服四夷也同，而其所以威服四夷也則異。漢世強敵，無逾匈奴，匈奴之衰亂，蓋自神爵、五鳳之間。方武帝時，匈奴未有亂也，其人衆雖不漢若，然語其長技，固足與中國相當。讀晁錯論事疏可見。朔方既失，益北走絕漠，思徼漢兵疲極而取之，於策亦未爲失。然漢以衛、霍椒房之親，不恤士卒之將，猶能封狼居胥，禪姑衍，登臨翰海，建曠古未有之盛烈焉。唐世所亡大敵，獨一突厥，猶承其自亂，兵不越陰山之口。此外所摧破者，多天山南北諸小國。一遇吐蕃、回紇，遂無以爲計矣。此何故哉？漢去戰國之世近，斯民之餘烈蓄怒未衰，以言乎拓地，則有唐蒙、張騫等高掌遠蹠之才；以言乎奉使，則有傅介子、馮奉世等出疆利國之士；以言乎將帥，則有李陵、班超等智勇兼濟之臣；李陵以步卒絕漠，班超以三十六人定西域，皆前所未有，後亦未聞。以言乎士卒，則賈人贅婿，弛刑間左，不待訓練，咸可從軍，舉國皆武健俠烈之風，故能用之所向有功也。唐則去封建之世遠，民習於寬政既久，不復樂爲國死。故塞外諸役,率多用蕃兵,天寶稍事征討,而杜陵兵車之行作矣。

（注）後世法律,誠較古人爲完備,然皆徒有其名,而實不奉行。儒吏侈言德化,而不知躬蹈違法之咎,論者或轉以爲美談,俗吏則任意出入,衆益熟視,無如之何。民間爭訟,自行了結者十八九,亦各以習俗爲斷,非知法律也。叔向詆子產之作刑書也,曰:"民知爭端矣,將棄禮而徵於書。錐刀之末,將盡爭之。"今法律之繁,奚翅鄭刑書者,然爭及錐刀之末者誰乎? 是知法律雖繁,其實有關係於民者轉簡,文質之異,所以惟其實不惟其名也。

……

大小衆寡,不以形論也。今德意志之地,不過中國二十之一,其民不過七之一,顧能以一國之力,力戰全歐。以中國之大,顧不免於蓄縮受侮,何哉? 德能出兵千萬,我則並百萬而不能,德舉國須用之物,在戰時猶能自謀,我則平時尚仰給於外,是大者反小,衆者反寡也。宋蘇軾有言,欲取靈武,莫如捐秦以委之,使秦人斷然如處戰國之世,不待中國之援,而中國亦若未嘗有秦者。此最精之論也。

……

君主世襲之制,恒利民之弱,而不利民之強;利民之愚,不利民之智。蓋必舉國皆弱,而後一人可以擅其權;亦必舉國皆愚,而後一人可以享其利。故君主專制之世,最忌有強兵,亦最忌民能自治。吾國自三代以後,民兵之制,率不能行,而地方自治之制,亦日以廢壞,論者徒咎後世政治之苟簡,而孰知其理,實與國體政體,息息相通哉! 南海康氏有言,中國之兵,特異於齊民,別爲一種人耳,與他國可驅以任戰之兵,性質大異,其説最精。地方自治之制,秦漢最近古,則最詳。魏晉猶存遺意,至隋廢鄉官,而蕩焉盡矣。唐宋役法之弊,即由盡廢自治,舉向者民所自爲之事,而悉以官督之也。凡共和之國,恒忌陸軍之太強,君主之國則否,故強弱迥殊。此亦主立君者之口實也。然吾國之情形,則適得其反,國情之不易言如此。今欲強中國之兵,使能與各國爭利,以方今爭戰之烈,非能出兵千萬不可。若此者,固不能不用民兵。而欲一切政治,亦如他國之完密,又非官吏之所能爲,而不得不有待於民之自治。

此二者,皆君主世襲之世所深忌也。使此二者而遂行也,則今後必不容有君主據其位以傳諸子孫。使今後猶有君主能據其位以傳諸子孫也,則此二者必不能行。故今日君主世襲之制,與由質入文之治,實兩不相容也。

(附論)治化之由文反質,每爲持進化論者所不信,雖然,彼未嘗通觀古今也。善夫餘杭章氏之論曰:"或言往古小康,則有變復,今世遠西之政,一往而不可亂,此寧有圖書保存之邪?十世之事,誰可以胸臆度者?上觀皇漢,智慧已劣於晚周,比魏晉乃稍復;遠西中世,民之齊敏,愈不逮大秦。時越千載,然後反始,著校之節,亦甚遠矣。局促於十世之內,以爲後必愈前,亦短於視聽者也。"章氏之論,猶徒以史事證其必然,吾請更推其所以然。蓋由文反質之機,實起於人心之厭倦,而所深嗜篤好,執著之爲必不可無者,及其一經厭倦,則皆將土苴視之矣。然則厭倦之情何自起?曰:起於民生之凋敝,此觀諸戰國之世而可知也。古者十一之徵,既三倍於後世三十取一之稅,而此外則又有布縷之徵焉,有力役之徵焉,又嘗以田賦出兵焉,民之力,既遠不若後世之紓矣。然此猶爲平世,至戰國,則暴君汙吏,漫其經界,民且無田可耕,而以其時宮廷巨室之侈,會朝使命之繁,遊士食客之衆,國家之用,蓋又十倍於古昔,不於民取之,將焉取之?而且有一大戰,死者輒數萬或數十萬,壯者死於兵革,存者皆其遺孤,則能事生產之民,又垂垂盡矣。孟子言"水深火熱",言"猶解倒懸",豈好爲危苦之詞哉?當時之情形,實如是也。然則民生其間者,安得不一切厭棄,視聲明文物如芻狗,而惟思休息哉!今後歐洲之情形,則何以異此。夫世變不可禦也。

......

(附論)世襲之制不獨非國家之利也,亦非君主之利。徵諸往史,自秦以後,開國之主,無一能父子相傳,無有變故者,請得而歷數之。秦始皇長子扶蘇,爲李斯所殺,二世亦死於趙高之手。漢高死後,呂后專權,讀史者每謂少帝非惠帝子,賴平、勃之力,劉氏危而復安。然史明言此說出於漢大臣之陰謀,則果爲呂氏子之見誅,抑劉氏子之被賊,究疑莫能明矣。而要其傳世之際,不能無亂則一也。新莽篡漢,不恤自殺其子。光武於開國諸君中,最稱令主,猶且替郭后,立陰麗華,黜太子彊而立明帝,幸而東海懷退讓之節,故未有變了。魏武欲立陳思而不果,致其後帝室藩王,互相猜忌,名爲分封,實同幽禁,求爲匹夫而不得。而吳大帝亦廢其太子和,又殺其弟霸。晉武帝時,齊王盛植私黨,欲覆太子,以惠帝親武帝子故,不遂所欲,然其後諸王喋血京師,卒釀成五胡亂華之禍。宋武帝子少帝,爲徐羨之等所弒。齊武帝與高帝,並起艱難,實亦可稱創造之主,故無恙。及其子,即見篡於蕭鸞。梁武帝身爲侯景所逼,餓死臺城,諸子坐視不救,而日擁兵相屠。岳陽王詧,至召異族以戮同姓,爲千古未有之奇變。陳武帝無子,立兄子臨江王蒨。北魏道武帝,始入中國,身其弒於其妾。齊文宣始篡魏,子殷見屠於孝昭。周孝閔始篡西魏,爲宇文護所弒。隋高祖偏信獨孤,廢勇立廣,以亂天下,而身亦不得其死。李淵雖爲唐高祖,創業實出太宗,二帝亦可並稱開國之主。太宗登位,既由玄武門之變。其太子承乾,性行絕類隋太子勇;而承乾既廢,魏王亦誅,其事又絕類吳大帝之於和與霸。然大帝之立會稽,猶出己意;太宗之立晉王,則實爲長孫無忌牽鼻,明知其柔懦,不能易也。武氏之禍,實肇於此。而愛子及婿,且以此並罹慘禍焉。《唐書·吳王恪傳》。帝初以晉王爲太子,又欲立恪,長孫無忌固爭,帝曰:公豈以非己甥邪?且兒英果類我,若保護舅氏未可知。無忌曰:晉王仁孝,守文之良主,且舉棋不定則敗,況儲位乎?帝乃止。然猶謂無忌曰:公勸我立雄奴,雄奴仁懦,得毋爲宗社憂。故無忌常惡恪。永徽中,房遺愛謀反,因遂誅恪,以絕天下望。臨刑呼曰:社稷有靈,無忌且族滅。其事可謂慘矣。即遺愛之罪,初亦僅誣其兄遺直,遣無忌鞫治,乃得其與主謀反狀,亦疑獄也。太宗之慮高宗,則曰恐爲宗社憂，無忌之誅吳王，則曰以絕天下之望。又太宗臨崩，謂無忌曰：朕佳兒佳婦，非有大故，不可廢也。此時武后尚未入宮，焉知王后之將廢，其言非爲佳婦，爲佳兒發也。然則太宗高宗傳世之際，亦必有隱曲難明之故矣。梁太祖身見弒於其子友珪，友珪復見弒於末帝。後唐莊宗子繼岌，爲明宗所殺；明宗子閔帝，見殺於李從珂；從珂見殺於石敬瑭，敬瑭無子，立其侄重貴，太反其生平所爲，以取滅亡。後漢高帝子隱帝，爲後周太祖所篡，太祖亦僅有養子，一傳而見篡於宋。宋太祖太宗相及之可疑，人皆知之，無待論；而秦王及德昭，並不得良死。遼金元三朝，皆起塞外，事體自與中國異，然遼太祖長子東丹王，被逼奔後唐，卒以強死。金太宗之立，尚定於世祖之世。熙宗之立，即非太宗意，致宗翰撻懶等，群懷異志，使徽宗殂，金之亂，亦不旋踵了，而其後卒有海陵世宗二世之難。蒙兀有大汗而無皇帝，大汗之立，由忽烈而台推戴，本無世及之法。《元史》載元先世事跡不詳。觀《元秘史》及《元史譯文證補》所載成吉思以前諸汗，及太宗憲宗之立，海都之叛可知也。然成吉思長子朮赤，則既爲蒙兀泰伯，其後太宗拖雷子孫，植黨互爭，曠古未有之版圖，遂致瓦解。明太祖封建諸子，以爲屏藩，身殁而有靖難之禍。清世祖之升遐，至今猶多異說。世宗之所以立，與其即位後之屠戮同氣，則尤彰彰在人耳目者矣。曠觀秦漢以後，列朝開創之初，繼嗣之際，未有亂者，獨蜀漢先後主，則固承東西都之遺緒，非真勳業也。嗟呼！使其事僅一二見也，猶可委爲偶然。今也，二千數百年來，無論正統偏安之君，無不如此者，猶得冀幸其不然乎！黃梨洲之論君也，曰淫樂止其身，血肉之崩潰在其子孫。夫有國家者之終不免於滅亡，雖開國之主，寧不知之。夫固曰，及吾身可以自恣焉，且可以傳諸子孫焉；至於雲礽，則固不知誰何之人了。庸詎知禍即中於其身，及於其子，且不能待諸再傳之後乎？然則據南面而稱一人者，亦奚樂焉，而惜乎其不使本初父子聞之也。世襲之制，禍君主者不止此，以往歲主立君者，多以繼嗣之際，可免爭亂爲言，故獨舉此以折之耳。夫論事必有徵驗，彼輩動言國情,言史實,顧於史事之明白如此者,熟視若無睹焉。乃曰:總統選舉之際,必爲爭亂之階,吾不知中國選舉總統,方止兩次,何以知其後必有亂,得毋所據者爲墨西哥之史乎?夫共和之國,豈惟墨西哥,且既據墨西哥之史,則又何國情之云。

二、教　　育

吾國之言振興教育,亦既二十餘年矣。而教育之效,茫如捕風,社會之漠視教育,且益甚。是誰之咎與?

吾聞昔之反對教育者矣!其稱學校也曰洋學堂,教員曰洋教習,學生曰洋學生,校中所讀之書,概曰洋書。是以外國之學校目我國之學校也。亦有以慕獎勵而入學校者,是以科舉目學校也。又有迷信一通西文,即可得噉飯地,遣其子弟入校肄業,乃專爲習外國文起見者。是以上海今日之英文夜館目學校也。其反對學校固宜,而亦不足爲學校病。至今日則不然矣!社會之訾議學校,有以其管理訓練之未合者,有以其教授之未能得當者,雖不敢謂其所言之皆是,然校諸向者,固有天淵之隔。是固我國之教育家,所當反躬自省者也。

然則我國教育家之闕點,果安在邪?其方法之未善邪?曰:"非也。"吾國初設學校時,無一人焉能知學校之真相者。其所謂學校,非科舉之變相,即古代學校之遺蛻耳。科舉無論矣,即古代之所謂學校,亦皆以造就官材爲宗旨,與今日之國民教育,固相去萬里者也。今則教育原理,既已昬明,教育方法,亦昬加研究。以理論,吾國之教育,當蒸蒸日上,而實際乃殊不然者。何哉?吾知之矣:天下事非昧於方法之爲患,而缺於真誠之爲患。真誠苟具,則雖於其方法茫無所知,亦未嘗不可以研求而得。否則,無論方法如何完善,亦終無望其實施,而其並方法而昧之者,無論也。《康誥》曰:"若保赤子,心誠求之。雖不中,不遠矣。"今人亦有言:"人當以學問爲目的,不當以學問爲手段。"吾國今日之教育家,惟皆以教育爲手段,而缺於保赤之真誠。故其昧於教育之方法者，不能研求而得，即深明教育之法，亦終無望其實施也。嘗見一西醫爲人診疾，法當灌腸而謬以瀉藥與之，問其故，曰："我非不知也，但灌腸頗爲煩雜，不如與以瀉藥之簡便耳。"此明於其法而不能實施之證也。夫使天下之任事者，皆不明於措置之法猶可言也，明於其法而不肯實施則真無如何矣。王荆公之論保甲也，曰："當使人民利在於爲保甲，而不利於不爲保甲。"此政家之所以不能廢督責也。然教育之事係屬軟性，非可以督責收效，故非身任其事者激發熱誠不爲功。

語有之："人存政舉，人亡政息。"使全國之教育家，皆不以教育爲身心性命之業，則教育決無振興之望，固不竢言矣。然欲舉全國之教育家，一舉而振作其熱誠，其術果安在？曰：凡事必有其本，本立則末自舉焉。吾謂今日全國教育之命脈，在於師範學校生徒；而師範學校之命脈，在於師範學校之教師。蓋嘗觀諸吾國之歷史矣：凡教育興盛之際，必有一大儒焉，本其熱誠，躬行實踐，以爲之倡，而必不專恃夫國家及社會之扶助。以言乎國立學校，有如胡安定者以主其事，則人才輩出，成效卓著。否則，博士倚席不講，生徒視同傳舍矣。以言乎私家教育，得人師如程、朱，經師如馬、鄭，以爲之魁，則流風餘韻沾漑數百年而未已。否則，風流歇絕矣。蓋凡事之振興，皆恃精神而不恃形式；而精神之振起，則必恃有人焉，躬行實踐，以爲之倡也。有墨子之形勞不休，自苦爲極，則其徒可使之赴湯蹈火者百八十人。有耶穌之愛人如己，視敵如友，則其徒之捨身衛道者踵相接。一夫敢射百決拾，此曾滌生《原才》之論所由作也。此其責，固不論何人，皆可負之。然以所處之地位論，則師範學校之教師負之實最易矣。

西儒有言："人類之行爲，非能日出新意也，不過取已往之陳迹而反復之已矣。"信如是也。觀諸吾國之歷史，全國師範學校之教師，其不可不深自勉也。

（原署名：輕根。刊於《中華教育界》一九一六年第五卷第一期）

三、選　舉

……人人之所知也。往者九品中正之制，操進退等第之權者，皆地方之華族，非有所憚於其所選之人，又非迫寒餓，待賂遺以自活也，猶且上品無寒門，下品無貴族。況乎今操舉之權者，多鄉里細民，苞苴饋贈，固非所羞，土豪廢官，又所夙畏者乎？夫選舉者，寄其權於人人，而監督不可遍及。人莫不有戚里往還之誼，有鄉黨相愛護之情，雖使俗美化行，比戶皆三代之直，猶慮其弊之不能盡絕也，況於今日風俗大敝之時乎？夫風俗之敝，各有所偏，或則近名，或則近利。近名者雖多客氣，顧猶重名節，矜聞望，極其弊，則士釋實而修聲，民採虛譽而遺悃愊之士而已。至於近利，則有不忍言者。夫固曰：爭求選舉之事，未嘗禁賢人君子使不得與也。然其爭之勝負，果何如哉？從來干譽求衆，忠正本不敵奸邪，況乎中國之俗以干進爲可羞，以恬退爲美德。賢人君子，其必逡巡退讓，不能與土豪廢官競，審矣。且人之爲國家謀，孰與其自爲謀之切；見義而爲，孰與其見利而趨之勇？賢人君子之爭選舉，所以爲義也，所以謀國也。而土豪廢官之爭選舉，則所以利其身，二者之爭果孰力？又況逆賢人君子者無後患，逆土豪廢官者患且不可測乎？若曰：議員雖不必盡善，然身由民選，必能代達民意，稍抑政府之專橫，吾又知其必不可得。何者？求牧與芻，非徒恃督責之嚴，抑亦恃靖獻之力。議員之當盡其職，與官吏一也。曠觀往昔，每當世衰俗敝之會，輒多寒蟬仗馬之臣。今日中國方直學絕道衰，氣節掃地之時，而望侃侃直節者之能安其位乎？往者袁氏之始爲假總統，而終以即眞聞也，蓋非兩院議員之所甚願，非所願而終舉之者，則曰，袁氏陳兵力以脅之也。夫陳師旅以脅議員，則誠有罪矣。獨不解爲議員者，何以競爲所脅。今之言議院者，固猶斤斤然曰：當設於莫或脅之之地，果必莫或脅之，然後能盡其職也。則刀鋸在前，鼎鑊在後，何由有犯顏敢諫之臣；旌旗靡天，鋒刃接地，何由有仗節死綏之士乎？使漢之甘陵，明之東林之徒處此，其所以自表見者當何如？夫富貴不淫，威武不屈，誠非可責諸人人，然觀諸往史，固亦吾國士君子之庸行矣，豈必好以苛論繩人，特恐不得士君子，國終無由爲治耳。夫世惟善以利誘威脅人者，亦易爲利所誘，威所脅，今中（下缺）

四、砭　宋

有宋一代，有二賢相。其在汴京，曰王安石；其在臨安，曰秦檜。安石之相也，直宋眞、仁二代，紀綱廢弛之餘，養兵百萬而不能戰，郊祀冗祿之費，至數千萬緡。宋兵數，開寶時爲三十七萬八千，至道時六十六萬六千，天禧時九十一萬二千，慶曆時百二十五萬九千，治平時，百十六萬二千。養兵郊祀，與宗室吏員冗祿，號稱財政三大蠹。郊祀之費，至道末五百萬緡，景德時七百萬緡，仁宗時千二百萬緡。宗室吏員冗祿，眞宗時九百七十八萬五千緡，仁宗時千五百四十四萬三千緡，治平視皇祐增十之三，元祐則一倍皇祐，四倍景德矣。租賦之重，當晏然無患之日，即已至於無可復加。蘇軾語。而兵士給賜，小不如意，輒又慮其鼓譟而爲變。歐陽修語。雖欲稍裁減之，以紓民力，莫敢發也。安石秉政七年，汰冗兵，史不言其數，但云所汰者甚寡。飭軍紀，開利源，節安費。迨於元豐，保甲技藝，或勝諸軍，而將兵無論矣。各州餘蓄，皆可支一二年，而三司無論矣。循是行之，竭天下之財以養奸悍無賴之徒之弊可除，而富强可漸致也。其封樁軍餉，以充上供，致以陝西多兵之區，靖康勤王，僅得萬五千人者，蔡京之所爲，非安石也。諱言理財，不事鉤考，督責不加，散失不問，以元豐之蓄積，至紹聖初，不惟蕩焉以盡，且復有窮乏之患者，元祐諸臣之所爲，非安石也。以上皆見《宋史·食貨志》、《兵志》。安石之功，固不僅在理財、練兵，然此二者，實當時最急之務，宋所恃以救亡也。當安石時，宋之財政軍政，視治平以前何如？元祐以後何如？《宋史》雖極詆毀安石，不能誣也。至其罪狀安石之語，則均無可徵驗。然而世之論者，則曰北宋之亡，安石實肇之。檜之相也，直宋北都既陷，杭越革創之際，虜騎迫於江南，乘輿越於海嶠，永嘉奔亡，其不爲徽欽之續者亦幸耳。當時韓、岳、張、劉，皆號稱名將。然光世之驕蹇不用命，《宋史》本傳，已具言之。浚終始任專閫,然一敗於富平,而關陝以亡;再敗於符離,而恢復之業遂無可望。四川之全,吳玠兄弟及劉子羽之功,非浚力也。最不可解者,當宗弼渡江,使阿里蒲盧渾追高宗時,韓世忠、岳飛之軍,皆近在江南,是時宗弼之衆,不過數萬,且皆久戰疲憊,合而踵之,不難也。顧世忠則退駐江陰,飛則逗留廣德、溧陽,不敢越獨松關一步,轉不如世所詆爲大奸之張俊,尚能背城少抗,俾高宗得乘間入海也。建炎四年,給事中汪藻奏:劉光世、韓世忠、張俊、王瓊之徒,身爲大將,論其官,則兼兩鎮之重,視執政之班,有韓琦、文彦博所不敢當者;論其家,則金帛充盈,錦衣肉食,輿臺廝養,皆以功賞補官。至一軍之中,使臣反多,卒伍反少;平時飛揚跋扈,不循朝廷法度;所至驅虜,甚於夷狄,陛下不得而問。正以防秋之時,責其死力耳。張俊明州僅能少抗。奈何敵未退數里間,而引兵先遁,是殺明州一城生靈,而陛下再有館頭之行者,張俊使之也。臣痛念自去秋以來,陛下爲宗社大計,以建康、京口、九江,皆要害之地,故杜充守建康,韓世忠守京口,劉光世守九江,而以王瓊隸杜充,其措置非不善也。而世忠八九月間,已掃鎮江所儲之資,盡裝海船,焚其城郭,爲逃遁之計,洎杜充力戰於前,世忠、王瓊卒不爲用,光世亦晏然坐視,不出一兵,方與韓相朝夕飲宴,賊至數十里間而不知,則朝廷失建康,虜犯兩浙,乘輿震驚者,韓世忠、王瓊使之也。失豫章而太母播越、六宮流離者,劉光世使之也。嗚呼!諸將之負國家,罪惡如此,而俊自明引兵至溫,道路一空,民皆逃奔山谷,世忠逗留秀州,放軍四掠,至執縛縣宰,以取錢糧,雖陛下親御宸翰,召之三四而不來,元夕取民間子女,張燈高會,君父在難而不恤也。瓊自信入閩,所遇邀索千計,公然移文曰:“無使枉害生靈。”其意果何在哉?臣觀今日諸將,律以古法皆當誅云云。於南渡諸將之驕橫跋扈,暨高宗播遷,確由群帥之不能盡力,可謂抉摘無遺。世忠與金遇以來,可稱戰捷者,惟黃天蕩、大儀二役,黃天蕩之役,扼人歸師,且乘北人不善使船,猶終於敗衄。世忠之敗,由大舟無風不能動。蓋其所用,即隔歲用以裝載鎮江所儲之資,爲逃遁計者也。自八九月至明年四月,爲時已越半載,果使豫定江中邀擊之謀,何至並小舟亦不能造。大儀之役,則太宗凶問適至,金師自欲解歸耳。飛與金人遇以來,可稱克捷者,惟郾城一役,他皆無可徵驗。飛本傳所載戰功,多誕妄不中情實,且即如所言,亦十之九在平內寇耳。其尤誕者,謂以兵八百破孔彦舟等五十萬衆,而清水亭之戰,至於橫屍十五里。當時群盜嘯聚,正以兵燹之後,無所得食耳。屯聚多兵,必須口實,而謂其能合五十萬衆以攻汴乎?宗弼渡江,衆本不過數萬,分掠常鎮者,至多不過數千人,一戰而橫屍十五里,則金軍盡矣。諸此類者,皆不待深求,而知其不可信者也。然是役也,實以二萬餘人攻萬五千人,力戰半日,僅乃克之。與史所稱善以寡擊衆者適得相反。《飛傳》兀朮有勁軍號拐子馬,是役以萬五千騎,一若萬五千騎外尚別有大軍者,然據本集所載捷狀,則金兵是役共不過萬五千人耳。十二金字牌之召,本傳稱磁、相、開、德、澤、潞、汾、隰、晉、絳,皆期日與官軍會。自燕以南,金人號令不行,惜其以十年之功,廢於一旦。然據高宗本紀所言,則返旆未幾,諸軍皆潰矣。此等兵,而可恃之以謀恢復乎?況是時諸軍之食,皆由將帥自製,無復承統。"廩稍惟其所賦,功勳惟其所奏。將版之祿,多於兵卒之數。朝廷以轉運使主饋餉,隨意誅求,無復顧惜。"葉適語。兵驕於外,財匱於內,何以爲國。馬端臨謂宋用屈己講和之下策,由韓、岳、張、劉之徒,一遇女真,非敗即遁,縱有小勝,不能補過。葉適謂諸將之兵不收,不特北方不可取,南方亦未易定,及其或殺或廢,惕息俟命,而後江左得以少安,豈虛語哉!而論者則曰:南宋之不振,檜實爲之。覸子曰:輿論之不可恃也久矣。輿論之不可恃,自有朋黨始,有朋黨,則有意氣而無是非,此黨之所是者,彼黨必力訾之,雖明知其是,弗恤也。彼黨之所非者,此黨必力贊之,雖明知其非,弗顧也。始以爲可行者,及異黨之人贊之,則忽以爲不可行。始以爲宜廢者,聞異黨之人訾之,則更以爲不宜廢。此不必徵諸遠也,就吾曹所身歷之事觀之可知矣。三四年前,立會結黨之風大熾,一時異軍蒼頭特起者,蓋亦十數,而某某二黨,相非爲尤甚。問諸此黨,則彼黨之人,盡鬼蜮也;問諸彼黨,則此黨之人,盡虎狼也。其實世固有不在黨內之人,自黨外之人觀之,此黨之人,果盡虎狼乎?彼黨之人,果盡鬼蜮乎?即不必黨外,雖黨中人,平旦之際,撫心自思,固亦有啞然失笑者矣。然當其張脈僨興時,則何暇及此,即及此,亦有迫於勢,劫於衆,欲自返焉而未由者矣。嗟乎,輿論之不可恃也久矣。自今日觀之,北宋之爲新爲舊,南宋之主戰主和,其是非得失,皆若無難定也。庸詎其在當日,彼亦一是非,此亦一是非,一如吾曹之親歷者乎?今使三四年前之史,而修諸此黨人之手,則此黨之人,有不爲北宋之王安石,修諸彼黨人之手,則此黨之人,有不爲南宋之秦檜者哉？晉王羲之有言，後之視今，亦猶今之視昔。唐杜牧亦有言，秦人不暇自哀，而後人哀之；後人哀之而不鑒之，亦使後人復哀後人。嗚呼，何其言之痛也。雖然是非之不明，其在後世，猶無傷也。何則，所謂古之人者，其骨則已腐朽矣，雖譽桀紂以堯舜，何益？雖毀伯夷以盜跖，庸何傷！獨恨其在當世，使事之是者無由行，非者無由止；士之善者無以自見，惡者無所畏憚。數十百人，謀之帷幕之內，而百千萬人為之奔走先後，若狗之受發蹤指示於人，方自以為為國，而不知其皆為人謀私利也。嗚呼，痛哉！孔子曰：君子矜而不爭，群而不黨，有以也夫。論者曰：黨有善有不善，其不善者不可有，其善者不可無。吾亦云然。獨不解何以得其善者。神州之士，矜名而好利，蓋承專制之治既久，自貴近以至疏遠，莫不欲為奸弊以自取利，所以督責之者，惟恃君主一人，其勢固不可遍及。風習隨法制而變，待人以誠信，人亦以誠信報之；待人以欺詐，人亦以欺詐報之；專制之治，專防人為奸弊，故奸弊卒不可免。孔子曰：君使臣以禮，臣事君以忠。孟子：君之視臣如土芥，則臣視君如寇讎，即此理。韓非論八奸，至於同床父兄，皆不可信，非故刻深，理實如此。則不得不尊之以名，而冀其自矜尚。孟德斯鳩所謂君主之治，其本在於寵榮。而堂陛等級之說，深入於人心，士大夫之自視，恒亢異於庶民，積之久，遂成為性，不獨其於細民然也。即士大夫相遇，亦矜冀不肯相下，有尚之者，雖枉道，必復之。故既有黨爭，即必不能循正道。又自秦漢以降，世祿之制既廢，而士大夫猶以官為家，其飲食衣服宮室車馬，恒美於人。語曰：位不期驕，祿不相侈。亦惟驕者愈思競進，侈則益以患貧。侈恒患貧，理甚易見。驕思競進，道亦同之。益驕則恒思上人，思上人，則恒欲然自覺其勢位之不足也。朝廷雖有代耕之制，固不能饜其無涯之欲。即如清世末秩，祿誠傷薄，位高者初亦不然，然仍貪求無藝者，所謂侈則益以患貧也，必執厚祿以養廉之說。祿愈厚，侈愈甚，侈愈甚，祿亦愈厚，相為無窮，豈國家所能給。固知簠簋不飭，實由風俗之敝，官方之不肅，非徒厚祿所能挽回矣。於是號為士大夫者，其貪求往往過於庶民。惟其貪求出於迴不得已也。則利之所在，不得不奮起而圖之，一人之力不足，則不得不藉助於徒黨。歐陽修有言，君子與君子，以同道為朋；小人與小人，以同利爲朋。以同道爲朋者，吾見亦罕矣。黨中魁碩，未必志在圖利，如宋之王安石、司馬光。無論謂其孰是孰非，指爲圖利，必皆不可也。然一二魁碩，雖不以圖利爲心，而千百景從之者，實皆以圖利爲主。安石變法誠是，其所用，誠亦非盡小人。然謂其必無一小人，無一行新法以擾民、借新法以謀利者，則必不然。舊黨以用小人詆新黨矣，然其所用，亦何嘗是君子。果多君子者，何至以熙豐餘積，督責不加，散失不問，數年間，即皆蕩焉以盡乎？且如今之爲黨者，其黨中一二俊彥，非以圖利爲心，亦豈不皎然與天下共見哉。一人雖善，無如衆何，君子所以必慎所合也。以同利爲朋者，則自古以來，未嘗絶也。特其關係有大有小，其關係大者，人咸指目，其關係小者，則弈世之後，人或忘之，而其徒，亦有時以黨自名，有時不以黨自名耳。大抵立黨必借美名，其時有名可藉者，則以黨自名。否則不以黨自名，今之黨亦多矣，獨世所指爲某係某者，初未嘗有黨之號，其明證也。亦惟其矜懐尚氣，習而成性也。故結黨之始，雖以利合，及其爭而求勝，則並其所爭之利而亦忘之。私利且猶忘之，而況於公事乎？此數千年來，所以一有黨人，政治即敗壞不可收拾，論者雖或指一黨爲君子，亦卒於國事無裨也。語曰：狐埋之而狐搰之，是以無成功。西人亦有言，惡政雖不如善政，猶愈於無政。今使國無黨禍，而執政者不得其人，其所行誠不能善，然猶不失爲惡政也。獨至有黨，則門戶相持，更起迭仆。此黨得政，則彼黨之所行者悉廢；彼黨得政，則此黨之所行者亦如之。如行路然，今日西行百里，明日復東行百里。如繪圖然，左手畫圓，同時右手又欲畫方。自黨人言之，固皆持之有故，言之成理也。自國家言之，則亦已所行者，悉自廢之。已所廢者，旋復行之耳，是無政也。即強謂之有政，則亦舉棋不定之政耳。舉棋不定之政，則政之最不善者也。請更以近事證之，吾國之有黨議，蓋始於戊戌，其在今日，固無以"維新"、"守舊"名其黨者矣。然其始，固起於新舊之不相容。戊戌變法，未及百日，即有瀛臺之禍。極之於庚子，庚子以後，則有辛丑之貌行新政，行新政者特其貌而已，則有辛亥革命之役繼之，即辛亥之革命，則又有癸丑以後務復清之法，有癸丑以後務復清之法，則又有今茲西南之役繼之，其口實雖各有在，究其實，則仍一新一舊之迭爲起仆耳。試問其果何所成乎？向使戊戌以後，新政遂行，德意志、日本變法之效，固未嘗不可幾。即至戊戌之變法，一切皆守甲午以前之舊，其敗壞，亦決不至若是其甚。何則？無戊戌則無庚子，拳匪之亂，可以不作也。無庚子，則無辛丑以後之貌行新政，詐言立憲，人民之怨怒未深，辛亥革命，或猶可緩也。無辛亥則無癸丑，同室操戈之禍無自而生也。無癸丑，則無去歲①之勸進。今②茲西南之戰禍，又無由而起也。凡此諸役，主持之者，固莫不自謂有益於國，孰知其輾轉遷變，皆利不及見，而害已隨之乎！今日誠不自覺，奕世之後視之，亦何以異於宋之忽以母改子、忽以子紹父者哉？黨之善者，吾亦知其不可無，亦非敢謂今後之黨，必不能善，然吾觀諸既往，則吾不自知其涕泗之何從也，嗚呼！

五、哀　　隋

　　粵稽史乘，有天下二世而亡者，曰秦與隋。秦政淫虐，隋文則恭儉之主也，史稱其躬節儉，平徭賦，倉廩實，法令行。君子樂其生，小人安其業，強無陵弱，衆不暴寡，人物殷阜，朝野歡娛，二十年間，天下無事。蓋自秦以來，國計之富，莫過於隋。馬端臨曰：古今稱國計之富者，莫如隋。然考之史傳，則未見其有以爲富國之術也。蓋周之時，酒有榷，鹽池鹽井有禁，入市有稅，至開皇三年而並罷之。夫酒榷鹽鐵市征，乃後世以爲關於邦財之大者，而隋一無所取，則所仰者賦稅而已。然開皇三年，調絹一匹，減爲二丈，役丁十二番者，減爲三十日，則行蘇威之言也。繼而開皇九年，以江表初平，給復十年，自餘諸州，並免當年租稅。十年，以宇內無事，益寬徭賦，百姓年五十者，輸庸停放。十二年，詔河北河東今年田租，三分減一，兵減半，功調全免，則其於賦稅，復闊略如此。然文帝受禪之初，即營新都，徙居之，繼而平陳，又繼而討江南嶺表之反側者，此則十餘年間，營繕征伐，未嘗廢也。史稱帝於賞賜有功，並無所愛，平陳凱旋，因行慶賞，自門外夾道，列布帛之積，達於南郭，以次頒給，所費

---

① 編者按：即1915年。
② 編者按：即1916年。

三百餘萬段，則又未嘗嗇於用財也。夫既非苛賦斂以取財，且時有徵役以糜財，而賞賜復不吝財，則宜用度之空匱也。而何以殷富如此，史求其說而不可得，則以爲帝躬履儉約，六宫服澣濯之衣，乘輿供御，有故敝者，隨令補用，非燕享不過一肉，有司嘗以布袋貯乾薑，以氈袋進香，皆以爲費用，大加譴責。嗚呼！夫然後知大易所謂節以制度，不傷財，不害民。孟子所謂賢君必恭儉禮下，取於民有制者，信利國之良規，而非迂闊之談也。雖曰用法嚴峻，然所持者國家之刑章，未嘗殘民以逞其私慾，以視秦政起阿房之宫、營驪山之壙、極三邊之戍、陳五族之刑者何如哉？然其興亡乃以不異，何也？覛子曰：吾讀《隋書》劉昉、鄭譯、柳裘、皇甫績、盧賁傳，然後知隋之亡，宜也，非不幸也。何者？國於天地，必有與立，所與立者，非徒高垣墉，修甲兵，而曰我有以爲强，充倉廩，實府庫，而曰我有以爲富而已。蓋必有與之圖治理者焉，亦必有與之共危難者焉。聞之，人有上中下三品，上焉者，先天下之憂而憂，後天下之樂而樂；中焉者，雖不能損己以益人，亦不至賊人以利己；其下焉者，則憂人之樂，而樂人之憂。享之以五鼎，弗飽也，必紾臂而奪人食。裸之以三女勿安也，必殺人而竊其妻。若是者，一人樂其生，則天下無以安其生，一人遂其慾，則天下無以養其慾，雖彼亦不自知其所以然也。一言以蔽之，則好亂而已矣。好亂之性，不必介胄之夫也，雖縉紳之士亦有之。隋文帝之論劉昉等曰：微昉等，吾不及此，然此等皆反覆子也。當周宣帝時，以無賴得幸，及帝大漸，顔之儀等請以宗王輔政，此輩行詐，顧命於我，我將爲治，又欲亂之。可謂洞燭其心矣。夫與治同道罔不興，與亂同道罔不亡，今欲圖治而所與謀者皆好亂之人，幾何不南轅而北轍也。一代開國之初，必有鳥盡弓藏之禍。微特韓信、彭越也，即裴寂、劉文靜輩，亦卒不得免，豈無故哉？雖然，其在武臣，則除之易，在文臣，則除之難。何則？武臣之所長者，戰伐而已。當開國之初，群雄既略以芟夷，即萑苻亦俱滅息，爲武臣者，勢必釋兵權，奉朝請。髀肉既生，部曲離散，雖欲爲亂，勢固有所不能，縱或不然，而動干戈於扶傷救死之年，疲轉餉於十室九空之際，固非厭亂之人心所欲，故因而除之易也。至於文臣，其能交通私室，覬立公朝，盜竊魁柄，潛移至步者，其才智必有以大過於人。當開國之初，固不能捨是輩不用，而得國之主，不由征誅而由禪讓者，其性情又大率猜忌，視舊朝之士，往往舉不可信，而士之忠亮死節者，亦或高蹈山林，羞與爲伍，則捨是輩，固無可用之人。夫一朝開國之初，所以能獲數十百年之治安者，以其能舉第一等人，與之共治，斥第三等人，使伏匿不敢出，而衆多之中人，有以安其生也。今若是，則有革政之名，無革政之實。入其廟，則鐘鐻遷移矣。而所與圖治者，仍無非亡國之大夫，是與亂同道也。高熲之在周也，文帝實召之，熲欣然承旨曰：縱令公事不成，熲亦不辭滅族。其險陂徼幸之心如見矣。以險陂徼幸之心來，則亦以陰陂徼幸之心去。有隋一代，所稱開國名臣，無若熲與楊素、蘇威者。素內比獨孤，外交通晉王，卒危儲君，以覆國本，文帝之強死，素且躬與其謀。威以仍世老臣，僕僕亟拜於宇文化及、李密、王世充之間，而無所愧。豈真文帝之待其臣，大失其道，而其臣視之，若路人寇讎哉？其心，皆熲之心也，亦即劉昉、鄭譯、柳裘、皇甫績、盧賁之心也。無與共立，誰與共斃。史論之曰：在人欲其悅己，在己欲其罵人，諒哉！然則隋之亡，宜也，非不幸也。昔者魏武帝，雄略之主也，其得天下，實由躬擐甲冑，四征不庭，非真如石勒所言，欺人孤兒寡婦，狐媚以取之也。徒以當國之時，好獎進不忠不孝辱名賤行之士，奕世之後，亦未能引用忠亮死節之臣，而孫資、劉放等，遂得因以爲資，其事與隋最相類，然則欲圖治者，其亦思除舊佈新之義，愼所與共治之人，無至於無與共斃時而後悔哉！

六、生　　計

魚之肆久矣，且所爲議行生利之政者，以養胼手胝足，能勤勞以自活之民；非以養乘馬縱徒，安坐而食之士；尤非以美名畀駔儈，俾便詐欺。今地方亦有以閑民無所歸，而設習藝之所，立因利之局以消納之者，然多以號稱薦紳者主其事，簿書廩祿之費，浮於經營擘畫之勞，是設局所以養遊士,非以養閒民也。至於人民自營之業,藉口於挽回利權者,大抵取股份有限公司之制,集財既多,而每一股東,所出甚少。其聚集又甚難,固無從施其監察,則主其事者,往往不免於詐諼。蓋有立一公司,經營數年,所營之業,一事未舉,而股本則蕩焉以盡者矣,是使富人益不敢出其資,而貧民益無以爲生也。股份公司之利,最大者,在能聚散資。使無此公司,則此資本,皆棄置焉,不能生利者也。即生利,亦必不能如是之大。又大事業,獲利不可必,或甚緩者,非十數人數十人之力所克任,則亦不得不用股份公司。然必主其事者,能守信義,且有經營之才而後可,否則徒便詐欺,以股份公……(中缺)終至流爲盜寇。吾生三十年,見有棄南畝而事他業者矣,未見有既事他業,而復返於農者也。生計學家言,任物自競,必趨於平,故求過於供,則民自趨之,供過於求,則民自棄其業,此以言商業則可。今人或並欲以論農業,則大謬。數見棄農業而事他業者,至於困頓失所,土田猶在,然卒莫肯歸耕,以此知道返本之難也。夫民之治生,豈待獎勸,然古先聖王,必於民事特加之意者,豈無故哉? 或曰:子之言則然矣。如經費不易何? 應之曰:縣各自測量其荒田而圖籍之,所費不多。非編測一縣之田也。地方自治,當能舉之,至貸民以籽種耕具,則可勸富人出資,設立農業銀行,以主其事。即或瘠省僻縣,銀行不能遽設,必有待於政費,亦仍可取其息而責其償。有所貸,無所費也。從古未有民逋官債敢不償者,即或有之,土田猶在,固可賣諸富人也。若慮吏胥肆虐,則地方自治,可以監察之,況此事本可由地方自爲之,不必假手於官也。且即謂有損經費,吾猶謂當緩他政而舉之,何則? 凡百興利之事,往往至於養遊士,便駔儈,獨至於農業則不然。言農業而立學校,設農場,猶或不免以養遊士。至於招民墾荒,而以銀行貸貲之法,假之籽種耕具,則任事者無所施其奸,即或不免,亦必較他事,奸弊爲獨少也。今日國家之政,莫急於養民,相生養之道,固當使民自爲謀,然其勢緩急不相及,則不得不有待於國家。今即言地方自治,主其事者,亦仍地方之士紳,其人仍與官相近,不能與官治大異。而以行政之官,主興利之事,又必不能善而適以滋弊,則其道兩窮。無已,則擇其事簡而易行,弊之著而難掩,效之有實跡可睹,而不能以空言塞責者爲之。其委曲繁重者,則待民之自謀焉。其庶有豸乎？言農業，特以發其凡，凡言生利之政者，皆可以此理推也。

七、察　　吏

……（上缺）習，則不得不望有賢令長，以督責而輔翼之。蓋中國自治之廢，既千餘年矣。秦漢而後，日益廢墜，至隋唐而蕩焉。其故則由於民能自治，與君主專制不相容也。參看《共和中》。民間利害切己之事，雖多出於自謀。特由政治疏闊，官不爲謀，無可如何而然，非法之所許也。惟其非法之所許也，則人民於自治之權，失之已久，一旦授之，未必遂能自有。又向之自治，出於人民之自謀，則必其智之所及，智及之，力自足以監察之。且其所舉至簡，則亦無利可圖，而事非法之所許，則又無權力可藉，故雖不能興大利，尚不至轉蒙其害也。今者事體既與昔異，則土豪勢家，刁紳劣監，必有群起而攘其權，以自利者。以向者堂陛等級之說之盛，官民相去之遠也，雖其退處鄉里，或徒讀書應科舉，尚未入官者，其權力猶與庶民殊絕。今又益以法律，爲之保障，其名又甚美，而謂良懦之徒，能與之抗乎？不幸如是，則名爲自治，實乃自亂也。而其害之所及，將窮鄉僻壤無弗遍，米鹽瑣屑罔或遺，不肖官吏之威，所萬不能違者，今則舉不得免焉。是驟增數百千萬之貪官酷吏也，其庸有幸乎！他事且弗論，即如稅捐，便可多立名目，任意收取，名曰徵諸地方者，仍用諸地方，人民之自利，至切近也。實則用諸何處，莫可究詰，即誠用諸有益之事，而事亦有名無實，何處可控訴乎？今者沿江沿海，民智較開之地，此等事猶不免時有所聞，而況僻陋之區乎？其爲患可勝言哉！惟得賢令以督責而輔翼之，持法嚴則豪暴自威，彰癉明則群情自奮，有守有爲之士，皆願自靖獻於地方。夫然後何利當興，何弊當革，可得而知，既知之，即能興革也。夫治國之道，猶築室然，雖有高明，基礎必起自地。故必民之力足以出稅，而後上有可理之財；必民之心願欲效忠，而後上有可經之武；必民有望治之意，而後上能與之爲安；必民無轉死之尤，而後上能施其所教。故國家所行之政，欲以策富強者，必民生粗裕，然後可行，否則適以滋弊。如言理財適資中飽，言練兵適釀亂源之類。而利民之政，亦必有地方自治，然後能行，否則徒有其名。而地方自治之善否，胥於親民之官繫之。則親民之官之在今日，所繫之重，豈特漢宣帝時比哉？且物之能爲利者，則亦必能爲害；其爲利愈大者，則其爲害亦愈大，此等之無可如何者也。親民之官，其能利民既如此，則不得其人，其爲害亦必特甚。曠觀歷代亡國之禍，未有不由中朝失政，地方官吏，皆不得其人，然後毒痛於四海者。向使處郡縣者，皆公正廉潔之士，則立朝庭者，固無與成其奸。勝朝末造之弊，即由於察吏太寬，而馭民轉嚴。吏有違法者置勿聞，而民之顛連困苦，則日以加。有赴訴者，則遏抑之使不得伸，故民生愈蹙，民情愈憤，而革命之禍遂不可免。《詩》曰："殷鑒不遠，在夏后之世。"是誠我民國之鑒也。然則若之何而可得良吏也。曰：其道有三，在嚴其選，在久其任，在明其賞罰。蓋人必有欲善其事之心，而後有能善其事之實，亦必先知其所事者爲何事，而後有欲善其事之心。今之官吏，饑食而渴飲，醉生而夢死，其於國家之何以設是官，而吾既居是官，當有何責，且茫乎其莫之知也，而安望其能舉其職。今夫人之有才識者，誠未必皆有德行；然才識優者，其德行終易於善。何則？其所見者廣，則其所欲者大也。今有人焉，學問精博若顧亭林，高自期許若黃梨洲，而謂其一行作吏，猶且畫諾坐嘯，但以適己；抑或苞苴饋贈，僅知自肥，有是理乎？故儒者誠不必皆吏才也，而名儒往往作循吏。今之論者，懲於有才識之人，德行未必盡善也，因之於官吏登庸之切，謂並其才識，亦可不試，亦惑矣。往者文官考試之初行，吾即極言所以取之者當極嚴，瘏口曉音，曾莫之聽。至今日，而彈冠相慶者，又以羊頭羊胃聞矣。循此以往，雖有嚴法以繼其後，猶施駕馬以鞭策也，故今日而不欲爲治則已，苟欲爲治，必舉現在之官吏，一切甄別之，才識不稱者在所必汰，雖叢衆怨，猶不可以已也。此嚴其選者，事之始也；古之言久任者多矣，莫切於王安石。其言曰：人之才德，各有所宜；久於其職，則上狃習而知其事，下服馴而安其教，賢者則其功可以至於成，不肖者則其罪可以至於著；故久其任而待之以考績之法，則知能才力之士，得盡其力以赴其功，而偷懶苟且之人，雖欲取容於一時，而顧僇辱在其後，不敢不勉。夫中國向者之官，不任事者也。蓋承數千載苟簡之治，凡事皆但求敷衍目前，既但求敷衍目前，則無所謂興利，無所謂除弊，苟能循例而行，即已無忝厥職，而循例而行之事，固人之所能爲。論者謂中國之官，但有俹署，指吏胥幕友等也。人人可作，蓋謂此也。今者國命之絕續，胥於政事之善否繫之，而政事之善否，則其關鍵，悉繫於親民之官之身。安得如向者之爲，得一人焉以處其位，而遂謂爲已足？其所以責之者既艱且巨，則其所以任之者，自必既專且久，而後可以責其成功，此不易之理也。故久其任者，事之中也。亦既擇其可用之人而後用之矣，又嘗畀之以可爲之資而後使之爲之矣。夫然後責其成功，而隨之以賞罰，賞之則必使之可欲，罰之則必使之足畏，則所謂明其賞罰者，事之終也。語曰：爲治不在多言，顧力行何如耳。今之論者，非高談憲法，即侈語民權，而不計法之何以行，民之權何以輔翼之而使之自有也。吾爲之懼，作《察吏》。

八、議　　兵

《老子》曰：抗兵相加，哀者勝矣。斯言也，實兵家之精義也。自古亡國敗家者，其兵罔不驕；成師克敵者，其兵罔不哀。何以言之？曰：兵者，所以求戰也。戰於外者必肅於內。故常勝之兵，觀其紀律之精嚴，而知其志之哀也。亡國之兵，忍於賊其民，而果於逃其敵，其將帥不恤屈膝於敵，而不肯受命於朝。蓋不待其敗績失據也，觀其兵之不可使戰，而知其志之驕矣。世之論者恆曰：唐藩鎮之權重，故其兵強，雖有分裂之禍，而夷狄卒不敢侮。及宋削藩鎮之權，歸之朝廷，而北狩南渡之禍作矣。此訾謷之論也。自古夷狄之侮中國者，不徒由中國之弱，而亦由夷狄之強。遊牧之眾，居帳幕，逐水草，食甘腥酪，衣便旃裘。終日以挽强射堅，騎乘馳逐爲事。堪飢渴而耐寒暑，好戰鬥而果殺戮。以是爲兵，固非事耕稼愛室家之民所能敵。不獨中國有遼、金、元、清之禍也，希臘之不敵馬其頓，羅馬之不敵日爾曼，皆此之由。今西人每以遼、金、元、清之禍，譏中國之不武，此知二五而不知十也。惟其法制之所以維繫其衆者，不如中國之謹嚴，故有雄鷙之主，能用其衆，則數十百萬人，可以立集。今人每好言某某爲某國之中心人物，遊牧之群，則真恃一人以爲結合之具者也。而不然者，則其離邊也亦忽焉。昔者匈奴，散處北方，無大君長，歷春秋戰國之世，常爲中國弱。及冒頓起，東擊破東胡，西走月氏，南并白羊、樓煩二王。控弦之士數十萬，則南與諸夏爲敵國矣。昔者鮮卑，其衆常爲匈奴所破，南走保中國塞，部落雖衆，亦寂寂無所表見。及檀石槐起，諸部悉臣，南抄緣邊，北掠丁零，東卻夫餘，西擊烏孫，則北邊爲之旰食矣。是何也，合則强，分則弱，物之理固然。方唐之初，北方號爲桀强者，惟一突厥。然既即衰亂，骨肉內攜，酋豪外叛，唐因而亡之。薛延陀欲繼突厥之業，未成，爲唐所摧破。回紇之衆，始處甘涼間，則比漢保塞鮮卑耳。及安史之亂，然後還北庭，號令諸夷，則其衆亦既濡染華風，浸流於弱矣。故終唐之世，漠南北之地，未有能用其衆，以與中國抗者也。假其有之，便橋之役，安知不爲澶淵之盟；陝州之幸，安知不爲土木之狩？此非過甚之詞，熟讀《唐書》，考其兵力，自見。且後來李從珂、石重貴之衆，百戰而不敵契丹者，非唐藩鎮之遺乎？方安祿山、劉仁恭時，固嘗屢出塞，斬刈俘馘，燒絕野草，以窘其衆矣，是何其勇於前而怯於後也？宋南渡之初，岳飛、韓世忠、劉光世之兵，分駐江淮，不可號令，不減唐之藩鎮。顧何以所謂戰功，僅能剿除內寇，一遇女真，非敗即遁。馬端臨語。見《兵考》，此當時實録也。《宋史》諸帥傳，鋪張戰功，均不足信。而西川一路，軍馬賦稅，朝廷始終未嘗遙制，迨元兵一至，東西兩川，不匝月而陷，曾不能據土以自完乎？今中國之兵，驕悍不可制馭也，而一臨之以外人，則戢戢聽命，焚掠淫殺，陳簿書而誰何。而下一令曰，汝其毋佩刀帶劍入租界，則梲甲投戈而後敢入矣。其爲將者，內自恣而外托於樸誠，朝命不能行，輿論非所恤。而一旦令之曰：汝其詣外人謝罪。則負荊踵門，有忍辱負重之風；銜杯勸酬，若緩帶輕裘之度矣。嗚呼！吾所謂忍於賊其民，果於逃其敵，不恥屈膝於敵，而不肯聽命於朝者，既肇其端矣。自今以還，政令日益夷，則將士日益驕，將士日益驕，則政令亦日益夷，其何能淑？載胥及溺，尤爲季漢晚唐之不暇，而何暇言強？曰羈縻悍將，撫循驕卒之不暇，而何暇言治。覯子曰：居今日而欲言治，其必自去驕兵始矣。夫今之兵雖驕，實政令不立，有以致之，非眞有力，能與政府抗也。欲去之固易，然國不可以無兵也。今之驕兵雖去，而後之爲兵者，其驕如故，則若之何？是不可不求其本矣。今日本，常勝之國也。其所行，民兵之制也。然覘國者則曰：日本今後而欲用其衆，其惟北土之民乎？若東西兩京之民，憊矣，是何也？富則樂其生，智則重其死，人情固然，無如何也。今中國疆域廣遠，五方之風氣不齊，僻壤之民，猶有樸僿若太古之世者，以言乎知識之廣，資生之豐，誠不能與今日號稱文明之民比，然其用諸戰陳，則其強毅而敢死，質樸而聽令，蓋有非號稱文明之民所能逮者矣。《老子》曰：禍兮福所倚，福兮禍所伏。管子曰治，亦貴因禍而爲福，轉敗而爲功，斯固未嘗非中國之福也。論者不察，往見歐西諸邦，皆行兵民合一之制，謂舉國丁男，皆有執干戈衛社稷之義，欲放而行之，劃區而征，不擇地而施。吾見來者，悉市井浮浪之徒，而聽令敢死之民，乃無一與焉者也。故練兵者必擇地。昔斯巴達人，以敢戰聞於歐洲者也，史稱其軍人出征，其母戒曰：吾祝汝負盾而歸，不則使盾負汝而歸。日俄之戰，吾友有客日本者，親見日人從軍，其父敕之曰：敗歸，毋相見也。夫人之好名，或重於其生，而其惡辱，或甚於其死。今使結髮而從軍，逃敵而歸，則父母不以之爲子，妻不以爲夫，鄉里恥道其人，而友朋羞與爲伍，軀幹倖存，生趣都盡。其人安得不昂首求敵，死不旋踵？今也不然，出軍之時，父母或涕泣詔之，戒以勿盡忠而傷孝；其敗歸也，親戚故舊，或又置酒而招之，慶其蹈死地而生還。有生之樂，無死之心，其人安得不見敵而逃，三戰三北？中國向者，狃於"好人不當兵"之諺，非流氓無室家者，咸以執兵爲羞。故兵與士判然兩途，爲兵者雖獷悍，恰無士大夫之氣習。自變法以來，始曰：兵不可以無知識，又不可以無身家，於是設爲學校以教之。言徵兵，則庠序之士、貴游之子弟皆入焉。夫中國人視學校，本與其視科舉無殊，其視海陸軍學校，又與其視他種學校無異，然則其習海陸軍，亦應科舉而已矣。至於貴遊子弟，飛鷹走馬，本其所長。其從軍也，則亦以是爲遨遊，率其輕俠自熹之性耳。近十餘年來，始以士大夫之氣習，羼入於行伍之中。武官之惜死，益之文官之愛錢；軍人之獷悍，文之以士大夫之巧僞。非無知識也，然其所謂知識者，知仗義而死，不如蒙垢以生。非無身家也，然其所謂身家者，知身後孤兒寡婦之可悲，而在今日澆漓之俗，決無感念其戰死而恤其妻子之人而已矣。此真所謂富則樂其生，智則重其死者也。嗟乎！兵，凶器也；戰，危事也。三軍之士，皆揮涕奮臂，爭欲效死，猶懼不濟，日討國人而申儆之，猶懼其不可用，況以舉國執干戈之士，而無一人焉有欲戰之心者乎？故練兵者必擇人。知此二義，而兵其可爲也。猶有言者，國家之練兵，所以禦外侮也，非徒以防內亂也。自清之季，始有"練兵以防家賊"之言，嗣後民之囂然非其上者日益烈，而上之所以防其民者，亦日益嚴，練兵之意，乃十之九在防內亂。今既曰共和，當無事此矣。則練兵當注意於邊境，不當注意於內地。古之言廟算者，守在四裔，今縱未能，亦宜守在四境。譬有賊，則拒之於門戶耳，毋拒於堂奧也。果若此者，滿蒙回藏數萬里之地，其民或去遊牧之世未遠，或猶未知稼事，雖怠惰不能事生產，其質樸勇敢之風猶在，練以爲兵，吾知其必勝富厚巧僞之匹矣。用兵之道，最貴形格勢禁。今者歐洲蹀血，吾國乃受池魚之災。向使天山南北路，有精兵三十萬，近控波斯，遠引突厥，其形勢，豈弟猛虎在山之比哉！或曰果如是，如外重何應之？曰：治國者貴以道得民，次亦有術，不聞以兵。果其有道術也，兵雖強，固能使之致死於敵，何外重之足尤。苟其不然，則蕭牆之內，皆敵讎矣。自辛亥迄今之擾擾者，寧滿蒙回藏之爲之邪？且吾非謂內地可去兵也。事固有緩急先後，今欲練兵，滿蒙回藏與內地果孰急？固不待繁詞以明之矣。

九、學　　校

客有問於予者曰：今之言治者，果有以異於昔之所云乎？予曰：有之，其惟教育乎？蓋昔之言治者，常恃夫在上者一二人之聖；而今之言治者，則恃夫在下者億兆人之賢。夫一二人之聖，難得而易失也，雖以堯舜，天下爲公，而禪讓之制，猶易世而廢，豈必曰至於禹而德率衰，抑王佐不接跡，而霸才不比肩，爲天下得人，固非易事也。至於億兆人之賢，則其勢衆而可恃。是以鑽燧既啓，民不易苴孰而飯腥；蠶織既興，民不釋布帛而卉服。何則？知其事者既衆矣，則一人不可以售其奸；欲善其事者既衆矣，則一人不容以肆其惡。故言治而至於人人皆能與政，則必一治而不可復亂也。何以致此，其惟教育乎？昔之言治者，常以爲國有君子小人之別。無君子，莫治小人；無小人，莫養君子。今之言治者，則知四民之職雖殊，其爲邦本則一。制治清濁之原，必在斯民智德之優劣。故教育所及，無間之民，循是以往，人人皆能與政之盛，可以漸幾，則一治一亂之象可不復見也。故曰：教育者，今昔治術同異之原也。客聞之，啞然而笑曰：子之言則然矣。然吾聞之，見彈者不求雀炙，見卵者不求時夜。何則？爲其太早計也。畫地爲餅，不可以充饑；刻木爲馬，不可以致千里，何也？爲有其名而無其實。今子知教育之善也，而不知中國今日之教育之必不能善，亦何以異於見彈而求雀炙、刻木求馬而欲以致千里者乎？予曰：何謂也？客曰：凡政治之道，必不能廢督責，今之論者則曰教育者，民之所自爲謀也，非政事也。從事於教育之人，則皆熱心於改進群治之人，非猶夫從政之人也。然以吾觀之，則初不知其何以異，何則？政事與非政事，必有其所由異焉。今爲之說曰：凡事之仰給於國家若地方之政費者，必爲政治，從事於其事而受祿焉者，必爲從政之人，度亦持論者所不能異也。今之學校則何如？曰國民學校，曰高等小學校,曰乙種實業學校,則以縣與市鄉之經費設之者也。曰中學校,曰師範學校,曰甲種實業學校,則以省之經費設之者也。曰大學校,曰專門學校,曰高等師範學校,則以國家之經費設之者也。從事於其事者,則受祿於國家,或於省或於縣與市鄉者也。此而得謂之非政事乎?其人,得謂之非從政之人乎?其事既爲政治矣,其人既爲從政之人矣。則督責之道,固必不可廢。然今之從事於學校者,則吾不知其所以督責之之道,果何在也?夫督責之道,在辨其善惡,而嚴其賞罰,今之司教育之政者,固曰:吾善惡未嘗無辨,而賞罰未嘗無章也。然以吾觀之,則又不知其善惡之何從辨,而賞罰之何所據而施。何則?凡察事之善惡者,必於其既成之後,而勿於其方爲之時。察之於既成之後,則是非顯著,功罪分明。察之於方爲之時,則責任不專,徒滋掣肘。夫學生成績之善否,此司教育之政者,所恃以督責辦理學校之人不二之術也。今於此,初若未嘗注意者,顧於其辦理之時,諰諰焉派員考察之,謂之視學。姑無論視學之員,多出本籍,與辦理學校者,恆有親故相知之雅,能否秉公,未可必也。即皆能秉公矣,彼辦理學校者,縱極廢弛,安肯於視學之員蒞校之日,悉暴露其狀乎?至於畢業之時,則考試學業,核計分數,轉一任諸辦學者之自爲,司教育之政者,縱有駁詰,則駁詰其所試之科目,及其核算之方法,與部定章程合否而已。其試卷誠爲學生所自作與否?其分數,果與平時之學業相符與否?皆不問也。如是,則其學生之成績,焉有不善,而辦理學校者,焉有不勝其任者乎?今使唱一議曰:凡學校學生之畢業者,必由官另派員考試,平時辦理學校之人,皆不得與,則必大爲輿論所攻擊。曰:考試之事,不合於教育之理,於學生之智德體力,皆有所損也。而不知有此一試,則學生成績之善否無可虛飾,教員任事之勤惰,即無從遁匿,其任事不得不勤,教授勤,則學生之興會多,約束嚴,則學生之放心少,自無從放恣淫逸,以自戕其生,其於身體,不徒無損,抑又有益也。學校之有考試,所以督責教員,而非以困苦學生也。即以學生論,其畢業於學校者,國家亦既與之以畢業生之名矣,名之曰某某學校畢業生，是不啻告人曰：某之於某種學問，已有某種程度也。則當其與以此名之時，固不容不切實考校其名實是否相副！不然，是國家所設之學校，爲妄語以欺人也。夫使今日風俗，事事核實，凡畢業於學校而無其實者，皆屛勿用。而辦理此學校者，因之爲公論所輕，則國家雖不加以督責，固亦無害於事。而無如今之從事於學校者，率以作官之技處之，不畏公論之譏評，而惟憚官司之督責。苟使督責我者而無異詞也，則畢業該校者，縱盡樗櫟庸才，無一見用於世，其人固仍安居其位，且亦未嘗爲公論所唾棄，則亦何憚而不坐嘯臥治，雍容以自適也哉？即或自號於衆曰：吾之教育，實切實用，畢業於吾校之學生，皆有才力，能自立，試觀其所就之職可知也，猶不足信。何則？今日之用人，固多以干謁請託，而少視其才能，但使爲校長者而出入於衙署之間，則其學生，紛紛皆吏才矣。又使爲教育者，而翺翔乎闤闠之際，則其學生又紛紛皆商才矣。風俗之善否，誠爲制治清濁之原，及其極弊，又不得不望政治之力，有以爲之補救，以此也。今之自教授於家，或受延聘於人者，謂之私塾，論者所極詆也。然其設教於家也，不能強人之必來，其受聘於人也，又不能無緣而自往，則國家雖未嘗施以督責，其於學生之父兄，固不容不任其責也。今之主持學校者，皆受職於公家，學生之父兄，固無權過問其善否，而公家之所以督責之者又如此，則人亦何幸而得爲學校教習，何不幸而爲私塾之師哉？吾非敢謂今之從事於學校者，皆濫竽苟祿，貽誤後進之徒也。然爲政之道，不恃人之不溺職，而必恃我有道焉，以使之不溺職。故使今日之學校，而悉爲私立也，則可，苟其不然，則雖從事於此者，悉熱心教育之徒，吾猶謂督責之術不可廢也，況其未必然乎？予曰：此今之從政者之通病，子何獨於教育家責之嚴也？客曰：予非獨爲教育家責，子言教育，則亦藉教育之事發其凡耳。今之日號於衆曰吾欲云云者，其所云云，寧必不善。然行之而效終難見，弊適以滋者，得毋皆有類於吾之所云乎？予不能對，書之，以質當世之教育家，及有行政之責者。

十、宗　　教

　　古無宗教之説也，契敷五教，至周，其職猶在司徒。蓋隆古之世，政教常一，《内則》一篇，瑣瑣道家人婦子事，猶冢宰以王命行之，若今國務院之有院令矣。世衰道微，官失其序，則長民輔世之職，降在師儒，其位雖殊，其道一也。去古彌遠，民畏神服教之念益衰。於是政與教始分，而巧僞日滋，敦樸云謝，束縛人之形骸者，不復能檢攝其心思。於是宗教與教育又分，蓋至後世，國家之所以維繫其民者，亦多術矣。然中國士大夫，狃於古者政教合一之治，猶以是爲郅治之隆。以爲宗教之繋民，特由司徒之不能舉其職，師儒之不能布其化，苟使政教修明，復於三代之舊，異説固將不攻而自止，即或不然，亦由其説與吾不畔，故可並存，而非化民成俗之必有待於此也。蓋至清世，士大夫之見，猶多如此。近數十年，士夫稍稍讀西籍，始知宗教之爲用，固與政治教育殊科，而欲化民成俗，則宗教亦正不可闕，始多議傳播經典，保護寺院，牖啓僧衆者。繼今以往，宗教之義既明，其化道所及，必日益廣，可預決也。然則其浸昌浸熾者，果何教乎？覷予曰：其必於佛矣。今之言宗教者，多能推本教義，謂佛之道，實出諸宗教上，故將來必盛行。夫教義之勝劣，非吾之所欲言也，抑非吾之所能言。請以史事征之。蓋吾國之有宗教舊矣，其在古昔，行於秦隴之際者，時曰八卦；起於燕齊之間者，時曰五行。道家託始黄帝，黄帝邑於涿鹿之阿，固燕地也。八卦之畫，始於伏羲，衍於文王，伏羲居成紀，文王居豐，皆秦地也。啓征有扈氏，以威侮五行爲口實。有扈氏，蓋亦信八卦教者。後世之言教者，率以儒道與佛並稱，八卦則儒教所自出，而道教則五行之支流餘裔也。何以言之，孔子言性與天道，必推本《周易》。《周易》，八卦之書也。此其事甚明白，無待陳説。至道家之出於五行，則世罕知者，請舉二事以爲徵，秦漢之間，傳道教者，其人稱方士，黄帝，道家之所託始也。世所傳《黄帝内經》，固戰國時書，然其説必傳之自古，書中載岐伯對黄帝問，屢引方士之言。而後世道家，亦多以符咒爲人治病，以金石之藥餌人主，其徵一矣。五行之說，以爲天有五帝，分主四時之化育，而又有昊天上帝，於天神爲最尊。漢武帝時，亳人繆忌奏祠太一方，亦曰：天神貴者太一，太一佐者五帝，其所謂太一，即古昊天上帝也。所謂五帝，即古郊禘祀靈威仰、赤熛怒、含樞紐、白招拒、葉光紀之神也，其徵二矣。蓋自殷以前，山東率奉五行教，八卦之說，惟行於自陝之西。及周起豐鎬，勘定東諸侯，而八卦之教，始隨之而盛。箕子陳疇，終不見用，東走出塞，於是五行之說遂亡。古代學術，存於王官，洪範九疇，雖見訪於武王，然終不見用，故無世官職之。而孔子欲觀夏殷之禮，必之杞宋也。《東事古記》稱箕子既陳洪範，東走，殷民從之者五千，詩書禮樂陰陽卜筮及百工之技藝皆具。殷代文獻，當有存於朝鮮者，惜經衛滿之亂，亦盡亡失，遂無可徵。今世所傳五行之說多誕妄，然使《易》無繫辭文言，亦何可解。使殷禮足征，安知五行之說，不亦有精深博大如《周易》哉？《東事古記》，爲新羅僧無極所撰。朝鮮古籍盡亡失，僅存者獨賴此書。然其支流餘裔，固綿延弗絕。《左氏傳》載齊景公之言曰：古而不死，其樂如何？古無爲不死之說者，有之者惟道家。又朝鮮所傳《東事古記》，亦載箕子十九世孫天老王孝，惑於方士伯一清，服其丹藥，毒發而薨，其子修道王襄復然，襄子徽襄王邁，始誅之。其事與魏道武、唐憲宗，若出一轍。可知燕齊之間，本道教肇興之地，故怪迂阿諛苟合之士爲獨多也。而周之東遷，其說並及於河隴。秦自襄公以後，所作西畤、鄜畤、密畤、吳陽上下畤、畦畤，則皆五行之說也。秦始皇漢武帝，皆一世雄主，並惑於方士之言，勞民傷財，以求神仙，爲後世笑，豈真慮出於百王之上，而知不足以燭一夫之奸哉？尊信之者既衆且久，雖明哲不能無惑也。然是時之方士，既多不學無術，不能因古教義，推闡玄理，若儒家之於《周易》，而徒以長生不死之說，熒惑人主，其道固不可以久。蓋至漢武帝歎曰"世安有神仙"，而怪迂之士，阿諛苟合之技窮矣。然其在民間，尊信之者固自若，故張角一呼，而青、徐、幽、冀、荊、揚、兗、豫八州之民，並起從之。孫恩區區，幾覆晉室，至於事敗蹈海，民猶以爲仙去不死，爭赴水從之，以視後世韓林兒、劉之協之徒何如哉？此以北方言之也。至於南方,則亦有極駁雜之宗教。蓋大江之濱,山澤險阻沮洳,民之相往來甚難,而其地土沃而時和。土沃則其所以資生者豐,時和則其民之長成也夙,資生者豐,則多閑暇,多閑暇,則多思慮。長成也夙,則多智慧,多智慧,則多感觸。多思慮,多感觸,則多所畏,多所畏,則多所祈。而相往來難,則其風氣不盡一,故自少昊之衰,九黎亂德,史即稱其家爲巫史,民瀆齊盟。而漢光武時,焚長沙淫祠,猶五十萬也。覷子曰:今之論者,多怵於西人爭教之禍,基督之徒,與摩軻末之徒爭。同時基督之徒也,新教與舊教又爭,至於伏屍百萬,流血千里,竊幸吾國之無之。向使道教之在我國,一如張角之於漢,孫恩之於晉,而南方諸雜教,亦一如漢光武時,則吾民爭教之禍,豈得一日安哉?然而終不爾者,何也?則佛教之爲之也。蓋佛之爲道也廣大,其於他教,不必顯與之立異,而常有以相容而並包之。故一入中國,而他種宗教,遂悉爲所化,聽其言,則駁雜不可究詰也。而語其實,則無一非佛。今中國人民之所敬禮者亦衆矣,語其實,果有以確然異於佛者乎?果有敬禮他神,謂其嚴威尚在佛之上,或足與佛抗者乎?唐時論者,常嫉道教之徒,歆於僧尼之獲利,乃舉其所謂追薦懺悔等事,一切放效之,至儀文之末無弗肖,則唐時道教之化於佛而亡其實也久矣。夫以漢晉時道教之盛,而不三百年,即已化於佛而亡其實,而況於他諸小宗教乎?然則中國今日之宗教,名爲駁雜,實惟一佛,名爲各教並行,實則佛教一統也。語曰:不知來,視諸往;又曰:物競天擇,適者生存。觀於佛教之既往,而其將來之可知也。夫論教義之勝劣者,或不免有出主入奴之見存。至以史爲徵,則事跡昭著,不可誣也。吾謂佛教之必盛,豈虛語言哉?今之論者,或怵於西人之將以教奪吾民,欲敬禮孔子若基督,以與之抗;或又謂遠西國勢之強,實由民德之厚,民德之厚繫惟宗教之功。欲興中國,必崇基督,此皆不察之論也。佛教之入中國,其憑藉非有以異於他教也。然而風行草偃,自天子以至於庶人,莫不歡喜贊歎,頂禮膜拜之,此豈人力之所能爲哉?凡他教,士大夫之信者皆少,惟佛教不然,此亦佛教之所以盛。然士大夫之信,非可倖致也。佛以外，異國之教，未嘗無入中國者也。然摩軻末之教，其在今日，信之者，卒惟敕勒遺族。此外祆神之祠，摩尼之寺，亦嘗一入中國，即大秦景教，亦嘗流行中國矣。然至今日，果何往哉？今基督教之在中國，吾不知其何以異於昔之景教也。神州之民，生齒至繁，而相養之道未備，故有利藪，則爭趨之。今基督教會，固猶雄於財，教徒之爲其教盡力者，皆有常餼。猶釋道二教足以養閑民也。民之趨之，一矣。通商傳教，並載約章，吾國之於教士，祇有保護之責，而無管束之權。約章所載，固曰教士不得於詞訟也。然官吏之骨鯁持法者少，而教士之賢者，或亦謂同教之徒，義當急難，民之託跡教會者，錐刀之末，或有利焉。民之趨之，二矣。假令今日中國之自視，一如五口通商以前，而基督士之來東者，亦與唐時景教之徒無異，吾不知民之信之者，視今日果奚若也。今基督之徒，則歲披其籍曰：今歲，信吾教者增若干人矣。明歲，則又曰：信吾教者增若干人矣。而吾民乃以詐諼應之。悲夫，強者固不易知弱者之情哉！或曰：如子言，則五口通商以前，信基督教者，何以亦甚多？應之曰：此時基督教士，守規律不甚嚴，入教者雖拜他神，亦非所禁，民之視之，與他教未嘗甚不相容也。利瑪竇等之傳教於中國，皆如此。清康熙時，異宗教士，訴之羅馬教皇，教皇使使如中國，欲整肅教規，聖祖召入京，使與廷臣辯論，使不屈，聖祖怒，逐其人歸國，詔不守利瑪竇遺法者，皆去，毋得留。此政如吾說，與佛教異者，雖亡其實，猶存其名耳，不足爲難也。或又曰：向者吾民排基督教徒頗甚，實非排其教也，疑若排其教者然。今之世，信教宜聽人自由，是謂文明。疑若排其教，則疑若不聽人自由者然，疑若不文明。今子策佛教將大行，基督教在中國，不過昔景教者，亦非排其教也，亦疑若排其教者然，是有不文明之嫌。雖士大夫心然子說者，口猶不敢言，懼蹈不文明之誚，則將議子頑固。應之曰，避嫌之事，賢者不爲，況立言者，將以先知先覺自任乎？抑徒諂諛佞媚，懼於勢，遂並理之誠者，事之信者，不敢言乎？今之人，固有疑歐洲諸國之保護教士，非誠欲行其教，特欲以是柔愚蒙之民，使歸心，激忿疾之民，使啟釁者，此非中國人不文明者之言也。雖瀛洲之士，猶疑之，夫使其傳教之意，果別有在也。則能行其策斯可矣。豈顧一夫之毀譽，若誠欲行其教也，則彼教之在中國，情實如何，宜所樂聞，非徒好諂諛佞媚之言而止也。語曰：美疢不如惡石。

十一、原　　亂

亂之原何自起乎？曰：起於隱微之間，常智之不及察也。法盧梭氏論國所由建也，曰：由於民之所同欲，若立事者之有質劑然。其說詭矣，求之於史，無可徵也，然其理則不可易。今使立一國焉，其所行之政，大怫乎庶民之心，民相率而去之，則若之何？昔者《春秋》嘗書梁亡矣，俄人某遊於新疆，見一蒙旗之長，甚暴虐，其下則相結而去，使衛兵追之，則縱之，而以無及告。然則梁亡之事，不必春秋，即今日亦可見之矣。縱不能去，而若田橫之五百人，同日而自殺；伯夷叔齊，寧死於首陽，不食周粟；若魯仲連，有蹈東海而死，而不忍為秦民，則若之何？覯子曰：舉一國之民，一旦而自殺者，惟田橫之五百人能之，人逾衆，則弗能也。舉一國之民，一昔而盡去之者，若春秋時之梁則能之，土逾廣，人逾衆，則弗能也。然其跡雖不可見，而其實恆陰行乎其間。往者淮南之民，有與吾比鄰而居者，父子皆好博，其妻則好酒，子娶婦，不之宜也。舅姑與夫，皆從而虐之，一夕飲鴆死。死之日，猶為其夫家灌園也。吾聞立憲國民，最重納稅，有能納稅多者，則相與歎美之，曰：是能盡國民之責也。其或不然，則相與譴訶之，曰：是羣之蠹也。今若是淮南人者，身好博，子亦好博，妻則沈湎於酒，終歲遊惰。不事家人生產作業，曾無絲粟之賦，入於公家，而其子婦，則晨興而執炊，日出則織布縷，日晡而灌園，夜秉燭，則紉緘事補綴，雖被箠楚，至手足創痛，猶弗敢息也。計是一家，有維正之供，入於府庠者，翳此婦人是賴，而遭遇強暴，無所控訴，迫而引決，與鬼為伍。戚黨莫之問，里正不能舉，仁人君子過其廬者，歎息而已，終莫能致諸司敗，以釋其無涯之痛也。

予竊惑焉,將世之善良者,終不免見陵於豪暴,雖有家國,曾莫之拯邪？今之言政者則曰：此勢之無可如何者也。推國家之意,豈不欲大庇其民,使無一夫一婦,不獲其所,然其勢固不可得。今若中國,宗法之制,嚴之既數千年,妻與子,固若爲其父與夫之所有也。今若是淮南人者,殺其子婦,庸衆熟視之,弗之異也。仁人君子,過其廬者,歎息而已。若有良吏,哀矜不辜,執而戮之,以徇於衆,解以心辟,誠詳刑也。然而庸衆或從而詫之,曰：殺其子婦,亦須抵罪,不從輕者,則天理絕矣。且使弱無能爲者,見虐所控訴,飲泣自戕。國家之所失者,一人而已。必欲伸天理之公,復匹婦之仇,則將布偵騎於閭閻,獎人民之糾舉,其究也,利或不足以償其弊。爲國家計,所損滋多,故弗爲也。予又惑焉,爲國家者,將秉正道,循公義,以平人間之不平者邪？抑將如商賈然,屑屑計較利害,苟可以自利者,則雖棄其民,所不恤邪？聞之,匹夫匹婦,怨毒所積,上足以干天地之和,故東海殺一孝婦,天爲之不雨三年。此其說,固非今之任人事重徵斂者所樂聞,吾亦不謂强死者之鬼能爲厲而謀於社宮也。雖然,一國之民,其勤事生產者,皆見陵於豪暴,而飲恨以死,而恃塞飲酒者,則雖橫殺人而莫之或禁,其果可以治邪？今之恃塞飲酒者,固日以多,勤事家人生產者,固日以少,國既以是不國矣。推其原,安知非有冤而莫理,有罪而莫懲者,有以漸致之乎？然則爲政而屑屑計較於利害之間。曰：與伸公理而傷多人者,寧屈不辜而殺一人,彼一人者,固以枉矣。爲國家計,庸獨利乎？善夫,班生之言曰：滿堂而飲酒,一人向隅而飲泣,則四坐爲之不樂。嗚呼！何其惻然仁者之言也,故盛王之政莫大於燭幽隱而哀無告。

十二、政　　俗

有善政而後有善俗乎？有善俗而後有善政乎？此不可以一言蔽也。今之言政治者,恒謂政治之所能爲者有限,而人之所以責望於政治者太奢。若謂政治一善,即百事皆隨之而善。實則羣治之事,千條萬緒,政治之所當爲者,特千百之一二而已。其好言羣治者,亦謂凡百政事,待人而舉,俗不善,則無由得善治之人,故政治亦必不能善。此其言皆持之有故,而亦皆有所蔽。政之善,誠不能無待於俗;俗之善,亦不能徒藉政治。然政治終爲善俗之一道,不可不察也。何則?中人之性,不能無所勸而爲善,亦不能無所懲而不爲惡,天下之上智少而中人多,故勸懲之道不明,即羣入於惡焉而不自覺,俗之敝也。天下不善善而惡惡,積之久,遂至於無善惡,無善惡之既久,乃至善者反惡,而惡者反善。夫至於善者反惡,而惡者反善,則是爲惡者得勸,而爲善者得懲也。其相率而入於惡焉,固無足怪。夫中人之性,非有所樂於惡而爲之,特以其行之而得勸,非有所惡於善而不爲,特以其行之而得懲。今苟有道焉,使所懲者在此,而所勸者在彼,則其去惡而就善,固未嘗不可以漸致,而欲藉勸懲之力,以移易善惡,其道固莫捷於政治,故曰,政治終爲善俗之一道也。何以言其然也?人之性,好生而惡死,去苦而就樂。好生而惡死,則必求所以自存;去苦而就樂,則必求所以自遂。求所以自存,其道在於尚武;求所以自遂,其道在於殖産。世之由衰而盛也,其民所處之境,恆極困苦窘蹙,非尚武即無以自存,非殖産即無以自遂,於是舉其民而悉趨於尚武殖産之途。其不然者,則將爲其羣之所不容,夫如是,則於所以求自存求自遂之道得焉。其浡焉以興固宜,及其既興盛也,其所處之境既寬裕,不必尚武,亦或可以自存,不必殖産,亦或可以自遂。夫人之尚武,其意固在於求安,而其殖産,其意固在於求樂,至於不尚武而亦可以自存,不殖産而亦可以自遂,則雖有委靡淫佚者,將不復爲世之所非,久之遂習爲當然,又久之,遂至以不如是者爲恥。至於是,則將舉一世而趨於柔靡淫佚之途,於所以求自存求自遂之道去之遠矣。其靡靡大亂也亦宜。夫世之所以羣趨於柔靡淫佚者,以如是,則可以得樂也。今有道焉,使其如是,則不能得樂,而反以得苦,而其能尚武殖産者,則反是,則民固將去此而就彼,所去就者既變,則其所是非善惡者,亦隨之而變矣。故曰藉勸懲之力以移易善惡,道莫捷於政治也。請更就實事立論以明之。自徵兵之制行,農夫頗樂釋耒耜而執干戈,其所以如此者,以無耕耘收穫之苦,而其爲兵,又未嘗有森嚴之紀律以束縛之,又明知今日之情勢,國家必不能驅之使出戰,即驅之使出戰,則譁潰焉而劫掠以歸,法亦不能問也。今使軍紀森嚴,從軍者皆不容執兵以嬉,而既從軍,即不能倖免於戰,既出戰,即不能臨陣而逃,有逃者,法必及,不可逭。則世之利饟糈而不以履行陳爲意者,不敢冒昧而爲兵,而兵可以強。近十年來,俗始於道德學問,一無所尊,而惟知貪求富貴,所以如此者,以國家綱紀廢弛,所進者皆苞苴請託之徒,而非道德學問之士也。使一旦翻然改圖,所進者在此,而所退者在彼,風行草偃,大法小廉,則苞苴請託之士,將無以取容,道德學問之士,將降而彌衆。苟食祿者,皆能有利於國家,朝無素餐之士,野無詐諼之民,則生利者多,而國可以富。凡若此者,固非甚難致之業也。道在肅紀綱,明賞罰,使善惡惡善之論,不得行焉而已。而今之政治,乃爲此輩所劫持,彼則躬造善惡惡善之論,以變亂是非,敗壞風俗,而國家悉如其意以行之,又非特爲所劫持,不得已也。且誠以爲如彼所論則治,不如彼所論則亂。語曰:盜憎主人。今則爲主人者,或躬自爲盜焉,或認賊作子焉,而家人婦子,乃於焉託命,不亦悲乎?昔之言治者,未嘗曰有君子無小人,而但言進君子退小人,豈不知有君子無小人之善,知其非旦暮可致也。今乃曰進君子退小人,非政治之責,不則曰,非有君子無小人,則小人必不可得而退,君子必不可得而進,其果然乎?抑行進君子退小人之政,於彼有不利者在邪?其無所爲而言之也,其愚可憫,其有所爲而言之也,其心可誅。

(本文約寫於一九一六年,未刊稿)

新教育與舊教育

吾國舊日之學塾，無所謂教育也，期以應科舉而已。束髮受書，則使之誦四子五經，非謂四子五經，爲古先聖哲至德要道之所存，而因使之童而習之也，期以應科舉而已。稍長，則使之習爲八股試帖，又非謂八股試帖，有益於人之身心性命，或有裨於其持身涉世，而因使之專力藝之也，亦以應科舉而已。一言以蔽之，則凡應科舉所需用之事，皆在所必習；而不然者，則在所必棄。故以應科舉故，而教之以卑鄙齷齪之行爲，以敗壞其道德弗恤也。以應科舉故，而教之以腐敗無用之文字，以敗壞其智識弗恤也。以應科舉故，而使之終日伏案對卷呻唔，以敗壞其體力弗恤也。若是者，可以名之爲應試之預備所，可以名之爲干祿之製造廠，而決不容稱之曰教育。自甲午以後，變法之論起。海内之士，始有言教育當注重實用者。然其意，猶但爲培養人才計，而未嘗爲普通之國民計也。自是以後，請求教育者日益多，教育之原理，亦日益明。始知所謂教育者，不徒養成少數之人才，而實當思所以養成多數之國民。於是教育之宗旨，與其教育之方法，乃無一焉而不丕變矣。顧時至今日，猶有反對學校教育，謂不如昔日之私塾者。其果爲是論者，皆出於愚蒙無識邪？抑今日之學校教育，固猶有未能盡善者，而不免授人以口實邪？予謂舊日之私塾，斷不容畀以教育之名稱。然今日之學校教育，確亦未能盡善。以新舊二者衡量之，則舊日私塾，於無意中所得之利益，尚有爲今日之學校所不能逮者。非謂舊日之私塾爲可法，然今日之學校，固不容不引以自鑑也。請分道德、智識、體力三方面論之。

以道德方面言：則舊教育之專務研究古書，尚足以養成其自得於己之精神，而新教育則不能也。語曰："德者，得也。"自得於己之謂也。凡道德之事，非由外鑠，必自中出。故曰："中心藏之，何日忘之。"又曰："如惡惡臭，如好好色。"質而言之，則人之遵奉道德也，不由於其智識，而必於其感情而已。而感情之所從違，則實視其習慣以爲斷。今試問人於少時游釣之地，何以嘗戀愛焉而不能忘？無他，習焉而已。又試問人於平時服用之具，何以雖敝壞焉，猶以爲美？無他，亦習焉而已。物無良惡，習焉則雖惡亦良；事無是非，習焉則以非爲是。故人之於道德，亦必其浸淫漸漬，習之既久，而後能望其遵行。而欲其浸淫漸漬，習之甚久也，則必其所以教之之道德，有以深入於人心，而後當造次顚沛之際，常有以刺衝焉而使之從，於尋常日用之間，亦常能相隨焉而爲之宰。而此種作用，則惟宗教實有之，普通之道德倫理，決不能望其有此能力也。是何也？宗教之爲物，自感情方面入，而普通之道德倫理，則自智識方面入焉者也。今世界之哲學家、科學家，其智識豈不高於宗教家數倍哉？然其奉行道德，轉不如宗教家之篤，則信乎知識之與實行，固常爲二事也。今之論者，多謂孔子之教，不具祈禱崇拜諸儀式，不得稱爲宗教。吾國之上流社會，但崇拜孔子者，祇可稱爲無宗教之民。此言實大誤。所謂宗教非宗教者，不以其祈禱信仰形式之有無爲斷，而以其宰制人心之力爲斷。所謂有宗教之民無宗教之民者，亦不以其崇拜祈禱儀式之有無爲斷，而當以其心之所信仰，是否有所專主爲斷。今吾國章甫逢掖之士，其於孔教，視爲聖神，而奉爲帝天久矣。以言乎是非，至於聖人，則無異議。以言乎踐履，至於名教，則莫敢背。其教義既普徧全國，其系統復綿歷久遠，此而猶謂其無宗教之力哉，則試問歐人之於基督，印度人之於婆羅門，大食人之於摩訶末，其信仰之程度，果何以尚茲矣。基督教之能統一歐人思想，殊不若孔教之能統一東洋人思想。夫向者私塾之崇拜孔子，而使扶牀入塾之子盡誦習四書五經也，固非知孔子之爲大聖，而思以是範圍斯民也。然恰於無意之中，得此利益焉。蓋其童時所習，既皆屬四書五經，則其耳目心思，習於此者既久，積久焉，遂莫之敢叛。其上焉者，固能直接受高義，深明性與天道之學；其下焉者，亦能循誦粗淺之教條，而持之以淑身。吾國數千年來，所以人勵節義廉恥之風，家承孝弟忠信之行。君權無限制，而堂廉之上猶知愛民；官吏不親民，而閭閻之間能自保乂，皆賴是也。今新教育之所謂德育者則不然。朝示以一豪傑焉，曰：此愛國，汝宜效之。夕示以一聖賢焉，曰：此愛群，汝宜效之。下至威儀動作之微，日用行習之末，莫不著一論焉以爲之範，舉一事焉以樹之型，而於其窹寐之間，隱微之地，所以養成其"如惡惡臭，如好好色"之誠者，則闕焉。彼於其師之所是者，未嘗不亦以爲是也。顧是焉，而不能不竊以爲苦。於其師之所非者，未嘗不亦以爲非也。顧非焉，而不能不竊有所慕。人欲如水，豈能恃空言爲堤防，而潰決泛濫之禍作矣。教育家有言："修身之要義，不在其作法，而在其精神。"蓋謂此也。況乎年齡日長，則嗜欲日開；接觸日多，則念慮愈雜。於其師之所謂是非者，又終不能無叛焉乎！今世之持論者，無不太息痛恨於吾國上流社會道德之墮落。吾亦誠不能爲之曲諱。抑知此口伯夷而行盜跖，公然決道德之大防者，僅一部分所謂名士者則然。而大多數之讀書人，固不爾乎。質而言之，學問程度愈高者，則道德程度愈低。通儒碩學之自淑其身，決不如鄉曲學究而已。今之學校學生，其智識程度，視向之鄉曲學究，奚翅倍蓰。然以言乎道德，吾固未知其孰爲梃而孰爲楹？即同以學校學生論，亦覺二十年來，有江河日下之慨。向猶有放言高論，眞以救國救民爲懷者。此非謂其眞能救國救民也，然其志自不可沒。日本遠籐隆吉云："孔教最足以養成規模宏遠，志節高尚之人物。"信然。今則舉世滔滔，隨衣食消遣二大主義之潮流以俱去。參觀《大中華雜誌》第二卷第一期《論現今國民之心理及中流社會之責任》。習軍事者，志爲軍官，以得饟糈，而戰事之利鈍非所知。習師範者，望爲教員，以糜廩祿，而學風之良否非所問。適東瀛者，聞考試錄用而顏開；習西語者，見買辦通譯而生慕。今聞廣譽不足歆也，而惟膏粱文繡之求；哲理科學不足湛也，而惟小說戲劇之好。濁世之紛華靡麗，既足以喪其本心；婦人之一嚬一笑，尤足以制其死命。吾非謂全國之學生皆如此，然凡通都大邑，中等程度以上之學生，果有此現象否邪？請全國之教育家捫心自問之。嗚呼！通都大邑，四方之所具瞻也，而今如此，則窮鄉僻壤之觀法於是者，危矣。中等程度以上之學生，社會所恃為中堅者也，而今如此，則中等以下之學生，入焉而與之俱化者，危矣。《易》曰履霜堅冰至，非一朝一夕之故也，其所由來者漸矣。中等程度以上之學風之不善，又寧獨中等以上教育之咎邪？

凡道德之事，與利害觀念最不相容。利害觀念愈明，道德愈薄。今之言教育者，雖亦曰詔人以道德倫理，然其根本觀念，終不脫利害關係。故曰言維護道德，而道德愈益澆漓也。言道德而與利害關係不相屬，居今之世已非宗教不為功。故吾謂中國今日苟不能建立一種宗教，使全國信仰有一中心，則萬事皆不可為，教育其一端耳。（參觀《大中華雜誌》第二卷第二期《宗教救國論》）而論者必曰：建立宗教，則必有祈禱崇拜諸儀式，是導人以迷信。嗚呼！宗教之所以繫民者，果徒在其儀式，而無儀式，遂不足稱宗教矣乎？又：一國之民，必有其根本思想，以示異於他國民，所謂國性也。而此種思想，常自歷史上得之。今日之學生，非無卓然成材者，然於舊社會情形，輒不甚了了。與舊社會中人，亦格格不相入。留學外洋者尤甚。以闕於此種思想也。今之昧者，猶欲於學校中添設讀經一科，此固大背於教育之原理。（無論其必不能解也，即能之，而國民之根本思想，亦非專籍讀經所能養成。）然必如何而後能使凡受教育者，均具有我國民之固有的普徧的根本思想。此方法，中等以上之教育，似不可不研究，及之必如是，然後凡受教育者，皆為深通中國社會情形之人，惟能深通社會之情形，然後能入而改良之也 。

從知識方面言：則舊教育之機械的誦習，猶足以養成努力之習慣，而新教育則不能也。語曰："小時了了，大未必佳。"又曰："大器晚成。"斯言何謂也。曰：凡事之成功，由於其立志之遠大；而欲有遠大之成就，則必有奮鬭之精神以赴之；欲養成奮鬭之精神，則習慣於努力，其首務矣。故曰："精神愈用則愈出，陽氣愈提則愈盛。"曾文正語。若委靡闒茸，過自愛惜，必至如機械然，鏽澀敝壞，而不適於用，終至於一事無成而後已，故曰："民生在勤。"又曰："流水不腐，戶樞不蠹。"蓋謂此也。以言乎進德，理誠有之；言教育，亦不外此義。故曰："不憤不啟，不悱不發，舉一隅，不以三隅反，則不復也。"今之教育家，常思以趣味二字,引學生入於學問之範圍。其意,欲使學生於不識不知之間,率由乎道德,而獲得乎智識。其用意,誠甚善。然其流失,則與養成努力之習慣之主義,最不相容。故今各國,亦有盛唱硬教育之善,而斥現行之輭教育爲不當者。夫以各國今日之教育,研究有素,施設有方,其教授管理,皆有其精確之原理,而後舉而措之,非苟爲放任而已,而議之者猶如此。況吾國教育事業,方始萌芽,一切皆稗販他人之學説者乎?吾非謂舊日之機械的誦讀爲可復也。舊日之機械的誦讀,大不適於教育之原理,而有害於兒童身體之發育,其流弊,亦誰不知之。然今日之新教育,則太缺於自動,而於養成努力之習慣,實最不合。其專施注入教授者無論矣,即稍知注意於啟發者,或又矯枉過正,取淺近易解之事物,日反復焉。而於理之稍難解,事之稍困苦者,悉置諸不論不議之列。故有入學七八年,而其知議能力,實無以異於常人者。不特知識能力,初無所異也,以言乎耐煩劇,堪困苦,校諸常人或不逮焉。何則?曰習於淺近易解之事物,則於理之稍難解者,事之稍困苦者,輒望而生畏,不復措意,如病者之胃,習慣於雞卵與牛乳,投以稍堅硬之食物,即不能消化矣。孔子曰:"譬如爲山,雖覆一簣,進吾往也。"孟子曰:"掘並九仞,而不及泉,猶爲棄井。"夫人之行路,終必恃其足力之強健,而非可藉他人掖之而行,審矣。舊日私塾之教育,但責人以苦口誦讀,而不復爲之指示其所以然。是猶導行者,但使人孤行冥進,而不爲之指示其途逕也。今日之學校教育,日取淺近易解之事物,爲之反復陳説,而於理之稍難解,事之稍困難者,輒置諸不論不議之列。是猶導行者,終日爲人臨流喚渡,閉門造車,而終無首途之日也。旁皇於驚沙積雪之地,固不免於喪其居,裴回於絕流斷港之間,亦終不能以至於海。二者其所以失雖異,而其爲失則均。故受教於舊日之私塾者,其大多數皆一無所成,埋頭十年,而執筆不能通訊問;讀書萬卷,而出門不能辨牛馬。其爲頑陋,誠可痛心。然苟能過此一關者,無不卓然有所成就。何者?其努力之習慣既已養成,無所施而不可也受教於今之學校者,不能謂其一無所成,而亦不能望其大有所就。中人之資無論矣。即天資絕特者,亦往往入校一二年,即沾沾焉,以目前之曲藝微長自熹,而不復以遠到自期。某教育家,常觀於某省之中學校,而歎其文不能習字,武不能當兵。諺語也,即無裨實用之謂。今之論教育者,多以不切實用爲懼,謂不免有養成高等游民之歎。庸詎知其病根,半由於所以教之者之非,半亦由於所以責之者太易。惟其責之者太易,故其努力之習,日以消亡。其學問,遂不能深造焉,以底於有用之域。即能供粗淺之用,而其人亦怠惰已甚,暴棄自甘,終不能自用其學邪!聞吾言者必曰:今日之教育,非欲使全國之學者,極深研幾,探賾索隱,人人爲學士博士也。亦欲使其薄有所就,執一技一能以自養而已。殊不知造詣雖有淺深,而其有需於努力則一。今之承學者,於高深之學問,固無所得,即一技一能之末,亦何嘗能真有所就哉?子曰:人而無恒,不可以作巫醫。

以體力方面言:則舊日之嚴酷的訓練,尚足以養成質樸之人物,而今日之新教育,則不能也。語曰:"民勞則思,思則善心生;逸則淫,淫則惡心生。"凡人之精神體力,所以能常用焉而不敝者,由能常留其有餘,又常新有所生,以補其不足也。而欲常保此生理上之平衡,則必其精神先有所專注,惟其精神常有所專注也,故其心力體力,能常有所用,而不至於委靡。亦惟其精神常有所專注也,故其心力體力,不虞其旁騖,而不至於多所銷耗。舊日之言教育者,常責學子以終日伏案,對卷呀唔,而一切涵養精神,發達體力之事,皆置諸不問,其爲策誠非矣。然其終日所與晤對者,爲聖賢之經傳,縱不能有益於其道德,猶不至於誘起其嗜慾。亦以終日伏案故,與外界接觸之機會自少,一切放恣淫逸之事,無緣迭起而爲之誘引。故昔之讀書者,極其弊,則耳不聰,目不明,手足不輕健,馴至於四支五官,皆等於廢棄,而其精神,固猶足以自養。至於今日,則學校程課之所以責之者,大易於昔。其意固曰:欲以使其心力體力,平均發達,而不當使之偏重於誦讀一方面也。然學生留此有餘之精神日力,果能磨練之,以趨於有用之途乎？吾不能無疑。夫人性之好動也久矣，而在少壯之年爲尤甚。苟有精神日力，則必求所以消耗之，而斷不能如禪學家之自甘於死灰槁木，有斷然矣。今之教育家，其學問大率淺陋，不足引起學生研究之興味。又其人，大率自身亦爲嗜慾所困，絕無高尚之感想，斷不足以養成學生之情操。而學生與外界接觸之機會則驟多，父母師長之所以監護之者又甚疏。外界種種可忻可慕之事，遂迭起而爲之誘引。其結果，遂不免日入於放恣淫逸。夫傷生之事非一，而放恣淫逸，固其尤甚者。故今之學生，其心力體力，大率委靡不振，入惡社會，則不轉瞬而與之俱化。授以事，未必艱鉅也，而已戚然若不勝其負荷者。學校中所以涵養其精神，發達其體力之事，未嘗不十百於昔也，而其效曾渺不可睹，烏乎！此其故可思矣。又昔之束髮受書者，雖未嘗明詔大號，指孔子示之曰："此教主也，爾宜尊之。"然孔子之在社會上，亦既具有教主之作用，如吾前之所述，則其人而苟尊信孔子者，萬一不幸，至於牢愁困苦之時，固猶有所藉以自養。舊日儒者之安於義命是也。今也不然。當扶牀入塾之始，即告以迷信之當戒，富貴之足慕，貧賤之可羞，天演淘汰之難以自存，生存競爭之可以力致。吾國昔日之言道德者，固不盡適宜於今日之世界，然今日之言道德倫理者，亦爲片面的而不完全，其流弊或轉甚於墨守舊道德者。舉凡精神界所恃以自娛悅自慰安者，一舉而悉奪之，則其人不幸而至於困頓牢愁，安得不憔悴憂傷以死。而既日放縱之，便入於放恣淫佚之境，則其人又安得不終入於牢愁困頓之場也。烏乎！舉全國大多數之學子，悉縱之於淫佚放恣之境，以戕其生，天下事之可悲可痛者，孰過是矣。自吾從事教育十年以來，學生之志趣乃日益卑陋，其體力亦日益柔靡。昔猶知慕作官者，今則但謀處館；昔猶欲求致富者，今則但圖衣食。奄奄無氣，戚戚寡歡，若是者，其體力安得強壯。論者必曰：此國民生計艱難之結果也。是固然然。何以徧全國不見一不憂其身而憂國家者？嗚呼！此其故可思矣。且吾所言非指國民學校極貧之兒童，乃指中等學校以上，家本不甚貧，即貧猶能勉受中等教育之學生也。

或曰：如子言，則必恢復舊日私塾之教育，然後可以爲快乎？

曰：惡，是何言？舊日私塾之教育，絕不能與以教育之名稱，吾向者既言之矣。然則子盛繩舊教育之美，而力斥新教育之非，何也？曰：吾非繩舊教育之美，而欲使世之從事新教育者，借此以自鑑也。夫吾向者所稱舊教育之効果，校勝於新教育者，實仍不足稱爲效果，不過此則新教育所有之流弊，爲舊教育所無者耳。然即此數端，彼舊教育者，亦不過於無意中得之，而非其所能自致，則舊教育之不足法可知。而即此舊教育者無意中所得之利益，尚有爲新教育家所能得者，則新教育家之當引以自鑑，抑又可知矣。然則舊教育家無意中所得之利益，新教育家竟不能得，何也？曰：可爲兩言以括之：舊教育家不知教授，其失在於盲進；而教育家則缺於自動。舊教育家之不知管理訓練，其失在於嚴酷；而新教育家則流於放任。盲進與嚴酷，不足法也，而缺於自動，與流於放任，其弊乃滋甚。然則非舊教育之果善也，亦新教育之未能盡善而已矣。

(原署名：輕根。刊於《中華教育界》
一九一六年第五卷第六期)

歐戰簡覽

1914年6月26日① 菲蝶南②在波士尼亞省遇害
7月28日 奧、塞宣戰
29日 門與奧宣戰③
8月1日 俄、德宣戰
4日 法入戰局
5日 英師渡海
1915年8月23日 日本宣戰
10月29日 土耳其加入
1915年5月23日 意對奧宣戰
10月11日 布加入德、奧④
1916年3月9日 葡入協約
8月27日 羅對德、奧宣戰
意對德宣戰

時期 { 1914年8月4日　　　　　　德攻比、法
1914年10月—1915年9月　德、奧復失地,長驅入俄
1915年9月—1916年1月　德、奧、土、布滅塞殘門
1916年2月—1916年12月　攻凡爾登至滅,羅提出構和條件 }

---

① 原文如此,應是28日。
② 菲蝶南,今譯"斐迪南";波士尼亞,今譯"波斯尼亞"。
③ 門,即門的内哥羅(Montenegro),今譯"黑山"。
④ 布,即"保加利亞"。

歐戰簡覽　317

```
                                          ┌ 北段  松末河畔①  ┌ 德、英、法
                          ┌ 德     ┌ 四 ┤
           ┌ 西歐 ─ 一時期 ┤         │    └ 南段  凡爾登附近  ┌ 德、法
           │              └ 比、法、英

                                          ┌ 俄  ┌ 俄、德
                          ┌ 德奧   ┌ 四 ┤
           ┌ 東歐 ─ 二時期 ┤         │    └ 奧  俄
   戰      │              └ 俄
   區 ─────┤
           │                              ┌ 北部羅境  ┌ 德、奧、土、布
           │              ┌ 德、奧、土、布 ┌ 四 ┤           └ 俄、羅
           ├ 巴爾干 ─ 三時期 ┤              │    └ 南部馬其頓  ┌ 英、法、塞、意
           │              └ 英、法、塞、門                    └ 德、奧、布
           │
           ├ 西亞 ─ 不入時期 ┌ 英、俄
           │                └ 德、土
           └ 意奧 ─ 不入時期
```

第一時期　西歐戰區

```
            ┌ 侵比(以德、法界上有伏斯巨山脈[Vosges]爲阻)②
八、九      │ 陷里愛巨[Liège]③
兩月        │ 不魯舍拉[Biusscls]及南方重鎮相繼陷④
德軍   ─────┤           ┌ (主力)攻盎凡爾[Anvers antwech]、哇斯丹
猛攻        │           │       [Qstend]以控北海脅英倫(自後，
時代        └ 德分軍 ──┤       比所餘者北海鄰法沿岸一隅而已)
                        └ (分支)入法，陷東北諸重鎮
```

―――――――――

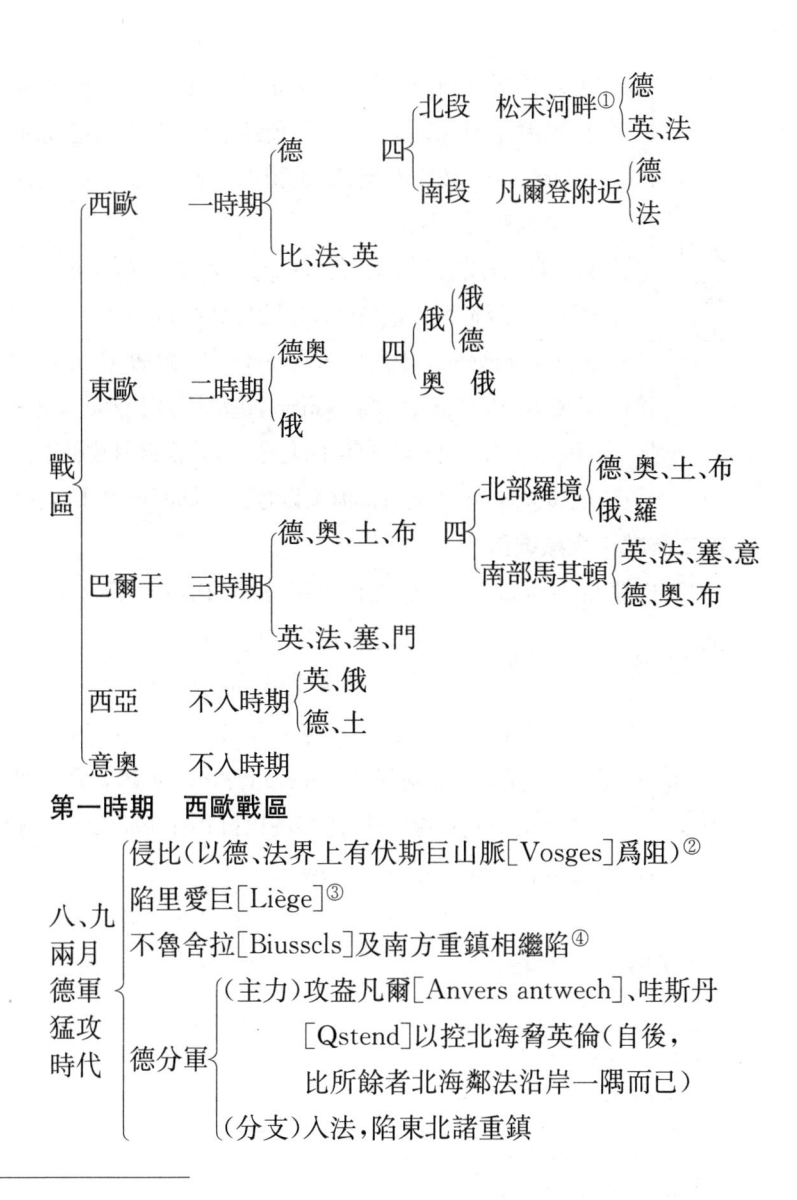

① 松末河，今譯"索姆河"。
② 伏斯巨山脈，今譯"孚日山脈"。
③ 里愛巨，今譯"列日"。
④ 不魯舍拉，今譯"布魯塞爾"。

八、九兩月德軍猛攻時代 {
時法方越伏斯巨圖復洛林[Lorraine]、亞爾薩斯①(後以無援退還)[Alsace]。不一月,前鋒逼巴黎,法人遷波圖[Bordeaux],②英軍至,德始稍退。德移師而東,英法聯軍欲驅之,不克
其陣綫起自北海岸之已於巴特[Nieuport],經耶波勒[Ypres],③南入法境經亞拉斯[Arras],④迫倫内[Peroune]、康派伊[Campiegne]、素伊遜[Soissons],⑤來姆斯[Reims],⑥凡爾登[Verdun]、南錫[Nancy],迄法德界上裴爾福德[Belfort]。⑦自1914年11月至1915年12月攻戰未止
英法欲復失地,德欲全占比海岸以控制多佛海峽也[Dover]
}

第二時期　東歐戰區

俄 {
科佛諾州[Kouno]界　德東普魯州[Eest Prussia]⑧
波蘭[Poland]界 {
德之波森州[Possert]
奧加里西亞州[Galicia]⑨
}
}

八、九兩月 {
不一月,東普幾全陷,首都哥尼斯堡[Konigsberg]被圍
加里西亞連陷,首城南堡[Lemberg]失守,⑩重鎮普散彌斯[Przemysl]被圍,⑪僅恃喀爾巴阡山中諸要隘及西齊克拉科一鎮而已[Gacouw]⑫
}

---

① 亞爾薩斯,今譯"阿爾薩斯"。
② 波圖,今譯"波爾多"。
③ 耶波勒,今譯"伊普爾"。
④ 亞拉斯,今譯"阿拉斯"。
⑤ 素伊遜,今譯"蘇瓦松"。
⑥ 來姆斯,今譯"蘭斯"。
⑦ 裴爾福德,今譯"貝爾福"。
⑧ 東普魯州,今譯"東普魯士"。
⑨ 加里西亞州,今譯"加利西亞"。
⑩ 南堡,今譯"萊姆堡"。
⑪ 普散彌斯,今譯"普熱梅希爾"。
⑫ 克拉科,今譯"克拉科夫"。

9月中旬,德援師大集,重創俄軍,復東普魯失地

俄反抗,為扼東普魯國境,攻波蘭,西部諸重鎮先後陷,勢迫瓦隆、①加里西亞,軍振,普散彌斯幾解

10月杪,俄皇臨戰場,復波蘭失地,德退守波森邊界

重圍普散彌斯,奧堅守克拉科

11月杪,德援師畢集,大舉進攻,俄迎擊之,匝月波蘭西境陷,洛德士[Lódz]、②波魯克[Plock]③諸要塞相繼失,瓦隆岌岌

奧屢敗俄,進駐喀爾腦[Tainow],圖解普散彌斯之圍

{天寒　德進停頓
 奧不能破圍} 俄攻東普魯以救波蘭　德 {自西歐調軍援東普
 波蘭方面不減}

1915年2月1—10日至6月1—10日,驅俄出境復占俄地,科佛諾州諸邑波羅的海之里播海口均陷[Libau]

1月下旬,克加里西亞東南之布哥維那州[B Kouina],3月中旬,陷普散彌斯,四月初,南襲喀爾巴阡山隘,匈牙利平原危

5月,德、奧、奇軍由克拉科方面襲俄軍之側,俄軍潰退。6月3日克普散彌斯,又兩旬克蘭堡

{右翼　東略布哥維那
 中央及左翼　北出波蘭}

7月初,德兵圍瓦薩④

{(北)大將彪維牽里播登陸之大軍,由科佛諾州渡麥默[Nemel]、⑤
　　　那留[Nalew]⑥兩河
 (西北)興登堡以波蘭大兵
 (南)麥更生德奧聯軍⑦道維斯土拉[Vlstula]、⑧蒲格[Bug]⑨
　　　兩河平原}

---

① 瓦隆,今譯"沃倫"。
② 洛德士,今譯"羅茲"。
③ 波魯克,今譯"普沃茨克"。
④ 瓦薩,今譯"華沙"。
⑤ 麥默,今譯"涅曼河"。
⑥ 那留,今譯"那累夫河"。
⑦ 麥更生,今譯"麥根遜"。
⑧ 維斯土拉,今譯"維斯瓦河"。
⑨ 蒲格,今譯"布格河"。

8月5日,瓦薩陷,波蘭全境亡,國防第一綫破

退守第二綫(科佛諾哥羅德諾[Grodno]①里多佛斯克[Liteus]②一帶)

9月初旬,又盡失

於是 { 利牙[Riga]③軍港頻遭侵襲
維爾那[Vilnius]、④特文斯克[Dvinsk]
　　　　諸重鎮相繼告急 { 藩籬盡失
首都告急

11月,復有事,巴爾干沈寂其陣綫

北起利牙海口,經特文斯克、多佛斯克、扁斯克[Pinsk]⑤
南進加里西亞之特尼斯特河畔[Dniestec]

第三時期　巴爾干戰區

{ 奧陷塞京貝爾格來得[Belgrade]、⑥北境有事旋退守國境
奧沿邊諸城相繼失守,波省首城塞拉熱瓦[Sarajevo]⑦幾陷

11月,土助德奧,塞東顧,塞奧戰日停頓

{ 1915年以後,英、法海軍猛攻達大納爾海峽[Dardaneller]、⑧
　　毀工程一部,艦隊損壞沈沒者數十艘
陸軍由加里波里[Gallipoli]上陸,圖襲土後路,輒被大創而退

擬假道羅輪軍械助土羅以誘議其後卻之

運動布攻塞(第二次巴爾干戰役,割地乞和,有隙於塞)

英法 { 使塞割地於布,以抗奧有功不欲割地
阻希助塞,以英法援師不足卻之

---

① 哥羅德諾,今譯"格羅德諾"。
② 里多佛斯克,今譯"立托夫斯克"。
③ 利牙,今譯"里加"。
④ 維爾那,今譯"維爾諾"。
⑤ 扁斯克,今譯"平斯克"。
⑥ 貝爾格來得,今譯"貝爾格萊德"。
⑦ 塞拉熱瓦,今譯"薩拉熱窩"。
⑧ 達大納爾海峽,今譯"達達尼爾海峽"。

而布得地於土攻塞

於是 { 土布釋憾
希羅袖手

10月初旬 { 布　　攻塞東
德奧　大舉攻西北　下其舊都

英法（撤加里波里守兵）自塞羅尼加［Salonica］[①]登陸布迎擊，不能與塞聯絡

10月杪，德奧布圍新都尼薩［Nisa］，11月5日下之，舊境盡沒（第一次巴爾干戰前舊境）

南遷摩那斯提［Vonastis］，1月後又陷，塞亡，國王暫遷阿爾巴尼亞之斯庫台里［Soulari］，1916年3月又遷各府島［Corfou］，[②]其後東遷塞羅尼加托庇英法

奧同時猛攻門，1916年1月至10月，國都色的伊［Corlligne］陷，未幾全境沒

第四時期　西歐戰區

1915年9月　英攻魯司［Loos］
　　　　　　法攻香巴業［Gbambigne］[③] } 得村落少許

1915年冬 { 俄西南國防盡破
塞亡
門不國
英法軍在巴爾干
僅守塞羅尼加 } 防務 { 加里西亞委奧
巴爾干委 { 土
布
盡驅精銳於西

接觸之地 { 南　凡爾登［Verdun］在巴黎東末斯河［Vese］[④]
　　右岸，建築之固，世所罕見
北　松末河［Smne］在巴黎東北

---

① 塞羅尼加，今譯"薩洛尼卡"。
② 各府島，今譯"科孚島"。
③ 香巴業，今譯"香檳"。
④ 末斯河，今譯"馬斯河"。

其戰事 { 南：2月21—30日至6月11—20日,力攻,僅得河東砲壘數座河西304高地,年終河東砲臺復歸法
北：德得 { 河北迫倫內[Perctomne]、康佈雷[Cambrac]
河南康派伊[Coinpiegn]

7月1日,英自河北亞拉斯[Arras]進攻,分軍南禦,凡爾登乃爲沉寂

東歐戰區

1916年春,除俄乘虛攻入奧邊特尼斯德河畔外①,無烈戰

5月 { 日本軍械　由西伯利亞鐵道至
協約國軍　抵境　助駕汽車、飛艇
免總司令尼古拉斯代以苦魯巴金

8月1日攻

其陣綫 { 利牙至扁斯克,德所守陣綫如故
南端(自扁斯克東入奧境加里細亞東即紹特尼斯得河接羅馬尼亞界上爲奧所守)力攻,奧不支,東北邊塞那維嗣[Cyevnowity]、科羅末[Kolomea]、斯臺尼斯洛[Sianisowovy],李落的Blody諸重鎮陷

8月下旬,羅宣戰勢益張,南越喀爾巴阡嶺脅匈東境,德援驅之,而加里西亞東部及布各派那全州終未復

10月後,視綫注巴爾干

巴爾干戰區

8月下旬,羅加入協

(8月)俄、羅與德、奧、土、布

(南部)(馬其頓)德、奧、布與英、法、塞、意

---

① 特尼斯德河,今譯"德涅斯特河"。

1916年巴爾干部戰事	羅 { 羅連破奧要塞不下一月奧東鄙德蘭西佛尼亞州①[Transclvania]之泰半,匈牙利平原危 九、十月間,德援師盡復奧地布土軍中多瑙河[Danue]沿岸進攻(德統率) 外拉希亞州[Walaebia](西南方) 侗布列吉州(東方)陷,要港康士坦柴[Gonstanya]失,首都布加來斯德[Bucharest]陷,②年終亡,僅守馬爾大維亞州[Molddvia](北部),以保南俄産麥原野與俄奧特色港[Odessa]③ } 腹背受敵	羅多 { 農産 / 石油 } 資軍實 多瑙流域盡屬德奧,北德潛艇溯來茵、循多腦,可制黑海 海權
1916巴爾干南部戰事	羅加入後,布北顧,聯軍大舉,盡得布軍所守塞地南策,至年終陷要塞摩拿斯提,掃除馬其頓境内同盟軍 意軍在阿爾巴尼亞北,遙與聲援控制亞達利亞的克海東岸④ 十月威尼柴洛[U nizele]⑤革命於岡地亞島(國王南德英威附英法,⑥被黜),設臨時政府於塞羅尼加、加入協約 希王雖屍位,於英法所要無不從	德奧所失 協約所得	地中海海權不搖 蘇彝士仍爲英有⑦

---

① 德蘭西佛尼亞州,今譯"特蘭西瓦尼亞"。
② 布加來斯德,今譯"布加勒斯特"。
③ 奧特色,今譯"奧德薩"。
④ 亞達利的克海,今譯"亞得里亞海"。
⑤ 威尼柴洛,今譯"維尼齊羅斯"。
⑥ 南德英威,今譯"康斯坦丁"。
⑦ 蘇彝士,今譯"蘇伊士"。

西亞戰區
始 1914 年冬土加入

俄土　　高加索阿　｛俄　欲奪埃爾土倫要塞［Eryeroum］　｝乍得失，
（北區）美尼亞間①　｛土　欲占巴統海口［Batum］　　　　｝無關大局

英土　　波斯灣登陸　｛杜土援部
　　　　　　　　　　｛分俄之勞
（東南區）（波斯灣）（英）占巴斯拉②　未能進略美索
　　　　　　　　　　　　　　　　　　不達米亞

英土
（南區）蘇彝士　土屢襲西奈半島，經英迎擊，退
（東區）　1915 冬，德土煽波斯回徒叛俄，戰波斯西部
1915 年冬，塞、門亡，德、土道通，英法撒加利波利之兵

｝1914、1915 乍起滅無顯著勝負

德｛蘇伊士方面　築輕便鐵道於敍利亞之沙漠地方
　｛增兵巴力士坦③　圖規取運河，開進軍埃及之路
　｛波斯灣　令土移加利波利守兵於美索不達迷亞平原④
　｛東方　嗾波斯軍叛俄

以俄新敗，阿美尼亞方面未加意，俄自亞拉拉山隘［Ailrat］乘虛而入1916 年 2 月 1 日至 10 日，占埃爾土倫（阿美尼亞首城，土北方重鎮也）

於是｛一軍　入波斯　西略至伊斯巴漢［Ispahan］，⑤侵美索不達迷亞
　　｛一軍　南規美索不達迷亞，取愛爾迫幹［Erymgan］，及底格里斯流域諸重鎮，斷爲格達於是道上土軍後路，與波斯灣英軍聯絡
　　｛一軍　西薄德雷皮重海口［Trebiyona］，⑥經營｛黑海沿岸
　　　　　　　　　　　　　　　　　　　　　　　　｛小亞細亞高地

---

① 阿美尼亞，今譯"亞美尼亞"。
② 巴斯拉，今譯"巴士拉"。
③ 巴力士坦，今譯"巴勒斯坦"。
④ 美索不達迷亞，今譯"美索不達米亞"。
⑤ 伊斯巴漢，今譯"伊斯帕罕"。
⑥ 德雷皮重，今譯"特拉比松"。

土進援無效,迄年終 {北境陷 / 波斯資敵 / 美索不達迷亞陷重圍中 / 進圖印埃成畫餅

雖 4 月 1 日至 10 日降英軍於克得爾馬拉[Ketelmdra],然英勢未減,卒窺白格達①

意奧戰區

1915 年 5 月,意奧啓釁

原因 {與奧世仇 / 英法艦隊在地中海者強 / 中立英法有煩言,謂不助即當敵視,恐兩方懷恨 / 乘機并亞得利亞海東岸地,以拯奧治之意籍住民

法諷奧割地,奧不從

1915 {陸軍 {北攻約羅爾州[Tyrol],②無寸效 / 依松茶河[Isonzo]③畔(亞得里亞海北端),稍勝不已 / 海軍 依斯先半島[Isiija]之攻,無功

轉戰數月,喪師十餘萬

其目的地 {東 的黎斯德海口[Tileat] / 北 曉拉恩德要塞[Trient]④} 均可期不可即

1916 年春,停滯

初夏,阿爾卑斯積雪融,奧自曉拉恩德進攻,連占意凡尼亞省北鄙諸鎮

6 月,奧有事北,意復之,依格索方面大舉取奇、濟要塞

明復南規依斯克半島與亞得里亞海軍相呼應,北方仍無進步,

---

① 白格達,今譯"巴格達"。
② 約羅爾州,今譯"蒂羅爾"。
③ 依松茶河,今譯"伊松佐河"。
④ 曉拉恩德,今譯"特倫托"。

英、法、德、塞活動於馬其頓，意亦使守阿爾巴尼亞沿海地

(自一九一四年至一九一六年冬)①

第八節　德之提出和議

統觀上述二年半之戰勢，比利時國社爲墟。法東北諸省之富庶甲於全國者，盡爲德軍所占。俄喪其波蘭全境。英法海軍之攻達大納爾海峽，均無功而退。其外交家之誘希臘助塞爾維亞者，亦敗於垂成。而布加利亞則崛起一隅，助德奧聯軍，滅塞蹂門，擴張勢力於巴爾干半島。洎乎羅馬尼亞與俄攜手而後，雖曾攻入奧境，而未幾即爲德軍所毁滅。説者謂德之雄風，彌漫歐陸，其軍隊左冲右突，所向無前，歐戰之終局，德其獲勝矣。然而一觀 1916 年之戰情，及德人海外之勢力何如者，則恍然知德之精疲力竭，勝負之數，爲不可知矣。凡爾登之戰，相持六閲月，喪師百數十萬，而未有所獲。松末河之戰，陣綫之東退者，日有所聞。奧國東北邊境，盡爲哥薩克兵之牧馬場。巴爾干南部，盡入協約勢力。而地中海之航業，可以安枕無憂。小亞細亞東北淪於俄。米索不達米亞爲英侵入，巴力士坦之土軍厄於英人。而印度之侵略，蘇彝士之封鎖，盡成畫餅。且自青島陷於日，俾士麥群島失守於英日之海軍。② 而遠東之勢力，殲滅無餘。非洲之多俄蘭(Togoland)③陷於英法。西南非洲(German South West Africa)、東非洲(German East)之領土，加入英殖民帝國，喀麥隆(Camerun)失守於英法比葡。而自 1884 年來苦心孤詣竭力經營之殖民帝國，盡以資敵。海外商業，既已掃蕩盡淨矣。而北歐航道又爲英艦隊所封鎖，德政府知日處甕中之不可持久，國内騷擾之可虞，而英國海上雄風之不易挫

---

① 下爲剪報粘帖，述 1917 年，從文字推敲，疑爲先生所撰，故存録之。
② 俾士麥群島，今譯"俾斯麥群島"。
③ 多俄蘭，今譯"多哥"。

也。乃於 1916 年終，乘羅馬尼亞方面全勝之餘威，突然提出和議。要請美總統居間，向協約國方面探詢意見。協約諸國以德提無條件之和議，謂其未有誠意，特假是以固軍志，堅其民氣，而嫁禍於他人也。皆絕對拒卻之。於是和議決裂，而戰禍延至 1917 年矣。以余觀之，德之提和，無論其有無誠意，此於和議之成立與否，無關者也。德方以戰勝國自居，而協約國方面之所希望者，土爾其之逐出歐陸也，君士坦丁海口之讓諸俄也。巴爾干諸國國境之變更也。則皆與德之經營小亞細亞政策，絕不相容。矧自羅塞門三國滅亡而後，巴爾干半島已屈於德人之武力之下。德爲不肯以其奮力奪得之土地，拱手讓諸敵人者也。協約各國猶有所希望者，則國境劃分與民族配布之不公允者。宜皆還其自由，使毋受外族之羈軛也。德人以爲，此而容許，則波蘭舊境之爲普魯士，全甌搆成之一大部者，將歸諸復活之波蘭獨立國矣。五十年前所獲之阿爾薩斯、羅來二州，將授其故主法蘭西矣。奧地利西南部之意民住地，東北兩部之斯拉夫人住地，皆將割歸他人，而奧爲小弱矣。以戰勝之國，而割地乞憐，德必不甘爲，此和議之所以不成立也。至若比地之交還，則可與非洲殖民地之恢復爲交換條件，實不足以阻止和議之成立者也。和既不成，於是有潛艇封鎖航路之宣告，中立各國之抗議，美之宣戰，英法在西歐之大舉，報達之攻陷，及吾國之與德絕交。此皆 1917 年之事也。本篇範圍，止於去年終。故不續述，願以俟諸異日。

  1918 年 7 月、9 月 15 日奧匈提和

      16 日協拒

      24 日東勝　土軍潰

      30 日保停戰

  10 月 2 日德首相就任 (8 日美復)

      4 日提和

      5 日保王退位 (菲蝶南禪於子博里一世)

      12 日德再提 (14 日美復)

15日德亂

20日德之致,23日美復,27日德又復

30日德在比境退出比不兵舍拉復

31日土停戰條約簽字

11月1日保革命博里退位

4日奧休戰

9日德遜位,10日德王奔荷蘭

10日奧匈共和政府成

10日德休戰條約簽字

(本文撰於一九一七年四月中旬,爲未刊稿)

瀋陽高師中國歷史講義緒論

史也者,所以藏往以知來。蓋凡現在之事,其原因皆在於從前;而將來之事,其原因又在於現在。必明於事之原因,然後能豫測其結果,而謀改良補救之術。故史也者,所以求明乎事之原因,以豫測其結果者也。

顧宇宙間之現象,亦樊然淆亂矣。此所謂史者,其所紀載之事實,究以何爲之界限乎?案近人政治講義有言曰:

蓋天生人與以靈性,本無與生俱來之知能。欲有所知,必由內籀。內籀言其淺近,雖三尺童子能之,今日持火而盪,明日持火又盪,不出三次,而火能盪之公例立矣。但內籀必資事實,而事實必由閱歷,一人之閱歷有限,故必聚古人與異地人之閱歷爲之。如此則必由紀載,紀載則歷史也。

是故歷史者,不獨政治人事有之,但爲內籀學術莫不有史。……西人於動植諸學,凡但疏其情狀而不及會通公例與言其所以然之故者,亦稱歷史,如自然歷史是已。

東西舊史於耳目所聞見,幾於靡所不包,如李費《羅馬史》所紀牛言雨血諸事,與《春秋》之紀災異正同,而《史》、《漢》書志,劉知幾《史通》論之詳矣。

而近代之史置此等事不詳者,亦非盡由人類開化之故,乃因專門之學漸多,如日食、星隕則疇人職之;大水風雹,則有氣候學家;甚至切於人事之刑政,亦以另有紀載得以從略。如錢幣,則計學;瘟疫,則醫學;罪辟,則刑法之學;皆可不必如古之特詳。大抵史亦有普通、專門二部,專門之史日以增多,而國史所及乃僅普通者。

……雖然科學日出史之所載日減,於古矣而減之又減,終有其不可減者。存則凡治亂興衰之由,而爲道國者所取鑑者是。故所謂國史,亦終成一專門科學之歷史……

此説甚當。返觀吾國之歷史,則正坐紀載之範圍太廣,如所謂"於耳目所聞見,幾於靡所不包"者,故不能成一專門之科學也。

案清代《四庫書目》史部之分類如左:

史部
- 正史
- 編年
- 紀事本末
- 別史
- 雜史
- 詔令奏議
  - 詔令
  - 奏議
- 傳記
  - 聖賢
  - 名人
  - 總録
  - 雜録
  - 別録
- 史鈔
- 載記
- 時令

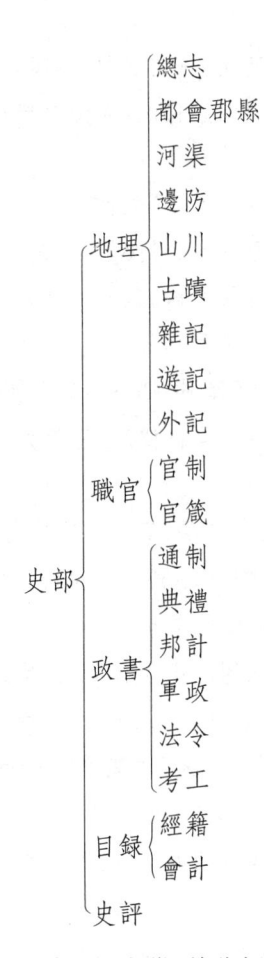

史部 {
　地理 { 總志 / 都會郡縣 / 河渠 / 邊防 / 山川 / 古蹟 / 雜記 / 遊記 / 外記 }
　職官 { 官制 / 官箴 }
　政書 { 通制 / 典禮 / 邦計 / 軍政 / 法令 / 考工 }
　目錄 { 經籍 / 會計 }
　史評
}

又近人撰《新史學》其分類如左：

第一　正史 {
　(甲)官書　所謂二十四史是也
　(乙)別史　如華嶠《後漢書》、習鑿齒《蜀漢春秋》、《十六國春秋》、《華陽國志》、《元秘史》等，其實皆正史體也
}

第二　編年　《資治通鑑》等是也

第三　紀事本末 {
　(甲)通體　如《通鑑紀事本末》、《繹史》等是也
　(乙)別體　如平定某某方略、《三案始末》等是也
}

第四　政書
- （甲）通體　如《通典》、《文獻通考》等是也
- （乙）別體　如《唐開元禮》、《大清會典》、《大清通禮》等是也
- （丙）小記　如《漢官儀》等是也

第五　雜史
- （甲）綜記　如《國語》、《戰國策》等是也
- （乙）瑣記　如《世說新語》、《唐代叢書》、《明季稗史》等是也
- （丙）詔令奏議　四庫另列一門，其實雜史也

第六　傳記
- （甲）通體　如《滿漢名臣傳》、《國朝先正事略》等是也
- （乙）別體　如某帝實錄、某人年譜是也

第七　地志
- （甲）通體　如某省通志、《天下郡國利病書》是也
- （乙）別體　如紀行等書是也

第八　學史　如《明儒學案》、《國朝漢學師承記》等是也

第九　史論
- （甲）理論　如《史通》、《文史通義》等是也
- （乙）事論　如歷代史論、《讀通鑑論》等是也
- （丙）雜論　如《二十二史劄記》、《十七史商榷》是也

第十　附庸
- （甲）外史　如《西域圖考》、《職方外紀》等是也
- （乙）考據　如《禹貢圖考》等是也
- （丙）注釋　如裴松之《三國志》注等是也

　　史部分類之法，不止此兩種，此兩種之分法，亦未必得當，今姑舉爲例，欲知其詳，可自參考各史中之《藝文》、《經籍志》、《文獻通考》之《經籍考》等及各種目錄之書。

　　以予觀之，各種史籍其性質不外：（一）紀載，（二）批評，（三）注釋。而三者之中，又以紀載爲之主，批評、注釋皆其後起者。必有紀載，而後批評、注釋乃有所附麗，故二者有主從之關係。考據亦當屬於注釋，不能獨立爲一類。紀載之材料，因其性質可別爲：（一）治亂興亡，

(二) 典章制度二大類。前者可稱爲動的史實,後者可稱爲靜的史實。二者皆應以人爲之事爲限,向來之歷史記載,後一類之事實,有侵入天然界者,此因向者學術分科未密之故,今後宜析出。記載治亂興亡一類之事,屬於正史中之紀傳,記載典章制度一類之事,屬於正史中之志,而二者又皆可以表緯之,故正史可稱爲表志紀傳體。編年一類,乃專記治亂興亡之事實,而以時爲之系統者。記事本末一類,則專記治亂興亡之事實,而以事爲之系統者。其政書,則專記典章制度一類之事實者也。若將正史中之紀傳析出,以時爲經、以事爲緯而編纂之,即成編年史;以事爲經、以時爲緯而編纂之,即成紀事本末體之史,若將其志析出,即成政書。故表志傳記之體,在各體中最爲完全。向來作史者,欲網羅一代之事實無所闕遺,皆不能舍此體,而國家亦必以是立於學官,謂之正史蓋有由也。但爲觀覽計,則編年體最便於通觀一時代之大勢,記事本末體最便於句求一事之始末,典章制度尤宜通觀歷代,乃能知其損益之由得失之故,則政書尤不可廢。《文獻通考》總序所言即此意,可參看。此外雜記零碎之事實,或但保存其材料者,皆祇可稱爲史材,不能謂爲已經編纂之歷史也。

居今日而言歷史有尤要者三事:

一宜有科學的眼光。如前所述,中國之歷史實尚未能分化精密而成爲一科學,故今後研究此學,宜處處以科學之方法行之,其大要有二:(甲)將可以獨立成一專門科學之事實析出,以待專門學者之研究。如向來歷史中關於天文、律曆諸事項可析出,以待治天文、律曆學者之研究,關於食貨諸事項可析出,以待經濟學者之研究是也。(乙)而史學之研究,即以得他科學之輔助而益精。如推古代年月者,可藉助於曆學,考求古代人民之生活狀況,可藉助於經濟學是也。

二宜考據精詳。治史學所最貴者,爲正確之事實。蓋史學既爲歸納之學,其根本在於觀衆事之會通以求其公例,若所根據之事實先不正確，則其所求得之公例，亦必謬誤故也。吾國史籍浩如烟海，所存之材料實至多，其足供考據者何限？向來史家紀載，其疏漏譌誤，非加考據，斷不能得正確之事實者亦甚多，試觀後世史學家之所考據者可見。亦有材料雖存，非至今日世界大通，兼得新科學之輔助，則不能知其可貴者。如漢族本自西方高原遷入中國本部，此等材料多存於古書中，然未知世界歷史以前，中國學者莫或措意。① 又如向者地理類中外紀之書，人視之率多以爲荒渺（如《四庫提要》疑《職方外紀》所言爲誇誕是），而至今日則群覺其可貴是也。

三宜兼通經子。經、史、子、集之分，本至後代始然，在古代則既無所謂集，亦無所謂史，史皆存於經、子之中（參看《漢書·藝文志》、《隋書·經籍志》自明）。而經、子之學，極爲難治，非詳加疏證，則觸處荆棘。經、子之學，以清儒爲最精，故不通清代之所謂"漢學"者，其所談之古史，必誤謬百出（清代史家考據後世之史事亦多，以治經之法行之，故較前人精密）。即如今日東晉晚出之《古文尚書》，人孰不知其僞，而各書肆各學校之編講歷史者，尚多據之以爲史實，豈不可笑。

四宜參考外國史。中國歷史於四裔一門，記載最多疏略，此自閉關時代，勢所不免，即如朝鮮、安南，沐浴我國之文化最深，與我往還亦最密，然史所記二國之事，猶多不可據，其他更無論矣。又有其部族業已入據中國，然其史實仍非求外國史書以資參證不能明瞭者，如讀蒙古史，必須兼考拉施特、多桑之書；治清史，必須兼考朝鮮人之記載是也（參看《元史譯文證補》、日本稻葉君山《清朝全史》、近人《心史史料》自明）。

---

① 編者按：至遲到一九三六年，先生的此項見解已有改變，認爲中國文化始於東南（參見《中國文化東南早於西北說》，原刊《光華大學半月刊》第五卷第六期，一九三六年出版，現收入《吕思勉論學叢稿》，上海古籍出版社二〇〇六年版）。

此外應行注意之處尚多,而此四端,則其尤要者。又師範生之習歷史,宜時時爲教授他人之豫備,此又與尋常學者之治史不同者也。

(本文寫於一九二〇年,原爲《國立瀋陽高等師範學校文史地部中國歷史講義》的緒論)

國文教授祛蔽篇

老氏曰："大道甚夷，而民好徑。"甚矣，世之好徑者之多也。國文者，一國所獨有，其傳之必且數千百年，宜其研究之法無不明，而教授之法無不得矣。然而竟不能然者，何也？則有物蔽之也。有物蔽之，則康莊在前而不見矣。

（一）偏主文言白話之蔽

文言白話，非有判然之界限也。今試將現行文字，案其性質之古近，而嚴密區別之，則當區分爲左之三種：

（甲）古文　其詞類及語法，皆以古爲標準者也。非至古代之詞類語法，必不能用，或必不足用時，必不輕變。

（乙）白話　其詞類及語法，悉以今日之口語爲標準者也。非至口中實無此語時，決不參用古代語。

（丙）普通文　界乎（甲）、（乙）之間，日常應用之文，如公牘書劄等，皆屬此類。普通文者，所以合和文言白話，以應社會之需要者也。今有甲焉，以板凳擊乙；乙避之，觸桌子，傷而死。板凳桌子，在古文中例代以几席字，然於此事則固不能，則古文窮矣。又設此事而聞於理，理官援律以蔽甲之罪，其律文或沿之自古，豈能譯以白話？則白話又窮矣。然則文言白話之並行，社會固自有此需要也。

文字所以代表語言，本應與口語相合。然而不能然者？則一國之人，智識有高下，好尚各不同；所治之學問，所操之職業，亦復殊異；此部分人所需用之言語，未必即爲彼部分人所需用。故文字語言，有通行於全國者，亦有僅流行於一部分者，非獨文言白話相較，有專普之殊也。文言白話之中，亦自有之。作文言者，文中之字，不能入詩；詩中之字，不能入詞；詞中之字，又不能入曲；甚至散文之辭句，不能入駢文；宋四六之辭句，不能入漢魏體之駢文；選體詩之辭句，不能入西江派之詩；皆是物也。説白話者，則如江湖上之切口，各種商業中所特有之名稱等皆是。嘗有治化學者，告予曰："中國表顔色之字，不過數十，必不足用。"予謂"若盡蒐之，可得數百"。其人不信。予曰："子不當但求之字典中……當集染坊、綢緞肆、布肆、漆肆中人而問之。凡菜青、月白等複音字，皆是也。"彼乃釋然。故文言白話，並無一定之界限。以爲死語，則凡我所不用者，皆死語也；抑且此時此地所不用者，在此時此地，即死語也。以爲活語，則藥籠中物，何一不可儲以待用？而人之用語，亦豈有限制乎？

又天下事不必論其可不可，且先問其能不能。抑究極言之，所謂可不可者，固仍以能不能爲標準也。今試問：舉全國之人而使之盡通文言，能乎？不能乎？往昔私塾學生，自六七歲入塾，至十五、二十之間，所誦者盡文言也。其成績如何？即謂私塾教授，不得其法，亦決無枉費工夫，至如此其多之理。蓋文言自爲某種人所需用，性質不近；所治之學問，所操之事業，而與此無干者，即強之，亦不能通也。而今之偏主文言者，偏謂學國文非通文言不可，甚至強謂文言並不難通，而置向者科舉時代，學童讀書十年，下筆不能成一字之事實於不顧，甚矣，其蔽也。

凡文之所以成爲文者三：(1) 讀音，(2) 詞類，(3) 文法也。讀音爲另一問題，今姑勿論。以言乎詞類，則今日極純粹之白話中，其所有者，實不足於用。事理稍精深繁複，即須取資於文言。然此尚不成問題，因文言中之詞類，固無不可出之於口也。至於語法，則在紙上者，決不能操之口中。以白話代文言，其最大之理由，即在乎此。然今日白話之語法，固有不完善，不能不藉文言以改良之者。今日白話之語法，其大病，在"累贅"與"游移"。試以同一意思，撰成文言之句，又撰成白話之句；兩者相較，文言句必簡短，而意反確定；白話句必冗長，而意反游移。向之官府告示等，其一部分，求人易曉者，原未嘗不用白話；其大部分則卒不能；其理由亦在於此。然則居今日而言國文，除一部分天分甚低，及所治之學問，實與國文關係甚淺者外，雖可用白話發表，必須能閱讀文言。何者？白話中之詞類，既須取之文言，不通文言，則未能徹其根原；雖了解必不真實。而能多讀文言，則其所作白話，多少有幾分文言化，可稍謹嚴也。而其性質本近文言，或其所治之學問，與文言關係極密者，更無論矣。而今之偏主白話者，又謂文言絕不足學，日以報章小說及無聊之新詩授人，枉費工夫，難期進益，甚也，其蔽也。

要而言之，則但習白話，或兼肄文言，當視其人之性質，及其所習之學科，所擇之職業而異，不能作一概之論也。

（二）講俗陋文法之蔽

因有文字，乃加標題乎？抑因有題目，乃作文字耶？此不論何人，皆能答曰：因有文字，乃加標題也。然向之應科舉者則不然。彼以應科舉故而作文字，則其文真為題而作者也。然使其所命之題目，大方正派，猶不至墮入惡道也。乃科舉時代之試官，每好以難題試士，此因便於校閱故。昔時之科舉，實類今文官考試，官額有定，則科舉之額，不能無定；科舉之額有定，而應舉者甚多，其程度又皆相仿佛，則去取無以為憑，乃不得不為此無理之舉。唐人貼經題，好取孤章絕句；清時八股試題，割裂至不成文義；皆此之由也。其所謂題者，本無文可作，而以應試之故，不得不強作一文，於是種種無理之法生矣。本以應科舉故，不得不作此種文，乃不得不有此種法；其後習非成是，忘其本來，乃以為作文之法，本當如是；於是笑柄百出矣。今之國文教員，科舉中人，誠已不多，然此等謬論，行於社會者既數百年，彼其師皆此等人也；彼其所耳濡目染之評本選本，皆此等物也；自非天分絕高，或別有淵源之士，孰能出其範圍者乎？今之國文教員，年事稍長，自謂通知舊文學；而社會上亦推許爲通知舊文學者；其意見，十之八九，未能盡脫科舉時代之陋習也。《孟子》曰："所惡於智者，爲其鑿也。"所惡於科舉時代之文法者，亦爲其鑿也。所謂鑿者，本爲事理之所無，彼乃鑿空而強説之也。學文者一入此途，百無是處。欲講教授國文，須先將此等謬説，一切摧陷而廓清之，舊時俗陋之選本，及近出之俗陋選本，如學生國文成績等，宜一概屏絶。

（三）並舊文學與國文爲一談之蔽

今之自謂通知舊文學者，十之八九，實未脫盡科舉時代之陋習，吾既言之矣。至其十之一二，則又賢智之過，而并國文與舊文學爲一談。此輩之所謂舊文學，乃真正之舊文學，非夫名爲舊文學，而實係科舉時代之陋習者比也。其所講授，亦誠有法度，足以開示門徑，然用之學校之教授國文，則謬矣。文學者，美術之一，以文字表現之。然非凡以文字表現者，皆可成爲文學也。文學與國文，雖有關係，決不能並爲一談，普通文言，乃較高等之國語。普通之文字，人人所能通也。美術之文學，非人人所能通也。即謂可略通知其意，亦斷不得施諸中等以下之學生。即今之大學學生，於舊文學，亦祇可指示其極淺近者，俾略知門徑耳，高深處決説不上。何也？智識之程度及年齡，固如是也。吾爲此説，今人決不肯信。文學之美，除有天才者外，普通人在二十以下之年齡，是否能領略？吾亦姑勿置辯。然文字必有其內容，不通知其內容者，於其美的方面，亦必不能真解，此則可無異辭者也。極美之文學，必有極深之內容，其感覺之鋭敏，觀察之周到，情感之濃厚，所包孕之事實之豐富，恐均非二十以下，讀書未多，閲世未深之學生，所能知也。感覺，觀察，情感，以主觀言。然客觀方面，必有促其感覺，供其觀察，勸其情感之事物，此等事實，文學家所注意者，往往非常人所知。且不能但於書本上求之，必閲世稍深之人，乃覺其親切而有味。故高等學問之領悟，自非天才，必待相當之年齡。此而強聒不舍，日詔以古人文字，如何之美，彼知爲何語乎？更責以措語必求雅馴，下筆必守義法，則更爲隔膜矣。故舊文學除對於一二有天才者外,普通之國文教授,絲毫不可羼混。必盡破除文學家拘墟門面之習,乃可以言國文教授。

(四) 誤國文爲國故之蔽

近時又有一蔽,則并國文與國故爲一談是也。此蔽也,隨整理國故之聲浪而俱興。國故二字,本爲極籠統之名詞,實與洋務二字相等。今試詔人曰:"汝宜留心洋務。"其人必不知所指。吾不知今之混言整理國故者,將使人何從下手也。彼將曰:"依科學之分類,各就其所能整理者整理之云爾。"此言是矣。然與國文_{高等國語。}何涉。即謂受教於吾者,其人之性質,確適宜於整理國故,亦豈得與研究國文,同時並進乎?夫作事必有先後之序,欲研究國故者,必先通國文,猶之欲治外國學問者,必先通其國之語言文字也。謂通外國語言,與治外國學問,即爲一事,可乎?謂初肄外國文者,即能同時並進,以治外國學問,有是理乎?乃以吾所見,則今日中等以下之學校,竟有將經、子、《史》、《漢》……列爲課程者矣。以此諸書作國文課本,猶有可說。乃彼其意,則非以之作國文讀,而佟言整理國故也。經書文義,初未通曉,已評論漢宋之短長,爭訟今古文之真偽矣。諸子讀未終篇,已滿口周秦學術流別;朝代且不省記,已縱談史書體裁得失矣。教者信口開河,學徒之謹愿者,初不知爲何事。其浮動者,則摭拾牙慧,如塗塗附。人人佟言整理國故,而不能自讀一卷古書。王荊公曰:"本欲變學究爲秀才,不圖變秀才爲學究。"今也以學究之學,欲率童穉之子超乘躐等,以倖致於秀才,豈不哀哉?

(五) 偏講理論之蔽

凡事必先明於事實,而後可下評論,此不易之理也。今也不然。於事實概乎未有聞知,而顧以評論此事實之語,强聒不舍,此則萬語千言，悉成"戲論"而已矣。科學可以理智求，文學必由直覺得。李白之詩，杜甫之詩，其句之長短，字之平仄，無以異也。韓愈之文，與柳宗元之文，其所用之文法，亦無以異也。所異者，大家之文，各有其面貌性情，彼此不能相假。此則非自己直觀，不能認識，教者無從口說以喻學者矣。文學作品之區別，固亦有形式上指得出者。然其真正之區別，決不在此。但知此等粗淺之處，猶之不知也。欲知稍精微之區別，則非自己讀書稍多，用功稍深不可。至於徧觀諸大家，而各得其個性；因以知其彼此之異同；由是通觀古今，而知各時代之風會焉；而知其變遷之所自，及其得失焉；自己受文學之薰陶既深，因以知文學之性質，及其功用焉；此則非讀書更多，用功更深不可。語曰："下學而上達。"明知彼之空無所有，何必詔以此等空言闊論。今日中等以下之學校，所有文學概論文學史等科目，皆可一概刪除也。即在大學，亦宜俟讀書稍多之後授之。

(六) 不重自習之蔽

然以上所論，實皆支節之談。根本上之弊病，則在重講授，重討論，……而不重實際之閱讀。凡事必先立基礎，基礎穩實，其餘一切，皆可不煩言而解。否則無論有何妙法，終屬空中樓閣。夫文字所以代表語言，故習文之法，與習語同。今試問：人耳中聽話甚少，口中亦不常說，而日日告以語法如何則合，如何則不合；與之討論說話如何則動聽，如何則不動聽；有益乎？無益乎？讀書猶之聽話也，作文猶之說話也，必先多聽然後能說，故讀書尤要於作文。昔人分讀與看兩項。所謂讀者，朗誦或熟誦之謂。所謂看者，則默誦之謂也。此所謂讀，當彼之看；彼所謂讀，吾謂可緩。凡文字必須朗誦或熟誦者，其故有二：(一) 小孩非此不能上口；(二) 專門文學家，非此不能精熟也。若已能閱看，又非專治文學之人，則但閱看已足。閱看時固無不默誦者，但求音調之和諧，而不棘於口，即此亦已足矣。今之學生，讀過之書，實屬太少。故有何種意思，當以何種語言達之，彼竟茫然未之知者。夫何種意思，當以何種語言達之，既知之矣，而操之不熟，猶不能無扞格，況乎其竟未之知邪？生疏之至，遂至憚於讀書，而作文無論矣。夫文法如何則合，如何則不合；說話如何則動聽，如何則不動聽，苟能多讀，即不語之，自亦能知。迎機語之，尤極容易。若其從未讀過，抑或所讀太少，則雖耳提面命，亦屬茫然。故今日諄諄之講授，及無謂之討論，十分之九，皆可省去也。

自讀之法，姑以吾所經歷者言之。吾小時讀"四子書"，日十行，行十七字，凡百七十字，高聲朗誦，一分鐘可一徧。今日中等學校之學生，程度當高於吾讀"四子書"時；默誦較朗誦，時間亦可節省，今姑勿論。一分鐘讀百七十字，一小時亦可得萬二百字。再減少之，以一小時讀一萬字計，日讀書二小時，一年亦得七百二十萬字矣。讀書愈多則愈熟，愈熟則愈速。半年一年後，所讀必不止此數，今亦勿論。讀三年，亦得二千一百萬言也。功貴勿忘勿助，一日二小時之讀書，苟能持之以恒，三年後必有成績可見。較之今日，浮光掠影之聽講，膚淺無實之討論，其功效必不可以道里計矣。

（七）自行讀書之法　吾所希望之兩種書

然則當讀何書乎？曰：此無一定。"吾所最好讀之書，即吾所最宜讀之書。"此予之格言也。大抵人之性質，各有所近。就其所近者而求之，則相說以解，毫不費力。就其所遠者而強爲焉，則事倍功半，甚至終無悟入處也。夫文學之種類亦多矣。以與口語之遠近言之，則有文言白話之分；以其主於應用或不主應用言之，則有純文學雜文學之別。凡此種種，悉數難終，而要之性質相近者，自能一見如故，結爲好友也。大抵人之讀書，須經過雜讀及亂讀之一時期，而後趨向乃定，此其一關係年齡之長幼，一關係學問之淺深。至趨向略定時，本已無庸教得。所貴迎機指導，略與輔助者，則正在其雜讀及亂讀之時代耳。然此時代，最宜聽其自由，其實干涉亦無效。除必不可讀之書外，宜一切勿加禁斷也。

已過雜讀亂讀而入於趨向略定之時代，大約在中學末年，或其畢業後。則其讀書，宜略帶硬性。此時非欲肄國文者，已可移其精力於別一方面，經過前此之雜讀亂讀，必已能作通暢之白話，清淺之文言矣。若欲更求深造，則非於古書上用力一番不可。何也？古書爲後世文字之根源也。古書之所以爲後世文字之根源者，何也？曰：（一）文法多習慣相沿，習慣皆導源於古。（二）文學之美，在其神氣，神氣恒互相模仿，後人亦多本之前人故也。凡事必有其根源，通乎其根源，則其支流皆不煩言而解矣。

縱論及此，則吾覺有甚需要而及缺乏之兩種書。

（一）凡必讀之古書，如群經四史及周秦諸子……必有簡明之注釋，詳晰之符號，或並附適當之考證及評論，以引起其興味，且使之易讀。此等書不妨極淺，然不可流於陋。

（二）爲講明訓詁之書，讀書必先識字，人人能言之。今人亦好講小學。然其所謂小學者，非高談文字，即專講《說文》。夫《說文》爲治小學之一書，初不足概小學之全，專治此書，又非初學所有事。初學所最要者，在通知常用數千字之訓詁，持之以讀古書，此固非略知文字學之條例不能。然空談文字學之條例，而於逐字之訓詁，顧未研求，則又與空談文學概論，而不讀文學作品者同蔽矣。欲通中國文學者，自古及今易，由今溯古難。通文言者必能通白話，通白話者不必能通文言，即其確證。此事人人知之，而人人不知其故。予謂此不難知也。今中國常用之字，不過數千。守舊者既以此詡中國文字之長，趨新者又以此訾中國文字之陋。其實皆非也。中國常用之單字，雖不過數千，然累增之複音詞，則不可僂指計。此複音詞類，皆集合單字而成。故單字實爲複音字之根源。而單字之意義，亦多輾轉變遷；每一單字，又多以最初之本義，爲其根源，明乎一字之本義，則於其引伸之義，無不可迎刃而解；明乎各單字之本義，則於複音詞之義，又無不迎刃而解矣。然則稽求字義,最要之條例,實惟引伸;而次之即爲假借。今宜特纂一書,先略説六條例,音韻轉變,以爲緒論。以能持之以讀本爲斷,不必過高。其本論則舉數千常用之字,先説明其本義,次及引伸假借之義,又説明其所以引伸假借之故焉。熟是書也,持之以讀古書,必不虞其扞格矣。此實今日國文教授上最需要之書,然編纂殊不易也。

(原刊《新教育》第十卷第二期,一九二五年四月出版)

滬江大學《丙寅年刊》序

乙丑之秋，予講學於上海之滬江大學，明年夏，學生之畢業者，記其在校之事，暨學校二十年來之事，名之曰《丙寅年刊》，將授梓人，請序。序曰：凡事不惟其名惟其實。吾國之有大學，莫盛於東漢之世，遊學者至三萬餘人，後此未之有也，然卒無救於漢之敝，而十四博士之學，且忽焉無傳於後，何哉？予讀荀仲豫之論，而後知其故也。仲豫之譴時人也，曰：上無明天子，下無賢諸侯，君不識是非，臣不辨黑白，取士不由鄉黨，考行不本閥閱，多助者爲賢才，寡助者爲不肖，民知富貴之可以從衆爲之，知名譽之可以虛譁獲也，乃不修道義，不治德行，講偶時之説，結比周之黨，汲汲皇皇，無日以處，既獲者賢已而遂往，羨慕者並驅而從之，遂至師無以教，弟子亦不受業。當時所謂遊學之士，得毋此曹，故范蔚宗謂其章句漸疏，多以浮華相尚邪？蓋自公孫弘説聽乎武帝，立五經博士，爲置弟子，一時執經請業者，非太常所擇，則令長所上也。光武明章，好尚儒雅，下車之始，首建辟雍，功臣子孫四姓末屬，亦立小學。梁后臨朝，又詔大將軍至六百石悉遣子入學，而金張之冑，許史之胤，始皆襃衣大裙，群集帝學矣。世祿之家，鮮克由禮，重以悠悠道路之士，其務譁世取寵固宜。外自託於被髮纓冠之誼，内以便其立名徼利之私，卒致激成黨錮之禍；而以東京章句之盛，亦泯焉無傳於後，豈足怪哉！蓋聖人智不危身，故危行而言遜，故孔子之作春秋也，定哀之間多微辭，然觀於古，固可以知今。我欲託諸空言，不如見諸行事之深切著明也。秋霜降者草華落，水搖動者萬物作,内亂不已,外寇間之,有東漢而後有三國,有三國而後有五胡之亂。微夫悲哉!其行事亦足以鑒矣。君子之立於世也,必明於真是非,而又有百折不撓之概,故曰:知及之,仁能守之。知及之,仁能守之,然後劫之以毀譽而不回,臨之以禍福而不懼。夫然後内無愧於心,而外可以有爲於天下。故曰:君子以獨立不懼,遯世無悶,剥極則復,貞下起元。爲之基者,則賢人君子之所以自處也。願與諸君交勉之。武進吕思勉撰。

(原刊滬江大學《丙寅年刊》,一九二六年出版)

大學雜談

《年刊》將出版，主其事者，屬予撰文，以述大學教員之生活。予覺其無甚足述。近數年來，大學之設則多矣，誇稱之者曰最高學府；居大學者，或亦以最高學府自居矣。譽之者或亦以爲學術人才之淵藪焉，毀之者則曰：是有名無實者也。譽者果得其實乎？毀者果不失其眞乎？難言之矣。要以今日大學之多，無論其實如何，國中聚徒講學者，究以大學爲最高，則事實也。然則大學於中國之前途，功罪必有所尸矣。感想所及，率然述之，成若干條，以實篇幅，有意未盡，俟諸異日。

古之所謂大學者，與社會關係極密。《文王世子》曰："行一物而三善皆得者，惟世子而已，其齒於學之謂也。故世子齒於學。國人觀之曰：'將君我而與我齒讓，何也？'曰：'有父在則禮然。'然而衆知父子之道矣。其二曰：'將君我而與我齒讓，何也？'曰：'有君在則禮然。'然而衆著於君臣之義也。其三曰：'將君我而與我齒讓，何也？'曰：'長長也。'然而衆知長幼之節矣。"蓋古之所謂禮樂者，皆行之於衆屬耳目之地，故有感化之效。非如後世，君興臣貴，揖讓俯仰於廟堂之上，人民曾莫之見，莫之聞也。古之禮樂，所以確有實用。後世之禮樂，所以徒爲粉飾升平之具以此。大學尤爲衆所觀禮之地。漢世天子幸學，則冠帶搢紳之人，圜橋門而觀聽者，以億萬計，猶存此風。故其感化之力爲尤大。故曰："鄉里有齒，而老窮不遺，强不犯弱，衆不暴寡。此由大學來者也。"（《祭義》）《樂記》陳治亂之數曰：

"強者脅弱,衆者暴寡,知者詐愚,勇者苦怯,疾病不養,老幼孤獨,不得其所,此大亂之道也。"以斯言爲治亂之準,則三代而下,號稱治平如漢唐、富强如今日之歐美,皆不可謂之不亂矣。夫三代而下之治,所以終不如三代以上者,以其國大,而官治之力有所不及,民治之義又不昌,則一切求苟安,聽其自然之推遷而已。此治化之所以荒陋也。今日欲脱荒陋而進文明,厥惟民治是賴。然民治非聚集鄉董村長三數輩,愚夫愚婦數十百人,所能善其事也。賈生曰:"移風易俗,使天下回心而鄉道,類非俗吏之所能爲也。"而况於今之鄉董村長乎?聚群聾不能成一聰,聚群盲不能成一明,集愚夫愚婦數十百輩,又何事之可爲哉!夫俗吏鄉職及愚民,何以無能爲?以其無學也。鄉者階級之世,以爲治人者須學,治於人者不須學。故民有士農工商之分,士須學,農工商不須學。雖以官祿之勸,志爲士者甚多,然鄉之所謂士者,其學固不可以謂學。而况乎全國之爲士者,究其少也。今則不然,學校之所謂學者,皆可以謂之學矣。衆皆知不必治人者然後須學,則爲學者日多矣。故今日大學之設,幾於各省有之。而江蘇一省,上海一隅,則其尤多者也。此而可以無所影響於社會乎?則何以雪學無實用之譏,處士虚聲之誚矣。

或曰:"學所以求明理,明理而用自具焉。學也者,無所爲而爲之者也。深嗜篤好之士,發憤忘食,樂以忘憂,則以學終其身焉。彼亦不自知其何所爲而爲之也,非有所蘄也。不徒不以利其身,並不蘄其利世焉。此真爲學者也。爲學而以實用爲的,則所志在用耳,非在學也,不可以謂之學也。且爲學而學者,若無用,而其用之弘,有不可測者焉。爲用而學者,若有用,而其學未有造於遠大者也。學不深入,則爲用不弘。中國鄉者言學問必貴有用,此其所以淺薄也。"誠哉其然也。然此説也,予昔者信之甚篤焉,而今則疑焉。何則?予見夫今之學而無用者,非果爲學而學。高尚其志,而不屑語於實用,無暇計及實用也。皆以是爲敲門磚,苟足以敲門,斯止矣。今之敲門,固不必皆有實用。非其學高於僅足實用者,而後足以敲門也。乃其學尚不必足以實用,而已足以敲門也。於是志在敲門者,乃相率不逮乎實用之度而自畫焉。而以學問之高,在明理而不在實用。自文其無用,不亦亂乎?且學問之動機有二:有出於愛好學問,情不能自已,莫知其故而爲之者。此固可謂高尚矣。有出於悲憫衆生,誓求學問以救之者,其爲學之初意,雖主於致用,亦不得謂之卑陋也。今日之世界,果何如世界哉!豈但中國人在水深火熱之中而已。雖號爲富强之國,其民,亦未嘗不在水深火熱之中也。少數豪富之輩,執掌權勢之徒,彼自鳴其得意。自大人觀之,則陷溺其心,雍蔽其面,冥行而不知摘埴者也。其可悲憫愈甚,其待振救,與饑寒疾困,受壓制不得自由之人同。此而可不發大心一振救之乎。少數恬淡之士,或則愛好學問,而不以世務嬰其心。此等人原不當責,抑不足貴。然須知此等人極少,不待救也。不必諄諄告之曰:學問不當求實用,不當爲身謀,並不必爲世謀。彼亦自不求致用,不爲身謀,不爲世謀。若尋常人,則其學問,大抵爲利祿來者也,或則爲衣食計者也。此而不殷殷勸誘,勖之以悲憫衆生,求學問以振救衆生,轉移其利己之念以利人。而口告以學不當求實用,是爲藥不對證。彼未能愛好學問,而忘其自利之心。先攈此語爲口頭禪,以掩其學不求用之實矣。是授以自文之計也,是賊之也。謂予不信,請看今日所謂學者,是如此否?

以知識論,今之大學畢業生,不過鄉者二十左右,所謂"初出書房門"之人。今之大學教員,則鄉者三十左右,能處教讀館之人耳。其所學不同,其學問所到之程度則一也。若一爲大學畢業生,一爲大學教員,遂以有學問自居,則無恥矣。

曾國藩之稱羅澤南曰:"不憂門庭多故,而憂所學不能拔俗入聖;不恥生事之艱,而恥於無術以濟天下。"凡今之爲大學生者,人人皆當有此志。

今日大學中,他種學問吾不知,若以所謂國學者言之,則實爲可笑。少時嘗讀人書院課藝,驚其博洽。問焉曰:"子之學,不亦博乎?雖乾嘉老輩,何以尚焉?"其人笑而不答。固問之,乃曰:"此應試之文,非著述之文。"問曰:"應試之文,與著述之文何以異?"曰:"著述之文,必皆心得,以爲心得而著之。他日,見有言之者矣,則自毁其稿,唯恐不速。應試之文,則鈔撮成説而已。"今之作千萬言論文者,皆昔之應試者類也。若其鈔撮果備,猶不失爲好類書,可以備其檢,而又不能然。

且人之爲學,所難者在見人之所不見。同一書也,甲讀之而見有某種材料焉,乙讀之,熟視若無睹也。初讀之,茫然無所得。復觀之,則得新義甚多。此一關其人之天資,一視其人之學力。爲學之功,全在煉成此等眼光,乃可以自有所得。而此等眼光,由日積月累而成,如長日加益而不自知。其所得者,亦由銖積寸累。未有一讀書,即能貫串古今者也。故昔之用功者,衹作劄記,不作論文,有終身作劄記,而未能成有條理系統之論文者。非不知有條理系統之足貴,其功誠不易就也。今也不然,纔入大學,甚或未入大學,而已作甚大長題目之論文矣。而其所謂論文者,或隨意鈔撮,略無門徑。或則由教師示以材料在某書某卷,使之鈔撮,此則高等之鈔胥耳。有此精力日力,何不寫晉帖唐碑,較有益於書法。

此等論文既多,青年學子,心力之妄費者乃無限。今人最喜講周秦諸子,然於近人論周秦諸子之作,搜閱甚勤,而於周秦諸子之原書,則並未寓目。即寓目,亦寓目而已,並未了解者甚多也。此其一端,餘可類推。因唯讀今人議論,而於原書始終並不熟看,故於議論之是非得失,茫然不能判別。著書問世之徒,其荒陋舛繆,遂至不可思議。今試節錄今年四月十五日某報所載之演辭,以資一笑。原文曰:

……陽湖派的文學,專門故意弄得晦寒難懂,有人稱爲文選派。有宋代范宗師做的兩篇文章,可以代表這派文學的性質。……近來如章太炎、劉申叔先生,這一輩人的文章,也是屬於這派的。

不知記述者之誤乎,抑演講者之辭也。載諸新聞中,尚屬可恕。而該報則赫然載之□□欄也。數年前,或鈔石達開詩數首,侈然曰:

太平天國文學之盛，除某一時代外，無與比倫。去年，有駁予釋隋時之流求爲今臺灣者，謂隋之流求，即日本縣爲冲繩之流求。予即荒陋，何至並日本縣爲冲繩之流求而不知乎？其所駁多此類。而寒假歸里，遇一青年，尚殷殷以予所言彼所駁究孰是孰非，予亦衹可笑而不答而已。

又有一等人，似非全無所知，而實與全無所知等者。從前東南大學考試新生，有國學常識，題中有一條，問何謂永明體。其餘所問，亦多此類。此等人不是曾否略一考查今日中學之功課，謂其全然不知，似不應聾瞽至此。然則自矜其博而已，自矜其博，便是陋也。

凡此所云，非欲歷詆時人以爲快，見得吾儕不可不引以爲戒而已。

教會在中國辦教育事業頗多，其辦大學頗早。然教會所辦之教育，至今爲人所齒冷。何也？曰：外人之傳教，始終未與中國文化融洽也。凡一國，必有其固有之文化。外來之文化，而較固有之文化爲高，其人一時雖深閉固拒，稍歷時日，必能捨其固有者而從之。如中國今日，於西人物質科學是。或雖不能高出其上，而程度相等，亦必能相視而笑，莫逆於心，如國人昔之於佛教，今於西人之精神科學是。若其輸入數百年，徒靠外表之事業，而其教之本身，始終未有何等長處，能爲人所認識，則安能强人以信從，則今之基督教是已。基督教行與歐土，既二千年，安得一無長處。即謂其教本無所長，然此二千年中，經仁人學士之附益，其教理亦必有可觀者。吾於基督教理，雖未研究，然以理度之，固可信其如是也。然今輸入之基督，其高於舊行之儒、釋、道三教者究何在？誠使人無以爲對。教士中或不乏深明教理之人，然其傳諸人者，淺薄已甚，則事實昭彰，不可掩也。職是故，信其教者，十之九皆別有所圖，而其意初不在教。間有千百中之一二，篤信其教者，則其人必至愚極陋之徒。何則？今日較高之文化，隨處可見，而其人瞠目無睹，猶信教士所傳極淺薄之理，爲至德要道，則其人之愚可知。此等人雖自信甚深，而在社會，曾不能發生效力。職是故，中國所謂基督教會者，大抵以信教而別有所圖之人組織之。此等人，既以別有所圖而信教，則其性質近於嗜利可知。又中國嚮者，上流社會之人，不甚信教。一以其時風氣，排斥西教甚烈，入教有干清議。一則其人於中國文化，漸染較深，淺薄之教義，不足使其信從也。故入教者，十之八九，多非上流人士。其於中國文化，漸染不深。中國舊文化，講道德，重交誼，以嗜利爲戒。雖實際未必能不嗜利，然於講道德重交誼兩者，亦必維持一最小之限度，乃足列於士君子之林，否則至多爲商賈之流耳。今之信教者，既多非士君子社會中人，其行爲，自不能與士君子相合。於是衆者鄙之，不以其人爲足列於士君子之林。夫欲行教，必有高節懿行，高出於士君子之上，能爲士大夫所師法而後可。今其人且不足厠於士大夫之列，而望其教爲士大夫所信從，不亦難乎？語曰："君子之德風，小人之德草，草上之風必偃。"此非以勢位言。全國中自有道德智識優秀之人，爲群流所歸仰。一種道理，而爲此等人所信仰，自能風行全國。即或一時摧折，而其根底總在，苟遇雨露，即能滋長發榮。若徒得多數愚民之信仰，雖看似人多勢衆，一遇到摧折，則其亡也忽焉。此文化所以爲立國之根底也。今信仰基督教者，其最大多數，既非真上流社會中人，而又多不出於藏心，而別有所爲。欲其教之盛，得乎？職是故，學於教會所立之學校者，其優秀者，不過由此而得科學上之智識與技能耳。精神方面，與教會了無干涉。教會中人，自謂多立學校，可以推廣宗教。不知祇以推廣科學耳。若其精神方面，而亦與教會發生關係，則其人已與中國社會，格格不相入矣。故教會之教育，於其宗教，直可謂無絲毫效果也。

　　西人之行近方，中國人之行近圓。語曰方正，亦曰圓滑。方者不必正，而究近於正；圓者不皆滑，而究近於滑。中國公務之多腐敗以此。此實中國所當猛省也。惟中國人之最高者，能以道德自律。其道德又多推勘入微，非若遠西人生哲學，終不離乎務外之見，則亦非西人所及。其講交情，雖或以此至於背公而黨私，然以私人相互之間言之,亦得互相扶助之意。此亦短中之長。今之所謂洋奴者,其道德,皆商業道德,根本上係爲利益起見。交情既已不顧,而又未能如西人之方正。以中國之圓滑,行西人之嗜利,安得不爲人所鄙棄乎?

(原刊一九二八年《光華年刊》)

貨幣問題

現當政府管理通貨之際，捨銀而用紙，或不免啓人疑慮，所以貨幣問題很值得我們去研究。

貨幣有伸縮力，從他種幣材進化到專用金屬，理由固然很多，而伸縮性之大亦其一。若紙，則伸縮性更大矣。

貨幣之爲人所信，乃以其能易物，非以爲金銀，此層道理今已人人明白。然昔時多不明白者。胡漢民先生嘗謂，我國貨幣史有可以自豪者，即迷信硬幣不如西洋人之深，見多年前之《建設雜誌》。此層今無暇深論。然貨幣漲跌，見於數量之多少而不繫於幣材則由此可明。

中國金屬貨幣古來衹有銅錢。漢以前銅價貴，其時銅錢實衹適於大宗貿易，其零星貿易大都用粟，故《孟子》載許行不罷自爲之物皆"以粟易之"。《詩經》亦言"握粟出"。《鹽鐵論·散不足》篇言"負粟而往，易肉而歸"。於此可有一有趣味之考據。秦始皇有天下，錢重半兩，即十有二銖，較漢武帝後通行之五銖錢，其重量爲五與十二之比，而漢初行榆莢錢，遠較五銖錢爲輕。《史記·平準書》言漢初米至石萬錢，較之《貨殖列傳》所言最高穀價石八十錢，高出十二倍半，較之漢宣帝時之穀石五錢，則二百倍矣，豈不駭人聽聞？所以如此，疑漢朝毁大錢改小錢，不得人民信用，亦其一因也。於此可見貨幣跌價，即金屬亦可有駭人聽聞之現象，不繫其爲硬幣抑爲紙幣也。

再談貨幣的歷史。則可云進化自然之趨勢，本係由用銅進於用紙，而横被惡勢力阻礙，以至退化而用銀，生出許多糾紛。中國古非無金銀，然不用爲貨幣者，貨幣爲量物價之尺，可有一而不可有二，銀之本身亦自有價值，欲維持銀幣與銅幣之比價，其事頗難，故莫如用紙。用紙非用紙也，用紙用銅幣之代表也。如是則銅幣值低，齎重之幣悉除，而無維持兩種材料不同之比價之煩便熟甚焉。故經濟上之趨勢自然向這一條路走。宋時之交子遂應運而興，使國家能善用之，中國之錢制早已大爲進步，而惜乎其爲濫發政策所壞也。

紙幣既不可復用，銅錢又驅逐淨盡，乃不得不用銀。其用銀也，以代銅錢，非以銅錢不便而兼用銀銅也，故古時銀皆作成挺，而後世變成碎銀。清順、康、雍、乾四世，鑄錢頗多，但仍不夠使用，以鑄錢費大，朝廷屢下諭願人民兼用銀，然人民終信銅錢，以習慣上視銅錢爲正式貨幣，銀僅爲其代用品，慮其價格變動，致受損失也，此非政府之力所能強人信。縱使當時捨銀而以紙幣代表銅錢，一切問題即解決矣。何也，紙本身無價值，以代表錢若干，人即視爲錢若干，而銀則不能然也。

總之，貨幣問題之治亂與政府關係最大，與其爲硬幣抑紙幣關係轉小。

（原刊《光華附中半月刊》第四卷第三期，
一九三五年十二月一日出版）

研究歷史的感想

諸位！今天到這裏來演講很覺慚愧，因爲自己對於歷史沒有什麼研究。貴校史地學會，辦得很有成績，出版的刊物，也很有價值，今天沒有什麼預備，僅隨便和諸位談談我對於研究歷史的感想，不對的地方，尚請指教。

我對於歷史，從小就很喜歡，讀了很多年，覺得有幾種感想：中國史的材料，非常繁瑣，中國舊書分經、史、子、集，汗牛充棟，單看一種，已經需要很多的時間；若沒有正確的科學方法，實難希望有所成就。現在的觀點，是與從前不同，史部中許多材料，在過去是必需的，現在已覺得沒有多大意義，一方面擷精攟華的刪去繁蕪，一方面又加入其他的實物如金文、甲骨之類的史料，精確性已較從前增加，不過這種工作仍然太繁，個人精力有限，所以有人主張每人研究一門，或每門中的一件事，結果當然比較有成績，加以科學的幫助，研究方法比從前進步，所以古代不明白的，現在已弄得很清楚了。

專門史研究的結果，祇有一小部分的事蹟，是非常精確的。然而這種專門研究，常把事物孤立起來了，不能把許多事物相互關連起來。歷史的價值，在於了解普通的現象，僅知道某一時代的某一事情，或某一事發展的縱的經過，而把它脫離當時的社會背景，那是毫無意義的。我們應該明白當時社會的各方面，例如我們住在上海已多年了，對於上海的了解，不能用某一事份來代表全體，須知道上海社會的各方面，像各界的生活狀況，工商業的現象，外國人的勢力等等,如你僅知道某一方面,這仍舊不能算是已了解上海的。研究歷史也是一樣,僅僅專門研究一方面,那是不夠的,必須還要注意到各方面的歷史事跡的發展。

現在有人以爲研究一門也不容易得到很好的成績,況且近代對於歷史的研究,尚不大發達,所以有人主張等到各種專門問題研究已有結果了,再把它綜合起來。可是這也僅可作是一種理由,我們能不能等這樣一個時代,這是絕大的問題。世界上有許多事,是不能有所謂"等一等"。好像住房子,我們不能因好的沒有造成,暫時等一年半年,這是不可能的。在新房子未完工前,簡陋一點的茅草屋,也是必要的。研究歷史也是這樣。我們要研究一個專門問題,須先了解全體的現象,明了整個的情形,也就是須先具有普遍的歷史知識,然後對於各個問題的相互關係,方才有法子了解,否則仍是沒有方法研究。

我們想要知道歷史普通的事實,也是一件難事,中國史書這樣的多,不知道從何讀起。研究的人,往往因見解不同,取材的標準,自然有很大的差異。清代以前的人,對於材料的選擇,祇知道模仿古代。因此形成一種填表式的情形。所以中國雖有許多歷史書,仍是非常雜亂,沒有系統,閱讀的人,仍苦得不到一個概念。於是現在有許多人專門提出研究方法。如果專門討論這個問題,對於研究歷史祇是在第一步有相當幫助,實際心得的獲得,尚須各人的努力如何。我們僅記著歷史上零碎片段的事實,最多成功一個書櫥。況且我們人總要死的,用這種方法研究歷史,也不很對。古人説讀書好像串銅錢,片段的知識,即如一個個的散錢,欲想知識弄得有條理,須用繩將所有銅錢串起來。可是繩總有方法向人家求得,而整理知識的方法,就很難求得,每個人用了絕大的精力時間,纔有相當的把握。這種把握就是讀歷史的見解。我們現在不能用中小學的讀歷史方法來研究的,那時因所讀的教科書很單純,自然不會感到困難,我們現在要讀的太多,如果各人不自用一種標準去評量,簡直無從讀起。不過這種標準盡可因各人不同，甲認爲有意義的，乙未必附議，總之我們自己總得有個主意。

　　古人對於這問題，有人主張讀幾門，有人主張專一門。不過這種見解，他們自己至少對於歷史已有相當的程度，假使自己對於歷史毫無概念，將如何去研究呢？將怎樣去讀書呢？如果有人說這個問題別人不能代爲解決，須得自己去想法，這實在也對不起所問的人，總應該有一個比較圓滿或勉強可以幫助別人的方法，於是有人從歷史的應用問題去做標準。但是歷史究竟有什麼用處？古人說是"前車之鑒"，使你現在所做的事情，有一個努力的方向，可是仔細想一想，也不很對，世界上除了極愚笨的人以外，絕沒有死板的模仿古人的，因社會的現象時時刻刻在那裏改變，世界上絕無二件完全相同的事，也沒有重演的歷史，所以說歷史是"前車之鑒"也是錯誤的。

　　有人以爲人在社會上做事，好像演員在舞臺上做戲。當然，演員與舞臺有密切的關係。許多人批評中國舊劇在未做前大打鑼鼓，震耳欲聾，太不合理；他們不了解中國戲從前是在鄉下做的，地曠人衆，不買票，完全是爲公衆的娛樂，要使別人知道什麼地方演戲，自然非敲鑼打鼓不可，把這種情形拿到上海舞臺上來，自然是不適當了。我們人做事也是這樣，歷史上漢代韓信用"背水陣"，結果打退了敵人，若照兵法上說，這實在是很大的問題，他告訴別人用這種方法的原因，因爲軍隊都是烏合之衆，並不能真心爲己作戰。所以祇好"驅市人而戰之"，把他們置諸死地而後生。可是明朝平倭寇的大將戚繼光在他的《練兵紀實》中，不主驅市人而戰，行險徼幸；卻主苦心操演，後來纔成精兵，抵禦倭寇，邊境粗安。他們二人結果雖都告成功，可是所用的方法完全不同，這原因由於他們所處的社會根本不同。韓信的時代，人民皆兵，自然可以"驅市人而戰之"，戚繼光的時候，邊兵多爲專家，假使不訓練人民，叫他們怎樣去打仗呢？所以他們研究歷史的事蹟，須瞭解當時的社會現象，離開了社會，往往會使許多事實毫無意義，并且無法解決。

我們對於社會的特殊事情,像共產黨與國民黨的關係,中國與日本的關係,現在的了解,常不及將來的人明白,可是一般的社會事情,以當時的人了解得最清楚。況且歷史上的現象,都是大同小異的,如中國的教徒爲吃飯,西洋的教徒也爲吃飯,但他們的人生觀絕不相同。我們研究歷史的注意點,就是要發現他的小異。如從前沒有摩托車、梅毒、天痘,從前的外交家爲什麼不會用現在的方法,就是因社會的景象完全改變了,我們研究歷史就應該注意這方面,所謂"得間而入"就是這個意思。我們應該要處處留意二個問題的小異,這才是正確的方法。

　　今天所講的話,比較是抽象的,因爲時間的限制,不能用實例來證明,不對的地方。請諸位指教。

　　　　　(本文原係呂先生在大夏大學的演講,由呂爕文記錄,
　　　　　　　原刊一九三七年四月出版的大夏大學
　　　　　　　　史地學會雙月刊《新史地》)

民族英雄蓋吳的故事

　　民族和種族，外行的人，往往並爲一談。其實種族是論生理上的同異的，如膚色、骨格等，民族則論文化上的同異。種族的同異，一望可知，然苟文化相同，自能融洽無間，由婚姻的互通，而終至消滅其異點。文化不同的，則往往互相齮齕，非經大打一番，不能成爲相識。這可見文化實在是人類離合最重要的條件了。

　　中國是世界上第一個大民族。凡大民族，總是合諸小民族而成的，而其所以能爲異民族所歸仰，則全靠其文化的優越。讀歷史的人，都祇注意於異民族和我民族互相爭鬥的事情，而不知其在平和中互相融合的更多。且有幫助漢族，反抗壓迫民族的。這實在是被壓迫的民族可以互相聯合的先例。

　　五胡亂華，爲中國受異族壓迫之始。其事起於公元三〇三年前趙的自立，而終於五八一年宇文周之亡，前後凡二百七十八年。以兩漢時漢族的強盛，何以會受異族的壓迫至於如此之久呢？其最大的原因，是由於中國人的不肯當兵。中國自戰國以後，所行的本是全國皆兵之制。秦漢時，在制度上還是如此。但是從漢武帝以後，因爲用兵多了，實際上就都用謫發（把有罪的人，調出去當兵）。後來又兼用異族和奴隸。如此一來，中國的平民，就不大當兵了。異族當兵，而漢族從事於生產事業，在西晉以後，差不多習爲故常。因此，兵權不在漢人手裏，掌握北方政權的異族，縱有衰亂的時候，中國人亦坐視機會的逸去而不能乘，以致受異族的統治，幾達三百年之久。

在這時候，漢族有一種武力，是大可利用的，而惜乎這時候的政府，不知利用，這便是所謂小民。原來當兵戈擾攘之際，各地方的良民，往往有聚集自衞的。普通有兩種方法：一種是堡塢，一種是山澤。堡塢是人造的障壁，保衞之力不強，非較強大的集團，不能恃以自固。山澤則地勢既險，交通又多阻礙，亂時良民依以避難的尤多。我們讀歷史，祇要肯稍微留心，便覺的每直戰亂時候，此等集團，非常之多，而尤多的，是從後漢末年到南北朝時代。此時避居山中的華人，多和異族雜處，所以在南方的被稱爲山越，在北方的被稱爲山胡。稱呼雖然如此，實際大多數都是中國人。他們內部的秩序，非常良好。一百個人中的九十九個，讀陶淵明的《桃花源詩序》，俗稱《桃花源記》。都認爲寓言。其實祇要把《經世文編》第二十三卷喬光烈的《招墾里記》翻出來一看，便知道淵明所言，全係實事了。此等集團，不徒在離亂之中，仍維持其平和勤奮的生活，爲社會保存不少元氣，而且還一方面進行其同化善良的異族，抵抗橫暴的異族的工作。祇要看五胡亂華時代，北方山民和堡塢之多，便可知道了。

五胡之中，要算鮮卑拓跋氏最爲殘暴。他們本是起於北荒，豪無所知的。他的酋長猗盧，會用嚴刑峻法。"諸部民多以違命得罪。凡後期者，皆舉部戮之。或有室家相攜而赴死所，人問何之？答曰：當往就誅。"《魏書·序紀》。其殘暴如此。猗盧死後，兄子鬱律立，要想侵盜中原。然而其下的民衆都是愛好平和的，鬱律遂因內亂爲人所殺。至道武帝珪，卒乘後燕的不振，侵入中原。到太武帝燾，就把北方都吞併去了。他的侵略中國，所用的全是殘酷的手段。當道武帝攻後燕時，"大疫，人馬牛多死，……羣下咸思還北。帝知其意，因謂之曰：斯固天命，將若之何？四海之人，皆可與爲國，在吾所以撫之耳，何恤乎無民？華臣乃不敢復言"。《魏書·本紀》。道武帝之意，就是表示如要回軍，便不恤大加殺戮，這是他對待本國人的手段。到既據中國之後，又以此等手段，施之於中國，驅中國人以殺中國人。《宋書·柳元景傳》記他有一次和拓跋魏打仗，打勝了，"虜兵之面縛者多河內人。

元景詰之曰……汝等怨王澤不浹,歸命無所,今並爲虜盡力,便是本無善心……皆曰:虐虜見驅,後出赤族,以騎蹙步,未戰先死;此親將軍所見,非敢背中國也。"這是拓跋氏驅中國人殺中國人的記錄,對於徵調稍後至的,便要滅族,更無論反抗他不肯應徵了。作戰之時,又以中國人爲步兵,爲前驅,而他們自己的馬兵,却在後監督。有作戰不力,或意圖反正的,便都把他處死。其強迫作戰的方法如此,至於行軍時的殘虐,更書不勝書。所以從他入據中原以來,反抗絡繹不絶。

一時無暇多講,單説這時代有一個民族英雄蓋吴。他是北地盧水胡人。北地,是今甘肅寧夏相接之地,從慶陽附近到靈武附近。胡字本來是匈奴的專名,但到後來,漸用以稱一切北方的異族,再後來,更專用以稱西域的白種人,而匈奴人反不甚稱胡了。這是由於匈奴人和中國同種,形貌上無甚區別,西域來的白種人,則形貌不同,一時不易混合之故。然而同種的匈奴、鮮卑,反和中國人爭奪相殺,異種的西域人反能助中國人以抵抗壓迫,這可見親疏和種族無關了。

蓋吴的反抗拓跋魏,事在公元四四五年,即宋文帝元嘉二十二年,魏太武帝太平真君六年,正直拓跋氏初併北方之後。是年三月,有郝温反魏於杏城,在今陝西中部縣境。殺守將。縣吏蓋鮮,率宗族攻温,温棄城走,自殺。家族都爲魏所殺。蓋鮮,想是蓋吴的宗族附魏的,而到九月裏,蓋吴居然起兵於杏城,反魏。

蓋吴起兵後,魏長安鎮副將元紇攻之,爲其所殺。《魏書》說:"吴黨遂盛,民皆渡渭奔南山。"於是魏太武帝詔發勅勒騎兵赴長安。又詔將軍叔孫拔乘傳前往統帶,並遣秦雍兩州的兵,駐紮渭北。十一月,蓋吴遣其部落酋帥白廣平西攻。《魏書》説:"新平、安定諸夷酋,皆聚衆應之。"白亦是西域姓,新平是現在陝西的邠縣,安定是甘肅的涇川縣,這都是異族不服拓跋氏的。於是拓跋氏汧城今陝西汧陽縣。的守將被殺。蓋吴遂分兵,東攻到現在陝西的大荔縣,西攻到長安,後爲魏兵所敗。然而河東蜀薛永宗,却於此時起兵應吴。

古代的蜀,就是漢魏時所謂賨,亦就是現在所謂羌,是一個民族之名。此族人的戰鬥,是素稱勇敢的。東晉時,有一部分移徙入今河東境,保據山西省之西南部,歷時甚久。割據北方的人,都當他是一種特別勢力。其首領姓薛。在宋魏時,號稱勇將的薛安都,便是此族人。薛永宗兵既起,魏遣秦州刺史周鹿觀攻之,不勝。於是發三支大兵:元處真、慕容嵩以二萬騎攻薛永宗,乙拔以三萬騎攻蓋吳,寇提以一萬騎攻白廣平。

民間的武力沒有正式軍隊接應,自然經不起大兵的圍攻。所以明年公元四四六年。正月裏,魏太武帝親到軍前,薛永宗遂被圍。永宗出戰不勝,衆潰。永宗族無男女少長,皆赴汾水死。蓋吳退走北地。魏太武帝自到長安,又進至盩厔。今陝西盩厔縣。其地有耿青、孫溫兩個營壘,都和蓋吳通謀的,爲魏人所打平。魏兵又進到陳倉,今陝西寶雞縣,散關在其南。把害守將的散關氏誅滅。太武帝自此東遷。乙拔等大破蓋吳於杏城,吳棄馬遁走。一場抗魏的風波,似乎要平息了。

而邊冏、梁會,又以此時據上邽抗魏。上邽,今甘肅天水縣。後來雖爲魏所敗,蓋吳却乘此機會,再起於杏城。《魏書》說:他"假署山民,衆旅復振"。可見是時保據山澤的人民,附和他的不少了。於是魏再發大兵,遣永昌王仁、高涼王那督北道諸軍即乙拔的兵。同攻之。這是四月裏的事。到六月裏,魏又發兵攻長安以南諸山,以防他逃走。直至八月裏,蓋吳爲其下所殺。白廣平亦爲高涼王所破,亂事才算略定。

蓋吳的起兵抗魏,雖首尾不過一年,然而魏兵調動的,前後不下一二十萬。《宋書‧索虜傳》說:"燾遣軍屢敗,乃自率大衆攻之。"又說:"燾攻吳,大小數十戰,不能克。"以當時調兵之多,征戰之久觀之,這兩句話怕是實情。倘使蓋吳反魏時,南方有大兵接應,情勢就大不相同了。惜乎當時宋朝衹送印一百二十一紐與吳,不曾有實力援助。吳會遣使兩次上表,第一次說:"伏願陛下,給一旅之衆,北臨河陝,賜臣威儀,兼給戎械。"第二次說:"伏願特遣偏師,賜垂拯接。"宋文帝雖詔雍梁遣軍界上，以相援接，始終未能實行。

蓋吳之衆，《宋書·索虜傳》雖説有十餘萬，然這不過是虛名響應，並非真個聚集在一處作戰，所以當時他和魏的對抗，至少是一以當十。一個蓋吳如此，當時北方的堡壘山澤，何止數百？儻使南朝有正式的軍隊，攻戰於前，而這許多民兵響應於内，情形就大不相同了。惜乎南朝始終不能進取。這許多民兵，經過長時間之後，遂爲拓跋魏各個擊破，或以軟化而被招降。這根本的毛病，是在國家的武力與人民的武力不能合一。蓋吳雖然賫志以終，然而他一番壯烈的舉動，真無愧爲民族英雄了。

（本文原刊《青年週報》第一期，一九三八年三月十二日出版）

宦學篇

古以宦學連稱，亦以仕學並舉。《禮記》言"宦學事師，非禮不親。"《禮記·曲禮》。《論語》言"仕而優則學，學而優則仕"《子張》。是也。宦者學習，仕者任事，《史記·留侯世家》言"良年少，未宦事韓"。事即仕也。然宦學二者，又自殊途，學於學庠，宦於官署，所學各不相干。古學校不能謂無其物，然迄未聞有一人焉卒業於學校，進身於仕途，或則出其在校所學以致用者，由此。蓋古之學校，其初實神教之府。春秋教以禮樂，禮者，事神之儀；樂者，娛神之樂。冬夏教以詩書，詩者，樂之歌辭；書者，教中故籍也。故太學、清廟、明堂，異名同物。出征執有罪，反釋奠於學，非文事武事相干，釋奠於明堂之神也。尊師重道，執醬而饋，執爵而酳，北面請益而弗臣，非知重學問，尊教中之老宿也。然則古學校中，初無致用之學，所有者，則幽深玄遠之哲學耳。《禮記·學記》曰："君子如欲化民成俗，其必由學乎？"又曰："古之王者，建國君民，教學爲先。"又曰："君子以大德不官，大道不器。"此即《漢志》所稱道家爲君人南面之學，其説略存於《老子》、《管子》書中，皆哲學與神教相雜者也。墨子最重實用，而辯學之剖析微芒者反存於《墨經》中，以其學出於史角，史角明於郊廟之禮故也。切於實用之學，則從官署之中，孕育而出。《漢志》所推九流之學，出於王官是也。九流之家，固多兼通古之神教哲學，然特以此潤飾其任事之術，其緣起固判然不同，任職官署之人，尤未必通知九流之學，觀九流爲私家之學，寖且爲始皇所禁，而令欲學法令者以吏爲師可知也。秦始皇曰："吾前收天下書不中用者盡去之,悉召文學方術士甚衆,欲以興太平,方士欲練以求奇藥。"興太平指文學士言,此博士之流,始皇所與共圖天下者,然特謨議於廟堂之上而已。奉行法令者,不求其有所知也。降逮漢初猶是如此。

行法者貴能通知法意,尤貴能得法外意。能知法意,則奉行可以盡善;能得法外意,則並可知法之弊而籌改革之方矣。欲通知法意,非深通其所事之科之學不可;欲能得法外意,則必兼通他科之學;故宦學合一,實學術之一進化,亦政治之一進化也。宦學之合一,其自漢置博士弟子許其入官始乎?史稱公卿大夫士吏,多文學彬彬之士,即美其非僅通當代法令而已也。中國歷代選舉之途甚多,政府之所最重者,爲學校、科舉兩途,所可惜者,學校之所肄,科舉之所試,皆非當官之所務。致學校科舉出身之人,其習於事,反不如異途,而亦並不能通知其意耳。

昔日之教育,皆所以教治人之人者也。而學校之所肄,科舉之所試,皆非當官之所務,何邪?此其故,一當求之法制之沿革,一則由於事實之遷流也。漢世博士弟子,其所學者,原不如法吏之切於用;然漢世去古近,儒家之學,可遴擇之於事者,尚不乏焉,經義折獄,即其一端也。是時法次甚簡,折獄根據習慣若條理者頗多,經義亦習慣若條理之一端,非違法也。降逮後世,社會情形,去古愈遠,通經漸不能致用,而考試之法,則猶沿漢代諸生試家法之舊焉,後漢左雄所創。是爲唐時之明經。當時高才博學,足以經國理民者,本有秀才科可應,以其大難,能應者寡,後不復舉,而俗尚舞章,進士遂爲舉世所重焉。其科始創於隋,試詩賦,蓋煬帝好浮華爲之。然度煬帝初意,亦非謂工詩賦者可以經國理民,非如漢靈帝之鴻都,集玩弄之臣,則如唐玄宗之翰林,求書記之選耳;而後遂以辨官才使膺民社,則法制之流失也。歷代法制,變遷而失初意者,固多如此。又儒術盛行之世,尊之者,信爲包羅事理,囊括古今,通於是者,即可以應付一切;而欲應付一切者,亦皆不可不通於是,此則學校科舉之偏重經義,始於宋,盛於元,而大成於明者之所由來也。一時代必有一時代所特尊之學，原不足追古人，惟通於其理者，亦必留於事而後可以應用。而向者學校、科舉所求，於能通其理外，事遂一無所習；而其所謂理者，亦實非其理，至自此出身之人，成爲一物不知之士，此又法制之流失，寖失其初意也。

清季有老於仕途者，嘗語人曰："官非予之所能爲，衙門之所爲也。"人問其說，答曰："須策書之事，則有幕友焉；循例而行之事，則有吏胥焉。予何爲哉，坐嘯畫諾而已矣！設無幕友吏胥，予固不能辦其事也。"聞者笑其尸位，其實無足笑也。當官而行，不能不據法令；法令至繁，非專門肄習者，不能深悉。向者親民之官莫如州縣，幕友則有刑名、錢穀之司，不能相攝；吏則如六部之分科焉，非好爲之，不得已也，所可詫者，則官之一無所知耳。論者深惡官場辦事，循名而不責實，一切集矢於吏，清季遂欲一舉而盡去之。豈不知循名而不責實，乃社會風氣，彼此以文法相誅，而不以真誠相之咎，非行政事者之失。苟政事而不循文法，民益將無所措手足，何則？今日如此者，明日可以如彼，甲地如此者，乙地可以如彼也。故鄉者幕友吏胥，各專其職，其事實不容已，亦不可非。所不足者，彼幕友吏胥皆無學問，又或父子相繼，或師友交私，朋比把持，使才智之士，無途以自奮，亦且明知其作姦犯科，欲去之而不得耳。

今者用人之法一變。凡事皆用學校出身之人，此爲選法之又一進化。蓋出身學校，則不徒習於其事，亦必明於其理。又學校之所肄者，必不止一科，專門之教，先以普通，正科之外，又有輔助，則其人可以多所通曉，而眼光不爲一事所拘，合於吾所謂通知法意，並能得法外之意者矣。然一機關之中，必有所特有之事，若其辦事之法，與他機關不同者，學校之所教，僅能得其大致，不能並其纖悉者而盡教之也，則必入其機關而後能肄習焉。故明世之監生歷事、進士觀政，實爲良法，惜乎其實之不克舉也。今之論者，每咎學校之所學，不能致用，而辦事者亦以切於日用自矜，此乃淺之乎視學校者。果但以實用而已，則曷不招若干人，教以粗淺辦事之法，如商肆之招學徒乎！故今者學校畢業生，出而任事，仍須別受訓練，或事肄習，初不足爲學校之恥。所可恥者，轉在畢業學校於學仍無所知耳。故學校以求其理，機關以習其事，二者並施諸一人，然後其人爲可用，與昔之徒習於事即可致用者不同。此學術與政治之進化，而求其理與習其事，比分於兩種機關中求之，此又分工之道然也，皆不足以爲病。凡用人之地，求學生之優於學者，寬其練習之歲月，而使之習於事焉。學校則務求其學生之優於學，使其出而任事，與尋常人之僅習於事者不同，則作人之與用人，兩得之矣。

昔宋蘇軾嘗以京東西、河北、河東、陝西五路，爲自古豪杰之場，其人不能治聲律，讀經義，以與吳楚閩蜀之人爭得失於毫釐之間，而願其君特爲五路之士，別開仕進之門。夫人之善於某，不善於某，亦視其教之何如耳。蘇氏所謂長於聲律經義之吳楚閩蜀，其在先世，非樸塞無文，欲求學問，必游京雒者邪？故今之教育選舉，無所謂某地之人宜於其事，某地之人不宜某學也，一概施之可矣。獨至淪陷區域，則吾謂於普通教育選舉之法以外，不可不別籌教之、取之之方。今者雖考試，應試者大都出身學校之人，法令即或不拘，其實非出身學校者仍寡，蓋重視學校之風氣使之然也。必先歷學校，然後得應試，以防其襲取於一朝，雖以學校教之，又必甄別之以試驗，以防其有名無實，此蓋自宋世范仲淹以來之所力求。至明，立學校儲才以待科舉之法，然後大成者，襲其遺規，豈不甚善。然明雖立此法，學校實徒有其名，何邪？蓋一種學問之初興也，能之者不多，所被之區亦不廣，欲求其學者，不得不走千里，就其人之所在而師之。如漢世文翁、尹珍等身求學，或遣人就學，不得不赴京師是也。及其既已廣布，則不然也。明世，四書五經之書，程朱之説，蓋雖鄉僻之地，亦有能知之者，何必求之國家所設之學官也。此其所以博士倚席，朋徒怠散，雖有學校之官，僅存釋奠之禮，而人亦徒以爲孔子之廟也。今之學術，有來自異域者，或非負笈海外，不能致其精，況於鄉僻之地？此學校之所以爲亟。然學有必求諸通都大邑者，有不然者，大率專精深造，以圖書儀器之不備,切磋啓發之無人,鄉僻之地,較難爲力。顧亦有不盡然者,況於中學以下之所教邪?今者淪陷之區,雖僅沿鐵路及江河城邑,然皆向者文教之所萃也,學子之所走集也,安得敵人不於此設立其所謂學校?安保我國無志節若失職飢寒之士不爲所用?又安保欲就學者困於無門,不暫入其中邪?然志節皎然之士,留滯淪陷區之學問足以啓迪後生,且激勵其志節者,必不乏也。苦在淪陷區中,不能公然立校,若私家教授,則法令又不許其生徒與學校畢業者等耳。然今者淪陷區域,我國豈能設立學校哉?不能設立學校,而聽其民之失散,不可也。使其人雖有才智,而別無可以自效之途,尤不可也。蘇氏不云乎,夫惟忠孝禮義之士,雖不得志,不失爲君子。若德不足而才有餘者,困於無門,則無所不至矣。雖今者民族主義益昌,士之北走胡、南走越者,必非前世之比,然亦安保遂無其人乎?縱謂無其人,而使之失教而無以自奮,亦終非國家之所宜出也。故予謂今者,凡淪陷之地,或時陷時復之地,宜變通學校選舉之法,其人能應試驗,與學校畢業生徒相等者,即視同學校畢業生,能應他種試驗者,雖無學校畢業資格,皆許之。惟曾入敵所立學校,應敵設試驗,若任僞職者不得與,雖故有資格者,亦皆奪之。如是,則敵不能以奴隸教育蠱誘吾民,而我國志節之士,於艱辛蒙難之中,盡其牖啓後進之職者必多,而凡民之心,亦愈得所維係矣。

　　此法不徒可施之淪陷之區也,即普施之於全國,亦有益而無損,何則?求學問者既不必於學校,則得學問於學校之外者,國家本不宜歧視也。不寧惟是,凡用人者,必求其忠誠而寡欲。何謂忠誠?凡事省視爲眞,不視爲僞,因之其辦事也,必求實際,不飾虛文是矣。何謂寡欲?不爲紛華靡麗所惑是矣。不爲紛華靡麗所惑,則儉,儉則易生活,不易以賄敗。不爲紛華靡麗所惑,則彊力,彊力,然後可以趨事趨功也。故曰:棖也欲,焉得剛。《論語‧公冶長》。此二者,求之鄉僻之地,貧苦之士,耕農之民易;求之都會之地,商賈仕宦之家難。今日能任較要之職者,必中學畢業之士,高級中學已非中人子弟不易畢業,大學尤甚焉，學於國外尤甚焉。其所畢業之學校愈高，其任之愈重，其學識技藝，較之受教育淺者，豈無一日之長，然其人之質，以視鄉僻之地，貧苦之家，則有難言之者矣。求大木者必於深山窮谷，不於大都之郊，求士者豈不然哉？求之於驕奢淫靡之邦，浮夸巧僞之地，然後嚴保任以防其賄，峻督責以懲其惰，不亦勞而少功乎？近數十年來，社會風氣之頹唐，國家官方之根壞，原因雖多，所用之士，多出通都大邑之地，商賈仕宦之家，蓋其一端也。起白屋而致青雲，爲國家盡搜遺舉佚之功，即爲社會嚴去腐生新之用，此不得不令人追思向者之科舉，有優於今日之學校者在也。

今日考試之法，亦宜加以改革，凡考試，有欲覘其才識志氣者，有欲覘其辦事之技者，平時之所學，既以明理爲重，事則待其躬臨辦事之地而後習焉，則試題亦宜此覘其才識志氣者爲主。今日各種試題，大之文官考試，小之學校畢業，多偏責其記憶，甚者非熟誦其文，即不能對，此唐人試帖經墨義之法。焚香看進士，瞑目待明經，昔日早譏其無所取材矣。故試題宜以理爲主。然理亦不能離事而明。今日所試科目，視昔爲繁，一一記憶大要，已屬不易。嘗見中學生徒，預備畢業試驗者矣，舉數年之所學，而悉溫習之於一時，幾於廢寢忘食，究其所得，數學背誦公式，歷史、地理强記人名地名而已，於學識乎何益？況强記之，亦未有不歷時而忘者也。謂宜參取朱子貢舉之議，各科之學，許其分年應試，一科及格，即給證書，至所應試之科皆備，然後許其與某級學校畢業程度相當焉。如是，不徒便於肄習，亦且便於求師，何則？師不能各科之學皆通，鄉僻之地，不能各科之師皆備。如是，則亦可分年分地以求之也。即學校畢業試驗，亦祇當與平時考試同。不宜舉數年所習，悉責之於一旦，以理既明於前，不慮其昧於後，事則未有能歷久記憶者也。若云，每一科之學，必有一經肄業，即能永久記憶，不勞溫習者在，則其程度太淺，又何取乎其試之邪？

（原刊《中國青年》第一卷第六期，一九三九年出版）

史學雜論

《兼明月刊》將出版，其主事者屬予撰文，啓示初學讀史之法，殊覺無從說起。無已，姑就意想所及，拉雜書之，如所積遂多，當再刪正序次也。二十八年四月十二日，誠之自識。

小時讀康南海《桂學答問》，嘗見其勸人讀正史，謂既不難讀，卷帙實亦無多，不過數年，可以竣事。倘能畢此，則所見者廣，海涵地負，何所不能乎？當時讀書之精神，爲之一壯。及近年，復見章太炎在上海各大學教職員聯合會之講演稿，二十二年五月。謂正史大概每小時可讀一卷。史乘之精要者，不過三四千卷，三年之間，可以竣事。其言與南海如出一轍。太炎弟子諸君祖耿，復詳記太炎之言曰："史書文義平易，每日以三點鐘之功，足閱兩卷有餘。二十四史三千二百三十九卷，日讀兩卷，四年可了。即不全閱，先讀四史，繼以正、續《通鑒》、《明通鑒》。三書合計，不過千卷，一日兩卷，五百日可了。不到十七個月，紀事之書畢矣。欲知典章制度，有《通考》在。三通考除去冗散，不過四五百卷。一日兩卷，二百餘日可了，爲時僅須八月。地理書本不多，《元和郡縣志》、《元豐九域志》、明清《一統志》大致已具。顧氏《讀史方輿紀要》，最爲精審，不可不讀，合計不盈五百卷。半年內外可畢。《歷代名臣奏議》，都六百卷。文字流暢，易於閱讀。一日兩卷，不過十月。他如《郡國利病書》、《清史稿》等，需時要亦無多。總計記事之書，需時年半；典章之書，需時八月；地理之書，需時半年；奏議之書，需時十月。以三年半程功，即可通貫，諸君何憚而不爲此乎？"則其言彌詳，而其程功彌易矣。然爲今人言，又有稍異於此者。蓋昔之讀書者，大抵從四子五經入手，早則成童，遲則弱冠，文義必已通曉。以讀古書，並無扞格。所苦者不讀耳。故二君以易讀之說進，且逆料其成功頗速。若今之學者，則少時所讀，率皆淺俗之文。即或間讀古文，亦必擇其甚淺者。所讀既少，致力又復不深。苟非天才卓絕，愛好文藝者，雖屬大學畢業之年，於故書雅記，尚多格格不入，讀之既苦其難，遂爾束置高閣，閣置既久，則時過後學，益復無從問津矣。此今之學者，所以於國故多疏，有如章君所歎：《綱鑑易知錄》在昔學者鄙爲兔園冊子，今則能讀者已爲通人也。夫其讀之既苦其難，則其程功必不如二君所言之易矣。然不講學問則已，苟講學問，元書必不可不讀，必不能僅讀學校教師之講義，及書局所編之書爲已足也。舊時私塾，有禁例焉，曰：不可以塾師之文授學生。且丁寧之曰：無論不佳，佳亦不可。昔嘗不解所謂，由今思之，乃恍然矣。語曰：取法乎上，僅得其中，取法乎中，不免爲下。再生不獲，再醱必薄，學者所習，與其師同，知侔於師者，成就自可不讓其師，若惟其師之所爲是肄，則雖知過其師，其所成就，或有不逮其師者矣。學者之讀書，猶受教於著書之人也。所求教者，必爲第一流人，是爲取法乎上。第一流人，古今有限，安得吾所師者而適逢其人？即逢其人矣，其教我也，以我爲初學也，必釋其難通者，而取其易知者焉。如是，日聞其人之言，無不相說以解也，而豈知其高深之論，吾實未嘗有聞焉乎。若夫著述之業則不然。彼方罄其孤懷閎識，而欲以傳諸其人，故必多精深微眇之論。此又今日書局編纂之書所由不可與名人著述同年而語也。今之言教育者曰："學問之道，深矣，博矣，吾所授者，能得幾何？抑豈足道？然擷其精要，以授生徒，使以廑少之功，獲知一學之要，此教授之所以爲貴也。"斯固然也。然以施諸但求常識之人則有功，若以施諸研求學問之人則不足。何也？此固不足以爲學問也。故欲講學問，元書必不可以不讀也。史部元書，如康、章二君所言者，要矣，其指示程功之途，亦可謂切矣。然今學校生徒，既因國文程度少差，讀書較難，而其程功不如二君所億計之易，則其入手之方，必有較二君所言更簡者，乃覺其便於遵循。於此，吾以爲有四種書，尤爲切要焉。首宜讀正、續《通鑒》、《明通鑒》，蓋歷朝之治亂興亡，必先知其大概，然後他事乃可進求也。次則三《通考》，宜讀田賦、錢幣、戶口、職役、征榷、市糴、國用、學校、選舉、職官、兵、刑十二門，餘從緩。此所以知典制之大綱，而民生之情形，亦可窺其大略焉。次則《方輿紀要》，注意其論述形勢處，山川及都邑遺址等可勿深考，如是則甚易讀，以所當注意者，皆在省府之下，縣以下但須流覽也。次則四史。正史材料大割裂，不易讀。所可貴者，材料多，較諸雜史等又較可信也。然非略有門徑之人，實不能讀，強讀之亦無益。惟四史關涉甚多，即非專治史學之人亦宜讀，欲治史者，則正可於此求讀正史之門徑也。故此四者，讀之宜較精，此四類書既畢，讀史自可略有門徑，不至茫無頭緒矣。凡國文程度已高，能讀故書雅記者，讀此等書，固毫不費力。即不然者，於此等書，但能切實閱讀，亦正可裨益國文。欲求國文程度之高，本非選讀若干篇集部之文，所能有濟也。初學讀書如略地，務求其速，不厭其粗，不能省記，皆不爲害。如此，則即國文程度較差者從事於此，亦必無甚爲難也。

（寫於一九三九年四月十二日，原刊《兼明月刊》創刊號，一九三九年五月十五日出版）

《後漢書·襄楷傳》正誤

《後漢書·襄楷傳》：延熹九年，楷自家詣闕上疏。有云："臣前上琅邪宫崇受于吉神書，不合明聽。"十餘日，復上書曰："前者宫崇所獻神書，專以奉天地順五行爲本，亦有興國廣嗣之術，其文易曉，參同經典；而順帝不行，故國胤不興，孝沖、孝質，頻世短祚。"《傳》云："初順帝時，琅邪宫崇詣闕上其師于吉於曲陽泉水上所得神書百七十卷，皆縹白素朱介，青首朱目，號《太平清領書》，其言以陰陽五行爲宗，而多巫覡雜語。有司奏崇所上妖妄不經，乃收藏之。後張角頗有其書焉。"其文頗相矛盾。楷云"臣前上琅邪宫崇受于吉神書"，當是楷自上之，何得又云宫崇獻神書而順帝不行邪？疏云其文參同經典，而《傳》謂其多巫覡雜語，亦又不讎。楷前疏臣前上云云十六字，語氣未完，與上下文皆不銜接。後疏前者宫崇云云五十二字，書刪之，於文氣亦無所闕。蓋昔人作史，於成文每多删並，當時必有僞爲楷文，稱揚于吉神書者，范氏不察，誤合之於楷疏也。

于吉爲孫策所殺，見《三國·吳志·孫策傳》注引《江表傳》。《後書·襄楷傳》注亦引之，而其文不全。注又引《志林》曰："初順帝時，琅邪宫崇詣闕，上師于吉所得神書於曲陽泉水上，白素朱介，號《太平清領道》，凡百餘卷。順帝至建安中，五六十歲，于吉是時，近已百年，年在耄悼，禮不加刑。又天子巡狩，問百年者，就而見之，敬齒以親愛，聖王之至教也。吉罪不及死，而暴加酷刑，是乃謬誅，非所以爲美也。"記于吉書與《後書》略同，而卷數互異，知當時造作此等説者甚多。自稱百歲,乃方士誣罔之辭,吉安能授宮崇於五六十歲之前,又惑吳人於五六十歲之後? 古書卷帙率少,又縑帛價貴,無論其爲百餘卷,抑百七十卷,皆不易造作。然則吉以是書授宮崇,崇以是書上順帝,恐皆子虛烏有之談也。《後書》注曰:神書,即今道家《太平經》也。其經以甲、乙、丙、丁、戊、己、庚、辛、壬、癸爲部,每部一十七卷,恐即造作是書者,妄託之於宮崇、于吉,並附會之於襄楷耳。于吉之死,《三國》注又引《搜神記》,與《江表傳》大相逕庭。又《江表傳》記策語謂:"昔南陽張津爲交州刺史,捨前聖典訓,廢漢家法律,常著絳帕頭,鼓琴燒香,讀邪俗道書。云以助化,卒爲南夷所殺。"而《志林》推考桓王前亡,張津後死。裴氏案太康八年。廣州大中正王範上《交廣二州春秋》,亦謂建安六年,張津猶爲江州牧。孫策死於建安五年。足見此等記載之不足憑矣。范書雜采此等説,又安可信邪?

襄楷事迹,亦見《三國·魏志·武帝紀》注引《九州春秋》,云"陳蕃子逸,與術士平原襄楷會於冀州刺史王芬坐。楷曰:天文不利宦者,黄門常侍,當族滅矣。逸喜。芬曰:'若然者,芬願驅除。'於是與許攸等結謀,欲因靈帝北巡行廢立"。據其所記,則楷仍《後書》所稱善天文陰陽之術者耳。楷兩疏皆端人正士之言,陳蕃舉其方正,鄉里宗之;中平中,與荀爽、鄭玄俱以博士徵,豈信于吉神書者邪?

《楷傳》言楷疏上,"即召詔尚書問狀。楷曰:臣聞古者,本無宦官。武帝末,春秋高,數游後宮,始置之耳。後稍見任。至於順帝,遂益繁熾。今階下爵之,十倍於前。至今無繼嗣者,豈獨好之而使之然乎? 尚書上其對,詔下有司處正。尚書承旨奏曰:宦者之官,非近世所置,漢初張澤爲大謁者,佐絳侯誅諸吕,孝文使趙談參乘,而子孫昌盛。楷不正辭理,指陳要務,而析言破律,違背經蓺,假借星宿,僞託神靈,造合私意,誣上罔事。請下司隸,奏楷罪法,收送洛陽獄。帝以楷言雖激切,然皆天文恒象之數,故不誅。猶司寇論刑"。案《漢書·成帝紀》:"建始四年春,罷中書宦官。"注引臣瓚曰:"漢初中人有謁者令,孝武加中謁者令爲中書謁者令,置僕射。宣帝時,任中書官弘恭爲令,石顯爲僕射。元帝即位數年,恭死,顯代爲中書令,專權用事,至成帝乃罷其官。"《百官公卿表》記成帝建始四年,更名中書謁者令爲中謁者令,而不記武帝加中謁者令爲中書謁者令之事。然《蕭望之傳》言:"望之以爲中書政本,宜以賢明之選。自武帝游宴後庭,故用宦者,非國舊制。"則讚言確有所據。武帝所用,乃中書宦官,而非宦官始自武帝。宦官實自古所有,楷不應並此不知。且宮崇之書,順帝時有司既奏其妖妄不經矣,楷果嘗上其書,豈得云所言皆天文恒象之數邪?《楷傳》之不足信,愈可見矣。

(原刊《正風》第一期,一九三九年六月出版)

西南對外交通之始

《史記‧貨殖列傳》言：番禺爲珠璣、玳瑁、果、布之湊。珠璣、玳瑁，後世固多來自南洋，果品亦南洋多饒。所謂布，蓋即木棉所織，是我國西南海路之交通，可考者以廣州爲最早也。其後我國之航海者自徐聞，大秦來獻自日南徼外，蓋今廣州、越南，久爲東南交流之孔道矣。然今滇緬之路亦早開，《後漢書‧哀牢夷傳》言其土地沃美，宜五穀蠶桑，知染采文秀，罽㲲帛疊，蘭干細布，織成文章如綾錦。哀牢地極閉塞，而能有此文明，蓋自海道來者也。和帝永元九年，撣國王雍由調遣重譯奉國珍寶；安帝永寧元年，復遣使詣闕朝貢，獻樂及幻人，自言我海西人。海西即大秦也。撣國在永昌徼外，即今緬甸之地。張騫在大夏時，見邛竹蜀布，問："安得此?"大夏國人曰："吾國人往市之身毒。"後漢欲求身毒，發使出駹、冉、徙邛、僰，莫得通。而傳聞昆明西千餘里有乘象國，曰滇越，蜀賈奸出物者或至焉。滇越，亦當在今緬甸竟。邛竹杖、蜀布，蓋自此入身毒也。然則漢朝未通西域及西南夷，民間之出是道者已久矣。撣國之來，當亦由海路，陳襌謂其越流沙，踰縣度，乃臆度之辭，不足據也。

（原刊《南鋒》第二期，一九四〇年十二月出版）

關於中國字的一個提議

使用中國字，最苦難者，爲檢查字典。邇來籌補救之法者甚多，然其所創之法，卒亦未見其便，何哉？曰：杜定友一言破的矣。杜君之言曰："中國字乃用偏旁造成，非用筆劃積成。"故剖析中國字，依其偏旁，乃合乎自然之條理者也，據其筆劃，則背乎自然之條理者也。背乎自然條理者必無成，而今之創新法者，乃皆以筆劃爲據，是以其法終不能盡善也。

檢查字典，本不能成爲一事，而有待於學。舊日依偏旁分部之法，固自有其難知者在，然特睹其形而不能知其當屬於何部者爲然耳。除此之外，既通文字者，固皆一望而知其字之當屬於何部，不待學也。而今之所謂新法者，則非學不可。無論其如何簡便易學，亦已多此一學矣，況不真簡便易學乎？故今之新法，必不能謂爲盡善也。

然則中國字檢查字典之難，終無策以免之歟？曰：否，諸家創法之不當，實由其皆有所蔽。其蔽惟何？曰：未一思今日爲印刷時代，而非鈔寫時代也。識字者固不能一日不作書，然試自思：終日誦讀之物，出於鈔寫者幾何？出於印刷者幾何？手寫誠不能作兩種筆劃，印刷則何難之有？故欲免檢查字典之難，祇須改革印書之字。每一字中，用爲部首之偏旁，均以雙鈎出之，如山作山，雙綫鈎出。嵩作嵩，"山"部雙綫鈎出。則字字一望而知其屬於何部，所小難者，則不爲部首之偏旁；筆劃之數，間或難審，不能定其在某部中算作幾畫耳。然此較之今日之難，微不足計，雖仍用舊法分部，亦無不可矣。不特此也，求檢查之便者，每一部中之字，利其少不利其多。舊時字典，因部首難知之故，不得不勉強省并，於是分部少而一部中同畫之字，因之而多。今求部首不難，則分部可多，而每部中同畫之字，即隨之而減。而其分部且可更合於自然之條理，免致如《康熙字典》等詁鹵莽滅裂之譏也。

中國文字，尚有不如歐美文字之便者，打字是也。欲求中國文字打字之便，與歐美文字相等，此爲必不可得之數，然謂其繁難必如今日中國打字機之甚，則亦必無此理也。中國字固多形狀特異，不能與他字相通者，亦有將其偏旁拆開，可與他字通用者。如人不能作亻，水不能作氵，然什字仃字，固同用一人旁，汁字汀字，亦同用一水旁，而什之與汁，仃之與汀，亦未嘗不同用一十旁、丁旁也。日常使用之字，形狀各異，不能通用者必少，偏旁拆開，可以通用者必多，雖未詳稽，然大致必不謬。今若將字分爲兩部：不能與他字相通者，一一刻之，偏旁可與他字相通者，即但刻其偏旁，如是，打字機之字數，必可大省。即無打字機，用木戳或橡皮戳，以印泥印之，亦必較鈔寫爲捷，且工整清楚也。又可使不工書法者，亦可任鈔胥之役，而與工書者同其功。一舉而三善備焉。

古人多以傭書爲生。傭於公家者，若班超是也。傭於私家者，若闞澤是也。日事鈔書，於學問亦可略有所得，在寒士生涯中，尚不爲最惡，且不須臂力，雖老弱婦女，亦可以之自活焉。所苦者，書欲求工，亦非易事耳。如余之說，但得木戳或橡皮戳數百千枚，印泥一盒，即可傭書以自活矣，亦爲寒士而不工書法者，開一生路也。抑能代人鈔寫者多，則述作者之精力可省，文藝必更興盛，又不徒有益寒士之生計矣。惟今鈔胥所難者，不但書法之不工，亦在所鈔之稿字跡之難辨，而所鈔之稿字跡之難辨，由於塗乙者尚少，由於既無暇作正楷，而其草體又漫無標準，致難辨識者實多。故制定草體，實爲今日當務之急。

中國字之意義，多繫於其所屬之部首，而凡作別字，由於譌其部首者亦多。今使每字部首之筆劃，與其餘畫之形狀不同，似於辨別字義，亦有裨益也。

　　此等策劃，在印刷之業，不爲牟利起見之社會中，試之甚易。在今日則頗難，以於牟利初無大益，莫肯斥資耳。然有兩事，試之似尚不難者，一曰小學國文教科用書，一曰習字範本。

（原刊《宇宙風》乙刊，第四十期，一九四一年三月出版）

中國歷代之選舉制度

中國選舉之法，亦嘗數變矣。三代以上，平民貴族，等級釐然。雖《王制》有升之於學之說，《周官》有興賢興能之法，然自大夫以上皆世官，不在選舉也。俞正燮説，見《癸巳類稿‧鄉興賢能論》。七雄並峙，競爭激烈，入治出長，皆不能不用賢才，於是世族漸替，遊士以興。秦有商鞅，楚有吳起，燕有樂毅，而儀、衍之徒，亦或出其縱橫捭闔之謀，以濟一時之急。"卑逾尊，疏逾戚"，固非無因而然，降逮漢初，遂開"命官以賢，詔爵以功；先王公卿之冑，才則用，不才則棄"之局。柳芳語，見《唐書‧柳沖傳》。此實戰國以來相沿之例，積漸而致，初非以漢祖及其將相皆出身微賤也。然貴族擅權，由來舊矣。一時雖見抑壓，其聲望勢力固仍在。凡物之具有實力，而爲他力所抑者，抑之之力一衰，其力必乘機復起，故雖以漢之世用人之不拘門第，猶有所謂七相五公者，拔自豪族焉。亦柳芳説。東京末葉，海宇分崩，士流播遷，詳覆無所。陳群創九品官人之法，於郡置中正，州置大中正，品評當地人物；尚書選用，據以參詳。於是"上品無寒門，下品無世族"，而六代門閥用人之弊起矣。論者皆謂門閥之興，實九品官人之法階之屬，其實國家制度之力恆弱，社會風氣之力恆强。制度與風氣背馳者，非廢罷，則有名無實。謂喪亂暫行之制，能逆風氣而行之數百年，且以造成風氣，無是理也。故知六朝士庶，等級之嚴，實由門第之見本未割除，閱時復盛，而九品官人之法轉依附之以行耳。然則自上古至南北朝，用人實分等級；雖經中衰，旋即復盛。覽其全局，實可謂分等級者其常，不分等級者其變也。至隋廢中正，肇開進士之科，而其弊乃革。

抑九品中正之法，所以能行之數百年，就政治而論，亦有其由。蓋取人之道有三：曰德，曰才，曰學。三者之中，又以德爲最重，才次之，學又次之。何也？學有不足，猶可藉助於人；才則臨事措置，有非他人所能代謀者；而二者又皆以德爲本，德不足，才與學或適以濟其奸也。才德非臨時試驗可知，必徵之於素行，於是鄉評重焉。鄉評必有司訪查之人，與其寄諸客籍之官吏，孰若託之當地之士人？此九品中正之法所由立，原不能謂爲無理。特才德皆難拘於形跡，而辨別真僞尤艱。衡鑒之才，先自難得；即能得之，亦不能必其忘恩仇，遠名利，專爲國家舉賢去奸。其法遂致有名無實，不徒不足一核才德，反並學之實有徵驗者，而亦豁免之，此則九品中正之法所以弊，然固非立是法時所能豫燭也。弊積久而漸著，則法之因革隨之，而九品中正之法廢，而科舉之制興矣。故科舉起於隋唐，非晚也，德與才無可徵驗，與欲考其德與才，轉並學之實有徵驗者而亦豁免之，尚不如專考其學，而德與才則留俟考課時彌其闕之爲得，此理固必積久而後明也。

科舉之法，非始於隋唐也，其原實爲漢世之郡國選舉，而郡國選舉之法，則又遠原於古代之諸侯貢士者也。郡國選舉之議，發自董仲舒，其言即如此。前代用人，在選舉者，本偏重其經驗，漢世之吏道及訾選是也。此皆尋常辦事之才，不可以當大任。今日政務官之職，春秋以前，多用貴族；戰國以後，則雜以遊士。士之立談而取卿相者皆是也，其取之初無常法，亦無常途，郡國選舉之法立，各地方之賢才始有登進之階，而中央取材之途亦廣，實選法之一變也。法歷久而彌詳，向者選舉之權專操之於官吏者，變而許士人投牒自列；向者舉至即用，專憑舉主之一言者，變而更加以考試，即成科舉之制矣。吏道等從經驗拔用者，法本視爲常才。惟郡國選舉，則本所以求非常之士，故歷代視科舉最重，其用意本亦不誤，特所立科舉之法，不盡善耳。

求非常之才之法，本亦有學校、貢舉兩途。學校自魏晉後多有名無實,徒爲粉飾升平之具而已。拔取非常之才,遂惟科舉是賴。自唐以降,行之逾千年,理宜得才甚多,而其實殊不克副。由此出身者,固未嘗無才士,然此乃才士得科舉,非科舉得才士,昔人譬諸探籌取士,行之久,才士亦必有出於其中者也。不徒不足以得士也,抑且有敗壞人才之誚焉。觀於唐代士習之浮華,近世學風之固陋,夫固不容爲諱。是何也?則所以試之者非其道也。夫昔日科舉之得士,欲以官之,則其事,實今日之文官考試也。所試必以其所用,然歷代之所試,則有可異者焉。唐世科目甚多,常行者爲明經進士。明經試帖經墨義,僅責記誦;而其所記誦,又爲無用,進士試詩賦,所業自難於明經,其無用則更甚。宋王安石鑒於此弊,乃廢諸科,獨存進士;去詩賦,改試經義、論策;所謂經義,亦易墨義以大義。據理衡之,實遠較舊制爲善,其後所取亦多不學之士。即安石亦歎"本欲變學究爲秀才,不圖變秀才爲學究"。則士習苟簡,徒騖進取,非立法之不善也。惟人才選拔,宜多其途。盡廢諸科,獨存進士,未免失之於隘。此則立法之未盡善者。後來新舊之法屢變,士子所業不同,至南宋,遂分進士爲經義、詩賦兩科。元明又合爲一。其合之也,乃并兩科之所試者,責之於一人之身。既須通經,又須工辨章;而三場之策問,尤茫無畔岸。學力眞堪應試者,舉國蓋無幾人,則責人以所不能矣。責人以所不能者,人將並其所能者而亦逃之,此明清之世,科舉所以名有三場,實則徒重首場之制藝,而其所謂制藝,又不必通經而後能,而士子遂至一物不知也。此科舉致弊之大原也。

科舉尚有一弊不易免者,曰易於僥幸。蓋所試雖多,終有限極,在十餘篇文字中,學業優劣,究不易辨也。唐代無糊名易書之法,考官與士子交通,亦非所禁。可以采取譽望,參考平時著述,尚可稍資補救。宋以後,考試之法日嚴,去取專憑場屋中所作文字,而其弊大著矣。於是有學校科舉相輔而行之議。其事始於范仲淹。仲淹始限應試者必在學三百日,舊嘗充試者百日,其法旋廢。王安石欲以學校代科舉,事亦無成,然終開明代之法。明制:非學校生徒,不得應科舉；而郡縣學生，非入國學若得科舉者，亦不能得官。論者稱爲"學校儲才，以待科舉"，蓋曾肄業學校，則可知其研求有素，非徒善爲應舉文字，思冒進於一旦。學校雖亦有考試，然恐行之不能嚴密，如今所謂畢年限而不畢業者，故必又別決之以考試而後用之也。此制立法之意可謂甚密。惟昔時入學，雖無所費，究之坐監即不能自營生業，故宋明太學之法，貧者病之。科舉所以能嘉惠寒畯，使其進取之途不讓富有之士者，轉以入學徒有其名，士子實仍各事其事也。此亦科舉盛而學校衰之一因也。

今日文官考試之法，規條嚴密，所試亦皆有用，似已集科舉之長而去其短。然前世之事，仍有可資借鑒者。文官考試，所得亦僅常才。擬之前世，則明法之科耳。非常之才，固不數數覯；有之亦非可以繩尺較量，然實爲國家所想望，不可無以求之。是則前世制科之法，可采取也。子夏曰："學而優則仕，仕而優則學。"前世監生歷事，進士觀政，及庶常之館，頗得此意。今之實習，即前世之歷事試政也。然使仕者更從事於學，如庶常館之意尚缺焉，似亦可斟酌定制，俾已仕者可以暇補習；或從政若干年，則給假幾年，許更就學，以資深造。又凡登庸之途，限於學校畢業，固足以杜冒進。然學校爲貧者所病，古今則同，今者不平之聲，亦已囂然起矣。如何斟酌定制，使寒畯不至向隅，亦宜計議及之也。

漢代用人，爲後世所豔稱者曰辟舉，此近後世之幕僚；曰吏道，此即後世之吏員也。歷代用人，大都重視學校貢舉，而輕視吏員。蓋以學校貢舉所取者，皆有學識之士，吏員則僅有經驗。有經驗者，不過能奉行故事；惟有學識者，乃能明乎立法之原，行之而時得法外之意，且能知其末流之弊，而立法以拯之也。是說也，以理言之，自亦無以爲難。然事實不必盡與理想相符。正途出身之士，往往迂疏無用，甚且一物不知，反不如有經驗者之幹練。此論政之家，所以又慨想夫古之吏道也。然雖有此議而卒不能立一法焉，使有經驗之才，皆進而爲國家之用，亦選舉之一弊也。

唐劉晏嘗言："士有爵祿，則名重於利；吏無榮進，則利重於名。"故檢劾出納，一委士人，吏但奉行文書而已。世皆以爲美談。其實此就行政言之，則可謂善於措置，若立法者亦奉爲楷模，則誤矣。何也？人之情不甚相遠，予以榮進之途，則人思自奮；否則未有不自甘溺没者。絕其榮進之途，而顧以其人不可用，而其事又卒不可廢，乃更立嚴法以監督之；監督者不勝其勞，而仍不能舉監督之實。則立法之不善，固彰彰明矣。

吏與士之懸隔，至明清而大甚。明初選法，三途並用。所謂三途者：薦舉，一也；進士監生，二也；吏員，三也。見《日知錄》《明史》。分進士、監生爲兩途，而無薦舉，乃後來之事，非其朔。薦舉所以求非常之才，進士監生重其學，吏員則重其經驗，立法之意，實最周至。然太祖設科舉，民間俊秀，皆得與選，惟謂吏胥心術已壞，不許應試，以啓輕吏之端。英宗時，言者謂吏員鮮或不急於利，不宜用爲郡守，則歧視彌甚。後遂立法以限其所至，與科第出身者，判若天淵矣。此實士大夫之偏見，生以害政者也。清代因循，卒莫能革。而吏之弊，亦至清而大著，論者交相指摘。末葉變法，遂下詔裁撤，欲代以士人，然迄不能行，蓋積重之勢難返也。何以使之積重？則法之輕吏者爲之。作始也簡，將畢也巨，有創制之責者，可不引爲深鑒乎？

抑晚近之詆吏胥者，雖中其弊，實亦不免於誤會也。議者之言曰："天下之事，壞於例而實壞於吏。"以例多不切事情，而吏辦事惟能按例也。夫不切事情，則誠不善矣，然此乃例之弊，非吏之過。何也？有例固不可不奉行也，抑例亦本不可無。夫國家之事，有政務焉，有常務焉。政務固當因時制宜，常務則宜按例舉辦。政務廢弛，不過陵夷不振而已；常務廢弛，則事非凌亂，即阻滯，將不可以一朝居。且政策既定，勢必奉行歷若干時，當其遵循未改之時，政務即成常務矣，常務可無例乎？常務而不視例，則今日如此者，明日可以如彼；甲地如此者，乙地可以如彼。民復何所措乎手足，而奸弊亦安所窮乎？向之詆吏者，多謂其倚例以行奸弊。其實爲奸弊而必倚例，則例仍爲有效；監督之者，苟能明習於例，弊即無自而生，較之肆意爲之，絶無忌憚者，仍不可以同日而語也。監督之者，於例多不明習，則例之太繁爲之。太繁與不切事情，皆立例之不善，而非例之過，更非奉行例者之過也。

　　吏之弊在其學習及任用之法之不善。國家於吏之所事，既未嘗設學以教之，又未嘗明定考試之法，使人自學而拔取其能者。從事於此者，皆由父子兄弟若親戚徒党，互相傳授；更無可以代之之人，遂至名爲由官任用，而實則成爲世襲。歲月愈深，專門愈甚，奸弊亦愈滋，抉剔無從，憤激者遂一怒而欲去之矣。然今日公務員之所爲，其高者實即向之幕僚，低者實即向之胥吏所有事。政治學家所稱道之官僚政治，亦即向者幕友吏胥各司其職，循例之事無不舉，所舉之事亦無不循例之謂。特在歐美，政事較修飭，立法較切事情，而行之亦較敏捷耳。猶物然，良楛異，其爲物固無不同也。觀於今日公務員之重，而向之幕友吏胥，本無可廢之道明矣。昔之論者，多譏官無所能，徒倚幕友吏胥以集事，惡知事本非一人所能爲；而條例之繁，長官或不如專司其事者之明習，亦初不足爲怪乎。

　　向者吏胥之弊，在其所學私相傳授，寖成世襲，故今後之公務員，取之必由於考試。向者吏胥之弊，由其更無榮進之途，故今後之公務員，考績不可不嚴，升擢不可不優。向者吏胥之弊，由其祿之者太薄，非爲奸弊，即無以自存，故今後之公務員，奉給不可不厚，此皆事理顯然，人人能言之者也。猶有進者：夫謂公務員之責，止於奉行文書，乃不得已姑止於是，而非以是爲已足也。爲公務員者，固當奉行長官之命令，然同一奉行也，深知其事之意，與夫不知其意者，則固有間矣。況公務員雖不宜自作聰明，然苟能詳悉利弊，陳述於上，俾司行政之權者，有所藉以資改革，亦事之至便者也。故公務員不能皆有學識，乃限於事，無可如何，而非國家所冀望者，遂止於是也。夫公務員不能皆有學識者何也？蓋由學理精神，苟欲研求，必須時日，而公務員事務繁冗，多無暇晷之故。又人之心思，不能不爲其執業所蔽。公務員習於奉行故事，久之，遂至但求無過，而不思改革之方焉。吏員中鮮非常之才，亦或由此。此固不可不爲改進之計也。改進之計奈何？首在拔取時程度之高。於其所辦之事，必能通知其意，而不以照例奉行爲已足。錄用之後，又宜多與餘暇，使克從事研究。任事若干年，則給假若干年，使專從事於修習，以轉換其心思。此於財政雖若少費，然無形之間，有裨於政治者，必不少也。昔之論者，多病儒吏之隔，其欲以儒爲吏，亦不過求通知法意者多，奉行成法更善，而法且可資以修改耳。今若能使舉國之公務員，皆有相當學問，而其學問，又皆切於實用，而非昔時虛而蕪薄者比，則吏治之美，又不止於西京所謂文學彬彬者矣。至於辟舉之法，則本非盡善。隋世改革，一命以上，皆由吏部，亦良有其不得已者。食肉不食馬肝，未爲不知味，置諸不論不議之列可也。

(原刊《美商青年月刊》第三卷第六期，
一九四一年六月十五日出版)

中國歷代兵制之變遷

　　中國兵制,蓋嘗數變矣。隆古之世,諸族互鬩。有征服人者焉,有服於人者焉,征服人者爲兵,服於人者則否。江永《羣經補義》論春秋之世,兵嘗居近國都,士鄉與工商之鄉,判然各別,實無兵農合一之制。蓋征服人者,居近國都而爲兵,服於人者則否。此一時期也。然野處之氓,非不能爲兵也,特不使事征戍,僅保衛鄉里而已。鞌之戰,奇侯見保者曰:"勉之,齊師敗矣。"此軍大敗於外、保衛鄉里之兵嚴於內之徵。降及戰國,爭鬥益烈,用兵益多,乃舉向者保衛鄉里之兵,悉從征戍。故蘇秦説齊王,謂"臨淄七萬戶,每戶不下三男子,不待發於遠縣,而臨淄之卒,固已二十一萬",又謂"韓魏戰而勝秦,則兵半折,四境不守"也。民罹鋒鏑之災,蓋於是爲酷,然真舉國皆兵者,莫此時若矣。此又一時期也。漢世郡國,皆有輕車、騎士、材官、樓船,民年二十三爲正。一歲爲衛士,一歲爲材官、騎士,習射御馳騎戰陳,年五十六乃免。守邊之責,亦人人有之。律所謂更戍。雖不能人人自行,然不行者必出庸直,給次直者,或入官,由官給願往者。此仍是戰國之世舉國皆兵之遺制。惟疆域既廣,途路太遠,資糧既多,往返尤久。舉國皆兵之制,遂勢不可行,二法亦隨之潛變。漢武帝時之八校尉,論者以爲募兵之始,期門、羽林則以爲長從之始,而征討又多用謫發。至後漢光武,罷郡國都尉,廢講肄課試,而民兵之制盡矣。關塞間或設置,實同後世之招募;戰守兼用羌胡,則以異族爲奴役。此又一時期也。循此遺規,遂生大弊。黄巾賊起,中央號令不行,卒致裂爲三國,歷百年而後定,則州郡擁兵爲之梗也。五胡云擾,莫之能制,則異族操兵屬之階也。此皆民兵之廢爲之也。然自此至南北朝,其弊卒莫能革。當晉武初定天下,改州牧爲刺史,盡罷州郡之兵,意亦欲改漢末之弊矣。然內亂旋起,外兵遂不可省。於是有所謂都督軍事者,以一人兼制十數州,雖無州牧之名,其實固無以異。東晉荆揚,互相猜忌,四朝入據,莫非強藩。坐視北方之喪亂而不能乘,間或乘機收復而不能守,實仍州郡擁兵爲之。而北方五胡割據,多用其本族若他胡人爲兵,自非石趙東征,苻秦內犯,用兵太多,胡人以兵權握於異族之手故也。此又一時期也。府兵之制,迫於勢不得已而後起焉者也。周齊乘胡靈后、爾朱氏喪亂之餘,民生凋敝,而戰爭甚烈,兵少則不足於用,兵多則無以食之,乃不得不令其耕屯以自養。此制無養兵之費,而獲多兵之用,自有一日之長,故隋唐皆因焉。唐制尤稱美備。然人心每隨事勢爲轉移:世際承平,教閱必徒有其名,兵籍逐漸多不實。此實無可如何之事。至玄宗之世,遂至不能給宿衛,而府兵之實蕩焉矣。此又一時期也。民兵亡則募兵代之,漢世州郡之兵,起於平內亂;唐世藩鎮之兵,起於禦外侮。其所以興起者不同,其爲偏重則一。特牧守即理民之官,節度使本統兵而已。然至武夫擅權,支郡悉夷爲隸屬,則名雖殊而其實亦無以異矣。節度握兵,肇於天寶之初,盛於至德以後。大勢所趨,莫之能挽,終至裂爲五代十國,其事蓋與東漢之末極相類。此又一時期也。宋興,鑒唐藩鎮之弊,外兵強者,悉隸三衛,謂之禁軍;其留州者,名曰廂軍,給役而已。地方戍守,悉遣禁軍,以時更代,謂之番戍,以革邊將專兵之弊,且使禁軍習勞,意至善也。然其後兵不悉地形,亦不與當地人民相習,動輒敗衄。仁宗時西夏之叛,陝西屯兵數十萬,卒仍藉鄉兵之力以禦敵。而禁軍之數,隨世而增。開國時不滿二十萬,英宗時乃逾百萬。番戍既有衣糧之費,郊祀復以賞賚爲憂。竭海內之力以養兵,而曾不可以一戰,遂爲募兵之極弊。此又一時期也。王安石起,主用民兵,而先之以保甲。初使儆備盜賊,後乃教保長以武藝,使其轉教保丁。時於募兵,業已大加裁汰。後來闕額，則封樁其費，以供民兵教閲之資。益自元豐以後，募兵衰而民兵寖盛矣。然在神宗之世，民兵已多徒有其名，而教閲且不免於騷擾。崇寧以後，教閲又罕，遂並其名而不存。末年汴京被圍，以陝西多兵之區，种師道括以入援，不足二萬。而前此具數之民兵，亦未聞按籍可稽，召以禦侮。兵多甲於歷代者，及其用之乃終至於無兵，名實之不副不亦重可懼哉？北宋民兵之制，行之無幾時，效亦渺不可覩，然以定制論，固不得謂非一變。此又一時期也。南渡之初，王旅寡弱，將帥招群盜以爲用，其時兵之強者，有所謂四大將，韓、岳、張、劉是也。劉光世死，其兵叛降齊。時則韓、岳、張並爲宣撫司。兵皆屯駐於外，餉由自籌，頗有尾大之勢。和議既成，乃罷三宣撫司，改其軍名御前，間冠以某州駐札字樣。特設總領，司其餉項，而禁其自籌。蓋其受中央節制與北宋同，而屯駐有定地，而無番戍之制則異。此又一時期也。元以異族入主中原，兵事頗守秘密。密院兵籍，非漢人所得窺。是以竊據百年，無知其兵數者。然其大要，亦有可言。世祖以蒙古及諸部族之兵戍河洛山東，以滅金所得之漢軍、滅宋所得之新附軍戍江淮以南，而以宗藩鎮邊徼。其取兵各有制。蒙古及諸部族軍，今姑勿論，漢人之爲兵者，則皆天下未定，嘗有兵籍者也。蓋亦如府兵之制，民有爲兵，有不爲兵，而孰爲兵，孰不爲兵，則決之於其故籍。此制爲明人所沿。其命萬戶千戶，分屯各方，則又與清代旗兵之駐防，異世而同揆者也。此又一時期也。明制遠紹府兵，實亦近循元法，其有軍籍者，曰從征、曰歸附、曰謫發。從征者，開國之兵。歸附則群雄之兵之降者也。謫發即俗所謂充軍，以犯罪者爲之。並刑法與軍事一談，身死則句其子孫，子孫絕者句其親族，累及無辜，實爲秕政之尤。然以句軍之嚴，清軍之亟，闕額不至如唐代府兵之甚。此又一時期也。清兵綠營取諸有明，八旗來自關外，入中國後，遣旗兵分防各處，則元萬戶分屯之法也。蒙藏與新疆回疆，皆命旗兵駐防，亦元宗藩守邊之意也。事不必其相師，而措施若合符節，則遭直之同爲之也。元萬戶分屯者，至於末造，絕無能爲，乃藉察罕、擴廓爲之枝拄,清中葉後亦然。川楚教匪,已資鄉勇;洪揚亂起,尤借湘淮之軍。雖起兵相助者,有其本族與漢人之殊,其功亦有成敗之異,然其事則極相類,亦可異也。同、光以後,言兵力者,惟數湘、淮、八旗、綠營,同於南宋之三衙、北宋之廂軍矣。此又一時期也。蓋自新軍興起以前,歷代兵制之變遷可得而言者如此,其不相因襲,截然可指其異者,凡十有二,而綜括之則不過五端。民或爲兵,或不爲兵,其孰爲兵孰不爲兵,則國有經制,一也,春秋以前及唐之府兵、明之衛所是也。舉國皆兵,二也,戰國及秦漢之法是也。強藩擁兵於外,三也,東漢至南北朝之州郡、唐之節度是也。專用募兵,集其權於中央,四也,兩宋是也。募兵徒有其名,民兵起而勘亂,後遂視同經制之兵,五也,清是也。更綜括之,則民兵、募兵二者而已。其利害得失,亦有可得而言者焉。有名無實,或並其名而不存,民兵之弊也。養兵太多,財力不及,強臣擅之,恣睢於外,不足禦侮,轉以召亂,募兵之弊也。夫兵可百年不用,不可一日無備,故必豫之於平時。然人心每隨事勢爲轉移,當承平無事之時,孰肯視征戰爲急務?文恬武嬉,勢不免流於廢弛,而知勇之士,顧不出於其間,遂至於有名而無實,或並其名而不存。此府兵、衛所之所由弊也。事積久而多含垢,所謂軍營積弊也。人串習不能無玩,所謂軍營習氣也。兵至於是,則不可用矣。然欲免之極難,故歷代所謂強兵者,往往名雖舊而實則新,軍名如故也,士卒將弁,則時時更易。不然,必有欲用之而不可,欲去之而又不能者。讀《明史·李成梁傳》,可爲寒心。然募兵皆無告之窮民,即藉糧餉自養。盛年既逝,執業無從,且亦不樂更事生產;裁遣既難,終必至於陳腐。此則自漢唐之州郡藩鎮,以至於宋之禁軍,其弊不同,而其致弊之由,初無以異也。夫事不豫於平時,則臨事無由取給,而非造之於臨事,則又陳舊而無以應當時之變。故兵不可不豫也,然不當豫之於兵,而當豫之於民。何謂豫之於民?曰:造成能戰之民,至臨事,乃編之爲兵而已。戰事定,則散之;需用,則又召而編之。此制似與府兵、衛所同,其實大異。彼爲兵者有定籍,將校亦多世其家,明制如此，唐亦多任勳戚子弟。雖非募兵，其不能不隨風氣爲轉移，實與募兵無異。今合全國之人，臨時簡選，則可擇其有朝氣者而用之，而軍營之習氣亦無由生。時時罷遣，不常屯駐，則軍營之積弊無由成。將校兵弁，多來自田間，忠勇樸實，身家可念，孰敢擾民？名譽是重，孰肯奔北？軍紀旣飭，士氣復張，得智勇之帥以統率之，亦足以靖亂禦侮，爲國捍城矣。今世戰陣，益重械器。普通兵士之技藝，體力強壯者，學之實不甚難。今當於體育中，寓教戰之道。技藝之無須在軍營中學習者，悉於平時養成之。臨時召集，少施訓練，卽可成軍。此德國掀起大戰時，出兵所以神速，抑亦我國古者，作內政寓軍令之徵權也。特其行之當務實，不可徒有其名，尤當嚴戒騷擾。此則宋代之民兵保甲，又足爲鑒戒之資矣。

（原刊一九四一年《美商青年月刊》第三卷第八期，
一九四一年八月出版）

論學術的進步

學術，豈是區區一兩年間，所能說得出其進步的？何況在這變亂的時代？然而學術的成就，雖不是短時期的事，學術方向的轉變，則往往是導源於短時期中的。後人繼之邁進，其成績就非始願所及了。燎原始於星火，大江原於濫觴，驚天動地的事業，其根源，總祇是一個方向的轉變。古人論旋機玉衡道："其機甚微，而所動者大。"正是這個道理。

學術是在空間的，不是在紙上的。然其流失，則往往限於紙上的。學術至此，就要停滯不進了。為什麼學術會限於紙上呢？這因人類的作為，恒有其惰力性。前人既有所發明，當不受環境逼迫之時，就率由舊章，就不肯再向別一條路上想了。固然，紙上的學術，原是從空間來的。然而（一）宇宙間現象無窮，偏於紙上，所研究的，就不能出於昔人所搜集的材料以外。（二）前人設有誤謬，就不易加以矯正。（三）學術沒有純客觀的，前人之所敍述，無論如何忠實，總不免羼雜些主觀。後人於利用材料之時，受其暗示，其心思就不容易想到別一條路上去。（四）而且前人從空間搜集材料，其觀察是深切的，後人求之於紙上，其程功就為容易，其心思，遂不能如前人的深入，甚有並前人的意見而亦不能瞭解的，學術至此，自然要停滯不進了。

宇宙之間，可供研究的現象，大別言之，不外乎自然與社會兩端。我國自古以來，輕視自然現象，不甚加以探討，至於社會現象，則因幾千年來,事勢無急劇的改變,研究者的思想,總不免爲前人成説所囿。世事業經大異,而我們所以解釋之,應付之者,大體上還是相傳的舊觀念。這是學術思想停滯不進的大原因。自和歐化接觸以來,我們向不注意的自然現象,他們乃窮加探討,而做成了驚天動地的大事業。其社會現象,自然不能與我國盡同,根據之研究所得的結果,自亦不能無異。因其所用材料的廣博:(一)史前史的發見,(二)蠻人風俗的研究,(三)工業資本發達以後及於社會組織的影響,都是我國談社會科學的人所不知道的。且藉助於研究自然科學的方法之故,其精密又非吾人所能逮,我國受其刺激,學術就漸起變化了。但是歐美的學術,不是短時間能儘量輸入的,而我國固有的學術,確亦説得上精深豐富。凡事有其所固有的,總不能本無所有的,易於捨己而從人。所以歐化的東來,還不能大革我們學術偏於紙上的積習。洋八股的譏評,實由此而來。直到現在,非常的局勢,逼迫著我們,才開始走上一條新途徑。

　　自然科學,誠然不是以應用爲目的的,然未嘗不可由應用之途引入。若不講應用,則除非生來有興趣,而又有適於研究環境的人,方能加以研究。我國現在,這樣的人是不多的,因向來不重視此學,所以空氣不甚濃厚,能引起人興趣的機會較少。一個天才,很少是單方面的,往往能對好幾方面,同時能感覺興趣,這一方面空氣較稀薄,就轉到別一方面去了,這是我國現在,研究自然科學者,畢竟不如研究社會科學或文藝者興盛的一因。而雖有興趣,而沒有研究的設備,迫之使不得轉入他途,亦是其一因。到艱困的物質環境,迫使我不得不向自然界討生活時,情形就大變了。徐中玉先生《考察西南學術界的感想(上篇)》中説:"我國近年來,在實科上,能有所發明,發見,使國家獲得生産和節流之利者頗多。"見十月二十四、二十五日《中美日報》。我們蟄居孤島,固無由知其詳。然如煤炭代油爐的發明,本年三月間,曾在陪都交通人員訓練所的車場,加以試驗,其成績殊爲滿意。又如某種食品的發明,用若干種原料混合製成,能使其價廉而營養仍無妨礙。此項食物的發明,據報載共有四種,其中三種,嘗味亦頗佳良,祇一種稍遜。又據某生物學家告我:近兩年來,對於除去桐樹害蟲的方法,有不少的發明,祇可惜没有大資本,未能盡量舉辦。這些,就我所知道的,亦足以窺豹一斑。固然這些不就算做科學,然而研究科學的門徑,是可以此而開的,廣大的内地,向來未被注意的自然現象何限?時代的鞭策和鼓勵,驅使著我們向研究之路進行,程功既久,積多數之發見、發明,自然會有純正科學上的新收穫,這是理可預決的。

至於社會科學,則我國幾千年來,本來是很注重的,其所有的成績,亦不能不謂之精深豐富,然前人之所發明,有一點,很不適宜於今日的,即今日的事勢,無論其在國家民族求禦侮自立方面,或社會企求進步方面,都要全體動員,而舊日的文化,卻總是以治者階級支配被治者階級的。元始的政治,總是民主的,這時候所謂政務,就是社會的公共事務,利害既無矛盾,凡有意見,總是全體一致,多數法祇是文明社會之法,野蠻社會的議事,往往是要全體一致,然後能通過的。凡有動作,亦必全體盡力,假使以今日,其實當遠在今日以前,團體範圍之廣,物質憑藉之豐,而社會還有如此良好的組織,人類作事的力量,不知要增加若干倍,其所享之幸福,自亦不知要增加到若干倍。無如團體的範圍漸廣,物質的憑藉漸豐,社會的組織卻隨之而變壞了,内部的矛盾既日益深刻,應付某種事件,就祇有某一階級人感著必要,其餘大多數人對之都無熱心。然以一階級人而應付一種事件,其力量總是感覺不夠的,於是不得不求所以驅使大多數人之術。幾千年來,政治上所謂前驅勢迫,所謂智取行馭,無非是一階級人驅使大多數人的手段。然而勉強的事情,總是勉強的,任你用何手段,總發揮不出多大的力量,甚至還要引起別的問題。這是從壞一方面說。從好一方面說,確亦有民胞物與的仁人,想把社會改革,使之臻於上理的,然自階級對立以來,治者階級和被治者階級,所處的地位既屬不同,所受的教育亦復互異,階級的偏見障礙著真理。不知道氣質之殊由於環境之異,誤以為人生而有智愚賢不肖之不同,愚者不肖者是不能自謀的,非藉賢者智者爲之代謀不可，於是不教導被治階級使之明白，策勵被治階級使之自動，而一切操刀代斲。殊不知眞正的智愚賢不肖，不限於階級的，少數的上智，治者階級和被治階級中都有其人。論其大多數，亦不論那一個階級，都是中人，這是生物學上的事實。在生物學上，上智和下愚，同爲變態，惟中材是常態。中人而期其爲上智之事，就善者不過坐嘯畫諾，不善者並將作威作福，利用其地位以謀自利了。自封建制度廢絕以後，所謂政治，是握在官僚手中的，普通人聞說官僚二字，都以爲是指做官的人，其實不然。一個人是做不成功什麼事情的，而且以舊日情形論，做官的人，大抵不會辦事，眞正辦事的人，倒是輔助他的人。其中又分爲：（一）有高等知識技術的，此種人可稱爲幕僚。（二）辦例行公事的，這種人謂之胥吏。（三）供奔走使令的，其人謂之衙役。除此之外，還有從好一方面說，則爲官之輔助，從壞一方面說，則是與官相勾結，狼狽爲奸的，此即所謂士紳。合這許多人，乃成爲一官僚階級。官僚階級中，固然亦有好人，想替人民圖謀福利，解除痛苦的，然這總祇是少數，其大多數，總是以自己的身家爲本位的。從前的制度，既使其不得不法外營求，祿薄和地位無保障。又無嚴密的監察制度，以隨其後，那就中人也不免要多要錢，少作事了，何況其本爲貪暴者呢？如此，無論怎樣的良法美意，都可以詒害於民，王莽、王安石等所以被人詬病者以此。少數處於監督地位的人，既然力有所不及，自然祇好一事不辦，這是中國的政治，陷於消極的眞原因，至於人民，則（一）因其日受剝削，（二）則凡才智之士，都爲自己的地位起見，竭力夤緣，升入官僚階級中。非必蠅營狗苟，暮夜乞憐，放開眼光觀之，發憤讀書以求上進等亦當屬於此。而平民社會，遂日貧日弱，百事皆廢弛而不舉。這又是中國社會，所以凡事皆廢弛的眞原因。中國社會是靜的，而現在的局勢，要動才能應付，這是中國所以貧弱的眞原因。積習是非受到相當的壓力，不能改變的，正和靜止的物體，不加以外力不能動一樣。外力是壓迫，足以推動全社會，而滌除其死氣的，是什麼呢？那便是民族的存亡問題。現代的社會，我們斷不能諱言，說其內部都没有矛盾,祇有到民族存亡問題臨頭時,利害才會趨於一致。所以這幾年來,我們談政治和社會問題的人,也漸漸的鞭辟近裏。譬如川康視察團,在去年所作成的報告,對於自然的利用方面,固然多有建議,對於政治及社會方面,痛切的建議也很多,我國的社會現象,本來不能與各國盡同的,近年來尤爲顯著。如因戰事傷亡之多,而全國的意志,一致堅强不屈;國際收支,在戰前本處逆勢,而戰後反能保其平衡;以及法幣的受到多方面的迫害,而仍屹然特立等,凡此,都有非己發明的學說,所能完全解釋的。近來對這些問題加意研究的,亦非無其人,雖其所論著,不敢據爲定論,然社會現象,有出於前人所注意的以外,亦正和自然界有新發見的資料一般,有此新刺激,其成績,亦是可以預期的了。

燎原起於星火,大江原於濫觴,其機甚微,而所動者大,我們願珍視這機緘,以預卜將來的成就。

(原刊一九四一年《中美日報》堡壘副刊第一一三期)

活的史學研究法

學風革新了，主持編輯的先生要我寫一篇關於史學研究法的文字，這一類文字，我生平寫過已有好多篇了，而且別人寫的，也不少。老實說，談方法開書目，總也不過如此。如果有此必要，我將來或再綜括他人的和我自己的意見，作一個總報告，向讀者請教，現在却懶得說這一分話。

我覺得空談方法，終究不甚親切；而開書目，亦不是第一頂要緊的事。因爲學問在空間不是在紙上的。紙上所載入的，還是空間的某一種現象。你要是對於這一種現象，没有興味，不能瞭解，那就再把好的書，依著頂好順序介紹給你看，也是無益。教育是祇能發達其性所固有，不能增益其性之所本無的。

雖然社會現象，不比自然現象那麼刻板。他永没有再現的機會，因而没有真正相同的事情，然而以事論雖不同，以理論却是可以相同的。而且較大的事情，你永遠没有整個的直接觀察的機會，總祇是"比量"，總祇是"推知"。要是你對於社會上天天發生的事情，不感覺興味，覺得其中没有什麼可供研究的問題，你就根本不必研究社會科學，不如善用其所長，研究自然科學去。

然則我要談歷史，正不妨借社會上現行的事實來談談。

近來最聳人耳目的，怕要算電車賣票員推墜乘客跌死車下這一件事了。這一事情，諒來大家都已知道，都還記得，不必再行敘述。關於這一件事情的議論也很多，有報館主筆的議論，有社會人士的意見,亦有電車賣票員的陳述和剖辯。我以為其中最足以資研究的,是九月二十二日《中美日報》所刊自署禾水者的《我是一個電車賣票員》。我且節錄其一段如下：因元文字句繁夥,隨手略有刪節,以求簡明,然自問不失元意。

……揩油問題,我也有公開的必要,最初,我因為心地的純潔,並不實行,二星期後,因受……環境的壓迫,也就實行……了。

……揩油習慣,……已有數十年,公司中的不良職員及溺職查票等,皆以賣票為搖錢樹,一輛車子,從早上開出,每一賣票員,要拿出所謂茶錢、照會、開車、開門、結帳以及寫收條等等名目的費用。一個包頭賣票,也得一元餘的開支,倘使一毛不拔,……保你有說不出的大事將在你的頭上發生。還有大亨賣票的開支,幾倍於上。他們更有電臺等等名目的費用,因此包頭賣票,為著飯碗而揩油,而大亨賣票,為著進益增加而揩油;但……革職處罰的事,大亨們是受不到的。因為有幾個查票先生的威嚴,是看在花鈔票上的。

如要做查票,有時祇要有本錢,也極容易。……不管有無學問,程度如何,甚至等於零,祇要化上幾百元的運動費,也居然可以做到。

賣票員收進的鈔票,分散到許多人……衣袋裏,而頂著社會罪人的惡名的,祇有賣票員。

這一段自白,依我的眼光判斷,大致是可信的。因此,我們鑒於所謂揩油的問題,才得知道其內容的一部分。雖然所知道的祇是一部分,已經和一味望空猜想的不同了。於此,我們才知道不論什麼事情,都有一個深切的社會制度在其背後發生作用,我們平時的思想,幾乎以為全是個人的自由意志問題,個人有自由,而亦應該負全責的,實在是"翻其反而"。於此,我們才知道,報端所載讀者想出來的種種對付賣票員的方法,以及電車公司在車輛中張貼廣告,請乘客幫忙,監督賣票員的幼稚,讀者不足責,因爲社會科學,實在還少有人懂得。這不但中國如此,就外國也是如此。任何一個社會現象,要公衆對於他有正確的識認,想出正當的處置方法來,實在是很困難的。但是公司中的管理員是專門家,我們雖不必恭維他有甚麼高深的知識,然謂公司中的人對禾水所述的事,茫然不知,則決無此理。既已知之矣,仍想出請公衆合作監督賣票員等幼稚的方法來,却是爲何？增加查票員,較之請公衆合作監督,其辦法,似乎比較切實些,然使禾水所述之言而皆實,則增加查票員,又有何益？假使禾水之言而實,則欲根絶賣票員揩油之弊,自非改革公司之制度不行,何故公司中人鑒此決無籌畫？禾水之文,最驚心動魄的,是"假使一毛不拔,保你有説不出的大事,將在你的頭上發生"。當禾水所述壓迫賣票員的組織初成立,豈能遽有此膽量？有此力量？然其後竟推波助瀾,至於如此,却是爲何？人的性質,總是在其所處的社會中養成的,既然他們這一社會中,賣票員一毛不拔,就可以有説不出的大事發生,可知他們有的所謂"大事"並算不得什麼,至少不如普通人看得嚴重,這是其所以能把乘客隨手一推的原因,所謂"其所由來者漸矣,非一朝一夕之故也"。古語又説:"此言雖小,可以喻大。"然則我們用普通的眼光看了覺得奇怪的事情,你祇要深入於此社會之中,而加以調查,以推求其所以然,都可以毫不奇怪。這正像突然看了一個人,覺得他的生理構造非常奇妙,回到進化論上,有其發展之所由,就覺得平淡無奇了。一切社會現象,如貪官污吏,何以敢肆意誅求？土豪劣紳,何以敢擅作威福？囤積的商人,爲什麼看了公衆受生活的壓迫而漠然無所動於其中？江湖上的好漢,爲什麼人家看了他們是作奸犯科,他們自己看了却是替天行道？都要在這一種情形之下瞭解,方覺得正確,徒歎息痛恨於人心之不古,世風之日下,是無益的。《中庸》説:"詩云:伐柯伐柯,其則不遠。執柯以伐柯,睨而視之,猶以爲遠？故君子以人治人,改而止。"這與孟子認惻隱、羞惡、辭讓、是非之心爲二所同具,因而人人可以爲聖人,正是同一誤謬,他們祇知道從根本上立論,人心是相同的,而不知道人心在不同的環境之下,祇能發展成不同的樣子。他們所謂"以人治人",上一個人字,所包含的人的環境,實在太簡單了。祇知道一兩種環境,却閉門空想,以爲在如此條件之下,人就可以做好人,因而用我所想出的方法,就可以治天下,天下之所以不治,祇是世人未知或者不能,或者不肯用這方法之故。方法是沒有錯誤的,這種思想,實在十分危險。自古相傳的哲學所以不足用,現在要以科學代之,其理由就在於此。

既然現在公衆對於社會科學的知識非常低劣,中外皆然,對於某一問題,公衆所發表的意見、想出來的處置的方法幼稚可笑,原是不足怪的。然而以實行民主主義論,這確是一個非常嚴重的問題。公衆所發表的意見的可笑,祇要看"倘使因賣票員揩油而公司的利潤減少,因此又要加價,羊毛出在羊身上,還是乘客當災"這種意見,幾乎成爲普遍的議論,便可知道。關於這一點,九月二十六日的《申報》載有賣票員吳光、吳聲等的來函,倒是說得非常明白的。他說:"上海的公用事業,哪一項不是一漲再漲,法商、電車售票員,⋯⋯誰都知道是不揩油的,爲什麽他的車價,並没有比英商便宜呢?"我還可以替他補充一句,如果電車公司⋯⋯都祇要一定的利潤,那麽,現在因外幣高昂而漲價,當第一次歐戰之時,外幣曾經低落,那時候爲什麽不減價?公衆所想出來的方法的可笑,祇要看乘客"一致團結對付",幾乎成爲普遍的議論,便可知道。人,豈有在做電車乘客的情形下,可以一致團結之理?如其有之,還何必組織什麽國民黨共產黨?臨時看有什麽人,便把他團結起來,應付當前的問題,豈不簡便?如其有之,韓信驅市人而戰之,便要背水爲陳,這件事,又當如何解釋?老實說,電車賣票員揩油,侮辱乘客,公司是該負十足的責任的。如其電車賣票員揩油而可責成乘客監督,那麽,從來一切商店裏,對於店員作弊,爲什麽不訴請買客的公正問題,而要自己設法來監督。假使如電車賣票員侮辱乘客,而公司可不負全責,那麽,買客和店員對打,非強有力者,非成群結黨,不能走進店門買物,早將成爲通行的風俗,公認的秩序,而法律上處置買賣兩方面爭鬥的條文,亦將早和現在不同了。賣票員侮辱乘客,而公司可不負全責,然則乘客侮辱賣票員乃至公司其他職員,公司可否向其交涉? 這種該由公司十足負其全責之事,而公衆的議論,並不能嚴切的課公司以全責,甚至竟不知道課公司以責任,公司中人聞,豈不欣然獨笑?"此言雖小,可以喻大"。凡一切該負責而能夠不負責的事,都該在這個理由下加以瞭解。

後此吳光、吳聲等的來函,雖有可採,有一節,却是説不過去的。他説:"售票員的……態度……我們相信,在同是中國同胞面前,來談這個問題,是較容易的。在這裏,乘客可以細細的想一想:在車廂内乘客少的時候,我們的態度,不是非常和氣麽? 在乘客擁擠的時候,稍有一些不好態度,是有的,但這不好的態度,並不是有意同乘客作對。又不是同乘客有什麽深讎。況乘客……優劣不等,有的上車不購車票,致被查票員發覺,因此而遭公司之處罰,往往不下一二十元。此項痛苦,社會人士,…是否瞭解? 我們的隱痛,絲毫没有得到一些社會人士之體諒和同情。"於此,乘客可以細細想一想,賣票員也可以細細的想一想。在乘客少的時候,賣票員的態度是果真和氣,而且非常和氣麽? 不好態度,是否限於乘客擁擠的時候? 而且是一些,還不過少有? 乘客優劣不等,是有的,但可否因劣者而累及優者好加以侮辱? 因乘客不購車票,致遭公司的處罰,是否該取償於揩油? 不好的態度,既非有意同乘客作對,是否都是無意識的舉動;如非無意識的舉動,則其所有之"意"爲何? 既非同乘客有什麽深讎,何以有一個售票員,竟會把乘客推墜車下? 墜車而竟至於死,庸或在推下之時,未能料到,然被推墜必有危險,豈其身爲賣票員而竟不能知? 若説一時忘却,則除非盛怒之下,心情改常,不能有此,既無深讎,何以要發此盛怒? 齊宣王對孟子説:"詩云:他人有心,予忖度之,夫子之謂也夫! 我乃行之,反而求之,不得我心。"自己做的事,自己不能瞭解,是常有的。賣票員這種改常的舉動,不如我來替他釋解罷。人們心理上,本來有個弱點,喜以優越自居而侮慢他人。然優越的地位,不能人人皆得，有時乃想憑藉甲的優越以傲乙。所謂"屈於一人之下，伸於萬人之上"。向來狐假虎威的人，多數是有這種心理。《史記·管晏列傳》所載，晏子的御者，做了晏子的御者而洋洋自得，就是一個好例。居移氣，養移體；"久假而不歸，惡知其非有也？"到這時候，再有冒犯他假來的威的人，就要一怒而不可遏，甚至於"一轉之急忘其身"了。古人說："能驕者必能陷，能陷者必能驕。"有時能降志辱身，乞憐暮夜的人，有時又往往以事意氣，爭面子而敗，都要在這一理由下加以瞭解。畏強陵弱，也是人們的一個弱點。乘客不購車票，不被查票員發覺的，怕是很少數。既經發覺了，如其別無長技，怕賣票員不會無法對付，而至於自己受罰。賣票員無法對付而至於自己受罰，怕這不購票者，亦決非等閒之輩。我曾親見，手持五元鈔，令賣票員找，賣票員找不出請其下車則不肯，相持數站，卒至其所欲至之地而後下，而賣票員竟無如之何。又曾見一言不合，遽將賣票員毒罵，賣票員亦不敢與之認真交涉，略辯數語之後，顧而之他而已。我曾問一個人："上海人為什麼喜歡拜老頭子，做白相人？"他列舉幾種理由，而"孤立之人，言語辭色之間容易受人欺侮，尤其是有所恃的人，喜歡欺侮人，自己亦有所恃，則可強硬與之對抗"亦為其理由之一。此種情形，恐不僅今日上海的白相人，即追溯到紀元以前，晚周、秦、漢之有的所謂"遊俠"，也可在這條件之下，加以瞭解。此等實際勢力，往往非政治之力所能裁抑，而況於一公司？賣票員至多對公司有不揩油的義務，決無置生命、健康……一切不顧，而對公司效忠的義務。遇此等不購票者，賣票員做得模模糊糊，既不能與之爭鬥，又不能停車鳴捕，我們十分能體諒和同情。然謂其非畏強陵弱不可得也。既已畏強陵弱矣，在今日之上海國人強乎？外人強乎？賣票員平日對待外人與國人，孰較恭敬？這又是乘客可以細細的想一想。賣票員亦可以細細想一想的。到今日却說"我們相信，在同是中國同胞面前，來談這個問題，是較容易的"。豈有如此無根的同情，能發生於頃刻之間者邪？賣票員果曾顧及中國同胞，何以當罷工甚久，與公司爭持甚烈之時，不提出增加賣票員、開門人等以爲復工的條件,俾事務少閑,而對於乘客,得保其非常和氣的態度?何不提出減少行車一二次的條件,使停車之時間稍長,乘客上下,可減少困難與危險?當此之時,乘客,亦即社會人士,何以絲毫得不到賣票員的體諒和同情?而且得著冰山,即以爲可恃,倚之以與人對抗,絕不計及替雖非全體,却是最大多數的艱貞蒙難的同胞,稍爭體面?我不欲將吳光、吳聲等的話加以駁詰,但要借此開示體史的方法,使讀者知道:同一賣票員的自白,而其見於《中美日報》者,誠實可信如此,見於《申報》者,不免於遁飾巧辯如彼,則知每一事件出,必有紛然淆亂的播言,辨別其是非頗難,而辨別之得當與否,其出入頗大,古人之所以重"聽受"、"摘發"者以此。

九月二十四日《正言報》載:有一記者,走訪蔣靖之家:"據蔣靖之母云:蔣自出而作證後,家中時來情狀怪奇之男子,出言恫嚇。且有揚言:如不改證言將無死所。現蔣已不敢家居。又……人言:公司賣票,約有三千人,每人出十元,屬於此事,何愁應付無法?"公司賣票三千人,能每人十元,以應付一事,我不信其在今日已有此組織。但"事勢之流,相激使然",一種惡勢力,如其發榮滋長,而社會無以阻遏他,其結果,更大於此的組織,也有成就的可能的。古人所以説:"爲虺弗摧,爲蛇若何?涓涓不塞,將成江河。豪毛不拔,將尋斧柯。"

話説得多了,祇得姑止於此。我之意,非欲就賣票員推墜乘客致命之事,有所論列,不過借此以示讀書之法而已。其實社會上現行之事,可與書籍上的事互相參證的,不知凡幾,我不過就目前衆所注意之事,偶舉其一;而屬於這一件事的推論,亦未盡十之一二也。

(原署名:程芸,刊於《學風》第二卷第三期,
一九四一年十月十五日出版)

都　會

　　《王制》曰："司空執度度地居民。山川沮澤，時四時，量地遠近，興事任力。""凡居民材，必因天地寒煖燥溼，廣谷大川異制。民生其間者異俗，剛柔輕重遲速異齊，五味異和，器械異制，衣服異宜。修其教不易其俗，齊其政不易其宜。""凡居民，量地以制邑，度地以居民。地邑民居，必參相得也。無曠土，無遊民，食節事時，民咸安其居，樂事勸功，尊君親上，然後興學。"古之居民者，其審於天時地利人事之宜如此，非如後世，浸無規制，聽人走集；繁庶之區，聚集至數十百萬人，飲食居處，咸失其宜，作奸犯科，無可究詰，而偏僻之區，則行數百千里而無人煙，廣田自荒，貨棄於地也。

　　度地居民，所以必有規制者，其始蓋以制御自然，蓋必合若干人之力，守一定之法，然後足以相生相養，否則人力不足，將爲天行所洮汰矣。此自古昔交通未便，各地方之生業，皆近自給自足使然。後世交易既興，山陬海澨之人，亦相通功易事，似無籍乎此矣。然人與人之關係，亦有不得不致謹焉者。孟子論井田之法曰："死徙無出鄉。鄉田同井。出入相友，守望相助，疾病相扶持，則百姓親睦。"《滕文公上》。管子作內政寄軍令之法曰："五家爲軌，故五人爲伍，軌長率之。十軌爲里，故五十人爲小戎，里有司帥之。四里爲連，故二百人爲率，連長率之。十連爲鄉，故二千人爲旅，鄉良人帥之。五鄉一帥，故萬人爲一軍，五鄉之帥帥之。內教既成，令勿使遷徙。伍之人，祭祀同福，死喪相恤，禍災共之。人與人相疇，家與家相疇。世同居，少同遊。故夜戰聲相聞，足以不乖，晝戰目相見，足以相識；其歡欣足以相死。居同樂，行同和，死同哀。是故守則同固，戰則同彊。"《國語·齊語》。蓋不論平時戰時，爲治之道，皆存於民之相親。《郊特牲》述社祭之典，繼之以君親誓命，以習軍旅，而終之曰："我戰則克，祭則受福。"用是道也。若如後世之所謂都會者，萬人如海，親愛之情，無自而生，而且與接爲構，日以心鬭，稱患不相恤，毀譽失其權，而欲民之遷善遠罪，難矣。

《曲禮》曰："鄰有喪，舂不相。里有殯，不巷歌。"民之能相愛，以其朝夕相見，禍福相共，而親愛之心，自然而生也。《論語曰》："孝哉閔子騫，人不閒於其父母昆弟之言。"《先進》。曾子曰："君子之所謂孝也者，國人稱願然曰：幸哉有子如此，所謂孝也已。"《祭義》。毀譽之所以有權，亦以其人之相知也。孟子述鄉原之言曰："行何爲踽踽涼涼？生斯世也，爲斯世也善，斯可矣。閹然媚於世者，是鄉原也。"惡矣，猶未敢如近世之不恤人言，公然陵弱暴寡，詐愚欺法也。故欲謀善治，必自剗除都會始。

論都會之惡最早者，莫如王符。符之言曰："今舉俗捨本農，趨商賈。牛馬車輿，填塞道路。游手爲巧，充盈都邑。"又曰："今察洛陽：資末業者，什於農夫；虛僞游手，什於末業。天下百郡千縣，市邑萬數，類皆如此。本末不足相供，民安得不飢寒？"試案今日各地方之情形，有以異乎？無以異乎？此尚以舊日之都會言之，若今之所謂新都會者，則舊都會之比之，又如小巫之見大巫矣。不正其本，何以爲治？

都會可去乎？自今之人言之，必曰難，或且曰不可。其實不然。人孰不欲居處之得其宜？孰不欲子孫之習於善？二者皆與都會不相容，則苟有策焉，使之去危就安，改邪歸正，孰不順悦而從之乎？雖有作奸犯科，淫佚侈靡，非居都會則無以爲生，不以爲樂者，終不如順悦之者之衆也。荀悦論井田之法曰："土地布刊在豪強，卒而革之，並有怨心，則生紛亂，制度難行。若高祖初定天下，光武中興之後，人衆稀少，立之易矣。"度地居民之制，易立於兵燹之餘，不猶之井田乎？衛嗣君曰:"治無小,亂無大。教化喻於民,三百之城,足以爲治。民無廉恥,雖有十左氏,將何以用之?"爲治之道,在教化明,法令行,有爲法令教化之梗者,雖毁之非所惜也,況其既毁也,而勞復建乎?抑豈可不爲之制,便不轉眴而復如其故乎?夫教非可以空言施也。堯舜帥天下以仁而民從之,桀紂帥天下以暴而民從之,其所令反其所好而民不從。是故以身教者從,以言教者訟。今日都會中人,所習見習聞者何事?而望其遷善遠罪乎?

或曰:今之人,所以好聚居都會者,非以是爲善,亦以荒陋之地,盜賊公行,生命財産,皆不可保,都會則財富所聚,防衛較周,欲託庇焉以爲安耳。然庸足恃乎?董卓之入洛陽也,洛中貴戚,室第相望,金帛財産,家家殷積。卓放縱兵士,突其盧舍,淫略婦女,剽掠資物,謂之搜牢。此即王符之所欲悼者也。魏文帝以王昶爲洛陽典農,都畿樹木成林,昶乃斫開荒萊,勤勸百姓。自董卓之亂至此,亦既三十年矣,而其荒蕪猶如此,多藏者必厚亡,詎不信歟?

《三國·魏志·國淵傳》言:大祖欲廣置屯田,使淵典其事,淵屢上相土處民、計民置吏之法。《鄭渾傳》言:渾爲京兆尹,以百姓新集,爲制移居之法,使兼復者與單輕者相伍,温信者與孤老爲此。後爲魏郡大守,以郡下百姓,苦乏材木,乃課樹榆爲籬,並蓋樹五果。榆皆成藩,五果豐實。入魏郡界,村落齊整如一。又注引《魏略》言:顔斐守京兆,令屬縣整阡陌,樹桑果。皆頗得度地居民之意:師其意而行之,邑居可以漸整,而教化亦可徐施矣。天造草昧,宜建侯而不寧,肇體國經野之規,於救死扶傷之際,儻亦管子所謂因禍而爲福,轉敗而爲功者與?

或曰:古之民,生事單簡,故可以比伍之法聯之。今都邑之民,生業複雜,其相聯也,不徒以其地,而實以其業,則《王制》、管子之法,有不足用者矣。殊不知比伍之法,古亦惟農民用之,從事他業之民,未嘗不各以其業爲比,仲山父謂"牧協職,工協革,場協入,廩協出"是也。《漢書·高帝紀》:二年,五月,蕭何發關中老弱未傅者悉詣軍。

《注》引如淳曰:"律:年二十三,傅之疇官,各從其父疇學之。高不滿六尺二寸以下爲罷癃。"《國語》述内教曰:"人與人相疇,家與家相疇。"則疇官即軌里連鄉之長。又曰:"政既成,罷士無伍,罷女無家。"無伍即莫與相疇之謂也。如淳此注,專以軍制言。其注《律曆志》"疇人子孫分散"云:"家業世世相傳爲疇。"蓋疇之義本爲匹爲類,古者士之子恒爲士,工之子恒爲工,商之子恒爲商,農之子恒爲農,業既世而不遷,則子孫所與爲匹類者,自與父祖無異,故疇又引申爲世業之稱,而其職亦不限於軍事矣。然則凡百事業,莫不可以綱紀其民,而納諸軌物,由來舊矣,豈必限於農民之比伍哉?

(原刊《大衆》第一期,一九四二年出版)

略論佛學

　　玄學之後，遂繼之以佛學。佛有宗教學術二方面。宗教方面，今姑措勿論。

　　學術方面，佛說大小二乘，舊以爲一時之說，因人而施。謂佛初時多與學問高深者接觸，其說極高。後佛學漸廣，其說亦漸低。及臨終時又以最高之說爲遺教。據近來之研究，則小乘興於佛滅後百年，大乘又後五六百年乃興起。此項事迹，詳見唐玄奘所著《異部宗輪論》。近人因有稱佛滅百年内之佛教爲"原始佛教"者。日人某著有《原始佛教概論》。

　　分別原始佛教與小乘佛說，其事較難。若大小乘之別，則其犖犖大者，固較易見也。蓋原始佛教之書不存，其說需自小乘書中分析出之，故較難也。據近來之研究，印度哲學發達頗早。因其受天惠優厚，生活問題，容易解決。故其所注意者，非維持身之生存，而爲解除心之苦惱。故印度哲學，多帶宗教的色彩。佛出世時，此等哲學，派别甚多，佛教概論之爲外道。令人感無所適從之苦。佛則不爲無益的辯論，而授之以切實可行之道，故其說一出，歸向者甚多。故"佛非究竟真理之發見者，而爲時代之聖者"。《原始佛教概論》中語。無論何種學術，皆逐步進化；非有一聖人出，而能發見此種真理也。佛滅之後，環境情形，自有變化。加之佛教傳播甚廣，與他種哲學、宗教接觸自多，其本身自亦將隨之而生變異。此則大小乘之所以次第興也。佛之時代，文字之應用尚未廣。佛說在世時未有記録。入滅後，諸弟子相會，誦其昔所聞於佛者，得大衆之同意，或不得同意而能伸說者，皆録之以爲佛說——故佛經之首必曰"如是我聞"——謂之結集。諸弟子之中，分上座、大衆二部。佛滅百年後，二部乃分裂。小乘距佛時代近，又出於上座部，佛教中前輩高級信徒。故其變化少；因學識高深者，不易接受外界之影響也。大乘出大眾部，時代又後，故其變化多也。其後錫蘭等地多小乘，行於北方者多大乘。

四聖
- 佛
- 菩薩 梵語，具名菩提薩埵，舊譯爲大道心眾生、道眾生等，新譯曰大覺有情、覺有情等，亦譯正士。
- 緣覺 亦作辟支佛，梵語辟支迦佛陀之略。舊譯緣覺，新譯獨覺，《智度論》二名具存，以辟支佛兼具二義也。蓋好道潛修，自然獨悟者，謂之獨覺。或因事緣而覺悟，又或觀十二因緣法而得道，謂之緣覺。
- 聲聞 弟子聞佛之聲教而得道果者。

六凡
- 天 福德大於人。福，在中國爲外的條件，德，有得於己，故稱福德，以別於福。謂其能力、智慧等大於人。
- 人
- 阿修羅 梵語，簡稱修羅，亦作阿素洛、阿須羅、阿須倫、阿蘇羅等。《翻譯名義集》："阿修羅舊翻無端正，男醜女端正，新翻非天。"謂其果報似天而非天也。神通大於人，而易生嗔怒。
- 畜生
- 餓鬼 《大乘義章》："言餓鬼者，常饑虛，故名爲餓；恐怯多畏，故名爲鬼。"按鬼類中有如夜叉、羅刹等具大威力者，故新譯曰鬼，不曰餓；然舊譯之經論多曰餓鬼，以鬼類中餓鬼最多故也。
- 地獄 梵語那落迦、泥犁等之義譯。那落迦、泥犁等本爲不樂、可厭、苦具等之義，以其依處在地下，故謂之地獄；蓋罪惡眾生死後所生之處也。

無生者曰器世界，有生者曰有情世界。有情世界爲四聖、六凡（天台宗依《法華經》所立），謂之十法界。密教依《理趣釋經》所立，則以實佛、權佛、菩薩、緣覺、聲聞爲五聖，天、人、畜生、餓鬼、地獄爲五凡。眾生即於六凡輪迴，謂之六道，眾生各依其業因而趨向之，故又曰六趣。《法華經·序品》："六道，眾生生死所趣。"六凡之中，修佛以人最易，天以其福德過厚，不易生修佛之心；阿修羅之易嗔怒，則更列三惡之一（佛以貪、嗔、痴爲三惡）；至畜生等更不能矣。故謂"人生難得"也。畏怖生死即由此。

大小乘之異點，重要者：小乘說緣覺、聲聞，亦可成佛。大乘則非菩薩不能，故曰："地獄頓超，二乘瞢瞢。"謂緣覺、聲聞，"畏怖生死"，根本未脱自私之見，故不能成佛也。若菩薩則念念以利他爲主，與恒人之以自己爲本位者適相反。佛不可學，佛則無人我之分矣。然不能學。學菩薩，所以馴至於佛也。

佛之三身 { 報身 / 法身 / 化身

天台宗所立爲法、報、應三身。法相宗所立爲自性、受用、變化三身（見《唯識論》）。《金光明最勝王經》所說爲法、應、化三身。

小乘之所謂佛，即釋迦牟尼其人。大乘則不然，釋迦牟尼其人，爲佛之報身，從前造業，此時因果關係而成此人身。飢則欲食，寒則求衣，不得衣食則飢寒而死，一切與恒人無異。所異者爲具偉大之人格，不可及之智慧。若夫有是而無非，威權極大，人有一言一行一念，彼必知之，必隨其量而與以適當之報應，是爲佛之法身，實即自然律之象徵耳，非人也。以法爲師，即可自悟，如法修行，即可成佛，戴一人爲偶像之見，大乘全無之矣。自學理上論，不能不謂大乘進步於小乘。又信佛之人，或能見佛形象等等，人則不見，共斥爲愚，或疑其妄，此亦不必，此乃心理變態，人不能見，彼固見有之也。大乘稱此爲佛之化身。

人之崇拜偶像，不過得一時心理上之安慰，而於真理，每有所空。小乘以釋迦牟尼爲偶像者也。大乘較小乘爲進步，然不能去釋迦牟尼乃創三身之說，謂佛有三種不同之人格也。

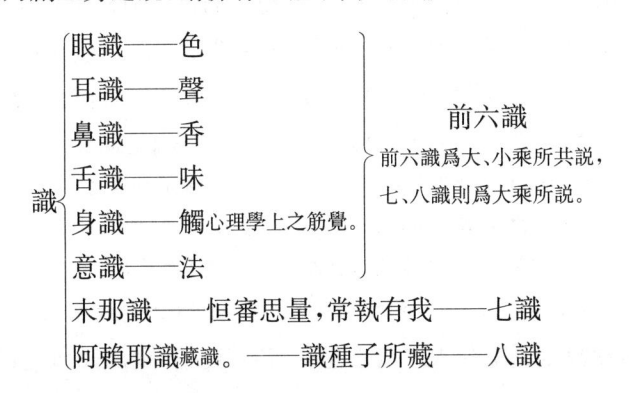

識 { 眼識——色 / 耳識——聲 / 鼻識——香 / 舌識——味 / 身識——觸 心理學上之筋覺。 / 意識——法 } 前六識
前六識爲大、小乘所共說，七、八識則爲大乘所說。

末那識——恒審思量，常執有我——七識
阿賴耶識 藏識。——識種子所藏——八識

前六識爲盡人所知。心理學上僅前六識。佛教之特異者爲第七、八識。第七識之義,爲吾人常覺有一我在,此確爲認識之根本。八識則佛說爲識之種子所藏,故亦譯爲"藏識"。必將此識滅盡,然後識之根斷。第八識爲公共的,其他諸識均屬各個體的。佛說"萬法惟識",勉強譯以今語,則爲吾人之認識世界,恒在一定的範疇中。但此所認識者,並非世界之真相,故必滅識,世界之真理乃可得見。故吾人研究之方法,一無所用。佛亦說教,止是引起人的信心而已。求知世界真相之方法,轉在超出吾人今日之心理作用也,此則惟有修證而已。至此修證之方法是否爲對,亦無從說起,信與不信,由各人而已。蓋終不脫其爲一宗教也。

識之本體,不可得滅。此即科學上質力不滅之理,亦即哲學上無者不能使之有,有者不能使之無之理也。故所謂滅識,並非將識消滅——如有一物,而可消滅,則爲色空對立矣。犯佛說之大忌——而係轉識成智,即轉變吾人之認識,識。而使之別成一種認識也。智。喻如水與波,水動則生波,波靜還爲水,波非於水之外別有一物,故止波非涸水也。吾人之本體,佛稱之曰"真如"。一切罪惡之根本,佛稱之曰"無明"。即真如之惡的作用。問無明何自起?即本體何以會起惡的作用。則不可得說,亦可曰"法爾而有"而已。猶言依定律如此而有。然則何以知無明非本體?因無明可滅,而人又恒知其爲惡而思來之故也。

佛教之派別稱宗。中國之佛教,分宗甚多。其中最要者,爲天台、法相、華嚴三宗。天台亦稱性宗,從主觀方面;法相亦稱相宗,從客觀方面,證明萬法惟識之理;華嚴則示人以菩薩行相。故有相當的文學趣味,但仍含極深之哲理。是稱教下三家。禪宗不立文字,謂無依據之經論。直指心源,是爲教外別傳。禪,梵語禪那之略,亦云禪定。禪那之義,爲思維修、靜慮等,靜即定,慮即慧。非若槁木死灰之謂,乃欲不遂環境變動,此爲印度之一種修習方法,非佛教所獨有也。行久之,心理上別生一種境界(謂之參禪)。然此時有諸境界可生,不知其是非,當請諸有經驗者,此等有經驗者即能加以指點。然非普通語言可說明者,故其一問一答間,常人不能知也,彼固自知之。故禪宗不能爲一種學術,乃專講實行者。佛教究係宗教,說教祇爲引起人之信心起見,苟其能信,則辯論研究,均屬多事，故其發達之趨勢，終必至諸宗皆衰，禪宗獨盛而後已，唐中葉後，即亦如此。<small>唐初以華嚴最盛，唐高宗時密宗輸入，自後中國遂無新立之宗。</small>宋儒喜闢佛；人又或譏其陽儒陰釋；又或稱其先於釋教中有工夫，故其闢之能得當。實則所闢所沾染者，多係禪宗一派，非佛教之全體也。

天台宗，亦名法華宗，本宗由天台智者大師成立，以《法華經》為根本，以《智度論》為旨趣，以《涅槃經》為輔翼，以《大品經》為觀法。專習止觀。

法相宗，取《解深密經一切法相品》為名，本宗有《唯識論》，明萬法唯識之理，故亦稱唯識宗，此名取《解深密經分別瑜伽品》之意，印度名為瑜伽宗。

華嚴宗，以華嚴論為宗派，故名。

禪宗，又名佛心宗或心宗，以達摩為初祖。

禪宗雖足救煩瑣<small>無謂之辯論研究，謂教下三宗。</small>之失。然其意義，亦甚精深，非有智識，且非有閑階級之人，不能修習。而佛教此時之情勢，已非發達至普遍於各階層不可。故復有淨土宗，以普接利鈍。<small>表面上無迷信之色彩，足自己辯護，而實足為迷信之需，使佛教至於普遍發達者，淨土宗是矣。</small>

佛教要旨，為止、<small>消極方面。</small>觀、<small>積極方面。</small>雙修。止謂心不起不正之念，<small>不正之行，由不正之念而生。</small>所謂"十二時中，常念於法"。觀有二義：(1) 在感情上，如人最畏死，乃時時設想被殺時之情景，以克服其畏死之情。(2) 在知識上，遇事輒探求其因果關係，而得正確之救濟方法是也。此二者皆甚難。又成佛須歷"劫"，<small>佛教上之一種時間。極長。</small>自恆人觀之，亦將望而生畏。然成佛必須如此之難，又被前此之學說固定了，不能改易。

淨土宗於此諸點，乃想出一巧妙適應之法。

念佛 ｛ 觀　觀佛像。<small>較前之觀為易。</small>
　　　想　想佛。<small>較前之止觀為易。</small>
　　　掛名　口誦"阿彌陀佛"不已。

淨土宗以念佛一法，兼攝止觀兩門。

淨土宗謂阿彌陀佛與此世界特別有緣。發誓造淨土。一心念佛之人，至臨終，阿彌陀佛即來接引，往生淨土。在淨土中修至成佛，依然艱難；然淨土中環境特別佳良，既生此中，可以直向前進，不虞墮落。稱此簡易之法爲"橫超"。

又淨土中種種境界，異常美妙，足滿求福報者之欲。

故此宗通行最廣。近日言佛學者，多屬此宗。

（本文爲一九四二至一九四三年吕思勉任教常州青雲中學高中"國學概論"筆記之節錄，黃永年記，題目係編者所加，原刊於《吕思勉文史四講》，中華書局二〇〇八年三月版）

民族交通

民族交通，自古而然。文明民族遇野蠻民族，即一時釀成政治上之大故，亦未能影響於社會之改變。能有影響於社會之改變者，必文明民族互相交通接觸而後可。世界文明區域僅數處，往昔限於交通狀況，東西半球之文明，無接觸機會。至東半球之文明地點有三：(1) 中國，(2) 印度，(3) 西亞，亞、歐、非三洲交點。而西洋文明中最主要者，即(1) 希臘，(2) 猶太而已。外來文明與我國接觸最早者，爲(1) 西域希臘化諸國，(2) 大食，(3) 印度。西域包括葱嶺以西，且至今新疆省地，自亞歷山大東征後，受希臘化者甚眾。我國古席地而坐，自西域輸入"胡床"之物，演成後日之桌椅。凡我國各物上加"胡"字者，十之八九自西域來。而西域之鐵及蠶絲，亦由我國輸入。皆技術上之互助啓發也。此時期止乎南北朝之前。至唐而歐洲文明衰，大食起而代之。我國與歐洲海道交通路綫，爲自南洋經麻六甲海峽入印度洋經紅海而至歐洲。在大食全盛時，唐中葉後。握有此路綫，我國與西方交通，於此時最盛最久。與印度交通，其來亦久，傳入佛教，爲精神上之輸入。然以前交通，祇於(1) 精神的，(2) 技術的溝通。精神方面，似於社會有極大之影響，然僅及中上流而已。如佛教至我國已全變其本意，更無力量以改變社會。技術與物質方面，僅使社會緩慢的起一部分的變化。如鐵、蠶絲之輸入西方。我國之自摩揭陀取制蔗糖之術，自南洋取木棉之種，並紡織之術皆是。木棉一事，尤可表其影響之緩慢。木棉之來，始見於南北朝。唐時及於廣東，然尚未知其可紡織。元時，有黃道婆者來自瓊州，至松江，傳其術。民間始知紡織。元設木棉提舉司，在江浙提倡之。然至明時,尚爲松江所專,漸及於蘇州,漸及於長江流域。明清之交,始及於黃河流域,棉織之自南輸北者大減,民頗受影響,吳偉業曾作七古咏及之。民國初,浙江雲和縣之下流社會,冬尚未知衣棉。一物之傳,其難如此。且前此之與西方交通,雖維持千年,然數量有限,並處於時斷時續狀態下。蓋必雙方皆在承平之世,始得從事交通。至近代而世界文明之發達大異於前,因西方科學發達之結果,駕馭自然,力量增加,引起產業革命,使社會組織、人類生活,皆起重大變動。而交通方面之進步,百倍勝前,可使全世界皆能交通,可維持其交通不至中斷。產業發達之情形,又迫之以不得不互相交通,進而找市場及原料產地,進而輸出資本,而維持與其地方之關係,造成種種殖民地。在此種情形之下,世界即聯結爲一。任何國家民族,都成爲國際的一員,其情形與閉關時代大異。因而非有世界眼光,不能讀此時期內之歷史。許多從舊眼光來之議論,祇可置諸不論不議之列。於各種科學——尤其是社會科學——須要知道一個大概,始可研究歷史。

中西交通之舊路:(1)海。自中國緣海,過麻六甲海峽,入印度洋,經波斯灣或紅海入地中海。最主要。(2)陸。自中國越葱嶺,經西方亞細亞入歐洲。(3)其自蒙古高原經里海、黑海之北入歐洲,爲東方游牧民族侵略之路。(4)自西伯利亞入歐俄,則地最荒寒,行者必希,影響亦愈少矣。(5)大洋則罕通航。

十一世紀後半,北宋仁、英、神三朝間。塞而柱克突厥興,第(2)道爲所中斷。於是新航路發現:羅盤針爲我國發明。然昔無用之航海者,由我國昔日海運文獻上可知之。此因我國古多河運;即海運,亦僅沿海航行,以島嶼等爲目標,無賴羅盤之助。至是外國人遂用之以航海,發現新航路焉。(1)葡萄牙人以明憲宗成化二十二年(一四八六年)越好望角;世宗嘉靖三十五年(一五五六年)來廣東;穆宗隆慶元年得澳門爲根據地。(2)西班牙人以孝宗弘治六年(一四九三年)發現美洲。武宗正德十四年(一五一九年)據馬尼剌。其後英、荷繼之,英在印度,荷在南洋,逐漸得勢。(3)而俄人亦脫蒙古羈絆(憲宗成化十六年,西一四八〇年),對東方反漸成爲侵略者。

自海路來者,其關係爲(1)通商,(2)傳教兩端。中西最初的關係,不過如此。而自陸路來者,則自始即爲政治的關係。

通商上之癥結:(1)歷代中西通商多在嶺外。始在安南,後在廣東。其地距中央遠,宦此者皆遷謫之流;又多異物,則動於欲;而其物運至中原,則價甚貴;爲官吏者,多有轉運之便,故多貪污。夷商對官吏,需納極大之陋規。(2)商人。華人。自亦多剝削。如對夷商欠債不還,或加重其稅以償之。如此情形,已有一二千年。綜觀正史之記載及此者,抄出可近百條,其官吏能有清廉之名者,不過十條,其能清廉者罕且可貴,正見其貪污之衆多也。(3)此時來者多歐洲之冒險家及水手,行爲惡劣,引起華人之畏惡。(4)西人槍炮之精,船舶之高大堅實,皆非中國所及,亦易引起中國之疑忌。此因火藥雖中國發明,槍炮實先制於西人;中國船舶多沿海航行,不能如西人之在海洋中航行者之堅固也。船堅砲利,實當日西人之長。昔廣東海禁早開,福建則閉,蓋朝廷謂苟華商一出海,必爲夷商脅掠爲海盜。後經藍鼎元建議,聲言華商之船遠不如夷商,絕不能航行遠洋,夷商直無所用之,始得開福建之海禁。故此時中央政府及人民皆不歡迎西人。官吏及商人則不肯放棄其利益,而又懼中央及輿論之督責,乃務爲種種苛例,以限制約束外人。此時稱經營對外貿易之商人曰洋商,外國商人曰夷商。洋商限於若干家,謂之公行。管理外人及與外人交涉之事,官吏多委諸公行。五口通商以前,所謂洋行,皆華商所設也。外人忿恨,欲訴諸中央政府,而不知其無益也。

傳教之情形:(1)宗教本有排外性質。(2)禁拜祖先等涉及社會組織問題。(3)此時傳教於東方者,爲舊教中之耶穌會,此派本有豪俠氣概,且教育程度頗高,故能輸入科學。然中國人對宗教之迷信本不深,又無教會之組織,故對於西人(1)傳教之熱心,(2)及其能出巨資以傳教,均不能瞭解,而疑其別有所爲。(3)科學雖精,適足以招疑忌耳。此當日一般之見解也。基督教當唐時已傳至中國,謂之景教。元時,其教稱也裏可溫,傳佈尤盛。元末中絶。航路既通,教徒復東來。近代西人傳教,得中國之允許,事在明神宗萬曆二十八年(一六〇〇年),由利瑪竇入朝而得許。朝臣如徐光啓、李之藻等，頗從之學天文曆算之學。利瑪竇死，教禁即起。後因召教士造槍炮而解。時當明末，因與滿洲有兵事之故。又以曆法疏舛，用湯若望爲欽天監官。清初仍居其職。後爲楊光先所排。聖祖親政，復用之。光先嘗著《不得已》書，久不傳，近十年來南京圖書館得之重印，由此頗可窺當日對傳教者之見解焉。此後禁弛，寬嚴不一。至清聖祖康熙五十六年（一七一七年）卒遭普遍禁止，教士皆勒歸澳門。事實上並不能盡禁，乃政治寬弛，非法律問題也。

俄與中國，自始即係政治關係。康熙時，因俄遠征隊哈薩克族。東方名，後西方名之曰哥薩克，或譯可薩克。侵掠黑龍江而啓釁。北方民族之視黑龍江，猶爲肥沃可侵也。二十七年（一六八八年）立《尼布楚條約》，西以額爾古納河，東以大興安嶺爲界，此爲東北方面之界綫。是歲，准噶爾侵喀爾喀，外蒙古始附於清。此前雖通貢，關係甚疏。於是俄、蒙疆界問題生。至雍正五年（一七二七年）而立《恰克圖條約》，規定沙賓達巴哈地屬烏里雅蘇臺。以東之界綫，即今俄、蒙疆界也。至乾隆二十至二十四年（一七五五——一七五九年）平定天山南北路。葱嶺以西諸國，亦多通朝貢。於是西北與俄之疆界及藩國隸屬問題又生。此問題久未解決。至於商務，則《尼布楚條約》立後聖祖許俄人三年一至北京貿易。人數及居住日期，均有限制，而免其税。《恰克圖條約》，以尼布楚與恰克圖爲互市之地。乾隆二年，命停北京貿易，專在恰克圖。但北京之俄羅斯館仍在，俄人仍居其中，派人來習滿、漢文，每隔五年換班一次也。以上爲中、西初期之交涉。

（本文爲一九四二至一九四三年吕思勉任教常州青雲中學高中"本國史"筆記之節録，黄永年記，原刊於《吕思勉文史四講》，中華書局二〇〇八年三月版）